本书系国家社科基金重大招标项目"我国网络文学评价体系的理论与实践研究"（项目批准号16ZDA193）子课题"网络作家作品评价实践"结项成果；受安徽大学大师讲席教授科研经费资助出版

网络作家作品评价实践

周志雄 等著

中国社会科学出版社

图书在版编目(CIP)数据

网络作家作品评价实践/周志雄等著. —北京:中国社会科学出版社,2024.3
(网络文学评价研究丛书)
ISBN 978-7-5227-3063-9

Ⅰ.①网… Ⅱ.①周… Ⅲ.①网络文学—文学评论—中国 Ⅳ.①I207.999

中国国家版本馆 CIP 数据核字(2024)第 039095 号

出 版 人	赵剑英	
责任编辑	郭晓鸿	
特约编辑	杜若佳	
责任校对	师敏革	
责任印制	戴 宽	
出 版	中国社会科学出版社	
社 址	北京鼓楼西大街甲 158 号	
邮 编	100720	
网 址	http://www.csspw.cn	
发 行 部	010-84083685	
门 市 部	010-84029450	
经 销	新华书店及其他书店	
印 刷	北京明恒达印务有限公司	
装 订	廊坊市广阳区广增装订厂	
版 次	2024 年 3 月第 1 版	
印 次	2024 年 3 月第 1 次印刷	
开 本	710×1000 1/16	
印 张	30.25	
插 页	2	
字 数	438 千字	
定 价	169.00 元	

凡购买中国社会科学出版社图书,如有质量问题请与本社营销中心联系调换
电话:010-84083683
版权所有 侵权必究

总序　寻找那条"阿里阿尼彩线"

我国网络文学的"横空出世"出乎所有人的预料，也让解读这一现象成为一个"现象级"热门话题——网络文学"长"得太猛，1991年汉语文学才开始"联姻"网络，不经意间便以燎原之势覆盖赛博空间，从写手阵容到作品数量、从受众族群到市场反响，无不姿貌卓荦，让人惊异连连，迅速成为当代文坛的"风信子"和"弄潮儿"。与此同时，网络文学又因起于"山野草根"、不着文学"道南正脉"而言人人殊，臧否无定——"网生一族"视它为"杀时间"的利器和自娱式消费的"精神快餐"，而在"正统"的文学观念中，这些"野路子"文学可以"来快钱"，但能不能称之为"文学"似可存疑，或许，它们离真正的文学还"隔着好几条街"！

网络文学算不算"文学"，什么样的网络文学才是好的网络文学，这里的"好"与"不好"的标准是什么？是基于传统文学的持论之评，还是源于网络文学自身价值的独立判断……诸如此类的疑点很多，而支撑这些疑问背后的观念逻辑其实是一个批评标准和评价体系问题，这些年我们面对网络文学的许多质疑和争论，往往与之相关。比如，网络作家大多比较年轻，"Z世代"已渐成主力，人生阅历的短暂和生命沉淀的有限性并未阻遏他们迸发出天马行空的想象力，许多高产写手动辄数千万字的创作体量，不仅突破了"捻须"行文的写作方式，也不时颠覆我们对"作家"职业的身份界定。再如，网络类型小说大多形制超长、桥段密集，读起来常常欲罢不能却又营养稀释，其"废柴逆袭""扮猪吃虎""金手指""玛丽苏"之类的套路叙事，究竟是文化资本在巧设"藏局"还是文学赋魅的艺术探新？抑或是，网络小说的大众化与可读性是古代通俗文学传统、港台武侠言情小说或西幻故事的网络复兴，还是人类文学在21世纪宿命般地复归"劳者歌其事、饥者歌其食"生命本源，而所谓"纯文学"不过是人类社会分工期的阶段性"异化"？如果此说能够成立，能有文艺美学为其提供充分的理论佐证吗？再从文学功能上看，网络文学试图摆脱"经邦治国"或"寓教于乐"的"工具论"槽模，致力于打造"读—写"适配的快乐帝国，建立以"爽感"为基石、以消费市场为标的的功能范式，这究竟是"数码环境"的必然产物或"读者中心"的绩效之选，还是文学向"新民间文学"历史回望中对其自身娱乐本根的坚守和对其商业元素的技术开发？

如果我们追溯上述变数与质疑的根源，无不取决于我们对网络文学的认知及其理论观念的构建，特别是评价标准与价值体系的建立。如果说基础理论构建是开启网络文学"问题之门"的锁钥，那么，批评标准与评价体系的建立将是引领我们走出网络文学迷宫的那条"阿里阿尼彩线"。[①]

历史给了我们探索这一问题的理论机遇。2015年，国家社科规划办征集重大招标项目选题，此时恰值我完成国家社科基金重点项目的空框期，便申报了"我国网络文学评价体系的理论与实践研究"的选题一试，竟然被成功列入年度招标选题，然后在团队成员的积极支持与协助下，作为首席专家参与了2016年度的国家社科基金重大项目的该选题竞标，并侥幸中标，经过项目组同仁五年多的不懈努力，终以110多万字的篇幅，完成了这套"网络文学评价研究丛书"（1套4本）。2022年深秋顺利结项，评审鉴定专家给予成果以"优秀"评价，

---

① 阿里阿尼彩线（The thread of Ariadne）源自希腊神话：克瑞忒国王米诺斯设了一个让人难以找到出口的迷宫，欲加害于阿提刻王子忒修斯。但米诺斯之女阿里阿尼公主爱上了忒修斯而偷偷给了他一团彩线，让他在进入迷宫时把线的一端拴在迷宫入口，终于引导忒修斯安全走出迷宫。后常用来比喻为引路的线索、认识和解决复杂问题的方法。

给了我莫大的鼓励。

这套丛书拟探讨和回答的是四个方面的问题。

其一,《网络文学评价体系论》试图从基础学理上构建网络文学的评价体系与批评标准。首先切入网络文学现场,提出建立网络文学评价标准的必要与可能,其次在揭示网络文学评价的艺术哲学前提、主体身份、建构原则、关联要素、维度选择、对象区隔的基础上,正面阐释了网络文学评价体系的逻辑层级、指标体系和要素倚重,原创性提出了网络文学"评价树"构想,进而对网络作家、网络作品、文学网站平台给出了系统且具有针对性的评价体系和批评标准。

其二,《网络作家作品评价实践》,在阐明网络作家作品评价理论原则的基础上,分别评介了8名知名网络作家(沧月、蒋胜男、管平潮、阿菩、蒋离子、天下霸唱、曹三公子、流潋紫)、8部网络作品名篇(《翻译官》《大清首富》《浩荡》《诡秘之主》《长宁帝军》《无缝地带》《老妈有喜》《鬼吹灯》),并对5位知名网络作家(蒋离子、管平潮、阿菩、何常在、六六)做了创作访谈。

其三,《文学网站评价研究报告》,对网络文学网站平台的产生发展过程进行历史描述,分析了文学网站的文化属性、文学属性、传媒属性和企业属性,对文学网站的评价维度、评价标准、指标体系、评价模型做了有针对性的阐发,并对起点中文网、晋江文学城、潇湘书院等10个不同类型文学网站的现状进行了梳理和评价。

其四,《中国网络文学十大批评家》,采取"以人带史、以史引论"的方式,选取国内10位最具代表性的网络文学理论批评家(黄鸣奋、欧阳友权、陈定家、单小曦、周志雄、马季、邵燕君、夏烈、许苗苗、肖惊鸿),对他们的网络文学理论批评成果进行梳理和分析,展现其学术贡献,由点到线、由线到面地阐明我国网络文学理论批评的发展脉络和学术成就,揭示了30多年来我国网络文学理论批评的历程、基本面貌和重要意义。

四部著述即重大项目的四个子课题,分别由欧阳友权、周志雄、陈定家、禹建湘负责完成。其中提出的网络文学评价体系"树状"结构、网络作家作品评价标准与实操过程、以"价值网"为目标的文学网站平台的"双效合一"评价指标以及评价体系和批评标准面对不同对象时的适恰性倚重等,均属学界首次提出,它们是不是那根带人走出迷宫的"阿里阿尼彩线"不敢断言,但至少可以算作筚路蓝缕后的"抛砖"之举吧!

痞子蔡曾形容初创期的网络文学就像是一个山野间"赤脚奔跑的孩子",动作不怎么雅观,速度却很快,活力满满。是的,对于这样一个不确定性与可成长性并存的研究对象,任何试图用某种固定模式(标准、体系)去定格和评价它的企图,都将是一次历险,甚或是一种徒劳,但这并不意味着所有的探赜均无以认知、不可方物。只要我们对未知的领域始终保持一份好奇心和探索欲,并一直向着那个"真问题"的方向持续发力,"真理的颗粒"就有可能在那座学术的"奥林匹斯山"淬炼涅槃,彰显出自己的天光姿彩。我们这些永远"在路上"的学人纵然做不了一个真理的"盗火者",也不妨让自己成为一名学术的探路人,用无限的追求去追求那个无限的可能,让主观的合目的性与客观的合规律性产生"量子纠缠",并最终抓住那条"阿里阿尼彩线"的线头!

欧阳友权

2022 年 12 月 18 日于三亚海滨

目　录

导论　建构中国网络作家作品评价体系的理路 ……………（1）

上编　网络作家评价实践

第一章　悲情江湖与悲剧故事
　　　　——论沧月 ………………………………………（27）

第二章　女性·历史·商业化
　　　　——论蒋胜男 ……………………………………（44）

第三章　网络古典仙侠世界里的自我超越者
　　　　——论管平潮 ……………………………………（65）

第四章　矛盾的吟游诗人
　　　　——论阿菩 ………………………………………（87）

第五章　现实题材网络小说的别样书写
　　　　——论蒋离子 ……………………………………（103）

第六章　网文时代的地道说书人
　　　　——论天下霸唱 …………………………………（127）

第七章　"新历史主义"终结与"史传"传统重建
　　　　——论曹三公子 …………………………………（138）

第八章　网络文学的精神流变
　　　　——论流潋紫 ……………………………………（154）

中编　网络作品评价实践

第九章 网络时代的爱情叙事
　　——《翻译官》与《茶花女》 …………………………（177）

第十章 断裂与再生：网络历史小说的新变
　　——评《大清首富》 ……………………………………（188）

第十一章 时代变迁下的现实书写
　　——评《浩荡》 …………………………………………（205）

第十二章 玄幻题材的现实突围
　　——评《诡秘之主》 ……………………………………（219）

第十三章 历史"爽感"与现实"逃逸"
　　——评《长宁帝军》 ……………………………………（234）

第十四章 网络小说的叙事伦理
　　——评《无缝地带》 ……………………………………（248）

第十五章 他者凝视困境的突围
　　——评《老妈有喜》 ……………………………………（262）

第十六章 盗墓小说的文学文化传统
　　——评《鬼吹灯》 ………………………………………（275）

下编　对话网络作家

第十七章 "每一部作品都是对自我的治愈"
　　——蒋离子访谈录 ………………………………………（291）

第十八章 网络文学需要降速、减量、提质
　　——管平潮访谈录 ………………………………………（327）

第十九章 网络小说的文化传承
　　——阿菩访谈录 …………………………………………（368）

第二十章 "网络文学现实题材创作的必要性和必然性"
　　——何常在访谈录 ………………………………………（405）

第二十一章 "你的思想有独一无二的人格魅力"
　　　　——六六访谈录 …………………………（446）

后记 …………………………………………………（473）

导论　建构中国网络作家作品评价体系的理路

一　建构网络作家作品评价体系的根基

何为好的作家？一个传统作家和一个网络作家可以用相同的标准吗？何为好的作品？一部优秀传统文学作品和一部优秀网络文学作品可以用同样的标准吗？这里所说的传统文学，是相对网络媒介上传播的以现代文学期刊和出版为首发媒介的文学。这之所以会成为一个问题，是因为中国网络文学的代表性样态是产生于商业网站上的各种类型化小说，与传统文学在写作机制、传播方式、写作理念、艺术手法、读者与作者的关系等方面有根本的不同。

1. 从启蒙的文学到娱乐的文学

自近代梁启超提倡小说界革命以来，小说由小道回归正宗，小说与兴国兴民的大业联系在一起，开启民智，教化民众，给人民精神的力量，这种为文学赋能的时代要求让旧小说变成了新小说。

五四新文学作家接受西方现代精神的洗礼，主张启蒙的、为现实为人生的文学，小说主人公由传统的王侯将相、才子佳人变成农民、知识分子、市民等普通人，以科学、民主、自由、平等、博爱的现代思想向旧文学开战，打破"瞒"和"骗"的古典文学。五四文学革命开创的新文学传统成为20世纪以来中国文学的主流，李泽厚将中国现代文学的基本主题概括为"启蒙与救亡"[①]的双重变奏，黄子平、陈

[①] 李泽厚：《启蒙与救亡的双重变奏》，《中国现代思想史论》，天津社会科学院出版社2003年版，第19页。

平原、钱理群《论"二十世纪中国文学"》一文中,将20世纪中国文学概括为以"改造民族的灵魂"[①]为总主题的文学。传统通俗小说受到了新文学的挤压,被视为"鸳鸯蝴蝶派"而扫进了历史的垃圾堆。所谓"纯文学"与"通俗文学"两个翅膀论,只是文学史家打捞的结果。

20世纪末互联网的广泛应用为文学传播提供了更便捷的途径,经过近一个世纪的思想革命,五四时代革命家们所宣扬的自由、民主思想已成为常识。改革开放以来,思想文化变得更加多元,随着经济生活水平的提高,人们对文化休闲娱乐的需求变得更加突出。互联网恰逢其时,为中国文学的娱乐性功能提供了空间。蔡智恒、宁财神、安妮宝贝、李寻欢、慕容雪村、今何在等第一批网络作家以戏谑、幽默的网络语言和网络表达确立了中国网络文学的娱乐性风格。2003年起点中文网建立VIP阅读机制,娱乐化类型网络小说在商业资本的推动下开始繁荣发展,民间创作的力比多被充分释放,穿越、重生小说打破时空的局限,架空小说超越历史时空为个人建功立业、实现梦想提供舞台,打怪升级的游戏化叙事逻辑让读者充分体会到轻松愉悦的爽感,金手指、开挂、主角光环、曲折再三等通俗文学手法被网络文学极化运用,天马行空的想象建起了超越时空的世界构架,极大地提高了作品的娱乐性。网络文学成为中国文学史上娱乐性最强的文学,以轻松、娱乐化的整体风格颠覆了20世纪中国文学"焦灼""苍凉沉郁"[②]的面孔。

2. 从探讨价值观到传播价值观

中国网络文学在20世纪末出现,与以启蒙为旨归的现代文学相比,网络文学在思想上接近通俗文学和大众文化,在思想上是持中的,而非先锋的。网络文学传播社会主义核心价值观,而少有探讨价值观。既有对仁、义、礼、智、信等传统思想的继承,也有自由、民主、人道等现代思想的融入;既书写了传统通俗小说中有情人终成眷属、除

[①] 黄子平、陈平原、钱理群:《论"二十世纪中国文学"》,《文学评论》1985年第5期。
[②] 黄子平、陈平原、钱理群:《论"二十世纪中国文学"》,《文学评论》1985年第5期。

暴安良、善必胜恶等观念，也有对现代公平、正义、两性平等等思想的追求。网络小说少有写悲剧，少有去展现人性的深度，去揭示胡风所说的"精神奴役的创伤"①。从精神气质与社会功能上，中国网络小说更接近好莱坞大片、日本动漫和韩国的电视剧等大众文化形态，中国网络小说在海外传播，其核心是中华文化价值观与世界文化价值观的碰撞，那些在中西文化共性中取得最大公约数的作品更受海外读者的青睐。

中国网络小说的价值观是传统与现代的交会，那些颠覆经典、架空历史、穿越重生小说的精神核心是张扬自我的力量，是对现代文学以来个体发现的传承。近年来，中国网络小说在国家主流价值观的引导下，展现出鲜明的时代"正能量"书写特色，如军事小说中的爱国思想，乡村支教题材中关爱留守儿童，改革题材中一代青年奉献社会、奋发有为，玄幻小说中主角勤奋坚强、积极作为，穿越小说中主角建功立业、开拓进取，等等。这些与社会主义核心价值观同频共振的作品产生了积极的社会影响。

3. 纯文学与网络文学的交会

中国网络小说并不是整板一块，其形态是丰富驳杂的。"榕树下"时期代表中国网络文学形态的是纯文学与网络文化基因混合的短篇小说。在商业机制下兴盛的网络类型小说整体上是中西古今通俗小说传统在当代的延伸与变革、现实与幻想、商业性与文学性、时代性与网络性、主流化与民间化、"轻"与"重"有机地混合在一起。

一般来说，网络类型小说以情节故事取胜，叙事中少有景物描写、心理描写，更不会有托尔斯泰式的"心灵辩证法"，刻画人物多以扁平人物为主，主题相对明晰，人物正反派非常鲜明，主角是道德力量的化身、正义的代表。但不可否认，网络小说中不乏接近纯文学的作品，如获得茅盾文学奖的小说《繁花》（金宇澄），获得十月文学奖的

---

① 胡风：《置身在为民主的斗争里面》，《胡风全集》（第3卷），湖北人民出版社1999年版，第189页。

《蒙面之城》（宁肯），获得"五个一工程"奖的《大江东去》（阿耐）。这些作品在互联网首发，从文学的质地、人物的刻画、艺术手法的运用、创作理念等方面更接近纯文学。

还有一类类型化的网络小说在故事框架和人物刻画上采用常见的网络小说的写法，但积极吸收了纯文学的写法，文学性强，思想内容有深度，给读者更高的阅读享受，这类小说不追求单纯的爽感，在读者群上会少一点，但获得的读者评价会更高一些。如李枭的《无缝地带》以严密的逻辑叙事和细腻的表达被称为"最接近纯文学的网络小说"。猫腻、烽火戏诸侯、愤怒的香蕉等作家的小说，加大了思想深度，放慢了叙事节奏，增加了多维的小说内涵，被网友读者称为"文青文"。

4. 从作者中心到读者中心

现代文学是以作者为中心的，在启蒙文学的作者和读者关系中，作家处在创作的上端，作家是光源体，用自己的思想去照亮民众，民众是铁屋子里沉睡的一群人，作家是那个最先醒来的要砸破这铁屋子的人。从表达的句式来说，中国现代作家讲述的是"我"的故事，陈平原通过对比中国现代小说与中国古典小说，发现中国现代小说的叙事视角多以第一人称内视角为主①。作家为什么要写作，是因为心中有话要说，巴金在为什么要写"激流三部曲"的时候说，他要为死去的大哥控诉，要呐喊。

网络作家为什么要写小说？众多网络作家谈到他们的出发点是喜欢写小说，通过写小说获得表达和交流的快乐。网络及时互动的方式，让作家的写作受到了鼓励，读者的意见不同程度影响、参与了作者的写作；当写网络小说可以赚钱，写作开始成为一些写作者谋生的手段时，读者成为作者的衣食父母，为读者写作，追求读者的数量，以读者为中心变得顺理成章。慕容雪村说："取悦读者是我的本性。"② 在

---

① 陈平原：《中国小说叙事模式的转变》，上海人民出版社1988年版，第89页。
② 钟刚：《取悦读者是我的本性》，《南方都市报》2008年11月23日第GB32版。

网络文学创作中，通过留言区、贴吧、论坛、"本章说"等形式，读者粉丝通过订阅、打赏、留言等对作者进行支持，作品的人气直接与作者的收入挂钩，读者的留言关注是作者写作的助力剂，读者的趣味也直接影响了作者的写作。

网络小说有不同的类型，不同类型对应的是不同群体、不同趣味的读者。网络小说类型的多样细化，类似为读者群定向制作，充分体现了写作者对读者趣味的重视，是有针对性的、人性化的"写作服务"。

从作者中心到读者中心并不意味着网络作家没有主见、没有个性，完全是迎合读者写作。毕竟作品是作者写的，读者的口味也是被作者塑造的，作家提供什么样的作品，读者才会有什么样的阅读。好的网络作家如果只是迎合读者的口味，读者也不会买账的，读者也是变化的，同样的读者也会有不同的需求，这种内驱力推动网络文学不断地变化和升级。

5. 从文学到文娱

有人将网络文学与好莱坞的大片、日本的动漫、韩国的电视剧比作世界四大大众文化奇观。如果从中国网络文学的衍生形态来说，网络文学是电影、电视剧、动漫的源头，网络文学作为文字脚本，是其他文化形态的上游。当网络文学形成了一条清晰的、体量巨大的文化产业链的时候，网络文学不仅仅是文学，更成为当代文化产业的重要支柱。

网络文学是高度情感化的文学，故事大多是虚构想象的。网络文学能拥有巨量的读者，其故事、想象与人物形象内涵对应的是读者的心理需求，反映了当下人们的精神结构和情感结构。从心理学的角度来说，网络文学满足的是人们的现实欲望，如弗洛伊德所说，小说实现的是人们的白日梦。武侠小说是成人童话，玄幻小说是武侠小说的放大版。玄幻小说中打怪升级变强，种田文中个人发展社会关系建立自己的领地，穿越小说中个人回到历史中建功立业，女频文中主角人设是"人人都爱我"，男频文中的"种马"故事，职场文中主角从小白到职场赢家,等等,这种关于"我"的成功、"我"的奋斗、"我"可以改变历史、"我"作为赢家的一生,放大了人的自我意识,"我"可以上天入地,无所不能,"我"可以修炼变强,甚至可以以一人之力主宰世界,所谓的爽文,是充分地夸大了个人能动性的。这种爽文故事的总体基调是明朗、乐观、欢脱的,故事过程有各种曲折,与天斗、与人斗,最终"我"是胜利者。这是改革开放时代人们对精神自由渴望的表征,在物质生活日渐丰富的时代,在中国经济高速发展的改革开放四十多年中,蒸蒸日上的时代发展变革给个人提供了各种各样的机会。人们渴望成功,渴望在获得物质自由的时候,获得更大的精神自由。

二 建立大文学整体观

中国网络文学有其特殊性和丰富性,中国网络文学不是古典通俗文学及西方大众文化形态的简单翻版,而是在此基础上有着中国道路、中国特色的当代融合与创造,有着中国读者喜闻乐见的阅读趣味。网络作家作品评价体系的建立需要建立大文学整体观,这个大文学整体观是在古今中外总体性的文学体系中,将通俗文学、民间文学及影视剧、动漫等大众文化形态视为与主流文学、精英文学共存的当代文学的重要组成部分。大文学整体观包含各种流派的现代主义文学、现实主义文学,也包含以幻想、想象为主的通俗文学。在这样一个文学丛林生态系统中,主流文学张扬国家意志,注重表达核心价值观;精英文学侧重文学思想性与艺术性的探索;通俗文学在娱乐性、趣味性上用力,这三者没有高下之分。在此大文学观的视野下,在文学传承的发展变革中来评价中国网络文学,才能对中国网络作家作品做出恰切的评判。

1. 对网络文学的评价,要看其在类型作品上的革命意义

对网络文学的评价,不是简单地看其思想性、艺术性,也不是简单地看其娱乐性,而是应该从各自的类型出发发掘其中的探索性、革命性。网络类型小说的革命性不像先锋文学的革命性那样有旗帜鲜明

的突破，网络文学的革命性也许是在99%的传统性之上只有1%的革命性，对网络作家作品的评价不是看艺术成就有多高，也不是艺术上的完美性，更不是以精英文学的标准来评价，而应具有独特的慧眼，看到这1%的创新。

比如《鬼吹灯》之于盗墓小说，《第一次的亲密接触》之于网络写作风格的开端，《悟空传》之于颠覆经典的同人文，《大江东去》之于改革开放现实题材网络小说，《诛仙》之于融会西方奇幻的东方仙侠小说，《致我们终将逝去的青春》之于网络青春小说，《杜拉拉升职记》之于网络职场小说，《大国重工》之于轻幻想重现实题材网络小说。这些作品在各自的题材领域，有其开拓性和创造性，产生了广泛的社会影响。

2. 对网络作家作品的评价是一个综合评价

网络文学的性质决定了对网络文学作品的评价不可避免要看其商业价值，还要看其社会价值、文化价值和文学价值。

从网络文学的生产过程上看，对网络文学的评价首先是来自网友读者的评价，网友的认可是网络文学获得好的评价的第一步。订阅数据、读者评价数据、网站的月票榜与年榜，这些数据初步决定了作品的影响力，影响力越大，作品，其商业价值也越大。在随后的IP链条上，一部走红的作品才有可能被影视、游戏资本青睐，还有实体书出版、海外翻译等，都是以作品的人气为基础。从网站的角度看，网络小说就是商品，人气高的作品就是好的商品，网络小说及其IP产业开发的过程是资本参与推动的过程，是通过网络媒介发酵加之商业运营的结果。从国家经济形态上看，商业化的网络小说是文化产业发展的重要组成部分，西方发达国家的发展历史表明，经济越发达，文化产业所占的比重越大，以此为参照，我国网络小说的整体商业价值还有很大的上升空间。

一部好的商业数据的作品是不是就有较高的社会价值？如果一部作品是靠迎合读者不健康的趣味，以情色、黑幕来吸引读者，缺乏积极的价值观，这样的作品是不会获得好的社会评价的。在商业价值和社会价值发生冲突的时候，应以作品的社会价值为重。网络文学的社会价值体现在作品所张扬的价值观上，如上文所讨论的宣传社会主义核心价值观，其他如对现代女性自立自强精神人格的表现，对当代生活重大题材的关注，以故事的形式对行业知识的普及，在故事、人物、细节、想象描写中对中华文化的传承，等等。

同样，如果作品的商业价值很好，社会价值也不错，但如果作品在文字表达上粗糙、逻辑不当、文学性差，这样的作品也必然是"速朽"的，不会成为经典。上文已讨论过，网络文学的文学性不能以现代文学以来的艺术标准来衡量，应参照通俗文学的标准，参照大众文化的"趣味"性标准。这个"趣味"可能是故事套路的运用，但又离不开作者别出心裁的融合超越，有作家独特的艺术个性在其中，如酒徒历史小说中的考古与细腻的人物故事处理，蒋胜男小说中以现代观念重塑古代女强人所体现出的女性的坚韧、自立、敢于担当的襟怀与气度，紫金陈小说通过扑朔迷离的故事展现出的现实批判与人性批判，等等。

海外传播影响力也是评价网络小说的重要维度。因为越是民族的，也越是世界的。中国网络小说能在海外产生影响力的作品，多是承载了中华文化元素的作品。但同时，能在海外叫得响、传得开的作品，也必然是那些积极吸收了外来文化的中西合璧的作品，如《盘龙》《天道图书馆》等。

3. 网络作家作品的评价标准是探索性的、动态性的

对网络作家作品的评价很难有一个确定的标准，因为这本身是一个历史的、探索的过程。什么是网络文学？如何评价网络文学？在20多年的文学实践中，网络文学经历了垃圾论到被广泛认同，到学界提出建构中国网络文学评价体系，到国家对网络作家进行重点培养，将其纳入国家级人才队伍的过程。网络作家先是获得粉丝读者的认可，然后获得市场的认可，后来才慢慢获得国家的认可，被称为新阶层人员。2018年网络文学作家蒋胜男当选全国人大代表，唐家三少（张威）当选全国政协委员，静夜寄思（袁锐）当选重庆市人大代表，血

红（刘炜）当选上海市人大代表，管平潮（张凤翔）当选浙江省政协委员，阿菩（林俊敏）当选广东省政协委员，晴了（段存东）当选贵州省政协委员，梦入洪荒（寇广平）当选河北省政协委员，跳舞（陈彬）当选江苏省政协委员，我吃西红柿（朱洪志）当选江苏省政协委员，匪我思存（艾晶晶）当选湖北省政协委员，我本纯洁（蒋晓平）当选广西政协委员；2019年匪我思存当选湖北省作协副主席，夜神翼（陈杰）当选成都市作家协会副主席，阿菩（林俊敏）当选广东省作协副主席。2020年，中宣部下发了2019年文化名家暨"四个一批"人才、宣传思想文化青年英才入选名单，蒋胜男、血红、骷髅精灵、我吃西红柿、天蚕土豆、静夜寄思等多位网络作家入选。网络作家经历了"网络写手"—"网络作者"—"网络作家"—"国家级人才"的过程。2020年教育部将通过网络写作获得收入，作为大学生正式就业可以统计就业率的一种职业。

　　对网络作家作品的评价是一个历史的、动态的过程，还在于网络作家作品的复杂性。网络文学作品数量多，作家数量大，类型繁杂，衍生态产品内容很丰富，要充分了解网络文学，必然需要持久的阅读、积累、观察，并在上文所提倡的大文学观中进行整体性透视，才可能认识其价值。有学者从网络文学的生产机制来看网络文学，有人从网络文学的创作学原理来理解网络文学，有人从读者粉丝的阅读数据出发进行阅读接受学的解读以解开网络文学的密码，还有人提出要建构网络文学的中华性，这些都是研究网络文学的重要思路。更为关键的是，要从具体的网络文学写作形态出发，建构切合中国网络文学实际、有助于网络文学良性发展的理论概念，这一方面期待中国网络文学创作提供更成熟的作品，另一方面也要求研究者持久努力。

　　建构中国网络作家作品评价体系的艰难还在于，网络文学不可能有一个放之四海而皆准的、不变的评价体系，因为网络文学本身是动态的、变化的，网络文学与传统文学的关系也在变化。20世纪末"榕树下"时期的网络文学类似纯文学的网络版，"榕树下"的分类方式也是传统文学的小说、诗歌、散文的分类方式。2003年网络VIP阅读机制建立后，中国迎来了类型化网络小说的快速发展时代，此后的网络文学在商业机制推动下，产生了巨大的社会影响力，成为中国当代最有代表性的网络文学形态。有学者认为2015年以后网络小说正在由"传统网文"向"二次元网文"转变[①]。2014年以来，网络文学及其创作队伍备受国家重视，国家对网络文学网站的监管力度加大，在政策层面上提倡要"大力发展网络文艺"，并采取各种措施培养网络作家，通过评奖、网络小说排行榜等机制树立网络文学风向标，提倡精品化创作，提倡网络作家写现实题材。网络文学与传统文学的交融变得更加深入，一些有情怀、有文学内涵，经得起细致阅读的网络文学作品越来越多。有人甚至预言，将来的中国文学都是网络文学，因为在纸媒文学领域，能叫得响、传得开的中国当代活跃的作家也不过十几位而已，传统作家开始意识到应积极向网络作家学习对知识的热情、想象力的爆发和情节构造能力[②]。网络文学的未来形态需要在历史实践中去观察评判，中国网络作家作品评价体系的建构必然是一个历史的、动态的探索过程。

三 网络作家的修为

中国网络小说写作者有上千万人，各大网站注册的作者有数十万人，作品有影响力、借助网络写作获得较高收入的有数百人。如果按照这个比例来推算，一个成功的网络小说家是从千军万马中冲出来的，一个人写作能取得成功，有很多原因：有时代的契机，有个人的才华，有自身的文学积累，还有后天的努力。如果从创作人才成长的规律来看，网络小说家似乎与传统小说家没有什么不同。这之所以会作为一个问题提出来讨论，是因为网络文学既有其普遍性，也有其特殊性。

1. 学历与兴趣

小说创作与个人的学历有一定关系，但不是简单直接的关系。在

[①] 邵燕君：《网络文学的"断代史"与"传统网文"的经典化》，《中国现代文学研究丛刊》2019年第2期。

[②] 房伟：《我们向网络小说借鉴什么？》，《文艺报》2020年8月3日第2版。

中国古典小说史上，小说是小道、是闲书，多是那些落魄的文人去写小说，如蒲松龄、吴敬梓是科举落榜生。这种情况在梁启超提倡小说革命以来有较大改变，五四时期以鲁迅为代表的一批新文化运动主将以小说的形式对国民进行精神启蒙，在中国现代文学史上，鲁迅、郭沫若、巴金、茅盾、老舍等现代小说家是时代文化精英，多有学贯中西的文化视野，且有较好的传统文化文学素养，他们的主要职业是大学教授、出版编辑、学者等。

当然这并不表明学历与成为作家是直接的关系，现代文学史上，老舍是个中师生，北大旁听生沈从文仅受过小学教育，萧红高中没有毕业。但这不妨碍这些人成为现代著名作家，他们的阅读、个人的经历、自身文学的才华、勤奋地创作学习，让他们成为名作家。

这样的规律当然也适合网络作家。从学历上看，网络小说家有很多低学历的作者。如金蝉是个地道的农民，是高中生；《遍地狼烟》的作者菜刀姓李没进过大学；写悬疑小说的蔡骏是中专生；《鬼吹灯》的作者天下霸唱是高中生；风凌天下、风御九秋只有中学学历；最后的卫道者高中没有毕业；《明朝那些事儿》的作者当年明月是个中专生；静官是个初中生；中华杨、月关都是高中生；玄雨是中师生。

当然网络小说家也有一些来自名校的学霸。阿菩是暨南大学历史学硕士，文学博士；步非烟是北京大学文学博士；烟雨江南本科毕业于复旦大学，后出国读研；江南、树下野狐毕业于北京大学；崔曼莉毕业于南京大学中文系；阿越是湖南师范大学历史文化学院硕士，四川大学博士；管平潮是中国科学技术大学的本科生，日本国立情报研究所的博士；蔡智恒是台湾成功大学水利研究所的博士；齐橙是北京师范大学的副教授，经济学博士。

大学教育对于作家来说，当然是重要的，是有用的，但这不是充分且必要条件，很多研究者注意到网络作家很多并不是中文系出身的：如唐家三少学政法专业，痞子蔡学水利工程专业，管平潮学计算机专业，沧月学建筑专业，酒徒学动力工程专业，江南学化学专业，萧鼎学工商企业管理专业。

相对于学历和专业,对文学的热爱才是成为作家最为根本的前提。笔者近年来访谈网络作家数十人,一般都让网络作家讲述自身的创作道路,他们几乎都有一个共同的规律,就是他们从小喜欢看书,喜欢听故事,对阅读文学作品如痴如醉。有些网络作家在小学、中学、大学阶段大量看通俗小说,他们甚至因此耽误了学业:庹政就读于四川大学化学系,但因读小说翘课,没有拿到毕业证;我吃西红柿就读于苏州大学数学系,迷恋金庸、古龙、卧龙生等武侠小说家,大三第一学期退学从事专职写作;猫腻就读于四川大学,因散漫懒惰荒废学业而被开除;血红就读于武汉大学,因沉迷小说不可自拔,成了问题学生,被武大退学;天蚕土豆高中没读完就辍学了,整日在网上看小说打游戏,几乎是父母眼中的问题少年;烽火戏诸侯,就读于浙江工商大学,大二开始在起点中文网写网络小说,大学肄业。正是这种沉迷阅读,近乎饥不择食地大量阅读,让这些书虫成为网络作家,少年时代的阅读培养了他们的文学语感、想象力、文学理解力以及对故事的掌控力等网络小说家的基本素质。

2. 阅读与创新

如果要追溯中国网络小说的文学传统,台港通俗文学无疑是列为首位的。网络文学的兴起,得益于改革开放以来经济的发展给人们提供的宽松阅读环境。台港通俗文学在大陆流行,大街小巷租书店的出现为这些通俗文学爱好者提供了精神食粮,国外大片、游戏、动漫的引入也极大地开阔了他们的眼界。血红在小学低年级就阅读了《西游记》《碧血剑》《雪山飞狐》《红楼梦》《水浒传》《三国演义》等小说。减肥专家说:"我13岁开始看小说,看武侠、漫画,看言情小说,那时几乎看魔怔了。看小说一直看到高中、大学,坦白讲,高中考大学我都不知道自己是怎么考的。"风御九秋说:"这要归功于我在济南当兵的那五年,当时在那种偏僻的条件下我喜欢租书看,每天都看,什么都看。"金蝉说:"我很喜欢传统文艺,比如说刘兰芳的评书《岳飞传》《杨家将》等,我的作品中曾经写到很多的人物,可能他们不识字,但是他们具有传统文化人格,这种人格很大程度上来源于评书之中。"飞天说："以前我看的书都是传统作家写的，四大名著我有七八个版本，我喜欢的作家三毛、倪匡、亦舒、琼瑶以及'金古梁温黄'（金庸、古龙、梁羽生、温瑞安、黄易）等人的书在我家里有好几个版本，国外作家有马克·吐温和日本的一些作家。"蜘蛛说："金庸、古龙、梁羽生、卧龙生的所有武侠小说我都读过，琼瑶的言情作品我也读过。当时并没有太多的书看，我会到地摊上去淘世界名著看。"风凌天下说："我从小就喜欢看武侠小说，在初中二年级的时候，当代的一些武侠小说名家，金庸、古龙、梁羽生等人的书我都看了一遍。"国内外通俗文学名作家为中国网络作家确立了写作的标杆，唐家三少希望成为"中国的J.K.罗琳"，紫金陈被人称为"中国的东野圭吾"，飞天的理想是"做大陆的倪匡"。

如果将网络小说两大类型"男频""女频"与台港通俗小说对应分析，则大致可以发现，网络小说中男频文"升级打怪"和女频文"谈情说爱"与金庸、琼瑶为代表的武侠、言情小说有某种内在呼应性。

喜欢文学，几乎是青年人普遍的情况，如何读，怎么读，是否读得入心入脑，这也应是成为作家的重要原因。管平潮说："《聊斋志异》里的故事对我的小说内容也有影响，《仙路烟尘》里写到在鄱阳湖船遇到大风的情节，就借鉴了《聊斋志异》故事里的片段，也借鉴了《西游记》、'三言'、'二拍'等古典小说中的人物形象。"李晓敏说："中国的演义小说对我的影响很大，如'三言二拍'、《聊斋志异》、《隋唐演义》、《后唐传》这些作品，你可以在里面吸收很多东西。包括后来的金庸、古龙的武侠小说，有一个很大的特点就是好看。主要体现在故事上面，一个故事一波N折，几个人的命运是怎么样牵扯到一起的，就很生动，我编故事还行，主要是受这些小说的影响比较深。"蜘蛛说："最喜欢看的是《七宗罪》，《十宗罪》便得名于此，《十宗罪》的写作在很大程度上也受这部电影的影响。"飞天说："2000年我开始模仿温瑞安写武侠小说，到2006年、2007年我模仿的是倪匡的软科幻。"

朗吉弩斯在《论崇高》中说："另有一条引向崇高的道路。这究竟是怎样的一条道路呢？这就是摹仿过去伟大的诗人和作家，并且同他们竞赛。"①善于阅读，积极地从阅读中汲取营养，从模仿借鉴到创新超越，这是中国网络作家所走过的道路。对于网络作家来说，需要积极地推陈出新，要创造。如果从作家的艺术素养来说，当代网络作家少有超越纸媒时代的通俗小说大家，但在网络时代，借助互联网，网络作家在杂取、融合基础之上所体现出的开拓性"脑洞"，远远超越了纸媒时代的通俗小说，所创作的小说类型也更为丰富。

比如，月关、阿越、酒徒、子与2等作家发展了已有的历史小说写法，在历史框架中，用穿越的形式，将现代精神、现代科技带回古代，拓展了文学的想象力，扩展了历史小说的表现空间。天使奥斯卡的历史小说改写了中国历史上的遗憾，体现了想象无极限的网络YY精神。血红、我吃西红柿、江南等人的网络玄幻小说在吸收、借鉴中国传统武侠小说、仙侠小说及西方奇幻小说的基础上，构建了中西合璧的世界构架和各类功法体系，创设了打怪升级换地图的新写作模式。在小说的价值体系上将现代自由、民主、平等精神与儒、佛、道等融为一体，体现出瑰丽的想象和自由精神的追求。

3. 经历与观世

对于作家来说，读书与观世，是一体两面，读书培养的是作者的内在修养，观世扩展的是外在视野。眷秋在《小说杂评》中说："必先十年读书，继之以遍游通都大邑名山胜水，以扩展胸襟，观察风俗，然后闭门潜心，酌定宗旨，从事撰述，不贵程功之期，随兴所至，偶然下笔，虽至数岁始得杀青，亦无不可，然后其书成，乃有可观。"②眷秋所描述的古人读书与观世对网络作家颇有借鉴意义。从那些成名的网络作家来看，他们年少时期痴迷的阅读与眷秋所说的"先十年读书"非常类似，虽然在创作的准备期，未必都能如眷秋所描述的"遍

---

① ［古罗马］朗吉弩斯：《论崇高》，伍蠡甫主编：《西方文论选》（上），上海文艺出版社1988年版，第121页。

② 谢昕、羊列容、周启志：《中国通俗小说理论纲要》，文津出版社1992年版，第42页。

游通都大邑名山胜水,以扩展胸襟,观察风俗",但他们来自不同的行业领域,他们有熟悉的生活、有熟悉的人群,他们所写的故事来自世间万象。

比如郭羽、刘波是职业的IT行业从业者,他们是优秀的企业家,他们对IT行业非常熟悉,他们曾经是80年代的文学青年,出版过诗集,在人到中年时,他们没有放下文学梦想,《网络英雄传》系列小说将他们成功而丰富的从业经验写进小说,他们的阅历和经验让他们的小说不再是简单的YY,而是有着深厚的生活基础。秦明、九滴水本是公安法医,借助他们的专业优势,秦明写作了《法医秦明》系列,九滴水写作了《尸案调查科》系列小说,将现代法医技术融于精彩的故事之中,他们的作品是职业"硬核"小说。卓牧闲对基层民警多有了解,将自己基层生活的经验与网络小说的写法相结合,写出了《朝阳警事》这样接地气又有趣的现实题材小说。从事经济研究的副教授齐橙充分利用自己的专业优势,以轻幻想的YY方式写下了"脚踏实地"的工业题材小说,让读者在轻松娱乐的阅读中增加工业知识。《裸婚》的作者唐欣恬主张"依靠人生来创作"。

当然,并不是所有的网络作家都是依靠自己的职业背景来写作,很多网络作家是通过想象、借鉴模仿、融梗的方式创作,如南派三叔没去过长白山、西沙群岛等地,也没有接触过盗墓行业的人,依靠看游记和纪录片等资料加上丰富的想象力写出了《盗墓笔记》。但这依然不可否认调查研究、生活经验对网络写作的重要性。很多作家换了很多工作,这些经历对作家来说非常重要。青狐妖说:"从毕业之后就不停地换工作,没有安定下来。到后来要成家、要立业,必须要安顿下来。从事的工作包括新闻媒体、服装、电子、销售等,特别多。那时没有很满意的工作,心也不安定。年轻的时候也不想有什么积累,多见识一下也不错。当时不停换工作承受的压力也很大,来回地跑,上海、浙江、山东一大半城市都跑过。这些经历对后来写都市文很有帮助。"六六将写作的经验积累比作"山顶积雪的工作",只有山顶有积雪,山下才有溪流,为了写作医学题材的小说,六六曾在医院里跟师做访谈六年，其间还读了一个医学的硕士学位。庹政也是一个有丰富生活经历的人，大学毕业后去过广告公司、纯净水公司、汽车美容业、餐饮娱乐业、网吧、书吧，这些经历成为作者丰富的创作资源库，被作者写成了小说。

当然作家不可能什么都经历，不可能为了写小偷去做小偷，为写警察去做警察，很多细节只能靠观察、靠积累，靠有意识地调查研究。蜘蛛说："收集的途径、来源有以下几个：第一是网络新闻；第二是纪实性的电影电视剧；第三是从事刑侦工作的朋友，从他们那儿得到了一部分内容。"蒋离子在写《老妈有喜》的时候，有意识地观察二胎家庭成员之间如何相处，通过熟人朋友去了解这些素材。天下霸唱在《鬼吹灯》中涉及的考古知识、历史知识、土木建筑知识、军事知识、地理和气象知识等来自广泛的涉猎。

阅读和观世是相辅相成的，实地资料收集工作以及生活经验、观察经验，这些构成了作家小说中的素材，使网络小说在天马行空的想象故事中加入了接地气的真实感。

4. 矛盾与选择

经常听到有人说，网络作家是为钱写作，对此，网络作家的反驳是，我们刚开始在网上写作的时候没有钱啊，我们写作是因为我们热爱写作啊。这道出了热爱写作是成为网络作家的前提，但不容否认的是，当网络写作给网络作家带来较好的经济收益的时候，无疑给他们也带来巨大的影响。

很多网络作家坦然面对写作带来经济收益的重要性，风凌天下说："你要说有什么文学梦，有什么伟大理想，有什么教育人那种思想，那是半点都没有。当时写书的出发点就是养家糊口，能够把自己养活。"但若因此认为网络作家只是追求经济利益，这也不是客观情况。常见的情况是，优秀网络作家从兴趣写作出发，到为金钱写作，到文学情怀与经济效益兼顾，到自觉承担网络作家的社会责任，追求更高的艺术水准。这个过程类似于张恨水的写作经历。

很多网络作家因为写作收入超过了工作收入，辞掉工作，成为专职写作者。一些网络作家通过写作致富，实现了财富自由。有的网络作家还因为写作获得了很高的社会地位，如蒋胜男成为全国人大代表，被温州大学聘为教授；唐家三少成为中国作家协会全委会委员；匪我思存、阿菩成为省作协副主席；我吃西红柿、我本纯洁、管平潮、晴了、跳舞等一大批网络作家成为省政协委员。当网络作家的小说被大量改编成网剧、动漫、游戏，当他们成为社会名人，获得社会广泛认可的时候，他们写作的心态也会发生改变。他们有更优越的条件放慢写作速度，去追求作品的质量。

网络小说遭人诟病之处在于，内卷化严重，大量作品同质化、跟风、套路化，但对于网络读者来说，文学性不是第一位的，故事好看有趣才是王道，当作品的商业价值和艺术价值相冲突时，一批有担当的网络作家自觉地以精益求精的态度，提升自己作品的艺术品相，在二者之间找到平衡。管平潮在接受笔者的访谈时谈到"降速、减量、提质"是今后网络文学健康发展的方向，并努力践行这一准则。流浪的蛤蟆一直在挑战自己的写作，不断更新，不满足于套路化、模式化的创作。唐家三少作为玄幻小白文创作的代表作家，积极响应时代的号召，创作了现实题材的小说。夜神翼积极创作重大现实题材的作品，哪怕作品的人气并不高。网络作家（如蒋胜男、酒徒、猫腻、徐公子胜治、愤怒的香蕉、李枭、灰熊猫、崔曼莉这些作者）因为作品自身的艺术品质较高，获得了读者更多的尊敬，他们的写作超越了简单的爽文设定，在爽文故事与文学情怀之间找到了更高层次的平衡。有些网络作家对"爽文"有较深刻的认识，减肥专家认为："有的人觉得大杀四方很爽，有的人觉得有情感上的共鸣很爽，有的人觉得解决问题很爽，有人觉得情节和他预期的一样很爽，还有人觉得超出他的预期很爽。"还有些作家，在理论和创作上同时发力，写出了研究网络文学创作规律的理论著作，千幻冰云（黄志强）出版了《别说你懂网文》，阿菩（林俊敏）出版了博士学位论文《网络小说生产：一本书破解网络小说密码》。

5. 勤奋及其他

成为一个有影响的网络作家是不容易的，对个人的综合素质要求是很高的。网络作家中不乏一书成神的作者，但因为后续的倦怠，没有恒心和毅力，没有扎实的根基，没有继续努力和学习，他们成了"陨落的大神"，再也没有像样的作品问世，或者再也写不出作品。

欧阳友权主编的《网络文学概论》中说：成长为一个有名气的网络文学作者是非常不容易的，需要过几道关。第一道关是文字关，第二道关是速度关，第三道关是社交关，第四道关是挨骂关。还需要较好的文字功底，敏捷的文思，丰富的想象力和处变不惊的心理素质。① 由网络写手到网络作者再到网络作家，要越过多道"关"，最重要的素质是勤奋和努力。

网络作家日更数千字，每天更新，通过写作在线与读者互动，这种坚持不断的努力是令人敬佩的。它要求网络写作者是一个有毅力的人，一个勤奋努力的人。唐家三少是这方面的典范，他曾因坚持100个月每天上传8000字以上不断更，盛大文学为他申请吉尼斯世界纪录。高楼大厦说，他走路都在想怎么写小说，他把自己小说的主人公取名为秦奋（勤奋）、弈立（毅力），其用意不言而明。管平潮说："在写作方面踏实勤奋和坚持，我自己有两句座右铭：'家少楼台无地起，案余灯火有天知''明知十年难换算，不可一日不拱卒'。"网络小说中的主角大多聪明、勤奋、不畏困难、勇于担当，这为网络读者提供了积极的精神导向。

当然，仅仅勤奋是不够的，与纯文学作家一样，网络作家也需要因性练才，要找到自己擅长的题材类型及风格，找到自己写作的精神矿山，这必然是一个艰苦努力的过程。

月关最初写武侠同人小说《颠覆笑傲江湖》，反响一般，后写都市小说《一路彩虹》、玄幻小说《成神》，也没有什么影响。后在起点连载《回到明朝当王爷》，一炮走红，终于找到了适合自己写的架空

---

① 参见欧阳友权主编《网络文学概论》，北京大学出版社2008年版，第133—134页。

历史小说。蒋离子在沉积10年后，重新发力，找到了自己最擅长的领域，开始对婚恋情感题材深耕细作，写出了《糖婚》《老妈有喜》《半城》等优秀作品。唐家三少是玄幻小白文的代表作家，对自己的小说读者定位非常清晰，就是给小学高年级及初中生看的。何常在从写诗到写流行刊物专栏文章，再到写网络小说，一直在寻找和摸索自己擅长的题材，最后发现还是写现实题材最适合自己，积多年努力写出了精品力作《浩荡》。

"积学以储宝，酌理以富才，研阅以穷照，驯致以怿辞，然后使元解之宰，寻声律而定墨。"① 中国网络文学如火如荼的繁荣景象，是网络作家们的辛勤汗水与艺术才华的结晶。狄德罗说，精神的浩瀚、想象的活跃、心灵的勤奋：就是天才。讲述中国故事，为大众读者提供有情趣、有内涵的精神产品，这项伟大的时代使命期待更多天才的网络作家出现。

四 建构网络文学评价体系的路径

建构中国网络作家作品评价体系需要从基础的工作做起，从阅读作品出发，对网络文学作品进行深入的评论、研究，提出有效评价中国网络文学的理论概念。还需要更新研究方法，做及物的、能切中中国网络文学发展关键问题的研究成果，在此基础上才有可能建构起中国网络作家作品的评价体系。

1. 文学批评是建立网络作家作品评价体系的基础

网络作家作品评价体系的建立需要以作家作品评论为根基。从文学史上看，那些优秀的作家作品，除了经受读者的检验，更重要的是经过文学批评的洗礼，只有那些有着广阔文学史视野、有着良好文学素养、有较高文学判断力和感知力的批评家读者才能客观评价网络文学的价值。

长期以来，对网络文学评价起主导作用的是那些文化程度不齐的

---

① 刘勰：《文心雕龙·神思》。

粉丝读者，对中国网络文学有长期阅读、有理解之共情又有理解之批判的专业批评家还很少。这一方面是因为运用传统文学的评价方式很难深入地揭示网络文学的价值，另一方面是因为网络文学批评需要大量阅读的基础，需要古今中外通俗文学及大众文化的视野，这对于学院派批评家来说是不易的。与庞大的网络文学创作队伍相比，网络文学批评家阵容还很薄弱，还需要培养更多的年轻批评家入场。对在网络时代长大的"90后""00后"来说，他们对网络文学有更多的、天然的认同，也有更好的从小阅读接受网络文学的基础，在经过系统的文学批评训练后，他们将是未来网络文学批评的主力军。我们欣喜地看到，已有多部网络文学理论教材问世，中南大学、北京大学、上海大学、安徽大学、山东大学、西南科技大学、南京师范大学、浙江传媒学院等高校建立了网络文学研究机构，多家高校开设网络文学研究课程，这将为网络文学研究评论培养更多的后备人才。

2. 充分研究网络文学的内在规律

网络文学是中国当代文学的重要部分。网络小说发展了传统通俗小说的文类。诸如"耽美""二次元""小白文""同人文""马甲文"等类型是传统文学中所没有的，这些类型背后的文化文学基因是什么？如何评价这些小说类型？这需要坚实而深入的研究来回答。

网络文学中"爽""代入感""融梗""主角光环""金手指""穿越""YY""清水文""性向""挖坑""甜宠""架空""种田""升级""玛丽苏""人设""逆袭"这些术语所指的手法在传统文学中是否有相应的运用？是否可以通过理论辨析和批评实践，将这些术语进行理论提升，转化为网络文学评价关键词，让网络文学批评更接地气，更能深入阐释网络文学创作的肌理？这方面已经有一些学者做了一些基础性的工作，如欧阳友权主编的《网络文学词典》，邵燕君主编的《破壁书：网络文化关键词》。目前来看，这些工作还停留在基本的词源与意义的梳理上，还没有达到深层次理论上的辨析，还少有深入落实到作家作品的批评实践中，还没有从中生发转化出对网络文学具有阐释力的理论概念。

近年来，国家提倡网络作家写现实题材，网络文学如何写好现实题材？现实主义要求再现典型环境中的典型人物，要求直面生存的真相，揭示现实的黑暗和人性的真实层面，现实主义真实而不可爱，这与网络小说中"爽文"的写法是矛盾的，网络作家该如何处理这个问题？网络作家们从中做了折中，创造一种"网络现实主义"的写法。所谓"网络现实主义"就是网络小说写的是现实题材，甚至是重大现实题材，在小说的写法上采取"爽文"的写法，让主角的成长线带动故事流动，使小说好看抓人，同时又在一定程度上反映现实的变革，甚至较深地触及现实中的矛盾。如《大国重工》《老妈有喜》《浩荡》等作品，既叫座也叫好，既有对现实的积极介入，也给读者轻松阅读的愉悦，既有很强的故事性，也有细腻的表现手法。如果从现实主义的发展历史来看，是否可以这样总结，网络小说写现实发展了现实主义理论，现实主义经历了如下过程：古典现实主义—批判现实主义—革命现实主义—人道现实主义—网络现实主义。网络现实主义是不是能在文学上留下浓墨重彩的一笔？

关于"性向""女频文""男频文"，这些网络文学关键词所指向的网络文学写作实践，是不是中国女性文学发展的一个新的历史阶段？如在女尊文中，彻底颠覆了男尊女卑的思想，在故事中释放女性优于男性的想象。在网络"大女主"类型小说中，女性的才智、胸怀、见识、担当毫不逊色于男性，甚至比男性更为出色。在一些现实题材的女性向小说中，男人是孱弱的，女性才是担当重任的人，她们自身并非完美，但她们在生活磨砺中成长，最终拥有力量去直面、解决生活的困难。这种在复杂的人际矛盾中冲出来的女性形象故事，是不是超越了自丁玲、苏青、张爱玲、张洁、王安忆、林白、陈染等20世纪女作家对女性生存境遇的书写，后者笔下的女性也坚强自立，却在生活中处处碰壁，这固然是对女性生存现实的写照，但女性形象过于孱弱、凄婉。这当然是时代的进步带来的，网络女频文通过想象或写实的故事让女性真正站立起来，其意义无疑是重大的。

3. 研究方法的更新

建立网络作家作品评价体系，需要借用传统文学的研究方法，如知人论世的方法，对网络作家展开调研访谈，听网络作家讲述其创作道路，收集关于作家的一手资料，建立网络作家档案。从作家的阅读、写作状态入手，分析作家的创作理念，看作家的进步与发展趋势。

在这些方面一些学者做了一些工作，但与传统文学相比，网络作家受到的关注还是太少，关于网络作家的系统研究资料还很少。早期成名的网络作家已经写作了二十余年，如流浪的蛤蟆、流浪的军刀、蒋胜男、酒徒、唐家三少、月关、猫腻、管平潮等，对这些有巨大社会影响力的优秀作家，可以如传统文学研究那样，将其写作分成不同的阶段，明晰他们的进步与变化，分析他们不同阶段的写作与中国网络文学发展进程之间的关系。与之形成对比的是：那些平庸的网络作家，有的写出了一两部有影响的作品，但缺乏后劲，很快就陨落了；有些网络作家虽然不断出新作品，但几乎没有什么创新，只是一个写作模式的反复运用；有些网络作家，借用各种"梗"，迎合读者的阅读，一时赢得了一些读者，但作品没有个人的风格，缺乏个人的创意，这样的作家也必然难以获得好的评价。

传统文学中比较研究的方法，小说类型学的研究方法，写作学规律的考察方法，等等，对网络作家作品评价体系的建立都是非常有用的。如上文所言，建立大的文学整体观，就是要在文学史发展的坐标中，理解以娱乐性为主要功能的网络文学的意义。网络小说不是无源之水，而是中外通俗文学、大众文化的变体，也积极吸收了纯文学的创作方法，这需要研究者先要"博观"，获得批评的"眼力"，在此基础上方法才是有效的，才能如实评价网络作家作品。

建立网络作家作品评价体系，也需要借用一些新的研究方法。比如如何阅读网络小说？仅仅采用传统文学批评中"细读"的方法可能是不够的。有人提出，可以先采用电脑软件对作品进行"远读"，因为网络文学作品字数多、作品品类多，采用"远读"的方法可以帮助研究者快速从整体上感知把握作品，从而对作品做出全面、客观的评价。在互联网上读者的阅读评价都是有迹可循的，有人对这些阅读评价进行大数据处理，采用量化的、数字人文的研究方法，从中总结出网络文学写作、读者接受的一般规律，这些都是非常可取的思路。

网络作家作品评价体系建构的基础是中国网络作家不断创作出更多优秀作品。我国网络文学有着特别的国情和历史机遇，中国作为经济大国在世界上崛起，文学产业化正启航并开始高速发展，我国的网络文学不是法兰克福学派批判的文化工业，不是本雅明所说的机械复制的文艺商品，也与西方先锋性、实验性的超文本、多媒体文学不同，与中国迎来五千年未有之大变局的历史形势相应，中国网络文学的发展变革为世界文学的发展提供了新的经验，中国网络作家作品评价体系的建构将有助于发展、丰富现有文学理论体系，也将载入世界文学史册。

上 编

网络作家评价实践

第一章　悲情江湖与悲剧故事

——论沧月

沧月小说继承了"金古黄梁温"等港台新武侠作家的写作传统，以新的形式和内容描绘了沧月式的"女子武侠"世界。沧月小说塑造了一系列失意的江湖儿女形象，故事大都以悲剧结尾，读者评价其小说时称"被虐哭"，浓郁的悲剧色彩是沧月小说的重要特点。判断一部小说是不是悲剧作品要看"全剧是否贯穿了悲剧冲突；悲剧情感和悲剧行为方式的主要体现者——悲剧主人公的性格是否得到展示；作品在接受者那里是否产生了应有的悲剧效果"[①]。作为大陆新武侠的代表作家，沧月的小说是穿着武侠和奇幻外衣的悲剧小说，沧月的小说实践启示我们思考网络小说应如何处理悲剧题材。

一　双重维度的悲情"江湖"

中国武侠小说在叙事空间的营造上，通过想象、虚构手段为读者建立了一个具有特异性的"虚拟江湖"世界，如《天龙八部》中的天山童姥可返老还童，《蜀山剑侠传》中的仙侠妖魔可驰骋三界，等等。武侠小说作者将高楼、侠客、月光、鲜血、酒楼、长剑、复仇等元素融入故事，读者在接受这些信息后，还原并重构这一社会空间，形成作品中江湖世界的外形。从沧月小说的叙事空间来看，其小说的江湖

[①] 赵凯：《人类与悲剧意识》，学林出版社2009年版，第8页。

（外形）世界大体可分为两类，一类是以"鼎剑阁"系列和"听雪楼"系列为代表的"武林江湖"，另一类是以"镜"系列、"羽"系列（"云荒"系列）为代表的"玄幻江湖"。在表现手法上，则主要通过虚构和重构两种手段来实现。

"虚构"侧重于"虚"，即通过陌生化原则，将读者带入一个异质化时空。文学中的"虚构"被视为"文学叙事的总规约"[①]。我们这里说的"虚构"仅仅作为文学叙事的一种手段，区别于对历史或者对生活的真实记录，区别于对现实的直接反映。如《史记》为实，《红楼梦》为虚；网络文学中都市小说为实，仙侠小说、玄幻小说为虚。社会空间的特异性使故事有更大的想象空间，如卡夫卡可变身甲壳虫，哈姆雷特能与父亲的鬼魂对话。

朱光潜在《悲剧心理学》一书中借用布洛的"心理距离说"，列出了在悲剧作品中使生活距离化的几种手法：空间和时间的遥远性；人物、情境与情节的非常性质；艺术的技巧和程式；抒情成分；超自然的气氛[②]。沧月将武侠与玄幻相结合，将妖魔、仙侠、凡人、鲛人等置于同一时空，利用心理距离来加强悲剧性。如果说沧月对于"武林江湖"这一叙事空间的建构还较多保留了民国旧派武侠或港台武侠小说的影子，那么沧月小说对于"玄幻江湖"的建构则超越了这一传统。与"武林江湖"相比，沧月小说的"玄幻江湖"更多的是通过对非常性质的人物、情境与情节的描写和超自然气氛的营造来完成的。如"镜系列"围绕云荒之上的鲛人族和空桑族的矛盾展开，苏摩被鲛人族选为他们的"海皇"，他为了拯救沦为奴隶的鲛人族，修炼了"镜"术，同时被自己和人偶控制；真岚作为空桑的皇太子，他的躯体是由一个头颅和断手组成的；白璎作为空桑国的皇太子妃，以鬼魂的形式存在；等等。同时，"傀儡术""鲛人""鬼魂"等设置为小说营造出超自然的气氛，"在我们心中唤起一种神秘感和惊奇感"[③]。

[①] 谢龙新：《文学叙事与言语行为》，中国社会科学出版社2017年版，第78页。
[②] 朱光潜：《悲剧心理学》，中华书局2012年版，第28—29页。
[③] 朱光潜：《悲剧心理学》，中华书局2012年版，第241页。

重构是指沧月在虚拟的社会空间中，通过多种叙事策略，形成一个新的具有完整外形、可感的观念集合。它注重悲情江湖的再次加工，指原有的"意识事件"已经出现过，作者在原有印象的基础上，进行重新建构，形成一个相似而又不同的叙事空间。沧月小说中的"武林江湖"侧重拉长时间和空间的遥远性来增加悲剧感。

沧月小说对武林江湖的重构建立在传统江湖的基础上，所以它在创新的同时依然具备了时间和空间的遥远性所带来的悲剧效果[①]。以"鼎剑阁"系列和"听雪楼"系列为代表，小说分别围绕武林中象征着权威组织的"鼎剑阁"和"听雪楼"展开，类似于金庸小说中的"武林盟主"所统领的组织力量，或温瑞安小说中的"试剑山庄"。故事中的背景多为架空的历史时期，沧月通过仿照历史朝代年号和侧面描写等方法来营造时空的距离感。沧月"听雪楼"系列中《帝都赋》开篇交代故事背景，其中"景帝十八年秋"和"龙熙十八年"则是分别仿照历史中的"王公即位年次纪年法"和"年号纪年法"设定的，通过直接交代故事背景，读者通过以往的阅读经验判断出这是发生在某个历史时期。除了这种直接说明，沧月笔下的武林江湖复归传统，不同于现代社会中"黑帮江湖"的肉搏或者枪战等现代化的打斗场面，沧月小说中对兵器、人物关系等的描写，以及极具文言色彩的语言，被读者归结到古风小说之列。如《幻世》中少主和侍女的关系是我国封建社会时期具有的等级差别，小说中写到的"沐浴""好剑""龙涎香"等也是古风小说中常见的词语。沧月在重构中延续了传统武侠小说中江湖的本来样貌，在此基础上，加入动漫、玄幻因素，形成独具特色的悲情江湖，使读者在阅读中感知故事叙事空间的遥远，增强我们对悲剧人物的敬意。

[①] 沧月的小说创作虽然有着现代题材甚至未来题材的尝试，如《2012·末夜》以及她在2018年完篇的"星"系列是以未来为背景的幻想故事，"镜"系列外传的《织梦者》属于现代题材，《风玫瑰》是沧月应江南之约写的以欧洲文艺复兴为背景的《荆棘王座》的同系列作品等，这些风格各异的小说创作在沧月整体的小说创作中所占比例较小，悲剧性相对于其他作品较弱，这里暂不纳入本文所探讨的沧月悲剧小说的文本范畴。

"虚构"更接近于网络文学的创作方式,而"重构"则更像是传统武侠小说的延续和发展。但二者本质上都是文学对现实世界的仿拟,目的是拉远与现实生活的距离。那么网络文学该如何融入对生活的深刻思考?网络文学该如何写悲剧?网络文学中的虚拟表现手法该如何避免雷同?沧月的悲剧叙事似乎可以提供一些借鉴。在网络文学创作中,"一些契合虚拟世界文学主体精神表达、网络文学表现方式和网上读者接受心理的文学作品大量成规模出现"。① 涉及的题材类型有:穿越、玄幻、科幻、武侠、军事等,其中又以网游小说和穿越小说的虚拟性最为典型。沧月将虚拟这一表现手法用于悲剧叙事,虽然"极尽夸张人类强力之能事",但同时继承并发展了传统武侠小说的写作意旨,"强调了人类的牺牲和自制精神,融入了现代性的反思"。② 读者自充满苦难和欲望的尘世而来,在沧月营造的虚拟时空,某一瞬间可以看到人的影子,也许是历经磨难、在人偶的操控下挣扎的苏摩,也许是用生命守护爱人的鲛人族少女"汀"。爱情无法求得圆满、生命充满苦难等主题透过遥远的时空以艺术的方式得以展现,在满足当下读者的审美期待的同时,引发读者对生活的思考,其悲壮却给人以空阔辽远之感。

　　沧月小说世界的另一维度是存在一个隐匿的江湖——"心灵江湖"。"心理空间是人把同存的感觉——印象分成联合印象群的知觉能力心灵表现。"③ 也就是说心理空间的载体是同存的社会空间中的人,而由这些人对于事物的印象、世界观、人生观、价值观等共同组成的联合印象群,即心理空间。如把沧月小说中社会空间下的悲剧人物对江湖中善恶的判断、对人性的选择以及内心的情感世界等联合成一个群,即武林中人的"心灵江湖"。沧月以女性的柔情细致入微地描述着每位悲剧人物内心的变化,将腥风血雨的江湖世界搬到人物内心,让他们在心灵世界完成一次次与自己的搏斗和厮杀。

---

① 陈力君:《虚拟空间的世相与幻相》,《中文学术前沿》2012年第1期。
② 陈力君:《虚拟空间的世相与幻相》,《中文学术前沿》2012年第1期。
③ 陈晓辉:《叙事空间抑或空间叙事》,《西北大学学报》(哲学社会科学版)2013年第3期。

这一心灵江湖的构建首先表现为悲剧冲突的向内转。沧月小说悲剧所带来的同情是强烈而绝对的，这种悲悯使得读者无法对任何一个故事中的主人公产生厌恶的感情，这主要来源于悲剧产生的内部冲突。出于宿命的原因，悲剧人物在内心进行了一场与命运的抗争，如哈姆雷特的命运让他的内心被迫不断陷入矛盾挣扎中。布拉德雷称莎士比亚的悲剧，"虽然主人公走着命运决定了的道路，他通常是由于内心的斗争而感到万分苦恼的……"[1] 相对于麦克白和奥赛罗，哈姆雷特的形象更容易引起同情。沧月小说中的悲剧冲突大都是悲剧人物的内心与命运的抗争，即"哈姆雷特式"的悲剧冲突。以《护花铃》中的迦若为例，迦若与青岚共生共灭，两个人的记忆交织在迦若的身体里，他的内心不断奔走在善和恶的两极，被做成鬼降是他的宿命，为拜月教进行无休止的屠杀是他的使命，然而在最后与听雪楼楼主萧忆情做出的交易中，他提出的"助我"只是希望以自己为饵，将圣湖的恶灵带进无尽的深渊，以消解这吞噬了无数生命的罪恶。"侠"最终战胜了"魔"，在他内心获得了胜利，这种对内在矛盾冲突的描写，使他的"恶"收起了锋芒，而同情越发强烈。《血薇》中的舒靖容、《大漠荒颜·帝都赋》中的舒夜、《幻世》中的剑妖公子、《七夜雪》中的"瞳""镜"系列中的苏摩，等等，都是悲剧人物在与命运的抗争中，内心产生了极大的冲突，而这冲突一直伴随着悲剧人物走向悲剧结局。

其次，这一心灵江湖的构建还表现为静默的内心和解。沧月小说中悲剧冲突向内转的结果有两种：一种是以死亡作为结局，以求得解脱，这种结果并没有解决冲突，而只是终止冲突；另一种则是在内心将冲突化解，道德感战胜欲望、战胜命运，至此，内心的冲突才得以解决。

虽然沧月小说中没有传统武侠小说"侠之大者，为国为民"的常见思想，但对于人性向善的回归，是作者在心灵江湖世界为悲剧人物安排的普遍出路。《大漠荒颜·帝都赋》中的绿姨作为次要人物出场，

---

[1] 杨周翰：《莎士比亚评论汇编》（下），中国社会科学出版社1981年版，第31页。

她因为公子舒夜杀死了前任主人，对公子舒夜恨之入骨，设计出卖公子舒夜，试图帮高连城夺得城主之位。然而当她得知公子舒夜本就无意王位并对弟弟高连城关爱有加时，内心长期建立起来的仇恨围墙轰然倒塌，最终，她将事实告知高连城，在公子舒夜带兵防御敌人时高连城及时救下了公子舒夜。绿姨在内心和仇恨达成了和解，并以行动做出向善的回归。《血薇》中十二岁的石明烟，因父母所在的帮派为听雪楼所灭而被舒靖容收养，然而，被仇恨吞噬的孩子根本无心感受舒靖容对她的温情，她设计让舒靖容和萧忆情双双死去。但当她坐上了听雪楼楼主的位置后，却又饱受煎熬，最终她带着对舒靖容的思念和血薇剑离开了听雪楼，她选择终止这无休止的杀戮，在内心达成和解。

"向内转"的文学手法在中国现代文学史上可以追溯到五四时期，自鲁迅的《狂人日记》到郁达夫的《沉沦》，从新感觉派小说到中国式现代派小说，文学写作"向内转"追求淡化情节、诗化语言以及注重内心的情感表达。鲁迅的《狂人日记》借狂人的心理描写表达对社会的文化批判，郁达夫对隐秘心理的描写表现特定时代个人的觉醒以及对旧有秩序的反叛。沧月的武侠小说不同于港台新武侠将笔触集中于武功心法、门派争斗、英雄人物形象的凸显等内容，而偏向于写人物内心的矛盾挣扎以及悲剧冲突在内心最终达成静默和解。这是沧月借鉴现代文学的结果，也与现代文学止于表现人物的困境不同，沧月给人物提供了解决方案。

二 沧月小说的悲剧主题

中外众多悲剧作品中关于悲剧的主题，大致有生死、伦理、爱情、人性、救赎等，它们在个人与社会的联结中必不可少，而悲剧正是个人在追求自我欲望满足的过程中受到第三方力量阻挠而产生的结果。当第三方力量由神控制时，悲剧涉及生死；当第三方力量来自封建家庭或社会时，悲剧涉及伦理；当第三方力量是他者参与的原因，悲剧涉及人性。另外，自我的软弱性和妥协性往往是造成悲剧的内在原因，于是悲剧涉及救赎。但是，在一部悲剧作品中，悲剧主题的内容往往不是单独出现的，同一部悲剧作品或者同一作者的作品中往往包含几个不同的主题。沧月的小说包含生存、死亡和人性等主题。

生存的苦难来源于欲望得不到满足。沧月小说中《大漠荒颜·帝都赋》中公子舒夜发出"我觉得生无可欢，不如就死"的感叹，一方面公子舒夜的爱情欲望无法得到满足；另一方面他仍然背负着照顾弟弟、保护敦煌的承诺，"不如就死"的欲望同样无法得到满足，所以苦痛，所以挣扎。沧月小说对生存苦难的感叹还有很多，基于悲剧人物的生存需求，可将其中的欲望分为多种类别。

第一种是求生的欲望。求生是人类的本能，出于对现实中其他欲望的渴求和对死亡的恐惧，人们希望自己的生命或者他人的生命得以延续。《辛夷》中，林渡和陆峻为了心法秘籍《云笈十二诀》进入无量山，在初次与黄金蛟的搏斗中拼尽全力，这是自我生存欲望。但当他们同时爱上了身中剧毒的无量宫少宫主辛夷时，为了保护解药青鸾花，在第二次与黄金蛟的搏斗中，林渡和陆峻不惜牺牲自己的生命，这是求得他人生存的欲望。人类因为感知自我生存的艰难，所以苦痛；人类因为感知他人生命的逝去，所以苦痛。

第二种是爱情的欲望。沧月以情感的细腻见长，爱情欲望得不到满足的痛苦成为悲剧主人公生存之苦的主要来源。《忘川》中苏微和原重楼基于原重楼隐瞒身份的基础上萌生的爱意最终以苏微只身回到风后祠告终；"镜"系列中苏摩和白璎的爱情被灭族之仇阻隔，白璎对于苏摩的爱意换回的是苏摩的离去和报复；等等。不同于男性武侠小说作家将爱情作为男性主人公侠骨柔情的说明和陪衬，沧月小说中的情爱叙事占据了小说的中心。如金庸《倚天屠龙记》中，张无忌在洞悉武林真谛的过程中，遇到了赵敏、周芷若、小昭、殷离等女性人物，留下了一段段情感纠葛。而沧月悲剧小说中求得爱情的满足成为其叙事的核心情节，凌驾于其他欲望之苦。

第三种是权力地位的欲望。因为悲剧主人公自武林江湖这一叙事空间而来，武功秘籍的争抢、江湖门派的争斗等内容是武侠小说的常见桥段。弱肉强食的自然法则同样适用于江湖的门派斗争，如金庸小说中代表权力、地位的兵器和武功秘诀，如倚天剑、鸳鸯刀、绿玉杖、玄铁令、《辟邪剑谱》《九阴真经》等激起了武林中人的贪婪欲望，以求称霸群雄，一统武林。因为这贪欲得不到满足，所以自己痛苦；因为追求这贪欲的满足，造成他人的痛苦。《剑歌》中的方之珉为了得到英雄剑不惜舍弃正道，毒害沈洵被恋人谢鸿影发现，为了是非公理，谢鸿影纠正了这一错误，将英雄剑赠予沈洵，方之珉陷入失去江湖地位的痛苦之中，这属于前者；《七夜雪》中的"瞳"为了拿到"万年龙血赤寒珠"杀人无数，甚至伤害了自己的"亲人"薛紫夜，造成了武林中人和薛紫夜的痛苦，这是后者。

佛教说人生有八苦：生、老、病、死、爱别离、怨憎会、求不得、五阴炽盛。从欲望的角度都可归结到生存之苦这个庞大的主题上。沧月小说中的欲望之苦以生存欲望的表达为基础，以爱情欲望的无法满足为主要表现内容，兼顾江湖中人对于权力地位的追逐等内容，以死亡和寂灭作为欲望的对立面，尝试为悲剧主人公提供解救之法。

前文我们将欲望之苦归结为人生苦难的本质，除此之外，悲剧的发生，需要具体的行动使之外化。王国维在《红楼梦评论》中曾将悲剧分为三种类型：

> 第一种之悲剧，由极恶之人极其所有之能力以交构之者。第二种由于盲目的运命者。第三种之悲剧，由于剧中之人物之位置及关系而不得不然者，非必有蛇蝎之性质与意外之变故也，但由普通之人物、普通之境遇逼之，不得不如是。①

根据王国维对悲剧的划分，沧月小说中的悲剧大都属于第二种，即以命运作为悲剧行动的主导者，因命运使然，不得不如此。这就是沧月悲剧小说的"宿命论"色彩，即生存之苦主题的第二个含义——宿命之苦。"宿命论"是造成沧月武侠世界中与生俱来的悲凉感的原

---

① 王国维：《王国维文学论著三种》，商务印书馆2017年版，第12页。

因之一,故事中的人自无法改变的充满血腥、杀戮的武林而来,其江湖人自身所带来的命运悲剧是悲剧的原因。以"听雪楼"系列为例,《血薇》中的"人中龙凤"舒靖容一出场便因大魔头舒血薇之女的身份饱受世人非议,在激烈的江湖厮杀中,双亲丧命,她不断逃离终究杀害师兄弟的预言,而最终,却走向既定的悲剧结局。再如《护花铃》中的迦若,干净明朗的少年最终陷入一场又一场杀戮,无法逃脱。"如同过去和将来只是像任何一个梦那么虚无一样,现在也只是过去未来间一条无广延无实质的界线。"① 在悲剧主人公饱受生存之苦但因为仍旧有所欲而无法选择死亡的中间地带,沧月常常借助虚无主义帮他们求得暂时的解脱,沧月在《幻世》和《夜船吹笛雨潇潇》中借少林空性大师和海王之口说:"快乐痛苦皆无住,凡所有相,都是虚妄。"

"我们正是每每为了躲避痛苦而投奔死亡",反过来,"尽管死是迅速而轻快的,然而只要能多活一会儿,我们宁可承担可怕的痛苦而躲避死亡。"② 悲剧人物循环往复的痛苦正是来源于生存,至于解脱之法则是作者为悲剧主人公寻求的种种出路。借用王国维对于悲剧类型的划分,与之相对,不同的悲剧行动导致的悲剧结果——死亡,也具有不同的形式。这里分为主动死亡和被动死亡两种形式。

"第一种之悲剧,由极恶之人极其所有之能力以交构之。"这是基于第三方力量的参与导致的死亡叙述,我们称之为"被动死亡"。这第三方力量一般表现为"恶"的化身,如《哈姆雷特》中的叔父,《奥赛罗》中的伊阿古,《窦娥冤》中的知县张驴儿,等等。沧月小说中很少出现极恶之人,区别于传统武侠小说善恶分明的江湖道德观的构建,沧月小说着力于表现人性的复杂化。因此,沧月悲剧小说中的"极恶之人"是相对于被他剥夺生存权利的那部分人来说的。《曼珠沙华·彼岸花》是沧月小说中死亡气息较浓厚的一篇,文中以叶天籁复

---

① [德] 叔本华:《作为意志和表象的世界》,石冲白译,商务印书馆2017年版,第38页。
② [德] 叔本华:《作为意志和表象的世界》,石冲白译,商务印书馆2017年版,第386页。

仇归来为线索，在试剑山庄进行了疯狂的杀戮，"她说到这里，忽然莫名其妙地暴怒，手指一挥，房子四角呆着不动的僵尸们忽然长身跳起，拿着刀剑互砍了起来，登时血溅满地"。叶天籁是小说中的悲剧主人公，由于拜月教对叶家的屠杀，她被迫入"魔"，但同时她也是悲剧的制造者，她利用拜月教的巫术杀害了众多无辜的武林中人。她的命运和杀戮都成为小说悲剧感的来源，死亡的叙述带来黑暗的狂欢，接近于尼采提出的酒神"醉"的状态，这成为文中氤氲的悲剧气氛。

第二种悲剧"由于盲目的运命者"和第三种悲剧"剧中之人物之位置及关系而不得不然者"而导致的死亡，这是悲剧主人公命运的必然结果，我们称之为"主动死亡"。尼采在论古希腊悲剧艺术时提出："在哈姆雷特那里和其他酒神之人那里都一样……现在不再有任何慰藉起作用，对死亡的渴望超越了一个世界……"[①] 死亡被看作人向幻象的逃离。《幻世》中的剑妖公子在经历亲情的背叛和爱情的消逝后，被少林空性大师带上了嵩山。然而无法像宝玉一样"出世"作为解脱之道，"死亡"是他摆脱人世疾苦的唯一途径。《七夜雪》中的薛紫夜在经历过一场场劫难之后身心俱疲，最终无法获得尘世的幸福，以死亡告终。

悲剧中的死亡，一是将悲剧进行到底，以悲剧震撼人心的力量获得审美价值；二是试图以悲剧人物的死亡唤醒迷失的道德，获得作品的社会批判价值。《哈姆雷特》全篇弥漫的死亡气息使其悲剧的力量得以充分展示。《窦娥冤》中借窦娥"血染白绫、六月飞雪、大旱三年"的预言给予人们以警醒，给予肇事者以惩戒。《哈姆雷特》重在表现，注重死亡意识带来的审美价值；《窦娥冤》重在纠正，注重死亡带来的社会批判价值。沧月的悲剧小说介于这两者之间，它有着西方传统悲剧作品中充斥的死亡气息，也一定程度上继承了中国悲剧小说的写作传统。

首先，沧月小说通过对死亡的大量叙述，以取得悲壮的艺术效果。

---

① ［德］尼采：《悲剧的诞生》，杨恒达译，译林出版社2009年版，第47页。

"艺术文本中的死亡意象是一种艺术意志和审美情感的价值体现。"[1]沧月小说中的死亡叙事带给读者的不是一种"沉静之美",而是常常伴随着血腥、杀戮、误解、遗憾,有悲剧人物强烈的情感参与其中。《护花铃》中迦若的死亡在一场恶战中发生;《乱世》中漱玉的死亡在高群的误解中发生;《血薇》中萧忆情和舒靖容的死亡则是由于石明烟的设计而彼此仇恨,互相残杀。这些悲剧的发生,有的以场面的描写(如血腥场面的描写)触动读者的感官,有的以悲剧人物的悲情引发共鸣。

其次,以死亡推动悲剧情节的发展。死亡的社会价值如海德格尔在《存在与时间》中所说:"若从极端上加以领会,死人的不再在世却还是一种存在,其意义是照面的身体物还现成存在。在他人死去之际可以经验到一种引人注目的存在现象,这种现可以被规定为一个存在者从此在的(或生命的)存在方式转变为不在此在。此在这种存在者的终结就是现成事物这种存在者的开始。"[2] 死亡主体以"死亡"这一生存的另一"表象"得以存在,影响着他人的行动和价值判断。如我国现代文学中以革命为主题的小说,小说中主人公的流血牺牲是为了唤醒民众的抗战热情。悲剧人物的死亡为所生存的现实世界提供"价值参照",但沧月并不愿意成为这种主流价值观的传道者,相比较作家这个称呼,她更愿意称呼自己为作者或写手[3]。沧月的小说关注"人"自身的追求和生存意义。沧月小说中的死亡主题在文本世界中的价值意义大于在现实世界中的价值意义。死亡唤醒的并非现实世界中的读者,而是通过唤醒文本世界中迷失的另一悲剧人物达到阅读的快感,服务于情节的快速推动。《血薇》中舒靖容的死亡让石明烟对自己坚持复仇的行为产生怀疑,并予以纠正。《七夜雪》中的"瞳"和"霍展白"因为悲剧女主人公薛紫夜的死亡而放下仇恨,订下休战

---

[1] 颜翔林:《死亡美学》,上海人民出版社2008年版,第33页。
[2] [德]海德格尔:《存在与时间》,陈嘉映、王庆节译,生活·读书·新知三联书店1987年版,第286页。
[3] 沧月访谈:《文学爱好者如何追求成功?》,2015年5月8日,见http://www.docin.com/p-1144618113.html。

之约。死亡唤醒人性善的部分，淡化了死亡带来的暴力，将温情以一种不易察觉的形式融于悲情之中，表现出人性的复杂和善的本质。在某种程度上符合叔本华提出的死亡是对生命的另一种肯定的哲学意义。

无论中国古典悲剧还是中国现代文学中的悲剧主题，都离不开对生存和死亡的思考。"悲剧艺术是悲剧现实的反映，悲剧作品所描写的往往是一个民族在特定历史时期中最富悲剧意义的事件。"[1] 但在当下看来，这一说法似乎存在一个疑问，即在网络文学创作繁盛的当下，在泛娱乐化和碎片化阅读的同时，深刻的悲剧主题，对生存和死亡等的哲理性思考是否真的能被网络读者接受？沧月的悲剧叙事为此作出了很好的说明。沧月延续了金庸、古龙等的武侠小说题材，继承了江湖厮杀的情节设置，但抛弃了英雄美人终成眷属的结局设定，将悲剧意识贯穿全篇。同时沧月发展了网络小说中玄幻、动漫等新的表现手法，抛弃了网络文学中叙述故事的小白文写作方式而加入了深刻的主题思考，这使得沧月的悲剧叙事在娱乐读者和追问真相之间达到了某种平衡。

三 沧月小说的网络化和传统化倾向

沧月作为"大陆新武侠"的代表作家，其创作受到接受主体、传播媒介以及网络文学的运营等多种因素的影响，呈现出网络化的倾向。但同时，由于"武侠"这一题材本身包含的丰厚历史意蕴，以沧月为代表的"大陆新武侠"的创作又有着向传统回归的特点。

邵燕君在《网络文学的"网络性"与"经典性"》一文中将网络小说的网络性概括为三个方面：超文本性、粉丝经济和与 ACG 文化的连通性。其中超文本性和粉丝经济在沧月小说中表现得并不明显。沧月悲剧叙事中的网络性特点主要表现在与 ACG 文化的连通性上。ACG 是指 Animation（动画）、Comic（漫画）、Game（游戏）。

---

[1] 张泗洋、徐斌、张晓阳：《莎士比亚戏剧研究》，东北师范大学出版社 2014 年版，第 402 页。

一方面，在网络小说的创作中，作者通过文字充分调动读者的视觉、听觉等感官以及情感，营造类似于电影、动漫的画面感。如《曼珠沙华·彼岸花》的开篇写道"谨以此文，纪念我喜爱的《生化危机》"，沧月在这里借鉴了电影描绘画面的写法，文中通过大量的文字对具有毁灭性的灾难场景进行描写。如写南宫陌在看见被叶天籁施以蛊毒控制的傀儡时，描述如下：

活死人的脚步是拖沓而缓慢的，凝滞地响起在荒废的空园中。
……
有喘息，有心口起伏，然而眼神却是凝滞的，灰白浑浊的一团、不辨眼白瞳仁，走起路来摇摇晃晃的、手脚僵直，被切开的颈部伤口里，流出奇怪的紫黑色的血。

这两句主要通过动作和颜色描写给人以血腥、恐怖的视觉冲击。第一句是恐怖电影中为了制造气氛常见的手法，未见其人，先闻其声，烘托了紧张、恐怖之感。第二句则是恐怖电影、侦探电影的案发现场以及《生化危机》这类灾难电影等画面结合的效果，将"僵尸"这类虚拟的形象还原成可感的形象。

另一方面，沧月小说与ACG的连通性还表现在情节设置上的逐层递进，主人公的历险旅程成为小说的主要脉络。游戏的通关过程，一般有打怪升级和两军对垒两种形式。沧月悲剧小说中的情节设置参照这种游戏模式也分为两种，一种是参照两军对垒的形式，表现为两种力量的较量，如拜月教和听雪楼、空桑族和鲛人族、神之左手和神之右手等，敌对双方陷入一场又一场的争斗，悲剧人物也在不断的斗争中认识自我，感悟生命。另一种是打怪升级的形式，在沧月的悲剧叙事中，悲剧人物自带主角光环，游戏中的打怪升级在这里不是表现为武功上的提升，而是表现为悲剧人物不断历险的过程。如"镜"系列中的那笙在真岚的指引下穿越荒漠，去到不同的地方分别为真岚收集断手、断脚，帮助真岚完成重生。《忘川》中也有苏薇为寻求解药遭遇重重困难的情节设定。

与ACG文化的连通性是网络文学时代对文学叙事手法创新的要求，也是文学文本IP价值的体现。动漫、电影、游戏等元素通过沧月诗化的语言融入特定情境，给读者带来类似于电影镜头的画面感和特殊的游戏体验。虽然传统武侠小说中也有涉及宏大的场面描写，但区别于沧月小说或者网络小说中的场景描写，传统武侠小说更多的是对武功招式、外部冲突以及静态场景等的描写，忽视画面的转换以及动态场景。在沧月的悲剧叙事中，则较多动态场景，特别是放大细节或者镜头转换等的细微之处，给读者以身临其境之感。

前文已论及，沧月的悲剧小说属于"奇幻武侠""大陆新武侠"，具有"类型化"的特点，其"类型化"创作特征主要表现在两个方面：一方面是与同时代其他"大陆新武侠"作家的作品具有相似性；另一方面即她在自己的创作框架中，创作出大量风格类似的悲剧作品。与同时代其他的"大陆新武侠"网络作家相比，他们的共同点在于女性开始作为武侠小说的创作主体和阅读主体，"武侠"不再仅仅是男性作家抒发男性话语的载体。由此，爱情主题的突出成为沧月以及一些"大陆新武侠"小说作家共同的特点。以步非烟、沧月为例，她们的武侠小说创作基本上都以情爱叙事为主体，如步非烟的《揽月妖姬》与沧月的"镜"系列的创作较为相似，以女性作为第一主人公，以情爱叙事为主，都以云荒为创作背景，等等。同时，沧月在自己的创作框架中，也创作出大量风格类似的悲剧作品。如故事背景类似，沧月的悲剧小说以"系列"创作为主，同一系列的悲剧作品背景相似，《血薇》《护花铃》《荒原雪》《指间砂》《铸剑师》《风雨》《神兵阁》《火焰鸢尾》《忘川》等故事以"听雪楼"和"拜月教"的斗争为故事背景；《大漠荒颜·帝都赋》《曼珠沙华·彼岸花》《七夜雪》《幻世·剑歌·碧城》等篇以"鼎剑阁"与"大光明宫"的斗争为故事背景；云荒系列则以鲛人与空桑的仇恨为背景进行叙述；等等。只是不同的历史时期，也会有所变化，如楼主或者城主的更替，两派斗争的激化或和解等内容有所不同。故事结局类似，悲剧性结局则是沧月武侠小说的普遍结局。

对于现代文学对传统的继承问题，王一川在《中国现代性的景观与品格——认识后古典远缘杂种文化》中将其分为"顺现代说"和"逆现代说"，分别指五四以来对传统文学持全盘否定和肯定的两种路线。相对于这种激进主义的思想，现代社会为文学创作提供了一个更加宽容开放的语境。即"后古典性"或"后传统性"，这种"后古典性"指"现代性的一种存在样式，是以古典风貌存在的现代形式"。[①]如"金古黄梁温"等人作品的语言表达就颇具古典色彩；再如网络文学中的古风作品，在情境描述和情感抒发等方面极具文言色彩或模仿诗词的移情造境功能，通过大量的铺陈以达到浓烈的情感表达效果；等等。沧月小说的悲剧叙事的传统化就表现为这种"后古典性"。

首先，沧月小说的悲剧叙事的传统化表现为写作方式的传统化。沧月的悲剧作品作为互联网时代下的产物，与其他网络文学作品（如同样具有古风色彩的《花千骨》《步步惊心》《后宫·甄嬛传》等小说）相比，其写作方式显示出向传统文学回归的趋势。沧月的悲剧小说以系列化创作为特色。系列内各个故事虽有关联，时间上是承接的关系，但情节上彼此独立，各自成篇。与习惯于用几百万字甚至上千万字的网络小说相比，沧月的悲剧小说创作篇幅显得短小很多。如《血薇》9.1 万字；《大漠荒颜·帝都赋》14.5 万字；《护花铃》20 万字，《花镜》由十个故事组成，共 16.7 万字；《绝爱三部曲·沧海》由四个故事组成，共 14.7 万字；等等。而与之相比，《步步惊心》分为上下两册，共 42.9 万字，《花千骨》分为上中下三册，共 60 多万字，《后宫·甄嬛传》则达 146.1 万字。沧月这种"虽言长篇，颇同短制"的写作手法是对中国古典小说的借鉴。"听雪楼"系列以舒靖容和萧忆情创立听雪楼始，开始从不同的人物视角串联整个故事，随着时间的发展，故事中的主人公不断变换，到最后以听雪楼和拜月教

---

① 王一川：《中国现代性的景观与品格——认识后古典远缘杂种文化》，《南京大学学报》（哲学·人文科学·社会科学版）2005 年第 3 期。

的冲突化解作结。其中穿插了听雪楼楼主的故事、拜月教教主的故事、听雪楼四大护法的故事、江湖组织风雨首领秋护玉的故事等，但这些人物又是互相缠绕在一起的，在爱恨情仇的纠葛中共同谱写一个腥风血雨的江湖故事。沧月小说的传统化还表现在文学性词语的运用上，相对于唐家三少、天蚕土豆等"小白文"写作，沧月的悲剧故事显得古色古香，这不仅得益于小说中对于古代诗词的运用，也在于作者的语言精致凝练，用词典雅："航船夜雨，船头站着的男子白衣长剑，剑横笛而吹，衣裾在风中如翻涌不息的云"（《夜船吹笛雨潇潇》）"那是一颗白色的流星，大而无芒，仿佛一团飘忽柔和的影子，从西方的广漠上空坠落。一路拖出了长长的轨迹，悄然划过闪着渺茫光芒的宽阔的镜湖，掠过伽蓝白塔顶端的神殿，最后坠落在北方尽头的九嶷山背后。"（《镜·龙战》）沧月善于借鉴古典意象，文辞古雅，意境婉约柔美。

2015年，沧月凭借《忘川》一文获得首届网络文学双年奖银奖，沧月也多次荣登中国作家富豪榜，其小说《听雪楼》《镜·双城》已被影视改编。2019年，沧月武侠小说代表作《听雪楼》被改编成影视剧播出后，引发热议。沧月的小说有明显的传统化倾向，但这类作品在"IP热"的当下常常遭遇了和传统文学同样的难题。武侠题材是影视剧中的经典题材之一，有很多经典影视作品，如《鹿鼎记》《射雕英雄传》《绝代双骄》等，随着《诛仙》《斗破苍穹》等人气小说陆续被翻拍后，影视制作团队将目光重新投向了"大陆新武侠"这一尚未被IP产业开发的领域，而沧月又以极其强烈的写作风格和影响力获得青睐。但沧月作品中浓烈的悲情叙事风格与影视化作品轻松幽默的娱乐化倾向并不合拍。《听雪楼》被改编成影视剧后，很大程度上失去了沧月的悲情叙事风格，血流成河、腥风血雨的江湖厮杀场景被简单带过，悲剧主体复杂的内心挣扎难以呈现，人性中的自私、冷漠被向善的积极力量化解，极具沧月特色的《听雪楼》被改编成了一般男强女弱的"恋爱江湖"的套路。这似乎是一次并不成功的IP改编。与之相反，2019年的另一IP改编剧《东宫》却意外收获了不少好评。

这除了得益于演员的演技以及导演的创意，还在于保留了原著的悲剧叙事，影视剧中大量还原原著中"虐"的情节，被网友调侃为"玻璃碴中找糖吃"。

　　在网络文学繁荣发展的当下，沧月仍然笔耕不辍，其悲剧叙事也有所改变。如《2012·末夜》和"星"系列是对科幻题材的大胆尝试，悲剧并不成为其主要特色，《镜·朱颜》作为"镜"系列的延续和补充，更多地受到了读者意见的影响而不断调整故事情节，悲剧感也大大减弱。沧月的小说创作越来越多地受到了网络文学创作方式的影响，其悲剧性特点集中在 2012 年以前，虽然其 2014 年创作的《忘川》以及 2017 年发表的《镜·朱颜》有向前期创作回归的趋势，但这种回归非常短暂。很多读者评价沧月小说的创作后劲不足，悲剧本身的历史叙事空间、古典意蕴等逐渐丢失，悲剧感被现代感和科技感冲淡。沧月是一个颇具现代意识和偏好古典情韵的网络作家，悲剧叙事与网络小说的爽感机制难免是冲突的，沧月的悲剧叙事有鲜明的个人化风格，是特定时代的产物。沧月的写作境遇让我们思考，面对网络小说 IP 产业化的时代要求，兼顾艺术性和娱乐性的平衡，是对网络作家更高的要求，网络小说并非不可以写悲剧，而是如何写悲剧。

第二章　女性·历史·商业化

——论蒋胜男

历史小说是中国传统的小说文类。自宋元讲史话本起，我国传统的历史小说已初具形态，至明清演义时发展成熟。中国传统历史小说发展历程中呈现出的多类型足以证明中国文人在历史学和史传文学方面的发达之处，从演义体小说到"外史"小说，从"志人"小说到"后传"小说，等等；远有如《三国演义》等富有文学特色的通俗历史小说，近代有充当"政治启蒙""知识启蒙"工具的历史小说；80年代末有尝试摆脱"政治"话语的新历史主义小说，也有重拾历史话题，为帝王将相、商贾、知识分子等人物做"传"的历史小说，至21世纪网络文学的兴起和流行，历史小说又以新的形态出现，成为网络文学中颇受欢迎的一个类别，以上显示出"史"与"文"两者在中国文学中相互交织、相伴相随的关系。

随着《步步惊心》《宫锁心玉》《甄嬛传》《芈月传》《锦绣未央》等女性励志大戏的热播，"女性历史小说"文本也再次走进读者大众的阅读范畴。在众多的网络女频小说中，女性历史小说可以说是最具中国文化特色的，那么它是如何在当下网络时代成长壮大的，其类型优势整合了哪些文学资源，又是如何契合当下读者的阅读需求和接受环境的？而其中蒋胜男为何能在众多女性历史题材创作者中获得"女性大历史小说第一人"的盛誉？其打着"《后宫·甄嬛传》后2015年度最令人瞩目的史诗巨献"口号的《芈月传》"全景再现大争之世群雄并起争霸天下的宏伟图卷",刷新了读者对原有女性历史小说的认知,将女性历史题材推向高潮;以《芈月传》为代表的系列历史小说是如何实现女性"权力游戏"的升级及掀起全民"知识考古学"的历史大讨论?又是如何适应文学产业化带给文学创作的影响,为市场化小说探索出一条适合其发展的长久之路的?我们可以通过分析蒋胜男系列历史小说的叙事特征和创作历程来思考上述问题,并以此窥视网络历史小说的发展特征。

一 女性历史的自我言说——"女性向"小说书写的新模式

蒋胜男自1999年在网上连载作品以来,已创作并出版多部作品,其中包括四部长篇历史小说《凤霸九天》、《铁血胭脂》(未完本)、《芈月传》、《燕云台》(未完本),历史中篇小说集,历史评述集,等等;除早期创作的几部武侠、玄幻和都市小说之外,其作品大多以历史人物为蓝本,可以看出作者对历史题材的钟情与专注。在作品主题及叙事风格的处理上,她既有对传统女性作家作品(特别是90年代女性历史小说)的继承,也有对网络"女性向"历史题材小说的革新,在重塑历史女性形象、凸显女性权欲、建构女性主体性、阐释个性化历史观的同时也迎合和满足了女性读者的精神需求与阅读心理。

后现代主义者福柯提出"历史断裂"说法,且认为历史断裂是被强权意识独断开的,福柯呼吁要揭示出这种断裂,"让强权压制下被历史遗漏的内容浮出水面并昭告其存在的意义"。[①] 长期以来,关于历史及历史的叙事基本是由男性及统治话语完成的,女性在已有的历史叙事中长期处于缺席地位,因而寻找历史存在感及通过历史证明自身合法性的需求成为女性创作者获得书写权利时不可避免的主题。20世纪初庐隐、丁玲等女作家尝试书写女性在现代社会中的历史存在与思想启蒙,至后半世纪的王安忆、铁凝、迟子建等当代作家在时代变革

[①] 刘琳:《她们的言说——论新世纪网络女性小说中的历史写作》,《创作与评论》2016年第6期。

洪流中讲述女性成长史，而陈染、林白对女性历史的书写从过去理性的女性欲望表达转变为理性与感性交会式的"我的小说与我的私人生活有关"的叙事风格，发展到卫慧、棉棉时期这种欲望叙事呈现出更加感性化的"我的小说就是我的私人生活"特征，同时90年代凌力、赵玫、王小鹰等历史小说作家选择直接跳出隐秘的书写牢笼，大胆地将笔锋触及"历史"这一话题，挑战历史只被男性话语操控的命运；到了21世纪，网络文学出现了女性创作群体，其中大批女作者将笔触延伸到历史范畴，最早出现的《梦回大清》《步步惊心》《绾青丝》等小说，通过穿越架空的形式，将女性历史以多重方式呈现出来，彰显出女性直接介入历史的生存状态和价值意义。从对女性身份与性别政治的细致反思到女性自我意识复杂的体认，再到对女性非理性的原始本能抒写，不同时期都有对女性历史和女性欲望的描述，但不变的是女性作家们都尝试使女性脱离男性话语权威和想象性表达，真切关注女性个体生存，开启女性历史和女性欲望书写新篇章。而蒋胜男作品极大地继承和延续了以往女性作家的叙事策略和创作观念，实现了女性自我认知从"本来如此"到"未必如此"的突破和怀疑，作者在批判精神和探究意识的坚持下重塑新的历史图景，剥离男性神话的外衣，使被历史遮蔽的性别政治得以公开，女性崛起不再成为妄谈，女性自我与独立表征于男权历史和两性政治之中。

其中，蒋胜男系列长篇历史小说与20世纪末女性历史小说之间的联系最为紧密，对赵玫的"唐宫三部曲"、须兰的《武则天》、王小鹰《吕后·宫廷玩偶》等作品有延续和革新意义，其创作都是基于人文主义立场和明确的性别意识，从女性的个体生命体验出发，对历史进行个性化的阐释，揭露了历史长河中长期被男权话语遮蔽的女性境遇，彰显了女性的思想意识。蒋胜男懂历史也更懂女人，作品对历史题材的介入全部是以女性人物和视角展开的，如《芈月传》的芈月、《凤霸九天》的刘娥、《铁血胭脂》的没藏胭脂、《燕云台》的萧燕燕等，可以看出作者钟情于女性历史的建构，她将女性放置于历史长河之中，以女性的人生轨迹架构该人物生存的历史时空，书写女性在男权文化的历史长河中的艰难发展，通过女性的成长史宣扬了女性个体独立精神和自由思想的形成与发展，重塑历史女性形象，为女性发出个人的声音与时代的呐喊。

同时蒋胜男系列长篇历史小说在网络文学"女性向"方向上，走出了一条不同于其他"女性向"历史题材小说的创作之路。她一反其"主流"叙事主题的"争爱争宠争地位"一跃而起至"为自我立言"；她的作品不同于《绾青丝》《凤穿残汉》等纯虚构题材的"女尊文""女强文"，不同于"架空"历史题材的《随波逐流之一代军师》《且试天下》等，不同于历史宫斗题材的《甄嬛传》《如懿传》等，也不同于借穿越进行历史重述的《木兰无长兄》等，《芈月传》的走红将她作品风格全面又鲜明地展现在读者面前：以历史人物为叙述中心讲述不平凡女性在动荡的时代潮流中建立政绩、平定内乱、消灭敌国的政治手腕和气魄；由此成为以历史女性为主人公的"女性向"大历史书写的代表之作，至此女频小说从"争爱争宠争地位"升华到重构"女性向"历史的阶段；《芈月传》等系列长篇历史小说浓缩了网络文学以"性别革命"重建女性自我意识、两性关系和女性族权认同的发展史①，一反男性历史视角下对女性命运的展现，试图在正史的架构中实现女性历史的发掘和建构，这是蒋胜男小说的价值与意义。而蒋胜男作品突破网络"女性向"小说的书写主题，实现"为自我立言"的女性主体建构，主要表现为欲望叙事的转变——从"情爱欲望"转变为"权力欲望"；她的作品已度过了爱情大过天的纯情阶段，也不再是以"宫斗"或"宅斗"为主要情节的蜕变腹黑成长史，而是将叙事笔调停留在"朝堂"和"权力"之上，展现女性在时代潮流中搅弄历史、掌控政治、操纵帝国兴衰的才能与气魄、视野和格局。

一般"女性向"作品以情爱欲望为表达主旨，人物描写、情节设计及故事进展围绕"情爱"主题开展，并使权力欲望服务于情爱欲

---

① 庄庸：《从少女之"心"到女"王"天下——蒋胜男〈芈月传〉"小儿女大历史"的书写冒险》，《名作欣赏》2016 年第 22 期。

望;"女性向"作品中男性优越的地位和雄厚的家庭背景主要也是为了衬托出"王子爱上灰姑娘"的感人至深,男性人物权力越高,显得爱情越纯粹、越美好和令人艳羡,由此可见一般言情小说中情爱在人物的价值衡量体系中占据了相当重要的地位。而在这些作品中我们很少能够看到真正具备独立健全人格的女性人物,那些女性几乎没有一件事情是靠着自己独自承担并解决的,且最为重要的是女性大多数的外援都来自"爱情"。

情爱欲望在网络小说中具体表现于主要人物的情感故事中,诸如一女多男或一男多女式的情感意淫;在"女性向"作品中作者常创作满足读者心理期待的"霸道总裁爱上我"的类似桥段,且女主身边不乏一个或多个暖男、备胎,人物的终生追求几乎都围绕在情感的分分合合之中。如蒋胜男笔下《凤霸九天》女主人公刘娥被身边两个男性同时喜欢,一个明处呵护,一个暗地关怀;未完本《铁血胭脂》中胭脂的前半生主要与两个男性产生情爱纠葛;《芈月传》中描写了芈月与黄歇、秦惠文王、义渠王、庸芮、魏丑夫等多名男性的情爱故事;《燕云台》中萧太后在年少时爱恋韩德让,后又与皇上相伴携行大半人生。但与一般"女性向"小说写作有所不同,蒋胜男并没有将故事发展和人物刻画停留在情爱纠葛或缠绵之中,而是采取权力欲望压倒情爱欲望的叙事手法,侧重对历史女性权力追逐的描写,凸显女性的政治才能和政治生涯,彰显女性人物在权力斗争方面的生命意志。作品讲述的是历史女性的成长史而不是爱情史,爱情只是成长的一部分,而成长的终极以历史女性达到权力的顶端为结果。以往网络女性历史小说中,"爱情至上"多为小说主题,即便是表现一些自立自强、独立自主的女性人物,其叙事的主线和焦点也会落在女性人物的情感经历上,最后的结果必然与感情的结束或者圆满有关,书写一个女性人物的成长和成功也是通过借助或依靠一个"功能"强大的男性来确认和完成的。而蒋胜男作品中情欲服务于权欲,女性人物的成长是以身边男性人物的离去或死亡为前提的,如刘娥人生真正精彩的时期是在宋真宗去世后,作为太后在皇帝年幼之时为稳固江山极尽谋划,她先利用李迪对付八王赵元俨，再用丁谓对付反对她的寇准、李迪，然后放任丁谓坐大，将朝中不稳定因素一扫而光，再用张咏搅乱朝局，一举解决丁谓及其党羽，将朝堂上所有障碍全部剔除，使天下大事掌握在自己手中，其政治手段高超且深谙制衡之道，彰显了一代政治女性的本色和风范，爱情的逝去助力其权力顶峰的到达。又如《芈月传》中芈月在其父楚威王去世后才逐渐学会保护自己，并在初恋黄歇遇难后为保护家人开始蜕变与成长，而芈月展现坚韧生命力、实现绝地反击是在秦惠文王去世之后，走上权力巅峰、稳固秦国江山是在除掉义渠君翟骊之后。男性的出现给了芈月爱情，丰富了芈月的人生之路，帮助她成长，而他们的离去促使或逼迫芈月真正强大。同样的叙事模式在蒋胜男其他作品中也有呈现。她作品既留存有"爱情叙事"中"一女多男"式叙事结构，又突破"爱情至上"观在网络女性历史小说中的桎梏，以权欲叙事压倒爱欲叙事，在叙事格局上追求民族国家的叙事高度。权欲进场后，爱情就变味了，权力欲望让爱情不再纯洁或理想，为那些沉浸在"霸道总裁爱上我"白日梦中的女性撕去了"大女主"的自我标签，使"伪女权主义"昭然若揭。其作品解构了爱情神话，通过权力欲望的呈现，将女性放置在更大的舞台之上，呈现女性主体建构的历史经验，女性与男性站在同一地平线上，共同书写两性的历史机遇。

同时，作者也让我们看到了女性在权力统治之下的一种既公开又隐秘的生活方式——以身体换取物质生活、精神支持和政治地位。如《芈月传》中对民间流传的"好色荒淫"的秦太后芈月的描写，其人生重大转变都与男性联系在一起，其权力和目标的获取无不是通过利用和引诱男性来实现，如芈月委身秦嬴驷便是为了保全自己、救出亲人，芈月再嫁义渠君为的是借助义渠之力帮助嬴稷登上皇位；《凤霸九天》中刘娥只有将自己的身体交于韩王元休才有可能慢慢摆脱困顿贫瘠的生活，虽然作品中打着爱情的名义为他们之间的关系正名，但深入本质来看，身体政治在性别政治中有着极为重要的作用，这是女性在那些历史朝代中不得不面对的一种生存悲剧，同时也是女性在男权及历史王朝的规约与统治之下自我生存和欲望突破的一种方式，其身体政治更是为权力欲望服务。

另外，在蒋胜男作品彰显女性权力欲望的同时，我们也看到了作者对这种权力欲望进行了审视，并且看到了它在面对历史惯性和自身悖论时所面临的困境。如《芈月传》中开篇便以"霸星"事件来为芈月不寻常人生做铺垫，小说中也多次提及芈月的"大鹏之志"，但江山岂容女性染指，芈月最终还是被自己的儿子以孝为名赶下台；《凤霸九天》中刘娥在人生的巅峰阶段披黄袍、祭庙告天，展现了"这帝位我非不能也，而是不取也"的宏大气魄，但实质是因女性与"权力""皇位"之间难以跨越的世俗眼光；但这些结果并不影响她们追逐权力、实现政治抱负；女性欲望的突破与历史王道的规约性之间的冲突是小说的看点，也是激励读者选择向上人生的参考；同时，作者对欲望自身做了合理化处理，欲望是推动人向前发展不可忽视的力量，也是人物自身处境与遭遇的缘由。

以上关于欲望的表达是一种生命、生活甚至心理现象，作者借助它一方面试图揭示历史文化背景下的社会问题以及人性潜存的本能和想法；另一方面以一种玩味和吸引人的方式抓住读者心理，使读者相关欲望得以释放和宣泄。作者热衷于对这些处于权力顶端、社会上层的历史女性进行书写，以此迎合女性读者对权力、成功、爱情和美好生活的向往。

网络文学的VIP生存法则决定了它是一种读者文学，因而蒋胜男作品的历史意义与主旨精神必然反映这一时代部分读者的价值取向。消费主义时代经济的快速发展带来了人文价值观的混乱及欲望膨胀，女性在逐渐崛起的过程中也卷入了商业和职场，在日渐物化、欲望化的社会中，新时代女性在事业和家庭的多重压力下，渴望在社会、家庭或感情生活中找到自己的定位，追寻人生价值。历史小说中女性人物的精神追求与人生境遇为那些在现代社会遭遇现实打击的读者提供了一种"鼓励式"和"实验性"的参照，一方面通过狂欢式的想象来消除部分焦虑和压抑，另一方面通过为历史女性"翻案"，让读者感悟到在封建统治时期女性抵达成功的艰难之路，给读者信心和慰藉，这也是弗朗兹·法侬提出的"精神创伤理论"的慰藉心理，当下女性借重读历史来重新认识历史女性和重塑自我精神。尤其对男性形象的书写，无论是初恋般的黄歇、宋真宗，暖男钱淮演，成熟稳重的秦惠文王、韩德让，相爱相杀的挚爱元昊，还是保护力十足的野利遇乞、义渠君等，都折射出了现代女性的心理诉求和愿望，体现了她们对纯真爱情的向往，具有鲜明的女性心理色彩。在这里，男性成为"他者"，女性成为观看者，女性通过观看获得评判和审视男性的快感，从而确立自己的主体地位，颠覆了长期以来男性中心思想主导下男性想象和凝视女性的叙事形式，丰富了女性的阅读体验，满足女性征服男性的YY快感；而作品在女性视角下呈现出的男性品格和身体描写，既符合女性对传统男权窥视自身的反抗和报复心理，又满足了女性读者的阅读欲望，其窥探他者的快感背后隐含着深层的性别权利和欲望关系。

　　蒋胜男作品不像穿越或架空小说，现代人通过穿越回到某一历史时空，将现代知识和能力运用到古代生活，由此干出一番惊天动地的大业来；同时通过给读者建构乌托邦世界的方式，使每个读者都可以在阅读过程中幻想"自我"、体验另一番人生，具有极强的代入感。而蒋胜男笔下人物是历史上的真实女性，代入感比穿越题材偏差，但真实人物的成长故事更具说服力；乌托邦世界总会在合上书本的那一刻消失，"美梦成真"的幻想生活也只停留在小说阅读过程中，这种爽式阅读只能暂时消解读者的焦虑和压力，而蒋胜男作品借以历史人物和事件给读者亲身示范，在这种"鼓励式"文本讲述中帮助读者建构自我。

　　蒋胜男在其作品中展现了历史女性新的存在形态和言说方式，塑造了更加立体和真实的历史女性形象，展现出包容和谐的性别哲学，反映了当下女性在当代工业社会和都市生活中复杂独特的女性经验与强烈的自主意识，潜藏着当下女性在这一时代中对爱情、两性关系、权力以及成功的渴望、焦虑和思考。

二 文本书写的拟史与超越

马季先生曾提出:"网络时代,历史小说是否有重新界定的必要和可能?"① 在这之前,网络历史小说基本逃不过两大创作模式,一穿越,二架空,而蒋胜男系列历史小说为我们出了难题,对于她作品不穿越不架空,立足历史史实、历史人物的叙事风格,应如何界定?从历史小说几千年的演变和形态特征出发,或许可以为我们理解和界定蒋胜男历史小说有所帮助。笔者认为,蒋胜男历史小说有对传统历史小说继承和延伸之处,其既继承了传统通俗历史小说(如《三国演义》等作品)的"历史演义"写法,又吸收了传统历史小说(如唐浩明、凌力、二月河等作家作品)塑造典型、客观表现历史人物和事件的创作风格;既借鉴了 20 世纪八九十年代的新历史小说"一切历史都是当代史"的新历史主义观,强调个人的主观感受对理解真实历史的影响,注重传达个体经验,语言带有鲜明的个人色彩(但并不晦涩),同时也结合了当下网络历史小说写作中应具备的消遣性和娱乐性特点,情节安排、人物设置、故事走向往往迎合某一特定人群的喜好,语言表达上口语话与拟古化相结合,最终呈现出既有历史感,又有可读性和故事性的作品。

蒋胜男系列长篇历史小说"不穿越""不架空""不金手指",它不同于"拟历史"类架空历史小说侧重对虚拟"历史"进程中人物选择和成长际遇的描写,以此向读者传达作者的历史认知观念;也不同于"借历史"的穿越架空类历史小说侧重于"历史"中人物依托自我能力改变或参与历史的故事性讲述。她的作品采用以人带史的叙事手段书写大格局的历史图景,并且人物全部都是以历史上不平凡的女性为中心进行叙述。作者在历史资料的整理、收集基础上,结合自己的理解和想象进行文学创作,在宏大的历史场景与动荡的时代背景下,一方面描写了女性的个性成长与心路历程,另一方面通过人物的人生

---

① 马季:《〈芈月传〉:网络文本与传统文本的同构》,《南方文坛》2016 年第 3 期。

轨迹带领读者回到历史现场，细致入微地品读和欣赏人物生活的历史时空。有据可考的历史事实、平缓紧致的语言文笔、生动鲜活的历史人物、信手拈来的引经据典，都体现出了作者不俗的历史功底与文学造诣。同时，她笔下的历史小说难能可贵的是没有肆无忌惮的对历史的戏说和毫无节制的感官性书写，而是坚持在合乎逻辑和史料的基础上阐释自己对历史的理解和认知，因而这也是她历史小说能在大量质量低下、情节雷同、粗制滥造的"才子佳人成双对"或"爱江山更爱美人"的言情体风格作品中脱颖而出的原因。

姚雪垠曾说他的历史小说是以写观念为中心的历史小说。什么是观念？姚雪垠称之为"历史现实主义"，即"历史科学与小说艺术的有机结合；指导它的哲学思想是历史唯物主义，艺术风格上强调中国的民族传统，在创作方法以现实主义的根本，容纳积极的浪漫主义"。[①] 在作品中具体体现为"史"与"虚"的结合。写"史"和写"虚"这两者在创作上互相纠葛和交融；"史"为骨架，"虚"为血肉，二者相互映照。首先在写"史"方面，蒋胜男一方面坚持考证历史、尊重历史，用当时的思维去理解历史，而不是用现在的道德标准去解释历史；但另一方面，"在对历史的演绎方面，又跳出历史本身，侧重于寻找历史的现代价值。比如《芈月传》中芈月追求自由、精神独立的独特气质，这种对自由的追求具有穿越时空的价值，也是具有现实意义的"[②]。作者在阅读海量的历史资料中，既用"感性思维去理解人物的心理，同样又要用理性思维去理解枯燥的数据资料"。[③] 相对娴熟地处理了"史"与"虚"之间的关系。这表现在很多细节之处，如《芈月传》中楚王主宫殿名"章华台"，楚王后自称"小童"，奴婢称王后"小君"，处处皆是历史考证而来；对诗经、楚辞、屈原词作等的引用，对"渐台""竖子"等历史名词的使用，对历史事件如商鞅

---

① 姚雪垠：《从历史研究到历史小说的创作——从〈李自成〉第五卷的序曲谈起》，《文学评论》1992年第4期。

② 笔者对作者的采访。

③ 笔者对作者的采访。

变法、七国争雄、张仪连横合纵说、嬴荡举鼎而死的描写等，无不慎重考究；《凤霸九天》中对历史事件如澶渊之盟、汴梁治水、成功引进一年两熟稻米技术、庆历新政等的采用，对民间演义传说如赵光义烛影斧声、花蕊夫人之死、杨家将与潘美之间的恩怨、八贤王与寇准的故事、狸猫换太子等的讲述，对传统礼节仪式如十五及笄之礼、再生礼、宋代封后之礼、行册封皇太子之礼、祭庙告天等的详尽描写，皆遵照史实，符合历史规律。通过逼真的历史现象，还原历史现场，展开不同历史阶段、时代更迭下各个朝代的生活画卷，走进他们的精神世界。同时作者对人物的描写多是将人物放置在自身所处的历史阶段，让人物按事情发展的逻辑自行选择和成长，而不是用后世的政治眼光去定位历史人物。

而且作者创作的宋辽夏系列长篇历史小说突破了以往只从一个角度讲述历史的模式与弊端，三部小说从不同角度描写了同一时期不同政治王朝的人物故事与历史发展，如《凤霸九天》主线是展现宋朝历史，但也对萧太后及辽国的内政与外战进行了描写；《燕云台》主线是描写辽代的腥风血雨，但也讲述了宋辽战争等相关情况；《铁血胭脂》以西夏开国历史为主线，却也有对夏宋及夏辽之间关系的描写，这样一种系列书写实现了站在多个角度看历史的叙事效果，使历史能够更加清晰、相对客观地呈现在读者面前，"对于历史的触摸，不仅仅只是一时一地一区域思维的限定，而应该站在大历史大视野的格局去重新看待那个时代的风起云涌"。[①] 读者通过阅读宋辽夏系列长篇小说，可以站在宋的角度看辽夏，站在辽的角度看宋夏，站在夏的角度看宋辽，从而了解到一个更多元的历史图景，获得一种别样的阅读体验。

作者是一个编故事的高手，她的四部长篇历史小说，每一部历史跨度都不少于五十年，每一部都主要描写一个国家和朝堂，这呈现的是一个大故事；每一个大故事再分为若干个小故事，如《芈月传》根

---

① 笔者对作者的采访。

据芈月的经历主要分为芈月在楚国的故事、芈月陪嫁到秦国的故事、芈月随儿子去燕国为质子的故事、芈月回秦国争王位并振兴秦国的故事,《凤霸九天》根据历史时间和重大历史事件也分为若干个小部分,分别为宋太宗统治时期、真宗统治时期、仁宗统治时期;每一个阶段的故事内部可以再细分为若干个小故事,这样的写法使作品的结构更具紧凑性,且更有开放性,紧凑与缓释相结合,使作品张弛有度。一方面故事具有连贯性,一个故事接着一个故事,呈现出因果或连续关系,另一方面所有的事件始终都围绕着主题进行,宏观上显示出整体性。而且这样的写作方式使故事的编写既可真实,又可虚构,从大的历史脉络和时间跨度来看,它基本是依据正史创作,因而它是真实的;但小故事又是以服务情节需要和读者阅读兴趣而创作,基本都是虚构的;作者凭借艺术想象,将野史、民间传说、民俗知识与历史材料等结合起来,在史料运用和艺术虚构之间展开文本,这样既增强作品的故事性,又使作品具有历史真实,体现出了作者驾驭历史的能力及良好的文字功底。

另外,作者对作品中"史"与"虚"(也即历史真实与艺术真实)关系的处理与呈现,很大程度根源于作品所蕴含的当代性,即通过历史小说想要对当下社会有所观照。所谓当代性指的是"它所描绘的特定时代的人物或生活与当代生活、当代文化精神之间对话的可能"[①],人们对历史事实的考查与关注必然是与当下生活相关,这是历史小说呈现的精神内质。在这样的条件和因素下,作者为迎合读者与市场需求,对历史的判断与采用都是具有选择性的,且在历史真实与艺术真实的处理上也有所考究。蒋胜男想要通过书写历史女性展现出女性的自信与胆识,这样的作品迎合了一部分女性读者的心理诉求与阅读需要。当下社会,女性意识逐渐觉醒,女性在社会上(特别是工作岗位上)的地位与能力逐渐提高,她们日渐独立的生活体验促使其在阅读上不再感动于小女人式的哭哭啼啼,而在阅读大女人的故事时更容易

---

① 汤哲声:《中国当代通俗小说史论》,北京大学出版社 2007 年版,第 273 页。

找到共鸣；正如作者自己所言"我写芈月的时候经常会想到21世纪的女性，希望芈月对抗命运的意识能激励读者"。① 蒋胜男的作品提供女性认识、介入世界并获得自我认同的方式，通过对历史女性人物故事的讲述反射当下人们的生活，挖掘这个时代新型的女性主义精神。

三 商业化特征的发展及效应

网络文学是在商业资本运作和市场竞争机制的伴随下成长起来的，其资金利润刺激和推动着作者的创作，造成网络文学近些年来的井喷式发展，而以市场需求和读者需求为导向的商业化写作为网络文学的创作提供了助力和方向。近年来，在"互联网+"和"内容为王"的文化产业语境下，网络文学跨界开发的 IP 价值逐渐被挖掘，其实现了布尔迪厄所提出的"场域共振"理论效果，网络文学在消费主义、商业化、市场需求影响下由原来的"限制性生产场"逐渐变化为"大规模生产场"。"限制性生产场"指的是"为艺术而艺术"的场域，推行"拒绝唯利是图"的生产模式，结合网络文学的发展之路，在 2003 年前，网络小说发布平台是以共享资源为目的，采用不收取任何费用的操作手段，网络作者也多是一批热爱文学和热衷于利用网络表达自我的群体，网络小说在个人满足和消遣中创作出来，每个创作者有自己的追求。蒋胜男最早在一个叫"清韵书院"的 BBS 上写作，没有版权收益，网络很慢且不稳定，读者稀少，不仅没有名利，常常连基本的署名权都难以保证。而在 2003 年起点中文网推行 VIP 付费制度以来，各大阅读网站也相继推出收费制度，晋江也于 2008 年走向商业化道路，由此网络文学走进以"为经济而艺术"的"大规模生产场"阶段，它更看重的是读者需求、市场效益及文学的商业价值等。对蒋胜男而言，VIP 收费制度保障了一定的生活来源，并加速了其作品创作的商业化趋势，为提高自身在网站平台的关注度、保证作品的经济效益，作者需要不断地创作出符合市场需求的作品，因而这促使作者追

---

① 笔者对作者的采访。

求和总结网络文学发展具备的商业化因素，促使其作品不断具备商业质素，进而提高其商业价值。

除网络收费制度的建立之外，粉丝群体的形成也为蒋胜男作品走向商业化、形成商业质素提供了条件。相对于传统文学而言，网络文学更倾向于一种读者文学，商业化写作更注重与读者的直接联系，在粉丝互动平台的帮助下，作者可以了解读者需求，获得市场信息，从而更好地把握作品创作的卖点等，由此产生一系列商业效应。在媒介融合时代，接收终端具有交互性、网络性和移动性特征，受众利用媒介终端同时具备了信息接收者和信息传递者的双重身份，实现了罗兰·巴特提出的"自由的读者"身份转变，在文学接受上彰显了其主体性，"可以对文本进行自由的'可写式阅读'"[①]。晋江作为网络文学原创阅读网站之一，其有读者评论区和"小红粉"交流区，实现了读者权利的最大化。蒋胜男从1998年在晋江连载作品以来已有近二十年，在晋江上已经集结了自己的粉丝群体，她的粉丝群体主要出现在"读者评论区"，采用在每个章节的正文下方发表评论的形式进行交流，分为一般、长评和加精三种形式，主要是读者对作品中的人物形象、故事背景、情节设置以及细节描写的感想，如对历史细节的补充、帮助作者收集历史材料等，读者充当着有节制的"批评家"的角色，也起到作者"智囊团"的作用；而作者有权利从读者的评论中选出"精品"，"加精"的评论者可以免费获得阅读该作者作品的VIP积分，从而实现了读者和作者之间的良好互动，整个评论区呈现出"一团和气"的景象。这种在晋江内部化的粉丝群体就像是一个封闭性的粉丝部落，大家约定俗成地传达自己的感受或疑问，互相交流和点评，作者可以了解读者反馈的信息，接受鼓励或总结经验。而除了聚集在晋江评论区的读者群体之外，百度贴吧、论坛、博客等各地也有其身影，如"蒋胜男吧""刘娥吧""芈月吧"等，其下跟帖无数，主要以讨论

[①] 钟晓文：《"作者之死"之后——论自由的读者》，《福州大学学报》（哲学社会科学版）2005年第3期。

和交流作品为主；另外，蒋胜男博客在连载作品时也曾集结过一批忠实的读者，后随着微博的兴起和流行，在蒋胜男的微博区形成了一批慕名而来的读者，因评论功能的近期关闭，现在读者主要以关注、点赞或聊天群的形式实现交流和信息上的互动。如果说文学网站是以其类型、标签、积分排名等形式为主导的吸引读者的引流模式，那么微博关注这种点对点的对接形式，则更容易形成忠诚度高、付费意愿强、关注力集中的粉丝群体。而粉丝群体的养成对作家了解读者心理提供了更大的便利，相对传统文学而言，以上交流降低了作者的写作难度，使其更好地响应读者需求，从而获得市场效益。而读者接受在互联网时代又发展出一种新的模式——同人创作。所谓同人创作主要是指同好者在原作或原型的基础上进行的再创作活动及其产物①，其创作动机是表达对原作及其人物的喜爱。读者创作的以蒋胜男系列历史小说及其人物为原型的作品非常多，如以"芈月传"三字开头写得比较成功的就有《芈月传之姝为不易》《芈月传之快意芈姝》《芈月传义渠王翟骊穿越：一梦浮生》《芈月传之东鹿重生》《芈月传之梦回秦殿》等。粉丝群体的同人创作一方面通过众多链接和平台推广，扩大了作者及原著作品的影响力，帮助其商业推广，增加其经济效益；另一方面，因其本质是读者的一种个人性、非理性的YY作品，其主要为满足自我诉求，因而帮助作者更直接地了解读者的接受心理，如蒋胜男系列历史小说的同人文类型很多，有同人耽美文、同人百合文、同人言情文等，为作者丰富人物间的情感关系提供了多种可能和想象空间。

以上从作品的生产机制及接受角度分析了蒋胜男作品具备形成商业化特点的先在条件，在这些因素影响下，蒋胜男作品逐渐具备了适合市场生存的商业质素，其最鲜明的特点是"类型化+爽文"式叙事模式的形成和发展。其"类型化+爽文"意味着作者与读者之间已经形成一套已成规范的契约，读者熟悉作者的言说方式和情节处理，作者又会在情理之中稍微增添一点意料之外的惊喜，这样读者既不费力

---

① 王铮：《同人的世界》，新华出版社2008年版，第3页。

又能获得阅读快感，而作者也不易流失读者。"类型化+爽文"模式具备以下特点：一是故事情节的跌宕起伏，二是感官化、欲望化书写，三是梦想的激励或制造，四是符合读者碎片化、浅阅读的阅读习惯。在蒋胜男历史小说中，主题符合女性阅读心理，主角全部为女性，女主必然被一名及以上男性爱慕，有后宫必然有争斗，有朝堂便必然实现登顶，受虐之后主人公必然绝地反击实现逆袭，人物之间充满激烈的冲突和交锋，秘而不宣的厮杀、勾兑和阴谋，在持续的胜出与淘汰过程中，饱含着太多戏剧张力和故事眼，使得读者像是在观看一场紧张的比赛，且这是充满血腥的杀人比赛，如此一波三折、一唱三叹的叙事形式，既满足了大众对未知的、神秘的阶层及其生活的好奇心和窥探欲，又满足了读者追求刺激、愉悦的阅读快感；同时作者按线性结构叙述，故事缓缓道来，情节一一展开，层层递进，环环相扣，并注重语言文白结合，降低读者阅读难度，这是网络小说整个创作过程中的技术考量，受商业化及网络文学阅读习惯影响。但网络文学商业化写作会给作品质量带来一定影响，如作者为了不流失读者，且为迎合更多读者娱乐化的阅读需求，会在一定程度上放弃对文本审美意蕴和人性深度的探寻，流连于"类型化+爽文"式的创作模式，由此出现创作上的复制。一个IP改编的火热容易造成作者跟风，个性化被类型化、单一化取代，套现思维严重。从蒋胜男四部长篇历史小说的发展我们可以看出其潜在的危险，《燕云台》作为继《凤霸九天》《铁血胭脂》《芈月传》之后的第四部女性大历史题材小说，我们可以看到该作品出现的类同化、套路化趋势：男女主青梅竹马、皇上横刀夺爱、姐妹三人卷入朝堂争斗、女主登上人生巅峰等，在"历史+宫斗+大女主+男性都爱我+女性都害我+逆袭"的玛丽苏套路模式中"换汤不换药"，因而在读者审美疲劳的潜在威胁、商业化的资本注水以及网络文学类型化发展等多重压力下，作者需要寻求新的突破。其实质而言，作品本身的质量是最大的保证，需要作家突破"烂梗"的类型模式，超越对文本表象的描写，在不失幽默、娱乐和轻松的阅读体验中实现对人生价值与意义的追问和反思。

"类型化+爽文"式的叙事模式体现了蒋胜男作品为迎合市场和读者需求而做的努力，而《芈月传》的生产、传播与接受较为典型地体现了蒋胜男作品商业化特征的形成和发展，并进而引起一系列商业效应。从《芈月传》"历史+宫斗+大女主+男性都爱我+女性都害我+逆袭"情节设置来看，作家在创作作品及作品进入市场前就有对读者阅读习惯和阅读欲望的潜在调查、历史书写目标的规划、小说中情节进展和人物成长模式的"噱头"和"卖点"的考虑等，甚至书籍的线上线下双向销售模式及封面包装宣传等都有着鲜明的"消费至上"特征。同时，《芈月传》小说借电视剧的前期宣传效果造势，赶在观众热心期待电视剧播放时线下出版线上连载，获取良好商业效益。如乐视公司在策划、制作剧版《芈月传》的同时将线上线下众多活动联合起来，不断推出"芈月现象"；线下走进校园，开展"汉服热"活动，并多次召开发布会；线上利用独家主题访谈类节目、幕后花絮、超长片花、主题曲、主演微博转发宣传等形式不断拉近电视剧和观众的距离，增进熟悉感。电视剧将其与现象级大剧《甄嬛传》相提并论，利用"甄嬛传原班人马出品"对比宣传，增加观众对该剧的关注度和好奇心。在此剧播出之前，微博上"看芈月上乐视"的相关话题阅读量已高达1.2亿次，而关于《芈月传》相关话题阅读量高达7.2亿次，并多次登陆热门话题榜首，刷新了待播剧关注热度新高度。多种宣传形式卷轴式地将《芈月传》话题推向高潮，一次次点燃观众热情，激起观众对该剧的好奇。在剧版《芈月传》多阶段、多层次、多维度的营销之后，并在剧版尚未播出之前，书版《芈月传》的抢先出版和连载，无疑是受益极大。同时在《芈月传》播出阶段，其话题度也给书版《芈月传》及原著作者带来了很大的曝光度，这无疑增加了《芈月传》小说的商业价值。

　　具备商业质素的作品在宣传和投入市场的过程中自然会引发一系列的商业效应，两者是相互交织、不可分割的，且商业效应也会给作家及其作品带来丰厚的回报；其作品的实体出版是商业价值的首要体现，只有在网络平台获得巨大关注度和潜在经济效益才会吸引众多出版商的注意。2007年《凤霸九天》由远方出版社出版，2015年《芈月传》由浙江文艺出版社出版，2016年11月《燕云台》卷一由浙江文艺出版社出版，2017年9月《燕云台》卷二由浙江文艺出版社出版，其实体书的出版是实现文学产业化的第一步。

除此之外，蒋胜男作品还走向了IP开发之路，多部作品被电视剧立案改编，还有昆剧等其他艺术形式的改编，这一过程伴随着多种衍生作品的诞生，蒋胜男作品引发的商业效应越来越大，其产业化道路越走越宽。2015年11月《芈月传》热播之后，蒋胜男笔下的《凤霸九天》于同年12月也被签约改编，进入电视剧备案公示阶段；紧接着2016年1月《燕云台》也进入电视剧备案公示阶段；且《芈月传》入选"2015年优秀网络文学原创作品"，并荣登作家榜金榜，获年度最具商业价值作品奖；同年蒋胜男以1350万元版税一跃荣登作家富豪榜第八位；同时，2015年11月蓝港互动独家发行了《芈月传》同名手游，2016年萌乐网打造了《芈月传》同名首款"轻回合制网游"；另2016年3月23日《芈月传》改编成上下两本同名新编昆剧；乐视还结合"芈月"效应推出了一款衍生酒"芈酒"和《芈月传》版超级电视和超级手机，作品实现IP多项开发及衍生品开发。

同时，《芈月传》剧版品牌效应还实现了乐视生态营销布局的战略举措，在该剧的带动下，乐视视频App冲击到App Store免费榜第一位；在商业价值上为乐视网带来了4亿多的广告收益，并截至2015年"双十二"，《芈月传》版生态产品（含定制版超级电视、超级手机及衍生品）的总销售额达到5.1亿元，占总销售额近1/3，"芈月"效应激发了乐视生态市场价值的提升，反哺了整个乐视生态圈①，这是《芈月传》IP改编带来的市场效应，反映了网络文学商业价值的多形态实现途径。

从蒋胜男作品创作生产链可以看出生产和消费是共生互利的关系，

---

① "芈月"效应：生态闭环下强势自制内容出发商业模式倒挂》，搜狐网，http://www.sohu.com/a/49127890_119779，2015年12月17日。

读者接受保证经济效益，而经济价值又是实现文学审美价值、文化价值与社会效益的必由之路。蒋胜男系列长篇历史小说的实体书出版、影视化改编以及衍生产品开发等，使作品走向了较为完整的产业化之路，充分开发了其自身的商业价值，在商业质素的影响下产生一系列商业效应，也为网络文学的商业化发展探索出了一条较为成功的路径。

结　语

从女性、历史、商业化特征及文学品质等主题出发对蒋胜男系列长篇历史小说进行分析，可以看出蒋胜男作品的一个发展趋势，即作品风格从侧重"历史纪实"到侧重"文学性""艺术审美"的转变，叙事重心从"讲历史"递变为"讲人物"，并进而在市场导向性的结合下形成鲜明的商业质素，体现了艺术性与市场性结合的良好效果。2004年创作的《凤霸九天》重历史纪实，作者以严谨的历史视角和现实主义创作手法展开叙述，最大可能地还原史实，对人物塑造和情节安排相对简单，且都是在尊重历史规律的情况下介入历史，其历史性压倒了文学性；《凤霸九天》是一部关于中国历史女性刘娥的传记式小说，从作品整体上看结构庞大、涉猎广泛，涉及了宋太祖、宋太宗、宋真宗、萧太后、李继迁等宋、辽、夏数位帝王，并展现了这一时期宋、辽、夏三国局势和战争；作品记录式地还原了其间发生的重大历史事件，呈现出一幅声势浩大、精彩纷呈的宋初历史画卷。在《凤霸九天》初载于晋江文学城时，蒋胜男曾在"前言"部分介绍了"为什么要写这个时代"，除了对史学家盛赞的"有吕武之才，无吕武之恶"的历史女性刘娥的故事感到好奇之外，更重要的是作者想要展现刘娥一生横跨的北宋太宗、真宗、仁宗三朝历史兴衰变迁图景。而至2007年的《铁血胭脂》，作者对历史的掌控明显娴熟得多，将史实记载与自我认知结合起来，其作品可读性和艺术性明显要好于《凤霸九天》。作品主要讲述了历史上残暴好战的元昊与他宠爱一生的没藏皇后的故事，作者将西夏王朝开元时期血腥、暴力的历史进行真实还原，且对元昊和胭脂之间相爱相杀的情爱生活处理得非常富于想象力，作品具备了高质量言情小说的品质，故事性强、情节富有张力、戏剧冲突强烈、人物性格特征鲜明；作者将那个朝代历史的复杂性和人物的深刻性展现得淋漓尽致。由此可以见出，蒋胜男对历史小说的书写在注重历史材料的基础上，不断增进其审美性与艺术性，让读者在了解历史的过程中享受一次高质量的阅读体验。而至《芈月传》，在商业化和文学产业化等市场导向性因素的入侵下，作品自身的文学性、艺术性表达不再单纯，从《芈月传》创作背景可以看出其受市场导向的影响，自2011年《宫锁心玉》《步步惊心》《美人心计》《武则天秘史》《唐宫天下美人》《甄嬛传》等宫廷剧、穿越剧的走红，市场上掀起了一场关于女性历史题材的热潮，且故事情节的编排偏向于采用"历史+宫斗+逆袭+大女主+所有的女性都害我+所有的男性都爱我"的套路模式，这一好看且具有戏剧冲突的情节模式被读者广泛接受，"爽"文式的书写体例激发读者的阅读冲动，增加读者的阅读好感度，而读者群体是粉丝经济的基础，其能引发强大的市场效益和经济价值。《芈月传》在其背景下构思和创作，作品的叙事风格符合类型化和"爽"文式书写模式，并且其出版时封面打着"《后宫·甄嬛传》后2015年度最令人瞩目的史诗巨献"标语的宣传，种种迹象表明作品自身定位与当时流行的作品风格有或多或少的关系，这体现了整个市场风向对作品创作的影响。在市场导向法则的推动下，蒋胜男历史小说原来所遵循的"历史"更多成为一个符号，作者在读者和市场的筛选下进行有"预谋"的书写，作品的艺术性和文学审美特性受到影响，类型化取代个性化，作者在文学性与市场性的相互博弈下不断创作，这是新时期网络文学的创作趋势，也是作家所面临的巨大挑战。

作为网络作家，蒋胜男既是传统历史小说书写的接续者，也是网络文学的创造者和受益者。网络文学思维的开放性、言说的自由性和观念的叛逆性为女性提供新的言说和被言说的机会，无论是在创作群体、接受群体还是传递的思想性方面都为女性自我意识的彰显和主体性建构提供了新的可能。蒋胜男在"为女性立言"方面开辟了别样的属于自己的契入角度和阐释体系，丰富了网络时代女性历史小说的创作样式，呈现了新的历史观和言说方式，借历史女性的人生故事引导并鼓励现代女性的精神生活。同时，作为一种文化消费形式，蒋胜男小说具备了网络文学产品化、商业化的市场特征，在迎合读者、关注市场的创作过程中实现自身的商业价值，但仍努力尊重历史规律，追求文学的艺术性和审美性，并承担着重要的文化价值功能，让读者在阅读过程中感受历史与文化的碰撞；通过对我国古代礼仪制度、风俗习惯、诗词歌赋等的添加和融入，以及对传统的人伦道德、儒家文化、大一统思想等价值体系的探寻与描写，传递了中国几千年来的文化观念；蒋胜男编剧的工作经历对她良好文学素养及严谨创作态度的养成有所助益，其文笔精致古朴，文风温婉大气，有超越一般网络小说的历史厚度和沧桑感，打通了精英文化和通俗文化的隔阂，满足了读者介于"雅"与"俗"之间的文化需求，呈现出市场化小说的匠心写作，为21世纪文学的生产、传播和接受开拓新的路径，在资本入侵的状态下，为网络文学的长久发展探索了一条精品化创作之路。

第三章　网络古典仙侠世界里的自我超越者

——论管平潮

仙侠小说[①]以仙道、游侠文化为精神内核，不断汲取上古神话、民间传说、历史故事的养分，以魏晋的神魔小说和唐传奇为渊薮，并附身于神妖鬼怪的明清笔记小说和历朝历代的游侠诗词中。但直到还珠楼主《蜀山剑侠传》的出现，仙侠小说才成为独立的通俗小说类型。网络文学兴起以来，仙侠小说作为最具中国特色的幻想小说类型，在赛博空间里获得了重生，在延续民国仙侠小说创作传统的基础上，进一步衍化为古典仙侠、现代修真、奇幻修真等亚类型。

在仙侠小说的创作大军中，管平潮成为网络仙侠小说类型的代表作家。与许多草根写作者学历层次偏低不同，管平潮有着强大的理工学科背景，先后就读于中国科学技术大学和日本国立情报学研究所，并获得博士学位。管平潮在网络上先后连载了小说《仙路烟尘》（2004）、《九州牧云录》（2008）、《血歌行》（2015）、《燃魂传》（2017）、《仙风剑雨录》（2018）、《天下网安——缚苍龙》（2019），并于2012年获得了热门网游、影视剧《仙剑奇侠传》的官方小说著作权。[②] 其中，《仙

---

① 关于"仙侠小说"和"武侠小说"的关系，一直存在着两种看法：一种认为这两者没有本质的区别，仙侠小说应该从属于武侠小说；一种认为这是两种不同的类型。笔者采取第二种看法，因为现在网络仙侠和网络武侠是两种并列的类型，但对小说进行类型分析或溯源时，仍会把这两者拿来比较。

② 鉴于《仙剑奇侠传》为代言小说，其作品首发方式为纸质出版，故《仙剑》系列并非本文讨论的重点。

路烟尘》被写入《中国剑侠小说史论》,《血歌行》全网点击超过4亿次,入选中国作协2016年度中国网络文学排行榜。同时,管平潮以清醒的网络文学创作理念,积极参与到网络小说精品化写作中去。

管平潮的仙侠小说在风格上有哪些特色?他的两次写作转型实践对其本人以及网络小说创作有着怎样的意义?作为一种小说类型,管平潮网络仙侠小说的叙事语法同传统的侠义小说有着怎样的不同?管平潮的小说体现了哪些现代性思考?本文将带着以上几个问题展开讨论。

一 风格: 古典情怀·情爱至上·清新幽默

谈到中国网络仙侠小说,有两部作品是跳不过去的:《飘邈之旅》(萧潜)和《诛仙》(萧鼎)。最早在2002年,前者就开始在台湾的网络连载,并于2003年出现在大陆的网络上,这部网络小说开创了"修真"这一流派,一时间模仿追随者众多,其影响一直持续到现在。后者从2003年开始在起点中文网连载,拉开了中国网络古典仙侠小说写作的大幕,《诛仙》长期占据网络小说排行榜的榜首,并借助网络游戏的改编实现了影响力的倍增,也因此被一些读者称为"后金庸时代的武侠圣经"。"大概在2004年左右,《诛仙》出来了,我其实受它的启发……《诛仙》出来后我再也没读西方背景的网络文学了。"[①] 毫无疑问,具有东方仙侠色彩的《诛仙》,对于管平潮的仙侠小说创作有启示作用。但是,管平潮并不是简单地跟风模仿,而是以古典情怀、情爱至上、清新幽默的写作风格,让读者们见识到了他的"别具一格"。

管平潮仙侠小说的第一个特点是古典情怀。这体现在篇章设定、诗词意境、人物设置、叙事借用四个方面。其小说的名字,无论是"仙路烟尘""九州牧云录"还是"仙风剑雨录",都不同于大部分网络小说的浅白,有一种鲜明的书生气和人文关怀。这种命名方式,是

[①] 周志雄、管平潮等:《网络文学需要降速、减量、提质——管平潮访谈录》(下),《雨花·中国作家研究》2017年第4期。

对传统武侠小说的延续,尤其师法了梁羽生武侠小说的命名风格。而在每一章节的标题设定上,他善用"四六"长短句,如"奇山闲卧,夜半人惊月露""白衣渡海,愁归东华神侠",融叙事、写景甚至抒情于一体,信息量大、可读性强。更能体现其古典风格的是小说里大量古典诗词的存在,这些诗词绝大部分都是作者原创,它们既能用在每一章开头,引起下文,又能在章末收束,总结上文;既能写景抒情、渲染氛围,又能叙事敷陈,结构故事。管平潮小说里的诗词,并不深究格律、晦涩高深,而是沿袭《红楼梦》里的诗词写法,浅白畅快、活泼雅致、平易近人。如:

满怀幽思意萧萧,愁对空山夜正遥。
四壁云山春着色,一天明水月生潮。
神游岩谷心豪荡,思泛星河影动摇。
远壑时闻猿鹤语,凉宵风露怅寂寥。①

管平潮小说里诗歌呈现的样态,离不开其长期的积累,最终形成独特的诗词知识谱系,也来自其清醒的文学观念,诗文并存,并不相"隔"。诗歌的大量存在,形成一种古典意境,小说因而具有了飘逸灵动的"仙气"。也正因为此,管平潮得到了被称作"仙剑之父"的姚壮宪的认可,他认为《仙路烟尘》是"多年来少见的极为符合我心目中东方古典仙侠定义的佳作精品"②。

管平潮小说的古典情怀,常常寄托在他笔下的人物身上,这从男女主人公的名字上就能体现出来:男主人公的名字里多带有"云"字,如张牧云、云翻海、张狂云;女主人公的名字里几乎都带有"月"和"雪"字,前者如月婵(月瑶)、林月如、月歌,后者则有雪宜、

---

① 管平潮:《仙风剑雨录》,咪咕阅读,http://wap.cmread.com/r/479434554/479434563.htm?ln=152_478334_97698234_1_1_L2L0L51L10&purl=%2Fr%2Fp%2Fcatalog.jsp%3Fbid%3D479434554&page=1&vt=3。

② 大众网,http://www.dzwww.com/xinwen/shehuixinwen/201705/t20170504_15876490.htm。

雪见、苍雪、明心雪、苏雪婷，并有与"雪"字相近的"冰"字（冰飘、白冰岚）。"云""月""雪""冰"这些都是古典诗词中常用的意象，因此人物的名字就不仅是能指符号，而且具有了强烈的所指意味：名字与人物的性格因此产生了联系。我们很容易联想到以下几种对应关系：云——自由、洒脱，月——高贵、优雅，雪——纯洁、高冷、聪慧，灵——敏捷、精巧，这样的人物命名能够很容易地顺应到读者的审美经验中去，不经意间实现了作者和读者的共情。更加明显的是，管平潮非常善于使用古典文学资源，常常巧妙地将古典人物套用到自己笔下的人物身上：

>但在蓬勃风情之外，无论她脸上娇憨纯真的神态，还是蹦蹦跳跳的可爱姿态，又让在她万种的风情、无穷的旖旎之外，又有着纯出天然的懵懂和天真。
>
>她顿时满面欢喜，叫道："呀，张哥哥，本来还以为你是可恶的捉妖人，没想到你也是我们同类呀，我这就嫁给你，今晚就洞房！"
>
>"其人貌美，尤善舞，名动江南。偶有吴越世家子弟，姓祝名'孤生'，一见忘怀，于是与女相狎，誓以百年。"[1]

文中的女孩是一只人化的美兔精，她爱笑、娇憨、可爱、纯情，与《聊斋志异》的婴宁极为类似；而"孤生"的形象显然也可以与"王生"等书生形象对应起来，孤生与文中云妙妙的关系也可以从这部写狐写妖的文言小说里找到出处。管平潮仙侠小说的创作资源极为丰富：书中时常提到的黄帝与蚩尤之战来自上古神话故事，龙女报恩的原型则出自唐传奇里的《柳毅传》，痴情女子负心汉脱胎于《三言二拍》，为居盈、琼彤、龙漪儿、雪宜、莹惑、汐影写词作赋则是受

---

[1] 管平潮：《仙风剑雨录》，咪咕阅读，http：//wap.cmread.com/r/479434554/479434564.htm? ln = 152_ 478334_ 97698234_ 1_ 1_ L1L0L51L11&purl = %2Fr%2Fp%2Fcatalog.jsp%3Fbid%3D479434554&page = 1&vt = 3。

教于《红楼梦》中"金陵十二钗"的判词。

管平潮小说中存在着一种十分普遍的"捉妖"模式:《仙路烟尘》里张醒言与女伴杀蛇妖、擒九婴幽鬼、收上清水精;《仙剑奇侠传1》里李逍遥与林月如、赵灵儿,先后杀死、制服了蛇妖、狐妖、赤鬼王、蜘蛛精、水魔兽;《仙风剑雨录》里张狂云和白冰岚诛杀了苟道人、黑鹰老妖、夜魔;等等。这种协作捉妖擒魔的写作与《西游记》里师徒四人捉妖取经的模式如出一辙,其中的妖怪多是自然界里人化的动物,通过不停地捉妖将故事串联起来,给予读者不间断的刺激。需要指出的是,《西游记》里的捉妖模式对当下的网络幻想类小说影响巨大,甚至超越文字衍化为视听艺术,电影《捉妖记》的热播无疑是最好的例证。

管平潮仙侠小说的第二个特点是情爱至上。"爱情"是文学作品永恒的主题,它是超越民族、时代、雅俗、类型、题材的,是"超越价值对立的桥梁"[①]。一定程度上,整个中国通俗文学史就是一部"情爱叙事史","爱情"不仅是张恨水这样的言情小说大师笔下的宠儿,还打破了武侠、历史等不同小说类型的壁垒。当《西游记》这部神魔小说被带到当代文化语境,改编成电影《大话西游》的时候,我们发现它的主题已经发生了极大的改变,它纯然已经成为一部爱情电影:至尊宝(孙悟空)和紫霞仙子、白晶晶的爱恨纠葛贯穿始终。而当我们追溯网络文学的历史,也会发现中国第一部网络小说《第一次的亲密接触》就是爱情小说,在被称为东方网络仙侠小说鼻祖的《诛仙》里,张小凡与碧瑶、陆雪琪之间上演了一幕幕爱情故事。在"女性向"和"种马文"网络小说里,男女间的秘密更是被放置在网络读者的"放大镜"下。管平潮作为"男性向"网络作家,情爱在他的小说世界里也占据了极其重要的位置,不同之处在于他笔下的爱情更需要通过"显微镜"去观察:他认可的爱情是细腻、纯洁的。但最让笔者

---

① 王恺文:《奇幻:"恶人英雄"的绝望反抗》,邵燕君主编:《网络文学经典解读》,北京大学出版社2015年版,第56页。

感兴趣的在于管平潮的"公主梦"(见表3-1)。

表3-1　　　　　　　管平潮仙侠小说主角设定举隅

作品	男主角	女主角
《仙路烟尘》	张醒言：父母为穷苦农民，为上学费尽心思	居盈：人间永昌公主（倾城公主）；灵漪儿：四渎龙族的龙公主；琼彤：昆仑山西王母长公主；汐影：南海龙王二公主；莹惑：魔族公主
《九州牧云录》	张牧云：孤儿，打渔卖柴为生	月婵：人间定国公主
《仙剑奇侠传1》	李逍遥：父母不知所踪，跟开客栈的婶婶生活	赵灵儿：南诏国公主
《血歌行》	苏渐：失去记忆的孤儿，卑微的玄武卫杂役	月歌：龙族公主
《仙风剑雨录》	张狂云：孤儿，玄灵宗俗家弟子	白冰岚：妖族王朝涂山国的天狐公主

管平潮几乎所有的小说里都有公主存在，这些公主们或高贵优雅，或刁蛮狡黠，或高冷傲娇，但她们有着共同的特点：一是美丽无双，二是对男主角用情至深。反观小说里的男主角，大多出身卑微，连普通人的水平都达不到。这种男女之间身份的巨大落差与"女追男"的故事设定，给阅读者带来了强烈的刺激，尤其是《仙路烟尘》和《血歌行》里，人、魔、龙、妖、神等各个不同世界和维度里的公主，竟然都对凡人小子投怀送抱。作者的这种写法不难理解，为了最大限度地满足读者的"白日梦"，所谓"屌丝逆袭"正是建立在这种想象性满足的基础上的。"YY"式的欲望书写，在中国文学史上并不少见，在路遥《平凡的世界》里，孙少平（屌丝）不就对地委书记的女儿田晓霞（公主）有着致命的吸引力么？有一点需要注意，小说里的男主角虽然出身平凡，但都是勤奋、正直、热心、真诚、仁义的人，他们完全符合中国传统儒家文化里的君子形象。

金庸在他的封笔之作《鹿鼎记》里，塑造了建宁公主、阿珂、苏荃等七个性格、气质差异明显的女性，这种写作方法无疑影响了包括管平潮在内的大量网络小说作者，只不过这些女性形象被进一步归置为侠侣、妖侍、魔宠等符合当下网络读者审美期待的具体类型。管平潮笔下的这些女性人物并非摆设,她们有血有肉,并在小说叙事中起到重要作用,《仙风剑雨录》里的天狐公主,给男主角带来了《伏羲经》,帮助其强大起来。有读者曾对《九州牧云录》里几个女性所起的功能做了分析:

公主:第一用途是让张牧云获得第一个金手指。第二用途是男女搭配干活儿不累。

冰飘:第一用途是让张牧云获得第二个金手指。第二用途是顺便让张牧云获得三号女主小幽萝。第三用途是让公主恢复记忆。

小幽萝:第一用途是常相伴作为武力补充。①

此外,这些女性们为管平潮结构小说、编制情节提供了帮助。每一个女性的背后都是一个族群,这些族群内部经常发生叛乱,这时"神功已成"的男主角就会化身为"救火队员"。《血歌行》里的苏渐同样拥有一群"迷妹",当她们的族群出现问题时,苏渐就来了:去灵山圣门救洛雪穹,去火妖族救红焰女,去沧海国救罗刹女,去龙族救苍雪和月歌……总之,"哪里有难,哪里就有苏渐",这位加强版的"约翰·蓝波",总能化险为夷,一次次完成"英雄救美"的壮举。

管平潮仙侠小说的第三个特点是清新幽默。"究竟自己是什么风格?属于哪一类仙侠?细思良久,觉得可能还是这般归类描述:'清新山水派古典言情仙侠。'"②的确,这种清新首先体现在作者对自然山水的喜爱上:

白云青天下,秋季的丹崖峰插天而起,山林郁郁;杏叶鲜黄,

---

① 铁流:《又见管平潮——评九州牧云录》,起点中文网,https://read.qidian.com/chapter/g3jq7nGTIko1/UxuVuEuxVrAex0RJOkJclQ2。

② 管平潮:《九州牧云录》,起点中文网,https://read.qidian.com/chapter/g3jq7nGTIko1/qHr33NdiYNsex0RJOkJclQ2。

枫叶赤丹,松柏深青,竹枝浅翠,在阳光中间杂如绣,熠熠发光。林叶织成的锦缎绸匹中,偶尔又有几片山岩裸露,如丹崖之名,其岩色轻若三春的桃花,远望宛若一片片粉红色。①

他常常一连好几天只带着绿漪和幽萝,漫山遍野地去疯玩。登山、入谷、攀岩、投石、采花、捉鸟、扑蝶、捕鱼,看涧边的幽草,山巅的白云,清溪的流水,晨昏的烟霞。②

这些对自然景物的白描,为我们呈现了世外桃源般的世界,使得小说具有了"静态美",体现了作者个人的审美气质。同时,作者还在人物的日常生活上面花费了大量笔墨。在《九州牧云录》里,张牧云与失去记忆的定国公主月婵一起生活,他们打渔、卖菜、抄经书赚钱,并到村里给与自己同住的几个女孩上户口,具有浓郁的生活气息。管平潮对山水田园景观和日常田园生活的描摹,使小说具有了"烟尘气""俗气"。"烟尘气"与"仙气"彼此交融,为小说文本带来了巨大的艺术张力。

这种风格也体现在小说语言的风趣幽默上。作者时常开一些关于"性"的玩笑,但总能控制在"合规"的限度内,实现了一种"干净的暧昧";并有意将人物身份和他们的说话方式对立起来,或夸张变形,或时空错位,常常让人哑然失笑,既凸显了人物性格又能调节小说氛围和带动读者情绪。在《燃魂传》里,冒牌的光明神侠云翻海歪打误撞地揭露了春慈院的秘密,十足感动了京城的青楼妓院,不仅宣布对云翻海终生免费,还让他拥有了挑姑娘的特权:

"它们是闪电,是风暴,照亮我们卑鄙的心灵,抽打我们懦弱的灵魂!"老鸨慷慨激昂地喊道,"是神侠大人,引领我们走出乱

---

① 管平潮:《九州牧云录》,起点中文网,https://read.qidian.com/chapter/g3jq7nGTIko1/VfnjCRxfgeIex0RJOkJclQ2。

② 管平潮:《九州牧云录》,起点中文网,https://vipreader.qidian.com/chapter/1027878/30449388。

世，到达光明，他就是救世主，让我们这些迷途的凡人找到方向，变得坚强。所以，面对他这点小小的愿望，我们还吝惜什么呢？"①

二 转型：从西化、游戏化到精品化

西方文艺思潮对现代、当代中国的文学创作影响巨大，从外部的文学流派、文学社团，到内部的观念、语言、主题、艺术手法，都有体现。中国现代文学的雅俗（纯文学和通俗文学）二分，也是在此背景下形成的。具体到作家作品，中国现代文学巨擘鲁迅，他的《呐喊》《彷徨》《故事新编》就吸收了现实主义、象征主义、浪漫主义的艺术养分。20世纪八九十年代的先锋小说，也能从西方后现代主义文学中找到源头。"这边风景独好"的中国网络小说，同样积极吸收西方世界的诸种元素，出现了大量"融贯中西"的网络故事，并开拓出"西方玄幻（奇幻）"这一新的文字版图。对于坚持"中国古典仙侠"创作的管平潮，他建造的幻想大厦里，是不是也有几根西方世界的柱子呢？答案是肯定的，管平潮小说创作的第一次转型，就是以大量借鉴西方元素、游戏元素为标志。

"西化"最明显的体现是小说里出现了西方神话里所独有的人名、法术、巫术。在《九州牧云录》里，已经有了"魅惑天魔赫拉瑞斯""夜煞骑兵旅""九幽族""沙喀罗""血海法师团"这样异质于中国传统文化的存在，但真正完成转型是在《血歌行》里。作者有意塑造了像亚飒、冰龙女巫、撒菩勒伯等个性鲜明的形象：

> 作为反派势力的侵略者龙族，其具有西方风格的名字，我就不是凭空编造，而是参考了拉丁文。比如龙族皇帝达纳瑞姆，就是拉丁语"donarium"的音译，原意为圣庙、牺牲，第一反派巫

---

① 管平潮：《燃魂传》，咪咕阅读，http：//wap.cmread.com/r/462126009/462126044.htm?ln=152_478334_97698234_0_1_L2L0L54L4&purl=%2Fr%2Fp%2Fcatalog.jsp%3Fpage%3D4%26bid%3D462126009%26no_ol%3D478334%26_%3D1582943885917&page=1&vt=3&layout=3。

龙之王撒菩勒伯,就来自于拉丁语"sublabor",意为"堕落",恶魔女王"魅帝姒"来自于拉丁语"medicatus"的缩写,有魅力之意,就连一个不太重要的反派,蛇龙女翡蕊呲,也都来自拉丁语"ferus",原意为凶猛、野性、猛兽。①

与名字相比,西方文化、价值观念对于管平潮的影响更深刻,最典型的是他刻画了一幅完全西方化的"恶龙"群像,讲述了一个屠龙的故事。在中国的文化传统中,龙代表着尊贵、祥瑞,我们自称"龙的传人",因此绝大多数文学作品中龙的形象都是正面的。管平潮的早期作品中,就有一个"龙女"灵漪儿,她热情、灵动、纯情、知恩图报,是符合中国人审美观念的。但在《血歌行》中,作者塑造了许多恶龙的形象,他们恶毒残暴、欺凌弱小、嗜血成性,是小说世界中阴暗的一面。在种族、国家层面,龙族是华夏人族的对立面,龙族将人族赶到世界一角,并时刻用阴谋诡计破坏人族和盟友的关系,亡华夏之心不死。《血歌行》里的龙和龙族来自西方文化,在西方传统中龙长着翅膀,拥有四条腿,拖着长长的、有倒钩的尾巴,爪子巨大、牙齿锋利,能够喷火或毒,基督神话里的魔鬼撒旦就是恶龙的化身。在当代的西方文艺作品中,如《龙枪编年史》《龙与地下城》《哈利·波特与火焰杯》《霍比特人》,都存有恶龙形象。因此,西方民间文学里存在着许多屠龙英雄。网络小说《血歌行》纸质出版时以《少年屠龙传》命名,就不难理解了。

西方文化还影响了小说叙事。在叙事节奏上,《血歌行》与此前的小说有了很大的不同,那种有着抒情散文式的闲适慵懒几乎不见了,小说里很少再有闲笔,人与人、种族与种族之间的冲突得到强化。主人公正是在一种紧张的氛围中转战各个族群,一路降妖伏魔,最终光复华夏的,这就使得小说具有了一定的史诗品格,如同管平潮在接受

---

① 管平潮:《血歌行》,咪咕阅读,http://wap.cmread.com/r/410260480/458823964.htm?ln=31_478307_97695020_17_1_L2L2L01L1&nid=29170541&purl=%2Fr%2Fl%2Fv.jsp%3Fnid%3D29170541%26srsc%3D%26page%3D1%26bid%3D410260480&page=1&vt=3。

笔者采访时所说的，"我是在写东方的《冰与火之歌》"①。

游戏化同样是管平潮第一次创作转型的重要标志。游戏是"一种完全有意置身于'日常'生活之外的、'不当真'的但同时又强烈吸引游戏者的自由活动"②。随着计算机和网络的普及，网络游戏成为许多青少年的成长伴侣。现在电子竞技不仅成为一项职业，还催生了网游小说这一新的小说类型，像《全职高手》《网游之纵横天下》就吸引了一众读者。计算机专业科班出身的管平潮，早在研究生期间就出版了《局域网组建与维修实例》，对于网络技术有着高于常人的理解。博士毕业后管平潮进入网易公司从事游戏策划工作，而在2012年的春天，管平潮接受了网络游戏《仙剑奇侠传》版权方的邀约，撰写同名官方小说。这对管平潮的创作和职业发展影响巨大，他需要先将庞大的游戏世界消化，再把声音、图像转化为文字，这必然强化了他对游戏的理解。在采访中，对于《血歌行》的改编他非常坦诚地承认：

> 因为我做过网络游戏的主策划，所以这次做大纲时，也写了很多的excel表，法器兵器一张表，怪兽、动植物、法术还有世系法术各有一张表，还在法术加入前缀，如火系前分成烈焰、火焰、金焰等。到时候我要用某一个系的怪兽，通过查阅它的前缀就可以了，然后加以组合，例如烈焰狞猫。再比如地理、人物设定、人物关系、说话口气等，都做成excel表。像我这样筹备写作的网络作家应该很少：不仅有人物情节的大纲，还有各种设定的excel表。当然，这也是为了以后改编游戏做准备的。③

这就不难理解，为什么《血歌行》里有着游戏画面般的细腻，而

---

① 周志雄、管平潮等：《网络文学需要降速、减量、提质——管平潮访谈录》（上），《雨花·中国作家研究》2017年第1期。
② ［荷］Johan huizinga, "homo ludens", 转引自 ［英］Jespper Juul《游戏、玩家、世界：对游戏本质的探讨》, 关萍萍译，《文化艺术研究》2009年第3期。
③ 周志雄、管平潮等：《网络文学需要降速、减量、提质——管平潮访谈录》（上），《雨花·中国作家研究》2017年第1期。

苏淅、雷冰梵、洛雪穹、唐求一行四人"地图切换"式的征战，不像《西游记》西天取经，毋宁说是组队打了一场 LOL 游戏。

管平潮创作的第二次转型体现在"网络精品化写作实践"。在 2016 年 9 月召开的"第二届中国网络文学论坛"上，针对网络文学的写作困境，管平潮提出了网络文学要"降速、减量、提质"的观念，"网文更新的速度可以降下来，数量也要减少，不要动辄几百万、上千万，一切目的是为了提升它的质量"。① 许多网络文学作品最为人诟病的是其粗制滥造、泥沙俱下，管平潮的见解可谓抓住了问题的要害，但真要改变会面临着极大的风险，因为网络文学的兴盛与依靠"速"和"量"的"起点模式"是分不开的。"起点模式"的核心是"VIP 付费订阅"，再辅以月票、推荐票、打赏，形成了一套行之有效的商业模式。在这种模式下，多写才会带来更多的收益，例如唐家三少，这位起点大神每天至少写 8000 字，连续 14 年 5000 多天不断更，才让他"名利双收"；再如雷云风暴，他的《从零开始》总字数达到了 2000 多万字，让人无比感慨。在这种情况下，网文的质量是很难保证的，创新、突破更是无从说起。

管平潮并非"说说而已"，而是将自己的理念贯穿到创作实践中去。离开起点中文网后，他在咪咕阅读先后创作了《燃魂传》《仙风剑雨录》《天下网安——缚苍龙》，这三部小说从形式到内容相较于此前的创作都有很大的不同。首先，在篇幅上，这三部网络小说分别只有 25 万、41 万、20 万字左右，这样的长度与作者前期小说 200 万字的篇幅相比只算是开了个头，更无法跟起点中文网三四百万字的"标准长度"相比较。但这种写作方法，无疑是对写作者的解放，它避免了"注水"、反复"挖坑"的弊端，确保写作者能有更多的精力构思，为提高质量创造了条件。其次，在内容方面，管平潮"精品化"转型后，人物形象、情节结构、题材类型都发生了很大的变化，这些变化

---

① 《第二届中国网络文学论坛：广东打造网络文学产业化新高地》，人民网，http://culture.people.com.cn/n1/2016/0927/c22219-28743243.html。

是积极向上的。

在人物塑造方面，人物更加有血有肉。《燃魂传》里的云翻海，从一个只想着捞点钱的"冒牌"，成长为直面邪恶、舍身爱国的英雄，"世事如冰，但心和魂永燃"就是对这个小人物最好的注脚。同时，三部小说里的女主角——明心雪、白冰岚、苏雪婷，不再对男主角毫无理由地"痴爱"，她们的爱情更加理性，对男性有一个由不喜欢到喜欢的过程，显得更加可信。例如白冰岚，她是妖族涂山国的公主，因练习《伏羲经》走火入魔只能滞留人族，开始时她对张狂云虚与委蛇甚至心怀仇恨，两个人共同经历了很多磨难后她才改变了自己的态度。在小说情节方面，这三部小说剪掉了很多"枝蔓"，正邪双方的冲突紧凑集中，更加流畅、有层次。特别是小说结尾突破了大团圆结局，悬念极大增强。实际上《燃魂传》并没有结尾，只写到云翻海决定"战斗不止"，真假"光明神侠"的决战还没有开始小说就戛然而止；《天下网安——缚苍龙》里的大反派"幻面那伽"在审判前逃脱了，他跟陆少渊的斗争还远没有结束；《仙风剑雨录》里的张狂云和白冰岚在最后一章里，才开启抗击神州大敌的漫漫征途。"没有结局"的开放式结尾显得与众不同，就像《雪山飞狐》里苗人凤究竟有没有砍下那一刀，胡斐究竟有没有死，他和苗若兰能不能终生厮守？管平潮和金庸一样，把这些都留给了读者的好奇心。在题材选择方面，管平潮也有开拓。他响应国家网络主管部门和文学网站的倡议，以一个网络仙侠小说作者的身份写出了一部现实主义的作品《天下网安——缚苍龙》。这部小说与现实关系密切，涉及物联网、无人机电磁干扰技术、人工智能、激光窃听、芯片制造等高科技技术，并将高科技与传统文化相结合，充满了知识性、趣味性、时代性。这部现实主义小说里虽然没有剑也没有仙，但陆少渊身上却有着"为国为民"的侠义精神，就如同梁羽生所认为的：武侠小说中的正面人物可以完全没有武功，却不可以没有侠义。在这种意义上，《天下网安——缚苍龙》与前期仙侠小说的内在气质是贯通的。

三 类型：童年神话·个人主义·世俗本质

仅从字面上看，武侠小说和仙侠小说里都有一个"侠"字，它们都受到中国传统"游侠文化"的影响，侠义精神是这两类小说共同的灵魂。两者之间的区别在于，仙侠小说受到佛道文化的浸染，更多地继承了《搜神记》《西游记》《封神演义》等神魔小说的衣钵，其幻想色彩更为浓重。更多情况下，人们把仙侠小说看作武侠小说的一条特殊的支脉。民国是武侠、仙侠小说快速发展的时代，出现了"南向北赵""北派五大家"等名声显赫的武侠小说大师。这其中，还珠楼主的《蜀山剑侠传》以500万字的鸿篇巨制，构造了一个瑰丽奇崛、浩瀚幽幻的仙侠世界，成为中国仙侠小说史上的一座高峰。民国后，港台武侠小说兴起，出现了金（庸）古（龙）梁（羽生）温（瑞安）黄（易）等小说大师，进一步推动了这一小说类型的发展。新时期以来，内地新派武侠小说创作群体开始崛起，又一次吸引了众人的目光。但是，武侠小说中那支注重幻想、仙道的支脉——仙侠小说，自《蜀山剑侠传》《青城十九侠》《蛮荒侠隐》后，便陷入长达半个多世纪的沉寂，直到网络的普及和网络类型小说的兴起。截止到目前，在影响力最大的起点中文网上，标记为武侠小说类型的作品共有4万余部，标记为仙侠小说类型的作品共有23万余部，仙侠小说借助网络，青出于蓝，正式成为一种新的网络小说类型。不仅如此，近些年来，凭借《仙剑奇侠传》《古剑奇谭》《三生三世十里桃花》《花千骨》《香蜜沉沉烬如霜》等影视剧的热播，网络仙侠小说成为一颗瞩目的明星。

"类型学学者的首要任务是，为某一小说类型找到这种隐藏在千变万化纷繁复杂的故事情节背后的基本叙事语法，其次是描述其演变的趋势，最后才谈得上正确评价置于这一小说类型发展过程中的具体作家作品的审美价值及历史地位。"[①] 在《千古文人侠客梦》里陈平原

[①] 陈平原：《千古文人侠客梦》，北京大学出版社2010年版，第197页。

在纵向梳理武侠小说发展史的同时,将武侠小说的基本叙事语法概括为"仗剑行侠""快意恩仇""笑傲江湖"和"浪迹天涯"。以此观照管平潮的仙侠小说创作,发现在新的网络文化背景下,与传统的侠义叙事相比,管平潮仙侠小说的叙事语法已经发生了很多的变异,这种变异是隐藏在表层的外衣之后的。

从叙事视角上看,管平潮的仙侠小说是披着成人外衣的"童年神话"。陈平原认为中国传统文人理想的境界是少年游侠、中年游宦、晚年游仙,传统武侠小说正好寄托着他们的理想、欲望,在这个意义上武侠小说是"成人的童话"。但我们阅读管平潮的小说时发现,那些年龄大多才十几岁的孩子,就已经开始游仙了,而且这些不满弱冠的主角,在险恶的江湖世界里纵横捭阖,显得极为夸张。在作家的小说世界里,普遍存在着一个童年群体:琼彤、幽萝、幽小眉等,她们都是一些小妹妹,性格单纯、憨皮,对男主角都极为依恋,但她们又有极大的能量,影响小说最终走向。同时,小说里的人物大多非黑即白,具有明显的定型化特征,人物间的关系也比较单纯。在武功或者法术方面,管平潮的仙侠小说也区别明显。例如在金庸等武侠小说大师的笔下,主人公虽然也会有奇遇,但那只是个基本条件,个人勤奋努力更加重要,郭靖、袁承志在成为大侠的路上付出了相当的心血。但在管平潮的小说里,主人公一旦获得"金手指",就几乎不需要个人的主观努力,他们成长的道路上缺少实质的阻碍,即使偶遇困难也会有贵人相助,及时化解,最终实现"幸福型成长"。其根本原因在于,以"爽"作为核心的网络小说,需要"及时爽",拖延不得。在当下以仙侠小说为代表的网络幻想类小说中,用童年的思维写成年人的故事,这种明显的视觉下移是非常普遍的。特别在一些"小白文"里,语言俗白、人物简单、故事模式化的现象更加严重。管平潮处于这样的网络文化语境中,往"小"里写才能获得更多的"粉丝",正如他在龙空论坛介绍写作经验时所说:"首先从最根本的,作为作家,或者确切点为了商业利益的写手,一定要时刻记得自己是为读者服务的……或者说一切都要从读者角度去考虑问题。"①

从叙事模式上看，管平潮的仙侠小说是披着集体主义外衣的个人主义书写。他的小说是以人物为核心，环境、情节都服务于主人公的成长，这种成长是通过三种叙事模式实现的。首先从小说的开头和结尾来看，存在着被动地外出—主动地归隐模式。无论是张醒言、张牧云还是苏渐，他们都没有宏大的个人抱负，是"好运""金手指"让他们走向了行侠访仙的道路。与这种被动相反，当他们功成名就后都选择了主动归隐。这种退出江湖的选择显然与中国传统道家文化相契合，是一种淡泊避世的个人人生追求。其次从小说的结构方式上看，存在一种外出—归来—外出的模式，作者时常选择一个具体空间作为叙事中心，这个中心是罗浮山上清宫、灵鹫学院或者九嶷山，主人公完成任务后回到这个中心，述职完成再出任务。以《仙风剑雨录》为例，张狂云和白冰岚杀死苟道人和黑鹰老妖后回到九嶷山，介绍完九嶷山道门的现实情况后，再次出山捉拿美兔精，这样不停反复。再次，管平潮的小说里还有一个明显的个人成长——国家战争的叙事模式。现在的网络玄幻、历史架空、武侠小说里，人物的成长和强大多是通过"升级"来实现的，或是武功水平的提升，或是身份段位的跨越，只不过具体的设定方式有所不同：唐家三少笔下的唐三经历过魂士、魂师等十几个阶段才能成为封号斗罗；流潋紫塑造的甄嬛，则在常在、贵人等不同的位分升级中终于成为圣母皇太后。管平潮没有把精力花费在这些繁复的等级设定中，他笔下人物"升级"是内在的，具有精神性的，大体上就是个人成长到为国而战，在战斗中实现人物的升华。但这些看似集体主义的战斗，毋宁说是个体意识的坚守。例如《血歌行》中的苏渐，他与龙族之间的战斗，最主要的原因是想拯救被封印的月歌公主，苏渐身上就具有了西方"骑士精神"，而这场国与国之间的战斗，与其说是郭靖"抗蒙保宋"的襄阳之战，不如说是斯巴达国王救回海伦的特洛伊战争。

---

① 龙空论坛，http：//lkong.cn/thread/1094104。

从叙事本质上看，管平潮的仙侠小说是披着仙侠外衣的世俗故事。在管平潮的仙侠世界里，人、魔、妖、神等各种族群同时共生，但他始终将叙事重点放在人世间，并不追求仙侠世界的奇异，他在评论他人的仙侠小说时提到，"《仙葫》的作者乃是小弟密友，这回认真拜读，却觉得还是近还珠一流，道法、法宝十分侧重，叙述多而密集，也是一派风格"。① 不仅如此，与还珠楼主更为不同的是，他并没有构造一个完整的修仙体系，小说里的人物也不追求升仙后的逍遥、长生，而更享受烟火日常、世俗人情。他笔下的生活场景，不仅有《三言二拍》里的市井生活，还与我们的社会现实生活发生着联系。《血歌行》里苏渐不像张醒言、张牧云那般淳朴，显得圆滑世故，当他与自己的"领导"轩辕鸿见面时，为了获得职务晋升，总是会献上"见面礼"。在那个培养武学精英的灵鹫学院校园里，同学之间拉帮结派、"校园霸凌"的事情也时时发生。与那些缥缈虚幻的仙界生活相比，现实的校园生活才更具"代入感"。因此，管平潮的仙侠小说，"仙"是手段，"武"也是手段，真正的目的是"侠"和"情"。

四 超越：身份追问·反抗权威·政治关怀

文学的雅俗之别，始终都是一个富有争议性的话题，在不同历史背景下对它们的区分标准是不一样的。在郑振铎看来，通俗文学是民间的、大众的、难登大雅之堂的"俗文学"，它是高雅文学（纯文学）对立的存在。陈平原则更看重两者的功能区别，"文学的雅俗之争，有审美趣味的区别，但更直接的，还是在于社会承担：一主干预社会，一主娱乐人生"。② 五四文学革命以来，新小说吸收了民主、科学、人道主义等精神理念和西方小说的写作技巧，通俗小说则在坚持传统观念、创作技巧的基础上，吸收纯文学的精华去适应市场。但是小说的雅俗绝不是壁垒分明的，中国现代文学30年，就走过了雅俗分流、雅

---

① 铁流：《又见管平潮——评九州牧云录》，起点中文网，https://read.qidian.com/chapter/g3jq7nGTIko1/UxuVuEuxVrAex0RJOkJclQ2。

② 陈平原：《千古文人侠客梦》，北京大学出版社2010年版，第252页。

俗互动和雅俗交融的过程。我们不能简单地将类型小说视作通俗小说，在一些通俗文学大师如张恨水、金庸的笔下，并不只有固定的模式、滥俗的套路，还有更深的文化思考。再如老舍的《断魂枪》和余华的《鲜血梅花》，虽然都是武侠小说的题材，但不仅仅局限在行侠、复仇、情爱等方面，还体现了人的生存困境。同样，管平潮的网络仙侠小说，除了异时空的幻想和欲望表象，还有着对于个人、民族、社会的现代性思考。

　　管平潮的第一个现代性思考是身份。"我是谁"是三个简单的能指符号，但更是复杂的哲学命题，我们可以从生物学角度为个体或群体命名，也可以从文化、政治等意识形态层面探讨，困难之处在于其内涵的复杂性。不同于哲学家、思想家的理论思辨，小说家的解决之道是用人物和故事对身份进行"证明"或"证伪"。《悲惨世界》里贫民冉·阿让变成了市长马德兰，导致他身份转变的究竟是主教米利埃还是那片面包？《暗店街》（莫迪亚诺）里的"海滩人"作为一个侦探能够帮助他人破解谜团，却始终不能查清楚自己是谁，那个罗马暗店街2号成为世界不可知的隐喻。管平潮不像莫迪亚诺，他是遵循"快感机制"的网络仙侠小说作者，他笔下关于人物身份的故事是可知的闭环。在他的仙侠文本中，他通过个体的身份错位和群体身份抗争两个层面，完成他的身份思考。

　　个体身份错位存在着两种类型："失忆"的自我错位，"自我"与"他者"的错位。管平潮的小说里存在着很多失忆者，如月婵、琼彤、李逍遥、苏渐，与"海滩人"不同，面对失忆他们虽然也感到困惑，但对此并没有过多的痛苦。在这里作者更看重失忆的功能，例如月瑶，她原本是刁蛮任性的定国公主，失足落水后忘记了自己的身份，少年张牧云救起她并为其起名月婵。失忆起到了降维的作用，让两个身份悬殊的人生活在一起，月婵此时变得听话乖巧，满足了读者的欲望想象。作者还考察了"觉醒"后月婵的心态，她一度对自己的救命恩人冷眼旁观，只是此时的张牧云已经学习了《轮回之书》和《天人五召》，在以武论英雄的世界里他们又回到了同一维度，实现了内部的平衡。

"作为文化身份的载体,'我'这个我思哲学中的主体,不仅停留在'自身'的'同一性'上,还停留在'自身'的'他者性'上……'他者性'常被看作是一种比较,在文化身份范畴内,它以差别、差异的概念表现为身份的多样性和多元性。"① 武侠小说里身份的多样性和多元性表现得更为具体,通过"自我"与"他者"置换制造误会、矛盾、冲突,是作者惯用的手段。金庸在《侠客行》里塑造了"狗杂种"石破天和石中玉这一对经典人物形象,他们长相相似(实为亲兄弟),但一个敦厚一个狡诈,正是在这种身份对照、置换中展现了作者对品性、卑贱、亲情等抽象命题的思考。在管平潮的《燃魂传》里,山贼云翻海和大侠风惊雨也是一对互为"他者性"的人物。他们因相似的长相和"光明神侠"的称号联系在一起,假的"光明神侠"云翻海一开始只想赚点钱,并随时准备逃走,而真的"光明神侠"风惊雨却是一个认贼作父的野心家。在正邪对抗的过程中,云翻海认识到了责任、勇敢,发出"一个人也要千军万马"的呼声,成长为真正的"光明神侠"。管平潮因此完成了通俗故事到人的存在意义的哲学反思,"从个人内心承认确有唯一性个人的存在这一事实,这一存在的事实在心中变成为责任的中心,于是我对自己的唯一性,自己的存在,承担起责任"。② 作者利用身份置换触摸到了"侠"的本质,引发读者对于"名"与"实"的思索。

管平潮对于身份的思考不限于个体,还延伸到民族、国家的群体层面。在这个层面上,管平潮的写作与金庸早期的作品有着很多相似之处:都反对民族霸权,并坚守着"汉(人)族"本位意识。不同的是,金庸的民族之战依托于真实的历史,管平潮则是虚构于幻想;金庸的民族观由开始的汉满、汉蒙、汉金冲突,发展到后期的汉民族与其他民族的和解,管平潮的小说里却始终充满着战斗意识。在《血歌

---

① 胡园园:《〈暗店街〉中的文化身份追求》,《法语学习》2015 年第 6 期。
② 巴赫金:《论行为哲学》,见《巴赫金全集》卷一,河北教育出版社 1998 年版,第 41—43 页。

行》里，主人公苏渐是一个龙血者，一个独立于人族、龙族的特殊存在，也曾是巫龙之王撒菩勒伯的徒弟。面对龙血者群体被迫害、华夏族受欺压的局面，他选择了无畏强权的抗争。苏渐不同于《天龙八部》里的萧峰，用自己惊天动地的一死换回宋辽两国的和平，网络小说几乎不存在这种悲剧意识，更多的是弱者战胜强权后的"大团圆"式喜剧。

管平潮第二个现代性思考是对权威的消解。他的创作全部都是底层叙事，表现青少年群体成长过程中的困顿与挫折，最终实现"屌丝逆袭"的故事。这种叙事策略与多数网络幻想类小说是一致的，青少年群体那种"我命由我不由天"的叛逆与决绝，贯穿在整个网络文学发展过程中。对比《西游记》和《悟空传》（今何在）就会发现，《西游记》里的孙悟空虽然对取经常有消极态度，但还是服从唐僧、观音菩萨的意志，完成了取经任务；《悟空传》却将孙悟空一分为二，派生出一个不受束缚、个性张扬的"齐天大圣"，"我要这天，再遮不住我眼；要这地，再埋不了我心；要这众生，都明白我意；要那诸佛，都烟消云散"。[1] 这种青春期男生的热血风格，与五四新文学《女神》式的否定一切、挑战一切的民间立场是何其相似。

管平潮笔下的主人公遵循着压迫—反抗—成长的生命轨迹，正是对五四文学传统的接续。在他的小说里，皇帝、宰相要么昏聩无能要么阴险腹黑，以《仙风剑雨录》为例，名门正派玄灵宗的掌门人朗苍子就是一个阴谋家，他实为妖族的逃犯，化身为幽灵客滥杀无辜，终被主角张狂云踢到山下摔死。朗苍子的死具有明显的象征意味，这与《笑傲江湖》里令狐冲对岳不群的态度截然相反：被逐出师门的令狐冲，仍时时想着重回华山派，念及岳不群对自己的恩情。《射雕英雄传》里陈玄风和梅超风这一对"黑风双煞"因为盗取"九阴真经"，致使师父黄老邪迁怒于其他弟子，使他们变成残疾，并被逐出师门。但直到死去，这些受害者仍然对黄老邪念念不忘，没有半点埋怨记恨。

---

[1] 今何在：《悟空传》，笔趣阁，http：//www.biquge.info/69_ 69655/13081276.html。

中国传统文化里的"师徒关系"自五四以来发生了很大的改变，老舍《断魂枪》里王三胜对待沙子龙，已不再是"一日为师，终身为父"。在管平潮等网络小说家笔下则更进一步，小说里已经没有了真正意义上的师父，主人公的成功全是通过外在的机遇与自我的领悟达成的。在这种意义上，权威的消解就演变成权威的消灭了。

　　管平潮第三个现代性思考体现在政治关怀上。梁启超在《论小说与群治之关系》中把小说提高到了非常重要的位置，认为"欲新政治，必新小说"，这虽是对小说功能的夸大，但小说这种叙事艺术确实与政治联系紧密。管平潮在《血歌行》里，就表现出对政治极强的兴趣，他不仅把政治斗争看作结构小说的手段，还融入了对政治本身的思索。其中有两场较量引人注目，一场是天雪国中雷冰梵、雷冰烨这对兄弟为争夺皇位反目成仇，不惜举兵互伐、同室操戈，最终成王败寇。这在中国几千年的历史上十分常见，唐太宗李世民正是通过杀兄逼父才登上王位的。另一场斗争围绕着华夏国宰相司徒威和玄武卫大统领轩辕鸿之间展开，前者里通外国，但身后有着强大的政治资源，小说通过苏渐这个不怕死的小人物一次又一次的冲击，才将宰相一派扳倒。在这场冲突中，皇帝李翊的态度值得玩味，他对朝堂的局势并非一无所知，但一直冷眼旁观、坐观虎斗，直到轩辕鸿、苏渐一方胜出，他才痛下杀手。皇帝的这种制衡之道看似高明，但有多少无辜是丧命在国家内部冲突里。政治斗争的核心是对权力的争夺，权力会腐蚀人心，让人失去本性，不顾天下苍生的安危。在管平潮的小说里，痴迷权力的疯狂者也十分常见：南海龙王之子孟章为了追求龙女灵漪儿的一己之私，不仅让罗浮山生灵涂炭，被打败后竟甘为鬼灵渊的邪恶附体，出卖自己的灵魂；曾经战功卓著的关外侯夏侯勇，为了权力遁入魔道，聚拢血魂军、夜煞骑兵旅、血海法师团攻打自己的祖国；拜月教主为了取代南诏国巫王，不惜挑起白苗和黑苗的矛盾，更是引来滔天洪水，使得手足相残、人民流离失所……小说里的这些野心家，不正是历史中的侯景、安禄山、袁世凯之流的真实写照吗？黄宗羲认为中国封建专制君主皆"以为天下利害之权皆出于我，我以天下之利尽归于己，以天下之害尽归于人，亦无不可；使天下之人不敢自私，不敢自利，以我之大私为天下之大公"①。正因为此，武侠小说作家才塑造了张无忌、袁承志、苏渐这样的无私侠客，国之将倾他们鼎力奉献，国之安定他们隐退山野。

在"娱乐至上""粉丝经济"的时代背景下，网络小说中比重最大的仍然是那些"浅且长"的"小白文"。但网络文学在经历过二十多年的发展后，在国家政策资源的支持、全版权对作家的保护下，我们渴望看到一个或几个被读者、评论家达成共识的、称之为经典的网络作家。管平潮，作为一个有着清醒创作观念和独特风格的作者，他的"精品化"之路是否就是"经典化"之路，我们拭目以待。

---

① 黄宗羲：《明夷待访录·原君》，中华书局1981年版，第6页。

第四章 矛盾的吟游诗人
——论阿菩

在众多网络历史小说写手中，阿菩要算是身份最多的一个。他是科班出身的史学硕士、文艺学博士；他当过记者，做过编辑，胜任过执行策划，也当过大学老师。汗牛充栋的文史积累，让阿菩的笔杆子够硬，有几分史官的刀笔春秋；丰富的社会工作经验，又让阿菩的故事流畅洒脱，带着说书人的江湖气。他的笔触横贯夏商直至清末历史，他将冗长的《山海经》演绎成活色生香的神话故事，将安西唐军重返故土的征途谱写得荡气回肠，他写过清朝首富，写过大明海商。他的笔触伸至西域边陲、南粤两广，又朝东海进发，向着辽阔的海域高歌猛进。

毫无疑问，阿菩是个传统的作家，他的精神之根深深地扎在中国传统文化的土壤中。阿菩又是网络作家有生力量的重要组成部分，他的文学之魂高高地飞扬在网络文学的场域中。作为旁观者分析、评论一位作家，并不能穷尽他的人生履历，亦不能如此知彼一般深入其内心世界。然而，阿菩的阅历、学识、处世智慧和人生态度，都在他故事的字里行间自由地流淌。通过这些，我们仍得以一窥历史的长河、网络的电流、时代的思潮在其文中奔流的回响。

一 现实的小人物，时代的大英雄

人物形象的塑造是评论一部文学作品所绕不开的话题。个性鲜明、勇敢聪慧、反抗命运的主角总是能引起读者的强烈欣赏和共鸣。对于网络文学而言，小说主角是"爽点"的主要承担者，是剧情线索旋涡的中心，也是作者价值观、文学观的直接展现。在文本内容方面，主角会面对哪些挫折，又是怎样解决的，他会选择怎样的命运，成为什么样的人，这些问题使得读者在阅读的过程中时而进入文本代入主角，时而抽离作品审视自己的人生。

对于历史穿越小说而言，这种角色代入又上升到不同时空的对话。人类的生存依赖熟悉的环境和社会关系，时空穿越则将这种原本坚不可摧的安全感无情地打破，但同时又给予主角关于这段历史的基本知识。这就相当于在一段已知的固定史实中，加入一个属于完全未知因素的现代主人公，看他如何搅动那一方天地，做出怎样的事业。因此历史穿越小说中的主人公形象从一开始，就比其他类型网络小说的主角多了一重责任，即重塑历史经验，而非复述历史。

对于阿菩塑造的众多人物来说，他们更是回答了这样一个问题："一个穿越到古代的现代人能做些什么，或者是应该做些什么。"他笔下的主角大多行事莫测，险招频出，比起服从规则更喜欢自己创造规则，颇有现代人敢想敢做、敢做敢当的魄力。《唐骑》的主角张迈穿越后顶替大唐特使的身份，带领落魄的安西唐军征战中亚，寻回故土。他火烧碎叶城、招兵藏碑谷、三打怛罗斯，他组建陌刀、收服汗血骑兵团，组成令八方敌人闻之胆寒的天策唐军，定西乱、平辽东。张迈本人也从一个身份可疑的文弱"特使"，成为肩负百万唐军归乡重任的安西大都护、天策大元帅，最终成为重建大唐、雄踞东西的千古一帝。"大风狂飙，席卷万里，马蹄踏处，即为大唐"，是张迈在那个唐魂式微的年代振聋发聩的宣言。《大清首富》的吴承鉴作为宜和行少主，因地制宜，抓住十三行丰硕的资本积累和便利的交通运输，在紧张的清末政治局势中八方周旋，欲保家国。他不断改进制茶工艺，欲以茶叶为"国之利器"为华夏"争得四海之利"；他怜悯织工蚕农，每每让利让底层人群改善生活；他态度果决地拒绝鸦片进入中国，即使这意味着放弃巨额利润；在发觉英国即将入侵中国澳门的野心后，他联合众多保商，不惜一切代价将密信传达至紫禁城。"靠政策垄断致富，是注定其兴也勃，其亡也忽"，是吴承鉴卓绝的商业见识。《陆海巨宦》中的李尤溪在现代生活中存有未曾进入体制内的遗憾，于是在意识到自己穿越到明朝嘉靖年间后，毅然以"神童"之名一步步走上科举仕途之路。他上辅君王下安黎民，他佐政事定国策，对内安邦定国，对外开拓征伐，开创出独属于中国的"大航海时代"。

因此，穿越回过去的人可以做些什么？有人无意功名，寄情山水。如贼道三痴的《皇家娱乐指南》中的周宣，在穿越后只想"看遍世间美色、听过世间妙音、鲜衣艳服、奇言妙语"，嬉笑怒骂，洒脱不羁，是一等风流人物。有人肩挑重任，遵循历史。如七月新番《秦吏》中的黑夫，在穿越到秦国后，受感于喜君"吏者，民之悬命也"之语，决心改善秦制，重建律法。最终接替始皇大业，功过任由后世评说。而阿菩的回答是，做那个时代的英雄。这样的英雄，他可以是有着尚武精神的军事家，灵活运用战术征战四方，夺取天下；他可以是腰缠万贯的富商巨贾，利用先进的现代商业思维实现多方合作共赢，称霸商行；他可以是科举士子，凭借丰富的知识储备和官场智慧走上宦途巅峰，代行皇权；他甚至可以从一个被流放的奴隶白手起家，与其他各怀绝技的兄弟组成战无不胜的团体，逐一突破环伺的铁蹄马刀，建立正统帝国。阿菩笔下人物的身份从未拘泥于某种职业，也没有固定的发展方向，他的写作过程也正是塑造多样性英雄的过程。这种多样性在文本中体现在积极地适应环境，并选择不同的道路参与历史、扭转历史。而在现实生活中，这种多样性则体现在对现代人适应现状、改变现状能力的自信，也是无限期待创造未来的心理投射。

塑造英雄、讲述英雄事迹不是一件难事，但要塑造一个立体可感的英雄形象，就十分考验作家功力。阿菩笔下的人物无一例外都散发着强烈的人格魅力，这与他善于在逆境中动态地展现人物密切相关。阿菩的故事通常发生在动荡不安的时代，也是历史走向即将发生巨变的节点。《唐骑》中的驴友张迈在掉队力竭之际误入安史之乱后的西域；《边戎》里的杨应麒穿越到宋辽金相争的混乱年代；《十三行》中的吴承鉴更是要面对国家政权分裂的内忧和东印度公司输送鸦片的外患。以《唐骑》为例，小说一开始就交代了张迈即将面临的紧张局势——安史之乱后，安西四镇分崩离析，唐军后人仅剩八百余人面对回纥铁骑的猛攻，苦守最后的家园碎叶城。虽然对周围的环境十分陌生，但张迈仍旧没有丝毫犹豫，自然地选择与唐民站在一起。"也许彼此相隔千年吧，但不管是在哪个时代，这些人都是自己的同胞"，虽然时间跨越千年，但那份忠贞的爱国情怀仍然在精神上彼此相通。当原安西大都护郭师道在俱兰城血战身亡后，张迈自觉承担起带领唐军突破西域诸国的围困，返回故土的重任。漫漫旅途中埋伏着紧锣密鼓的冲突和困难，而张迈每一次临危布阵，都使得他的形象更为深刻鲜活。火烧碎叶城，可见其玉石俱焚的勇气；制定尚武国策，可见其审时度势的自信；与郭汾的互动，又尽显铁血柔情。张迈同时也是个成长型的人物，初次杀人让他领会到这个时代的嗜血和残酷，下尔巴斯之战让他反思自己对兵法的运用，当众挑破特使身份也让他再次认清自己在这个时代的目标与定位。这种叙事技巧在保留一定真实性的前提下，极大地增强了剧情的张力，清晰且直接地将人物的性格特征呈现在读者面前。与长篇的心理描写相较更具冲击力。

作为历史科班生，阿菩并未向读者强行灌输历史知识，在创作过程中也未颠倒黑白，游戏历史。而是在尊重史实的基础上，让主角作为现代社会的代表性精神符号，在历史的吉光片羽中极力发挥人格魅力，对文化传统进行重新认知和解释。在有限的空间和时间内，实现古今纵横的时代碰撞。《唐骑》中张迈根据安西唐军的现实情况，制定了重返大唐的目标，并依此展开一系列战略措施。他从"前世"的记忆中汲取红军抗日游击战的思路经验，带领唐军一步步建立根据地，团结一切有生力量，以战养战获取资源。这个细节不仅完善了张迈的穿越身份，更让同一种战略思维在两个时空得以妥善利用、发挥光彩。而富有故事性、戏剧性的情节，让读者随着安西唐军的征途收复故土的同时，对中国抗战历史时期的游击战略也产生一定程度的了解。

在一些穿越文中，主角通常有一个共同的目标，构成他在异时空内全部行动的动机，那就是"回家"。《诡秘之主》中的周明瑞（克莱恩）在穿越后立马举行可能返回地球的仪式，导致意外闯进灰雾之上；《步步惊心》中的若曦在得知自己穿越后也不惜以寻死的方式回到现代。子与2《唐砖》中的云烨则一直保留着本应送给妻子的发卡，甚至无比怀念"工厂排出的酸气""林立的重工业烟囱"。"回乡"永远是国人割舍不去的情结，也是文学作品中永恒的母题，即使在网络文学中也不例外。但对于阿菩塑造的主角来说，他们对被置于完全陌生的环境中并未表现出过多的不适感或割裂感，而是飞快地与当时社会建立联系，自然地融入时代的大背景中。张迈并没从现代带去任何诸如现代科技等堪称"金手指"的神器。唯一可以秉持的就是一份地图和一个望远镜。与此同时，他也并没有知晓古今的知识储备，甚至连安史之乱具体发生于哪一年也想不起来。所有这一切都在昭示着：这是一个和普通人无二的主人公，他的跨时空历险是如此的刺激和真实。因此对于读者来说，这样的代入感无疑是新奇的。

这其中有部分原因在于阿菩有意地减少穿越元素，导致主角似乎仅仅保留了现代知识的记忆，除此之外并未对现代其他人或事有着过多留恋。但这也使得人物活动的主舞台固定在这个历史时段，将原本遥远的历史"熟悉化"，将本应熟悉的现代生活"陌生化"，这个时段内所发生的事件也成为绝对的重头戏。例如《十三行》中的吴承鉴，从"恶龙出洞，群兽分食"的困境，到朱珪领兵搜剿红货的绝境，再到直面巨奸和珅与嘉庆帝相争的难境。他的形象正是在解决这一波又一波的危机中逐渐鲜明立体起来；在遇到问题—解决问题—遇到新问题的循环过程中，吴承鉴是否穿越已然不是最重要的问题。他在这个漫长过程中改变和成长所付出的代价和牺牲，才是这部小说最打动人心的地方。

二 地域性与民族性

阿菩塑造的人物在历史舞台上尽情挥洒，因时制宜、顺势而为，做时代的英雄。他的叙事风格则是因地制宜，带有强烈的地域特征，同时与故事中的人物相互成就。阿菩出生于广东，这片区域在中国悠久的历史中有着独特的地位。它远离中原文化圈，却靠近大海。人们的生活习俗、思想风貌、文化传统受西方文化与海洋文明影响甚著，与躬耕劳作的农业文明有着巨大的差异，形成海纳百川同时又个性斐然的岭南文化。

《十三行》的故事主要发生地在广州十三行，拥有浓郁的地域特色，其表现之一就是粤语方言的频繁运用。小说中穿插着"粗身大细""着草""穿隆""执笠"等广州俗语，还有童谣"天乌乌，要落雨，海龙王，要娶某。孤呆做媒人，土虱做查某。龟吹笙，鳖拍鼓""落雨大，水浸街，阿哥担柴上街卖，阿嫂出街着花鞋。花鞋、花袜、花腰带，珍珠蝴蝶两边排"的加入，不仅为读者带来亲切和新奇之感，同时也再现了独属于岭南的文化圈，有强烈的代入感和沉浸感。除了人文风貌，小说还展现了广州的地理景观，如秀丽宜人的白鹅潭、雄浑雅致的镇海楼、历史深厚的西关。再加上广州美食（如虾饺、粉果、马蹄糕）、地方信仰（妈祖娘娘等）地域元素，绘制出一幅活色生香、真实可感的广州市井图。

在《唐骑》中，阿菩的笔触又伸向辽阔神秘的西域。如果说《十三行》《陆海巨宦》中对两广地区风土人情、地理资源的充分描写，是来自阿菩耳濡目染的家乡记忆，那么《唐骑》则可以看出作者对史料的惊人积累，以及为写作而做出的充分准备。小说以张迈带领安西唐军返回故土的行军路线为主要故事脉络，其军事谋略和战争布局都是建立在对一个个城市的争夺和占领上，而每到一个城市都会面临新的冲突和困境。为了让读者能跟得上剧情的发展，对辽阔的西域有着大概的地理认识，作者甚至在小说中贴上了古代西域的地图网址。在介绍环境背景时，阿菩通常将西域各个城市的特征与军事知识相结合，时而穿插关于风土人情、资源环境的知识普及。"新碎叶城与中原地区传统的正方形城市不同，呈现空心'十'字型，共有十六个外角和二十个面，这种城池牺牲了城内的使用面积，却也巧妙地消除了城池的防御死角，从东西南北四个方向看来，这座城池每一面都呈现一个

'凸'型，每个外角上又都建有一个突出的墩台，回纥骑兵冲到城墙下面，无论从哪个方向来都处在墩台上士兵的弓弩射程之内。这种城池是西部特有的建制""龟兹国自古盛产麻、麦、葡萄、良马，境内的金矿、铁矿、铜矿储量也不少，手工业方面其织锦尤负盛名"。从碎叶城到藏碑谷，从俱兰城到怛罗斯，从葛罗岭山口到疏勒，读者跟着张迈的脚步踏遍大半个西域的疆土，游历于风格各异的异域城市中，这是一场艰难的军旅，更是一次难忘的"文化苦旅"。

《十三行》的发生地南粤两广、《唐骑》所谱写的西域行军，向来都处于文学题材的边缘领域。一来因为岭南、西域地处偏远，并非中原文化圈覆盖区域，韩愈就曾在诗中诉说自己被发配岭南的愤懑："知汝远来应有意，好收吾骨瘴江边。"阿菩《陆海巨宦》中的李尤溪也曾被人鄙夷地称呼为"福建子"。在古人看来，就连岭南的河流都散发着令人致病的瘴气，可见古人对岭南区域的了解甚微，甚至落入偏见的地步，更枉论对此地风土人情的描绘。而西域更是为中原人所敌视的对象，"胡人""蛮夷""昆仑奴"，从一开始就决定了这是不为正史所看重的文化。二来是因为这两处地方的人文特色与地域关联甚深，久而久之成了特殊小众的文化群，更加难以为外人所了解。这样的情况一直到交通改善、媒介发展起来的近现代才有所改善。目前为止，虽然有梁凤莲《东山大少》、欧阳山《三家巷》等优秀的本土作品，但在当代文坛上，广东的声音还是略显微弱。而网络文学的低门槛性和高包容度，则可以对这一点进行很好的补充。

地域性只是小说的表层特征，它所体现的深层内涵，是阿菩对传统文化的高度认同和强烈的民族归属感。碎叶城军民、藏碑谷唐奴、俱兰城唐商，他们中有拿起兵刃捍卫汉家传统的人，有在胡人淫威下低下头颅、忘记根本的人，也有表面委曲求全，却在暗中供奉汉家先祖的人。不同的地区对汉文化的认可程度各不相同，凸显文化氛围的重要性，也进一步展示坚守文化根源的不易。《唐骑》第二卷第二十一章"论茶"，张迈以鲜甜的龙井茶比喻南方佳丽，以生在险峰的武夷大红袍比喻大唐男儿不畏艰险的豪情，以冲泡君山银针暗喻"智信仁勇严"的兵家五德。继而引申"我华夏不但能够外拓，而且能够建设，汉家子弟到了哪里，便将好生活带到哪里"，而"反观胡人，其性勇于破坏，而懒于建设。他们的铁蹄踏到哪里，那里的城市也要变成废墟，田园也要长满荒草，即便如此却还不知自省"的胡汉之别，点出中华文明热爱和平、海纳百川、提倡共赢的重要特征。在阅读的过程中，读者的民族自豪感被一步步由浅及深地激发出来，让人直接感受到中华文化坚不可摧的生命力。

民族性和传统性是中国网络小说的生命力所在，历史穿越小说不计其数，现成的套路已经被用至烂熟，难以翻出更多的花样。在这种情况下，叙事技巧已经不是评判一部历史穿越小说最重要的标准，作者对历史本质的抓取、看待历史的思维和方式，才是作品的精华所在。

阿菩将他的对中华民族深切的自豪和认同酿成一腔热血，化为"男儿何不带吴钩，收取关山五十州"的阳刚壮志，化为单独穿越到过去，开辟出新天地的"孤勇"美学。穿越网文那种亲身代入历史、塑造历史的"爽感"刺激，在阿菩笔下拥有了更丰富的文化内涵和更高层次的思想境界。

三　画面感——独特的空间艺术

网络文学的传统线性叙事特征表明其仍然属于文学的范畴，但从叙事经验来看，网文是一种空间性的文本。正是网络文学在语言上的直观化，在叙事中致力于描述"可见"的场景，让它更类似于空间艺术的范畴，而非时间艺术。[1] 因此在批评网络文学的过程中，我们的目光应该投向对碎片化思维的挖掘、对故事本身的分析以及对游戏化写作的包容和思考。阿菩是个擅长写故事的人，其故事剧情跌宕、一波三折，这一点在场景的画面感中得以集中体现。他的小说中，有以小见大、视角不断切换、气势恢宏、令人血脉贲张的战斗场景；有平

---

[1] 韩模永：《网络文学"四要素"变迁及其批评标准的空间维度》，《当代作家评论》2019年第3期。

静表面下暗流涌动、利益角逐、藏刀锋于无形的智斗场合；有活用各种心理战术、话术的对话博弈。令人惊叹于作者广博的知识面和丰富的社会阅历。

《桐宫之囚》，后以《山海经密码》为名发行出版，是阿菩以《山海经》为蓝本、以《史记》为史料参考，衍生创作出的神魔小说。主要讲述桀的后代、成汤的孙子、伊尹的徒弟和路上结交的各路好友周游神州的故事，在战火纷纭的历史舞台上展现自己的能力和个性，见识神州大陆上各类身怀绝技的奇珍异兽，见证朝代下无数个体的悲喜情仇。这部小说以东方玄幻体系为主心骨，严格来说不属于历史小说，更非穿越小说，但它却将夏商王朝的更迭覆灭谱写得荡气回肠，将晦涩的《山海经》展成一幅散发原始洪荒之气的恢宏画卷，将网络文学的语言艺术之美发挥得淋漓尽致。

当描写蛊雕觉醒，群妖暴乱袭击大风堡，人群惊恐奔逃时，小说使用冷静的白描笔调和旁观者视角，让当时的场面显得格外残酷。"这些事情，他们以前曾听见他们的师长说过，但却从来没有真正地见过。数以万计民众被背后的妖怪驱赶着向紧闭的大风堡涌来，远处，鲜血淋漓的妖怪利爪撕裂着逃得较慢的老弱病残；近处，跌倒在地的人则被潮水般涌过来的人踏成肉泥。"在描述江离施法阻止妖兽时，场面则被渲染得血腥又华丽。"无数妖怪死在荆棘的根部、穿在荆棘的枝干、悬在血腥的风中。它们的血肉在刺毒的腐蚀下逐步腐烂，溶化，掉在荆棘根部的泥土里，成为新的肥料。一阵风吹过，这妖异的荆棘林开出万千朵暗紫色的小花，花香慢慢飘开，代替了先前的血腥。石头垒起的大风堡，泥土堆砌的无忧城，围上了一个暗紫色花环。""腐烂"与"花香"交织的气味，"暗紫色小花"与"血肉"交错的色调，"荆棘"的尖锐刺感，多种感官词汇同时上线，读者的脑海中瞬间呈现出一幅妖异、优雅又血腥的人兽斗法图。整幅图画以江离为施法中心，以荆棘花树为扩散辐射轴，视野扩展至万兽暴乱攻城的混乱景致，画面感强烈且极富层次，场景描绘有条不紊。

在描写人物对话时，《山海经密码》兼有传统说书式的文采斐然，又有网络小说文字简短、概括性强的特征。当有莘不破质问蛊雕不该吃人时，蛊雕傲然表示，它们一族"自古以食人为本性，我们只吃人，并不妄自侵害它物。我自诞生以来，秉持六气之正道，修成这不死不坏之身，不怒不扰之性。我虽吃人，但却有限，千年以来所吃人数，还不及你们十年来本族杀死本族的人数"，因此最终毁灭人类的不是怪物的吞食，而"是你们自身的淫恶之性"。面对蛊雕的反驳之词，众人的表现可谓精彩："靖歆恍若无闻，有莘挠头，江离失神，于公孺婴神色却坚毅如初。"有莘不破与蛊雕的博弈从本质上可以归宗于对"性恶论"的探讨，几个碎片化的短句勾勒出麻木不仁的靖歆、心思粗豪的有莘不破、善良温柔的江离和不受蛊惑、意志坚定的于公孺婴，可见作者精练的语言功底，以及抓取人物形象的功力。

有读者评价《山海经密码》中的打斗场景都"美的像在作诗"。更有读者称，这部多卷本历史神话小说的作者是"中国最被低估的天才神话小说家"。《山海经密码》之美，不仅体现在场景描绘之美，更美在行文的张弛有度、布局的松紧有节。第二卷的《夏母之歌》一章形式特别，以《有莘羖·引》《狐之曲》《禹之歌》《启之谣》《嵩之声》《益之颂》等类似《诗经》的组歌构成，将大禹的负心、涂山氏的幽怨娓娓道来。这一章穿插在众人大战九尾狐的剧情中间，委婉又不烦冗地交代了涂山九尾从国母转化为妖兽的前因后果，缓和大战在即的紧张氛围。《夏母之歌》像是在紧锣密鼓的鸣金号角中插入一段如歌的行板，以传统的文学之美弥补网络文学用语直白有余而艺术性不足的缺憾。

《山海经密码》用简练多彩的描述语言、点面结合的场景渲染，营造出远古战场的血腥和荒凉。那贯彻小说始终的东方神话体系，让中华文明原始时代最古老、最神秘的信仰重现于读者眼前。它所体现的文化内涵比诸子百家的争鸣更为久远，比儒释道等体系完备的意识形态理念更为深入华夏子民的血脉。有莘不破与他的伙伴们在途中结识了中国古代神话中的传说人物，亲眼见证了精卫填海、夸父逐日、女娲补天、后羿射日、大禹治水、黄帝战蚩尤等神话故事和史诗大战，将中国远古先民勇于开拓、不屈不挠、骁勇善战、视死如归的民族精神展示得淋漓尽致。江离追求和平，时常因为有莘不破以暴易暴而与其产生争执；水族曾惨遭灭族之痛，仅剩下的一对后代决心继续传承共工的反抗精神。在爱情上，他们既是开放、热烈的，又是讲究感情、有所节制的。小说中的女性形象也是一大亮点，痴心等待爱人归来却最终命丧他人之手的妓女金织，与于公孺婴相爱相杀、最终为保护爱人献出生命的蛇妖银环，与有莘不破心意相通、一见钟情的心宗传人雏灵，等等，她们是原始欲望的化身，爱得浓烈，恨得痛快，是狂欢意志的寄宿客体，也是人民大众生命活力的集中体现。①

  阿菩不仅是一位优秀的历史小说写手，也是一位合格的军事小说作家。他在小说创作中所体现的战略思维、政治思路都十分缜密。他善于描绘军事战争的厮杀场景，也精于描摹看不见硝烟的攻心战。《边戎》是阿菩历史小说创作的另一力作，它在2009年由中国作家协会、中国作家出版集团和中文在线主办的"网络文学十年盘点"中，入围十年小说百强。《边戎》以北宋政和年间为背景，讲述几位奴隶在异族的敌视和本邦的抛弃中，联合起来组建自己的军队改变命运的故事。《边戎》中有大量的战斗场合，譬如当汉部与契丹纠缠博弈时，在气势汹汹的契丹骑兵队前，杨应麒调动了他引以为豪的"唐刀阵"："汉部步兵方阵齐步而进，他们走得并不快，但那种齐整的踏步声却像锤子一样敲打在契丹士兵的心头上。'刀斧！'步兵阵中一声高叫。'喝！'五百人一起应合！倏的大刀出鞘，大斧去布，一排排的冷艳兵器倒映阳光，闪烁着比冰雪更令人心寒的光芒！"在对军事场景的描述中，阿菩抛弃了过多的辞藻修饰，选择了更为直接、更有张力的短句，一呼一喝间唐刀阵的杀气跃然眼前。第二十九章里，完颜阿骨打建国后，辽国发动大量兵力前来进攻，折彦冲看出辽军士气不足，便决定以精锐骑兵突击之："宗雄率金军右翼为冲锋主力，折彦冲以八百骑为副，直冲辽军左翼。辽军左翼人数比宗雄所率多出两倍不止，

---

① 张佳丽：《〈山海经密码〉中人物形象狂欢化书写》，《网络文学评论》2018年第1期。

但人无战意，阵势未成，竟有人一望见金军就丢下兵器撒腿逃跑。甫一接锋，辽阵便垮。辽军左翼向后溃退时，萧铁奴狂吼着率领所部百骑急冲上去，竟然冲到了宗雄的前面。几千人便如一把利剑一般把辽军左翼活活撕成两半，萧铁奴所部百人竟然未伤一人一马便已冲到了辽阵的后方！"在这段文字中，读者随着萧铁奴一同冲阵杀敌，感受金兵对辽军气势上的碾压，以及骑兵队利剑般势如破竹的冲击力。纵然描述语言简单，但所产生的画面感和代入感极强。

　　战争场景一直是军事小说不可或缺的部分，与其他场景不同，战争场景相对而言往往要更加宏大、更为严肃，也更难以表达。一味地使用宏观视角总览全局容易失真，过于注重细节又会失去对整体基调的把控。气氛过于惨烈会影响阅读体验，轻淡带过则又失去了军事小说应有的人道主义内涵，也会让网文失去基本的代入感和爽感。因此在描写战争场面时，阿菩通常选择冲锋陷阵的将领为主视角，《边戎》的折彦冲、萧铁奴，《唐骑》的杨易、小石头，都是以一当十的猛将，也是作者在描述两军交战时最常用的视角承载体。这种做法一方面可以凸显出将领的神勇，让文本剧情可以更为流畅地进行下去；另一方面则使交战场景有了真实的质感，读来似有好莱坞大片的紧张刺激。

　　从创作来看，阿菩的写作状态，就像是漫游在网络文学场域中的吟游诗人。"吟游诗人"，原指在凯尔特人中写作颂词和讽刺作品的人，后来推而广之，泛指部族中擅长创作和吟咏英雄及其业绩的诗歌的诗人和歌手。他们塑造英雄、歌颂英雄，用活灵活现的优美语言去呈现一场场激动人心的战争。吟游诗人通常接近市井，带有游戏娱乐的色彩。他们所传唱的歌曲并非严格按照史书记载，而是大多受过改编，目的是让歌谣更加脍炙人口，获得更多的关注和酬劳。正如阿菩作为网文写手，关注章节评论，并依此调整自己的创作思路。他的小说创作是为娱乐而生，他的故事更接近虚构。但他在创作理念上仍有自己的坚持，他的创作风格在不断尝试改变，形成多声部的小说创作，这导致阿菩更像一位居无定所的吟游诗人，在偌大的网络文学广场上流浪。

四　历史真实与文学虚构的矛盾

中国历史小说走过了从宋元讲史话本到明清历史演义的漫长旅程，以小人物的传奇经历或帝王后妃野史为故事主体，以伦理纲常为叙述核心，在讲史、世情、传奇、仙魔这四大题材轮番主导中延展到家国同构的社会映射。到了新中国初期，中国历史小说进入革命叙事的路口，阶级对抗成为支撑小说的主要意识形态。到了20世纪七八十年代，这种叙事手法演变为类似史书传记的宏大叙事，谱写个人成长的传奇经历，如二月河的"帝王三部曲"，高阳的《胡雪岩》《李鸿章》，等等，将英雄形象的选择视线再次投向民间。这种写作手法影响了当时文坛，在历史小说之外的领域产生同样深远的影响。改革开放后，中国社会步入一个崭新的时期，新历史小说逐渐成为主流，宏大的英雄叙事在一地鸡毛的日常琐事中被解构。[①] 21世纪以来，网络历史小说接过了讲述历史故事的接力棒，写手们基于史实展开历史想象，在过去与现在的多维空间里呈现时代特征，他们有着跨越历史深度和广度的勇气，在非凡的想象力中展示出强烈的社会性，是大众心理的直接映射。

时至今日，在市场选择和读者爱好的双重作用下，类型化写作已然成为网络文学写作的主流。追溯其根源，就可以发现它几乎伴随着小说一同出现，早在清朝初年，冯梦龙就对小说的类型及作用进行过总结："私爱以畅其悦，仇憾以伸其气，豪侠以大其胸，灵感以神其事，痴幻以开其悟，秽累以窒其淫，通化以达其类"，这些种类衍化为日后的言情、武侠、玄幻等网文题材，每一类的小说都有其固定的使命和目的。随着媒介的更替、时代的进步，小说类型在不断地扩张、成熟。时至今日，类型化作为标签已经成为网络文学作品的主要特征。每个大类别及其分支题材的写作方式已经渐趋为一种稳定的模式。这

[①] 时晓蕾：《冷静的"狂欢"——疯丢子网络穿越历史小说研究》，《镇江高等学报》2019年第4期。

种模式是无数写手在一次次的尝试中探索出一套既能迎合读者口味，又能顺应商圈规则的写作套路。在情节构思上，写手们更是穷尽想象的极限。光是穿越文这一种类，就有穿越到过去、未来、外星球、异界甚至虚构作品（如文学作品、漫画作品、电子游戏）中，穿越的契机和手段也是从各种意外事故到超自然手段，不一而足。

历数这些现象只是为了说明，短期内网络文学作品在单纯的写作技术层面，已经很难取得大幅度的突破性进展。在进行分析批评时，就不能将目光仅停留在写作方式、叙事手法、题材内容上，而是要将更多的注意聚焦在作品所蕴含的道理及其反映的时代社会心理、所投射的现实问题上。阿菩是一位兼具人气与才气的网络历史小说家，他是成功的说书人，也是知识渊博的史学家。他的创作大多凭借着一股"气"所成就，正如他在《唐骑》的后记中所说："《唐骑》毕竟帮我突破了我旧有的许多局限与藩篱，这本是第一部我不顾一切、甚至罔顾提纲乃至忽略'合理性'、全凭一股气来写作的一本书。"这股气可以总结为阿菩在纵览中华民族千年来波澜壮阔发展历程后油然而生的爱国之情，是继承传播中华优秀传统文化的使命感，是不容外物撼动的、精诚的民族情怀。

值得注意的是，相对于其他写手而言，阿菩是个及其矛盾的作家，这在他的创作理念上表现得最为明显。他在采访中表示，自己仍然在探索如何把握历史小说"穿越"的度，为了在保持文学性的同时加入虚构元素不断试验，试图在两相抉择中找出属于自己的创作方式。阿菩在《边戎》的后记中提到唐代诗僧王梵志的"反着袜法"，即"宁可刺你眼，不可隐我脚"的写作态度。作为作家，阿菩有着接近传统文学创作的傲气和坚持，但他也诚实地提到："因为《桐宫》太扑，扑得阿菩怕了，当时只有两种选择，一是不写了，二是把袜子正过来穿，因为我知道自己受不了第二次桐宫之厄，且现实情况也不允许，只好选一个热度可能比较高的东东来写，因当时穿越小说热还有一点余力，于是就有了《边戎》。在提笔的时候，我已经有了正着袜子的准备，宁可隐我脚，也要让读者读得舒服。"然而即使有了这样的

"觉悟",《边戎》中还是体现阿菩执拗的坚持——他坚持不写宋金时期的热门人物岳飞,即使他知道这样写能带来更多的关注,因为阿菩觉得自己创作的主角不配做岳飞的主公,声称这是"主角不得臣";在小说最后以老七杨应麒为中心的七兄弟因为政治理念不同分崩离析,甚至反目成仇,杨应麒引天雷自劈,期待能一切重来,徒留给读者一个遗憾的结尾。阿菩左右徘徊的创作思路,导致最后"虽然有这个初衷却不能坚持到底,到了中间还是屈从部分读者的希冀扭为让杨应麒兄弟推着时代走,这一来整个架构就别扭起来,我写得痛苦异常,而读者们也不满意这种不完全式的YY,作者读者都不爽,真是两头不讨好",致使其创作落入爱者甚爱、厌者甚厌的尴尬局面。

从另一个角度来看,阿菩的矛盾同样展现在他具体的创作中。他笔下的小人物积极参与并创造历史,翻云覆雨挥斥方遒,秉持狂欢精神解构英雄形象。同时他又从多方位入手塑造英雄,搭建权力话语体系和以主角为代表的官方意识形态。作为科班生,他尊重历史规律和文化传统,并不遗余力地在小说中展示华夏之美,介绍风土人情。但在市场操纵和大众审美的导向下,又不可避免地消费历史,无法完全摆脱套路写作的桎梏。庸愚子在《三国志通俗演义序》[①]中对通俗小说有着这样的总结:"文不甚深,言不甚俗,事纪其实,亦庶几乎史",这一点在阿菩的小说创作中同样得以体现。他的小说选取于真实的历史时间和地域空间,故事剧情也大多在真实历史事件之上展开想象。然而作为架空历史小说,阿菩的小说缺少厚重的历史氛围,他虽然有着自己的史学观点和理念坚持,但在具体的创作过程中,在文学审美与市场价值间的博弈中,在大众评论与创作理念的纠结中,把握现实的能力一直未能提高,更未从遥远、错乱的时光之锚中回首对现实社会问题进行反思。导致阿菩的小说虽有起伏跌宕的刺激故事、富有张力和画面感的语言,有对传统文化的继承和中华民族精神的弘扬,却

---

① 庸愚子:《三国志通俗演义序》,见罗贯中《三国志通俗演义》,江西人民出版社1982年版,第3页。

最终落入对现实经验简单模仿的窠臼。

评价一位作家并非易事，对一位网络大神的创作进行批评更是困难。由于秉持的立场不同，专业批评者和作家写手处于一个裂变的文学场域中，彼此之间存在看不见的隔膜，抑或割裂。一味用传统文学的标尺衡量网文无异于在高高的象牙塔内闭门造车，读者大众的批评又流于乍然一现的灵光，被过强的个人喜好左右。阿菩是一位有着深厚文学功底、复杂创作观念的网文大神，因此对他的评价是建立在多个维度上的观察。包括对阿菩人物形象的分析，剖析穿越后的选择和英雄形象的塑造；对作品形而上层次的分析，从地域特色引申到阿菩对传统文化的弘扬；对阿菩小说空间艺术的理解，以战争场景为视角切入，展示其对画面感的把控；最终深入阿菩的创作理念，分析他的矛盾与纠结，而这份纠结同样适用于广大网文写手，以及发展到瓶颈期的网络文学。

阿菩用架空历史小说阐释网文的历史真实和艺术真实，用直观的语言和强烈的画面感再现网络小说的空间艺术，用逻辑性稍逊但跌宕起伏的碎片化故事取代传统历史小说的严密情节。他的创作是一条在与自己的博弈中不断摸索前进的道路。但其作品所包含的民族主义精神、传统文化内蕴以及脱胎于通俗历史小说的叙事方式，又昭示着他创作的回归。而对于阿菩和千千万万个网文写手来说，回归的道路往往显得更加漫长。对于批评者而言，他们在道路上留下的每个脚印，都是用来完善批评体系和标准的绝佳案例。无数星星之火的汇聚，终将指明网文创作和网文批评的方向。

第五章 现实题材网络小说的别样书写
——论蒋离子

蒋离子，原名蒋达理，1985年出生，浙江龙泉人。作家、编剧，曾有笔名邓芷辛、芷辛，民盟盟员，中国作家协会会员，现任浙江省作协戏剧影视文学委员会委员、浙江省网络作协理事、丽水市作家协会副主席。19岁出版代表作长篇小说《俯仰之间》，后陆续创作《走开，我有情流感》《婚迷不醒》《半城》《糖婚》《老妈有喜》《听见你沉默》《小伉俪》《糖婚：人间慢步》等多部长篇小说。

一 网文创作之路与价值实现

19岁时蒋离子作为一名文学爱好者创作了《俯仰之间》，作品的出版与走红给了她继续写作的甜头与动力。后来她又陆续创作了《走开，我有情流感》《婚迷不醒》等长篇小说，文字也逐渐成熟。在创作过程中她的身份逐渐转变，从文学爱好者渐渐转变成作家。

蒋离子的父亲是记者、母亲是语文老师，家中书房藏书丰富，在这样的家庭氛围中长大，她从小就养成了爱看书的好习惯。《西游记》《红楼梦》《三国演义》《水浒传》《金庸全集》《琼瑶全集》等经典著作在小学毕业前就早已读完。父亲是她的第一位精神导师，引导她阅读和理解这些好书。父亲收藏的《人民文学》也成为她业余时间丰富的读物，为她展现了纯文学作品的意蕴与深度。大学时她常常借室友的借书证去图书馆借书，一次性抱几十本书回来，然后夜以继日沉浸在书的温床中。她始终抱着享受、学习与探究的心态阅读，以此丰富自己的人生与阅历。

父母对她的宠爱也给了她创作的底气与信心。"我的固执，我的傲娇，这不走寻常路、妄自敲打键盘的整十年，所有所有的无所畏惧，都是因为他给了我一条退路——傻囡，你有梦想，但你还有家啊。"① 当作家是梦，创业也是梦，父亲不甘年老、勇追梦想、老夫聊发少年狂的热情与情怀也触动着她继续追寻创作的理想。

读书之余她便开始慢慢写文，小学五年级时已经在市报上独立发表文章了，表达着她对社会现实、真实生活的思考。在这样的积淀与练习下，她的语文成绩出奇的好，尤其作文，经常拿满分。之后她便不断地写作。阅读是写作的前提，爱好是推动写作继续下去的砝码，而天赋和努力又是写作走向顺途必须具备的两个要素。以上因素蒋离子全都具备，这也成就了她之后的创作。写作于蒋离子而言既是爱好，也是理想。她曾说"写作不是我的生命，可是写作给了我生命，并延续着我的生命。"她"能在文字里自主，然后在现实生活里自主。用文字来鼓励自己，也把自己交给文字"。② 将理想融入现实，通过努力将之实现。

大学时代蒋离子开始认真创作小说。她始终认为写作不是一个人的事情，它需要写作者用心聆听世界的声音，在阅读积累和人生阅历中不断丰富和完善自我表达，把自己想说的话讲清楚，并以此和世界沟通，彼此启迪。

蒋离子身上有着"80后""独生子女"的标签，她并不认可这些刻板化的评判标准。所谓追求自我、张扬个性不过是一些人的本性使然。蒋离子喜欢"无招胜有招"。她的写作没有固定章法，随心随性，喜欢按着自己心性来写。她追求的是一种相对轻松的创作状态。没有技巧性的设置，没有太多模式的框定，随着故事自身的发展推进。在这样的创

---

① 《"80后"美女作家——蒋离子》，2016年1月14日，浙江新闻，https：//zj.zjol.com.cn/news/248899.html。

② 蒋离子：《写作给了我生命，并延续着我的生命》，2017年5月30日，搜狐网，https：//www.sohu.com/a/144538173_715030。

作方式下无论是人物塑造还是情节处理都显得更加自如，作品无论是表达苦楚还是舒扬快乐都呈现出平淡风格。

近几年，蒋离子的作品先后获得了众多有影响力的奖项。《糖婚》《老妈有喜》等作品先后入选国家新闻出版广电总局和中国作家协会联合推荐的优秀网络小说原创作品，获全国网络文学重点扶持作品、北京影视出版创作基金拟扶持项目、泛华文网络文学"金键盘"奖、中国十佳数字阅读作品、第三届网络文学双年奖铜奖等，入选猫片·胡润原创文学IP潜力价值榜、第三届网络文学双年奖、年度十大影响力IP等，她本人于2019年获得第二届茅盾文学新人奖·网络文学新人奖。这些奖项是对她多年创作的肯定，也证实了她自身创作的成果与成就。象征资本的积累又可牵动和创造一定的经济资本。网络文学近些年积极拥抱市场，成为影视作品市场开发的重要源头。蒋离子的作品在线下出版、影视改编、有声开发等领域也开始全面衍生，已逐渐打通IP产业道路，充分开发了作品的商业价值，产生一系列商业效应。从蒋离子作品的创作与接受路径可看出生产和消费是共生互利的关系。作为文化消费产品，蒋离子的作品具备网络文学商业化的特征，在适应读者、遵循市场的创作过程中获得自身的经济价值。

二 网络创作呼唤现实题材

2015年12月16日，国家主席习近平发表主旨演讲，提出"共同构建网络空间命运共同体"，随之31日习近平总书记在发表2016年新年贺词时强调了"共同构建各国人民共有共享的人类命运共同体"，这一联结和转变聚焦在文艺问题上则可以反映出在"互联网+"的新文艺时代，以网络文学为代表的网络文艺逐渐实现从"个人叙事模式"到"国家—民族叙事模式"，再到世界性的"中国的"话语体系和故事类型的转变[①]。其旨在打造具有时代特色和国家力量的中国故事书写。在具体

---

① 庄庸、王秀庭：《网络文学评论评价体系构建——从"顶层设计"到"基层创新"》，福建教育出版社2016年版，第2页。

创作方面，习近平总书记在文艺工作座谈会、中国文联十大、作协九大开幕式及全国宣传思想工作会议上特别强调文艺工作的展开应该关注现实、深入生活、扎根人民。这是由网络文学所面临的时代际遇所决定的，也是网络文学得以良好发展并实现长久发展的内在机制和责任意识。在此导向下，现实题材及现实主义创作成为网络文学"主流化"的风向标。

中国文学一直有现实主义的书写传统。《诗经·国风》收录大量"观风俗、考得失"，反映劳动人民生活的民歌；汉代乐府诗提倡"感于哀乐、缘事而发"；"诗史"杜甫创作《三吏》《三别》展现民生疾苦、朝堂腐败；唐代诗人白居易强调"文章合为时而著，歌诗合为事而作"；古代儒家、中唐韩愈、宋明理学讲"文以明道""文以载道""审乐知政"；明清之际王夫之、顾炎武等提倡文章应"经世致用"；明清小说《西游记》（吴承恩）、《红楼梦》（曹雪芹）虽有满富想象力的神魔情节，但也呈现对人性、社会的深度思考；五四时期"文学研究会"提出"为人生"的文学，文学在"启蒙和救亡"的历史重任中书写现实、启迪民智；鲁迅的《狂人日记》《阿Q正传》等书写愚昧的人民和吃人的社会，引起"疗救的注意"；茅盾的《子夜》、巴金的《家》等从不同角度批判旧社会、旧文化和旧思想；1942年毛泽东发表《在延安文艺座谈会上的讲话》后，一直到赵树理《李家庄的变迁》、丁玲《太阳照在桑干河上》等，文学作品延续革命现实主义传统，反映百姓生活和时代变革；《创业史》（柳青）、《平凡的世界》（路遥）展现了社会转型时期中国农民精神面貌与生活状态的变化；《乔厂长上任记》（蒋子龙）书写改革任务的艰巨性与复杂性；新时期"伤痕文学""新写实小说""现实主义冲击波"，乃至当今的乡土文学、打工文学等，都与现实生活密切相关，用不同风格展现社会变革的历史进程；90年代初起源北美的网络小说《奋斗与平等》（少君）、《下城急诊室》（施雨）等书写海外游子的跨域经验；2010年《中国在梁庄》（梁鸿）和《中国，少了一味药》（慕容雪村）引起关注，随后《人民文学》启动"人民大地·行动者"非虚构写作计划，重新呼唤"真实"；时过60多年，1956年秦兆阳

《现实主义——广阔的道路》中强调的现实主义创作思想始终在场,现实主义道路依然广阔,好的现实主义作品也终成经典。

1991年,我国留美网络作家少君于网络社交平台上发表目前所知最早的网络小说《奋斗与平等》,其立足于现实生活,以个人经验作为故事模板进行艺术性书写;1998年蔡智恒发表《第一次的亲密接触》被视为我国网络文学的正式开端,随后安妮宝贝的《告别薇安》、慕容雪村的《成都,今夜请将我遗忘》等作品连载,引起了人们对现实生活的关注和热议;《蜗居》《杜拉拉升职记》《失恋33天》《搜索》《小儿难养》等纷纷聚焦房子、小三、职场、男闺蜜、生存、隐私、人权等社会热点问题,实现了文学介入生活、观照生活的最大可能性,网络文学现实题材在此呈现良好发展状态。随着网络文学快速发展,多家阅读网站相继上线并经营成熟,网络文学类型日趋完善和丰富,题材涉及玄幻、仙侠、穿越、武侠、科幻、都市、历史等;从浅表层面来看,似乎"百花齐放,百家争鸣",网络文学好像呈现类型多样、题材多元的繁荣景象,但撕开这一华丽的外衣,展现在读者面前的是一副"呆板苍白、僵硬老套的枯瘦躯干"[1],读者接受的要么是虚构、架空或重新架构的另类世界,要么是借由现实世界而创建的被过度艺术化和YY的乌托邦世界,即便是立足现实生活的都市作品,也逃不出个人情感和欲望的小格局。网络作家在网络文学日渐商业化的渗透下习惯固守在千人一面的类型化套路模式中求生存、博关注,而读者也习惯于借助"主观化"或"象征化"形式来逃离现实压力,实现情感宣泄和精神慰藉。他们将自我与"现实"的距离割裂得太远。

借助互联网技术发展起来的网络文学,其生产、传播和消费模式决定了它的创作题材更加偏向于"个人化"叙事,人人都可以借助网络平台进行自我言说,将个人经验和体验通过艺术化的文字呈现在读者面前,由此形成网络文学创作的平民化、大众化和通俗化特征;同时,其传播和接受的便捷化、普及化、及时性和参与性等特点也进一步加强了

---

[1] 梁培培:《异化视阈下的网络小说与三种"现实"》,《青年记者》2015年第5期。

网络文学的个人化叙事风格。网络文学在20年的发展进程中，逐渐形成了丰富多元的文学类型，但玄幻、仙侠、言情、历史、穿越、科幻等题材作品更加倾向于"想象性"书写，其叙事模式和内在主旨更多关注小人物或个体的成长经历与情感世界，作者意欲创造一个新的世界或者在旧有的历史体系中建构新的世界观，通过"乌托邦"或"异托邦"世界的展现迎合读者的"白日梦"。这些故事虽然也有现实指涉意义，甚至是取材当下生活，但在具体情节表现中仍处于与社会现实割裂的复杂情境中，与当下现实世界和社会发展相距太远。

在网络文学二十年的发展历程中，现实题材经历了艰难发展的历史路程。在"玄幻"题材"一统天下"时，现实题材苟延残喘，但仍坚守着一片"净土"，始终在文学之地保留着自己的一份坚守。一些作者坚持追求"客观现实"的创作，从真实生活中择取具有代表性、符号性的素材，而后经过艺术的加工处理呈现在读者面前。近几年网络文学在政府政策指导、市场规范与引导、阅读平台征文比赛与优秀作品推荐、读者阅读趣味变化等影响下，从玄幻一统天下的局面慢慢走向现实书写，呈现出现实题材作品数量大、质量优的发展态势，且诸多非现实题材作品也颇具现实主义精神与风骨，网络文学出现精品化、经典化发展趋向，成为新时代社会主义文学的重要组成部分。[①] 同时，伴随网络文学的兴盛与创新，现实题材也呈现出多样多元的发展样态。坚持现实主义创作原则的作者得以有机会以不同叙事模式展现文学书写的社会责任和公共关怀意识。

2016年上半年起点中文网的现实题材作品增幅超过100%，是所有作品中增幅最高的，开始打破玄幻等题材占领统治地位的固有格局，走出了打怪升级、废柴逆袭、宫斗宅斗、言情甜宠的套路和模式，开始融入家国意识和书生意气，观照当下社会，直面生活。2016年12月第一届网络原创文学现实题材征文大赛在沪揭晓，此次大赛为读者带来了一系列反映时代风貌、呈现社会气象的现实主义作品，丰富了

---

① 王婉波：《从玄幻到现实：网络文学正在悄然发生改变》，《光明日报》2019年12月18日。

网络文学创作题材，其中聚焦国企改革的《复兴之路》获得特等奖，书写传统曲艺传承的《相声大师》获得一等奖，讲述当下二胎政策和亲子教育的《二胎囧爸》等作品获得二等奖。随之开启了第二届征文大赛，并于2018年1月揭晓结果，《大国重工》《明月度关山》《朝阳警事》等作品获奖，其参赛作品比第一届增长38%[①]，题材涵盖范围更广，参赛作者涉及20多个行业，不同年龄层、职业背景、生活经历的创作者开始立足现实生活，讲述中国故事，通过艺术化的书写和现实主义创作手法，为读者绘制了一幅波澜壮阔的社会变迁图景。第四届全国现实题材网络文学征文大赛也于2020年5月在上海举行并落幕，随着四届征文大赛的成功举办，网络文学现实题材引起了读者和社会的广泛关注，其多样化、接地气、贴现实的作品不仅丰富了广大人民群众的精神生活，引发读者对社会发展、时代变迁、历史更迭和现实生活的关注，同时也极大地丰富了网络文学题材类型，打破了类型化、模式化的书写套路。

同时，《大江大河》《都挺好》《蜜汁炖鱿鱼》《隐秘的角落》《沉默的真相》等现实题材影视剧获得良好口碑和广泛讨论，反映了大众对现实题材影视剧的接受度依旧很好，而这些影视剧中不少作品是经网络文学改编的。IP产业也带动了读者和观众对网络文学现实题材的关注，促使其实现复兴。

虽然网络文学现实题材近两年开始回温，且受到读者和市场的追捧，但其中不乏艺术性差、格局小的"伪现实"作品，虽然故事取材于都市言情、校园生活、职场奋斗、医疗行业、警匪故事等方面，但究其根底仍是打着"职业""行业"头衔讲述个人小情绪和男女情爱之事，伤春悲秋，侧重于个人化、生活化的"小世界"展示，而脱离了现实主义文学应该关注现实、观照当下的本质；其中真正以客观中立视角抒写时代症候、国家发展、民族富强，以迅疾精准的角度反映

---

① 《第二届网络原创文学现实题材征文大赛结果揭晓》，2018年1月25日，征文网，http://www.pcren.cn/5805.html。

社会热点、制度结构，以日常化描写展现人民真实生活的作品并不多。

三 社会热点与日常化叙事结合下的现实书写

与众多创作玄幻、武侠、耽美、快穿类型的网文作家不同，蒋离子是近年来涌现出来的极富现实主义创作风格的作家之一。深入阅读她的作品，有助于我们考察当下网络文学（特别是女频文）中"现实向"作品的文学质地，体会一个关注现实的作家所能抵达的人性深度及文本所能展现的价值限度。

蒋离子作为坚持网络现实题材写作的作者，其作品真正展现了思想性、艺术性和可读性为一体的艺术风格，坚持以社会现实为出发点，审视时代发展历程。网络作家中书写现实题材的作家不少，如阿耐、麦苏等。但蒋离子以其独特风格在网文市场产生着一定影响力。蒋离子擅长书写新女性的情感、事业与生活，作品涉及"70后""80后""90后""00后"等不同女性，讲述女性在围城内外的人生琐事与硝烟故事，将烟火气、都市霓虹融为一体，将女性个体的发展与时代潮流、社会变革、现实事件结合在一起，文笔老道精练，展现新时代女性多样人生观与婚恋观。一方面颇具浪漫主义特征，展现爱恋故事的欢乐与忧伤，一方面又回到现实主义向的残酷生活中。蒋离子擅长写实和白描，以相对理性、客观的口吻讲述每一个人的生存样态。如《糖婚》展现周文静、柏橙、海莉、安汶等女性各具形态的婚恋故事；《老妈有喜》描写二胎政策及二孩到来给一个家庭及不同家庭成员带来的影响；《糖婚：人间慢步》通过职场、女性创业、家庭生活等来书写安灿、林一曼两个女性的成长故事。

蒋离子壮大了网络文学现实题材创作的梯队力量，弥补了网络文学以建构幻想世界为主，对现实世界关注不足的缺憾，不仅满足了读者对现实生活题材的阅读体验，也证明了网络文学并非"不问苍生只问鬼神"，显示出作者的社会责任感和现实情怀。蒋离子小说中的人物都是靠自身的努力在成长，没有"玛丽苏"也没有"霸道总裁"，小说以细腻的细节描写与心理刻画将现实世界逐渐展露。

蒋离子坦言自己写作时会关注社会现象及身边的人和事，善于从生活本身中提炼和发掘故事，结合时代因素让故事与时俱进，进而使笔下作品时刻保持新鲜感。她对当下现实生活有着敏锐地捕捉与深刻体验。如《老妈有喜》结合当下二胎政策开放现象，对二胎家庭进行细致描写与深度刻画，展现不同家庭成员——大龄孕妇、"00后"孩子、二胎爸爸的心理变化，深入剖析二胎到来对不同成员，特别是"80后"妈妈与"00后"女孩的个体成长与情感体验的影响，呈现二胎高龄产妇与青春期女儿的共同成长史。作者以颇具张力又扎实的叙述功底展开两条叙事线，既展示了不惑之年的困惑，也书写了青春叛逆期的迷茫，勾勒了两代女性不同的人生观、价值观，展现代际差异带来的思想偏差与沟通难度。另外《老妈有喜》还展现了亲子关系、早恋、入赘、离婚、家暴、女强男弱、职场危机、微商创业等现实问题。又如《小伉俪》在人物塑造方面结合时代发展融入了一些新兴行业及特征，如网红、直播、摄影等行业人才的塑造。如蒋离子所言"十年前，我笔下的女性角色有写博客的习惯。十年后，我笔下的年轻女孩却是刷知乎、微博，玩抖音、小红书，还喜欢在朋友圈屏蔽父母，这种细节就是与时俱进"。[①]

《听见你沉默》又名《蔷薇革命》，更具斗争色彩。蒋离子将叙述视角聚焦在当下社会热点事件——"校园霸凌"上，由失踪少女白蔷和她的同学何雨薇之间的矛盾纷争牵引出十多年前同样陷入校园霸凌事件中的两名女孩——贡珍和刘子琪，通过不同年代四个女人的故事，向读者展现了校园霸凌事件本身的危害性、对受害者的伤害、背后原因等，同时也深度探究了原生家庭、学校教育、社会关注、媒体报道等在校园霸凌事件中产生的作用，引起社会和大家的关注与反思，具有正面的社会意义与价值导向。本书设置极为精巧，情节多处反转，曾经的霸凌者成为学生赞扬与热爱的人民教师，曾经的被霸凌者成长

---

① 张晓荣：《蒋离子新作"小伉俪"展现90后婚恋百态》，2019年11月30日，北国网，https：//reader.gmw.cn/2019-11/30/content_33363322.htm。

为社会精英，曾经的被霸凌者在职业的便捷助力下帮助新的被霸凌者，试图揭开校园霸凌事件的面纱，以引起社会重视。而曾经的霸凌者却也遭受着赎罪的痛苦及与被霸凌者相遇后内心的煎熬。小说叙事颇具层次感与深度。同时小说也由点及面，借贡珍之手，通过对白蔷事件的跟踪调查，牵扯出两代人的故事，剖析了当下原生家庭、亲子关系、学校教育、社会引导等对青少年成长的影响。

2006年蒋离子真正意义上的第一部长篇小说《俯仰之间》面世，线上线下走红全国。随后她又创作了《走开，我有情流感》《半城》等作品。在十多年的创作过程中蒋离子的创作风格并不是一成不变的。"我2005年开始创作，到2008年的时候发现我写情感宣泄的东西已经不行了。我前面出了两三本书，都是写青春类型的，个人情感宣泄的部分比较多。后面我尝试了第一本婚恋小说叫《婚迷不醒》。这本书是我一个全新的尝试，文字没有那么矫情。但是《糖婚》更现实，《婚迷不醒》还是有梦幻的色彩在里面。中间隔了好几年我发现又写不出东西来，非常困惑。因为你的个人体验部分已经写完，不能再用体验式的写作去创作作品。直到2014年、2015年的时候我才重新缓过来，还是回归到小说本真上来。"[1] 她从早期侧重情感表达的青春暖伤风格逐渐转变为书写家庭琐事、婚姻矛盾的现实主义风格。在这之后，蒋离子接连创作出了《老妈有喜》《糖婚：人间慢步》《小伉俪》等现实题材风格的作品。"传统作家可能会不理解，像这些家长里短怎么能写到60万字，但在我眼中，家长里短就是故事。我认为，一本书里肯定要包含不同的社会阶层，我的小说往往都涉及一个很大很生动的人物群像，描写着现实，也反映着现实。""社会热点和社会新闻实时更新着，作为一个作家，我的题材也在不断更新。"[2] 作为时代的亲历者和网络文学行业发展的见证者，蒋离子在题材上实现了"从小我到大我的转变"，在创作风格上也实现了从暖伤疼痛的情爱书写转

---

[1] 杨庆祥：《网络文学的多次元——蒋离子〈糖婚〉讨论》，《西湖》2019年第6期。
[2] 林梦芸：《作家蒋离子：从小我到大我，去看社会》，《钱江晚报》2019年1月18日。

为客观写实的现实书写，用文学创作记录着社会热点议题的变迁。

2008年创作的《婚迷不醒》是她走出"小我"跨向"大我"的一部长篇小说。这是一部书写"80后"婚姻恋爱故事的小说，作者从婚姻、事业、家庭入手全方面展现"80后"男男女女的生存状态与生活态度。作者保持着一丝以往创作中忧伤、暧昧、自我、漂泊的文风，书写着女主人公方沐忧的梦想与追求，展现着男主人公康乔渴求自由、逃避婚姻的状态，还塑造了张艺宝这样一个充满艺术家气息、风流爱玩的男性人物形象。云里雾里的爱情、不追求结果的恋爱关系、混沌朦胧的人物思想等在这部小说中深有体现，作者对婚姻的具象还不够清晰与明白，但这并不影响作者逐渐将笔触与目光偏向于现实世界。书中男女人物还是逐渐承担起了婚姻、事业、家庭所带来的种种压力与琐碎。女主人公常夕渴望婚姻，不惜放弃与康乔5年的感情，选择和好友刘之双结婚，在婚姻中她不断改变，也渐渐懂得了什么才是真正的爱。而刘之双也在婚姻中证明着自己的成熟。张艺宝虽性情乖张、个性洒脱，但也为了结婚有着浪子回头的决心。婚姻生活即便不幸福，也始终承担着对妻子麦麦的责任。小说中对现实生活中的彩礼习俗、家庭矛盾、夫妻磨合等琐事有着详细的描述与反映，画面感极强，展现了"80后"男女在人生选择面前的成长与改变。

蒋离子一直关注和反思着"80后"这代人的成长与婚姻状态，并试图探究由此产生的社会问题及关联影响。"我们这代人，是独生子女潮中长大的一代，你会发现离婚率真的挺高的。"[1] 由此她颇有动力地创作了《糖婚》。《糖婚》中蒋离子构建了各式各样的婚恋关系，人物塑造暗含都市众人。除此之外，小说在婚姻关系、婆媳关系、子女教育等问题方面也深刻地彰显着当下都市众人面临的生活状态。谈及创作构思时蒋离子肯定着当下现实的婚姻状态与多样形式为她提供了灵感。"2015年的时候，我开始打算写一部现实题材的作品。因

---

[1] 《糖婚》作者蒋离子:《朋友圈里那些毁人不倦的毒鸡汤》,《浙江日报》2018年4月25日, 新浪网, https://k.sina.cn/article_1708763410_65d9a91202000930d.html。

为观察发现身边一些80后、85后，甚至90后选择了离异，重新开始了他们的人生。"① 我们这代人像是故事中的原型，"不管故事如何展现，表现出来的其实是一些共同的困惑。"② 这也是现实题材小说的魅力所在。

蒋离子用比较客观、中立的口吻讲述婚姻制度与关系的两面性，既表现它的"至亲至疏""患难与共"，也展示它的"若即若离""博弈与拉扯"，如《糖婚》中方致远与周宁静两人模范夫妻平静和睦的关系表象下潜藏着复杂的矛盾与撕扯，尊重、猜忌、信任、留恋等情感都有。婚姻中的两性关系不似恋爱一般纯粹，作者一次次展现两性及婚姻的复杂性，并留下空白给读者去思考。

蒋离子客观的笔触除了体现在对婚姻观念的表达上，也体现在对人物形象的刻画上。如《糖婚》，作者并未把柏橙这一角色完全塑造成"第三者"可恨的形象，细腻地描写将柏橙与方致远青春悸动的爱情故事展现出来，他们的再次相遇与复合不仅仅是爱恋的复燃，也还有种种人性深处的考量，方致远对柏橙的出轨行为不只是简单的男女爱情与性欲，还掺杂着生活多样压力的袭来与逃离婚姻的喘息之需。美满爱情的理想与残酷现实的刺痛在小说中持续拉锯与撕扯。在爱情与婚姻的博弈中，方致远到底爱谁，成了小说悬而未决的结果，作者把答案留给读者思考。而对周宁静的塑造，既展现她的兢兢业业、按部就班、平淡求稳的心理状态与追求，也展现出她在关键时刻的求全与妥协、独立与自强。无论价值观念还是人物塑造，作者都以不偏不倚的叙述态度来展现，小说整体颇具张力，也展现出厚重的人文关怀。

小说对现实的书写与还原很容易让读者联想到20世纪80年代兴起的"新写实小说"，一批作家发展了鸡零狗碎、一地鸡毛式的原生态写作风潮。在对"烦恼人生"的书写中不断探索着新生事物、社会

---

① 《凤凰互娱现实主义题材IP再创佳作 蒋离子携〈糖婚〉登上中国数字阅读大会》，2018年4月15日，凤凰网科技，https://tech.ifeng.com/a/20180415/44954840_0.shtml。
② 《凤凰互娱现实主义题材IP再创佳作 蒋离子携〈糖婚〉登上中国数字阅读大会》，2018年4月15日，凤凰网科技，https://tech.ifeng.com/a/20180415/44954840_0.shtml。

结构、生活秩序等对年青一代的伤害与改变。蒋离子也试图去触及时代变迁、社会变革、文化现象等对当下年轻人生活的影响。作者有着对现实生活、热点事件的沉思与挖掘，但笔下作品在日常化冗长又细碎的生活描写中停留太多，纠缠于家庭生活、夫妻关系、孩子教育等，故而仍处在较为浅显单薄的层面。都市男女的群像塑造，有着对当下社会大众人群的映射，但还没有触及和探究到社会发展、现实问题的根部。

但不可否认的是蒋离子在塑造人物形象时忠于现实主义创作原则，即在典型环境中塑造典型人物。如《老妈有喜》中的高龄产妇许梦安、《听见你沉默》中的校园霸凌受害者贡珍，作者把人物放置于具体的社会环境与事件中去展现各自人生经历。同时，对人物的描写，作者采用人性化的审美理念，打破以往两极化、对立化、模式化或者脸谱化的人物形象塑造范式，实现人物形象真实化、人性化的最大可能。马克思指出："从前的一切唯物主义的主要缺点是：对对象、现实、感性，只是从客体的或直观的形式去理解，而不是把它们当作感性的人的活动，当作实践去理解，而不是从主观方面去理解"[1]，毛泽东在《在延安文艺座谈会上的讲话》中曾提到"只有具体的人性，没有抽象的人性"。[2] 蒋离子对人物形象的塑造既没有脱离现实环境去单纯地展现所谓的人性，也没有剥离人性的本真只截取抽象的人物形态服务于客观语境，塑造毫无主体性、感性化的人物形象，而是将两者辩证地结合在一起，由此为我们呈现了一批有血有肉、个性鲜明的人物形象。

同作为现实题材的网络女性作家，蒋离子与阿耐的创作风格就有很大差异。阿耐擅长从宏观叙事角度入手书写中国改革开放几十年来的发展历程，在创作手法上表现为宏大叙事与日常生活叙事两者的融合。蒋离子更侧重于日常化的生活描写，在"小叙事"中展现"大问

---

[1] 《马克思恩格斯文集》第一卷，中共中央马克思恩格斯列宁斯大林著作编译局编译，人民出版社2009年版，第499页。
[2] 《毛泽东选集》第三卷，人民出版社1991年版，第867页。

题",于人们日常琐碎生活中探讨人类生存的永恒主题与时代变迁带来的社会热点问题。看似书写人物俗世情感、欲望诉求，实则也呈现出对生命意义的开掘和历史的建构。在两者的兼济互补中文本实现了思想深度与故事趣味的两者合一。

传统艺术认同和称赞的文学美感在蒋离子的现实题材作品中是匮乏的。蒋离子笔下的人物基本都是沐浴在"日常生活审美化"的消费时代浪潮中的，文本丧失想象力和崇高感，与生活之间的距离也渐渐消失，越来越具平常性和凡俗性。网络的普及拉近了人们之间的距离，消弭了人们之间的神秘感和陌生感，使人们开始更加关注日常生活。网络文学的生产、传播和接受方式也助力了自身创作的大众化、日常化特征，这为作者开掘日常生活奠定了基础，也进一步满足读者的阅读需求和消费心理。这种日常化的场景、生活化的情节、世俗化的人物形象，使得网络现实题材作品又不同于传统文学的现实主义写作，它是文学在网络这一载体形式影响下的新形态。这些日常化的书写颇具烟火气，在生活化的语言描写背后浮现的是作者对时代症候和现实生活的关注。《糖婚》《老妈有喜》《小忨俪》等无不是通过一地鸡毛式的碎片化描写展现当下青年男女的生存问题与价值诉求。

蒋离子笔下"一地鸡毛"式日常生活的描写并非散落在地的。作者将人物的平凡经历、现实遭遇与社会热点、时代症候、代际差异等问题联系在一起，从而使这些"一地鸡毛"有了分量，通过对这些小人物市井生活、家庭琐事、婚姻纷争的深入挖掘，展现他们身上的时代烙印与代际鸿沟。虽立足生活，但通过个人情感、事件纠纷、人物塑造和故事发展来聚焦社会问题，分析社会矛盾、性别差异，从一个个典型人物身上观照出其所代表和牵引的一系列社会现象。将读者从个人情绪和人物故事中脱离出来，立足于更大的价值建构与文化反思。

在蒋离子的作品中，"倾听"多于"批判"。作品没有批判现实主义文学那种鲜明的对人物与事件丑陋的揭露与讽刺，更多的还是以虚构的方式巧妙性地将人物与故事整合在一起，来反映、呈现和还原当下现实生活的问题与人物人格的状态，引起人们共鸣。作品以一种共情、倾听、理解、陪伴的方式走进读者的生活，使读者在人物的悲欢离合中感同身受。而小说也由此呈现了现实主义网文所具有的人文情怀与陪伴价值。

　　蒋离子是熟知这个现实世界的，她笔下的作品无不传递着对这个社会"发展与代价"、对都市男女"欲望与追求"的永恒思考；在时代变革中，每个人都在不断地追寻自我，解决生活难题；作者在关注一代人的爱恨情仇、家庭琐事、婚姻纷争时，也是在关注和思考着这个时代人们的精神成长历程，这是网络现实题材作品有价值的地方。蒋离子以现实主义的创作原则和审美姿态，融入了当下网络文学书写的网文性特征，构建了独特的叙事风格，展现着新时代下文学创作的新形态。

四　"爽文"特质与"经验式"写作

　　作者在创作中试图对网络文学与现实向度进行综合，既保留网文应有的故事感、节奏性与爽感，也聚焦当下社会的现实问题，呈现一种颇具网文特质、文学关怀与精神品质的作品类型。在笔者对作者的采访中可知，作者认为写作并不完全是自己一个人的任性创作。她会积极考量外界因素（如读者群体和接受市场），以此结合自己的阅历与知识层面创造出有价值、真实、灵动的现实作品来。故而，在人物性格与形象的设计、主角的成长、话题共鸣、时代特色、情节的戏剧性营造等方面更用心，以此双向保障作品质量和网络传播力，适应当下数字阅读场景与读者的阅读口味。

　　网络文学充满着娱乐性，其娱乐和消遣功能使网络作家比较注重文本创作的通俗性和大众化。网络文学生产、传播和消费模式影响着读者的阅读趣味，大部分读者更希望借助于网络文学来得以消遣和宣泄，希望在阅读过程中没有精神负担和沉重感。因而这就意味着网络小说基本需要满足以下条件，即故事可读性强、节奏快、语言通俗易懂，人物让读者有代入感，作品真实或贴近读者心理预期，等等，而具备以上特质的小说被称为"爽文"。"爽文"是一个网络词汇，是网络文学的一个重要概念，简单来说"'爽'不是单纯的好看，而是一种让读者在不动脑子的前提下极大满足阅读欲望的超强快感，包括畅快感、成就感、优越感等等"。①

蒋离子作品在网上连载，其具备鲜明的"爽文"特质。首先蒋离子小说的故事性强、节奏快、以情节取胜；蒋离子在文本创作中习惯线性写作，少许倒叙、插叙，这在一定程度上降低了读者的阅读难度。作品的线性化处理，使作品晓畅明快，不设置语言屏障，读者在接受过程中没有过多的阅读障碍，可以尽快进入文本，更轻松自在地享受和体验作品，进而能够深入文本的深层意蕴。正如戴维·洛奇所说"小说就是讲故事"②，蒋离子的小说由故事连接与堆砌而成，故事又由情节推动，每一章节都会有不同的故事，这些不同的小故事串连交织在一起构成了人物的成长轨迹。同时情节叙事呈现快节奏特征，没有过多戏剧化处理，情节发展自然、真实；其一以贯之，一气呵成，给读者连贯的阅读感受，不拖泥带水，这是网络文学在当下读者追求快速高效的阅读习惯中形成的一大特点。

现实题材作品的现实主义特征体现在"排斥虚无缥缈的幻想，排斥神话故事，排斥寓意和象征，排斥高度的风格化，排除纯粹的抽象与雕饰，它意味着我们不需要虚构，不需要神话故事，不需要梦幻世界"③，但这并不意味着作者不能进行合理的想象与编排。文学有它的自由性，网络文学在创作方式、创作空间与创作内容方面也是灵活自由的，这为网络作家编排情节、书写故事提供了基础与条件。无处不在的现实生活都可以成为创作的素材，宽广虚拟的网络世界让作者放下戒备、自由创作，不拘泥于传统写作规范的创作方法又进一步解放创作者的双手与脑洞，在此背景下，蒋离子也不断创作着有着爽文特

---

① 邵燕君：《面对网络文学：学院派的态度和方法》，周志雄主编：《网络文学的兴起——中国网络文学发展文献史料辑》，人民出版社 2014 年版，第 137 页。
② ［英］戴维·洛奇：《戴维·洛奇文集小说的艺术》，王峻岩等译，作家出版社 1998 年版，第 14 页。
③ ［美］韦勒克：《批评的诸种概念》，丁泓等译，四川文艺出版社 1988 年版，第 230 页。

征的现实题材作品。

其次，语言通俗化、大众化。在蒋离子的作品中我们很少看到长句子，基本以短句和对话组成，很少使用修辞，语言往往简洁明快，意思表达清晰准确，同时语言运用很有生活气息。虽然蒋离子语言描写鲜活生动，且生活化特征十足，但其语言通俗却并不粗俗。蒋离子擅长借助语言营造真实感和动态感，使其故事呈现出一种客观逼真的现场效果。蒋离子作品中关于人物内心对话的描写非常精彩。一个对读者而言相对陌生的领域，作者能够讲述得贴切又真实，这都源于蒋离子自身炉火纯青的语言功底和叙事能力。

网络文学中自有一套属于自己的语言体系，以适合大众的阅读体验。网络文学的创作和连载机制拉近了作家和读者之间的关系，增进了彼此沟通的机会。在相对宽松自由的网络场域中，读者希望在这里实现阅读的享受体验，而真实的阅读体验是读者更愿期待的。作者力求创设和刻画出一种更接近读者期待视野、接受心理的逼真的叙述氛围，反而能够最大可能和迅速地获得读者的认同。蒋离子的小说以强烈的写实精神、更适合的大众语言符号、更自然的叙事手法给读者营造一种逼真的故事场景，这种现场感是读者需要的，也是其笔下作品的优势和特点。

相较于网络文学其他想象性作品，蒋离子笔下作品与她自身的生活经验息息相关，这一"经验式"写作，增强了故事的真实性和读者阅读的代入感。网络文学的作者队伍具有草根化、大众化和自由化特征，人人都可以在键盘上书写故事，人人都可以成为创作者，警察、公务员、医生、教师、企业家、高新技术研发员等多种职业的创作者从他们熟悉的行业入手，聚焦时代变革与社会现实，为读者讲述自身行业不同精英人物的精彩人生，这也表明网络文学更多的是一种个体经验的书写。从笔者对作者的采访中可知，无论是人物形象的塑造、性别关系的考量、代际差异的想象还是家庭矛盾的激化等，都和作者的经验、体验与自我认知不可分割。她自己也曾谈到，生活中看到的、经历的、体验的，都促使她想要创作和表达。《糖婚》的创作源于对自己及其他"80后"青年男女生活的感悟与经历,《老妈有喜》来源于生活中偶尔接触到的高龄产妇与当下二胎政策的讨论。对女性形象的强化与对男性人物的弱化又无不与自身生活经历相关。正是因为她的亲历性、参与性和见证性才能够把一个个故事真实鲜活地呈现给读者。蒋离子坚持以自身经验书写自我所经历的社会生活,与时代潮流、社会变革、体制变化间发生着紧密的联系,这种即时性、当下性也是网络文学的一大特点。

而作品酿就的"经验图式"让读者能够迅速观照自身及当下生活,捕捉社会现实的各个方面,从经济收入、个人能力、家庭背景到社会发展、爱情观、婚姻观等。这样的作品更容易引起广泛的社会关注,引发人们的自觉思考;这些有经历和真实体验的个体将以文本形式把自身独特体验传递出去,向更广泛的用户群体传播,并最终辐射整个社会。而网络文学的阅读并不仅仅停留在对文中呈现的各种现象和问题的简单了解和理解上,读者往往会跳到现实生活的具体领域中,站在自己的阶层和立场,将作品中建构起的自我带入线下,更多从经验出发观照自我主体性的建构,读者阅读经验也将成为他们经验图式的一部分。

但网络文学的这种"经验"写作也存在一些弊端,从蒋离子笔下人物塑造及故事架构来看,蒋离子倾向于写女性,写女性的成长与蜕变,而笔下男性形象的刻画与定位过于弱化,这同蒋离子自身女性身份及多年来的个体经验是分不开的,在笔者对蒋离子的采访中可以得知,蒋离子经验与印象中的男性形象都过于羸弱,这导致了她在人物形象刻画上的性别差异,但长期以来保持一种写作风格和叙事模式,容易造成读者的审美疲劳,因而作者未来的创作道路应在"经验"写作基础上探索更多、更广泛的领域。这一点蒋离子在采访中也表示过,在不断地尝试去突破与改善。

一部好的作品既要能够愉悦心情,也要能够给人启发,既要能反映现实,也要能促人反思,简单地复制或还原生活样貌而不能进一步对其做出正确的价值引导,那它在艺术深度上是有所欠缺的。蒋离子的小说在一定程度上对人性深度和现实问题的挖掘不够,有停留在"现象"层面的趋向;同时她的小说贯穿着一种淡淡的理想主义色彩,这种乐观和理想主义态度会影响到作品的深度。"皆大欢喜"的结局固然很大程度上能够迎合读者粉丝的欲望投射,但很难说是生活逻辑本身的演绎与发展结果。

故事的美好结局和乐观畅想一定程度上会遮盖部分社会现实,并使人们暂时麻木和停止反思,如果放弃对现实的追问和对人性精神世界的拷问,那么蒋离子的作品便趋向于故事型的《厚黑学》或者《职场女性成长指南》,更多的只是表现人物的成长历程。这是对五四时期周作人《人的文学》中所提倡的文学应该更完全地表现"人"之文学的不彻底的体现,也对应了哈贝马斯说的现代性是"一项未竟的设计"理念,这是网络文学的通病,也是蒋离子创作应该警惕和防范的危险地带。

五 爱情主题的延革与女性个体的成长

凌叔华、李碧华是蒋离子比较喜欢的女性作家。一个文笔内敛而节制,温柔又凌厉,书写旧式女子的感情生活;一个文笔辛辣而凄艳,悲凉又决绝,写尽痴男怨女的情爱故事。同样的,"爱情"也是蒋离子小说常见的主题。她的作品为读者展现了多样的爱情状态,探索了不同样态爱情的走向与结果。

蒋离子的第一篇小说《俯仰之间》讲述的是一段不完满的爱情故事。一方面书写少女和少年的残破爱情,另一方面也通过少年的故事追溯回忆年长长辈的故事。19岁的蒋离子已经开始将笔端触及生存重压下残喘挣扎的人性深度,展现了爱情与生存两者残酷的对白。

《半城》呈现的是一种任性、随心、感性的爱情。26岁的服装设计师上官之桃在婚前一次独身旅行中邂逅了39岁的作家余一得,由此产生了对余一得念念不忘的爱恋之情。之后上官之桃从婚礼上逃走踏上了追寻余一得的道路。他们认为爱情是自由的、不被束缚的、不被任何道德或华美辞藻定义的。两个无拘无束的人为追寻自由的恋爱在一起，但又因为情感的厚重产生压力开始逃离，爱情的自由与爱本身的独有性、排他性间存在着巨大的矛盾与冲突，亲密关系的边际由此彰显出微妙而吊诡的状态。追寻爱情的人所求始终不得圆满。他们从有爱变为无爱，从无话不说变为无话可说，从甜美变为无趣，过度地追求极致状态让他们迷失在爱情之中。没有未来的未来似乎和没有曾经的曾经一样，宿命让他们兜兜转转又回到原来位置，只是爱和想爱的心却已被消耗尽了。蒋离子此时对"爱情"的书写呈现出感性、暧昧、暖伤的风格。女性在其中过于追寻"爱情"本身的味道，沉浸在理想化的情爱世界，以此寻找自我与生命的意义，远离烟火气与庸常状态，缺乏对现实生活的考量。

　　《走开，我有情流感》是蒋离子早期的作品，有着"青春疼痛"的烙印，也呈现出暖伤、暧昧的情感状态，人物像是在人间飘荡的灵魂孤独者，看似内敛沉默，渴望平淡静谧，实则内心狂野，追求爱与自由，隐忍着叛逆的激情，在爱情与文字中一边沉沦、放纵，一边挣扎、痛苦。人物在悲伤中摸索着成长。他们神秘、迷离、空虚、无助、单纯又绝望。故事讲述的是女孩橙子（子夜）和子牙、少年狼、诸葛名优、莫恩然四个男人的故事。橙子顶着私生女的名义，成长在母亲自私、养父冷漠、亲生父亲懦弱、没有温情、缺乏温度的家庭环境中。这促使橙子自身的任性和心灵的扭曲。她在16岁时便通过书信往来喜欢上了年轻编辑方子牙，并选择离家出走、投奔对方。他们在文字与爱情的呵护中相互照顾，虽然生活贫穷，但有着梦想与追求。橙子在子牙的建议与引导下开始"下半身写作"，之后橙子成名，伴随而来的却是两人之间的隔阂与矛盾。而少年狼的出现则进一步加重了橙子与子牙生活的破裂。同样对文字有追求的少年狼和橙子一见如故，两人无法躲藏和克制的情感一触即发。橙子带着少年狼再次出走，离开子牙，但在路途中少年狼生病，橙子又只能重新求助子牙。她回到了他身边，但之后又再次离开。子牙的小说《流浪的火车》也一语双关着他们的结局。女孩橙子始终在出走、逃离、追寻的路上奔波，她不断写作、相爱，也不断成长。这部小说代表着蒋离子早期的创作风格，整部小说风格的漂泊感和不安定感十足，有着独特的阴郁格调，展现出诡异迷离的文风，极具张力。

女性成长力是蒋离子作品的内核。无论是给网文发展还是影视行业都注入了鲜活有力的血液。蒋离子习惯在文字中灌输自己的理想。她说自己可能是个女权主义者。在作品中，她总爱传递男女对等的爱情观、婚姻观。最初的《俯仰之间》便写了少年与少女之间互相爱恋与奉献的爱情故事，她为他香消玉殒，他为她漂泊无依。从创作的一开始便强调了两性的平等，这也一直延续到她之后的创作中。

在《糖婚》里作者塑造了多样多变的女性形象。周宁静起初是一个想要掌控家庭、丈夫、孩子和自己婚姻生活的女人，但在夫妻矛盾、家庭变故和生活压力下慢慢地转变了自己的想法，开始重新思考如何处理家庭矛盾，敢于跳出原本的生活轨道，重新规划人生。海莉最初是和老巴相亲认识，但在婚姻生活中逐渐意识到两人的不和，敢于按下暂停键，在婚后又勇敢地重新追寻幸福。她从不知道自己要什么到逐渐意识到婚姻是什么的成长蜕变过程，展现了女性独立自主的精神状态。陈沫一开始便对陆泽西心动，为了他甘愿隐忍和掩藏自己的情感，默默地付出，但后来她逐渐找到自我，爱自己才能爱他人，在生活的历练中不断成长。柏橙，年少时单纯真挚，因家庭变故错失爱人，成年后难舍初恋，再回头已是插足和破坏。难以控制的私心和情欲促使她把自己和爱情都逼到了绝路，最终精神崩溃。安汶离异后一直怀念病故的前夫，虽有感情稳定的男友，但坚持不会再婚，在陪伴儿子和原夫家相处的过程中也逐渐成熟，慢慢转变着自己的想法。童安安，"90后"少女，积极向上，热心开朗，虽然平时叽叽喳喳，但大是大非上有自己的坚持和判断，勇敢追求自己所爱。

《老妈有喜》中妈妈许梦安和女儿李云阶之间有着隔阂。许梦安一直希望自己成为一个新时代好妈妈，可以和女儿成为朋友，交心聊天，但这样的过程反而有些刻意，进而造成了两人最初的矛盾。作为女儿，李云阶不想和妈妈成为朋友，她只希望自己始终是爸爸妈妈最疼爱的宝贝，二胎带给了她不安和焦虑。两人这样的错位与隔阂在故事前期始终存在着。随着各种矛盾的激发，妈妈逐渐意识到自己的普通与平凡，慢慢把"好妈妈"的面具拿下来，开始正视自己，以此才获得女儿和她交流沟通的机会。松弛状态下，许梦安渐渐找到了工作、家庭之间的平衡点。而女儿也在不断的交流中逐渐获悉父母的真心，对"二胎"不再排斥，心疼和理解妈妈的劳累与不易。作为一个晚熟的女孩，她也在逐渐成长，不断与这个世界言和。

《糖婚：人间慢步》获得了 2020 年中国作家协会重点作品扶持项目。作为《糖婚》系列的第二部，它延续了第一部探讨新时代女性故事的叙述主题，但在故事内容、人物塑造、创作风格方面进行了全面的创新。《糖婚：人间慢步》以民办教育行业为背景，以职业女性与全职太太的角色换位为切入点，杂糅了女性职场生活、家庭生活与情感经历，在这一叙述过程中作品展现了两个女性横跨十二年的成长史。新灿教育创始人于新的离世给两个女人的人生轨迹与命运带来变化。他的合伙人兼精神暧昧对象安灿在其在世时以事业为重，与丈夫刘瑞的婚姻生活并不幸福；而他离世前的妻子林一曼为他洗衣羹汤数年，是个完全脱离社会的全职太太。于新的离世给这两个女人的生活带来了全新改变，使她们重新开始思考生活、挑战生活。林一曼从家庭走出来，卷入公司纷争，接替亡夫出任新灿教育总裁，与合伙人安灿一决高下；而视事业为生命的安灿也在周遭事变中开始思考生命的意义。另外小说还塑造了何夕、陆玲玲等女性人物，她们或遭遇中年危机、面临生活与情感的重重重压将人生重启，或年轻有朝气，在美好想象中勇敢追寻自己的梦想。蒋离子注重展现这些女性在面对不同人生抉择时的内心挣扎与自我蜕变，探索女性个体是如何在生活洪流中寻找自我价值与心灵港湾的。

蒋离子小说中的女性形象基本都是理性大过于可爱。她笔下女性人物在社会空间与"事业""工作"捆绑，在家庭空间与"婚姻""妻子""妈妈"捆绑，是否一旦强调了女性的社会与家庭身份就会让女性变得不再"可爱"。而男性人物的魅力值却往往是通过强调这两重身份来加强和突出的。蒋离子的小说探究着年龄、身份给女性个体带来的压力与转变。她们虽然在新的身份与不断转变的角色中逐渐成熟起来，但迎接的挑战与困难要远远大于男性。

蒋离子把精力和笔触更多地停留在了女性人物的塑造与蜕变上。男性人物的转变在作品中体现得不够多。且相对而言，蒋离子笔下的男性人物也要羸弱一些。《走开，我有情流感》中的子夜、少年狼、诸葛名优、莫恩然都是文艺、柔弱、温暾的男性形象。《婚迷不醒》中的康乔不求上进、没有规划、逃避现实、不敢正视感情，张艺宝放荡风流、行事不羁，缺少稳重与成熟。《糖婚》里的方致远懦弱、退缩、缺乏主见、优柔寡断、婚内出轨。陆泽西腹黑又幼稚、生活糟乱、女友不断。《老妈有喜》里的李临性格温顺，一心学术，家庭的重担基本全落在妻子的身上。老贾性格暴躁，大男子主义严重。兰香的丈夫家暴、重男轻女。蒋离子笔下的男性人物鲜少有出众完美的，此在衬托下的女性人物更加独立自强。

蒋离子小说人物的塑造一方面呈现出成长与蜕变特质，另一方面仍具有脸谱化、类型化倾向。女性人物的自强与独立、男性人物的羸弱与幼稚在系列作品中有着延续性与套路性。刘启明曾从空间角度入手讨论过《糖婚》中的"假性"张力。他认为人物性格看似有着转变与成长，但其实只是人物被时光掩埋起来的更深的性格内面被翻了出来，这是一个朝向过去、往深处挖掘的转变，而非面向未来的人性成长。人物特质呈现出空间性，而并不是时间里的成长。这也是谢尚发对《糖婚》所评价的"平"与"缺乏张力"的具体所指。蒋离子的作品主要通过外在情节的推动与故事线索的揭露，将人物身上掩埋与隐藏的特质慢慢展露出来，在事件的推动与矛盾冲突的激化下将其自身性格展现出来。但若完全否认人物主体的成长性与蜕变也是不客观的。《糖婚》中周宁静意识到自己的掌控欲对婚姻没有好的影响时也开始积极改变，并在最后愿意打破原本的生活规划，向事业的新方向迈进；海莉在相亲、结婚、离婚、再相爱的不断试错中逐渐找到自我。事件与矛盾可以促进人物反躬自省，但并不能将这种自省完全看作人原本就具有的特质，有部分潜力可能是在经历与体验中不断被激发出来的。

对生活的感悟、对自我的追寻、对生命的领悟、对婚姻家庭的思考，是在这一过程中逐渐启发和不断完善的，这也是现实主义小说人物"真实度"的一种展现。线性时间发展中人的蜕变与深度空间下人性的不断挖掘，都是人物形象自我成长与改变的一种展现。

结　语

蒋离子笔下女性人物具有强烈的时代感和故事性。作者遵循典型环境中塑造典型人物的现实主义创作方法，在细节化描写中将现实主义与网络文学进行嫁接，以网络爽文模式与现实题材相结合，在"日常生活审美化"中展现社会热点事件，在记录社会变革、时代发展同时也给当下都市男女提供了现实指引与人生启发。

文学应当有记录壮阔历史进程、展现时代精神风貌、捕捉人民生活与梦想、触碰人性、展现个体进步、促进人民觉醒、警醒生命的勇气与力量。今天的中国经历了巨大变革，创造了恢宏伟大的现实图景，现实主义网络文学应展现真实、立体、全面的中国形象，塑造与国家同步成长的人物形象，记录时代潮流中的热点事件与社会现象，这是伟大时代文学作品走向经典化的历史使命与必然要求。

第六章　网文时代的地道说书人

——论天下霸唱

天下霸唱以盗墓故事成名，但若非资深网文读者，多是只闻《鬼吹灯》，不识天下霸唱。学界研究也相应呈现出集中于《鬼吹灯》的单一化趋向，这无疑是一种不理想的研究现状。其实天下霸唱早已摘下摸金符、挂起发丘印，走出了一座座坟茔墓穴：2009—2010年的《谜踪之国》系列延续《鬼吹灯》"掘墓开棺"的"血肉"，更凸显西式夺宝的冒险"骨架"；《天坑》故事在白山黑水间的神秘天坑中开启神奇际遇；轮廓初现的"四神斗三妖"系列在天津卫九河下梢讲"神妖斗法"；而《大耍儿》则是追忆80年代的"江湖"热血岁月。盗墓者的身份已为冒险者的铭牌所镌刻，正如其故事虽内容驳杂纷呈却和谐于一个奇幻冒险世界的构建。

如果说文风措辞是一张皮，冒险情节与诙谐修辞都能为一般人所仿，那么天下霸唱行文中潜藏着的"说书人"思维和逻辑则就是支撑形体的骨。画虎画皮难画骨，若是没有深入认识到其创作的这　突出特点，就不能进一步理解他将传统说书艺术分子嵌合于网络文学的基因链所作的努力，也无法把握其作品的价值所在和能够在网文时代大行其道的深层原因。

一　创作逻辑：书场传统的魂归

1. "说书人"叙事者的存在

从"说话"技艺中产生的话本胚胎了中国白话小说是学界普遍认

可的观点,纪德君就将受说书艺术形式规律制约、各方面表现出鲜明民间说书艺术特征的通俗小说定义为"说书体"小说。①"四神斗三妖"系列对小说话本的模仿最为明显:《火神:九河龙蛇》每回前都有一首七言诗为引,虽不成韵,却极力仿效说书的开场格调;《河神:鬼水怪谈》首章完全贴合"入话"体制,以"顺口溜"代诗,从对地理风物的解释引出"正话"中的"河神"故事。但若据此概括其作品为"说书体"不免牵强:除去直言模仿评书风格的这系列外,固有的话本体制并没有在其他作品中得到完整复现。传统说书技艺对天下霸唱创作的影响更多时候以隐性基因的形式存在,只有在"纯合状态"下(取得评书、话本文体)才会在表型上显示出来,而这种隐性基因正是"说书人"叙事者的存在。

  说书是在场的口语叙事,由说书人面对听众讲述各色故事,而这一"说书人"叙事者在天下霸唱的作品中被保留,表现为小说的叙述者总是以一个讲故事者的身份自任,而且频繁通过自我指涉跃至故事前端中打断叙事,插入解释议论性话语。一般来说,叙事者可以隐身于叙事文本后,成为布斯所说的"隐含作者"②,将意识形态、价值观和审美趣味渗透进文本的最终形态;但说书人却具有超然地位,不仅掌握上帝般全知全能的视角,而且可以随时"现身"于并非经验自他的故事中。

  《河神》《火神》系列中的"说书人"叙事者存在感极强。故事开始吊足胃口,结尾收束还不忘预留话头:"书说至此,《火神:九河龙蛇》告一段落,欲知后事如何,且留《火神:白骨娘娘》分说。"书场中说书人总会不时设问或自语形成与听众的交流互动,故事中这位"说书人"也总是多番置喙。《河神》敷衍到连化青被捉拿归案,"说书人"凌空横插一脚:"咱一直说河妖连化青,传言此人是永定河里

---

① 纪德君:《中国古代"说书体"小说文体特征新探》,《文艺研究》2007 年第 7 期。
② [美] 布斯·W. C.:《小说修辞学》,华明、胡晓苏、周宪译,北京联合出版公司 2017 年版。

的水怪,究竟怎么回事,说到他枪毙那天您就知道了"①,这类议论和套用"书接前文""埋下话头"的说书临场术语作用相似,帮助梳理故事层次,使文本也能呈现出说书表演时的分回效果。另有一种议论话语是解释性的,如《河神》第二章中说鱼四儿没有别的本事只会编"绝户网"时,紧跟一句"咱得先说说什么叫绝户网"。对民俗意味深久的名词作注疏有助叙事的流畅,且比借角色之口转述更显情节结构紧凑合理。

2. "说书人"叙事者的变化

天下霸唱作品中的"说书人"叙事者多以"我"或"咱"自我指涉,区别于传统说书所用的"说书的""说话的";套用固定术语时也会用类似的口语表述代替。但最重要的变化在于:传统说书人是超然于故事情节之外的叙述者,但天下霸唱作品中的"说书人"却总和故事人物存在某种关系,甚至就是故事主角,即"我"讲述"我"曾经发生过的事情。

就叙事视角的全知全能来说,说书人属于第三人称叙述者;就大量的自我指涉和打断叙事的行为而言,他又是第一人称的。这种双重性根源于说书人原本是一个站在台上面向听众说话的具体的人,而第一人称视角固有的限知和叙事必要的全知之间的矛盾势必要通过故事的"无我"得到疏解。当"说书人"抽象为文本叙事者时,上述的原则也要得到存续。所以,严格的"说书人"叙事者是不能作为故事角色而现身的。

《天坑鹰猎》中的"我"虽然和张保庆沾亲带故,但始终不存在于被讲述的、属于张保庆的故事中。第一章中给出"他是个挺能折腾的人,从小胆子就大,敢做敢闯,向来不肯循规蹈矩"的看法后,"我"便退场将舞台让给张保庆,只在章回连接处偶尔出现,提点故事进展或是解释民俗传说,俨然说书人,只不过形式更为隐蔽。至于《鬼吹灯》等主角即叙事人的作品,情况则变得特殊。通常第一人称

---

① 天下霸唱:《河神:鬼水怪谈》,安徽人民出版社2013年版,第125页。

主人公叙述视角中,"我"见闻之外的信息是由他人的转述补全,但天下霸唱往往只是借转述的"壳",行全知叙述之实。《鬼吹灯之龙岭迷窟》起头叙陕西农民李春来欲在潘家园出手一只绣花香鞋,众人看出明器来历不小,便想从李春来口中套话。虽然言明由李春来转述,但文本却实实在在用了《旱尸》《子母凶》两章篇幅,其间有对"打旱骨桩"民俗的解释,更有对李春来和其他村民的心理活动的描述,分明是又嵌套了一个故事。这种情况近似"说书人"在现代转型后的"第一人称全知人物叙述者",即"转变为小说中的次要人物,在讲述关于自己的故事或者描述自己在场的情景时遵从'我'的视角限制,但在讲述别人的故事或者事情时就进入全知"。[①] 只不过《鬼吹灯》中的叙述者是主要人物,一旦面对通过其他角色得知的故事时,他又悄然扮演着一个全知的"说书人"。《凶宅猛鬼》同样以主角冯一西作为第一人称叙述者,但在他被女鬼抓进无边黑暗后,故事把视角突兀地转到了两天后的北京火车站出站口,冯一西的女友在那里等待:"她从早晨一直等到晚上,还在那里苦苦的等候,她有一种直觉,她在等的人永远不会来了。"而在此之前通篇为第一人称叙述,叙述者"我"消失后却又出现了另一个旁观叙述者。这种叙事视角的不统一明显不是中国传统小说"散点透视"手法,单纯是早期没能协调好限知与全知的矛盾。但这种不合理恰恰又证明了天下霸唱创作中始终贯穿有"说书人"掌控全局的意识。

总的来看,以全知视角和说书口吻叙述故事是天下霸唱创作逻辑的突出特点,他故事中的"说书人"叙事者一如往日书场人前摇扇、醒木拍桌的做派,充当着阅读者和故事之间的向导。

二 创作品相: 网文时代的新变

"说书人"叙事者的在场使得文本自然而然形成一个模拟书场情

[①] 申洁玲、刘兰平:《"说书人"叙述者的个性化:中国传统小说与现代小说的一条线索》,《广东社会科学》2003年第2期。

境，说什么、怎么说都会无形受到引导。依托市民阶层兴盛的书场和以平民姿态开辟出的网络文学场域本就有异曲同工之妙，两者共有的自由化倾向和凡俗娱乐精神是为创作注入生机的天然活水；然而若想要在网文时代如鱼得水，除了书场传统的无形借力外，天下霸唱把握网络时代特性、追求文学品相的主观努力也是不容忽视的。

1. 众声喧哗的自由空间

网络文学的崛起不仅降低了文学创作的准入门槛、给凡俗话语以表达空间，它更是予文学的自由本性以解放，尤其是小说。网络文学"以众声喧哗消解权力话语对文学言说方式的垄断"[①]，给创作以彻底的心灵解放和野蛮生长的空间；而书场说书生来便是和正统权威相对立的，无论是庄重的历史还是无稽的传说都加以敷衍，通俗适俗，自由诉说芸芸众生本真的生存状态。

天下霸唱的创作是自由的。由陈琳《为袁绍檄豫州》中"操又特置发丘中郎将、摸金校尉，所过隳突，无骸不露"一句敷衍出整个盗墓行业，真可谓一棵稗也长成一片风景。故事足迹遍布华夏大地，从内蒙古风沙到长白雪野再到津河街市，其间鬼怪异事和俗世奇谈、南腔北调与俚俗鄙语都百无禁忌。他从不胶着于故事真伪，对灵异现象的解说都是点到为止：摆在东南角的蜡烛究竟为何而灭，既从科学角度解释为墓室内的氧气含量过低，也不否认活人和死人之间结下的契约。作者并非权威解释者，而是秉持着"平等式"的创作心态，做一个和听众同场的"说书人"；种种情节也不止一种解释，为阅读者留足了想象空间和理解自由。

故事人物和读者是自由的。天下霸唱有意识地弱化说书艺术乃至通俗小说所必有的劝惩教化功能，让读者在"听之有益"中拥有选择何为"益"的自由。"传统的'教化'主要是维持社会稳定，诱导人们对现行社会秩序、政治制度予以认同并自觉遵守"[②]，明代拟话本

[①] 欧阳友权：《网络文艺学探析》，中国社会科学出版社2018年版，第225页。
[②] 谢昕、杨列容、周启志：《中国通俗小说理论纲要》，文津出版社1992年版，第38页。

《金玉奴棒打薄情郎》头回叙朱买臣休妻事作引,最后借前人题诗:"叮咛嘱咐人间妇,自古糟糠合到头"正是点出正文喻旨是夫妻和顺之伦理。但即使是在仿评书的"神妖系列"中,天下霸唱也从不作引导性强的评判,更多地交由读者凭借个人内在德性和朴素的公序良俗去自行体会其中是非曲直:郭得友好心放掉被压在石下的小蛇,后得一老一小蛇仙相助才逃出阴阳河,这是善因;连化青得魔古道奇书后驯巨猿偷取胎儿修炼妖术,做尽伤天害理之事,最后被判枪决,这是恶果。他不刻意营构善恶因果、报应不爽的局面:连化青在法场成功逃遁,遗害无穷;捉妖斗恶的杜大彪晚年却因其"力能扛鼎"的本领失手害死自己的孙子。这些背离因果报应逻辑的情节正显示出真实生活的复杂性:世事艰难,不是一句因果报应就能完全概括;人性幽暗,不能简单用善恶来作判词。

网络是包容共享的交互空间,天下霸唱在自由创作的同时也交予读者自由。他既找准了一个"说书人"的定位,消解权威,在网络时代重现书场在场交流互动之自由;又剪除旧时所说之"书"中不合时宜的说教,契合网络特性,客观上营造出一个多元价值并存的民主语境,赋予读者接受之自由。

2. 应时而变的娱乐审美

说书本质上是要讲述有趣的故事,虽世殊事异,但网文读者追求游心寓目的娱乐审美心态和千百年前的书场听众们也相去不远,他们在阅读时怀抱轻松愉悦的心态,追求自由狂欢和猎奇心理的满足。书场的"说—听"模式决定了说书人不能过多地改变和扭曲叙事时序;天下霸唱的作品同样受书场情境的影响,表现出主要情节单线式递进叙述、穿插融合多种元素,结构完整的特点,此外他还抓住网络时代的新变,改造传统志怪和民俗资源,创新元素搭配,赋予其作品以网文时代特有的娱乐审美特性。

天下霸唱习惯在一开始就向读者交代清楚大致要说什么故事,而且全书内容都紧扣一根主线,别无枝蔓。《鬼吹灯》是胡八一叙述自己的盗墓生涯,内容便围绕他的每一次行动展开,一个墓接一个墓。

和同类型作品《盗墓笔记》兼容解长生之谜、探二十年前科考队事件真相以及对抗"楚门的世界"般的控制势力等多线情节相比,《鬼吹灯》显得内容纯粹且结构紧凑。其间多番使用"闪回"手法穿插敷衍,丰富故事情节的同时也不离主线,甚至还形成了"首尾大照应"的结构:最后一部《巫峡棺山》借金算盘留下的簿本"闪回"张三爷授徒传符以及上一辈摸金校尉的故事,揭谜《十六字阴阳风水秘术》这本开篇残书之来由,使这条贯穿本末的线索得到了完美收束。又如《鬼吹灯之龙岭迷窟》中安排 Shirley 杨向众人转述其祖父鹧鸪哨的日记,这番插叙虽然切割了故事,但既对众人在鬼洞遭遇诅咒一事予以解释,抛出寻雮尘珠以解除诅咒的主线情节动机,又引出搬山一派和上一辈摸金校尉,为之后补全盗墓"四门八法"体系埋下伏笔。读屏时代的网络文学阅读趋于碎片化,情节结构做到有骨干、有间架正是读者阅读乐趣的一大来源:连贯的叙事能帮助读者更快进入故事节奏;布局的环环相扣平添触类旁通的趣味,有头有尾、一以贯之的情节则能让读者在读罢全书后有恍然大悟、拨云见日的畅快。

　　如果说得益于模拟书场情境而表现出的叙事连贯、结构完满等特点使其作品和一般网络文学相较具备了相当的文学品相;那么对于流行因素的精准捕捉和创新融合,则是天下霸唱作品大行其道的要领。形式上,他将传统说书艺术带入网络文学的广场,无论是刻意为之的形制模仿还是无意而有的书场情境,都满足了网文读者另一种意义上的文化猎奇心态——惯见光怪陆离后的归俗返璞:从异世大陆的打怪升级和现代都市的虐恋情深中抽身,在茶楼一隅安坐听书,别有一番复古的情趣。内容上,得益于回望传统和观照世界的开阔视野,他注入新因素以激活传统文化资源。从"盗墓"这一中国网络文学原创类型小说的流行来看,就得益于"西式冒险"+"灵异志怪"的创新搭配。传统志怪笔记中已涉盗墓活动,《酉阳杂俎·前集卷十三·尸穸》便叙述了一个相当完整的墓室遇险故事,但在艺术层面上较原始粗糙,没有发展出完整结构的迹象。天下霸唱吸取西方骑士传奇和电影中的探险夺宝模式,将零落于志怪笔记中的鬼神妖兽、墓葬习俗改造成冒险历程中所必经的"险",有机组合后集中服务于"探险"这一根主线,而且对西式的探险夺宝模式作了有中国特色的转化:西方崇尚个人英雄主义的为财夺宝在中国变成了有师承行规的传统行当,按行事手段不同有四个派系的分别:发丘摸金重技术,观星望水以定穴;搬山卸岭重强力,大铲大锄以破墓。盗墓已经被他论证成了由中国传统文化衍生出来的一种传统职业,哪怕是印第安纳·琼斯和劳拉·克劳馥到了天下霸唱手中恐怕也要改头换面成与剃头匠、木匠一般的手艺人。摸金校尉虽为财取明器,但取之有度又周济穷苦;以鹧鸪哨为首的末代"搬山道人"下墓只为能解族人诅咒的雮尘珠,可见寻宝动机中也带有中国传统的江湖侠义之气——"赴士之厄困"而又"不矜其能,羞伐其德"。天下霸唱在融合创新的同时,凭借门派行规、掌故宝物串连起零散的人物,在历史间隙与俗世莽原上开拓出一个全新的盗墓故事空间;他塑造出的典型人物形象、经典情节处境等甚至成为后起同类型小说的通用模板,对于盗墓类型小说的开创之功不可磨灭。此外,《河神》《火神》系列头一遭将神魔小说的主体与缉捕公案元素融会,形成"斗法"+"破案"的奇妙碰撞;《我的邻居是妖怪》则是明显的"民俗"+"灵异"。多种元素的融合并加以流行性的改造,博采众长又自成一体。

三 作家升级:文学品格的追求

作为当代一批高水准网络文学作家中的一员,从"不想改行当写手"到"我真是个作家",从《鬼吹灯》的"盗墓贼"到《河神》系列中的"说书人",天下霸唱的升级之路有迹可循。

1. 创作的自觉:两个转变

任何书写经验在网络文学场域都要面临新的考验,其中关隘在于作品的文学性问题——网文是否需要具备文学性?网文的文学性主要受到哪些因素制约?对于前者,答案毋庸置疑是肯定的,网络文艺固然表达和满足了人的情感需求,但同时也需要揭示、塑造人与现实间的审美关系。简单来看,网络文学的文学性主要受制于写作者主观创作心态以及网络平台的客观环境两大因素。欧阳友权总结出网络写作的三种偏向：功利化写作、消遣式写作和失范性写作①，其出现的原因正是这两因素的失衡。功利化写作是产业链商业模式入侵网络文学场域的直接产物，商业性质的加深使作品价值得以被量化评估，也促使写作者对以点击率、订阅数、IP转化值为代表的流量价值的追逐胜过对文学价值的坚守。而消遣式写作和失范性写作则体现了网络文学的凡俗倾向和自由本性，"在网络传播时代，文化从经典进入非经典和反经典"②，回到个体感性倾诉的俗世框架，高屋建瓴的文化视角自然会被降格乃至不复存在。

　　天下霸唱的创作理念经历了两次转变，分别代表着对个人创作心态的选择和对客观市场逻辑的态度。第一个转变是从仅供个人怿悦的消遣到传承文化的使命责任感。2007年的天下霸唱第一次接受杂志访谈，显得冷静又漫不经心："不是写小说，只不过讲个故事玩玩"③，他没有自觉的创作意识，可以说天下霸唱最初的创作不过是消遣的产物。但即使如此也无法否认其中已经显露出使其他网文相形见绌的文学品相——完满结构与整体布局。能放不能收是大多数网文的通病，而他却坚持着"说书人"把故事讲完整、说清楚的素质修养。至于选择什么故事做底本，他用了整整九年才想明白——要"记录下这些年已经没人提的故事"④。他把盗墓者视作中国传统文化衍生出的一个职业来写，写《河神》系列是因为"再不写就没人知道了"，"讲故事"的消遣心态包孕了传承文化的使命责任感。第二个转变是，面对市场逻辑和文学价值理性的落差，选择绕着市场走。2007年的天下霸唱称自己不想改行当写手是因为觉得自己的期货投资工作很有"钱途"，这也不免惹人臆测他如今专职写作只是因为网络文学的"行情"看涨。他自己也一度相信写作的动力来源于金钱，但我们所看到的却并

---

① 欧阳友权：《网络文艺学探析》，中国社会科学出版社2018年版，第261页。
② 王岳川：《中国文论身份与文学创新》，《中南大学学报》（社会科学版）2006年第4期。
③ 天下霸唱、离：《天下霸唱：不想改行当写手，以前也不是》，《甲壳虫》2007年第3期。
④ 段明珠、肖南：《天下霸唱：我真是个作家》，《中国企业家》2016年第13期。

非如此：他写盗墓发家却不躺在功劳簿上睡大觉，不断开掘新的故事领域；在作品选题上始终握有绝对的主导权，而不是被市场牵着鼻子走。在网文"全媒体"产业链商业模式越发成熟的今天，他集众多标签于一身：编剧、向上影业CCO（首席内容官）、商人……但他却对"作家"这一身份格外珍视。"作家，主要是在家坐住了"，野路子出身的天下霸唱摸索出他自己的创作观："写作需要和世界隔离开，特别孤独才能写出来。"在市场逻辑统治下的网文时代，天下霸唱筑起自己的一间书房躲起来写作，这正是过分追求新异的浮躁网络时代所急需的沉淀。

2. 升级的考验：一个窠臼

文学自觉意识对网络作家无疑具有非凡引导意义，但仍然不能掩盖他在创作上的局限和不足。"说书人"叙事思维支撑起了天下霸唱一整个创作逻辑，赋予其作品结构完满、适俗通变的特点，但也暴露出他于叙事技法上的单一匮乏。

从小说发展来看，"说书人"叙事是现代小说形态的"倒流"——从叙事结构多样化发展退回到情节叙述单线递进，尽管它极具民族格调，但仍是陈旧的。从职业化的群体说书人中抽象出的叙事者不可避免地会掩盖创作主体个性，稳定的风格反倒成了另一种框架。程式化的叙事套数还使得角色类型化倾向明显，天下霸唱笔下人物的形象性格都明朗而浓烈，具有鲜明行动元属性而缺乏成长性：胡八一鲁莽冲动，张保庆也从不循规蹈矩，张横顺亦是刚肠嫉恶、脾气火暴；他们虽身世各异、处境亦殊，但总是相似。

从美学意义上看，"说书人"叙事这种不太高明的手法削弱了文本的创造性和艺术感。塞米利安认为现代小说的发展趋势就是将故事中场景与场景之间的时间间隔缩小到最低限度，因而技巧成熟的作家总是力求创造出行动正在持续进行中的客观印象；从接受角度来看，读者也总是希望直接看到事件的真实面貌和行动中的人物风貌[1]。然而"说书人"叙述者横亘于读者和事件之间，充当"画外音"解说；

---

[1] ［美］利昂·塞米利安：《现代小说美学》，宋协立译，陕西人民出版社1987年版。

也隔离开作者和文本，限制了技巧的发挥和创造性的形式实验。尽管天下霸唱采用的第一人称全知人物叙述者可以被视作"说书人"的一类现代变体，但是不难看出其叙事功力不足以完成这一转型，频繁出现的大篇幅故事嵌套将本就微弱的个性化叙事色彩进一步压制；在《河神》《火神》中找回主场的"说书人"显得要游刃有余得多。

一言以蔽之，说书人叙事模式本就有其自身局限，而天下霸唱于叙事技法上又鲜有积累和创新。尽管他一直以扩展"宽度"的方式去补充自己在"深度"上的不足——打破盗墓框架，转向新的故事内容，但还是难逃落入窠臼的忧虑。借鉴传统说书模式固然可以视为顾及网络文学读者水平的一种适俗选择或是作者彰显个人风格的有意为之，但能否根据不同的审美需要和立意构思使用不同叙述人，实现叙述的个性化将会是天下霸唱作家之路真正要面临的质素考验。

结　语

关键在于，理念指引抑或说天下霸唱的主观努力能否弥补技术上的缺漏。笔者对此抱有信心，因为追求文学品格的自觉意识作为网文作家升级的不二法门，会持续对创作施加正向影响。天下霸唱所拥有的盗墓、民俗、奇观"三宝"早已大白于网络，但兼具文化返祖与世界流行的开阔视野，打破类型框架和市场逻辑束缚的决心和静水流深的写作心态，则为其长期持续的创作埋下了创新的伏笔。当前创作中表现出个人风格和叙事模式的稳定虽有陷入"套路"之嫌，但也能感受到他在叙述语言和作品品相上的日臻精进：《鬼吹灯》中明显的"水文"痕迹，到后来创作的几个系列故事中已经很少再见，尽管插叙民俗志怪内容偶有过多，但整体情节不失紧凑。这种趋向释放出良好信号：即便天下霸唱要将"说书人"叙事者的风格延续下去，向传统回归也不一定就意味着背离现代小说的发展潮流。秉持着对文学价值的自觉追求、对文学道义的自觉坚守，只要能够处理好民族传统和世界经验的关系，再用力于叙事技法的锤炼，天下霸唱的文学图景仍具有很大可能性。

第七章 "新历史主义"终结与"史传"传统重建

——论曹三公子

与玄幻、武侠、军事、悬疑等类型相比,网络历史类型小说是网络文学中的传统文学,或者说与传统文学基因在许多地方一脉相承。传统的历史小说,比如对高阳的历史小说的评价,论者称其"擅长工笔白描,注重墨色五彩,旨在传神,写人物时抓住特征,寥寥数语,境界全出"[1],高阳的历史小说注重历史氛围的真实,又擅长编故事;我们再看看唐浩明的历史小说,"正是在以'经世致用'和'忧患意识'为主要特征的湖湘文化精神的映照下,唐浩明以当代知识分子的人文立场完成对晚清历史的梳理,对湖湘文化的诠释,对中国传统文化的审视,从而结构成一部色彩斑斓、悲喜交集、个人的才华美质、名山事业与社会的没落腐朽、国家屈辱破败交相辉映的历史壮剧"[2];还有二月河的历史小说,刘克认为:"二月河清帝系列小说中的戏曲文化母题,有着丰富的民俗内容。二月河对于相关题材的反映,使用了民俗学田野作业的方法。正是这种视角的存在,清帝系列小说中的戏曲民俗,出现了一定程度的变异。二月河对于田野作业原理的自觉实践,不论是对文艺学叙事理论的丰富还是对民俗学田野作业体系的

---

[1] 《高阳作品集》,梦远书城http://www.my2852.com/gt/gaoyang/index.htm。
[2] 黄尚文:《唐浩明历史小说研究综述》,《湖北经济学院学报》(人文社会科学版)2007年第7期。

完善发展，都具有重要价值。"① 与此平行的网络文学历史类型小说创作也是如火如荼，创造了一个个阅读奇观，其中的曹三公子于 2006 年初的作品《流血的仕途：李斯与秦帝国》（上、下），其中纸质图书于 2007 年 7 月首版，上市四个月获得四十万册的销量，并斩获 2007 中国书业评选的"2007 年最受读者欢迎历史小说"；另一部书《嗜血的皇冠：光武皇帝之刘秀的秀》创作于 2008 年 8 月，在"天涯论坛"连载，2010 年 9 月由吉林时代文艺出版社出版。

纵观以上三位传统历史文学创作的名家，再审视曹三公子的创作，我们从中得出怎样的结论呢？同时，对我们研究历史类型文学又有哪些启示？

一 早年的网络历史类型小说发展的基本格局

从 1996 年开始，黄易在港台正在写他的神作《大唐双龙传》。由于当时通信不发达，很多港台大学生将《大唐双龙传》通过手敲搬运至网络 BBS，随后又有大陆大学生手敲为简体发布在国内 BBS 上，盗版书商根据网络简体打印装订出书。这也是中国"手打"一词的由来。《大唐双龙传》一写就到了 2001 年。虽然到后期，有了"恁多宁道奇，一个徐子陵"的缺点，《大唐双龙传》还是走到了武侠小说的巅峰。也正式让中国的大学生第一次听到港台同步直播。

1997 年 12 月 25 日，美籍华人朱威廉创建"榕树下"个人主页。同年，取材文字 MUD 的游戏小说《风中的刀》，中国第一篇网游小说诞生。也是这一年，周星驰《大话西游》两部电影在大学圈子封神。颠覆或曰恶搞直接影响了以后二十年网络小说的主流思想。1997 年，最后一件影响网络文学的大事，就是日本漫画对中国青少年的冲击。虽然 90 年代初《圣斗士星矢》《七龙珠》《城市猎人》等作品已经开始在国内流传，但这个时期，国内是以偏低龄化为目的，或者说是作为小人书替代品传播的。而到了 1997 年，大量科幻、冒险、爱情、体

---

① 刘克：《民俗学田野作业范式与二月河历史小说戏曲母题》，《晋阳学刊》2005 年第 2 期。

育、历史、经济、宗教、娱乐，甚至是成人向的动漫作品，通过官方或盗版的手段进入国内，给年轻人打开一个向外看的窗口。

1998年3月22日，痞子蔡开始在台湾成功大学BBS上连载《第一次的亲密接触》，随后被转载到大陆各大BBS，这也是广为流传的"第一本网络小说"。由于《第一次的亲密接触》是脱稿式连载，也正式让"催更"成为网络小说的核心元素。网络小说也第一次走进大众视野，随着《第一次的亲密接触》在两地80万册首印被销售一空，这个成绩让不少纸媒作家开始正视网络小说。1998年，李寻欢的《迷失在网络与现实之间的爱情》在BBS上发布。文笔细腻，贴近BBS叙事风格的内容，一下子成为大陆版《第一次的亲密接触》。宁财神的《祝福你，阿贵》在BBS上发布，作为《水浒传》同人，诙谐有趣，深得广大网民膜拜。邢育森的《活得像个人样》在BBS上发布，后来被改编成电视剧。

2000年，今何在的《悟空传》首发于新浪网"金庸客栈"，完结后由出版社出版实体书，他也成为网络小说第一个神话人物；江南在BBS上发布《此间的少年》，该书很快便在大学生中引爆，随后很多大学生都投身于网络文学。当然，年少轻狂的江南，当时把很多同学写进小说的同时，起名参考了金庸武侠人物，这也是后来被告侵权的伏笔；孙晓发布《英雄志》。

2002年，慕容雪村在天涯连载小说《成都，今夜请将我遗忘》；萧潜《飘邈之旅》在龙空开始连载，为"网络四大奇书"之一，开仙侠修真一脉。也是从此之后，修仙和修真成为两个截然不同的体系。2003年萧鼎的《诛仙》连载于幻剑书盟，开古典仙侠一脉，同为"网络四大奇书"之一。2003年底，酒徒的《明》在起点连载；阿越的《新宋》在幻剑书盟连载。相比于《寻秦记》，《新宋》正式掀起了穿越历史正剧。同年，金子《梦回大清》在晋江原创网连载。2005年，斩空在起点连载《高衙内新传》，将水浒英雄分类，堪称历史唯物主义研究透彻，把英雄和暴徒区分开；宁致远在起点连载《楚氏春秋》；猛子在起点连载《大汉帝国风云录》。2006年，明月在天涯连载《明朝那些事儿》，这部书也是网络小说最被主流文学接受的网络文学；酒徒开始在17K连载《指南录》；海宴在晋江连载《琅琊榜》；月关在起点连载《回到明朝当王爷》，掀起历史文热潮。

评论者认为，2006年无疑是百花齐放、百家争鸣的一年，这一年，玄幻、都市、历史、仙侠、网游、科幻、灵异各个题材都出现了日后被称为经典的作品，这一年，唐家三少、辰东、月关、烽火、无罪这些日后的大神也逐渐崭露头角，有了各自的代表作品。可以说，这一年是网络小说步入正轨、逐渐兴盛的一年。① 确实是这样，从1996年到2006年这十余年的网络环境之下，诞生了《明》《新宋》《寻秦记》《梦回大清》《高衙内新传》《楚氏春秋》《大汉帝国风云录》《明朝那些事儿》《指南录》《琅琊榜》《回到明朝当王爷》等一批历史类型小说。

由此，也形成了独有的历史类型小说的"架空系"，所谓"架空系"即既可以描写虚拟人物存在于真实历史之中的半架空，也可以是由完全虚构的历史人物、历史时代构成的完全架空。因此，架空历史小说属于架空小说中的一种，分为半架空历史小说和完全架空历史小说。所谓"半架空历史"就是"历史+架空"，而"完全架空历史"就是"架空+'历史'"，这里的"历史"是虚构的历史。

那么，曹三公子在这样的写作坐标中又是什么呢？这正是本文所要探讨的重点。

二 中国文学史中的 "史传" 传统对历史类型小说的影响

中国的历史小说写作有着较长时间的写作传统，从唐代的"传奇"，宋元时代的"讲史""评话"到明清的历史演义，基本都因袭前朝或更前面的事件，在叙事技巧上的创新只是形式上的变化。到了晚清的"新小说"时代，历史小说依然排在第一位。付建舟以晚清四大

---

① 转引自《网络小说编年史 1997—2006》，哔哩哔哩，https://www.bilibili.com/read/cv436149/。

小说期刊——《新小说》《绣像小说》《月月小说》《小说林》为中心，论述小说界革命的影响之深远，他指出："从梁启超1902年创刊的《新小说》杂志开始，晚清小说的种类就不断地丰富起来。该杂志的小说类型主要有历史小说、政治小说、哲理科学小说、军事小说、冒险小说、侦探小说、写情小说、语怪小说、札记体小说、传奇体小说等。栏目的基本格局是以引进的新小说类型如'政治小说'、'科学小说'、'侦探小说'、'哲理科学小说'等为前锋，以改造后的小说类型如'历史小说'、'言情小说'、'社会小说'等为中锋，以传统的'传奇'、'弹词'和'笔记'、'札记'等殿后。其他小说杂志同声相应，如《月月小说》，其导向是'历史小说第一'、'哲理小说第二'、'理想小说第三'、'社会小说第四'、'侦探小说第五'、'侠情小说第六'、'国民小说第七'、'写情小说第八'、'滑稽小说第九'、'军事小说第十'、'传奇小说第十二'（注：应为'十一'）。"① 也就是说，中国历史小说在"新小说"中的位置和影响力是其他类型小说所无法媲美的，从而再次奠定了历史类型小说的历史地位。而所谓的"史传"传统，则完全可以追溯到刘勰的《文心雕龙·史传》一文中。在这里，刘勰所指的"史传"是上起唐虞、下至东晋的各种史书，是历史散文的总称。所谓"'史传'传统的核心是实录，即要求作家真实客观地记录现实，避免在叙述中掺杂个人的主观情感，讲究寓褒贬于文字叙述，东汉史学家班固将其总结为'不虚美，不隐恶'。除此之外，'史传'传统还包括编年体（以时间为经，以人物为纬的线性结构）、纪传体式（以人物为中心，在共时性中展开多个事件的结构）的结构方式、尚'奇'及第三人称全知视角与限知视角的叙事方式等。'史传'传统对中国现代小说的影响主要表现在三点：一为求真精神；二为以重大的历史事件为题材；三为编年体、纪传体的结构方式。求真精神主要体现在作家对题材的选择及其创作态度上；编年体、纪传体的结构方式

---

① 付建舟：《晚清小说的历史类型》，《文献学与研究生教育国际学术研讨会论文集（中国古典文献学丛刊第三卷）》，国际炎黄文化出版社2004年版，第321页。

也对现代作家的创作手法有着极其深刻的影响，……尤其是司马迁开创的'以人系事'的纪传体在结构上打破了事件发生的自然顺序，叙事时间的重叠化使得在共时态中呈现多个事件成为了可能，这就使得作者能够更加客观全面地看待历史，并为许多人物众多、关系复杂且时空跨度极大的现代小说的创作提供方法借鉴"。① 这为后世很多历史小说家所继承，也是中国历史小说创作经久不衰的经典价值所在。

另据陈平原先生考证，"史传"传统一直沿袭到晚清的"新小说"。他说："象中国古代小说一样，'新小说'和五四小说也深受'史传'和'诗骚'的影响，只是各自有其侧重点：'新小说'更偏于'史传'而五四小说更偏于'诗骚'。这种侧重点的转移，使小说的整体面貌发生了很大变化。当然也不能不波及中国小说叙事模式的转换。"② 可以说，自唐宋以来，司马迁的《史记》的笔法一直受到历史类型小说家的推崇，也成为"史书"的圭臬。这里需要突出的是，五四之后的历史小说"史传"传统的衰弱并不等于是彻底抛弃了"史传"传统，而是因为五四时代的狂飙突进，已经走向了历史的另一个维度。

---

① 何加玮：《试论史传传统与中国现代小说——以"五四"时期到建国前小说为例》，《山东行政学院学报》2019年第1期。

② 参见陈平原《"史传"、"诗骚"传统与小说叙述模式的转变》，载《文学评论》1988年第3期。中国古代没有留下篇幅巨大叙事曲折的史诗，在很长时间内，叙事技巧几乎成了史书的专利。唐人李肇评《枕中记》《毛颖传》："二篇真良史才也"（《唐国史补》）；宋人赵彦卫评唐人小说："可见史才、诗笔、议论"（《云麓漫钞》）；明人凌云翰则云："昔陈鸿作《长恨传》并《东城老父传》，时人称其史才，咸推许之"（《剪灯新话·序》）。这里的"史才"，都并非指实录或史实，而是叙事能力。由此可见唐宋人心目中史书的叙事功能的发达。实际上自司马迁创立纪传体，进一步发展历史散文写人叙事的艺术手法，史书也的确为小说描写提供了可直接借鉴的样板。这就难怪千古文人谈小说，没有不宗《史记》的。金圣叹赞"《水浒》胜似《史记》"（《读第五才子书法》）；毛宗岗说"《三国》叙事之佳，直与《史记》仿佛"（《读三国志法》）；张竹坡则直呼"《金瓶梅》是一部《史记》"（《批评第一奇书金瓶梅读法》）；卧闲草堂本详《儒林外史》、冯镇峦评《聊斋志异》也都大谈吴敬梓、蒲松龄如何取法史、汉。另外，史书在中国古代有崇高的位置，"经史子集"不单是分类顺序，也含有价值评判。不算已经入经的史（如春秋三传），也不提"六经皆史"的说法，史书在中国文人心目中的地位也远比只能入子集的文言小说与根本不入流的白话小说高得多。以小说比附史书，引"史传"入小说，都有助于提高小说的地位。再加上历代文人罕有不熟读经史的，作小说借鉴"史传"笔法，读小说借用"史传"眼光，似乎也是顺理成章。

很显然，五四以后，历史类型小说的创作受到五四新文化运动中两个重要人物，也是新文学的首领（一个是胡适，另一个是鲁迅）的影响。他们对《三国演义》都有评议，他们都从艺术角度批评了《三国演义》的虚构不足，纠正以往历史小说作为正史补缺的创作目的。这直接影响了五四之后历史类型小说向"历史传奇"方向的流变。鲁迅本人的历史创作也趋向于这个方向。其创作于1922年的《不周山》（后改为《补天》）的首篇《故事新编》当数代表。之后较长一段时间是以短篇为主，当然不乏一些映射、批判国民政府的长篇以及中华人民共和国成立后的长篇，但这些基本上都与现实政治发生着微妙的关系。其中以姚雪垠的《李自成》为例，这本书具有划时代的价值[①]，姚雪垠从1957年写到1999年，整整42年，五卷本小说创作基本横跨中国半个世纪，乃至到最后第四、五卷的出版甚至未赶到作者去世之前，从李自成的形象前期过于符号化"高大全"，几乎是一个毫无缺点的"完人"形象，而到第四卷，作者意识到这个形象的缺漏后，笔锋直转，开始暴露他的阴暗面，使得读者感觉前后十分突兀，李自成的人设迅速崩塌。

到了20世纪80年代中后期，西方现代主义、新历史主义等思潮正好影响中国文坛，这拨思潮的出现也催生了国内日渐开始的"文化反思"，于是，主流文坛出现了"新历史小说"思潮，较早的作品有莫言的《红高粱》以及乔良的《灵旗》等。"新历史小说"一度成为

[①] 参见尹康庄《论我国历史题材的小说创作》，载《广东社会科学》1992年第5期。姚雪垠《李自成》第一卷的问世，标示着在中华人民共和国成立后新形势下，历史题材小说创作趋于成熟，标示着在我国的历史题材的小说创作中，开始出现史诗型的作品。《李自成》首先"不是那种仅仅向人们告诉一些历史故事、介绍一些历史人物而没有多少思想见解的作品，也不是那种名为表现历史故事、历史人物而实际上却是由作者任意发挥、随意编派的作品。《李自成》这部长篇，既有严格的历史依据，又有深刻的思想见解"（严家炎《〈李自成〉初探》，见吴秀明编《历史小说评论选》），是明清之际中国社会的百科全书。其次，《李自成》还根本不同于脱胎于史传的传统历史题材小说注重历史事件的交代，而人物多为粗线条、单向度描写的做法，而是在广阔的、特定的时代背景与人物具体活动范围相融合的环境中刻画了诸多典型性格，尤其是对一些反动统治阶级代表人物的刻画，较五四后的创作也有长足进步，达到了全方位透视的程度。再次，作品结构宏大、布局严谨、语言洗练凝重而富有民族风格，并始终激扬着一种史诗所应具有的英雄主义情调，透达出邈远的理想主义追求。

主流作家的首选,除了部分先锋文学作家(如苏童、洪峰、格非、叶兆言等)转向"新历史主义",连后来的刘震云、余华、刘恒、方方、池莉、李晓、杨争光等也进入历史类型小说的创作。学者张清华将"新历史主义"小说划分为三个阶段:1987 年以前的启蒙历史主义阶段,1987—1992 年的新历史主义或曰审美历史主义阶段,1992 年以后的游戏历史主义阶段。

因此,到了这一时期,随着市场经济时代的来临,文学出现了一次较大的转型,继先锋文学之后的"新市民小说""女性小说"等反映个人命运和追寻自我价值实现的作品陆续进入公众视野。这与市场经济催生的思想文化向经济社会形态转向有着密切的关系,精英文化越来越受到来自大众文化的猛烈冲击。很多人不再执着于对现实的批判、文化的反思和道德理想主义的构筑,更为关键的是自身的经济利益和世俗生存之间的关系以及精英文化、大众文化和后现代文化的相互激荡。日常生活审美化思潮兴起,人们更关注自身生活体验。罗兰·巴特的零度写作追求一种客观化的绝对真实效果,西方诸多小说技巧(如反讽等)对现代中国作家影响巨大,小说叙事追求更高水准。

正是在这样的历史文化境遇中,20 世纪末中国陆续进入互联网时代,使得更多的年轻人成为早期"网络文学社群"聚集区的居民,当然曹三公子也在其中。

三 建立在"个体价值"实现价值观基础上的"史传"阐释

毋庸置疑,曹三公子基于所谓总结经营之策上的"成功学"为核心的全民性大讨论,有着广泛的民意基础和道德基础,并以网络互动的方式建立了庞大的"粉丝群",同时复活了沉寂多年的"史传"传统,因而迅速在网络上得到了网友的热捧。

1. 选取正史《史记》《后汉书》中"个体经典"人物,具有一定的典型性

其中写于 2006 年初的作品《流血的仕途:李斯与秦帝国》(上、

下）围绕的是李斯从楚国上蔡郡的一个看管粮仓的小文书成长为大秦帝国的丞相这条主线。在这条流血的仕途上李斯跟随荀子学习，遇到同门师兄韩国公子韩非子，然后投靠吕不韦的门下成为一个门客，接着他假装与吕不韦合作，设计嫪毐进宫私通秦王之母赵姬，培植了一个吕不韦的对立面，形成吕不韦、秦王、嫪毐三足鼎立的格局，后来又被吕不韦派往前任相国现任郎中令蔡泽门下作为卧底，这才使他有机会接触到秦王，秦王听从李斯建议亲手清除嫪毐之乱，吕不韦也因此遭到流放，最后饮鸩而亡。李斯辅助秦王统一六国，秦王死后，阴差阳错成为赵高篡改遗诏的帮凶，令扶苏自杀拥立胡亥为二世，结果因赵高谗言被秦二世腰斩于乱市。李斯的一生也贯穿着秦帝国的一世。

《嗜血的皇冠：光武皇帝之刘秀的秀》写了汉高祖刘邦的九世孙刘秀成人之前，便已有"刘秀当为天子"的预言传出，而刘秀也对这一预言深信不疑，他相信这便是他注定的命运。对于刘秀来说，在某种程度上，皇帝只是一种职业，而命运则成了一种信仰。一个"秀"字蕴藏着刘秀虽是一个没落的官宦地主家庭出身，之后通过个人的努力推翻王莽的"逆袭"的传奇人生。

李斯和刘秀两人是底层青年励志成功的标杆，其人生可以直接作为商学院给工商管理企业高管们授课的案例或是官场"厚黑学"。成功与失败都有可总结的经验与教训，不得不说是作者选素材的见识高明，创意满满。

2. 立足"个性灵魂"的塑造，迎合流行文化时尚，成功打造中国式"硬汉"形象

在20世纪八九十年代，美国文化强势输入我国，大众文化接受以"硬汉"为主，史泰龙、施瓦辛格、汤姆·克鲁斯等一些铁骨铮铮的硬汉遂成为流行文化的主角儿。国内影视作品也同样如此，李连杰、成龙、周润发等人饰演的形象成为大众文化的偶像。

李斯与深谙经营之术的吕不韦过招，与老谋深算的蔡泽斗法，特别是能与雄心勃发、一世枭雄的秦王合作30多年，辅助秦王成功统一六国，然后进行各项制度改革，非有惊人的毅力和超强的胆识是无法

达到他个人的人生巅峰的。

豪强地主势力以及割据势力的四分五裂，特别是王莽新政之后，触动了上至豪强、下及平民的利益，加之绿林、赤眉等农民起义，上下一致倒莽，导致天下乱局。刘秀借更始帝刘玄之势，昆阳之战后被封为武信侯，然后迎娶了新野豪门千金——阴丽华，之后去河北，在更始帝派来的尚书令谢躬和真定王刘杨的协助下将在邯郸称帝的王郎击杀，为了促成和真定王刘杨的联盟迎娶刘杨的外甥女——郭圣通，在河北授意手下悍将吴汉将监视他的尚书令谢躬击杀，再击杀幽州牧苗曾与上谷等地的太守韦顺、蔡允。于公元25年六月在河北称帝，史称汉世祖光武皇帝。

李斯和刘秀都是热门影视剧首选人物，下表为40年来拍摄的影视剧一览表。

表7-1　　　　　　　　包含李斯和刘秀的热门影视剧

人物	时间	影视作品	饰演者
李斯	1986	《秦始皇》	梁汉威
	1996	《秦颂》	王庆祥
	2000	《吕不韦传奇》	贾一平
	2001	《寻秦记》	陈国邦
	2002	《秦始皇》	刘威
	2004	《荆轲传奇》	高玉庆
	2006	《楚汉风云》	李立群
	2006	《南越王》	杨艺
	2007	《大秦直道》	张子健
	2010	《神话》	刘小溪
	2011	《古今大战秦俑情》	于子宽
	2012	《楚汉传奇》	李建新
	2015	《秦时明月》	于子宽
刘秀	2000	《光武帝刘秀》	张光北
	2004	《光武大帝》	寇振海
	2016	《长歌行》	张诚航、袁弘

从表7-1可以看出，李斯是电影的首选，而刘秀是电视剧见长，

这与人物的历史角色是分不开的,但是就影视剧的拍摄量和影响力而言,两个人物的群众基础和民间的道德接受都是首屈一指的。

3. 宏大历史叙述作为"个案叙事"模式的强势潜台词

无论是《流血的仕途:李斯与秦帝国》(上、下)还是《嗜血的皇冠:光武皇帝之刘秀的秀》都没有偏离正史的宏大叙述,这与历史正剧并无二异,但是与历史穿越、架空却截然不同。

无论是李斯还是刘秀,他们都是历史上的重要人物,也是历史上的定型人物,如果为了迎合今人的需要,打着克罗齐的"一切历史都是当代史"的旗号肆意篡改违背了基本史实,则会成为历史的伪造者。陈先达先生认为:"任何历史书写都属于特定的历史时代。人的生命有限,对历史事实不可能亲见亲闻,而历史书写的对象或通史,或断代史中的事件或人物,属于另一个过去了的时代,甚至久远。片面强调一切历史都是当代史,必然会把人类的全部历史当代化或当成当代的历史。如果每一代历史学者都是按照书写者自己的时代、观念、思想重构过去,而且是永远不断地重构过去,那'历史真实性'将永远笼罩在不断变化、永远不可信的'当代性'的迷雾之中。以这种历史观指导历史写作,往往会自觉或不自觉地沦为历史的伪造者,尽管自认为是合理地构建过去。"[①] 因此,历史的基本逻辑不能违背,须以"六经注我!我注六经!"的强烈参与感和认同感,更需要坚持一种唯物史观的辩证法对待过往的历史。需对历史史料重新挖掘和整理,这样才能打通古人与今人的心灵通道,实现跨时空的联系,达到一种心灵上的真正契合。也就是英国历史学家理查德·艾文斯所认为的"历史话语或诠释也是在人们试图重建真实的历史世界时,他们与真实的历史世界才发生联系。不同之处在于,这个联系是不直接的,因为真实的历史世界已经不可挽回地消失在过去的时空之中,它只有借助我们阅读过去存留下的文献及断编残简才能得以被重建。然而,这些重建绝非任意编配的话语,而是在一个相当直接的与过去之现实发生联

[①] 陈先达:《论历史的客观性》,《贵州师范大学学报》(社会科学版)2018年第1期。

系的过程中，被创造出来的"。① 曹三公子在写作中查阅了大量历史典籍和前人的历史文本，达成了对文本历史史实的尊重。

创作《嗜血的皇冠：光武皇帝之刘秀的秀》除了参考史籍，还参考了清远道人《东汉演义》、蔡东藩《后汉演义》、魏新《东汉那些事儿》《东汉开国》、黄留珠《刘秀传》、李歆《秀丽江山》等经典历史文本。

四 在艺术上与历史正剧、历史穿越、架空等类型小说的差异和缺陷

曹三公子的历史类型小说与历史正剧不一样，和历史穿越、架空小说更不一样。那么区别在哪里呢？

1. 历史正剧以历史人物为原型，在不违背历史价值维度上重塑人物形象

无论是后期的姚雪垠还是高阳，都能将历史维度作为考量历史人物的重要尺度，能够坚持以唯物历史论的眼光，力求客观、公正地评判历史人物；与历史典籍不同的是，正剧历史类型小说采取了"史传"传统中的多种表达方式，使得人物更加鲜活，栩栩如生，而不仅仅流于刻板的记录，文学的色彩更浓厚。而历史穿越、架空小说，插入了平行的现代时空，形成了古代与现代的错杂，既不是传统的虚构手法，也不是语言的修辞，而是人为机械的预设，便于情境的转化，生成新的语境，进而影响并主导叙事。所以说，后者是一种叙事形式。

2. 曹三公子采取了一种"阐释史"的方式，拉近了史实人物与当代的关系

这里的"当代"姑且看作一种特定的历史语境，这也是曹三公子作品既不同于传统的历史小说的书写，更不同于历史穿越、架空小说的本质所在。在曹三公子的网络文本中，我们依然可以看到网友与他的互动对话，面对网友"江山如画兮"愤怒的质疑："一派胡言，请

---

① [英]理查德·艾文斯：《捍卫历史》，张仲民、潘玮琳、章可译，广西师范大学出版社2009年版，第111—112页。

问资料来源于何处？胡编乱造。你简直在诬蔑。"

曹三公子如此回应道："第一个问题，刘縯到底养了多少宾客呢？这又是一个很难有确切答案的问题。考《后汉书》和《资治通鉴》，有一句话：'伯升自发舂陵子弟，合七八千人，部署宾客，自称柱天都部。'据此看来，则刘縯宾客数不详，而舂陵刘姓子弟，加起来却有七八千人。我要说，这段记述非常值得怀疑。这位仁兄或许又要问了，请问资料来源于何处？我们可以再查《东观汉记》，其中这样记述刘縯的发兵，'皆合会，共劳飨新市、平林兵王凤、王匡等，因率舂陵子弟随之，兵合七八千人。'依我一己之见，以为此说较为可信。再考察，当时一般的宗族和宾客的规模，《后汉书》中关于同一时期记载的有三处，分别是阴识（子弟宗族加宾客千余人）、耿氏兄弟（宗族宾客二千余人）、刘植兄弟（率宗族宾客、聚兵千余人）。对这些史料可以再进行更详细的分析，此处就不多说了，只是说出我个人的一个结论，刘縯起兵时，宗族宾客加起来，最多也只有二千余人。（这也是他后面被迫屈服的重要原因，实力太弱。你要是信了《后汉书》和《资治通鉴》，刘縯子弟都七八千人，再加上宾客，那都近万人了，真有这实力，怎么也得叫叫板了。）依我阅读所及，前人言史，未见有能言及此处。……最后，总结就是：刘縯的钱，无法追认出处。说他掘冢和劫道，是对这些来历不明的钱的一种解释，是一种基于当时社会环境和风气的推测。虽说还是一个概率问题，但我想刘縯作恶的概率无疑比刘縯清白的概率要远远大得多。"

"我写刘秀，虽是游戏之作，殆也不敢轻微，总想尽力而为，唯恐误人子弟，则罪大也。当然，为了保持可读性，许多分析都只能隐而不表，以免读者看来瞌睡连连。误人子弟，则罪愈大也。当然，谬误总是难免，希望大家能继续不吝指正。"[1]（摘要）

这段文字信息量很大。一是参考史料不可谓不多，除了常见的史

---

[1] 天涯论坛·煮酒论史·评论随笔［我要发帖］，http：//bbs.tianya.cn/post-no05-124391-4.shtml。

籍，还参考了其他专业史料，绝非一般性地掌握史料；二是虽然承认作品也是"游戏之作"，但是对史料的态度是真诚的；三是在处理史料时为了兼顾阅读兴趣，尽可能照顾到艺术性，尽量避免太多的议论。

对于作品的创作者和解释者的双重身份。在艾柯看来，这涉及诠释的有限性问题，他说："当文本不是面对某一特定的接受者而是面对一个读者群时，作者会明白，其文本的诠释的标准将不是他或她本人的意图。而是相互作用的许多标准的复杂综合体，包括读者以及读者掌握（作为社会宝库的）语言的能力。我所说的作为社会宝库的语言不仅指具有一套完整的语法规则的约定俗成的语言本身，同时还包括这种语言所生发、所产生的整个话语系统，即这种语言所产生的'文化成规'（cultural conventions）以及从读者的角度出发对文本进行诠释的全部历史。"① 曹三公子在当时的文化语境中，既没有走传统的正剧之路，也放弃了穿越、架空等新元素的尝试，注定了他这样的写作是独特的，这既是他的优点，当然缺点也是显而易见的。

3. 作品的外延因缺乏足够的虚构空间，特别是人物命运的封闭性，限制了阅读者想象空间，与穿越、架空历史类型相比，明显缺乏"带入感"，也影响了作者的参与度

随着老一代读者的远去，年轻读者的阅读体验远远不及穿越、架空历史的"爽感"。另外一点，由于此类写作需要一定的史料积累，模仿难度较大，远不及穿越、架空类来得普及，因此，此类作品的可复制性不强，随着网络文学类型化越来越细分的现实境遇，此类作品的"粉丝"也极易流失。

因此，曹三公子的创作追求的自我的个性，既不为传统"新历史主义"思潮所影响，也不趋崇同龄人的娱乐化路线，走出了"历史创意"的独特叙述路径。这里的"创意"同样是基于社会的，是人对于发展性的诉求，而不仅仅是停留在文艺层面上的审美，因此，它顺应

---

① ［意］安贝托·艾柯等：《诠释与过度诠释》，王宇根译，生活·读书·新知三联书店2005年版，第71—72页。

了 20 世纪 90 年代以来所形成的以"实用美学"为主潮的流行性需求。

五 走向终结的"新历史主义"和"史传"传统的重建

21 世纪以来,"新历史主义"文学思潮对历史文学的创作的影响日渐式微,这首先与 20 世纪 90 年代以来历史文学创作的多元化发展有关,特别是网络历史类型文学的强劲发展,挤压了传统历史文学的生长空间。其次是一段时间以来数量庞大的影视剧的改编,包括一些质量低劣的作品混杂其中,使得大众对历史文学产生一种审美疲劳之后的反感与排斥。

童庆炳先生对历史文学的未来走向曾提出"重建说",他认为:"历史文本的缺失,使历史成为散乱的、无序的、片断的状况,既不能根据它讲一个完整的故事,更不能传达出一个有兴味的意思、一种历史精神、一种哲学意味。这样历史文学家为了文学的创造,就需要填补历史文本的不足。历史文学作家为了艺术地提供一个能够传达出某种精神的历史世界,只能用艺术地'重建'的方法。'重建'的意思是根据历史的基本走势,大体框架,人物与事件的大体定位,甚至推倒有偏见的历史成案,将历史资料的砖瓦,进行重新组合和构建,根据历史精神和艺术趣味,整理出似史的艺术世界,并在高一个层次上回到历史文本,让历史文本重新焕发出艺术的光辉。这就有似文物中的'整旧如旧'的意思。历史文学只能走'重建'这条路,此外没有别的路可走。"[①] 显然,传统历史文学的路还远远没有完成,网络历史类型文学走出了一条多元的发展之路,网络上每天都有海量的作品在产生。如何面对这样的分离?历史文学的写作又会走向何方?这是一个问题,也是其他民族共同面临的一个新问题,特别是在全球化日渐式微的背景下如何讲好本民族的故事。

"新历史主义"理论显然不适合中国,因此,不能用"新历史主

---

① 童庆炳:《"重建"——历史文学的必由之路》,《北京师范大学学报》(人文社会科学版)2007 年第 2 期。

义"来解释中国的历史文学创作,更不能作为创作的理论,如果遵循这样的理论,势必与我们的历史文学的创作"南辕北辙","新历史主义"强调不能孤立地看待历史和文本,历史不是纯粹的权威事实,文本也不是完全的美学结构,历史与文本是对等的,不存在谁决定谁或谁反映谁,二者是相互影响、相互印证的'互文性'关系"。①虽然"新历史主义"强调历史与文本对等,给予了作者很大的自由创作空间,但是他的前提是有问题的,作家与历史学家很多时候是不可能兼得的,文学与史学的最终目的也是不一样的。历史学家保罗·利科提出一个重要观点:"与潜在文献源的扩大相对应的是一个严格的筛选过程,即对所有可能成为文献的剩余资料中进行严格的挑选。在这个意义上,没有什么东西本身就是文献,哪怕过去的一切都可能留下痕迹,研究和解释从此看上去好像是补充性的操作,就像创意和创作交织在无所不包的历史学研究的观念中那样。对此,以后还应该加上一点:解释性的假设最终也可能是写作的提要,因此解释和写作——创作和口头表达的相似物——共同支配着在历史学中采取来源校勘的形式和表现为文献证明的错综复杂的这种创意。"② 如此看来,曹三公子的历史创作中所引的中外典籍,各种概念、术语、定理、公理、法则等,是不是都可以作为一种文献源,综合起来,都是为了创意一种"阐释史"的意图与动机。这便是他的作品在当时成为一种现象级的明证。

到这里,我们可不可以这样说,曹三公子之后再无创意的"阐释史",同时也意味着"新历史主义"的终结,而"史传"传统的重建同样也刚刚开始。

---

① 陈鸿雁:《文本与历史的互动关系分析——新历史主义视阈下的〈了不起的盖茨比〉》,《山东理工大学学报》(社会科学版)2017年第5期。
② [法]保罗·利科:《历史学和修辞学》,《对历史的理解》(《第欧根尼》中文精选版),元熙译,商务印书馆2007年版,第111页。

第八章　网络文学的精神流变

——论流潋紫

随着20世纪90年代以来启蒙话语和理想主义的退潮，以知识分子为建构主体的精英文化及其宏大叙事，在社会经济结构裂变和市场化浪潮的冲击下退出社会主流文化的中心位置；深受后现代主义思潮、港台通俗文学及其流行文化影响的，以消费和娱乐为目的的大众文化浮出历史地表，逐渐由流行歌曲、电影电视等大众传媒扩张到文学书写领域。及至21世纪的今日，大众文化毋庸置疑地成为"日常生活化的意识形态的构造者和主要承载者，而且还气势汹汹地要求在渐趋分裂并多元的社会主流文化中占有一席显位"①。

相应的，一方面，作为21世纪中国文学的新范畴，由"70后"草创，于"80后""90后"代际手中壮大发展的网络文学，在二十余年的历程中已经具备了与依托传统出版业的精英文学、市场化通俗文学"三分天下"②的力量，俨然成为21世纪文学整体格局中不容忽视的一隅文学景观。另一方面，作为21世纪中国文化领域的新现象，网络文学搭乘着媒介革命和文化产业勃兴的东风，也从早期边缘化、异质化的青少年亚文化类属扩散到大众文化场域。众所周知，与追求审美理想与个性化风格、背向读者进行创作的传统文学生产机制不同，

---

① 戴锦华：《隐形书写：90年代中国文化研究》，北京大学出版社2018年版，第9页。
② 白烨：《中国文情报告（2008—2009）》，社会科学文献出版社2009年版，前言第1页。

几无准入门槛的网络文学本身是一个在作者和读者之间敞开的极具互动性、开放性的虚拟生产空间，双方既是网络文学及文化的生产者、建构者，也同时为对方所影响和塑造。这种以读者为本位、以精密细分的类型小说为基本形态、以"爽"为核心快感机制的大众性文学样态，是由"80后""90后"代际的创作者和读者共同促成并走向多元化的。因此，网络文学为"80后""90后"代际的群体心理和情感欲望公开赋形，也投射了特定历史时期特定群体的精神内蕴；同时，网络文学借助IP产业转化的影视剧作能够引发大众认可和国民热度，也意味着它的内容和价值观是对世道人心的真实呈现，反映了当下时代的某种社会意识和文化认同。

2020年以来，在全球新冠疫情和文娱产业大环境调整的新形势下，网络文学创作队伍和消费受众的迭代变化"从隐性走向显性，从量变引出质变"[1]。据中国社会科学院《2020年度中国网络文学发展报告》显示，仅就内容和类型而言，为"80后""泛90后"[2]代际所创生的"草根逆袭""打怪升级"的"传统套路"不再所向披靡，轻小说、二次元等题材类型在"Z世代"（"95后""00后"等网生代）创作者、读者的入场主导下迅速崛起。总体而言，与此前作为创作队伍和接受主力的"80后""泛90后"代际相比，以"Z世代"为增长主体的作者队伍和读者群体进一步放大了网络文学的"网络性"特征，使之在内容生态和商业模式等方面进入了"少年化""逆龄化"的新阶段。正所谓一时代有一时代之文学，在由作者、读者群体的代际更迭所催生的全新阶段到来之际，有必要在网络文学发展史的视野下为上一阶段的网络文学实绩寻找代际文化标记，回溯、梳理网络文学的

---

[1] 中国社会科学院：《2020年度中国网络文学发展报告》，中国文学网，http://literature.cssn.cn/wlwhywx_2173/202103/t20210317_5319242.shtml.

[2] 尼尔森公司在《泛90后生活形态和价值观研究报告》中提出的概念，泛指出生于1985—1995年的一代，他们是出生、成长于中国信息科技革命基础上的互联网一代。也有网民认为这个代际泛指出生于80年代末期的一代，从时间的概念上具体指出生于1988—1992年的一代。本文将"泛90后"的范畴规定在80年代末期到1995年之间出生的一代，他们的童年经历了所有制转轨初期的社会波动和计划经济体制结束前的最后余波，这一范畴恰好能与真正的"网生一代"（即"95后""00后"）相区别。

精神流变。本文即以2006年到2012年间女频持续火爆的"宫斗"文的集大成者——"80后"作者流潋紫①的《后宫·甄嬛传》②和《后宫·如懿传》③为中心,聚焦"80后""泛90后"代际的精神图谱;同时联结"宫斗"文大爆前后相关类型题材的热门IP影视剧作,勾连时代变迁中的大众文化心理特征。

一

就网络文学题材类型的生产和衍变过程而言,通常有两类作者及其原创作品能够在网络文学发展史中留下印记。第一类一般是某种类型的开创者,其作品由于极富个性化的想象力和能够契合特定读者群体的核心欲望而得以"大爆",这类作品所创造的情节模式和人物角色设定便由此被固定下来,进而成为这一题材类型的基本框架,即所谓"套路"。第二类则是"戴着镣铐跳舞",作者意识地吸收、化用多种类型文的某些元素,在写作某一题材类型的过程中突破了其固有设定而成为此类型的集大成者,或者跨越原有类型的边界而生成全新的题材类型。不论是哪一类作者及其作品,都显示了他们在网络文学"发展、转化进程中不可绕过的里程碑和基础数据库意义"④。作为一种"女性向"⑤题材类型,"宫斗"文在流潋紫创作《后宫·甄嬛传》

---

① 流潋紫本名吴雪岚,1984年生,浙江湖州人,现居杭州。2007年毕业于浙江师范大学人文学院汉语言文学专业,现为浙江省作家协会会员,浙江省网络作家协会副主席。

② 《后宫·甄嬛传》首发于晋江文学城,连载时间2007年至2009年。由郑晓龙执导、流潋紫、王小平担任编剧的同名电视剧于2011年11月起播出。

③ 《后宫·如懿传》首发于新浪博客,于2012年由中国华侨出版社出版,2018年由人民文学出版社出版修订版。2018年8月起,由汪俊执导、流潋紫担任编剧的同名电视剧先后在视频网站和卫视频道播出。

④ 邵燕君:《网络文学的"断代史"与"传统网文"的经典化·序言》,邵燕君、薛静主编:《中国网络文学二十年·典文集》,漓江出版社2019年版,第14页。

⑤ "女性向"原指日本ACGN即动漫、游戏和小说等以女性为主要受众群体的大众文化消费品。邵燕君及其研究团队认为,"女性向"不是以作品主角和主要读者的性别为依据划分的,而是应当依据其心理趋向是否满足女性欲望和意志为旨归而判定,所以"女性向"是女性在逃离了男性目光的封闭空间里以自身话语进行书写的一种趋势,而"男性向"是被"女性向"反身定义的。参见肖映萱、叶栩乔《"男版白莲花"与"女装花木兰"——"女性向"大历史叙述与"网络女性主义"》,《南方文坛》2016年第2期。

的2007—2009年这一连载时期得以确立其基本叙事模式和情节设定，随即这部原本以"80后""泛90后"为主要读者群体的小众网文作品，伴随着改编自同名小说的后宫剧《甄嬛传》（2011）的热播热议，引发了持久的国民热度。一时间"甄嬛体"成为男女老少热议的话题焦点，直到今日仍有大量拥趸自命"甄学家"在豆瓣、微博、知乎等社交媒介上研究"甄学"①。据流潋紫自述，正是在《甄嬛传》电视剧拍摄期间，她探班片场后生发了书写下一代年轻女性后宫悲情生活的想法，续作《后宫·如懿传》遂与《后宫·甄嬛传》被合列为女频"宫斗"小说的集大成之作。回顾2003年网络文学商业化转型开始到2006年之间的女频网文，其主要题材类型分别是"耽美""同人""言情""豪门恩怨""青春校园""穿越""职场""都市"等，因此，作为使"宫斗"的类型元素和情节模式得以固定、成熟的创作者，流潋紫显然对网络文学多元细分的题材类型发展做出了具有创生性意义的贡献。

"宫斗"文的故事背景一般设置在虚构的架空王朝或者存在于历史事实中的封建帝制时代，不论女主人公怀揣怎样的少女情怀或爱情憧憬进入后宫，都不得不在遭遇毁灭性的个人挫折境况下加入后宫斗争，与众多妃嫔围绕皇权恩宠展开政治博弈，并以灭掉敌对势力最终站在权力巅峰为结局；受众也在女主人公及其盟友一路逢凶化吉的"升级打怪"的情节模式中得到"草根逆袭"、大仇得报的爽感。在"宫斗"的世界设定中，代表皇权的帝王不过是后宫女人争权夺利的工具人，而她们的一切谋划算计都以获得权力上位者的认同、信任、庇护为目的，因为只有遵从权力的逻辑和游戏规则才能使其在保全生存安全的基础上进一步向秩序等级的上游攀登，作为最后的胜利者——"宫斗冠军"，还能合法分享部分皇权。正如网友为"宫斗"

---

① "甄学"指书迷和剧迷通过反复阅读原著、刷剧来研究小说人物性格、形象和命运、结局，是对"红学"研究的戏仿。不少网友会出题测试彼此是几级"甄学家"，例如在2020年知乎用户还设置了《甄嬛传甄学十级学者全国统一考试》真题。知乎网页版，https：//zhuanlan.zhihu.com/p/108372582。

故事总结的内在逻辑："感情是累赘，地位是正统，子嗣是终极砝码。"①在以斗争和互害为生存手段的宫廷政治生活中，非但众多女性人物被裹挟进权力的绞肉机而尸骨无存，就连皇帝这样坐拥天下、掌握生杀大权的最高统治者，也无法得到自己的妻妾、儿女、朝臣的忠诚和爱戴，他同样需要以种种不堪的权术诡计来制衡后宫嫔妃，从而实现钳制前朝的目的。在这里，"后宫"，这个为正史所不屑一顾的，承载了无数从生到死都沉默无言的宫婢后妃的神秘场所，俨然在"80后"一代开创的"宫斗"视角下，成为人性自我异化的当代人生存哲学的绝佳隐喻。

《后宫·甄嬛传》在权力逻辑的表达上是委婉的，这一类型设定的中心环节是如何将后宫女人加入权力纷争的心理动机合理化、情感化，能够通过女主人公屡次遭受无端陷害的细节，让读者信服和谅解她们"黑化"的情由；同时，在斗争倾轧日常化的后宫生态中，诸女子的道德底线模糊不清，人性之恶也被夸张扭曲到极致。从甄嬛被权力秩序收编及至登顶巅峰的进程来看，她经历了"消极逃避→被迫迎合→主动反抗→内在认同"的迂回折返。从选秀前的抵触，到入宫后见识华妃残暴手段后的装病退避，她的需求从追求个体自由和忠贞爱情，降级到了生存至上。经历被华妃罚跪、安陵容暗害而流产失宠的短暂失意后，她求生的本能和复仇的意志使她重燃争宠的斗志，在与华妃的宿敌结盟后便迅速加入皇后战队。这一时期的甄嬛已经不再是初入宫闱时的天真少女，通过习得后宫生存法则和展露心机智谋，让权力上位者识别到了自己的价值，虽然拥有帝王偏宠却依然不能保护自己，这一次明确的打击也使甄嬛意识到了权力和地位的重要性。然而，权力的反噬作用很快到来，沦为权力附庸和上位者棋子的甄嬛，并没有在华妃及其家族的倒台覆灭后警觉到危险，反而在晋升妃位的大喜之际被皇后背刺，落得个兔死狗烹的下场。在甄嬛被贬失宠到回

---

① 豆瓣网友黄灯笼：《宫斗有毒——从〈甄嬛传〉到中国女人的低级趣味》，豆瓣网页版，https：//www.douban.com/note/781408903/？type=like。

宫复位之前，只有自请出宫这一行动，是她在人性炼狱中唯一一回以明确的、不合作的姿态，试图挣脱权力对自我的吞噬。后宫的生存逻辑就是生命不息、斗争不止，作者和读者都不允许甄嬛就此跳出权力的梦魇去浪迹天涯，所以，我们看到甄嬛回宫后的复仇行动如同"开挂"，一步步斗死昔日姐妹、构陷皇后、毒杀皇帝、扶持幼儿登基，直到最后成为帝国的太后。从最初的逃避，到认同于斗争逻辑，在秩序内部逐级晋升并最终登顶，甄嬛被权力剥夺爱情、亲情、友情之后，也获得了名曰"权力"的补偿。

纵观后宫女子的命运，她们最终都不得不陷于弱肉强食、适者生存的丛林规则；在"后宫"的残酷政治生态中，有无数像甄嬛、朱宜修、安陵容一样的美好女子被权力机器绞杀，不得不以悬置正义的代价，祈求权力的布施和庇佑。同时，所有内在于其中的人物，无一不知晓这个无限封闭、稳固的权力链条对人的生命力的摧折和对人性的残害，但却没有任何打破或者颠覆这个等级链条和互害式生存的可能性设想，反而前赴后继地加入这个循环往复的封闭链条中，一如续作《后宫·如懿传》中年青一代轮回式的悲剧命运。在这里，"后宫"作为"80后"职场女性开创的隐喻方式，承载着她们想象历史、政治以及言说自我生存困境的表达，作品中花样迭出的作恶手段和口蜜腹剑，也使当时的人们对年轻的"80后"一代的想象力瞠目结舌。

值得玩味的是，对于"宫斗"，读者和观众代入的爽感顶点究竟是什么？一个明显的事实是，绝大多数的书粉剧迷并未因残酷的宫斗而产生关于权力逻辑和丛林法则的批判反思，反而对于女主人公的每一个敌人的落败拍手称快；女主人公每每在濒临绝境时都能利用游戏规则在秩序内部绝地反杀的情节模式，都是受众爽感高潮的时候。读者和观众并不期待一个反抗压迫、摧毁恶法的个人英雄的出现，也并不在乎道义是否能够得以伸张，甚至不愿想象在那个黑暗的"铁屋子"里会产生任何超越性价值的可能。显然，"宫斗"式的生存逻辑因为契合着大众的生活经验模式而得到了他们的认同和拥护。

按照一般的爽文套路，当主角一路"打怪通关"胜利后就到了宣布"Game Over"的时候，故事能在复仇成功的酣畅淋漓和登顶权力的喜悦那一刻得以收束，似乎更符合大众朴素的审美口味，但是《后宫·甄嬛传》偏偏让站在权力巅峰的女主人公生出万事皆空的无力感和人生无意义的虚无感，为胜利者的面孔涂上一抹苍凉而颓废的色彩。对此，我们又究竟该如何理解小说的思想内蕴和价值立场？

二

相较于原作和影改剧受到《人民日报》等官媒和部分学院派对其宣扬的"比坏哲学""犬儒主义""投机主义"而施与的严厉批评，流潋紫坚持宣称《后宫·甄嬛传》的创作意图是要通过后宫女子被封建制度摧残的扭曲人性，来表达自己对旧时代女性悲剧命运的怜悯和同情，让史书中缺失的后宫女性形象鲜活起来。[①] 还有一个值得注意的现象是，就在作品遭遇主流文化的批评和收获大众喜爱度的同时，众多"80后"的"职场老油条"和初出茅庐的"泛90后"职场女性将这部"神作"奉为"职场圣经"，并以此为"指南"和"宝典"来分析办公室政治和职场人际关系。其实，《后宫·甄嬛传》所引发的争议和评价差异，实际上反映了主导性意识形态与青年话语之间日久深重的隔膜。

关于青年文化及其话语，一般含有两个维度的表述："一是主流话语中对于青年的建构和定位，二是青年自身的话语表达，二者之间此消彼长的关系影响了青年与社会之间的相互认同。在主流社会对青年的描述和界定与青年的自我叙述和定位之间，素来存在着差异甚至冲突，这样就构成了两种青年话语形式。其中，前一种话语形式往往由于其权力作用而掩盖或压抑了后一种话语形式的存在，而后者在特定的文化情境下能够逐渐扩展自己的生存空间并向前者渗透。"[②] 也就

[①] 舒晋瑜：《专访〈后宫甄嬛传〉作者流潋紫》，《中华读书报》2014年12月31日第18版。
[②] 李春玲主编：《境遇、态度与社会转型：80后青年的社会学研究》，社会科学文献出版社2013年版，第66页。

是说，青年话语及其文化形态，必然体现着主流社会与青年之间的权力关系。青年自己创造的文化形态和话语表达，本来应当是青年自我意识的真实投射，反映的是特定时代中特定的代际群体的思想感情；但是，鉴于主导性意识形态如同毛细血管般的渗透力，青年自我建构和自我表达的话语实践，往往作为一种匿名的现实处于主流话语的遮蔽和压抑之下，这就使得主流话语构建的青年形象及其意义系统，与青年认同的话语之间产生巨大反差。

从20世纪80年代以来中国社会的主流文化语境来看，青年总是备受非议、动辄得咎的。比如，"70后"因为追崇迪斯科、喇叭裤、摇滚乐、港台流行歌曲等大众娱乐方式，被批评为享乐主义和精神污染；"80后"由于他们更为张扬的叛逆性格、强烈的自我中心主义和对宏大叙事游戏化的解构态度，被诟病为"精神缺钙的一代"和"垮掉的一代"。与后来被称为"网生一代"的"90后"相比，"80后"是迄今为止备受主流文化声讨的一代，甚至连20世纪八九十年代之交就已经显现的道德滑坡、信仰危机和价值失范等时代性的精神疑难，也被主流文化命名为"80后症候"①而横加指责。这种因占据话语权而显露的成人社会的傲慢姿态，在2006年轰动全国的网络博客事件"韩白之争"②中表现得尤为典型。此外，2006年夏季刊载于《北京青年报》的一篇可以视作"清算""80后"的"檄文"《80后：请别

---

① "80后症候"出自张亚山《80后：请别走入道德虚无价值失范的迷途》，《北京青年报》2006年7月24日。

② "韩白之争"的导火线是白烨在个人博客上发布了针对韩寒等当红"80后"作家的评论文章《"80后"的现状和未来》。由于文章认为"80后"作家"进入了市场，尚未进入文坛"，充其量是"票友写作"而非"文学写作"，引发了韩寒的反击，他在博客上撰文《文坛算个屁，谁也别装逼》批评体制内的"圈子化"意识，因为文字生猛毒辣而引发精英派、学院派对韩寒的"笔战"。一时间李敬泽、陆天明、陆川、高晓松、解玺璋等文化名人纷纷声援白烨，几乎陷于"被围剿"境地的韩寒却在一众读者粉丝和网民的支持下继续以其生猛的文字"孤军奋战"，这场笔战最终以白烨关闭博客为告终。在这场文学论争中并未形成文学理论或写作内容上的有效沟通，前者避而不谈韩寒所批评的实质性问题而是将矛头对准小辈人挑战权威的不恭态度和不知提携之恩上，后者也由于屡爆粗口而被对方抓住把柄。笔者认为"韩白之争"所反映的问题并非文学观念的问题，其实质是"80后"因无法认同被权威话语长久建构的负面代际形象而做出的非理性反击，是争夺文学/文化话语权的一次尝试。

走入道德虚无价值失范的迷途》，以"唤醒者"的姿态总结了"80后"独生子女的"缺德和失范"："病灶是以偶像替代英雄、以价钱替代价值、以狂欢替代奋斗、以成败掩盖是非……他们既缺乏20世纪50年代人与祖国共命运的伟大情怀，也缺乏60年代人追求精神解放的觉悟，同样缺乏70年代人善于自省的精神。"① 有趣的是，为了坐实"80后"的"精神缺钙"，此前被精英知识分子批评过的"70后"形象竟意外反转为具有"自省精神"的群体。虽然文章确实道明了普遍存在于"80后"的信仰缺失和价值混乱问题，但我们需要拷问的是，这一现象是这代人所独有的缺陷，还是精英知识分子在经历了90年代初政治、经济、文化地位上的全盘失意之后共有的某种症候？事实上，在90年代所有制转轨中突现的道德困境、贫富分化甚至阶级事实面前，精英知识界和学院派在整体上都处于失语状态。对此，不论是出于何种原因或历史禁忌，一个毋庸置疑的事实却是，掌握话语权的父辈们，将启蒙理想崩塌后的信仰危机和文化身份迷失等精神危机，转嫁为子一代的独有标签。

"青年"不是天然存在的，而是被社会文化后天建构的产物，在象征意义上指向某种代表主流社会价值导向和文化规范的理想角色模型，因此年轻人必然被要求"扮演"符合期待和文化规范的角色，一如中国激进革命话语中的"新青年""进步青年""知识青年"那样，负担起相应的历史使命和社会责任。参照陈映芳教授的分析，这种关于激进主义青年的角色期待和文化想象，已经构成权威话语中"青年观"的"基盘"："虽然它的意义结构不断地被重构，甚至被抽空，但我们还是可以说，在很长的历史时期内，中国社会中几乎所有的青年文化现象和青年问题都是在这个基盘上被展现的"②，所以，主流社会对"青年"的赞誉，"本质上是对作为一种角色类别的'青年'的赞美，而不是对作为一种年龄阶梯、社会类别的'年轻人'

---

① 张亚山：《80后：请别走入道德虚无价值失范的迷途》，《北京青年报》2006年7月24日。
② 陈映芳：《在角色与非角色之间——中国的青年文化》，江苏人民出版社2002年版，第62页。

的崇拜"①。也就是说，青年个体或群体的生活方式和思想意识，并不能天然地在主流话语的"青年"中获得独立且正当的意义。现实的问题是，激进革命年代所建构的政治化的、崇高化的青年角色，已经在市场经济和全球化的冲击下，被替换为去政治化的、世俗性的"好孩子""未来的社会主义建设者"等角色。再加上90年代之后官方对大众化宽容程度的提高和对政治意识形态管控的紧缩，已经高度认同于世俗化生活和消费文化的新生代际，更为关注的是个人化生活的经验模式和私人利益，而不是社会公共生活。

因此，当我们重新审视"80后"在精英话语所建构的形象时发现，以"韩白之争"为代表的代际文化冲突和观念隔膜，固然反映了两代人在经验、知识和话语体系上难以弥合的断裂性问题，但其实质是长期被压抑、遮蔽的青年话语对主流话语规训力量的反抗。这就意味着业已长大成人且羽翼渐丰的子一代不再甘于做主流话语的客体对象，也不愿再为时代性的精神症候"背锅"；他们转而要求以主体身份来表达自我、消解他者化的角色期待及其意义系统，将塑造青年角色及其文化形态、意义系统的话语权掌控在自己手里。互联网技术和媒介革命恰逢其时：年青一代急需一个可以另立门户的文化场域，网络虚拟空间成为他们绕开传统媒介进行文化实践的场所；网络的匿名性、开放性、民主性，减除了写作的入场焦虑以及意识形态审查的压力。对于女性作者和读者而言，随着男频和女频的用户分野，一个相对稳定的、以性别意识为区隔界限的、封闭性的女性亚文化虚拟社区便出现了，她们能够在避开主流话语和男性话语的精神自留地中畅所欲言，表达女性自身的生命话语。

由是，充斥着尔虞我诈和党同伐异的"后宫"，成为当代年轻女性现实生存境况的象征符号；"宫斗"逻辑所隐喻的权力机制和游戏规则，是她们在藏污纳垢的成人社会生活中摸爬滚打一圈后近乎无师

---

① 陈映芳：《在角色与非角色之间——中国的青年文化》，江苏人民出版社2002年版，第60页。

自通的生存哲学。后宫中无处不在的阴谋算计和权力倾轧，是职场竞争和办公室政治的夸张投射；嫡庶有别、尊卑有序的等级礼法，不外是对现代官僚科层制的转化挪用；根据后宫局势不断调整的盟友站队，无非来自利己主义者善于理性预判胜利者的投机惯性和慕强慕富心理。其实，她们是在理想主义教育和"生男生女都一样"的性别话语中出生、成长的一代，绝大多数独生女都背负着父母的殷切期待，在学业和事业的赛道上不让须眉。然而，当她们走出象牙塔后才发现，迎接自己的早已是一个利益至上、"厚黑学"当道、处处有潜规则的灰色世界，被迫遭遇结构性的性别歧视和职场"天花板"的隐性压迫。尤其是90年代以来对"贤妻良母"式的东方女性角色的召唤，持续加剧了她们的自我价值认同困境；21世纪以来的大环境在客观上也对女性并不利好，特别是离婚率和就业压力的持续攀升，公共话语中关于"妇女回家"的舆论风向频繁出现，甚至"鼓励妇女回家"[①]的正式提案在2011年春季被全国政协委员提交到"两会"；此外，还有大众舆论中对女性群体公开的污名化和层出不穷的厌女狂欢，打着复兴传统文化旗号实则为封建男权文化张目的"女德班"也屡禁不绝。对此，我们不得不承认，一个公开却匿名的历史性挫败无所遁形：曾经为社会主义革命及其实践所确立保障的妇女平等参与社会生产和经济分配的权利，在资本市场和男权话语的合谋助推下不断萎缩，其后果是伴随着女性社会文化地位下降而无法避免的女性生存境况的恶化。

作为大众性的通俗文化文本，网络小说负载的不是精英知识分子的批判反思意识，而是历史断裂后的草根意识。从当下不断恶化的女性职场生态和持续被挤压的女性公共生活空间这一事实来看，在风调雨顺的温室中成长的"80后""泛90后"代际独生女，普遍感受到丛林法则的狰狞却又不得不为了生存而臣服。于是，悬置价值、抽空理想、放低人性底线，是她们在愈加残酷的竞争环境和菲勒斯中心霸权

---

① 该提案全称为《三八女性提案：鼓励部分女性回归家庭是中国幸福的基础保障》，由全国政协委员张晓梅提出，参见宋少鹏《"回家"还是"被回家？"——市场化过程中"妇女回家"讨论与中国社会意识形态转型》，《妇女研究论丛》2011年第4期。

之下无师自通的生存哲学。在此意义上，以《后宫·甄嬛传》为代表的"宫斗"隐喻，是社会转型中巨大的女性困境和犬儒式的大众生存哲学。

三

流潋紫曾直言不讳香港 TVB 剧集《金枝欲孽》（2004）对自己创作的影响。这部以清朝后宫嫔妃女婢恩怨斗争为主题的后宫剧，是作者想象、理解、弥补史书中缺失的女性形象的蓝图。事实上，"宫斗"文所塑造的女性群像和紧凑的权斗节奏，在深受《金枝欲孽》（2004）、《宫心计》（2009）、《万凰之王》（2011）等香港 TVB 后宫剧的影响之外，还糅合了女频此前热门的"穿越"题材中原本集中于男性人物身上的权谋元素和"腹黑"性格。

在"宫斗"文霸榜之前，女频的爆款 IP 一度是由"80 后"作者创作的"穿越"①题材，尤其在 2004—2007 年出现的引领女频穿越小说创作热潮的"清穿"文。被誉为"清穿"开山之作的《梦回大清》（金子）②，首创了现代平凡女大学生因意外事故穿越到清朝康熙年间而卷入"九子夺嫡"的政治斗争，并在与"数字军团"③的多角色情感纠葛中坚定地选择站队历史上的胜利者"四爷党"，从而体验缠绵悱恻爱情的情节模式，奠定了"清穿"小说的基本套路。稍晚于《梦回大清》的里程碑式"清穿"小说《步步惊心》（桐华）④，虽然同样书写女主人公"穿越"后在"九子夺嫡"旋涡中步步惊心的生存境遇

---

① "穿越"分为"身穿"和"魂穿"，指主人公以身体或灵魂穿越时空的方式，到达某个过去、未来或者平行时空，穿越者拥有的现代知识和记忆成为他们在另一个时空生存的"金手指"。

② 《梦回大清》，作者金子，"70 后"生人，小说首发于晋江原创网（现更名为晋江文学城），连载时间 2004 年至 2006 年。

③ "数字军团"是网友对康熙诸子的概括性称谓，起源最早可追溯到二月河的《雍正王朝》。在"清穿"小说的情节设定中，他们基本上都会与女主人公产生情愫，而女主人公往往会在知晓历史人物宿命和胜败结局的前提下，不断进行人性和情感上的拷问和取舍，意图在权力的阴影下追问爱情和人性的终极价值。根据审美差异和阅读口味，读者群体往往会分化为"四爷党"和"八爷党"，并在网络书评和跟帖中分析男性人物的人设特征和故事结局。

④ 《步步惊心》，作者桐华，生于 1980 年，作品首发于晋江原创网，连载时间 2005 年至 2006 年。

和爱情悲剧，女主人公的形象塑造和情感际遇也不脱言情小说的"玛丽苏"固有套路，但女主人公不再是不谙世事的"傻白甜"，而是心智成熟、经历过职场风云、处世练达的都市白领。前者尚且怀抱的对生死不渝永恒真爱的理想信仰，已为后者功利务实、权衡利弊的立场所取代。等到"清穿"文落潮期的"种田"文《平凡的清穿日子》（柳依华）[①] 出现，叙事重心已经从"穿越女"的"玛丽苏"爱情故事转移到出身平凡的女主人公家族成员的内宅争斗和琐碎生活，抹去了前两部"清穿"小说中对女性生活的政治想象，将女性完全安置在私人生活的领域中。这类"平凡流"叙事走向随后与"宫斗"类型的变体相结合，形成了2012年前后持续霸榜女频网站的"宅斗"文。总体来看，尽管"清穿""宫斗""宅斗"三种题材类型有明显的界限，但不论是追求平凡富足的中产阶级生活理想还是投入胜利者的怀抱开启一场穿越时空的爱情大戏，所奉行的生存之道仍是强者逻辑和利益至上，其中流露的"成王败寇"历史观和对权力上位者（包括康熙皇帝及诸皇子）"艰难处境"的真切同情，实在令人咋舌。

"穿越"题材能提供极大的YY空间和不受时空制约的爽感，在某种程度上也有一定的消极避世意味。流潋紫在一次访谈中提到自己并不认同"穿越"题材关于古代宫廷生活的童话式幻想，她的人生观是应当直面风雨，"活在当下、学会坚强"[②]。实际的情形也是如此，"宫斗"文之所以能在"穿越"题材大行其道的时候创生、成熟，是建立在读者对"穿越"题材的阅读倦怠和作者自觉反叛的基础上的。对于网络文学的创作者而言，各种类型题材的固有元素和情节套路，都可以成为创生、集成新题材的数据库，因而我们在"宫斗"文的基本情节模式中，既可以察觉到TVB后宫剧女性群像的某种迁移，也有化合自"清穿"小说中原本主要集中于男性人物身上的权谋元素。

《后宫·如懿传》的网文原作与流潋紫担纲编剧的同名影改剧，

[①] 《平凡的清穿日子》，作者柳依华（Loeva），"80后"生人，作品首发于起点中文网，连载时间2008年至2009年。

[②] 舒晋瑜：《专访〈后宫甄嬛传〉作者流潋紫》，《中华读书报》2014年12月31日第18版。

都围绕清朝乾隆皇帝与继后那拉氏的婚姻悲剧来铺陈情节。弘历自幼缺父子之恩、母子之情，在夺嫡争储中孤立无援，形成了狭隘多疑的性格缺陷；如懿出身贵胄，却因姑母在与太后的权力斗争中失败而受到牵连，不得不在深宫中如履薄冰。这两个背负心灵创伤的少男少女结下了深厚的竹马之谊，然而夫妻情深终是抵不过荣登权力宝座后的帝后相疑，终于不可避免地在权力斗争的猜忌中走向相看两厌。对比甄嬛犹如"开挂"一般的弄权人生，如懿一路的隐忍退让和沉冤而死则令人深感窒息，即使是剧版中如懿设计揭发作恶多端的魏嬿婉后安然长逝，这一完全背离女主人公必能在触底绝境后逆袭反弹的"宫斗"固有套路的创作倾向，也令屏幕前的观众对如懿的"失败"大呼憋屈。相较于《后宫·甄嬛传》中塑造的理想男性爱人玄清以及他与甄嬛之间超越生死的爱情，《后宫·如懿传》中不再有完美的男性爱人，站在权力巅峰的帝后一如当下的草根大众，都在彼此算计、互相伤害的婚姻围城中磨灭了爱情的火光。从青梅初恋到兰因絮果，一路旁观的"吃瓜群众"无奈感慨：假如纯元皇后不死，那么她的结局就是如懿。至此，"宫斗"中的爱情神话彻底幻灭，即使是念兹在兹的"白月光"，也会在生活的一地鸡毛中变成见之生厌的"蚊子血"，"宫斗"文中本就作为女主人公"黑化"助推器的爱情幻象，也彻底崩解了。

　　就在"宫斗"文解构爱情神话的同一时期，女频其他"大神"级作者的创作中也出现了相似的情况。比如一直以来占据"女性向"网络小说半壁江山的"言情"题材类型，其转折首先表现理想男性爱人的崩解：他们不再是忠贞守候的何以琛（顾漫《何以笙箫默》）、不再是为了爱情甘愿背弃家族的孟和平（匪我思存《佳期如梦》），取而代之的是《步步惊心》中以皇权霸业为衡量爱情取舍的四爷和八爷、是教会郑微小心计量经济成本和情绪价值的"成年人的爱"的林静和陈孝正（辛夷坞《致我们终将逝去的青春》）、是《来不及说我爱你》（匪我思存）中为权力舍弃爱人逼死妻女的暴君慕容沣、是《东宫》（匪我思存）中以屠戮妻子母族作为上位垫脚石的阴谋家李承鄞。从时间线上看，大约从2007年开始，完美男性爱人的幻象已不复存在，他们非但不具备基本的忠诚品性，也不是能拯救苍生的白马英雄，反而是道德上、人性上的残缺者，以及诸多悲剧的施与者。

与此同时，伴随爱情神话崩解而彰显的，是人到中年的"80后"一代日渐觉醒的女性自我意识，她们开始在菲勒斯中心秩序建构的两性关系之外，寻找由女性主导的情感形态。所以，我们发现在《后宫·如懿传》所呈现的女性生存图鉴之中，反而是女性之间、男女之间超越阶级和性别的诚挚友谊，成为帝后婚姻围城的主线叙事之外最为出彩的书写；同时，小说与影视文本，都在对"宫斗"逻辑和犬儒式生存哲学的反思上，表现出某种超越性。

一方面，不同于甄嬛因权力博弈而分化重组的结盟站队，如懿对诸多女性包括敌对方的生存境况和人性异化都怀有朴素的同情和批判，她与海兰、恣心、寒香见等人的姐妹情谊，以及她跟侍卫凌云彻之间无关爱情的互敬互重，都是超越了性缘关系和阶级界限的深情厚谊。

另一方面，相对于甄嬛放弃底线就能赢的生存选择，如懿不再以"宫斗冠军"为奋斗目标，而是在数次被皇帝辱心辱身深感绝望之后，她以断发决裂之举，否定了过往非人的生活，表达自己退出权力游戏的意愿。尽管网文文本并没有让如懿完全超然于"宫斗"逻辑，影视文本在流潋紫的改编后难得地贡献出了某种程度的反思性和超越性，即如懿在使计揭发魏嬿婉后拒收皇后宝册后溘然长逝的情节处理，使从小就旁观后宫纷争、一直想要摆脱人性异化困境的如懿，能够在绝境之际不迷失自我，最终得以跳出权力的绞肉机，重获人的尊严。这一看似"失败"的"宫斗"结局实则大胜，隐含着创作主体对斗争比坏式的生存逻辑的反拨，使文本在某种程度上具有了自我超越性，溢出了大众文化价值观念上相对保守的边界。

四

在"宫斗"文创作"题材热"业已退潮的当下，仍然值得追问的是，原本在正史记载中寥寥数语的后宫，何以在当代人创生的"宫斗"文中被赋予妖魔化的想象？在本文前一部分归因的当代人生存困境和时代性精神症候投射之外，是否还有别样的精神渊源？在此，我们需要回到90年代以来的社会文化语境和某些集体记忆中寻找蛛丝马迹，它们可能作为"80后"与"泛90后"代际在成长期中最为重要的大众文化记忆片段和集体无意识沉淀，源源不断地为他们想象政治历史的方式提供素材。

需要说明的是，"80后"与"泛90后"不是在时间概念上的同代人，而是因为在他们的成长过程中经历了某些共同经验并形成了与此相关的集体记忆和价值观念，从而成为一个可以被整合观照的群体，这才是使他们在社会学意义上具有同时代性质的关键。人是一切社会关系的综合，一个群体的共同经验必然建立在特定的社会历史基础上，这就意味着共同经验的形成与特定历史时期的重大社会历史事件有必然联系。陶东风根据在综合了阿莱达·阿斯曼的文化记忆理论和曼海姆的代际理论后强调，一个特定社会历史时期的群体的共同经验和集体记忆，都受到这个时代总体态势和核心经验的激发影响，而这个群体"共享的信念、态度、看待世界的视野等制约着个人记忆，并使得一代人与此前或此后那代人相区别。而代沟一词所指即为不同代人在文化价值观、行为方式、生活方式等方面的巨大鸿沟"[1]。与此同时，与共同经历重大历史事件同样重要甚至更为重要的是，他们是在哪个人生阶段经历的。也就是说，必须将特定时期发生的社会历史重大事件与经历它的特定群体的人生阶段并置在一起考察，才能发现他们在社会学意义上的同时代性。曼海姆把从12岁到25岁视作经验模式形成的人生阶段，也就是从人的青春期到青年期，是他们世界观、人生观、价值观、审美观的形塑时期。

由此观照"80后"和"泛90后"，虽然出生在独生子女政策和改革开放浪潮高涨的时代，但到了他们三观形塑的关键时期，由启蒙和革命所构建的宏大叙事和激进话语已经退出历史中心舞台，反而是90

---

[1] 陶东风：《论当代中国的审美代沟及其形成原因》，《文学评论》2020年第2期。

年代开始的所有制转轨、消费主义文化和互联网技术成为影响这代人经验模式的最为重要的社会浪潮。这代人没有关于革命和启蒙的重负，也没有父辈们关于历史苦难和政治创伤的记忆，在90年代"拒绝启蒙、告别革命"的社会共识和历史选择中，他们为消费主义意识形态所鼓吹和主导的中产阶级的生活方式、阶级趣味、道德价值规范所培育，又在港台影视剧、"口袋本"读物和好莱坞工业所制造的大众文化产品的喂养下形成了特定的审美趣味和话语形态。因此，当他们在网络虚拟空间中构建同代人的亚文化场域和文化身份认同之时，种种热衷于幻想未来、戏说历史、轻松搞笑的文化话题和书写方式便顺势而生；同时，在精致的利己主义准则当道和中产阶级文化勃兴的另一面，相对应的是"80后"和"泛90后"建构的同代人话语中关于"阶级革命"和"平等"等观念的缺席。

是以，女频"宫斗"小说包括"穿越"文在内，其背景设定不论是架空王朝还是历史上存在过的王权时代，那些穿越时空的现代职场女白领和古代深宫的后妃一样，在工于心计和信奉丛林生存法则方面表现得没有任何差别，甚至连后嗣选立和王朝政治动向，都以皇帝个人、后妃及其家族势力之间的利益考量和权力博弈为唯一决定因素；每一个争权夺利的后妃，不是在争宠害人的路上，就是在保胎生子的路上，即使是人生赢家的"宫斗冠军"，站到权力巅峰时也没有任何建立文治武功的政治抱负。此外，最终的胜利者也不再与儒法时代所谓"民心所向""载舟覆舟"的历史认同相关，反而是在"比坏"的赛道上最早也最大限度能放弃人性和道德底线的那一个。这种把历史、政治想象为建立在个人利益和权力欲望之上的，政治分歧和权力斗争只跟私利有关而否认其中存在任何正义价值和崇高目的的认知，具有鲜明的去历史化、去政治化的虚无倾向。同时，历史上一直以来为父权话语和史书所遮蔽的女性主体，在被想象再造的过程中，再度成为主体性匮乏的历史的他者。对此，我们需要回答的是，造成这代人善于消解意义、将历史和政治扁平化的思维惯性，究竟与哪些文化样本有直接关联？

不能被忽略的是1991年至1993年在台湾和内地先后播出的电视剧《戏说乾隆》。剧中的乾隆皇帝总是身体力行微服私访，在民间生活中又每每与各类女子相识相爱却无法相守，这是内地观众在改革开放以来第一次通过"戏说"的文艺形态想象封建帝王日常生活。随着电视剧于1993年获得第11届中国电视金鹰奖优秀合拍片奖，它成为众多地方频道在寒暑假期间轮番播出的热门剧集。在"戏说"的影响下，出现了从1997年至2003年连续播出的五部电视剧《康熙微服私访记》，其情节模式在吸收《戏说乾隆》的基本故事元素之外，发展出组队私访、遭遇阻碍、美女协助、爱情悲剧的戏剧结构。史书中高高在上的帝王将相和后妃嫔妾，终于在"戏说"的形式中与普罗大众的日常生活和思想情感相连通。如果说这两部电视剧的影响更为广泛地存在于观影大众中，那么主要对"70后"与"80后"包括一部分"泛90后"在内产生冲击波的最重要的两部影视剧，分别是《大话西游》和《雍正王朝》。

1995年，《大话西游》[①]在内地院线上映后票房惨淡，直到1997年在清华、北影等高校放映后才"咸鱼翻身"，成为年青一代追捧的"神作"。其中的经典对白、言语方式被转运到高校BBS上衍生出"大话体"，进而发展为内地风靡于年轻人中的"大话文化"。这部"戏说"古代经典长篇小说《西游记》的电影，将齐天大圣被如来佛祖收服后遵命襄助唐僧取经并修成正果受封"斗战胜佛"的故事，创造性地改写为理想幻灭之后失败了的个人不得不归顺权力意志的悲剧。因此《大话西游》也就成为这代年轻人反叛失败后不得不接受现实的精神自喻。电影中的至尊宝一直抗拒承认自己是孙悟空的转世，他宁可在边塞之地落草为寇也不愿回到命定的取经之路。直到紫霞被牛魔王逼婚囚禁，肉身凡胎的至尊宝要想解救爱人，就必须戴上观音留下的紧箍，以获得大圣的神力，从此失去自由，承担孙悟空的使命。不戴

[①]《大话西游》是由香港导演刘振伟编导，周星驰、吴孟达、朱茵、莫文蔚等演员演绎的电影，该片分为《月光宝盒》和《大圣娶亲》上下两部。

紧箍不能拯救爱人，戴上紧箍便要放弃爱情，当至尊宝以自由和尊严作为代价重获神力后，仍不能挽救爱人的性命。影片收束于至尊宝背着金箍棒回到毕生抗拒的西去之路，作为对照的是，一个无拘无束地游荡在城墙残垣断壁之上的夕阳武士与爱人相拥的镜头，他们向那威武的孙悟空投去不屑一顾的嘲弄——"那个人好像一条狗啊！"。从齐天大圣到取经人孙悟空，这个失败了的反叛者形象，被年青一代视作同代人的最佳注解。如果说没有神力的至尊宝是幸福而完整的个人，是因为他拥有爱情、友情和自由；那么"大圣"的失败则隐喻着"战无不胜的反叛英雄，彻底坠落或曰降落为某种大时代终结时刻的个人，而且是失败的个人"[1]的悲剧。连曾经视天条法度为无物、高扬自由精神、反叛一切既存秩序的英雄都不得不接受现实，重新回到既存秩序和游戏规则之内，那么为消费主义所豢养的年青一代，又如何能寄希望于他们成为"大写的人"？

反叛失败的个人的反面是英雄，但英雄的反面不是失败的个人，而是犬儒。当下中国社会的犬儒主义者不仅"有玩世不恭、愤世嫉俗的一面，也有委曲求全、接受现实的一面"[2]；尽管他们对权力逻辑和游戏规则有清醒的认知，仍选择以"不拒绝的理解、不反抗的清醒、不认同的接受、不内疚的合作"[3]来应对生活，对人性、制度和一切超越性的价值都不抱有希望，甚至相信在崇高之下必然埋藏着阴谋诡计和伪善私欲。"怀疑"这一极具精神主体性的态度在犬儒主义者那里变得毫无意义，因为"不相信"才是他们的目的。出现在世纪末的《大话西游》，正是以对"取经"背后可能存在的崇高价值的终极怀疑和解构，宣告了20世纪曾经横扫全球的一切超越性的人类理想及其革命实践的失败。

就在《大话西游》给即将结束的20世纪画上精神标记之际，世

---

[1] 戴锦华：《后革命的幽灵》，载乐黛云、[法]李比雄主编《跨文化对话》（第38辑），商务印书馆2018年版，第29页。
[2] 陶东风：《大话文学与消费文化语境中经典的命运》，《天津社会科学》2005年第3期。
[3] 徐贲：《当代犬儒主义的良心与希望》，《读书》2014年第7期。

纪末横空出世的一部历史正剧,在央视一套黄金档播出后便包揽了当年所有电视剧奖项大奖的《雍正王朝》(1999),不仅收获了该年份央视收视的最高峰,还受到了中宣部和时任国家总理朱镕基的高度评价。此后,该剧更是成为我国党政机关推荐收看的电视剧,至今仍被冠以"代表着历史剧的最高水平""传达了一种更博大深邃的'大中国史观'"等美誉。《雍正王朝》的成功引发了连锁效应,以中国历史上具有雄才大略、文治武功的封建帝王为主角讲述创业不易、守业艰难主题的影视剧作陆续出现,比如《康熙王朝》(2001)、《汉武大帝》(2004)以及系列剧集《大秦帝国》①(2009—2020)等。从世纪末到当下的历史正剧,事实上都在无差别地延续着同一个关于"认同改革"的文化转喻,即 90 年代中期所有制转轨和社会结构改革遭遇攻坚战时,主流社会要求普罗大众"分享艰难"的政治话语表述,其目的指向大众对国家统治和秩序、规则的认同。

颇有反讽意味的是,就在主流意识形态召唤秩序认同与规则认同的背景板上,那些充满人格魅力和个人英雄主义色彩的帝王形象谱系,成为"分享艰难"这一话语表述中最具情感感召力和说服力符号。与此同时,被《大话西游》寓言的数目庞大的年轻犬儒们,作为某种众所周知却处于匿名状态的事实,游走在新历史主义宏大叙事的脚注中:他们将自己从 90 年代以来文化语境中习得的去历史化的、去政治化的思维方式,作为重新阐释历史和政治生活的逻辑起点,其参照系则是他们真实的生存困境和时代性的精神症候;另外,为 90 年代以来典范性的大众文化样本所构建的,弥漫于宫廷日常生活中的常态化的权谋心术和党同伐异等故事元素,也就成为他们想象权力运行机制的基本模板。由是,在他们创造的文化样本中,一切的历史和政治都是盘算个人利益之后实施阴谋诡计的结果,其中没有正义生活的可能。至于那些有关自由、尊严、平等的价值理念,不仅不合时宜,还会造成精

---

① 系列剧作分别为:第一部《大秦帝国之裂变》(2009 年),第二部《大秦帝国之纵横》(2013 年),第三部《大秦帝国之崛起》(2017 年),第四部《大秦赋》(2020 年)。

神痛苦。

在"宫斗"及此后的变体"宅斗"题材类型所包裹的封建等级秩序和生存绝境的虚拟外衣下,消费主义时代的女白领们剥去一切矫饰的面具,直白地表达她们对权力规则和阶级秩序的敬畏臣服。这种悬置价值、只求生存的利己主义生存哲学,必然以一个超稳定的、封闭自足且循环往复的等级化权力系统为投射;封建专制统治下的后宫和勋爵人家的内宅,就成为披着古人衣服的现代"白骨精"斗法的空间。当同代人毫无反思地为其中人物的"身不由己"而竭力辩护,共同为这一想象中的旧世界的旧秩序背书时,更触目惊心的是她们对权力秩序及其逻辑在身体上、情感上、伦理上的内在体认和衷心祈愿,她们甚至在这个毫无试错成本的虚拟想象世界里从未设想过拆毁"铁屋子"的可能性,反而耽于玩转权力游戏的狂欢中。一如上一代人对飘荡在青春文化中的"后革命的幽灵"而感到忧虑惊惧,年青一代"对权力机制、对当权者处境的饱含体认的细密获知与同情"[1] 不仅深入骨髓,"在这些略显稚嫩的脸庞下面有一颗善于'腹黑'的老中国人的心灵"[2]。

---

[1] 戴锦华:《后革命的幽灵》,载乐黛云、[法]李比雄主编《跨文化对话》(第38辑),商务印书馆2018年版,第17页。

[2] 张慧瑜:《"宫斗"热与个体化时代的生存竞争》,《文化纵横》2012年第4期。

中 编
网络作品评价实践

第九章 网络时代的爱情叙事
——《翻译官》与《茶花女》

《茶花女》是世界文学殿堂中的经典作品，法国作家小仲马塑造了一个美艳绝伦又痴情不改的女性形象，一代佳人玛格丽特的结局是郁郁而终。《翻译官》是一部网络小说，缪娟塑造了一个独立坚强的现代女性形象，女主人公乔菲不仅收获了一份真挚的爱情，还凭借不懈努力成了一名出色的翻译官。把《茶花女》和《翻译官》放在一起分析，因为这两部小说在爱情叙事模式和女性人物塑造等方面有着惊人的可比性，通过两部小说的比较，可以看到不同时代、不同民族文学之间不同的创作风貌。

一

爱是人类最热烈持久的情感之一，爱情是文学永恒的主题，《茶花女》与《翻译官》都是描写爱情的小说，"爱情伦理叙事最能体现创作主体的叙事伦理诉求，在不同的爱情伦理叙事模式中蕴含着作家的叙事目的、叙事意旨、道德价值判断趋向、文化立场选择和美学风格诉求等叙事伦理质素"。[①] 下面从两部作品的爱情叙事出发，对两部作品进行分析阐释。

[①] 张文红：《伦理叙事与叙事伦理——90年代小说的文本实践》，社会科学文献出版社2006年版，第59页。

《茶花女》讲述的是男青年阿尔芒·迪瓦尔和巴黎上流社会交际花玛格丽特的凄美爱情故事。众所周知，《茶花女》是小仲马根据自己亲身经历创作的一部小说，小仲马是私生子，出生后很长一段时间都不被父亲大仲马承认，由母亲独自抚养长大，这样的童年经历引发了他对女性地位和家庭问题的思考，他对被抛弃的女性充满了同情。

　　《茶花女》的女主人公玛格丽特·戈蒂埃的原型人物名叫阿尔丰西娜·普莱西，现实生活中，小仲马爱上了交际花阿尔丰西娜，但不能忍受她与其他贵族男性保持联系，于是写了一封分手信给阿尔丰西娜，然后离开巴黎去国外旅行，当小仲马从国外旅行回来，却发现阿尔丰西娜已经离开人世，小仲马面对着阿尔丰西娜的遗物悲痛万分，花了很短的时间就创作出了《茶花女》。

　　在小仲马笔下，玛格丽特有着国色天香的容颜和高贵的气质，更难能可贵的是她有纯洁善良的心灵。为了谋生，玛格丽特来到巴黎闯荡，上流社会奢侈腐化风气盛行，徒有美貌却无一技之长的玛格丽特成了一名交际花，长期纵欲、饮酒无度的坏习惯损害了她的健康，对物质的渴求腐蚀了她的灵魂，往日淳朴的农家少女再不复见。玛格丽特在遇到阿尔芒后被其真诚打动，决心和他在一起，虽然阿尔芒也深爱玛格丽特，但是他的占有欲和忌妒心很强，这也是导致二人爱情悲剧的一个原因。

　　小仲马写《茶花女》时，法国是一个被父权和宗教统治的社会，虽然小仲马怜惜女性、同情女性，但他并不会一味赞扬所有女性，贪图享乐、不劳而获的行为是他所批判的。用小仲马的话来说，玛格丽特"既是一个纯洁无瑕的贞女，又是一个彻头彻尾的娼妇"。小仲马抨击当时社会上用金钱来物化女性、以美貌为标准对女性评头论足的风气，同时他也是个近乎冷酷的作家，他让玛格丽特从一个乡下姑娘飞上枝头变成凤凰，看似成功地对抗了宿命，但最后的结局是茶花女依旧不被主流社会接纳。

　　玛格丽特爱上阿尔芒后，决心和过去的一切告别，两人一起离开巴黎，在远离尘世的乡下过上了无拘无束的田园生活，那是玛格丽特最快乐的一段时光，只是好景不长，阿尔芒的父亲出于自私的偏见迫使她离开阿尔芒，玛格丽特为了阿尔芒的前途最终选择离开他，而阿尔芒却误会她依旧挂念着以往的奢侈生活，在重逢后对玛格丽特进行种种言语和行为上的侮辱，致使玛格丽特心力交瘁，最后在贫困孤独中郁郁而终。

《茶花女》是19世纪法国批判现实主义文学的代表性作品，有论者对此做出总结："其批判现实主义成就集中体现在对娼妓制度的批判、对被侮辱的女性的同情和讴歌以及对纯洁爱情的向往。"[①] 通过阅读，读者能够看到绝代佳人奢靡生活背后的寂寥和落寞，还能感受到作者对玛格丽特悲惨遭遇的深切同情。小仲马敏锐地捕捉到有关交际花、两性关系等社会现实问题，通过创作引发读者的共鸣。

《茶花女》通过爱情悲剧突出社会阶级矛盾，这是由批判现实主义文学的特质所决定的，批判现实主义文学意在揭露社会黑暗现实、反映资本主义社会的阶级矛盾和冲突，具有深刻的思想意义。小仲马的写作批判了资产阶级贵族的贪婪、自私，也反映了妓女阶层堕落的社会根源以及她们思想上的局限性。

《翻译官》是一部现代都市言情小说，讲述了穷苦人家出生的漂亮、倔强、自强的外语学院学生乔菲，和外交部长的儿子程家阳间的爱情纠葛。乔菲出身卑微，但她有着极高的语言天赋、积极乐观的生活态度、幽默开朗的性格。乔菲和程家阳并不是一见钟情，他们初次见面是在学校组织的一场讲座上，彼时乔菲只是一名外语学院的学生，而程家阳是留学归来、光芒万丈的翻译精英，生活在平行世界里的两个人本不会发生交集。程家阳得知青梅竹马的傅明芳要结婚的消息，失意不已，在娱乐城兼职的乔菲看到了程家阳颓废的一面。而乔菲为了凑齐父亲的医药费，打破了不出台的原则，同意出卖初夜，在程家阳朋友旭东的安排下，乔菲与程家阳发生了性关系，两人先性后爱，

[①] 张海洋：《在涡流中挣扎的女性——〈茶花女〉艺术特色研究》，《剧作家》2019年第5期。

在相处中感情日渐深厚。程家阳第一次去大连，住在乔菲家破旧的小房子里，那时他才知道乔菲的父母都是聋哑人，他惊讶于能够把法语讲得那么动听的女孩，竟然从小生活在一个无声的世界，他见过乔菲努力付出的样子，心疼这个倔强女孩所吃的苦，从那个时候起程家阳开始想要爱她。

乔菲和程家阳的爱情同样遭到了来自男方父母的强烈反对，乔菲当陪酒小姐的经历成为她的污点，此外，为家阳堕胎导致丧失生育能力也是乔菲的心结。程家阳在认识乔菲之后，对自己和父母所拥有的富裕生活首次产生了怀疑，反思之后他开始反抗父母的安排，当金钱、身份导致的差异成为横亘在二人感情路上的障碍时，两人以积极的努力共同对抗世俗的偏见，并在此过程中有了更深层次的精神交流，兜兜转转之后他们更坚定了对彼此的爱。

《翻译官》是一部网络小说，与《茶花女》中批判现实主义的爱情叙事模式不同，这部小说给读者呈现了另一种爱情叙事。缪娟的创作既不是为了反映社会黑暗现实和阶级矛盾，也不是为了批判娼妓制度。网络文学是大众文化的产物，这决定了其叙事伦理的不同。虽然《翻译官》看上去是灰姑娘遇到王子的故事套路，但它的现实深度不在于灰姑娘的被拯救，而在于灰姑娘本身的独立和坚强，现代社会中越来越多的女性拥有独立生存的能力，就算乔菲迫于无奈成为夜店"小姐"，她也不愿意完全依附于男性。经历过种种残酷的社会竞争，乔菲仍能够以一种别样的坚强，轻松愉快地说起自己曾经的坎坷生活，也正是她乐观向上的生活态度和坚忍不拔的性格打动了"天之骄子"程家阳。

随着时代的发展和社会的进步，曾经处于相对弱势地位的女性有了表达自身诉求的平台，女性自尊、自强、自立、自主的诉求在《翻译官》中展露无遗。网络小说追求"爽感"，言情小说在"移情""变情""惨情"的故事波折后必然会回归"纯情"，即男女主人公在克服重重艰难险阻之后幸福地生活在一起。缪娟在《翻译官》中同样创造了一个完满结局，但她的高明之处在于没有把男女主人公描写得过于

"神性",而是塑造出丰满而真实的人物形象,读者在阅读中不仅可以感受到女主人公乔菲独立坚强的性格,也能清晰地看到男主人公程家阳脆弱、挣扎和犹豫的一面,整部作品既真实又浪漫。

二

《茶花女》和《翻译官》两部小说在叙事视角方面存在差异,叙事视角是"作品中对故事内容进行观察和讲述的角度,根据叙述者观察故事中情境的立场和聚焦点而区分"①,不同的叙述视角势必会影响叙事效果和人物塑造,也反映了作者的创作心理。

从叙述视角来看,《茶花女》为第一人称叙述视角,小仲马分别安排了小说作者和阿尔芒两人用第一人称"我"展开叙述。小说先借"我"之口点明玛格丽特的妓女身份和她香消玉殒的悲剧结局,再叙述玛格丽特的生前经历,小仲马运用的这种倒叙的手法,不仅清楚地交代了玛格丽特的最终命运,而且勾起了读者的阅读兴趣。应该注意的是在故事的讲述过程中,玛格丽特一直是不在场的,她的人生经历是在她死后由他人进行讲述,在这种"他者"叙述中,爱情故事的女主人公一直处于缺席状态,这在一定程度上反映了男权社会中男性的主导地位,以及女性话语权的被剥夺。西蒙娜·德·波伏瓦在《第二性》一书的扉页上引用了女性主义者普兰·德·拉巴尔的话:"但凡男人写女人的东西都是值得怀疑的,因为男人既是法官又是当事人。"《茶花女》中玛格丽特的故事就是由既是法官又是当事人的男人来书写的。

茶花女生活在法国七月王朝统治时期,虽然宪法规定人人享有平等的权利,但社会等级森严的状况并没有得到改变,妓女依旧是被人们轻视糟践的社会群体。贵族们觊觎玛格丽特的美貌,但是在他们心里玛格丽特只是玩物而已。玛格丽特和阿尔芒真心相爱,可是在阿尔芒父亲迪瓦尔眼里,"真正纯洁的爱情只会发生在真正圣洁的女人身

---

① 童庆炳主编:《文学理论教程》,高等教育出版社1992年版,第249—250页。

上",儿子与妓女在一起是败坏门风的事,无论如何也要加以阻止。

故事中的"我"同情玛格丽特的遭遇,写下了这个故事,看上去"我"是为妓女阶层振臂高呼的人,但是"我"并不认为"凡是像玛格丽特那样的风尘女子都能够做出这样的事",换而言之,"我"赞同的是玛格丽特为爱牺牲自己的行为,在"我"看来正是玛格丽特的死亡才使这段爱情值得歌颂,"我"内心深处认同阿尔芒父亲的自私行为,觉得"父爱超过其他任何的感情"。所以,"我"对玛格丽特的早逝深感痛惜也不过是"正如一件精美的艺术品不幸被毁坏,人们会感到惋惜一样"。玛格丽特被物化成了一件精美的艺术品,只有观赏的价值。在男权文化中,男性一直占据主导地位,女性是被物化的对象,失去话语权。《茶花女》从男性视角进行讲述,力图塑造符合主流审美的女性形象,男性将玛格丽特当作情欲的对象,而她所遭受的无情压迫和蹂躏则被淡化。

与《茶花女》多个叙述人、多个叙事层面不同,《翻译官》采用了双层内视角来叙事,"花开两朵,各表一枝",分别从男女主人公的视角进行讲述,同时运用心理描写的手法,"把人物内心世界的所想、所感等方面的心理活动过程和性格、意志等方面的心理特征径直予以表现"。[①] 这样直接把男女主人公的内心世界展示给读者,满足了读者对人物心理的好奇,男女主人公之间的视角转换也推动了情节的发展。

程家阳和乔菲曾经因为金钱而产生间隙,程家阳想要给乔菲买项链,而乔菲不想他们之间的感情掺杂进太多物质。缪娟运用心理描写将二人内心的想法展示在台面上,程家阳不善于哄这个心爱的姑娘,"我也知道牵涉到金钱,对我们来说是敏感的事情"。他想通过给乔菲买东西的方式换来更多的安全感。而乔菲心里想的是,"钱,我们因此而结缘,却也是横亘在我们之间的距离"。乔菲知道家阳是想要她高兴,但是她不想自己的爱情里掺杂物质交易的成分,乔菲内心有着女性的敏感,她不愿意将自己的全部人生依附在程家阳身上,她有自

---

① 牛炳文、刘绍本主编:《现代写作学新稿》,学苑出版社2001年版,第208页。

己热爱的工作，爱情并不是她生活的全部，成为一名优秀的翻译官是她毕生的梦想，可以说乔菲是一位拥有独立人格的现代女性。

小说从头到尾，是以程家阳和乔菲二人视角呈现的叙事，有两性对话的意味，读者可以从中看到作者缪娟的女性意识，这与小仲马在《茶花女》中呈现的"男性至上"的价值观是截然不同的。茶花女玛格丽特获得众多男性青睐的主要原因是她的美丽外表，美貌在小说中被视为女性获取财富以及社会地位的砝码。这是一种不对等的交换，将女性置于物化的位置，而将男性视为女性的拯救者，预设了女性在爱情中的依附地位。而在网络都市言情小说中女性虽也多具貌美的特征，但那仅仅是一种凸显个人魅力的方式，女性吸引异性的首要条件往往是性格上的独特魅力，《翻译官》中乔菲的美好品格和坚韧个性才是最吸引程家阳的地方，是她胜出的筹码，而乔菲面对生活的积极乐观态度也感染了程家阳，与乔菲在一起后，他戒掉了抽大麻的坏毛病，从上一段感情的失意中走了出来。乔菲追求的是心意相通、灵肉一体的感情，她的美好爱情结局证明了这种努力是可行的。

三

《第二性》扉页上引用了古希腊哲学家毕达哥拉斯的名言："有一个产生了秩序、光明和男人的好本原和一个产生了混乱、黑暗和女人的坏本原。"女人是一切罪恶的根源？事实真的是这样吗？社会心理学家米德提出，人的认知是在日常的人际交往和群体互动中"建构"的，而不是人固有的，《茶花女》中人们对妓女的偏见也是如此。"妓女这一阶层的存在，使人可以带着骑士风度的尊敬去对待正派女人。妓女是替罪羊，男人释放自己的卑劣欲望，发泄在她身上，然后否认她。"[1] 小说中的玛格丽特美丽善良，但她身处七月王朝统治的时代，上流社会的糜烂生活、贵族资产阶级的虚伪道德以及男权文化的盛行，

---

[1] [法] 西蒙娜·德·波伏瓦：《第二性》Ⅱ，郑克鲁译，上海译文出版社2001年版，第394—395页。

这一切都决定了人们对于妓女群体的固有认知，人们认定妓女不配拥有真正的爱情。

西蒙娜·德·波伏瓦在《第二性》专门用一章节深入阐释了妓女这一职业："从低级妓女到高级妓女，有很多等级。基本差别在于，前者以女人纯粹的一般性来做交易，结果竞争使她处于悲惨的生活水平，而后者竭力让自己的特殊性得到承认。女人必须被舆论看中。如果她成功了，她就能期待高贵的命运。美貌、魅力或者性感在这里是必不可少的，但还不够，女人必须被舆论看中。她的价值往往是通过男人的愿望显露出来的，但只有在男人宣布她在世人眼中的价值时，她才能扬名。"① 名动一时的交际花玛格丽特无疑属于高级妓女这一等级，巴黎上流社会处处流传着她的事迹，可是玛格丽特的特殊性和价值建立在有男人继续为她倾家荡产的基础上，如此一来，她沦为男性的附庸，其主体性也不复存在了。

《茶花女》中玛格丽特一生都是男性的附庸，她想要突破有限的生存空间，想要登上更大的社会舞台，于是选择依附一群男人，通过交易来获得财富、名声，甚至是贵族头衔，这就是茶花女的生存逻辑。不管是玛格丽特曾经的情人德·G-伯爵，还是老公爵，他们供养玛格丽特，满足玛格丽特的要求，但是这一切得以继续维持的前提是玛格丽特的顺从。

玛格丽特主体性的丧失不仅因为客观上她对男性的依附局面，还因为她主观上就没有反抗的意识，玛格丽特的悲剧在于她作为男性的手段而存在。"人是生活在目的的王国中。人是自身目的，不是工具。人是自己立法自己遵守的自由人。人也是自然的立法者。"② 康德警示人们，只有当人成为自己的目的，才能真正实现主体性，不管是自我物化还是来自男性的物化都是实现主体性的阻碍。

玛格丽特在遇到阿尔芒之后，也曾有过女性意识的觉醒，当一个

---

① ［法］西蒙娜·德·波伏瓦：《第二性》Ⅱ，郑克鲁译，上海译文出版社2001年版，第408页。

② ［德］康德：《实践理性批判》，韩水法译，商务印书馆2003年版，第95页。

没有爱情的人生活在虚荣的环境中，她可以很满足，但一旦有了爱情，原来的一切就会变得庸俗不堪了。玛格丽特曾满怀希望地去追求真正的爱情，渴望在阿尔芒真挚的感情之中得到片刻的休憩，她义无反顾地与阿尔芒在一起，毫无保留地交付了全部身心，可是阿尔芒却没有做到信任她、顺从她、慎重地对待她。即便如此，玛格丽特还是一次又一次地选择原谅阿尔芒，她留给阿尔芒的最后一封信上写着："我会给您一份发自内心的宽恕，我深知您那些使我受到伤害的举动正是您深爱着我的明证。"玛格丽特选择自我牺牲的行为和她的悲剧结局，正体现了女性意识的彻底泯灭，玛格丽特对男权社会的反抗虽然失败了，但抗争的过程使这位烟花女子的形象闪烁着一种圣洁的光辉。

《翻译官》中的女主人公乔菲不管是在生活中还是在爱情中，她都能清醒地认识自己，最大程度地发挥主体性，最终实现自己的人生价值，并且收获了属于自己的爱情。乔菲有着为人所不齿的夜店生涯，但那是迫于无奈的选择，她并没有迷失在酒吧的灯红酒绿中，她与程家阳走到一起是因为爱情，她在与程家阳分离的日子里也能够以自己独特的方式参与学习生活和社会工作，并实现自己的社会价值。小说中还有个富家公子一直纠缠乔菲，想要包养她，但被乔菲义正词严地拒绝了。

乔菲有着一颗坚强的心，能够负担生活中所有的不如意，她坚强而勇敢，永远追求逆流而上，再艰苦的环境中她都能近乎野蛮地顽强生长。从小到大的经历养成了她独立坚强的个性，不管是在学习中还是在工作中，再多的艰难困苦都不能打倒她。乔菲不仅不是等待王子拯救的灰姑娘，相反，是乔菲将程家阳从前一段感情的失意中拯救出来，她就如同青草一样，看上去弱小实际上坚韧无比，程家阳看到了乔菲的坚韧，也爱她的倔强。乔菲身上的勃勃生机也鼓舞了无数阅读这本书的女性读者。

小说《翻译官》的结尾中，程家阳从刚果收养了一个小男孩，名叫卡赞，和乔菲名字里"菲"的含义一样，都是青草的意思，程家阳一直都喜欢称呼她"菲",明明是一个很普通的名字,却被他叫成了最好听的样子。程家阳在电话里告诉乔菲收养卡赞的消息时,这个向来坚强的女孩子哭了,乔菲支持家阳陪同外长父亲出使战乱四起的刚果,即使心里担心二人的安危,但她表面上依旧冷静自持,坚持完成自己的翻译工作,直到家阳脱险后从遥远的异国打来电话,乔菲的眼泪才肆无忌惮地落下来。

随着社会的发展进步、女性受教育程度的不断提高,以及科学技术的不断进步,男女之间体力上的差距已经越来越不重要,作家们对女性的思考也发生了变化。在爱情遭遇来自各方的压力时,乔菲和玛格丽特的表现并不相同,乔菲也曾因为自己丧失生育能力逃避过,但她最终选择直面所有艰难困阻,努力争取自己的爱情,这样一个有着独立人格的女性人物形象受到众多读者的喜爱。当年《翻译官》这部网络小说大火,很多学生甚至因为这部小说而高考志愿填了法语专业,最后如愿成为一名翻译官。

结　语

现实主义可信而不可爱,理想主义可爱而不可信。乔菲自身的奋斗和努力固然是她获得成功的重要原因,但乔菲需要靠出卖初夜才能拯救自己的父亲,而程家阳的一个电话就能安排乔菲出国,这其中何尝没有大众文学中常见的为女性"造梦"的成分,乔菲所追求的平等说到底是不平等下的平等,她最终实现了阶层跨越,成为一名优秀的翻译官,但她之所以能够实现阶层跨越是因为作者缪娟所写的是一个传奇故事,这个传奇故事满足了读者的幻想,事实上,乔菲的成功经历在现实生活中极难复制。

《茶花女》和《翻译官》就像现实生活的两个面,《茶花女》批判现实主义立场,决定了它直面世界阴暗的一面,而《翻译官》的叙事法则是大众文化的造梦机制,向读者展现的是世界光明的一面。从批判现实主义文学到网络文学,从"茶花女"玛格丽特到"翻译官"乔菲,这样的变化体现了随着时代发展作家创作观念的转变。这让我们思考，网络小说之所以引起读者的青睐，是因为更注重作品的积极社会效益，更有时代气息，更符合当代读者的阅读心理期待。《茶花女》和《翻译官》带给读者不同的阅读体验，也让我们看到网络小说的价值与不足。

第十章 断裂与再生：网络历史小说的新变

——评《大清首富》

"历史小说"作为一个文学概念最早是在中国近代文学史上出现的，首先使用这个概念的是1902年《新民丛报》刊登的《中国唯一之文学报〈新小说〉》一文，文中提到："历史小说者，专以历史上事实为材料，而用演义体叙述之，盖读正史则易生厌，读演义则易生感。"① 中国历史小说大致经历了六个演变过程：神话传说阶段、史传文学阶段、宋元讲史话本阶段、明清历史演义小说阶段、中国现代历史小说阶段、新历史小说阶段。网络历史小说可以说是中国历史小说发展的第七个阶段，它是在互联网生成机制下产生的新型小说模式。

网络历史小说根植于传统历史小说的土壤，很多方面与传统文学一脉相承。网络文学的商业性、网生性特点又赋予它新的特质。"穿越"是网络历史小说最常见的叙事模式，是网络小说作家虚构历史、改写历史最便捷的方式。"穿越"让网络读者能够身体力行地参与到历史中，获得"修史"的阅读快感。阿菩的最新完结作品《大清首富》颠覆了他以往的写作，将"穿越"元素的存在感降到最低，环环相扣的危机和不太完满的结局颠覆了以往的"修史"神话，让小说与一般穿越历史小说呈现出一种"脐带式的断裂"关系。另外，《大清首富》借小人物写大时代，写儒道传统思想文化与乡土民俗文化，表

---

① 王富仁、柳凤九：《中国现代历史小说论（一）》，《鲁迅研究月刊》1998年第3期。

现为文化守成主义的复归，这也是基于传统历史文化的"再生"。同时，他也批判了儒道思想中不合理的成分，加入了现代性的改造，使得小说具有更加深刻的历史文化内涵和审美价值。

一 穿越叙事的"退隐"：穿越线索隐蔽化与人物行为自洽性

2004年是网络穿越历史小说发展过程中极为关键的一年，出现了大量优秀的穿越历史小说作品，如酒徒的《明》与阿越的《新宋》。随后，女频穿越题材小说《梦回大清》《步步惊心》的火爆，让"穿越"成为当时最流行的文化元素。穿越历史小说让穿越元素和历史相结合，时空幻想与历史事实相碰撞，穿越主角"依靠自己的现代理性和智慧积淀，改造既定历史，重构理想的历史发展"。①

穿越历史小说要创造虚拟的历史，就必须进入历史现场，"穿越"就成为主人公进入历史场域的媒介和方式。主人公到达作者设定的历史时空后，"穿越"的中介功能就随之结束，所以"穿越"元素在小说中通常表现为跨越历史时空的即时性动作。而这又衍生出网络穿越历史小说的多种"穿越"模式，一般来说主要有触碰宝物穿越、意外死亡穿越、因不知名原因直接身穿这几种类型。《明》中，业余登山爱好者武安国因迷路意外来到大明王朝；《新宋》中，石越出于不知名原因突然出现在大宋汴京城郊外；《回到明朝当王爷》里命不该绝的杨凌被地府的牛头马面提前勾魂，后阴差阳错成为八世善人，为了不让他成为九世善人而成佛，判官利用地府系统故障将他送回了明朝。阿菩的前作也基本承袭了以上几种模式，《唐骑》里的张迈与驴友旅行时，在睡眠的状态下突然穿越来到了安西都护府；《边戎》中杨应麒因时空交错的空难来到了北宋政和年间；《陆海巨宦》主人公李彦直因车祸死亡穿越到明朝嘉靖时期。创作《大清首富》时，阿菩有意识地改变了传统的穿越叙事方式，将"穿越"元素的存在感降至最低，呈现出"退隐"的态势。小说通篇没有关于"穿越"的描述性话

---

① 李玉萍：《网络穿越小说概论》，南开大学出版社2011年版，第35页。

语，主角吴承鉴并没有"穿越时空"的即时性动作，按照作家本人的说法，这是大环境下的无奈之举，却也是网络穿越历史小说发展过程中的一次变革。当然，"退隐"并不是退出，而是以一种更为隐蔽的方式影响着小说情节的走向。

一方面，穿越叙事的"退隐"表现为穿越线索的隐蔽化。小说开篇便写到吴承鉴是十三行保商之一吴家备受宠爱的小儿子，他喜欢逛花船，结交各方好友，生活方面奢侈无度，似乎只是清朝一个普通的富商家纨绔子弟。随即，一句"一个不觉，来到这个世界已经二十四年了"[①] 便隐隐点出了吴承鉴的穿越者身份。读者若是不仔细阅读，很有可能将这一句忽略过去，但是读者还是能够通过一些蛛丝马迹做出正确的判断。东印度公司为扭转贸易逆差，企图往中国输入鸦片，吴承鉴一看到鸦片就变了脸色，吩咐下属决不能让鸦片流入中国。军师周贻瑾本也是有学识、有远见之人，看到吴承鉴如临大敌的情态还十分不解，既然鸦片有利可图，别家商行都做鸦片生意，为何宜和行做不得。这里便是"穿越"线索的一次隐蔽呈现，因为吴承鉴是未来之人，他清楚地知道鸦片之于中国的危害。"穿越"线索还表现在吴承鉴对和珅倒台的正确预判上，吴家第二次危机时，吴承鉴便布好全局，他知道乾隆皇帝驾崩后和珅必将被清算，因此北上京师呈递证据，加快了和珅倒台的步伐。和珅被关押后，吴承鉴去探望和珅，告诉和珅自己知道青史，只是想看看一位青史人物。直至此处，穿越线索才算明朗化，主人公此前的种种行为得到了合理的解释。此外，吴承鉴借鉴《红楼梦》给广州花行定下"十二金钗"的品级、运用现代化的经商手段等事迹，无不表明吴承鉴的穿越者身份。

另一方面，穿越线索的"退隐"表现为穿越者行为的历史自洽性。俄罗斯物理学家诺维科夫曾提出时间自洽性的理论，即时间悖论原则，他认为人可以穿越时空回到过去，但是不能因此改变时间

[①] 阿菩：《大清首富》，书旗小说网，https：//www. shuqi. com/reader? bid = 7783367&cid = 1036698。

的进程。① 历史自洽性可解释为人穿越进入历史中，并不改变历史的进程，穿越者的行为并不违背历史逻辑。早期的网络穿越历史小说（如《回到明朝当王爷》《新宋》）表现为对历史的狂欢化想象，主人公穿越到既定时空的目的是改造既定历史，使历史呈现新的走向，这从本质上说属于架空历史，历史并非原本的历史，而是平行时空的历史。《大清首富》也让主人公穿越，但穿越的本质并非创建平行时空历史。吴承鉴进入清朝的时空领域内，并无以往男频穿越主角改变历史的宏图伟志，他只想做两件事："一，好好享受上天赐予自己的纨绔生活；二，顺手确保一下让自己过上纨绔生活的外在条件。"② 所以吴承鉴一出场，并没有强烈的历史违和感，他的行为尊重并且遵守了历史常规发展进程。吴家遭受迫害后，他临危受命，无论是斗十三行保商、保宜和行还是扳倒和珅，吴承鉴所作所为其实都顺应了历史潮流。吴家在作者笔下是粤商精神的代表，代表了商人的道义与诚信，斗十三行保商、保宜和行既是吴承鉴的责任担当所在，也符合现实时空的历史真实。在对付和珅这件事上，吴承鉴一直等待时机，他并没有强行推进历史进程，而是等到新皇登基、乾隆驾崩这个成熟的时机到来，给予和珅致命一击。在海禁政策和师夷长技这两个问题上，吴承鉴也没有过多地表现出与时代不符的举动，他不再是《陆海巨宦》里架空皇权的李彦直，而是一个位卑未敢忘忧国的商人，尽自己所能，顺势而为。

阿菩对吴承鉴的塑造是克制而清醒的，他有穿越男主的智谋与勇气，却无搅动历史风云的欲望，他只是历史大潮中的一个小人物，作者也只想借这个小人物展现十三行的兴衰。

"穿越"既是主人公跨越历史时空的媒介，也是主人公异时空生存的"金手指"。"金手指"是网络小说爽文的重要写法之一，这个词

---

① 百度词条：诺维科夫自洽性原则，https：//baike.baidu.com/item/%E8%AF%BA%E7%BB%B4%E7%A7%91%E5%A4%AB%E8%87%AA%E6%B4%BD%E6%80%A7%E5%8E%9F%E5%88%99/10584038？fr=aladdin。

② 阿菩：《大清首富》，书旗小说网，https：//www.shuqi.com/reader？bid=7783367&cid=1036698。

最早来源于游戏，指游戏里的作弊器，也称外挂。后来被广泛运用于网络小说中，指主角"利用正常规则之外的特殊规则来获得成功"，[①]它可以是玄幻小说中的"空间""异能"，也可以是武侠小说里的武功秘籍。总而言之，金手指是主角独一无二的优势，一般具有超越时代的特性。对穿越历史小说而言，穿越所携带的超越当前时代的现代性思想和科学知识便是主人公最大的金手指。《大清首富》的"穿越"虽然较为隐蔽，但其为主人公异域世界的生存提供了一定的助力，如现代化的经商理念和对和珅倒台的正确预判帮助吴家渡过多次危机，对鸦片的坚决抵制在一定程度上缓解了鸦片输入的进程。阿菩没有一味夸大金手指的作用，和呈"退隐"态势的穿越叙事一样，"穿越"基础上的金手指也表现出极大的限制。吴承鉴大力宣传鸦片的危害，引进蒸汽机，然而这些举措对腐朽的大清王朝根本于事无补。大清官僚阶级对鸦片的危害视若无睹，唯利是图的商人面对巨额利润抛却了良知，嘉庆皇帝将蒸汽机弃之御花园，吴承鉴以个人的力量对抗整个腐朽且僵化的王朝，结局可想而知。

《回到明朝当王爷》里有一段很有意思的对话，地府判官问主角杨凌是否会医术、配制火药、研制现代兵器或者制造玻璃，杨凌表示自己什么都不会，结果判官骂他"文也不行，武也不行"[②]。穿越历史小说中，主角总是天文地理无所不知，即使现代身份是白领、学生，也会制造枪支弹药。吴承鉴穿越前的经历小说没有交代，我们无从得知他究竟有着怎样的技能，所幸阿菩没有让吴承鉴无所不能，吴承鉴的金手指只有现代社会的人生经验和历史知识。金手指的削弱固然让主角的穿越之旅缺少了传奇性，却也更加写实，让读者更有代入感。

纵观阿菩的创作历程可以发现，阿菩对待"穿越"一直是矛盾的。初次创作时，阿菩"宁可刺你眼，不可隐我脚"，没有采用当时大火的穿越元素，而是采取偏向传统文学的写作手法，这也导致了第

[①] 邵燕君：《破壁书：网络文化关键词》，生活·读书·新知三联书店2018年版，第256页。
[②] 月关：《回到明朝当王爷》，起点中文网，https://read.qidian.com/chapter/pl3Ir4Set3U1/9t0WF035oKM1/。

一本小说《桐宫之囚》不符合读者口味，收藏数据极差。写作《边戎》时阿菩只好蹭"穿越"热度，写现代人杨应麒穿越到历史空间中改变自身乃至历史命运。但是写到中途，阿菩的劣根性又犯了。"穿越"变成了一场游戏，所有人不过是这场游戏的棋子。其后的作品《东海屠》没有"穿越"，主人公是土生土长的明朝纨绔子弟，阿菩本想写主人公突破海禁制度，成就新一番航海传奇，但是小说连载到两百多章就断更了，这或许是阿菩意识到封建制度下成长起来的主角的局限性。于是在《陆海巨宦》中，阿菩借用了"穿越"元素，现代人李彦直较之东门庆有了更大的塑造空间，但这也使小说缺少了严肃性。从《边戎》到《大清首富》，阿菩不断探索穿越叙事的合理界限，他的这种探索终于在《大清首富》有了较为显著的成果。

阿菩在"穿越"盛行的时代，采用了一种与传统网络历史小说大相径庭的创作方法，"穿越"元素以及由此而来的金手指被不断"弱化"，穿越者行为与历史逻辑完美自洽，小说的戏说成分减少，使得《大清首富》呈现出不一样的"史感"和"网感"。

二 "修史"神话的颠覆：严肃史观与快感节制

传统网络历史穿越小说通过穿越主角改造历史的英雄传奇叙事和网络阅读的快感机制，建立起了近乎完美的"修史"神话。穿越主人公按照作者的意愿，来到特定的历史时期，而这个时期通常是作者不太满意的，有着强烈"修史"意愿的历史时期。《回到明朝当王爷》中杨凌来到明朝正德年间，因出众的能力被统治者看重，并和正德皇帝成为知己，对明朝产生归属感的杨凌"想在这个时代做出一番事业，用自己的努力避免后世的诸多悲剧"。[①] 月关笔下的杨凌就此展开"修史"之路，他利用自己穿越者的现代知识从源头上去修改历史，避免后世中华民族的屈辱历史。无论是除贪官、改革政治还是开展海

---

① 月关：《回到明朝当王爷》，起点中文网，https://vipreader.qidian.com/chapter/84024/10278724。

洋贸易、降海盗、打倭寇，都是为了改写历史，前者是为了修正封建制度的某些弊病，后者则是为了一扫晚清以降西方列强用坚船利炮大开中国国门的屈辱。天使奥斯卡的《1911新中华》《篡清》也是如此，主角来到中华民族积贫积弱、饱受屈辱的时代，运用自己的先进知识和理念，改写历史轨迹。前者写主角雨辰回到辛亥革命，痛打袁世凯，结束内战与分裂，走出国门，让中国堂堂正正地以大国姿态参加第一次世界大战；后者写主角徐一凡回到清朝末年，夺取清政府的天下以改变屈辱的历史。上述小说有一个共同的内在文化动机，即"对民族国家历史的'怨恨'和'主体暗示'的历史心理情节"，"'怨恨'是因现代化历史充满屈辱和不满足，'主体暗示'则从另一面提供积极想象——重新树立民族信心的时机已成熟，而现实却滞后于想象"。[①]"怨恨"心理给了网络历史小说作家重写历史的热情，却也造成了无节制"修史"的泛滥。

  王祥认为，网络穿越历史小说与历史学关联不大，而与人生欲望相关。主角穿越到动荡的历史时代中，建设理想国家，登上权力巅峰，其实是主角超越现实条件实现自身欲望的过程。[②] 网络历史穿越小说与其说是主角实现自身欲望的过程，不如说是作者和读者双重欲望叙事的产物。穿越的设定和由此而来的金手指、屈辱的历史，成为"修史"神话泛滥的温床。作者不需要以多严肃的态度对待历史，读者也不需要在这种狂欢化叙事中获得现实反思，爽感和欲望满足支配了作品的生产主体和接受主体。阿菩早期的《边戎》《陆海巨宦》等作品也体现了他强烈的"修史"欲望。《边戎》中阿菩出于对宋朝官制腐败，在外族压迫下偏安一隅的不满，安排主人公杨应麒建立大汉国，与宋政权形成对峙。《陆海巨宦》中阿菩出于对海禁政策的不满，企图从根源上缓解中华民族的衰败，他安排现代知识分子李彦直来到明

---

  ① 房伟：《穿越的悖论与暧昧的征服——从网络穿越历史小说谈起》，《南方文坛》2012年第1期。
  ② 王祥：《网络文学创作原理（创意写作书系）》，中国人民大学出版社2015年版，第5—6页。

朝，开学堂传授启蒙思想，行陆海策，建立现代海关制度，架空皇帝，远征海外。这两部作品可以看出作者在严肃史观和"修史"神话之间的艰难抉择。所以，《边戎》结局杨应麒痛失爱妻与兄弟，认清历史不过是个游戏，癫狂地叫嚣着要"load过"（存档重来）。

从《陆海巨宦》到《大清首富》，阿菩的创作实现了对"修史"神话的一次颠覆性书写，这是阿菩的自主选择，也是阿菩写作姿态和自我意识的一次深刻反映。中国现当代文学史上，囿于历史和政治因素，一度出现了感伤的泛滥、浪漫的盛行，梁实秋批评其"把监视情感的理性也扑倒了"。① 网络穿越历史小说出于对屈辱历史的怨恨情感，用"穿越历史"的想象给读者修改历史创伤的机会，以往的屈辱历史不再，取而代之的是主角大刀阔斧改革、建立理想国家的传奇故事。这固然是出于希冀中华民族繁荣富强的爱国情感，却也缺少了对待历史的理性态度。

李健吾在评价《画梦录》等作品时，提出"伟大的作品产生于美感的平静，不是产生于一时的激昂"。他认为情感的节制是每一位天才者必须具备的。② 阿菩在《大清首富》中并没有让虚幻的历史想象代替严肃的历史本身，他对传统网络历史小说的快感叙事总是保持警惕态度，"修史"的情感需求没有压倒历史的理性认知，所以《大清首富》表现出历史爽文书写范式下的一种快感节制。这种快感节制主要体现在一波三折的情节设置和不完满的结局上。《大清首富》写吴家三次环环相扣的危机，常常是一波未平一波又起，读来酣畅淋漓，但是每一次危机的解决，都会埋下更大的隐患。吴家的第一次危机非常凶险，内有家贼与外人勾结，外有竞争对手和官宦势力的双重压迫，吴承鉴面临内忧外患的局面，借用权臣和珅的势力，用智谋成功"翻身"，但这也带来了第二次的"红货"危机。"红货"危机是和珅党和新帝派的首次正面交锋造成的，这次危机让吴承鉴意识到商贾在滔天

---

① 梁实秋：《现代中国文学之浪漫的趋势》，《中国现代文学研究丛刊》1987年第2期。
② 洪子诚：《作家的姿态与自我意识》，陕西人民教育出版社1991年版，第20页。

权势面前是多么的渺小。为了不让嘉庆皇帝记恨，不给和珅留下把柄，吴承鉴置之死地而后生，借一场大火烧掉了半个十三行，也让导火线"红货"付之一炬。这是吴家的第二次翻身，精彩至极，带给了读者极大的快感体验，却也让吴家付出了惨痛的代价，而且吴家还是没有撇清与和珅的关系。新皇派认为吴家与和珅勾结，和珅党则认为吴家不够忠诚，与此同时，吴承鉴的师爷兼至交好友被抓，重重压迫下，吴承鉴决定豁出命来北上京师搏一搏。在京期间，吴承鉴因和珅的抓捕成为乞丐，虽然主角自始至终表现得气定神闲，但是读者却不由得内心担忧。而后，为了面见皇帝，吴承鉴抵押所有家财贿赂皇室贵族，并且承诺今后将源源不断输入金银。吴承鉴最终扳倒了和珅，成为皇帝眼前说得上话的人，可以说是达到了人生的巅峰。但是事实果真如此吗？

"叙事的幻想编织得越美好，'穿越历史'这个行为就越轻佻。"① 书写历史的目的在于反思过去，观照当下，一味沉浸于幻想性的胜利快感中，快感情绪本身压过了反思，于青年读者并非益事。《大清首富》表面上写吴承鉴成长为清朝首富的传奇故事，实际上仍然是对封建统治制度的批判与反思。即使登上财富巅峰，吴承鉴依然生活在封建统治阶级的权力阴影之下，他的保商地位和官位都是统治者给予的，上至统治者下至普通官僚都对他有生杀予夺的权力。小说中反复提到十三行是"天子南库"，天子给了保商们对外贸易的机会，而保商也就成为天子个人的"金库"。也就是说，无论是万贯家财还是个体生命，都不是吴承鉴能够自由支配的。例如朝廷要求捐款赈灾，十三行保商即使是倾家荡产，也要凑齐捐款的额度，否则只能家破人亡。这是封建制度下的个体悲剧，也是一种时代悲剧。尽管如此，阿菩还是没有肆意改写历史，按照一般的网文套路，主角如此"憋屈"早就揭竿而起，推翻封建帝制建立大同世界也未尝不可。

小说结局也体现了阿菩对待历史的严肃态度。扳倒和珅后，吴承

---

① 李强：《"穿越行善"的快感神话》，《文艺报》2014年11月26日第3版。

鉴献给嘉庆帝一台蒸汽机，但是在嘉庆帝眼中，这个丑陋的"铁疙瘩"只是"奇技淫巧之物"，"无用之物，劳民伤财"。① 封建保守思想强盛之时，以先进科技改变僵化体制的尝试只能以失败告终。吴承鉴安然回到广东后，首先面对的就是欧洲侵略者来袭。面对英国军舰的挑衅，他踏上花差号，一场可能导致东西方格局大变的海战一触即发。小说到此戛然而止，阿菩没有像写《唐骑》《陆海巨宦》那样，继续写吴承鉴冲出海外，痛击侵略者，称霸世界，避免再次落入"修史"神话的窠臼。

阿菩创作的严肃史观还体现在历史真实与文学想象的合理运用上。他借用历史上真实存在的十三行和世界首富伍秉鉴，虚构出吴承鉴历经三次危机成为清王朝首富的传奇故事。阿菩的这种虚构，在一定程度上接续了中国古典小说（尤其是英雄传奇小说）的写作传统，但是他的历史背景和人物精神内核又是偏现实的。

阿菩在小说网络版后记中提到，自己创作《大清首富》是十分偶然且仓促的，但是十三行史料的搜集是一直进行着的，他在创作前作《陆海巨宦》和《东海屠》的时候就一直关注着海商，所以《大清首富》中满是各种历史细节。故事发生的背景是清朝实行闭关锁国政策，仅开放广州十三行作为合法的进出口贸易区，并设立粤海关为监督机构。小说以十三行为着眼点，既写十三行保商之间的商业斗争，也写保商与官僚阶级和朝廷最高统治者的利益关系，这些错综复杂的关系中清晰可见当时的商业风貌和政治形势。小说中的很多描述都真实可考，如十三行发生火灾，价值4000万两白银的财物化为乌有，出现了"洋银熔入水沟，长至一二里"的奇观，又如帝师朱珪与和珅的政治博弈，乾隆驾崩后的和珅倒台，东印度公司为扭转贸易逆差企图输入鸦片，等等。

传统的网络穿越历史小说中，女性角色是小说快感输出的重要内

第十章 断裂与再生：网络历史小说的新变

---

① 阿菩：《大清首富》，书旗小说网，https://www.shuqi.com/reader?bid=7783367&cid=1161211。

容。主角建功立业的途中，常常少不了各色美女的陪伴，而且主角通常来者不拒，这也成为"修史"神话类小说备受诟病的原因之一。如《回到明朝当王爷》中主角身边的女性角色多达十几个，《赘婿》中宁毅的红颜知己也有近十个。这些女性角色多是男主的附庸，以男主为重，甚至可以接受与别的女人分享自己的丈夫。《大清首富》没有延续这种套路，小说中的两个主要女性角色疍三娘和叶有鱼都体现了现代独立女性的品格。疍三娘追求独立自主的人格，她不愿依靠男性，赎身后凭借自己的努力建立义舍，而她建立义舍的目的在于收留年老色衰无处可去的花行女子。吴家深陷危机时，疍三娘不离不弃，尽自己所能帮助吴家。叶有鱼是叶家庶女，不受重视的她在叶家后宅举步维艰。为摆脱困境，她抓住一切机会，运用自己的聪明才智与吴承鉴达成交易，逐步挣脱命运的枷锁。疍三娘和叶有鱼的自尊自爱、独立拼搏是对封建男权的一次有力抨击，女性不是男性的附庸，她们也可以凭借自己的努力活出精彩的人生。

《大清首富》抛却了以往穿越历史小说"修史"神话式的写法，理性态度超越了感性创作，快感节制压倒了无节制的爽感输出，这是阿菩与传统网络历史小说创作的一次"脐带式断裂"，也是网络穿越历史小说发展历程中值得深思的新变。

三　传统文化的创造性转化：文化守成倾向与现代性改造

如果说"穿越"叙事的退隐与"修史"神话的颠覆是《大清首富》与传统网络穿越历史小说的一次"断裂"，那么小说中对传统儒道文化的创造性转化则是一种基于现代文化思潮的"再生"。当然，这种"再生"不是一蹴而就的，它立基于阿菩深厚的历史文化知识和对儒道思想的选择性传承，成长于阿菩一次又一次文学理想人格的塑造中。

有读者认为阿菩是历史文化的卫道者，这是比较中肯的评价。阿菩在创作中有意识地重铸了传统儒道思想，挖掘传统儒道思想中的文化精神，汲取传统人文理念里的生命精魄，试图在此基础上勾连现代文明，建立起新的社会文化价值体系。可以说，阿菩的创作是一次对传统文化的创造性转化。他的文字接续传统儒道思想的有益成分，展现民俗文化之美，表现出"文化守成主义"的复归倾向，同时，他在传统之上加入了现代性思维，让传统文化焕发出新的生命活力，展现了当代文人应有的文化良知和社会责任心。

文化守成主义是相对于现代性思潮而言的，是一种与激进革命思潮对立的文化思潮。在中国现代文学史上，文化守成主义是在中国社会文化转型和西方文化强势袭来双重因素夹击下产生的，陈来认为文化守成主义"在吸收新文化的同时注重保持传统的文化精神和价值"，"注重守护人文价值、审美品位、文化意义及传统和权威"。① 这种新文化主要指外来文化，文化守成便是坚持以传统文化为根本，以传统文化来承接新文化，高扬人文精神与民族立场的文学倾向。新时期以来，"最初有'返回传统'迹象的是以汪曾祺为代表的'非主流'作家"，他们开启了一种新的写作思路，即"弘扬传统的精神价值，抒发传统的审美经验"②。这种倾向在历史小说中，便表现为"塑造理想的传统文化人格"，"张扬传统文化中的人文精神"，③ 如二月河的帝王系列小说，陈忠实的《白鹿原》，等等。这些作品重新叙写历史人物和历史故事，注重主要人物文化人格的展现，表现出对传统文化的肯定与认同。文化守成倾向的作家大都认为儒学中有益的部分对于人与社会、人与自然以及防止人性的异化方面有积极作用，阿菩也是如此。首部作品《山海经密码》中水晶般的少年江离便是作者儒道思想的化身，江离前期淡泊高远、恬适自然，他追求的其实是道家洒脱自由的精神生活，遇到主角有莘不破后由出世到入世的转变其实是儒家仁爱待人、兼济天下的道德风尚占据上风的体现。《陆海巨宦》中的李彦

---

① 陈来：《传统与现代——人文主义的视界》，北京大学出版社2006年版，第5—6页。
② 张旭东：《新人文理想的重建：中国新时期小说的文化守成倾向研究》，浙江大学出版社2017年版，第44页。
③ 张旭东：《新人文理想的重建：中国新时期小说的文化守成倾向研究》，浙江大学出版社2017年版，第45页。

直无疑是作者理想人格的化身，前世的他是生逢乱世、壮志难酬的有志青年，穿越后来到大明海禁政策严厉、大明水师没落时期，凭借自身的努力，兴办教育，开坛讲学，发展商业，培养政治军事人才，真正实现了儒家学说的修身、齐家、治国、平天下的理念。从《山海经密码》到《大清首富》，阿菩一次又一次在创作中阐述了他对儒道优秀传统文化的认同和对理想文化人格的追慕。

《大清首富》的人物原型是清朝首富伍秉鉴，阿菩曾表示并非想为伍秉鉴作传，而是想借这个人物和他的故事展现理想的人文精神。在阿菩笔下，吴承鉴是儒家"仁、义、理、智、信"理想人格的化身。对待父母兄长，他孝顺礼让，本可以纨绔潇洒度过一生的他，在父兄的委托下，毅然接过家族重担。对待朋友，他重情重义，明知一去京城可能有去无回，还是踏上了赴京之路。对待爱人，他尊重理解，无论是昙三娘还是叶有鱼，他始终以君子风范相待。对待商业对手，他也能宽容以待，和气生财。面对三次危机，他运筹帷幄，洞透世事，成功化解了灭顶灾难。阿菩借他塑造的吴承鉴，表明传统儒道思想支撑起了民族文化的脊梁。正因为有了千年传统文化的延续，中华民族才能一次又一次在历史大潮中焕发生机。

在阿菩笔下，商人不再重利轻义，而有着位卑未敢忘忧国的国士精神。东印度公司企图通过商行向中国走私鸦片，其他商行见有利可图，不顾鸦片对中国社会的巨大危害也要挣这不义之财，吴承鉴深知鸦片之害，严禁自家商行走私鸦片，甚至不惜得罪东印度公司。小说的最后，英国军舰逼近广州湾，企图依靠坚船利器打开中国市场，吴承鉴动用所有的财富与人脉，誓死阻挡英国海军的前进。吴承鉴本可以做一个富贵翁，但是家国情怀和强烈的社会责任感让他无法坐视不理。在这个利益至上的现代社会中，人人追求利益，人性完全被物质异化，一些商人眼中只有利润，丧失了作为人的基本良知，甚至部分人为了巨大的金钱收益制毒、运毒、贩毒，造成巨大的社会危害。阿菩塑造的吴承鉴敢于担当、重义轻利、为国为民，虽是一介微末商人，却体现了儒家道德最高标准——国士风范，这样一个人物无疑具有治疗人性异化和社会痼疾的作用。

　　"忠义"是封建正统思想对国民的基本要求，阿菩的小说洋溢着他对"忠义"的思考。他认为"忠"不是忠于皇权、忠于皇帝，而是忠于人民、社稷乃至个人理想。《山海经密码》最早展现了他的思考。江离是夏桀后代，他本性善良，同情百姓，却因为自己的身份不得不站到商汤的对立面，毫无疑问，江离的行为是忠于君王、忠于父权的体现。最终，对百姓的同情与仁爱压倒了无意义的忠君思想，江离选择离开大夏王朝。但是，忠君思想依然深深刻在江离的脑海中，他无法真正背离夏朝，所以他无法站到大夏的对立面，只能选择逃离。《陆海巨宦》做了一次大胆的尝试，李彦直始终效忠的是自己的最高政治道德理想，是中华民族和华夏儿女，他架空皇帝组建内阁，内阁不再是皇帝的权力机构，而是一个真正为百姓服务的机构。这其实是网络穿越小说较为常见的写法，这种忠义观无疑带有现代民主色彩，也能为广大读者所接受。到了《大清首富》，阿菩对"忠义"的思考则聚焦到了反派和珅身上。历史上的和珅，利用职务之便结党营私、大肆敛财，是贪官的代表。阿菩并非要为和珅洗白，而是采取"同情式批判"的态度。和珅作为皇帝宠臣，所作所为在一定程度上出于皇帝授意，他的身上集中体现了封建"忠君"思想。小说最后，和珅为自己申辩，敛财并非为了自己，而是为国为君。乾隆要发动战争，要修建圆明园，可是国库和内务府都没有钱，作为臣子，自己必须为皇帝敛财，吴承鉴则认为："国有道，不变塞焉，强哉矫！国无道，至死不变，强哉矫！忠于君而不忠于国，此和大人大罪二也！"[①] 阿菩借吴承鉴之口表明了自己的观点，忠君并非真正的"忠"，忠于家国天下才是忠义之道。

　　新时期以来，汪曾祺、迟子建、贾平凹等作家立足于自己的乡土世界，从乡土民俗中寻找中华民族的优秀文化因子，他们的创作呈现

[①] 阿菩：《大清首富》，书旗小说网，https：//www.shuqi.com/reader？bid＝7783367&cid＝1161211。

出非常明显的文化保守倾向。阿菩的创作在一定程度上接续了上述乡土作家的创作理念，在商战描写和史料穿插之外，他还加入了别具一格的岭南民俗文化，如名闻天下的广东南狮：

> 这对狮子上了戏台之后，身上彩条翻飞，先敬礼首层四方来客，扑、跌、翻、滚，极为卖力，赢得首层客人的喝彩后，又再敬礼二层一十六雅座，金狮忽然跳跃，执狮头者踩着执狮尾者的肩膀向上跃高几乎一丈……银狮微一蹲伏，跟着执狮尾者站稳了马步，执狮头者跃起踩上了他的肩头，银狮就此人立……①

这段描写生动形象，写出了舞狮者的技艺之高超，也展现出了广东人民的世俗生活。除了广东南狮，小说还有"天乌乌，要落雨，海龙王，要娶某。孤呆做媒人，土虱做查某……"等岭南童谣，"穿隆""咸湿佬"等广东方言，"皮蛋酥""叉烧包"等广东名吃，真实地再现了岭南地区的风土人情，也展现出作家对生于斯长于斯的乡土家园的文化温情。

学者刘俐俐指出"儒教伦理道德体系缺乏复杂的人性视镜，缺乏对人的个性尊严及性爱自由的充分尊重"②，阿菩在创作之初就对儒道思想中不符合人性需求的因素有清醒的认知，所以他在塑造女性角色时既保留了中国古代女性的温柔得体，也加入了现代化的改造，实现了对传统文化的现代性改造。他以自己的生花妙笔为读者呈现了不一样的古代女性，那些勇敢追求一生一世一双人的理想爱情、敢于对抗不公正的男权社会的女性。

传统儒家思想以父权、夫权、族权为尊，自古以来要求女子"在家从父，出嫁从夫，夫死从子"，三纲五常思想更是严重束缚了女性的自由发展。现代启蒙思想兴起，鲁迅等一批启蒙者在作品中无不批

---

① 阿菩：《大清首富》，书旗小说网，https：//www.shuqi.com/reader？bid=7783367&cid=1036699。

② 刘俐俐：《隐秘的历史河流》，天津人民出版社2002年版，第136页。

判了三权思想对女性的戕害。鲁迅先生在《坟·我之节烈观》中嘲讽："女子死了丈夫，便守着，或者死掉；遇了强暴，便死掉；将这类人物，称赞一通，世道人心便好，中国便得救了。"① 女子的生死贞洁居然是影响社会人心世道的关键因素，真正是滑天下之大稽。进入21世纪，女性地位大大提升，但是部分网络小说塑造的女性角色还是停留在固化的伦理印象中，例如《回到明朝当王爷》中的韩幼娘。小说里的韩幼娘是为了冲喜嫁给杨凌，夫妇二人谈不上什么感情，但她还是抱着从一而终的理念衣不解带地照顾丈夫，丈夫死后，为留名万古宁愿撞死在丈夫棺木上。丈夫复活后因开创事业与众多女性暧昧不清时，韩幼娘也欣然接受。《大清首富》可以清晰地看出阿菩对儒家传统"三权"思想的批判以及对独立女性的欣赏。叶有鱼是叶家庶女，父亲叶大林只把她当作利益交换的工具，母亲软弱无能，叶有鱼只能靠自己。她明白父权的可怕，自己若想在叶家宅院里安然无恙，必须有父亲的庇佑，尽管这种庇佑建立在她有价值的基础上。她运用自己的聪明才智获得父亲的信任，一步步向宅院之外发展，进而获得与吴承鉴谈判的权力。她用婚姻为赌注，用叶家生意命脉为嫁妆，换取脱离叶家苦海的机会。这是叶有鱼对封建父权的有力反击。叶有鱼母亲的转变也是对夫权的反抗，她由开始的唯唯诺诺到后来敢于与丈夫对峙，丈夫的权威消弭于对女儿的爱护和个人自由意识的崛起。叶有鱼与叶母是封建家族中成长起来的敢于反抗父权、夫权的女性，这种成长是难能可贵的，在男频历史小说中十分少见。

　　网络历史小说通常以穿越为线索，以主角穿越后运用现代知识技能改造古代文明为情节主线，又以主角登上权力财富巅峰为爽感激发点，这样的创作固然可以吸引读者，却也容易落入模式化、类型化的窠臼。阿菩的前作不可避免地带有上述特点，而到了新作《大清首富》中，我们可以看到阿菩写作的长足进步。他有意识地区别于以往

---

① 鲁迅：《坟·我之节烈观》，载于吴昊主编《鲁迅杂文集》，万卷出版公司2013年版，第29页。

的网络历史小说,将"穿越"元素的存在感削弱,"修史"带来的爽感不再是小说的核心要素,传统历史文化与人文精神成为小说最重要的品格。

《大清首富》可以看作网络历史小说创作史上的一次新变,也是网络小说精品化道路上里程碑式的作品。网络小说如何走向精品化?如何产生经典作品?《大清首富》或许能够给出较有价值的启示。

第十一章　时代变迁下的现实书写

——评《浩荡》

随着经济的发展、互联网技术的不断进步，越来越多的网络小说映入眼帘。人们大多认为网络小说以玄幻、修真、武侠题材为主，内容多充满奇思妙想。与此同时，网络小说亦不乏描写现实题材的作品，文学作品从现实中来，观察时代的变迁、描写生活的变化、反映生活的真实，也是文学作品的重要职能与实在意义。虽然网络小说中现实题材一直以来不算占据主流，但网络小说也一直不乏关注现实人生的作品，如展现国企重振辉煌的《复兴之路》；品味人生变迁，营造国企、集体和私营经济发展蓬勃之气的《大江东去》；展现都市女性情绪中咸甜与共的《欢乐颂》；关注到网络犯罪领域的《天下网安：缚苍龙》。近年来，更有不乏刑侦类IP改编热的《无证之罪》《坏小孩》《长夜难明》等。作为河北人气居于榜首的网络小说家何常在，是阿里文学的签约作家，最初打造了玄幻世界中的《人间仙路》，慢慢则是走向对现实主义的关注和描摹。如官场题材的《官神》、商战题材的《商神》、中医题材的《中道》等作品便关注到异彩纷呈的大众生活图景。网络小说进入品质的重要转换期，更加注重精品化和经典化，注重对现实的关切。何常在后来的作品多以描写现实生活为主，《浩荡》便是反映现实政商题材的优秀之作，2019年度优秀网络文学原创作品"中国好书"给予《浩荡》的推荐理由是："励志的个人传奇故事与经济腾飞的时代步伐紧密交织，再现了改革开放的历史进程。作品以网络文学特有的敏锐度和现实感,准确地把握住了时代风云激荡的脉搏,向乘风破浪的弄潮儿致敬。"在2020年8月4日《浩荡》荣获首届"天马文学奖";同年9月获得第一届贾大山文学奖,也是第四届橙瓜网络文学的年度百强作品。

小说《浩荡》分为五卷,《海阔春潮涌》《风劲好扬帆》《浪拍千江岸》《涛声万里远》和《乘风挂云帆》,共计401章。小说以香港回归后中国的改革开放为历史背景贯穿全文,以时代变迁为横坐标,以故事中各形各色的人物成长经历为纵坐标,讲述了20年左右的商战风云,在友情、亲情、爱情等多重情感的交织下,展现出年轻一辈的成长历程,描绘出多姿多彩的人世风情。为其现实题材又谱写出鲜活的生命力。许多现实中的真实场景层出不穷,从电子科技到物流行业以真实的企业(如万科、一汽大众、顺丰、韵达等)为参照,展现了每个时代背景下的机遇与挑战、年轻人的选择与冲突。以小人物何潮的行为轨迹,将一个普通青年几十年的创业之路、交友之道、生活之感淋漓尽致地展现出来,鼓舞新一代的青年人不断进取、不断创新,更好地认识自己,把握未来。

一 现实的场景都市的江湖

何其芳先生在《文学史讨论中的几个问题》中提出:"现实主义就不仅要求细节的真实,而且还要求本质的真实。"作家何常在作品中描写的故事是根据对身边企业家朋友的访谈,融入大量符合形势的数据分析、人物对话及观点,将他们的商场风云和人生哲理尽显于普通大众的视野中。伴随时代的洪流,以时间为链,将改革开放之下的深圳甚至是国际形势剖析在人们眼前,让我们看到创业人的奋斗与艰辛。见证在改革开放的政策下,一个城市的不断崛起,展现出了"开拓创新、诚实守信、务实高效、团结奉献"的深圳精神。

小说《浩荡》关注到了叙事空间与叙事地点的转换,构造出小说微妙的感官阅读新意。首先,以深圳的发展状况为主要表现阵地,突出深圳与北京相比而言的浓厚商业气息,它是中国第一批改革开放的城市，拥有国家政策的支持，一批批年轻人不畏艰难、勇往直前来到深圳，坚守信念辛苦创业。正如韦勒克所说："小说是真实生活和风俗事态的一幅画。"①在深圳成功地从小渔村转变为国际化大都市的过程中，所有的美与丑、善与恶、崇高与卑微都鲜活动人，创业中的心酸苦乐、百转千回展现得淋漓尽致。在对经济优渥城市的描写中，传统文学作品中多是描写城市的灯红酒绿，都市对人们心理的压抑，人们的颓废和迷惘，都市中的女性也多是妩媚动人的尤物。如沈从文的《八骏图》《绅士的太太》，穆时英的《夜总会里的五个人》，刘呐鸥的《两个时间的不感症者》等都一定程度上突出此类情感表达，多为暴露20世纪三四十年代都市人消极的一面，人与人之间的关系不过是片刻停留在叶片上的雨露，多是风尘一时，享受片刻的欢愉。就像杰姆逊所言："城市似乎总是提供了自由，城市在传统上允诺多样性和冒险，还与犯罪相关。"人与人的关系充斥着淡漠、冰冷、假面。在时代变迁下的深圳也不例外，如早期网文作家慕容雪村的《天堂向左，深圳往右》展现了一个消极的深圳，写出了一代年轻人的精神困境。肖然迷失了自己，和刘元、陈启明都若有若无地沉浸在空虚和悲怆中，展现国门打开后的深圳作为蛮荒之地里面的年轻人野蛮生长，肖然心态变异和原配韩灵分道扬镳，人们都碌碌终生，求而不得，没有圆满的结局，深圳像一个可怖的人性牢笼。

何常在发挥其政商题材的优势，在作品里表现出都市各色元素融合的一面，将中国改革开放的新时代和城市发展的新时期熔铸起来，是光明与黑暗的莫比乌斯环，更为深圳增加自由精神。小说写了从底层生活到商业精英各个阶层、各行各业的深圳人，可谓无所不包，人口组成复杂、呈现年轻态。年轻人无论男女大多敢拼敢闯，在时代的洪流中迎接机遇与挑战，每天都是新的未知。深圳是不同地域人的融合，河北的何潮和周安勇、四川巴蜀的邹晨晨、潮汕的卫力丹和郑小

---

① [美]勒内·韦勒克：《文学理论》（修订版），刘象愚等译，江苏教育出版社2010年版，第252页。

溪、香港的江阔和江安、湖南的蒋盼学……在包容的地域中，用包容的环境，囊括各色文化。每一个个体都怀揣梦想，想为人上人便吃得苦中苦，时代造英雄，英雄造时代，每个小人物都是自己的英雄，积聚起来就是时代的英雄。小说也不避讳对黑帮势力的描写，大胆暴露深圳纸醉金迷的面孔，如深圳治安混乱的一面，街头抢劫、斗殴混战，快递公司百家齐聚打价格战持续一年半，金钱利诱、人性狡诈也彰显得颇有力道，眼光犀利又直接。这些不再仅仅是快意恩仇的古风武侠，更是繁华都市江湖中的血腥战场、现实人生，每一场明争暗斗都是看不见的刀光剑影。在深圳的土地上，虽鱼龙混杂但无比真实，商业中的钩心斗角、尔虞我诈、步步为营，每一个故事场景层层迭出，充分调动读者的感官及想象力，将叙事的素材不断扩张延伸，将叙事的故事不断变得庞大而结构清晰又完整。

  小说以深圳为主线的同时又不仅仅局限于此，关注到叙事空间和地点的转换，既有不同时空下的各类场景的描写，又有同一时间下，不同空间内发生的故事，相互呼应，让小说更加异彩纷呈。如回忆故事中对主要人物童年故乡的描写。河北石家庄是主人公何潮的老家，有这样的成长环境，可以看到父亲影响的是男孩的"价值观、理想和不可思议"，可以理解何潮为何会做出那一系列的选择，父辈一代想要"度日如年"般的踏实安稳，而何潮作为满怀鸿鹄壮志的青年愿意"不破楼兰终不还"，一心南下，表现出两代人在实现个人价值观念上的矛盾冲突。在回忆与现实的冲突中交织叙事，既突出人物性格形成的原因，又将故事往既定的方向推进。在香港，对江阔家中情况的细说，解释了江家的发展史与其成功的来之不易，又起到了助推何潮与江阔婚事的作用，但又道出江父只将女儿的婚姻当作实验，再加上哥哥江安的反对，给后期主角的婚姻矛盾埋下隐患。除了刻画国内场景，还有韩国汉城、美国纽约等国际城市出现，强有力地延展了叙事的空间和地点。深圳四哥之一的张辰反击何潮打造一帆快递，何潮与金不换合作不顺，引出韩国之行。同一时间下，国内外情形互相补充，营造出紧张的氛围，创业的现实危机与焦灼感跃然纸上。何潮婚后的美国之行与前女友艾木、同学历之飞等故友交织在一起，不限于国内视野，不拘泥于一隅，丰富了小说故事的施展地，也为人物的发展成长变化拓宽了可能性。

此外，在对深圳现实的描写中，虽以写商业场上的叱咤风云为主，但也不乏幽默风趣的生活细节刻画，有浓厚的生活气息，有对"山寨"词语出现的玩味解释。拥有时代背景的老歌穿插其中，如《有一点动心》《风中有朵雨做的云》《朋友》等，既符合当下环境又符合人物心境，同时体现出浓烈的时代特色。到了万物互联时代，还提到了微信、支付宝、淘宝等软件平台，4G时代的到来、对5G未来的展望都紧密连通现实世界。人物组建家庭后，有婚姻里的家长里短，周安涌与海之心不欢而散；江阔认为何潮自负傲慢，没把她当亲密的妻子和信任的伙伴，多次因公司改革观念不和争吵，加上出轨绯闻矛盾积蓄已久，便一触即发，二人遇到婚变危机又化险为夷；江离与何遇一见钟情的爱情，与蒋盼学三观一致的婚姻，所有的经历都充满了冲突与对抗。作品的现实人情味很强，兄弟的义气、爱情的真挚、对事业与梦想的执着不停地被重复、渲染、放大，更是凸显了生活的况味，是都市中的江湖人生，给读者以强烈的真实感和亲和力。深圳的发展和每一个人物的命运相交织，人物和时代相互凸显，见证了祖国日渐繁荣昌盛、深圳的不断发展、小人物不断蜕变的心路历程。

二　男频YY下的小人物图谱

网络小说塑造了许多小人物，他们不是传统文学笔下的多余人、零余者或是故事的旁观者，他们是自己生活的主角，在人生的主场游戏里发光发热。"从角色上说，人物是读者重要的审美对象，成功的文学人物在性格、品质、行为等方面或者体现着人的理想和希冀，或者能够激起读者厌恶、憎恨、嫌弃等的情感体验，或者融合了各种更为多面的因素，给读者带来更为复杂的感受和回味。"[①] 网络小说百章

[①] 单小曦：《网络文学"内部研究"：现实依据、问题域与实践探索》，《学术研究》2020年第12期。

的篇幅必定塑造出一定数量的人物,《浩荡》中的人物栩栩如生、活灵活现,人物体系庞大,一脉万派,具有鲜明的时代特色。

何潮作为故事的男主人公,一毕业就前往深圳,有坚定的移山精神,看好在改革开放国策下深圳的前景,是有着浓烈爱国情怀的青年大学生的典型。刚开始有些腼腆但眼尖心细、善于观察,一眼看出江阔有些洁癖,看出在与曹启伦的饭局中江阔并非真心想要离开不谈合作的用意,也有着初入社会的青年人的局促和羞涩,与女性交往上更加注意礼节和分寸。他尊重女性,爱打抱不平,帮助卫力丹从张送手中脱险;他睿智,拥有独到的智慧,会顺水推舟,面对曹启伦的有意刁难让自己逢凶化吉;他会运用说话和心理技巧从刘以授口中套出在与张辰比拼时的内鬼。何潮有别样的眼光和精明的思考,会从和仔的身上看到做物流行业的契机,对于小灵通、物流快递行业以及后来的信息化互联网发展也有自己的看法和坚持。他正直豁达、真心待友,在上司庄能飞落魄时他并没有像周安涌那样选择离开,而是与他患难与共。何潮平易近人,乐于沟通,谦卑虚心,愿意听夏正聊深圳的故事,愿意听卖肠粉的黄阿姨畅所欲言,愿意向各类人请教。作为一个普通人他为自己总结了三点:"第一,只想踏踏实实做好一件事,就是快递。第二,做对的事情有所为,不对的事情就要有所不为。第三,做一个正直善良的人。"哪怕是起初在莲花山公园在樟木头镇创业的窘迫境地,在公司艰难的时刻都没有放弃利道、放弃初心和梦想。这也是为什么他能拥有江阔真挚的爱情,和仔、庄能飞、郑小溪、柳三金这样愿意与他甘苦与共的挚友。何潮通过自己的努力,壮大了利道,也成就了自己。其他次要人物也塑造得比较饱满用心,人物间多对话和心理感受的展现。有着能吃苦、头脑灵活的出租车司机夏正;有怀揣打造文化产业之梦、会用数据和事实说话的高才生江离;有万事皆留一手的刘以授;有充满血性、江湖气息浓厚的深圳四霸"良辰美景";都各具特色,令人拍案叫绝。

《浩荡》中的多位女性角色也留下了她们的惊鸿一瞥,是时代浪潮中的娇女,为事业拼搏,为实现自己的价值而奋进。女性的价值不再仅仅体现在对家庭的贡献上，不再仅仅关注言情文女性在儿女情长中的细腻和温存，不像《何以笙箫默》《杉杉来吃》《微微一笑很倾城》中女性只会仰望男性，不仅仅是种马文中男性的附属品及发泄欲望的力比多，不是《千山暮雪》《掌中之物》这类代表强权、控制欲的牺牲品。她们潇洒坦荡，强调男女性别上的势均力敌，可身入职场中的腥风血雨，与男性一较高下，勇于追求自己的幸福。

江阔是女性群像中的主角，美丽、高傲、智慧，有主见，将原名"芷晴"改为阔，做事雷厉风行，毫不马虎。用惊人的车技，在何潮与张辰的快递运单比拼中力挽狂澜。在遭遇郑近西绑架时，她理智冷静，展现出高超的谈判技巧。在江家企业遇到危机时，显示出高瞻远瞩的商业才华。但她传统矜持，愿意做情感世界中的小女孩，江阔在何潮最艰难的时候答应了他的求婚，敢爱敢恨，诠释了现代独立女性的爱情观。海之心温和的外表下隐藏着一颗强势的心；郑小溪人如其名，像小溪流水一般恬静质朴，为利道默默地付出；豪爽又八面玲珑的邹晨晨独立自信，倾注心力在事业上；辛有风是一个典型的依附者形象，只想活在自己的象牙塔里，总在寻求眼前的物质保障，从周安涌到庄能飞再到金不换，以真爱为筹码，重复着空洞无力的借口，很少付出实际行动；邓好儿更是以美色为伍，见风使舵；何潮的妹妹何流，性格火暴，做事浮躁，不善思考；卫力丹也从小女孩不断成长，发挥计算机的优势不断找到自己的定位。江阔端庄，海之心知性，郑小溪清纯，辛有风妩媚，卫力丹清新，邹晨晨热烈，她们之中有的是只管做自己的小女子，更多是活成自己生命中的女王，与男性群像形成旗鼓相当、势均力敌的对应面，是对男性形象的调剂与补充。她们彼此相互映射、对立补充，展现发展的时代下，深圳的女性创业者的生存沉浮。

《浩荡》中的人物形象丰富多彩，形成巨大的人物图谱，他们有血有肉，有真性情，人物丰富而立体，正是生活中形形色色各类人的体现。与此同时，作品中人物性格并非一成不变，作者注重通过细节来表现人物，运用故事情节的发展来表现人物的多面化、多变性，即小说中将扁形人物与圆形人物相结合。生意场上的明争暗斗，人与人之间的义气与背信，都让人物鲜活自如。主角何潮也会犯错，固执己见、专断膨胀险些让利道成为自己一人的王国。海之心则是婚前婚后有明显的差异，婚前人畜无害温柔如白月光，婚后则是咄咄逼人疑心颇重，不变的是一直拥有的野心。周安涌的变化最为明显，经历了逆向反转的过程。作为北大才子的他，有着很强的工作能力，审时度势，但小说对其负面形象的描写也是丝丝入扣。女友移情别恋后他便走向黑化之路，倒戈到对手公司，由何潮的挚友逐渐变成了野心勃勃的背叛者，面孔因报复之心变得狰狞麻木。倔强、固执，不满生活的变化，甚至可以不顾及兄弟情义重利轻义。在个人生活上婚前是直男，再次恋爱是暖男、渣男，最后婚后变成了软男，但他却会发出我命由我不由天的心灵呐喊，在不甘的锋芒下也有善良的一面，最后真心想要追求卫力丹，但他的故事却由此戛然而止，给读者以想象，虽然最后对他有强行"洗白"的"嫌疑"，但一定程度上体现了人心的善变，他和何潮的成长，成了背道而驰的两面，在人物形象作用上互为补充。其他人物设置上，作者也别有匠心，人物如串珠式被牵引出来，由艾木引出了江阔，江阔又引出卫力丹、郑小溪、邹晨晨等人。打造的人物感情线虽复杂，但讲述清晰、轻重相适、主次有度，表现了作者高超的塑造能力。

受到爽文机制的影响，许多作品将出现的人物、发生的事件作为推动主要人物草根式逆袭的重要金手指，满足人们的各种心理欲望。《浩荡》中不乏类似的考虑，但又跟废柴逆天的叙事套路有些不同，《浩荡》是循序渐进的。人物与事件的出现与叠加是巧合和必然的结合，映射出现实中实现个人价值的辛酸与无奈，观感自然又真切。但又与网络小说所具有的共性摆脱不开，绕不过一些诟病和窠臼，《浩荡》中除了主角团的几个人物外，其余人物一定程度上存在为了适应长篇剧情而顺势加入人物图谱之中的情况。如在一系列反面角色的塑造上，顾两创业失败落魄无助，最后成为教唆辛有风的背后势力，即便有一些内容和情节的反转，但力度稍显干涩薄弱。伍合理、李之用、史荣从合作走向背叛展现人心狭隘善变的一面；张辰、金不换更是只有丑恶的负面脸谱。人物的语言造诣也难以凸显其内在特征，性格相似的人物很难做到有效区分，对这类角色的塑造很难给读者留下较深的印象和感知。不同的人物在特定的内容和情节中，有他一定的功能性作用，放大人物的一个特征点，便利于扁形人物和圆形人物共同作用，相得益彰。同时，男性主角的性格塑造一定程度上有固化的倾向，何潮拥有许多优秀的品质，甚至可以原谅背叛他的人，在体现出何潮拥有宽广胸怀的同时，那些泛滥的兄弟情义无不将其塑造成了男性中的"白莲花"和"圣母"。用他人丑陋的一面填补正向主角人生道路上内心的多面性，主角乃至主角的团队都是正能量的化身，而缺点却可忽略。对于长篇的网文而言，可能会让人物固化甚至扁平，而趋于扁平的人物又容易进一步固化，人物一旦成为扁形中的严肃型人设，就可能失去活力甚至枯竭。①

  作者打造了个人YY下的男性乌托邦，创业风采之余，桃色玩笑、桃色艳遇也不可或缺。在看似专一的情感设定背后，隐藏着左右逢源的潜意识。追求江阔却用"收割"一词，女性是长"熟"后等待被男性收割的作物。周安涌感叹自己事业初期需要能助他一臂之力的女子，事业有成后又希望女性贤妻良母，白月光和朱砂痣二者亦想得兼，在世俗中待久了，就向往清新脱俗的"木兰花"。就像《回到明朝当王爷》中男主杨凌通过穿越"心安理得"地拥有"金陵十二钗"，性格各异的女性成了男性凝视下的产物，是男性读物中的"爽感"机制，《浩荡》中的众多女性本质上也是以何潮为中心延展情感链。值得关注的是，相较于男频文中的男性形象，女性角色则更容易平薄化，性格变化并不明显，还会用一定的词汇来框定女性。小说中多次强调"女人就是女人，多少会被情绪左右"，但男性也不仅仅只有理性，人是理性和感性的结合。男频文的女性再形色各异最后都要回归家庭，

---

  ① [英]E. M. 福斯特：《小说面面观》，朱乃长译，中国对外翻译出版公司2002年版，第216页。

有了婚姻和孩子后被迫以"依附者"姿态被家庭束缚。作家何常在即便是后来写作女性主题的作品《荣光》、涉及科幻题材的《时空典行》中也没有较为明显地突破这类写作方式。《荣光》也未能跳出男频文固有的男性视角来审视女性形象的独特魅力，依然带有男性作家的视角局限，刻意以打败男性作为征服点，女性的进步、成长与成功似乎最终还是取决于男性的肯定。如何塑造出独具魅力的女性形象这也是男频网络小说家需要思考的问题。

三　网络共情中的人生教科书

作品中充满了许多人生智慧和正能量的呼吁值得我们去思考，小说不能止步于现实场景的书写，在精神饱和度、当代价值观念的展现上也要格外注重。小说不是凭空想象，更多是在现实的基础上展现对人生二十余年的经历感悟，有小人物在深圳真正实现梦想的大成功，打造以梦为力的致富创业指南，是普通人实现人生价值对人性的坚守与历经磨砺后的蜕变，是深圳发展与崛起的历史史书，是整个中国走向新篇章的浩瀚征程。就和《大国重工》采用具有民族普遍的共同记忆作为素材一样，燃起读者的共情之心，展现个人和祖国的风采，如《大江大河》以宋运辉、雷东宝、杨巡三人的生活况味映射出国有经济、集体经济和个体经济在历史脉络中如何克服困难，一步步走向正轨，蓬勃发展，展现时代变迁和人情百态。小说《浩荡》以香港回归为故事开端，直至2019年横亘二十余年，以80年代深圳改革开放后的发展为背景，在包容开放的文化环境中融合香港的传奇性，主要从何潮的快递事业、周安涌的房地产和电子制造业及江离的经济学理论与实践研究这三类具有代表性的领域展开。小说时间线索庞大便引申出多重的人生可能性，以三人在深圳的感情经历和成长轨迹为主轴，书写了深圳发展史中这一代年轻人不畏艰难、披荆斩棘、砥砺成长，不断认识自己实现自身价值的蜕变。

在深圳发生的一切可谓一个大的人生课堂，告诉人们现实是残酷的，美好是会破灭的，但未来一直充满希望。"深圳第一课"让何潮和周安涌感受到爱情的幻灭与现实的寒冷，深圳这个大课堂将美好与残忍环环相扣，圆满与破灭交相辉映。人的一生中有很多的选择，最初何潮的前女友艾米选择去美国，而他决定离开家乡来深圳一展宏图，没有对错之分，只是选择不同。亦如《致我们终将逝去的青春》中，林静选择逃避，陈孝正选择自己，这是他们内心的决定，可能在当下，对自己、对他人都是更好的选择。作品里不止一次出现了"合伙即人生，分开各成功"，年轻需要成长，而成长必有代价。先是周安涌为了报复庄能飞而离开，再后来利道不断壮大，但郑小溪、高英俊、和仔却相继辞职，在《朋友》的歌声中，曲终人散。让一直以来的追随者在最后选择离开一起拼搏的事业，放大了人生中的失落、遗憾、不舍等伤感的情感因素，公司的发展、人情的羁绊都是一道道难题，这都是他们的选择，是由事态、人物性格决定的必然选择。性格决定命运，影响对人对事的看法，影响对未来的选择。人要学会分别，学会断舍离，学会放下，学会告别。

虽然作家史铁生认为人是孤独的，每个人都是独立的个体，没有任何一个人可以真正地与另一个人感同身受，这虽不无道理，但人具有共情的力量。从一出生，人就自动开启了察言观色的雷达，面部表情、肢体语言和声音都能引发共情。[①] 尤其在网络时代下，所有一切的物质流动都以难以想象的速度跨入我们的生活，走进我们的视野。故事中的人物似"我"非"我"，似每一个读者而又非每一个读者，这是流速迅猛的网络时代所带来的，网络小说在互联网媒介的承载下，让共情有了更多的传递方式，网络小说以网络文字、人物的悲欢离合融入读者的生活。主角的善良正直勇敢是利他主义，也不排斥有小我的利己主义。与故事中的人物相似程度越大，共鸣感也就越强。我们的共情心开关随时准备为亲近的人开启，[②] 读者看着故事中的人物融入了自身的"自我意识"，自然而然地产生共情，换位思考，与其中

---

① ［荷］弗朗斯·德瓦尔：《共情时代》，刘旸译，湖南科学技术出版社2014年版，第229页。
② ［荷］弗朗斯·德瓦尔：《共情时代》，刘旸译，湖南科学技术出版社2014年版，第238页。

的人物一起哭、一起笑、一起疯、一起闹,我们会为主角的成功而快乐,会为反派的失败而感到大快人心。小说中积极弘扬现实中的正能量,提倡人品才是最畅通无阻的通行证,人品与诚信是一个人最高的信誉;要认真做自己,坚定自己的初心。人总在和他人、和自己的最佳舒适度作比较,需摆正心态,方得始终,成功多是要靠自己,有贵人相助只是外力,要有决心和勇气,内心坚定才是主动力。这些年轻人从普通的商人成长为企业家,是现实的必然结果,何潮有快递公司明确的经营理念,注重管理和品牌价值,给现代创业的青年人以启示,要坚定信念,要不畏挑战和失败。

何常在表示,他之所以萌发了要创作一部记录时代的网络小说,也是为了证明网络作家其实也是一个有时代责任感、有担当的作家群体。[①] 中国对外有大国担当的气势,国人自身更要有责任和担当,要与祖国同呼吸共命运,如小说中的何潮听到香港回到了祖国的怀抱,便拍案而起。在创业之路上披荆斩棘的他,勇于承担社会责任,做良心企业,为民谋利,体现积极的企业担当和社会价值。面对韩国商人金仲换对中国形势的贬低和不理解,李之用也为国家据理力争,义不容辞地维护国家和民族尊严,彰显平凡人的气魄,爱国不仅仅是一个词,它在每一个中华儿女的心中铭刻。

小说中还充满了人性关怀,流露自然,感人至深,表达了福祸相依的精神态度,踏实平和地往前走,总会收获不一样的明天。正如小说中所提到的,人生要学会认识普通,认识平庸:认识到父母很普通,认识到自己很普通,认识到孩子很普通,人们倾其一生也不过是"起承转合"归为平静。正如习近平总书记所言:"幸福都是奋斗出来的",要能生存、有生活再谈生命。小说便关注到了家庭生活的层面,纨绔子弟郭林选对固执父亲郭统用的反叛,父亲婚姻的苦衷,儿子自始至终感受到的掌控力让彼此化解心结十分不易;何潮的出轨绯闻在

---

① 闫海田:《寻找"新的边界""新的人物"与"新的世界"——2019年现实题材网络小说创作综述》,《文艺报》2020年4月22日。

江阔的信任下不攻自破，圆满化解。同样，受男频文的视角局限也过分强调男性在家庭中的位置，如父亲郭统用认为郭林选的价值观问题是受到母亲田婷婷的不正确引导，批评她享受着丈夫的物质保障大谈女权主义，江阔和何潮的婚姻问题上也是父亲提出反对意见在先。无论是恋人还是夫妻情感的经营都应当相互欣赏、相互理解、彼此需要，而不是孰是孰非的利弊关系。

  小说借助江离之手探讨了理论与实践的关系，注重实践出真知的道理，江离多次对国内国际的数据和形势进行分析，借他之口表达国家经济政策的真知灼见，展现市场主导政府宏观调控的经济政策的优越性以及实质惠民的民本的思想。与此同时，经济发展过程中政策的负面影响也是毫不回避，炒房团的肆意炒作、经济通货膨胀后的凌乱，深圳虽然有着融合开放的文化环境，但这座经济发展城市的文化底蕴不深、文化影响力不足、政策提供的支撑略显单薄等问题都不可避免。文化的根基要自觉地传承，否则深圳就成了一座经济的纯发酵机、一座"假性"温床、一座空中楼阁，小说中用主角何潮，老者余建成、熊公望强调传统文化的作用。将有文化理解力和感知力的人物汇入深圳城中作为补充，经济的城与文化的人交相呼应，让城、人更为饱和。中国文化传承推动时代列车前进，民族之心、国力之根不可断。这样虽展现了人物的学识，加强了对传统文化知识的承袭，但多是通过人物对话的简单引用和解释，有些生搬硬套。对传统文化、传统文学素养要自觉传承和秉持，这是时代向前推进的源头活水，不然就会变成无源之水、无本之木。时间是往前走的，时代是不断发展的，不能贵古贱今，要互通有无。作品由此提升了其寓意角度，激发读者对现实的思考，可以为创造出更优秀的个人、更优质的社会、更美好的生活贡献积极的动力，也让人们思考是否高楼鳞次栉比就能表现一个城市的繁华和经济实力的强大？那人文素养又将从何谈起？

  以上提及的这一系列人情练达的人生智慧，其实并未上升到哲学语境的高度，作为网络小说，通俗易懂，读者爱看，泛化的娱乐性，与情理呼应产生情感共鸣，做到与读者共情是其主要目的。借助人物的话语和行动侧面展现了作者对人世情理的认识和看法，用人物的行为和心态变化反映出人生的基本道理，但不能变成话语说教式的教科书和心灵鸡汤式的意识麻痹。在借助小说中人物传达国家政策的形势时，不能让人物仅仅停留在是时代的传声筒和政策的复读机这样的功能性作用上，更应该突出情感效果的晕染。

结　语

刘勰在《文心雕龙》中说："文变染乎世情，兴废系乎时序。"清末学者王国维《宋元戏曲考》中提出："凡一代有一代之文学。"说明时代与文学作品有着密不可分的关系，反映当下的时代，亦是文学作品必须承担的责任和义务，是对时代直接或间接的记录。网络小说的现实题材作品更亦如此，网络小说随着互联网应运而生，不可忽视网络文学对现实板块的精彩描摹。网络小说中的现实题材相比传统的纯文学更接地气，更有亲和力和生活气息，主色调也大多是明朗昂扬的，切合当下时代人群的内心需求与关注点。但现实题材的作品到底具不具备现实主义精神，这是要从小说的情感内核出发而有所思的。作者用白描的笔法，站在了时代过来人的角度，凭借可"预知"未来的先天优势书写了深圳的大千变化、年轻人的成长与蜕变，表现了坚持中国特色社会主义道路的必然选择、积极昂扬的时代先锋精神；记录了深圳改革开放之后从小渔村到国际化大都市的沉淀与进化历程，给我们一代又一代年轻人以积极的鼓舞。正如作家何常在本人所言："当大潮来临的时候，你唯一能做的正确的事情就是乘风破浪，顺势而为。"与此同时，网络小说想要不断地迈入经典化，达到有影响力的价值嬗变，更需要整个行业不断努力。网络长篇小说《浩荡》将深圳的人、情、事不拘泥于固有的艺术手法自然地表现出来，塑造出了乘风破浪的青年奋斗史，熔铸出了春风浩荡的深圳时代史。改变旧的观念，走进新时代，顺应中国特色社会主义发展的浪潮，抓住机遇，迎接挑战，与祖国同命运共呼吸。

第十二章　玄幻题材的现实突围

——评《诡秘之主》

  2020年5月1日，爱潜水的乌贼（下文简称乌贼）在起点中文网上发布《诡秘之主》的最终篇——"新的旅程"，为这部领跑2019年中国原创文学风云榜男频TOP10，且屡次打破推荐榜、月票榜纪录的玄幻巨著画上句号。然而自从它上架开始就伴随着的热议，至今仍未冷却。对人物命运的讨论，对作者思路的揣测，乃至各种同人文、漫画、广播剧的创作，仍然是众多书友最为津津乐道的话题。不少读者甚至开始漫长的二刷、三刷，只为在捕捉细节的同时，再度体验那交织着现实与人性的玄幻之旅。

  近年来，在政府的政策导向、平台的积极宣传，以及众多写手笔耕不辍的探索下，现实主义题材的优秀网络文学作品接连涌现。有以国企复兴为主题，荣获网络文学原创现实主义征文大赛特等奖的《复兴之路》；有小中见大，以个人命运反映我国四十年来重工业发展宏图的《大国重工》；有以爱情为主线连接山区支教与军旅题材的《明月度关山》。除此之外，还有《繁花》《长夜难明》《网络英雄传》等系列作品，充分彰显出网络小说贴近现实、反映现实最终超越现实的张力和活力。

  这些彰显着崭新特质的现实题材小说证明了网文正通过自己的方式干预现实，而它们在书写崭新篇章的同时，也向网文工作者抛出新的命题——网络文学的现实主义书写路途漫长，然而，路究竟在何方？

当网络文学作品渐渐浮于现实表面，失去深挖现实主义内核的耐心，失去艺术想象的张力和活力时，当网络作家构建一个文学世界的能力不被重视时，又该如何更好地向读者传达现实的精神、人文的内核？

玄幻是网络文学萌芽、发展阶段的重要题材，而在大多数人眼中，玄幻小说正是为了远离现实生活而构筑的空中楼阁，多玄虚而少真实，多笑谑而少批判。然而，真正具有文学价值、审美价值的玄幻作品，正是以现实生活为想象根基，以大众的喜怒哀乐为情感脉络，以普世的人道主义精神和价值观念为文化核心。因此现实主义文学未必要囿于现实题材，虚构的玄幻题材同样能够创造出兼具审美理想与现实价值的优秀作品。

许多为人称道的玄幻作品通过不懈的探索实践，向现实搭建交会的桥梁。出现了充斥着金庸武侠的江湖风、以人本主义为精神内核的《牧神记》；框架宏大却不失人世细腻真实的《剑来》；以奇幻的方式讲述工业革命史的《放开那个女巫》；等等。它们在文字、风格、情节、内涵等多重小说领域均有所创新突破，同时在某些方面也不可避免地存在短板。而堪称集大成者，且更迈前一步的，正是《诡秘之主》这部扎根于英国维多利亚时期，拥有克苏鲁旧神体系、SCP基金会、蒸汽朋克、神秘学等多重世界观的玄幻作品。

一 庞大而真实的非凡世界

1. 多领域跨界融合

脱胎自卡巴拉神秘学的二十二条晋升序列；作者精心构想的二百二十种魔药配方和对应职业；源自大阿尔卡那塔罗牌的亵渎石板和塔罗会；借鉴SCP基金会的封印物和收容方法；萦绕整部小说"未知恐惧"的克苏鲁氛围，加上搭建在众多真实史料之上的维多利亚时期社会背景和蒸汽朋克的工业幻想，这一切构成了《诡秘之主》庞大繁复、周密翔实的世界观。

卡巴拉是犹太教神秘学的一个重要的概念，字面上的解释就是"传统"。卡巴拉在神秘学中以抽象的生命树为象征符号。这棵卡巴拉之树包含了10个圆球，圆球间以22条线段相连，分别对应22个希伯来字母。因此10和22在卡巴拉体系中也成为具有无穷含义的圣数。这也是小说中二十二条序列的由来。这个学派认为最初的人类与自然、大地以及万物都为一个和谐的整体。塔罗牌正是脱胎于卡巴拉神秘学，并与之相对应。神秘学象征着人类对自然未知因素的崇拜和探索、对调动自然力量的渴望。这种脱胎于原始神话的古老恐惧即使在科技飞速发展、时代不断跃迁的境况下，也未曾从人们的心中消退，而这种对未知力量的畏惧，则是无限接近于克苏鲁神话的基本精神，克苏鲁鼻祖H. P. 洛夫克拉夫特对其进行过描述："……当我们越过界限，进入到无边无际、阴影笼罩的可怕未知世界时，我们必须记住，把我们的人性和地球主义抛在脑后。"绝对力量下人类的弱小无助、终极灾难来临前的混乱无序，这一点正与《诡秘之主》被外神环伺、时刻与疯狂相伴的非凡世界氛围不谋而合。

虽然这些为小说提供了重要的氛围和设定，但作者并未一直停留于玄之又玄的神秘学层面，而是将视角转向历史，以一种近乎"知识考古"的严谨态度挖掘维多利亚时期的真实史料。《维多利亚时期英国中产阶级婚姻家庭生活研究》《维多利亚时期伦敦社会分层研究》《维多利亚和爱德华时期的建筑》《深渊居民：伦敦东区见闻》《伦敦传》《大雾霾：中世纪以来的伦敦空气污染史》《英国史》《英国哲学史》《英国战列舰全史》[①] 等史料文献，都为《诡秘之主》这部小说提供了坚实的现实基础。因此我们看到了雾霾弥漫的贝克兰德、看到了以奥黛丽为代表的贵族势力、看到了底层人民在非凡力量与残酷现实之间的苟延残喘。这些改编自史实的桥段让小说自然地带有历史的深度和厚度，扎根在现实的土壤中。维多利亚时期也是第一次工业革命的重要舞台，它开创了以机器代替手工劳动的时代，也引发了一场声势浩大的社会变革。小说延续了这个设定，巧妙地改为在主角克莱恩之前已经有过多位穿越者来到这个非凡世界，因此这里顺理成章地

---

① 爱潜水的乌贼：《现实照入幻想——〈诡秘之主〉创作谈》，《文艺报》2019年12月25日。

有着较为先进的工业技术，譬如出现了大规模工业化生产的工厂、蒸汽与机械之神教会以及他们的空中飞艇，同时以理性客观的历史视角对待工厂排污所带来的种种环境问题。

除此之外，从叙事内容和方式来看，《诡秘之主》又明显融合了西幻RPG游戏的特点。譬如白银城的猎魔人科林是《巫师3》中白狼杰洛特的翻版，克莱恩对"杀鸡屠村"的吐槽则是致敬了《上古卷轴5：天际》的经典老梗。乌贼在采访中表示自己接触的大多是西方幻想类游戏，因为"西方的游戏不仅仅是打怪、换地图，它背后总有一种文化、叙事的支撑"[①]。《诡秘之主》中对各大教派信仰的介绍、对不同地域文化差异的渲染，以及对上古神话真相的片段式拼凑，完全可以构成一个游戏大作的宏大背景。这正是乌贼从西幻游戏中提取的元素，并加以利用融合的结果。

崇拜自然的神秘学领域与充满现代气息的工业时代、古老的未知恐惧与真实厚重的历史史料、理性冷静的观察视角与西幻游戏式叙事，这些庞杂的元素被作者足够强大的想象力驾驭，以艺术真实为锚点，有条不紊地为小说剧情服务，形成类似"跨学科"的多领域交叉的艺术效果，从而产生海量的信息、翔实的设定、足够的趣味性和可读性。这些正是《诡秘之主》展开剧情的基础、孕育现实主义精神和人文关怀的温床。

2. 不可或缺的"闲话"

《诡秘之主》主要讲述了普通青年周明瑞意外穿越到一个被邪神蛊惑自杀的大学生克莱恩·莫雷蒂身上，为了重回地球，他一边扮演起灰雾之上的神祇"愚者"，组建神秘组织塔罗会；一边搜寻和服食"占卜家"序列的魔药，在这个充满着疯狂与恐怖的非凡世界里艰难前行，怀揣着对身世的好奇、对故乡的思念，一步步揭开这个世界中最本源、最不可名状的秘密。

[①] 爱潜水的乌贼、周冰：《由隐至显，蹈水有道——爱潜水的乌贼访谈录》，《网络文学评论》2018年第3期。

纵览故事梗概可以发现，这部小说有着穿越、异界、升级等最为吸睛的玄幻热点元素，而主角从一个初涉非凡、懵懂无知的普通人，晋升成执掌多项权能、拥有众多强大眷属的诡秘之主，也是最常见的"打怪升级"式爽文套路。然而这些爆款网文的标签并不能完全解释《诡秘之主》所引起的高度赞誉、所掀起的二次创作热潮。一部优秀的网络小说，必定在某种程度上反映了一定的现实深度，与日常生活有着直接或间接的联系。正如托尔斯泰所说："我们的生活无论现在、过去、将来都与别人的生活紧密相连……这种紧密联系正可以借助广义的艺术建立起来。"①《诡秘之主》的独特之处，则是作者在小说细节上的匠心独运。

一位读者评论，《诡秘之主》充斥着许多"闲话"。在以"爽"为主流评价标准的快消时代，难免会有读者认为这些"闲话"拖慢了叙事节奏。客观来说，这确实是《诡秘之主》节奏缓慢、铺垫较多，导致不少读者没看完前三章就"弃坑"的重要原因之一，但从文学高度来看，正是这些"闲话"让这部小说有着同类型作品难以企及的现实高度。在《诡秘之主》中，除了主线的推进，作者还在食物、物价、天气、环境等闲碎之处大施笔墨，甚至自创了一套二十进制的单独货币体系——廉价咖啡馆十七便士的一餐、三苏勒的马车费、超过一苏勒消费就赠送面包的小餐馆，乃至五十磅的侦探赏金、贵族饲养的四百五十磅到七百磅不等的猎犬，不遗巨细。还有主角作为"大吃货国"一员对美食的品鉴：穷人的美食嫩豌豆炖羊羔、豪华的达西海鲜饭、分量充足的迪西馅饼等。从这些闲话桥段可以看出，作者并未意图把克莱恩描述成一个"升级打怪"的爽文工具人，他更想展示的是克莱恩作为一个普通人是怎样鼓起勇气战胜恐惧的。克莱恩是一个非凡者，随时面临着变异和疯狂的危险，要与各种突如其来的恶性事件搏斗，但同时他也要领着微薄的工资，购买体面的帽子和手杖，要去

---

① ［俄］列夫·托尔斯泰：《列夫·托尔斯泰论创作》，戴启篁译，漓江出版社 1982 年版，第 2 页。

便宜的菜市场买菜,为兄妹的一日三餐发愁。这些穿插在叙事中的闲笔,并未削弱角色魅力,反而让克莱恩的英雄形象更加深刻:读者并不能像大多数玄幻网文主角一样有着超越诸神的力量,但是他们可以学习克莱恩的勇敢善良,学习他认真对待生活的秉性,学习他时刻自我反省的清醒,学习他随时随地吐槽自嘲的乐观豁达。坚韧且不可摧折的精神,往往比强大的力量更能鼓舞人心。

"细节只有在事件的现实环境中才有真正的意义"①,这些看起来琐碎的生活细节,也让整部小说的代入感更上一个档次,甚至会让读者在阅读过程中感觉到,自己就生活在狭小的廷根市、生活在雾霾弥漫的贝克兰德,生活在这个非凡世界。如乌贼对自己创作的总结,他经常"通过一些细节进行详实的刻画与呈现,让人有一种立体感和真实感",哪怕是写角色吃一顿饭,也会想象他会吃些什么、具体怎么吃。这类似角色扮演的叙述,让读者仿佛操纵着自己体验这一切,并从中收获快乐,收获爽感。除此之外,这些闲笔也会带出高昂的物价、鲜明的贫富差距,将底层人民生存的艰辛展露于读者面前,激发读者的悲悯和共鸣,并引导他们围绕社会公平问题进行严峻思考。

这样的"闲话"在文学作品中并不少见,甚至在一些传统文学巨著中,"闲话"通常对全文起到举足轻重的作用。《西游记》以唐僧师徒西天取经为主线,却也少不了大篇幅的景物、外貌描写。有"丹崖怪石,削壁奇峰"的花果山、有"竹篱密密,茅屋重重"的高老庄,还有性格形象各不相同的二十八星宿、三十六天将等神仙。《红楼梦》以通灵宝玉游历人间为主题,曹雪芹却不吝笔墨地描写大啖鹿肉、蟹宴咏菊,乃至油盐枸杞芽儿、蒸鸡蛋等烟火小事。这些"闲话"不仅构建出逼真的现实空间,为人物塑造、剧情推进等方面做出卓越贡献,更利于增强整部作品的艺术表现力。这也正是每一位作者所要关注的重要话题。

---

① [俄]尼古拉·车尔尼雪夫斯基:《艺术对现实的审美关系》,周扬译,人民文学出版社1979年版,第105页。

随着网络文学写作的自由度不断提高，网络小说的数量也与日俱增。读者们已经看过太多简洁明快、剧情波折的说书式故事，然而再精彩的故事以同样的套路重复百次，也难免会造成读者及市场的审美疲劳。《诡秘之主》的"闲话"延宕了爽感的节奏，使得它无法被快速刷文，这或许会流失一部分习惯快速阅读、寻求单纯愉悦的读者，但它所流露出的独特审美价值，同样吸引更多的读者甘愿付出时间，以传统的方式细细品读。

二 独具特色的典型人物塑造

1. 特征加细节

对于现实主义认可最广泛的一种说法是，现实主义作家需要强调典型的重要意义。其中批判现实主义流派作家，更是强调塑造典型环境中的典型性格。正如恩格斯所说："在我看来，现实主义的意思是，除细节的真实外，还要真实地再现典型环境中的典型人物。"可见典型人物塑造得成功与否，是衡量一部小说在现实上所达到高度的重要标准。值得注意的是，所谓典型并非指单纯地复制现实，而是"将现实理想化"，即在现实的基础上发挥艺术理想。这一点与《诡秘之主》塑造人物的方式有着恰合之处。

《诡秘之主》的人物塑造十分出彩，小说中既塑造了克莱恩、邓恩、黑夜女神等鲜活立体的单个人物，也描绘了塔罗会、贝克兰德贫民区、以奥黛丽为代表的贵族势力等人物群像。乌贼建构人物的方式，类似于绘画中的人物速写，带有漫画式的夸张。除此之外，再添加一些细节设定，并在文本中进行反复强调。譬如"倒吊人"阿尔杰，经验丰富老到的水手，经常脑补愚者的行动并为之叹服，被戏称为"倒政委"，细节是一头蓝色乱发；邓恩队长，廷根市值夜者队长，沉稳有担当，细节是极差的记忆力和略微的秃顶。对于主角克莱恩的认知，则可以从"克恐""克总""举报小能手"等外号中对他的特征进行大概的把握。在文本反复提及、侧面渲染或正面强调下，读者在脑海中不自觉地开始进行脑补，产生对人物的基本印象和大概了解。这些特性带有强烈的二次元"萌属性"特征，有脸谱化倾向且具有一定的虚构性，但是这些特征组合在一起时，却搭建起意味隽永的文学空间，产生丰富的思想内涵。

除了这些活跃在第一层叙事中的人物角色，《诡秘之主》中还有着一层隐性叙事，包括它所引申出的隐性人物。比如罗塞尔大帝的日记，是由塔罗会在一次次开会中逐渐拼凑出来的，随着成员提交的日记日渐增多，罗塞尔大帝的身份和经历也像拼图一样由模糊到清晰完整；还有活在不同版本传说中的真神形象，他们互相挞伐，或美丽雄伟，或畸形邪恶，但是他们无时无刻不在影响着非凡世界的动向，以及主角的命运，随着克莱恩的序列越高，真神的形象和目的才逐渐揭露。显性角色和隐性角色让小说的叙事手法灵活多变，提供了多重角度，类似于古代章回体小说的限制性全知视角，构建了一个立体、多面的文本空间。

这些人物在故事中并非一成不变，而是随着主角一同成长，呈动态的发展趋势。以塔罗会成员奥黛丽为例，奥黛丽成长在富裕高贵的贵族家庭中，容貌美丽优雅，被称为"贝克兰德最耀眼的宝石"。性格天真可爱、活泼大方，是被家族严密保护、不知人间疾苦的典型贵族淑女。但在内心深处，奥黛丽并非满足于优越的现状，而是对刺激危险的非凡世界充满好奇。在被无意间拉到"塔罗会"后，奥黛丽渐渐了解到滔天权力背后的阴影与底层人民的苦难生活，逐渐摆脱了不经人事的懵懂天真。虽然奥黛丽属于小说中转变最大的一位角色，但她的人物内核并未随着行文改变，她本质上依然是个纯真善良的女孩，渴望通过自己的力量帮助贫苦人民拥有更幸福的生活。在最后为了保护自己的家人，毅然选择带着宠物狗苏茜独自离去。这样的人设接近于完美，同时也具有一定的复杂性、发展性，很难不被读者喜爱。

以奥黛丽为代表的贵族势力，是《诡秘之主》中人物群像的一类。他们天生掌握着社会的大部分资源，影响着整个国家的政治体系和命运走向。与之相对应的，则是以老科勒为代表的贝克兰德贫民群像。工厂解决了大批贫民的就业问题，但又给他们带来无可逆转的身体伤害。他们游荡在贝克兰德的街头，正如一群行尸走肉。贫民老科勒有幸成为克莱恩在贫民区安插的情报员，度过了一段可以饱腹的美好日子，却在即将享用攒钱买来的火腿时，被邪恶仪式牵连，随着整个东区的贫民一同被毒死，读来令人痛心不已。这些人物群体的介绍，通常是以少数人物为代表，对他们进行简单的速写勾勒，以此来展示整个社会阶层的遭遇和境况。方法简单，但文笔和剧情足够真挚动人，这些代表群体的个体形象，被塑造得足够鲜活动人。

2. 中国网文的新式英雄

罗塞尔大帝和克莱恩作为两代穿越者，一个锐意进取、意气风发，一个谨慎善良，步步为营。乌贼在中国作家网对其的访谈中提到，文中的"第一代穿越者罗塞尔大帝，是网文古早时期的主角形象，以自我满足为主。而克莱恩作为第二代穿越者则代表了牺牲和勇气"。[①] 正如他所说，读到文中罗塞尔大帝所遗留的日记，读者心中浮现的是《斗罗大陆》中志向远大、热血洋溢的唐三，是《星辰变》中坚忍不拔、勤修苦练的秦羽，也是《斗破苍穹》里懒散中蕴藉狠劲的萧炎。他们是经典的玄幻小说主角，有着充足的英雄般的正能量，也有足够鲜明的性格特征，令人过目不忘，心生向往。

与这些"前辈"相比，主角克莱恩是如此的特别，他不仅继承了正能量的性格核心，还在此基础上衍生出新的特征。在这个危机四伏、邪神各有所图的非凡世界，大多数人连平稳度过一生都是奢望，而克莱恩却始终保留爱财如命、追求美食的小市民爱好。其面对重大危情时首先叫警察、打不过就跑、保命为上的"克苏"气质最为读者津津乐道，甚至成为反复提及的"梗"。与唐三、秦羽、萧炎等人比起来，克莱恩少了一往无前的冲劲，多了普通人的顾虑；少了令人振奋的通天修为，多了生活的情调。以至于读完小说，成为诡秘之主的克莱恩形象反而很快消退，脑海中留下的仍然是前几部他给妹妹梅丽莎煎羊

[①] 虞婧：《〈诡秘之主〉：一个愚者的旅程》，中国作家网，https://mp.weixin.qq.com/s/cVkTzmzK5YS9sgoTy_yEKA，2020年7月8日。

排、去肉市买牛骨头炖汤、处心积虑到处看房子的身影——那是属于每个生活在现实、生活在凡间烟火中的人最熟悉的剪影。

在日常阅读体验中可以发现，许多玄幻小说为了突出主角的形象，通常会忽视他作为个体与社会的联系，忽视各种复杂情感对人物成长的重要作用。因此许多小说的主角是父母双亡、举目无亲的身份，单凭一腔孤勇在异世闯荡。造成性格片面、单一、脸谱化的失真结果。虽然有两三个出生入死的好兄弟，有传道授业解惑的师傅，有倾国倾城的红颜知己，甚至有可爱的小宠物，但这些大多只是为了衬托主角而存在的"工具人"。这些作品多半娱乐价值大于文学价值，刺激有余而回味不足，虽然广受读者欢迎，但却很难作为精品来赏析阅读。且在大多数玄幻小说中，主角所要面临的威胁大多来自外部。譬如不通人情的神魔、霸道蛮横的当权者、不共戴天的杀父仇人等。主角的行为动机出现最多的是复仇，其次是单纯地追求力量，欲求在世上有立足之地，继而称霸天下。

而在《诡秘之主》中，由于魔药晋升所带来的变异风险，克莱恩在非凡世界的冒险更像是一场反省自我、追寻自我的心灵旅途。小说中的"变异"，是每个非凡者在晋升序列时都要面对的可能性，它意味着肢体的扭曲、精神的疯狂。唯有保持足够的理性，从根本上理解"扮演法"，才能加以避免。这在现实中，可以理解为人的"异化"。它的哲学意义是主体发展到了一定阶段，分裂出自己的对立面，变为外在的异己的力量。因此克莱恩随时需要保持对自己内心的审视，小说中随处可见他对自己的分析和认知。这一点在克莱恩身处序列6无面人时尤甚。无面人的特性是可以易容成见过的任何人，在这个过程中，克莱恩扮演过斯文中带有一丝疯狂的冒险家、威严不容侵犯的海军上将、执掌海上风云的海神，甚至扮演过一位英姿飒爽的女性。身份的快速转换令克莱恩一度陷入迷失，但正如罗塞尔日记中的一句话："你可以扮演任何人，但你永远只能是你自己。"在一次次的自我解析中，克莱恩终于认识到，不论易容成何人，他永远是那个善良、无法置他人于不顾的周明瑞。在这一刻，内心的博弈让主角的自我意识达到顶峰，一个兼具理性与感性、不断与内心对话、不断超越自我的英雄诞生了。

克莱恩的出现，丰富了英雄形象的多样性，让网文届为之一震。这或许是网文迈向新阶段的标志，也或许是单个作家对风向转型做出的尝试，但这一切都在证明，玄幻小说与现实的联系正在变得愈加紧密。空中楼阁式的娱乐幻想固然有其存在价值，但只有以现实生活为基础的玄幻小说，才有向远方扬帆起航的扎实功底，才有对想象幅度的把控能力。这对网络文学突破现阶段瓶颈有着弥足珍贵的意义。

三 《诡秘之主》的辩证精神和人文关怀

正如米兰·昆德拉在《小说的艺术》中所提到的："小说家的使命是描绘世界的本质，即谜和悖论。"[1] 乌贼对现实生活有着成熟的价值观念和人生感悟，这反映到《诡秘之主》中，就形成了福祸相依、混沌复杂的世界观。具体的文本体现，则是魔药晋升和"扮演法"。首先，升级不再是毫无隐患的开挂，小说中每一次的序列晋升都伴随着失控变成怪物的风险。一旦失控，那么面临的就只有被官方组织绞杀、身体部位变成药材的悲惨命运。其次，这个世界充满着未知的神灵和信仰。邪神固然恐怖卑鄙，但所谓的"正神"也有自己的谋算。正是这种人们随时都可能迷失信仰成为神灵工具的设定，才让克莱恩秉持初心的行为难能可贵。最后，是乌贼对小人物入木三分的刻画。他们有自己的动机，有自己的情感与羁绊。值夜者老尼尔偷偷用仪式抵消自己的债务，而瘫律师于尔根是个古道热肠的孝子，即使是卡平这样十恶不赦的人贩子也有惦念妻儿的苦衷。乌贼这样做不是为了给正面人物"抹黑"，或是为反面人物"洗白"，更不是为了混淆善恶，他只是通过小说告诉我们一个再真实不过的道理：任何事物都具有两面性，我们所目睹的现实很可能只是冰山一角。这种观点使得《诡秘

---

[1] [捷克] 米兰·昆德拉：《小说的艺术》，孟湄译，生活·读书·新知三联书店1992年版，第32页。

之主》明显带有辩证思维的色彩，在进行人物和剧情设定时，更多地去关注他们作为个体之间的联系和互动，同时从整体上把握各类要素之间的矛盾关系，致力于形成一个完整的视角，带有强烈的思辨性质。

在辩证的视角下，力量不再是高枕无忧的通行证。除了上文中提到的晋升与失控时刻相伴的危险，还有非凡者之间的矛盾斗争。低序列的非凡者固然需要收集魔药药材，举行仪式，提高实力。而高序列的非凡者为了避免自己成为别人的晋升材料，也要随时提防来自他人的追杀和袭击。即使有幸活到最后，到达序列的巅峰，也只能成为真神复活的载体，在神性复苏和自我意识之间艰难挣扎。这正对应了弱肉强食、群兽环伺的社会法则。这些相互限制的设定不仅是为了符合非凡世界灰暗疯狂的基调，同时为小说人物提供了足够的动机。更重要的是，这种辩证的思维极大地增强了文本的内容深度，体现出唯物辩证法中对立统一规律的思想内涵。它们相互联系，又相互矛盾，形成饱满的艺术张力。

"世界不是裁判所，而是生活的地方。"作者正是清醒地认识到这一点，才使得《诡秘之主》处处闪动着人道主义关怀和悲天悯人的光辉。小说中不乏令人动容的桥段，譬如克莱恩在获得海神权杖后，看到一位被卖身到"红剧场"、身染重病的垂死女孩在桥洞下祈祷，祈祷自己可以过上像人的生活，然而当他看到这段祈祷时，女孩早已死去。最终克莱恩亲自去桥洞下将女孩背到墓园，以"布迪"这个姓名安葬，并在她的墓碑上刻下"她是个人"一行字，给予她最后的尊严和体面。又如在"铅白女工"这一章，作者阅读大量历史资料，借鉴了维多利亚时期常见的尘肺病。用旁观的视角、冷静的笔触，勾勒出那些为铅白工厂长期工作而身患重病的女工们——她们会突然脸颊抽搐、牙龈浮现蓝线、头部剧痛，最终口吐白沫，气绝身亡。推进至此，作者并没有让克莱恩简单地杀死工厂主为女工报仇或直接关闭工厂。而是借主角的心理活动思考关闭工厂所造成的大量工人失业，及其所引发的财政困难、造反暴动等社会问题，最终只能做出让工厂主给尚在人世的女工父母赔偿的无奈选择。除了死于铅中毒的海莉叶，作者还描绘了尚有良知的工厂主德维尔爵士、拿到巨额赔偿金就喜笑颜开的父母，将悲剧气氛推到极致。这种悲剧色彩经过大量的艺术修饰，却与现实有着千丝万缕的对应，成功塑造了一个典型的社会环境。作者对弱小生命个体的尊重、对劳动者的关心爱护、对人性"善"的一面的展露，在小说中构建了一层人文的维度，充分地体现玄幻小说所能达到的艺术高度。

除此之外，小说中的贝克兰德也堪称英国伦敦17—18世纪的社会缩影。作为省会都市，贝克兰德有众多骄奢淫逸的王公贵族，也有着最为昂贵的消费水平，然而它却因为工厂污染而常年笼罩在刺鼻的雾霾中，东区更是各类黑社会频繁活动的贫民窟。初入贝克兰德的克莱恩就险些把那些一入夜就无家可归，在黑夜中呆滞游荡的贫民认成丧尸。在这样的环境中，克莱恩虽然有着爱惜金钱的吝啬本性，但在面对无力的贫苦人民时，却是格外慷慨。他会以采访的名义请流浪街头的饿汉吃饭，会无偿为洗衣工妇女寻找她丢失的女儿，在解救被贵族绑架的少女时，他用黑皇帝的形象站在墙上静静守望，仿佛是英国民间传说"侠盗"罗宾汉的化身。后期的克莱恩甚至有了"贝克兰德所有贫困孩子的保护者"的尊名。在他的影响下，塔罗会中众人也慢慢接触人间疾苦，其中以贵族小姐奥黛丽的转变最为巨大。

这些故事因为架构在真实的历史史实上，所以具有格外沉重的思想厚度和批判意义。作者那冷静的笔调和不动声色的侧面描写，也让悲悯的色彩更加浓郁。而在这些道德层面的人文关怀之外，《诡秘之主》中还详细描述了克莱恩与梅丽莎、班森的兄妹情，律师于尔根与奶奶的亲情，值夜者队长邓恩与戴莉的凄美爱情等细腻真实的情感羁绊。第一卷结尾处，克莱恩在离开廷根市之前，他脸涂油彩扮作小丑，在以为自己身亡的兄妹面前表演马戏，努力咧开嘴角的一幕，成为暴击无数读者的催泪弹。这些接地气而又无比真实的情感是这部玄幻小说中最为珍贵的部分，甚至对读者而言，克莱恩逐渐褪去人性成为半神之后的故事，较之前半部分反而失去许多吸引力。

时至今日，网络小说已经跨越了近二十年的时光。在这二十年内，以互联网为龙头的数据科技在飞速进步,生活面貌日新月异,社会的价值体系也被一再打破又重新估量。面对新时代抛出的种种命题,网络小说需要时刻注意在种种变化中找寻文学的永恒,在作品中保存并弘扬人性善的光辉,不断地追寻并审视自我,用理性精神审慎地衡量价值标准,用人文关怀宽仁地对待一切生命。"网络文学的创作主体表现了新时代的人文精神、审美情怀",网络文学的发展不仅仅是技术性、机械性的,而是要感知生命的温度,触摸时代的脉搏、掂量历史的沉重,在审美理想和审美感性的高度融合中,开辟出新的前进道路。

结　语

《诡秘之主》的创作代表着部分网文有意识向着精品化转型的趋势,这明显得益于乌贼平淡却不失力度的文字、流畅且毫不滞涩的行文、精巧却不失逻辑的周密构思。更重要的是,作者不仅将克苏鲁、塔罗牌等海外小众题材带到文中,还巧妙地与中国价值观和文化传统进行融合。从而塑造出善良理性的克莱恩、兼具活泼与细心的"正义"小姐、勇于牺牲忠于职守的队长邓恩等人物。在小说的叙事过程中,崇高的悲剧美与诙谐的吐槽反转和谐共处,混沌无序的世界与坚定的信念互相博弈,构建出张弛有度、包罗万象的叙事空间。同时,它在起点中文网、起点国际男频作品中的屡次称霸也同样证明,精彩的作品不仅会跨越文化的鸿沟,也会得到市场的热烈反响和肯定。

在行文过程中,作者也并不吝于与读者互动,"卷毛狒狒"的梗、对于秃顶的怨念、对刺客序列的吐槽已经作为他与读者的暗号在文中多次出现,读者们也经常在这些暗号的下方画线评论,聊得你来我往、热火朝天。即使小说现已完结,但在乌贼的公众号上,他仍然在撰写着《诡秘之主》"在现代"的番外系列。那些活跃在非凡世界中的人物、情节、文风,即使出现在现代社会里也毫不突兀,反而呈现出不一样的艺术效果,处处与原著相呼应,一次次引发粉丝激动地留言评价。在娱乐媒体上,随处可见海量书迷创作的《诡秘之主》广播剧、同人文、人物设定图，甚至有深谙音乐的书迷为小说中的主要人物量身定制了主题歌曲。《诡秘之主》的火爆搭乘了时代的快车，借助媒介的力量，在四通八达的互联网中尽情地散发魅力。这也反映出快消时代精品网文的流行链。

《诡秘之主》在吸取诸多玄幻经典作品优秀特质的基础上，用娴熟的叙事技巧突破创新，开辟出新的创作阶段。为玄幻小说如何与现实相连开拓出广阔的叙事空间，更为网络文学的玄幻题材突围现实提供了极具可行性的样本。或许正如读者评论这部小说："人们好像在黑夜里行走，突然远处亮起一道道朦胧的光。"《诡秘之主》正是网络文学发展旅程上的一束光芒，有着点亮方寸空间的勇气与力量，值得让更多的人举目关注。

第十三章　历史"爽感"与现实"逃逸"

——评《长宁帝军》

在中国几千年文明历史长河中，史书是记录历史事件，保存政治制度、文化传统等意识形态的最重要载体。从《史记》到《清史稿》，中华文明的博大精深、兴衰荣辱都被镌刻在一片片竹简、一页页薄纸上。除了包括二十四史在内的官方修史，一些流传民间的稗官野史通过口述、说唱等多种艺术形式流传至今。明清以降，小说作为一种艺术体裁展现出蓬勃的活力，史书里的帝王将相、世家列传成为绝好的叙事资源。从《三国志》到《三国演义》、从《宋史》到《水浒传》，历史小说以其特有的曲折精彩吸引着普罗大众，无意间完成了一次次民族国家的历史启蒙。历史小说不同于武侠、侦探等通俗小说类型，它极其考验写作者的知识素养和思想格局，每一次宫廷政变、军事冲突的细节往往不是简单的凭空想象，所以我们很难把姚雪垠的《李自成》和唐浩明的《曾国藩》简单地归置为通俗故事。网络文学的兴起为历史叙事提供了一种新的可能，它为严肃的历史记忆增添了一抹活泼自由、清新娱乐的亮色，历史既可以被重塑，也能够被解构，甚至在一些网络作家笔下它成为一个任人打扮的"小姑娘"。正因如此，网络历史小说成为众多网络类型小说中的"显学"，《琅琊榜》《上品寒士》《孺子帝》等历史题材的小说代表了网络通俗写作的高度。网络历史小说《长宁帝军》连载于纵横中文网，作者知白在整整两年时间里写下了1600章、530余万字，是典型的网络超长篇写作。截至2021

年 2 月，这部小说的推荐票数牢牢占据纵横中文网第一名的位置，并成为 2020 年中国小说学会网络小说排行榜十部作品中的一部。《长宁帝军》为什么"既叫好又卖座"呢？这源自作者对读者心理的准确把握，通过"类型聚合"的故事编排、令人浮想联翩的"撩骚"语言表达、纯粹而炽热的"偏执"情感，从海量的网络小说中突围而出，成为佳作。

一　故事："类型聚合"

网络文学的主体是网络小说，网络小说以类型叙事的样态生存在赛博空间里。以起点中文网为例，作品首先被分为"男性向"和"女性向"两大类，男性作品的网页标签下有玄幻、奇幻、武侠、仙侠、都市、现实、军事、历史、游戏、体育、科幻、悬疑等十几种类型。不同类型以叙事套路、故事模式为标签。每一种类型有常见的套路或者模式，如玄幻小说的升级模式、历史小说的穿越模式、都市小说的重生模式等。无论是套路、模式还是"赘婿流""废柴流"等叙事倾向都常常处于演变分化、重组聚合的过程中，所以有时一部小说到底属于玄幻类、仙侠类还是言情类是不容易分清楚的。除了起点中文网，纵横中文网、晋江文学城等其他网络文学商业网站也全部遵循这种划分逻辑。网络小说的类型划分，暗含着商业时代资本的逐利取向，文学不再追求普罗大众，而是在行业细分的基础上服务特定人群，粉丝及粉丝经济就是在这样的消费文化语境下产生的。除了线上文本，基于类型划分的粉丝经济横向拓展到贴吧、论坛、公众号、微博等不同的媒介空间，并在纵向的纸媒出版、漫画和游戏开发、影视改编等 IP 分发上发挥着巨大的影响力黏性。

就网络历史小说这一类型而言，同样有一批数量庞大的拥趸。从早期的爽文《回到明朝当王爷》，到《梦回大清》《步步惊心》《独步天下》这三部所谓的"清穿三部曲"，再到"文青"色彩浓郁的《上品寒士》《大清首富》，网络历史小说的写作范式、存在形态在不同的时空场域里有所变化，但基本的叙事语法显然是比较恒定的。普罗普

(Vladimir Propp，1895—1970）在《故事形态学》一书中将故事情节分为"可变元素"和"不变元素"，"变换的是角色的名称（以及他们的物品），不变的是他们的行动或功能"①，他认为"功能"对于特定的类型小说有着至关重要的影响，"角色的功能充当了故事的稳定不变因素，它们不依赖于由谁完成以及怎样完成。它们构成了故事的基本组成部分"②。类型学作为一种新人文学科研究方法，能够穿越形式与内容、历时与共时、文本与社会，通过类型指认、叙事语法归纳和价值观照，把握每一种类型的基本艺术特征。对于网络历史小说来说，其叙事语法就是历史空间里的人物经过一次次惊心动魄的故事，最终实现个体成长。

《长宁帝军》虚构了历史上一个强大的国家：宁国，主人公沈冷、孟长安并非历史上真实存在的人物，作者通过讲述一则精彩的故事，把小人物的个体成长与民族国家的命运紧密联系在一起。显然，《长宁帝军》属于"架空"类历史小说，而"架空"正是网络历史叙事突破传统历史小说叙事模式的关键，使得该类型小说在比特写作时代再一次焕发勃勃生机。架空即是想象出一个虚拟的历史空间，塑造出历史上非实有的人物形象，虚构出戏剧冲突激烈的情节故事。其实质是"实"对"虚"的借用，两者整合后，终于虚实共生。这样做有什么好处呢？写作者可以脱掉历史真实人物、事件的沉重外衣，轻装上阵，驰骋千里。这种叙事方式也符合"日更—VIP付费阅读"模式，毕竟想象的速度是超越知识考据的。所谓一切历史都是当代史，网络历史架空小说采用"六经注我"的创作理念、策略，立足当下的同时又把中华五千年的文化精神内核吸纳进来，一切为我所用，历史精神的真实取代了具体朝代背景、人物事件的真实。如果说《三国演义》是对《三国志》的叙事进化，那么当下的架空类历史小说就是对《李自成》《曾国藩》的又一次类型变革。但是，架空并不意味着小说是无源之

---

① ［俄］弗·雅·普罗普：《故事形态学》，贾放译，中华书局2006年版，第17页。
② ［俄］弗·雅·普罗普：《故事形态学》，贾放译，中华书局2006年版，第18页。

水、无本之木,《长宁帝军》的众多叙事元素都是作者在历史抽象基础上的灵活移置。例如,宁国就是对盛唐的临摹,宁国最强大的对手黑武国与历史上的匈奴非常匹配,而桑国显然暗指丰臣秀吉时代的日本,大宁水师则让我们看到了明朝郑和时代水师的强盛。在人物设定方面,皇帝李承唐兼具李世民和朱棣的豪情与野心,主人公沈冷和孟长安的英雄气概、赫赫战功显然与历史上的霍去病对应起来。

架空完全解放了作者的想象力,作者不仅可以借用历史真实内容,更是能够充分利用不同类型小说的写作策略,这使得《长宁帝军》具有了典型的"类型聚合"特征。葛红兵在总结类型小说的演进和发展过程中,提出了跨类和兼类两个概念:"跨类小说是兼具两种甚至两种以上类型小说的特质,其中哪种特质都不占主导地位而形成的一种类型小说变体,如武侠言情类型,武侠和言情并举,从而形成跨类特点;兼类是一种小说特征为主导,兼具另一种小说类型的部分特征,本质上还是属于该小说类型。"① 显然,《长宁帝军》属于兼类写作。作者在稳固历史叙事这一"基本盘"的基础上,还充分借鉴了悬疑小说、武侠小说、言情小说的形式与内容。

首先,作为一部历史小说,《长宁帝军》抓住了历史和历史演义的两个最重要元素:权谋和战争。内部的权力(特别是皇权)的斗争一直该类型小说的焦点问题,在知白的笔下,皇权与后权、相权、太子继承权间的冲突都得到了充分的戏剧性呈现。战争不仅是小说的主题更是作者结构故事的重要手段,主人公南征北战、东讨西伐构成了小说的内容主体:东疆消灭渤海国,西疆打败羌人和吐蕃,南征求立国、南越国、日朗国。北伐宁国心腹大患黑武国时,一战息烽口,杀敌十万;二战普洛斯山三眼虎山关,打通敌军南院大营的通道;三解别古城之围,利用火药击溃80万大军,终于平定天下。

其次,《长宁帝军》还是一部悬疑故事,沈冷究竟是不是皇帝的儿子?这一悬念在小说开头就被提了出来,作者在最后一章才给我们

---

① 葛红兵:《小说类型学的基本理论问题》,上海大学出版社2012年版,第188页。

答案，历史故事里常见的"换子疑云"成为这部小说存在的逻辑起点和终点。沈冷的身份问题一直吸引着读者的好奇心，作者借此创造戏剧冲突、推动情节发展。某种程度上，作者有意将人物身份悬置，造成一种扑朔迷离的、暧昧的艺术效果，像诱饵一般引导读者走向故事最终的"真相大白"。读者粉丝在书评区讨论得热火朝天，他们借此深度参与到小说的叙事中去，作家与读者之间的互动作为一种伴随文本，在很大程度上改变了故事的发展进程。作者显然是悬疑小说大师希区柯克的信徒，他把沈冷的身份装饰成一颗炸弹，"炸弹绝不能爆炸，炸弹不爆炸，观众就老在那儿惴惴不安"。

同时，该小说也可以被看作一部武侠小说，作者抓住了该类型的几个关键词：武功、侠义、仇恨、江湖。具体表现在：小说里不仅有庙堂，还有流浪刀、流云会、红袖招这样的江湖组织，暗杀与反杀更是作者百试不爽的招式；沈冷从一个普通的码头渔民成长为武功卓绝的绝世高手；沈冷、孟长安与大学士沐昭桐父子、北疆大将裴啸的刻骨仇恨，并由此引发了你死我活的斗争。作者借助绝世神功，时常将主人公孤置在危险的情境中，经过一番你死我活的较量，或逃出生天，或击杀强敌，强烈的戏剧冲突极大丰富了阅读的情绪体验。此外，把《长宁帝军》看作一则言情故事也不为过，父子亲情、男女爱情、兄弟友情、师徒恩情大量存在并真切感人，这种写作方式极大提升了小说的情感浓度、人道关怀。类型聚合犹如沙拉拼盘，张恨水把武侠元素融入《啼笑姻缘》，古龙的《楚留香》《陆小凤》里不缺少谋杀、解谜的侦探叙事，作家知白同样将文学的沙拉酱倒入令人垂涎欲滴的各种水果、蔬菜上，引诱着各类阅读者分泌出更多的艺术多巴胺。

二 语言："撩骚叙事"

在传统的文学创作观念里，语言表达的精准、凝练既是作家写作水平的体现，也代表着作者的叙事风格。在法国作家福楼拜那里，语言是反复锤炼过的符号结晶，《情感教育》《包法利夫人》真实流畅、客观冷静的言语风格显示了他作为语言大师的独一无二。另一位法国作家巴尔扎克则相反,他的语言复杂甚至琐碎。中国新文学的发展是通过西方文学的"拿来"和中国古代文言传统的"断裂"实现的,手口一致的白话表达逐渐从幼稚走向成熟。而随着数字媒介的兴起,文学借网而生,网络文学语言相对于传统文学有了极大的进化,正如周志雄所概括的那样:"网络语言是在网络环境中产生的,带有简洁、时尚、调侃的意味,多用谐音、曲解、组合、借用等修辞方式,或用符号、数字、英文字母代替一汉字表达……网络语言是一种调料,一种氛围,一种叙事的语调。汉语网络语言的母体是有深厚传统的中国文学语言库,网络语言常用戏谑、借用、化用的方式模仿经典语言,从而实现一种亦庄亦谐的表达。"①

《长宁帝军》的话语表达方式有着鲜明的网络叙事特征,小说里存在着大量的人物对话,甚至一些章节里全部由两个、三个人的说话交流组成,对话在推动叙事方面起到了极大作用。如果关注一下对话内容,一种普遍存在的甚至具有一定规律性的对话风格显得非常独特,笔者将其总结为"撩骚叙事"。所谓"撩",是指撩拨、引诱,是一种欲言又止、欲说还休的话语动作;所谓"骚",是骚气、风骚,指向行为后果及由此形成的总体性语言风格。这种表达方式有点像段子,只对那些能够"破解"作者意图的阅读者开放,并产生一种哑然失笑、会心一笑的情感体验效果。既然有"笑"的阅读感受,那么"撩骚"与同样能产生"笑"的幽默,又有着怎样的区别呢?

幽默与古希腊喜剧有着非常紧密的关系,在阿里斯托芬等戏剧家的笔下,观众能够从滑稽之余看到讽刺,从诙谐之外体味到幽默。而在中国,是林语堂首次将 humor 翻译成幽默,并在《语丝》杂志上写下了大量幽默性灵、平和闲适的小品文。而在小说创作方面,老舍、张天翼、钱钟书的笔下具有风格各异的幽默表述。以《围城》为例,钱钟书时而用幽默揶揄,时而借幽默讽刺:

---

① 周志雄:《网络叙事与文化建构》,《文学评论》2014年第4期。

有人叫她"熟肉铺子"，因为只有熟食店会把许多颜色暖热的肉公开陈列；又有人叫她"真理"，因为据说"真理是赤裸裸的"。鲍小姐并未一丝不挂，所以他们修正为"局部的真理"。①

这一张文凭，仿佛有亚当、夏娃下身那片树叶的功用，可以遮羞包丑；小小一方纸能把一个人的空疏、寡陋、愚笨都掩盖起来。自己没有文凭，好像精神上赤条条的，没有包裹。②

"撩骚"不一样，作者知白常常借助对话传达出暧昧的、只可意会不可言传的内容，如当下流行的"基情""开车"，或者只是一些冷笑话：

秋实道人坐好了之后问："国公为什么会突然到观里来？是有什么要紧事么？"

沈冷笑了笑道："想你。"

二本："呕……"

秋实道人哈哈大笑："我要是年轻七十岁就信你了，那时候对男人应该喜欢女人还是应该喜欢男人还有些懵懂。"

二本道人："我凑，师爷你三十几岁的时候还懵懂呢啊。"

秋实道人皱眉："我多大了？"

二本道人："你今年刚过一百岁。"

"放屁。"

秋实道人道："我明明才八十岁。"

二本道人道："那师爷你情窦初开够早的啊，十来岁的时候懵懂正常，但懵懂是该喜欢男人还是女人就过分了，那确实是三十几岁的男人才会怀疑人生的事。"

秋实道人："我拐杖呢。"

---

① 钱钟书：《围城》，人民文学出版社2012年版，第5页。
② 钱钟书：《围城》，人民文学出版社2012年版，第9页。

沈冷一脚把二本道人踹开:"已经揍了。"

　　幽默与"撩骚"都能使人发笑,但这两者的发笑机制是不同的。在钱钟书笔下,制造幽默的是叙事者,幽默经常借助比喻等修辞手法实现,品质上是趋"雅"的;在作者笔下,"撩骚"的主体是小说里的人物,具有鲜明的人物言语风格,"俗化"程度更高。所以,幽默是理性的产物,"撩骚"来自写作者刹那间的感性。"撩骚"为什么会成为一种叙事方式呢?一方面与时代气息联系紧密,"屌丝文化"消解了传统高雅文化的深度,小说的思想主体、人物形象"形而下"的倾向非常明显;另一方面,相较于传统通俗小说,网络小说在"与世俗沟通""浅显易懂""娱乐消遣"的道路上走得更为深远,是"粉丝经济"文学实践的具体体现。"撩骚"的叙事功能是显而易见的,除了能够撩拨读者的内心,还能在紧张的权力斗争、军事战争之余释放写作者的压力,同时缓解阅读者的紧张心情,使得小说达到动静结合、张弛有度的平衡。这种平衡策略并不少见,例如在革命历史小说《红日》里,作者吴强除了展现激烈的战役、会战,还用了一定的笔墨描写主人公沈振新的家庭、婚姻、爱情生活,以此调整叙事节奏。《长宁帝军》的"撩骚叙事",某种程度上也是表现人物性格的重要手段,它甚至在无意间揭示了一条规律:网络小说的爽感除了依靠"金手指""无限升级"的情节设定,简单的人物对话也能起到同样的作用。

　　《长宁帝军》的"撩骚"与幽默不同,但并非凭空而生的陌生物,中国文学史上存在着一种"油滑"的语言风格,这与"撩骚"有着更为相似的联系。洪治纲曾对油滑与幽默间的关系做过明显的辨析,"从表面上看,油滑的叙事常常充满了各种嘲讽与戏谑,确实在某种程度上体现出幽默的情趣,但是如果仔细玩味,仍能看到叙事的背后隐含了作家对笔下人物的傲慢与不恭,难见深切的同情与体恤",而幽默"其背后应该站着一个严肃的创作主体,让我们能够从笑中发现作家内心的泪滴,在戏谑中看到作家深切的同情。换言之,真正的幽默,是作家倾尽自己的情感与心志所做出的审美表达,饱含着创作主体的审美洞察与思考,也承载了创作主体的生命体验与独特感悟。否则,就属于低级趣味上的油滑"。[1] 中国现代文学的先驱鲁迅,在《故事新编》的序言里就对这种风格表达了自己的警惕,"这就是从认真陷入了油滑的开端。油滑是创作的天敌,我对于自己很不满"[2],"《故事新编》真是'塞责'的东西,除《铸剑》外,都不免油滑"[3]。而在当代作家王朔和王小波的笔下,关于幽默和油滑的争论从未停止,语言风格一定程度上影响了作家的文学史地位。

《长宁帝军》的"撩骚"叙事从本质上体现了网络小说写作的游戏心理,小说里敌我双方的斗争、同一阵营里的亲密关系都以轻松的言语快感表现出来。在这种游戏逻辑下,"虽然'以弱胜强''普通人创造奇迹'等虚拟快感原型均产自大众文化工业,但网民通过评论、打赏等方式沟通作者,进而影响情节走向,使作品成为互动的产物"[4]。诚然,"撩骚叙事"拉近了作者与读者的距离,但这种写作方式的负面效果也要引起我们的警示。就如同幽默不能流于"油滑","撩骚"也绝不能沦落为"色情擦边球",写作者必须掌握好"度",学会节制。毕竟,芥末只是一种调味品,不应该把它当成主食。

三 风格:"偏执美学"

《长宁帝军》虽然有很大的篇幅表现民族战争、国家治理,但这些只是手段,其根本目的仍旧是讲述主人公的英雄故事,这种可被称作"伪宏大叙事"的现象在当下很多网络历史小说中十分常见。我们还从这部小说里看到一个有趣的现象:在男主沈冷、孟长安几十年的参军过程中,因为赫赫战功而加官晋爵,由籍籍无名的小人物变成了一品大员、国家柱石。与这种外在的变化相比,他们内在

---

[1] 洪治纲:《小说叙事中的"油滑"》,《文艺争鸣》2020年第4期。
[2] 鲁迅:《故事新编·序言》,《鲁迅全集》第2卷,人民文学出版社2005年版,第353页。
[3] 鲁迅:《致黎烈文》,《鲁迅全集》第14卷,人民文学出版社2005年版,第17页。
[4] 许苗苗:《游戏逻辑:网络文学的认同规则与抵抗策略》,《文学评论》2018年第1期。

的世界观、人生观、价值观却鲜有改变，人物成长是精神失位的、有些跛脚的"浅成长"。在这种"浅成长"的基础上，小说呈现出来一种非常独特的美学风格，笔者将这种风格称作"偏执美学"。所谓偏执，是指情感的绝对、纯粹和炽热，爱憎分明取代了传统小说情感表达的含混、复杂甚至虚伪。这种偏执，打破了中国传统文化里讲究和谐的中庸之道：在小说内部，偏执表现在个体与个体、个体与国家的情感关系上；在小说世界之外，则是写作者对阅读者深度的情感偏向。

首先，《长宁帝军》里的君臣、夫妻、师徒、兄弟、敌友关系都得到充分展现，而且是单纯的、简单的——绝对的爱或者绝对的恨。例如，宁国皇帝与主人公沈冷之间已经打破了原有历史逻辑的君臣之道，彼此间绝对的信任、关怀和爱取代了皇帝的威严、对臣子的提防，臣子对皇权的恐惧也几乎消失不见；沈冷与沈茶颜由青梅竹马到婚恋生子，从来都是一心一意，爱情里容不下任何第三者，这与我们在赛博空间里常见的"种马文"何其不同；青松道人与沈冷、沈茶颜间的传统师道伦理已经荡然无存，老师可以没大没小、"无理取闹"，学生可以捉弄、调侃老师，师生的严肃演变为轻松的游戏性存在；兄弟和敌友之间的关系是两对截然相反的情感呈现，孟长安和沈冷这两个"基友"，平日里言语间总是相互拆台、"互怼"，战场上却能够两肋插刀、舍命相救。但面对敌人时，沈孟两人从不心慈手软，他们诛杀沐筱风、裴啸等人的时候都是斩草除根、毫不留情。在个体与国家的关系上，无论是皇帝、大臣还是士兵、普通人，都有着强烈的民族情怀，有能力的将领如沈、孟，把维护国家统一视为己任，普通人民也对国家充满了认同感、荣誉感，他们都对祖国爱得深沉。《长宁帝军》既对中华传统文化中的"仁义礼智信"进行了时代阐释，又把当下中华民族复兴的豪情融入人物对话、情节冲突中去，形成了一种偏执的又带有"正能量"的情感表达方式。

沈冷和孟长安、沈冷与沈茶颜两组人物间的情感偏向具有鲜明的网络性特征，我们常常将其命名为"CP"。"CP"不能简单地理解成"Couple"（配偶），既可以指情侣关系、恋爱关系，"有时候也指一种暧昧的、界限不清晰的羁绊和情谊（即基情），可能包含友情或爱情"①。一方面，男性间的人物组合在通俗小说史上并不少见，《三侠五义》里的"御猫"展昭和"锦毛鼠"白玉堂，《绝代双骄》里的小鱼儿和花无缺，以及《福尔摩斯探案集》里的福尔摩斯和华生，都是具有互补性的形象设定。但网络空间里的"CP"关系，是一种"耽美"化了的人物配对。这种女性向的男性友情，超越了传统意义上兄弟间的"义气"，显得细腻甚至缠绵。另一方面，二沈之间的情爱配对也符合网络耽美小说的"纯爱"走向，他们是青梅竹马的少年伴侣，两人将身体与情感的"第一次"给予彼此，同样符合耽美文学的"双洁"设定。作者知白在表现二沈之间的亲密情感接触时，既能够为读者提供性爱的想象空间，又总是点到为止，网络小说对情爱的诱导和对身体的驱离巧妙地结合在了一起。

其次，从文本世界之外来看，作家创作的主体性进一步偏向阅读者的"客体性"。《长宁帝军》共有1600章，作者时常在章节结尾处的小结诉说自己的生活日常、创作计划，读者则会在每一章的书评区发表见解、与作者讨论情节设定等。例如在第893章的小结里，作者知白这样写道："之前一章中描写火药包中放了大量铁钉，这不符合实际，欠缺考虑，已经修改，在这个环境设定下，铁钉的大量制作并不容易，所以改为碎石子和少量碎铁片以及箭头。"为什么会改呢？因为阅读者对最初的设定提出了怀疑，像这样读者影响甚至改变作家创作走向的例子非常多。可以说，小说世界的情感浓度是以小说世界外作者对读者粉丝强烈的情感投射为基础的。

网络小说与传统通俗小说最大的一个不同就在于阅读接受上，有网络作家曾以调侃的又不失客观的语气说道："读者不仅是上帝，还是三皇五帝。"而随着上架感言、段评、本章说、弹评等伴随文本的

---

① 邵燕君主编：《破壁书——网络文化关键词》，生活·读书·新知三联书店、生活书店出版有限公司2018年版，第194页。

大量涌现，尤其是声音、图像甚至视频不断出现在网络小说的文字间隙，创作者与读者间动态的交互关系彻底改变了传统文学的生成方式和传播路径。有的研究者将这种沟通方式称为连接性，内部的文学性和外部的连接性催生了新的文学样态，也有的研究者将主客双方的交互命名为"主体间性"，欧阳友权认为："互联网的平等交互和自由共享使文学的主体性向主体间性延伸，网络写作是间性主体在赛博空间里的互文性释放，这是对传统主体性观念的媒介补救。在网络写作中，散点辐射与焦点互动并存构成了主体间性的技术基础，作者分延与主体悬置的共生形成间性主体的出场契机，而视窗递归的延异文本则成就了主体间性的文学表达。"[1] 某种程度上，这种间性写作已经不再是简单的作家和读者的共同写作，还向着文本间性和媒体间性进行纵向拓展。例如，在《无限恐怖》中，作者开启了"无限流"，将古今中外的恐怖叙事"有机"地融入同一个文本中，实现了跨文本的跳跃。管平潮在创作《血歌行》的时候，就已经充分考虑到了后续的影视开发和游戏改编，"我做过网络游戏的主策划，所以这次做大纲时，也写了很多的 excel，法器兵器一张，怪物、动植物、法术还有世系法术各有一张表……这也是为了以后改编游戏做准备的"[2]。

《长宁帝军》的"偏执美学"风格逐渐成为网络写作的普遍现象，客观冷静的深度模式已被消解，这也对我们的理论研究提出了挑战：传统的阐释理论是否还能跟得上今天的创作实践？20 世纪中叶以来，相较于文本中心论，姚斯、伊瑟尔等德国学者提出了"以读者为中心"的接受美学理论，其"期待视野""召唤结构"的概念极大地丰富了文学研究的理论资源。但今天的网络文学，传统的接受理论面临着阐释的实效，如何完善、建设、发展包括接受美学在内的网络文学理论批评体系，就成了我们网文研究者不得不去思考的重大课题。

---

[1] 欧阳友权：《网络写作的主体间性》，《文艺理论研究》2006 年第 4 期。
[2] 周志雄、管平潮等：《网络文学需要降速、减量、提质——管平潮访谈录》（上），《雨花·中国作家研究》2017 年第 1 期。

余论："爽感"与"逃逸"

在《长宁帝军》里，作家通过"类型聚合""撩骚叙事""偏执美学"三种方式实现了"爽感"制造。追求快感和爽感是人类生命运行的基本需求，同时也是人类主体创造精神的内驱力。王祥将这种网络文学创作的快乐原则概括为"情感体验与快感补偿功能"，他认为："它是建立在情感体验与快感补偿功能基础上的，网络文学的文学性、独创性，经常就是一些快感模式的审美指代，是欲望叙事的审美化效果。"[①] 与之相近，邵燕君借鉴马尔库塞《爱欲与文明》中的"爱欲解放论"，提出中国网络文学的发展动因是以媒介变革为契机的"爱欲生产力"的解放。[②] 网络历史小说与玄幻、仙侠等幻想类小说不同，制造爽感往往意味着对历史真实原则的违背。此前，《康熙大帝》《雍正皇帝》《乾隆皇帝》（二月河）这样的历史通俗小说都会遵守基本的历史真实，秉持历史正剧的严肃性，尽量做到叙事的客观、严谨。而在《长宁帝军》里，君臣之道、师徒之情、兄弟之义和夫妇之爱完全是脱离历史真实的，主人公与读者大众构成想象的共同体，生活在虚假却又甜蜜的乌托邦里。

读者不知道他们的快乐源自白日梦吗？当然不是，他们借助"虚假"的文字逃逸现实空间，实现对庸俗的日常生活的超越。在网络历史小说中，这种空间的移置是纵向的，历史架空比真实的再造来得更加容易，所以《长宁帝军》虚构了一个并不存在的宁国。而在幻想类小说里，"打怪、升级、换地图"更为常见，其中的"换地图"就是空间的横向开拓，例如，《斗罗大陆》里的唐三穿越到异时空的天斗帝国和星罗帝国，《斗破苍穹》里的萧炎则生活在斗气大陆上。空间位置的频繁移动呈现了生活的偶然性，打破了现实的稳定性结构，这与网络游戏里游戏玩家自由地建造房屋、村落、城市有着内在的一致性。

[①] 王祥：《网络文学创作原理》，中国人民大学出版社2015年版，第14页。
[②] 具体可参见邵燕君《以媒介变革为契机的"爱欲生产力"的解放——对中国网络文学发展动因的再认识》，《文艺研究》2020年第10期。

因此，网络历史小说注重的并非线性的历史时间，而是立体化的空间。阅读者幻想着逃出日益内卷化的、疲惫不堪的现实生活，在一个陌生化的环境里开疆拓土、实现抱负。在这个意义上，《长宁帝军》把我们拉出紧张、忙碌的学习和工作，为我们提供了一块舒服的栖息地，让每一位参与者愉快地躺平在虚构的历史空间里。

第十四章　网络小说的叙事伦理

——评《无缝地带》

2008年以来，谍战小说成为大众文学中异军突起的一种文学题材。2018年，网易云阅读大神作家李枭（真名李鹏飞）创作的《无缝地带》获得"2018年优秀网络文学原创作品"奖，该小说以真实事件"大连抗日放火团"作为创作题材，"大事不虚，小事不拘"，讲述了间谍林重以多重身份潜伏关东州警察部特务调查科担任副科长的故事。其间，林重领导组员章鲁，对保障日军后勤的重要物资部门满棉、满粮、满油等处进行放火，并和老卢、柳若诚一起组建大连地委，暗中保护中共地下党。《无缝地带》连载后，全网点击量过亿，小说以流畅的虚构情节、丰富的人性斗争及鲜明的叙事伦理倾向而成为网络谍战类型小说的典型佳作。

谍战小说的异军突起有着较为深厚的历史基础，中华人民共和国成立初期的反特小说、七八十年代的刑侦小说，及至21世纪的谍战小说，由于社会话语的变迁，呈现出各自的特质。21世纪的谍战小说在叙事模式上主要表现为：谍报人员（小说主角）在敌方内部以虚假身份窃取情报（主要内容），这其中包含着悬疑、暴力、爱情等要素。在创作上倾向于把宏大历史叙事转变为日常生活叙事，叙事也较多呈现个体生命的精神状态，传统的"革命+惊险"模式变为"信仰+人性"的故事。虽然有不可避免的敌我矛盾的书写，但在二元对立中加入了人伦世界和日常生活的描写，使得人物形象更为饱满，故事更具有阅读性和思考性,在读者、隐含的读者、作者、隐含的作者中,叙事伦理呈现出传统文学审美的特性。

何谓叙事伦理?罗兰·巴特说:"世界上叙事作品之多,不计其数;种类浩繁,题材各异",① 叙事具有普遍性;而伦理指"一定社会的基本人际关系规范及其相应的道德原则"②,叙事和伦理在事实上形成的关联即为叙事伦理形成的基础,叙事往往无法在伦理上持中立的态度,但伦理需要通过叙事来传达,叙事由叙事主体、叙事作品、叙事接受者三部分组成,而与主体相关的"如何创作",与作品相关的"如何叙述""叙述什么",与接受者相关的"如何阐释"都和伦理密切相关。因此,从创作层面来说,叙事伦理包括创作伦理和阐释伦理;从叙述层面来说,叙事伦理包括叙事作品在话语表达、故事内容方面涉及的叙述伦理和故事伦理。由于小说《无缝地带》在创作和叙述上都与伦理内容密切相关,所以,把《无缝地带》置于叙事伦理的研究范围中,是一条较好的路径。

一 传统文学的审美机制和"爽"点的设置

相比较传统文学的"审美性"和"文学性",网络文学侧重于读者对作品的阅读感受,《无缝地带》既兼具了传统文学的审美性,又具有网络小说的特点。

1. 传统文学的审美机制

《无缝地带》是一部文学性较强的网络小说,相较于一般的爽文,具有鲜明的传统文学特质:首先,小说分为《戾焚》和《寂灭》两部,总计59.5万字,相较于动辄几百万字的长篇网络小说,《无缝地带》节奏明快,叙事流畅,在情节设计上环环相扣,善挖坑不拖沓,铺垫合理,细节严谨,有较强的观赏性;其次,小说善于借鉴传统文学的手法,通过人物对话,传达较多的哲思话语,凸显小说主题。如

---

① [法]罗兰·巴特:《叙事作品结构分析导论》,引自张寅德编选《叙述学研究》,中国社会科学出版社1989年版,第2页。
② 朱贻庭主编:《伦理学大辞典》(修订本),上海辞书出版社2011年版,第14页。

神谷川说"我的老师土肥原贤二曾经对我说,间谍并不是一种职业,而是一种生活方式"①;廖静深说"如果一个人自杀,不是证明他不怕死,而是证明他不知该怎么活着,因为生活已经让他束手无策"②;林重说"我对敌人没有仇恨""莫斯科郊外的那所特工学校,只能教我怎么憎恨敌人,却没教我怎么去爱他们。不用惊讶,我说的这种爱并不代表我对敌人会仁慈,但是作为人,爱远比恨重要得多,仇恨能带来战争,毁灭一切,但毁灭不了爱,爱能拯救一切。毁灭一个人要用仇恨,拯救一个人却要用爱"③;等等。

这些颇具文学性的话语,在网络小说中尤为突兀,有网友说看了很有启发,留言说"到底什么是爱,什么是信仰?""突然明白一个道理,阵营不是按人种和国别分类的,而是信仰"。由此可见,作为一部成功的网络谍战小说,《无缝地带》给读者带去的不仅仅是猎奇的体验,还有感动和思考,即伦理的传达。刘小枫认为,"所谓伦理其实是以某种价值观念为经脉的生命感觉,反过来说,一种生命感觉就是一种伦理,有多少种生命感觉,就有多少种伦理"④,小说提及的爱和信仰即是小说叙事的经脉,一条经脉就是一种生命的伦理。

众所周知,传统文学的创作承担着认知、教育、审美娱乐三大功能,作家在创作的时候总要努力追求历史承担、终极价值和人伦关爱等。因此,在传统文学的审美机制中,作品的认知社会和提升能力的动机占主导地位,而消遣娱乐和感受人生的动机次之;于读者而言,更期望能进入作家的艺术世界,从作品中感受到作家的情感体验,阅读过后能掩卷深思。而《无缝地带》之所以具备了传统文学的审美性,在于它不仅仅具有消遣娱乐的功能,更在于它激发了读者的情感,引发了对人性的思考,增加了对家园的热爱,产生了对英雄人物的崇敬,生命和生命互相抱慰,叙事伦理得以延伸。"我们感到自己的生

---

① 李枭:《无缝地带·烬焚》,金城出版社2018年版,第124页。
② 李枭:《无缝地带·烬焚》,金城出版社2018年版,第7页。
③ 李枭:《无缝地带·烬焚》,金城出版社2018年版,第109页。
④ 刘小枫:《沉重的肉身》,华夏出版社2015年版,第4页。

活得到了补充,我们的想象在逐渐膨胀。更有意思的是,这些与自己毫无关系的故事会不断的唤醒自己的记忆,让那些早已遗忘的往事与体验重新回到自己的身边,并且焕然一新。"①

2. 小说"爽"点的设置

作为一部网络小说,所有的"爽"点都围绕着主人公林重而展开,小说通过人物设定、金手指、先抑后扬等叙事策略建立起"爽"感。

首先,小说的主人公林重是个普通人,30 岁左右,相貌中等偏上,性格讨喜,林重的形象塑造和三观很容易得到读者的认同,是个"爽"人;其次,金手指在网络小说中一般指给主人公带来好运的各种幸运事件,小说中的金手指指林重的好运气、经验和本能;再次,先抑后扬是网络小说常用的手法,主人公常常"扮猪吃老虎",林重的性格外弱内强。

在小说开端,林重回到大连担任关东州警察部特调科的副科长,其直接上司廖静深对他疑虑重重,而次长神谷川则更加不信任林重,秘书钱斌用各种方法对他进行试探,而和他从小一起长大的翟勋看似对林重很友好,但在背后也有小动作;除此外,电讯科科长傅剑凤说凭着女人的直觉,认为林重就是间谍。可见,林重工作的环境如同龙潭虎穴,不但没有一个帮手,而且没人信任他,处处提防着他;在地下工作里,林重的帮手柳若诚却是他昔日的恋人,柳若诚余情未了,给林重增添了不少的烦恼,林重领导的放火组员章鲁是个文盲,性格粗鲁,工作不够谨慎;在家庭里,妻子童娜对林重的身份和工作一无所知,不仅常和林重吵架,还骂他是狗汉奸。

总的来说,林重的潜伏工作困难重重,充满着艰巨性,但林重"扮猪吃老虎",叙事先"抑";自吴小松叛变事件始,林重连续除掉警犬威力,暗杀叛徒赵东升,放火烧满棉、满粮、满油处,搭救陈渡航,等等,林重无一失手,金手指大开,虽然林重多次面临被暴露的危险,但都凭借着机智、谨慎和经验而化险为夷,叙事逐渐为"扬",

---

① 余华:《没有一条道路是重复的》,作家出版社 2010 年版,第 133—134 页。

"爽"点一环套一环，甚至多个事件同时展开，把"爽"点推向巅峰。对于放火事件，作家李枭和网友互动说"我自己动手做过实验，看看放火的装置可能够起火"，实验证明起火并没有那么顺利，但作家为了偏向于读者的"爽"感体验而故意忽略可能会发生的种种意外。

因此，小说一"爽"到底，林重举重若轻，攻无不克。从对立的人物阵营来看，关东州警察部和宪兵司令部人数众多，装备精良，且不乏优秀人士，而林重赤手空拳，却将他们玩弄于股掌之中，除了神谷川和傅剑凤，对手的智商都沦为白痴。此外，多个事件的疑点也在叙事中一笔带过，比如冤枉樊晓庵、栽赃王喜、杀死警犬威力等，敌对阵营的人鲜有质疑者，为了读者"爽"，小说致力于描绘"爽"点，却鲜少去写不"爽"的"雷点"和"郁闷点"。

小说中人物的最终命运也体现了"爽"，凡是背叛党组织的叛徒和坏人，基本都死了，比如叛徒赵东升、吴小松、乐宝山等；坏人如翟勋、廖静深、神谷川等。但在小说的结尾，"爽"点却及时刹车，柳若诚和林重壮烈牺牲，又回到了传统文学的路径，让读者的思想情感走入了一个深邃的通道，虽然娱乐性略微有不足，但小说的思想性却得到了升华，这也是《无缝地带》与众不同的原因之一吧。

二 创作伦理与个体伦理的交互

自古以来，优秀文学作品的叙事伦理内容都会对读者产生影响，溯源来看，作品的伦理影响源于叙事主体的创作，作家在创作过程中的诸种行为（如创作之前的伦理观察、创作中的事件伦理传达等）都在影响着叙事作品的伦理内容，这是创作伦理的研究范畴；创作伦理是作家在创作时应该遵守的伦理观，受到作家个体伦理观与外部伦理环境等因素的制约，其内容包括积累素材、传达内容等在内的整个创作过程。

网络作家的创作伦理和个体伦理既有联系，又有区别，个体伦理能够指导作家的创作伦理，但创作伦理不一定会对个体伦理产生影响。比如对人性的书写，神谷川是个冷酷的施暴者，视中国人的生命如尘芥，神谷川奉行的伦理观是作家的创作伦理，与个体伦理是冲突的，因此作家需要处理类似人物的伦理观，和个体伦理达到一致。所以，小说会发生奇异的张力，人性的书写呈现出多面的维度。

1. 复杂人性的冲突

小说人物众多，生动展现了人物所处的伦理困境，以及发生在人物身上的伦理矛盾，从而把人性最真实、最深刻的一面呈现出来，带给读者强烈的震撼与冲击。

小说所写的英雄群像栩栩如生。沈颢既稚嫩又坚定，柳若诚既美貌又忠诚，章鲁既粗鲁又聪明；而对立面的人物形象，作者也颇具匠心，警察部次长神谷川，智商超群，逻辑严密，对待疑似为中共分子的人毫不手软，用尽酷刑，但他在家庭中却是一个好丈夫好父亲，对自己的妻女非常温柔，办公桌的玻璃下面常年放着妻女的照片；同样，廖静深作为特调科的科长，也是杀人如麻，毫无良心，但他却在妻子临死之前一直握着妻子的手，陪妻子走完最后一程，留下了痛苦的泪水。而关东州的检察官山野凉介，对于神谷川在证据不足的情况下，枪杀一个疑似中共分子的记者一案，却进行了执着的调查，并准备展开起诉，山野凉介说"医学不能改造人性的缺陷，不能使人类放弃犯罪，法治却可以。一个完善而平等的法治社会可以大大减少人们的罪恶行为"①，神谷川对山野凉介的行为嗤之以鼻，在他眼里，枪杀一个中国人如同捏死一只蚂蚁，而山野凉介却尊重生命的存在，希望建立一个完善而平等的社会；而小说中出现次数不多的约翰神父，冒着风险为受害者做祈祷，最后因庇护伤员而被处死，尽管他是欧洲人，早就可以离开大连，但他坚持留下来，他说这片土地有大恶，需要大善。

可见，这些复杂的多维度的人性，都传达了创作伦理和个体伦理的冲突，但创作伦理最终都转变为作家的个体伦理。作家李枭说"实际上，林重在1942年的时候就已经在服用抗精神抑郁的药"，但在小说中，林重一直都保持着清醒的革命姿态，即使感觉疲倦，但无病态

---

① 李枭：《无缝地带·戾焚》，金城出版社2018年版，第84页。

显现。一方面是源于小说"爽"点的设置，读者不会愿意看到一个英雄每天服用精神药物；另一方面，则是作家的个体伦理使然，一种生命感觉就是一种伦理，创作伦理虽然从伦理角度对网络作家的创作提出了要求，但创作伦理却无法干预个人伦理。

2. 创作伦理和外部环境的有机融合

除了个体伦理的影响，网络作家的创作伦理与外部环境紧密相关，外部环境主要指网络接收端的参与者，比如读者和市场。在传统写作中，作者居于四要素的中心地位，文学创作以作者为中心，但在网络小说的创作中，作者的中心地位被弱化，作者和读者的互动与影响越来越重要，尤其自2003年VIP收费制度以来，网络作家的创作基本以市场为导向。

在网易云阅读的数据显示中，《无缝地带》的点击率达到1.52亿次，评星为5个星，2018年完稿至今，不仅出版了纸质版、有声版读物，而且计划拍摄成影视作品，无论是读者反馈还是市场效益，小说都获得了较大的成功。

作家的创作伦理和外部环境的有机融合，贯穿了创作的整个过程，最终体现在作品中，这涉及伦理意图和伦理信念的传达。如中共党员苏国坤，为了掩护战友赵东升而牺牲了自己，留下一对幼小的儿女，他死后，赵东升叛变了，神谷川授命翟勋活埋了这两个孩子，翟勋在孩子被活埋前给他们买了一对糖葫芦，以减轻内心的不忍。显然，因为赵东升叛变而引发的悲惨事件，使作家的伦理意图得到了很好的表达：歌颂苏国坤为了党的革命事业，宁愿舍弃小我；批判赵东升贪生怕死，丧失信仰，是个自私的小人；鞭笞日本人神谷川丧尽天良，毫无人性可言；批评翟勋作为中国人，虽尚有人性，但却苟活于世。

在《无缝地带》的304条原始发帖中，大部分网友都在高度赞誉这部小说：有一位名为"聂子"的网友的留言被置顶，她说"今天是918，正好看完这本书，愿英雄得到英雄的荣誉，愿世间有情人永不遗憾，愿我们的孩子永远欢笑，愿和平女神永远眷顾这片热土"，作家李枭回复到"谢谢聂子,你的评价和体会,让我感动"。作家的伦理意图和伦理信念得到了读者很好的反馈,在赞誉英雄和具有家国情怀的谍战小说中,每个人的生命伦理体验都趋向一致,作家的个体伦理与创作伦理达到了统一。

实际上,李枭早期执笔创作《刺杀》和《禁城一号》等谍战小说时,其人气没有如此高涨,对比早期作品以后会发现:一方面,作家的写作技巧日益成熟,《无缝地带》具有鲜明的网络小说特点;另一方面,网络作家的创作伦理和外部环境的有机融合不仅仅是依靠宣传和运作,打破网络和文学之间的壁垒,创作兼顾文学性和网络性,才是小说得以成功的关键。

三 自由伦理和人民伦理的双重呈现

刘小枫把叙事伦理分为两种,即人民伦理的大叙事和自由伦理的个体叙事。"在人民伦理的大叙事中,历史的沉重脚步夹带个人的生命,叙事呢喃看起来围绕个人命运,实际让民族、国家、历史目的变得比个人命运更为重要。自由伦理的个体叙事只是个体生命的叹息或想象,是某一个人活过的生命痕印或经历的人生变故——人民伦理的大叙事的教化是动员、是规范个人的生命感觉,自由伦理的个体叙事的教化是抱慰、是伸展个人的生命感觉。"[①]

1. 自由伦理个体叙事的呈现

在小说中,自由伦理的个体叙事主要指的是林重的私人生活,如家庭、朋友、昔日恋人等,与此相关的伦理事件往往增加了矛盾冲突的复杂性,让小说更为精彩。

不同于17年(1949—1966)的军事题材作品,人民伦理的大叙事占据主导地位,21世纪以来的谍战小说,在大叙事外基本都增加了一条叙事线索,即日常生活和人伦事件的书写,林重的婚姻和家庭生活在小说叙事中占据了大量的笔墨。在婚姻生活中,林重和妻子童娜经

---

① 刘小枫:《沉重的肉身》,华夏出版社2015年版,第7页。

常为了鸡毛蒜皮的事情吵架，童娜性格火暴，满是怨气，而林重和很多的普通男人一样，得哄着老婆开心，这种私人生活的描写，增加了谍战小说的日常趣味。

而林重和昔日恋人柳若诚的关系，即"革命+恋爱"，是21世纪谍战小说常用的叙事模式。柳若诚相貌出众，家境优越，和林重都隶属于共产国际，有共同的革命信仰，而且，即使林重已经结婚生子，但柳若诚依旧深爱着他。因为柳若诚的存在，童娜吃醋、离家出走、和林重吵架，这种三角恋的关系给林重的私人生活制造了很多的麻烦。及至柳若诚被抓捕，受尽酷刑却拒绝投降，在行刑的时候，柳若诚设计帮助林重，并说："记住我，下辈子继续追我，我等你。日本已经投降了，你要活着走出去，我爱你！"[1]

爱情主题在文学作品中是长盛不衰的，在革命类型的小说中，爱情却具有另一番景象。如果柳若诚仅仅是深爱着林重的普通女性，那小说的伦理呈现是比较世俗化的，和其他网络类型小说中的爱情叙事没有区别，但正因为他们的感情中有了革命的加持，才显得神圣和庄严，男女之爱也给革命添加了浪漫的色彩。追溯历史，以柔石、茅盾、丁玲、萧红等人为代表，左翼作家面临的革命和爱情的叙事伦理也陷入了两难，蒋光慈把这种伦理的困境演变为"革命+爱情"的叙事方式，获得了广泛的认可。在蒋光慈的《野祭》中，革命者陈季侠对死去的章淑君忏悔，希望她活过来能够好好地去爱她，革命和爱情在这里得到了和解，而和解的前提是恋爱要向革命、个人要向社会进行整体的位移。同样，因为柳若诚和林重是一起并肩战斗的同志，革命和爱情才能得到很好的诠释。

2. 人民伦理的大叙事

人民伦理的大叙事主要指的是小说所呈现出来的社会层面的伦理观念，主要表现为正义、牺牲和爱。

何谓正义，小说中每个人物的正义都有所不同。林重说"我们不

---

[1] 李枭：《无缝地带·寂灭》，金城出版社2018年版，第244页。

是不能拥有正义感，而是这个职业决定你应该把它藏在心里，一旦它从你心里跳出来，损失的绝不仅仅是你一个人的生命"①。林重为了取得信任，必然要做很多有悖人情和良心的事情，当他去监狱执行犯人死刑的时候，眼睁睁看着自己的同志被枪决，当他栽赃无辜的樊晓庵和王喜时，他只能看着他们被活活打死，甚至对自己的妻子童娜，林重也保持怀疑态度。在"是"与"非"的价值判断中，正义基于人物所具有的立场，对于林重，为党的革命事业奋斗终生，哪怕壮烈牺牲，也在所不惜。而反面角色翟勋的正义却体现在活埋两个孩子前所买的那对糖葫芦，良心即是他的正义；日本人山野凉介崇奉法律的公平和公正，法律是他的正义；神谷川对中共党员深恶痛绝，杀人如麻，但他很爱他的家人，亲情是他的正义。

牺牲，不仅仅是流血和肉体的逝去，还有更丰富的内涵，包括中国传统道德范畴内的荣誉、贞洁、手足之情等的失去。柳若诚在被捕前拒绝和陆远南一起去国外定居过安逸的生活，她为了革命事业而留了下来，在狱中受尽肉体的折磨，柳若诚的牺牲是肉体和贞洁的双重牺牲；林重承受着被误解为日本汉奸的罪名，被人看不起，儿子也被人嘲笑为小汉奸，他的牺牲是名誉和亲情的牺牲。

爱和信仰是小说的主题。林重和翟勋是从小一起长大的好朋友，情同兄弟，但当翟勋认为林重抢了他副处长的位置时，就告密说林重从小就打日本小孩，翟勋是个没有信仰的人，他信仰的是权力和金钱，靠杀人和抢夺来换取优越的物质生活。同样，林重为了搭救中共地下党陈渡航，毫不犹豫地对翟勋开枪，杀死了翟勋，因为林重有坚定的共产主义信仰，但凡所有威胁到革命的人和事，林重都不会犹豫和手软。信仰不同，即使再深厚的兄弟之情也会灰飞烟灭，爱，是基于共同目标下的信仰，是博爱，无关阶级和国界。

作为网络小说，正义、牺牲和爱所传达的是人民伦理的大叙事，通过伦理价值观的传达，打破了网络文学和传统文学之间的隔阂，诚

---

① 李枭：《无缝地带·戾焚》，金城出版社2018年版，第169页。

如作家在序中所说:"我坚信,人类通过在艺术上、语言上、生活上的各种交流,那座通往天堂的巴别塔依旧不会建成,但一定会把人间建成没有灾病、苦难、战争的天堂,这不也达到了我们的终极目的吗?"

四 叙述伦理和叙述方式的多元化

叙述伦理指小说的叙述方式所具有的伦理效果,叙述方式存在于叙事行为之中,而叙述和叙事是密切相关的。在叙述者的讲述行为中,叙述者采用的多种技巧、叙述结构、话语表达风格与时间等,都能强化叙述效果,这些多元的叙述方式体现在小说中,产生了多重的伦理效果。

1. 叙述多元化的伦理效果

作为网络谍战小说,《无缝地带》之所以与众不同,除了上述提及的传统审美机制以外,主要源于取材的真实性。比如颇受读者欢迎的《风声》《潜伏》《麻雀》等谍战小说,皆以虚构作为叙事的主要手段,不仅脱离了现实,而且与历史背景毫无关联。而《无缝地带》则采取了实中有虚、虚中有实的叙事方式:故事情节是虚构的,但历史背景是真实的,作者选取"大连抗日放火团"作为史料来源,花了六年的时间进行材料收集,描述了大连地委的组建、大连抗日放火团的英勇事迹、伪满洲国成立、日本策动华北自治、日军的细菌实验、卢沟桥事变、日军投降等系列历史事件,为小说的创作增加了真实性和厚重的历史感,且林重也有历史人物原型。可见,实中有虚、虚中有实的叙事策略,是小说具备叙事伦理的基础。

在叙事方式上,小说以倒叙的方式开始讲故事:廖静深奉部长高桥隆之命写一份关于林重的调查报告,小说的开头其实是交代故事的结尾,之后,小说开始进入正题,整个小说的讲述是以节选廖静深所写的《关于林重等人反满抗日纵火特大间谍案的报告》作为题头,而故事的进展以时间顺序作为线索,林重带着妻儿从上海坐船回到大连工作,持续到日军投降,时间跨度较长;从故事的空间来说,整部小说以关东州(即大连)作为故事展开的地点,其中穿插有营口、奉天、延安等空间位置,但都没有展开故事,只作为人物活动的背景;故事的叙述以第三人称来展开,描述林重在潜伏期生活的各种细节,而人物的心理状态则用第一人称,双重人称的使用有利于叙事的多方位拓展。

再则,小说所使用的语言风格也传达了一定的伦理效果。除了前文提及的小说具有大量文学性和哲思性的话语之外,小说还多处使用了网络语言,如"你的生物课是哲学老师教的?""我觉得你说得不对,狗没有我们那么累"等。这些轻松幽默的网络语言,消解了谍战小说所具有的严肃性,化解了很多危机,增加了读者阅读的轻快感。

2. 叙述视角的流动

叙述视角指的是人物或者叙述者观察的角度,叙述者在小说中担负着"说"的重要职责,而叙述视角则是叙述者的眼睛,具有"看"的功能。"对视角的分析不只具有描写力,它是小说修辞中一种新探索,小说可以为了某种道德目的给我们定位,驾驭我们的同情,拨动我们的心弦。"[1]

叙述视角的流动,其实是人所处的位置和"看"的角度的差异。林重到底是个什么样的人?从廖静深的视角来看,林重是个颇受大家欢迎的人,他在报告中提到林重有人文主义情怀,喜欢研究宗教和哲学,林重说出来的观点总是很独特。廖静深是林重的直接上司,对发生的系列事件,虽然对林重存有怀疑,但态度并不坚决。

相比较廖静深,神谷川对林重一直保持着怀疑态度,甚至不太友好。首先怀疑林重是潜伏的共产党,并推测出系列事情真相的,就是神谷川,在神谷川眼里,林重是个成功的间谍,但也是个可怕的共党分子。

在老卢眼里,林重是个可靠的同志,老卢和林重的关系亦师亦友,林重可以向老卢倾吐他在家庭和工作中的烦恼,像老卢的小兄弟一样和老卢开玩笑,这时候的林重卸下了伪装,还原了自己本来的样子;

---

[1] [英]马克·柯里:《后现代叙事理论》,宁一中译,北京大学出版社2003年版,第22页。

当林重领导章鲁进行放火工作，鼓励章鲁要担起责任的时候，林重又变成了章鲁最亲切可靠的大哥；在同志陈渡航看来，林重如此年轻，但却很稳重。

而在生活中，在童娜眼里，林重是不顾家的丈夫；在柳若诚眼里，林重是重情重义的好男人，并肩工作的好同志；在柳若浓看来，林重是她少女时代心中的偶像，后来成了狗汉奸；在翟勋、周勇和郑培安等兄弟眼里，林重是值得敬重的大哥，是一辈子的好兄弟；在儿子同学的家长眼里，林重是被人鄙视和不屑的日本人走狗。

因此，在多重视角的观望里，林重的形象渐次清晰，"以局部的限知，合成全局的全知"，"从限知达到全知，看作一个过程，实现这个过程的方式就是视角的流动"①。林重是贯穿小说的中心人物，作者让一条主线贯穿到底，使作品只有一个中心的聚焦点，林重具有坚强的意志和崇高的理想，他数次面对危险，但他凭借着大胆和谨慎而化险为夷；同时，林重又是一个普通人，他怕老婆、爱孩子，由于扮演多重角色，他孤独地泯灭人性，在痛苦中煎熬，不仅遭到外界的鄙夷，而且连累孩子也受人歧视，林重所承载的沉重负累，以及他个人内心无声的呐喊，是叙事视角所传达的自由伦理观。在波澜壮阔的大时代，个人的声音是微不足道的，家庭、婚姻和爱情都让位于时代，哪怕林重也希望自己能做一个好父亲、好丈夫、好朋友，但人民伦理的大叙事碾压了自由伦理的个人叙事，叙事视角的流动给予了伦理失衡完整清晰的答案。

韦恩·布斯认为，一位真正的作家应该要正视不同目标的冲突，如：国家、家庭、宗教、正义、乐趣、友谊等相互竞争的要求，视点是选择满足其中某项要求时的最重要的调控方式。小说最大限度地调动了多重的叙述技巧，为读者谋划了多出的伦理大戏。"叙事是在复述生活，也在创造生活的可能性，而'生活的可能性'正是叙事伦理

---

① 杨义：《中国叙事学》，人民出版社1997年版，第221页。

的终极目的。"① 多重叙述正是引导读者发现"生活的可能性"的重要手段。

结　语

《无缝地带》是一部兼具传统文学审美与网络小说叙事的谍战小说，在真实历史的基础上进行虚构，文学性和网络性兼具，有着强烈的正向价值观。

在当下的文化语境中，文化认同的内容和形式发生着巨大的变化，曾经的崇高信仰时常缺失，网络谍战小说与这一社会文化之间遥相呼应，是把握时代密码的关键所在。首先，《无缝地带》塑造了以林重为主的系列英雄人物，这些英雄人物不仅具有传奇性，而且身上的烟火气十足，他们也有着普通人的烦恼，甚至被命运摆布的无奈，这无形中拉近了英雄人物和平民百姓的距离，传奇性和俗常性相结合，形成了独特的张力，让英雄人物的信仰在潜移默化中得到了传递和张扬；其次，当今社会充斥了太多的功利主义，这种功利主义一度消解了崇高的价值形象，带来了信仰的大量缺失和生命价值的迷失，而这些从日常生活中成长起来的英雄形象，带来信仰的价值和力量，促使人们反躬自省生命存在的意义。

从这两点出发，网络谍战小说不仅仅是娱乐和猎奇，它应该超越类型小说目前所在的格局，只有将时代的命运和自己的切肤之痛紧紧融合在一起，类型化小说才有更宽广的发展空间。无疑，《无缝地带》做了很好的示范。

---

① 谢有顺：《小说叙事的伦理问题》，《小说评论》2012 年第 5 期。

第十五章 他者凝视困境的突围

——评《老妈有喜》

由于女性创作主体的边缘身份，中国传统女性文学一度游离于文学史的边沿地带，随着新文化运动对西方女权主义的引入，"女性文学"的概念才逐渐进入文学史视野，为中国现当代文坛注入女性的文学力量。随着21世纪互联网媒体的不断发展，女性文学的写作载体由传统的纸媒拓展到网络媒体。由于网络媒介的网络性、互动性、大众性、商业性等特性，女性文学迈入了网络时代的新阶段，出现"女性向"网络文学。在这之中，蒋离子的女性文学作品与现实主义结合，以新时代女性的家庭与社会工作为主要切入点，聚焦于女性主体的成长体验，描述女性在新时代背景下承受的来自文本内外不同维度的"他者"凝视困境。在歌颂女性独立的同时，呼唤现实世界的女性生存反思，呼吁纯粹女性主体独立的价值追求，展现网络女性文学创作的不同风貌。

一 他者凝视困境

"他者"一词起初被西方人用于指代包括印度在内的殖民地远东地区，彰显了以西方为中心的意识形态。之后，黑格尔在《精神现象学》中提出"主奴辩证法"，论证了自为存在的主人意识与奴隶意识间互相矛盾又互相依存的关系；萨特在《存在与虚无》中也提出了相关的"他者"说法，认为主体在建构自我的过程中，"他者"凝视是一种重要因素,他认为正是在"注视"与"被注视"中,确认了主体和他人的存在①。"他者"在黑格尔和萨特的主题研究下开始有了系统性的哲学理念框架。它的定义可以归结为,是指除了自我之外的一切事与物。当主体成为主动者,意识到自我正在凝视、支配"他者",那么凝视者就能够通过发挥控制效果认识主体价值;当自我作为被凝视者出现,自我在被凝视的情况下反馈给意识的信息,让自我认识到存在的意义在于被凝视。从主动与被动的不同角度来看,"他者"对于主体认知、确认自我有着重要意义。

在女性的成长经验之外,我们注意到《老妈有喜》中始终困扰着女性群体的凝视压力。女性成为文本表层的叙事主体,而实际上女主角的种种思想与行动来源于外部凝视,例如许梦安长期生活在他人的"眼中",以他人"完美"的标准要求自我,无论是"完美"的姐姐或是"完美"的妻子、母亲,许梦安的形象呈现了被动化的生存特征。这与《第二性》中所提到的女性"他者"理念不谋而合。波伏娃认为,女人不是生来就是女人的,而是后天形成的,女人始终依附于男性,处于"他者"的地位。她指出,男性在父权社会中始终占据优势地位,女性因此被迫成为"他者"。男性界定了人的定义,也包括女性的定义,就连"他者"也是一个由男性定义并解释的存在。女性话语在社会阶层中严重缺失,处于被动局面。男性权力者的需求成为制约女性的各项条款,而这些条款都指向女性对男性主体的服从目的。《老妈有喜》中体现出的女性对男权社会的迎合姿态,恰恰反映了女性正处于"他者"化的边缘困境。

女性作为"他者",从根本上受到来自男性的形象凝视和身份凝视。《老妈有喜》中许梦心患上产后抑郁的原因来源于她对自己的不自信,产后身材走样,担心老贾因此抛弃自己,甚至她觉得自己不是一位母亲,只是一头"奶牛",完全忘记了自己首先是一个"人",一个"女人",其次才是一位"母亲"。许梦心的外貌焦虑不是来自她对

---

① 张剑:《西方文论关键词·他者》,《外国文学》2011年第1期。

自我认知的好坏，而是来自外界的外貌绑架。高挑苗条，时刻妆容精致就可以被视为一位合格的女性，代表着美丽、高贵、优雅。而相应的，矮、胖被用以指代丑陋。事实上，何为美、何为丑从来都没有确切的定义，只是在男性社会对女性的审美凝视中，女性集体不得不以高标准来要求自己以获取认可，不知不觉中为自己制定了一系列"完美"的枷锁。再者，《老妈有喜》向读者展现了当代女性面临的身份困境。作者选择以女性视角书写故事，大大减弱了男性存在感，男性凝视被作者隐藏在文本之下呈现给读者。李临作为丈夫、父亲、弟弟，优柔寡断，家庭决策从无自己主见，对医馆家业撒手不管，只关注自己的实验事业，角色的家庭职能缺失。但是家庭身份的缺席不意味着社会地位低落。一方面，对一部叙述女性成长的作品而言，这种缺失是故事情节的必然，能够更好地进行对女性的集中探讨；另一方面，小说中男性叙事的缺少恰恰反映男性凝视的无所不在。文中的两位丈夫，李临和老贾在这方面体现得尤为明显。李临把大部分的家务事都抛给许梦安，是出于一种理所当然的心态。他认为料理家务、照顾孩子是妻子的义务，他支持许梦安的事业，但更支持许梦安的家庭事业，所以当二胎与工作产生冲突时，他的建议首先是让妻子辞职，而不是自己辞职。在老贾的观念里，妻子只需要安心在家做富太太，事业是男性的责任。而他破产之后，放任许梦心外出不过是他对经济、对生活的妥协，在他东山再起后，这种"大男子主义"终于浮出水面。透过这两位丈夫的典型形象，读者可以明显体会到女性的生存空间与家庭空间的捆绑关系。"女性就应该待在家里相夫教子"的思想不是李临，也不是老贾个人的想法，而是父权社会遗留的历史问题。农耕文明的劳作依靠强壮的男性，女性无法从其他外物上证明价值，价值空间便被挤压到与自身联系最为亲密的家庭空间中。这种思想经过氏族部落、奴隶社会、封建社会的沉淀，不能够轻易拔除。所以实际上文本中丈夫的缺失部分，已经被更为普遍、高级、有效的现实规则填补，构架出了一个沉默而压抑的凝视牢笼。正如凯特·米莉特在《性政治》中对女性社会性征的阐述。她认为女性是人的自然属性，但是女人是社会意识形态建构的。人的性别是一出生就注定的,但是社会性征是由一定的文化传统奠定的,在社会约定俗成的规则中女性被建构成了"女人",附属于"男人"。与"女人"这一社会性征的形成过程相同,"妻子""母亲"的身份在父权社会的凝视下,成为被"他者"化后的社会身份。

二 他者凝视的时代性

女性的"他者"身份体现了两性关系中女性的身份失衡苦境,传统女性文学也一直致力于申诉女性在"他者"身份处境下的边缘化遭遇,呼唤女性的自强独立精神。《老妈有喜》"在肯定女作家写作女性题材的前提下,对女性的历史状况、现实处境和生活经验的探索,以及语言和叙述风格上,表现了某种独立的女性'主体意识'"[①],以女性作家的笔触主打许梦安为代表的女性主角故事,在互联网时代,继承了传统女性文学的经典叙事,表现"他者"凝视的时代内涵。

首先,80年代之前的传统女性文学,女性对家庭传统的依附感仍然强烈。正如吴小如对苏青的《结婚十年》的评价,"苏青的作品尽管已经沾染上'五四'以后的女学生气,却仍以贤妻良母的形象为基调"。在长达十年的婚姻困境中,苏怀青因为生不出男孩受婆家歧视,试图外出打工却受制于"男主外,女主内"的思想禁锢,在家长里短中委曲求全,苦苦挣扎后这段感情终于走向破灭。通过女性的主体挣扎与外界的强硬法则,向读者传达时代知识女性的生存困境。苏怀青是受过一定教育的新时代知识女性,从结婚的第一天晚上她就对这段婚姻有了清楚的认知,其后也在不断寻找突破婚姻束缚的途径,奈何封建社会的残留思想,使大环境下的男权审视依然强烈,女性思想上的清醒认知与现实阻碍使新知识女性的自我追求走向迷茫。同样的,《老妈有喜》中随着二胎的临产,照顾新生儿、李云阶中考等种种家庭琐事,让许梦安不止一次面临着工作与家庭二选一的局面,这是作

---

① 洪子诚主编:《中国当代文学史作品选》(修订版),北京大学出版社2016年版,第307页。

者重复向读者提出的女性困境之一，体现了关于当代女性如何平衡家庭与工作的迷茫现状，与传统女性文学中展示女性精神迷茫状态的叙事主题有异曲同工之处。

其次，传统女性文学在不同的社会时期都有不同的现实指向。例如丁玲笔下的莎菲女士，有"对封建礼教的背叛，对追求'真的爱情'、个性解放的无限憧憬"①，正是"五四"时期急于寻求个性解放的青年在革命低潮中陷入彷徨的真实写照；萧红的《生死场》，"从女性身体为立足点，建立了一个特殊的视角去观察民族兴旺、乡土文化和性别政治的内在联系"②，与抗日时期的民族历史相挂钩，使创作主题从个体解放上升到了民族解放，具有人文关怀的普世价值；之后的宗璞、林白等人，从"寻求所以变我'非我'的原因"③，到关于"女性的身体觉醒，自恋、同性的情感、幽闭的心理状态、创伤性心理体验等"，女性文学的创作转向个人化、大众化的创作趋势，这与商品经济浪潮带给精英文学市场的冲击息息相关。

不同的文学时期呈现了女性文学不同的主旨理念，《老妈有喜》立足于21世纪的现实时空，为读者呈现当下时空环境可能发生的小说文本，具有一定的现实意义指向，是一部现实主义的网络文学作品。讲述了以许梦安为中心，在工作、家庭与孩子教育中不断实现自我突破的故事。作者蒋离子作为"80后"的女性网络作家，对"80后"独生子女标签化的群体困境深有体会，尤其2016年以来开放的二胎政策，更是加深了独生一代的家庭焦虑。当青春期遇上二胎意外，随后发展出离职危机、许父生病、婉真离婚、老贾破产、李临生病等变乱，作者通过简洁干练的笔调和波澜起伏的故事情节叙述了具有浓烈生活气息的现实故事，照映现实社会针对女性群体的孕妇歧视、出轨、家暴等

---

① 钱理群、温儒敏、吴福辉：《中国现代文学三十年》（修订本），北京大学出版社1998年版，第257页。

② 林幸谦：《萧红小说的女体符号与乡土叙述——〈呼兰河传〉和〈生死场〉的性别论述》，《南开学报》（哲学社会科学版）2004年第2期。

③ 李子云：《女作家在当代文学史所起的先锋作用》，《当代作家评论》1987年第6期。

问题，引发读者对女性在父权社会中所承受的"他者"凝视现状的思考，丰富《老妈有喜》的现实意旨，使其主题叙事回归到传统女性文学对现实困境的思考，体现网络女性文学对传统女性文学的回归，尤其对于传统女性文学向内发声的创作趋势，《老妈有喜》的创作意旨再一次重申了八九十年代以来，女性作为一个自主存在的"人"的命运追求。

继承传统女性文学经典性的同时，在读者集体参与写作的互联网时代，《老妈有喜》呈现了网络文学的时代特征，表现了消费主义视野下的阶层特色和身份性征，探讨读者与文本内部带给女性身份的双重凝视。

以网络文学大众化为基础，读者凝视参与到文本叙事中，直接体现在读者的期待视域对文本创作影响的增强。传统文学写作大多借助报纸杂志传播，受制于传统的媒介特性，读者反馈与作者之间的实时沟通无法达到即时效果，读者的"创作者"效应仅出现在作家创作文本的步骤前后。当互联网作为传播载体出现后，网络的迅捷性极大增加了读者与作者之间的交流效率，作者在网站上能够及时接收读者阅读意愿，读者的"创作者"身份参与到文本准备阶段、文本写作阶段与文本阅读阶段，达成了一套完整的辅助创作流程，加大了读者的"创作者"效应。《老妈有喜》连载于网络平台，借助传播速度快、传播量大的互联网媒介与更多读者进行更加直接的对话，使网络写作具备即时性的特点，加大了读者参与写作的准入范围，使读者的参与性得到空前的加强。

在网络小说的虚构空间中，读者作为参与性极强的"粉丝"，"代替了从前的贵族或官方体制，成为文学的'供养人'"，负责网络小说的虚拟世界构架，"通过'粉丝经济'体制，他们进行多种协商，最后呈现出来的'设定'，在理想状态下应该是'集体意志和欲求'的显现"[1]，此乃"爽文学观"的核心机制。例如《斗罗大陆》中唐三

---

[1] 邵燕君：《从乌托邦到异托邦——网络文学"爽文学观"对精英文学观的"他者化"》，《中国现代文学研究丛刊》2016年第8期。

两世为人，拥有紫极魔瞳、玄天功、暗器百解等武功，对主角称霸大陆起到重要的辅助作用。爆发式增长的人才数量、工作生产领域越来越高的效率标准，使社会节奏始终保持在高速运转的频率上。在不断"内卷"的社会焦虑中，当代青年的精神领域呈现一种普遍的空虚迷茫状态。现实精神的空缺迫使人们在虚拟世界寻求慰藉，在穿越重生文中赋予主角金手指的设定，满足了"失意人群"在虚拟世界中实现成功幻想的渴望。这种基于个人与社会的复杂原因生成的渴望，投射到网络女性文学的叙事领域中，在本身以女性为主要阅读对象的前提下，女性读者的"失意"成为塑造小说形象的重要参照。

根据国家统计数据，截至 2020 年，月收入达到 5000—10000 元，乃至 10000 元以上的人群约有 1.2 亿人，而极低收入及低收入人群有 12.5 亿人左右，大多数群众处于低收入阶层。在《老妈有喜》中，许梦安担任传媒公司的内容总监，李临是大学教授，妹夫是公司大老板，以小康家族为基础，呈现中产阶级的生活状态。从物质层面来看，《老妈有喜》满足了底层受众的阶级幻想。其中作者有意赋予女性角色"职场强人"的人设，代替实现女性受众的职场愿景，满足了因职场歧视而失意的女性读者。除了对阶级人设的直接影响外，"爽"文化的市场观念也影响了《老妈有喜》的结局模式。在"爽"文化的市场观念里，认为主角必须达成某种目的才能不辜负作为主角的身份，这与打怪成功的本质不谋而合，所以对大团圆式的结局存在着一种特定的执念，作者在文中也不可避免地受到影响，给予了所有人一个圆满的归宿。大萍爸爸作为曾经的家暴男，勇于改过自新，洗心革面；于海婚内出轨，也在结局洗白了自己，与婉真重归于好；李云阶与校园暴力的主角握手言和。为契合团圆式的结局范式，作者或多或少对人性保留了最大的善意，但在一定程度上增强了小说的戏剧化效果，放大了小说的理想化与虚构性，偏离现实的主题意义。

传统女性文学中的主角大多挣扎在"外出"的迷茫中，如何争取"外出"？"外出"之后如何实现自我价值？可以说传统女性文学处于女性主体自由地探索阶段。八九十年代时，"社会文化意义上的'性别'的加强,文学创作取材、艺术手法的开放趋势,破除了女作家进入文学写作领域的若干障碍"①,女性开始向外部寻求自我价值的实现,女性与家庭关系的捆绑意识日渐松散,女性作为"人"的主体部分迸发出强烈的生命力。例如张洁的《方舟》,三位女性因为与丈夫不合,就足以让她们生活在其他人的指指点点中,而荆华、梁倩、柳泉在各自的工作中,又因为女性的身份受到不公正的待遇。但是现实与理想的差距没有使她们陷入迷茫,在这三位女性的身上反而展现出一种"破釜沉舟"的孤勇。她们试图通过更多的努力与奋斗,向外部证明自我价值。但是陈旧腐朽的封建观念仍存余孽,女性的生存环境依然备受掣肘,荆华、梁倩、柳泉越是强烈地挣扎,越发说明时代社会对女性独立的严苛。

而在《老妈有喜》中,女性独立已经成为文本世界的建构前提,探讨的是继女性"独立"之后即将面临的一系列生存困境。母亲对二胎的偏爱,致使许梦安从小被迫养成自我防护机制,即必须要成为一名"独立"的人。成年之后的许梦安的确具备了"独立"女性的特征,有一份稳定的工作,有一场自主选择的婚姻,有一群真诚的朋友,在经济、婚姻、友情方面都实现了独立自由。一方面,女性能够自由选择社会工作,决定自己的婚姻,是女性社会参与度增强的体现,意味着女性的性别身份得到一定程度的认可,这是21世纪以来女性自由斗争获得的阶段性进步,再现了当代女性生存空间所呈现的"外出"趋势,但同时也意味着外部凝视势力的增强。例如文中许梦安在被要求做一名合格的妻子的同时,她的上司与同事要求她做一名合格的管理者,要善解人意,能够慧眼识珠,这些在无形中形成了对许梦安的职场凝视,体现了当代女性正在面临的来自工作与家庭的双重凝视压力问题。另一方面,深究许梦安"独立"意识形成的根源,与"他者"凝视的外界环境休戚相关。从一名"独立的姐姐""独立的母亲"到一名实现经济、情感自由的"独立的新时代女性","独立"是许梦

---

① 洪子诚主编:《中国当代文学史作品选》(修订版),北京大学出版社2016年版,第305页。

安从小熟知的道理，要做大人眼中懂事的孩子、姐姐，就必须独立，在这个前提下许梦安的"独立"意识已经在不知不觉中受到"他者"凝视的影响，带有对环境的趋奉意味，而不是自觉的主体觉醒。这也是许梦安长期处于"完美女性"人设陷阱的原因之一。工作环境对女性身份的准入并不意味着"他者"凝视的彻底消失，在长达上千年的礼教制约中，男性对女性的身份审视已经融入社会道德层面，以一种看不见摸不着的状态束缚着女性。男性社会的凝视消解了"独立"的意识形态内涵，使"独立"如同高矮胖瘦一般成为普通的形容词，被用于针对女性的"他者"化手段，从而令"独立女性"成为一种社会性征。因为是"独立女性"，所以有能力平衡好家庭与工作之间的关系，能够把所有事务处理得井井有条。如同"女人"被冠上的"相夫教子"的枷锁，"独立女性"也被默认加以"完美"的行为准则，本质上形成了"女人"与"完美"的双重社会性征。

三 关于女性独立的叙事突围

《老妈有喜》不仅是一部关于女性独立的觉醒叙事，也涉及男性成长经验的抒写，体现了人性内涵的普世价值；在叙事中，女性由"女人"的社会性征走入"独立女性"的社会性征新变，展示了女性"他者"困境的时代性，促使女性现代独立意识的觉醒，抛弃对传统男性力量的崇拜，引导纯粹的女性独立叙事，为网络女性文学中的女性形象塑造迈出创造性的一步。

《老妈有喜》不仅是一部抒写女性经验的成长史，也是一部人性成长史，展现了女性作为完整的"人"的个体自救的探索过程。一方面，作者用意外的二胎打破许梦安在觉醒之前的平衡，进而揭露许梦安作为一个"人"的"不完美"缺点。她也会抱怨不着家的丈夫，也会因为青春期的教育而头疼，不分青红皂白对女儿大打出手，也会因为项目受阻而气馁。种种"不完美"的意外，为许梦安揭下"完美"面具做铺垫，所以作者在文末写有这么一句话："我不是完美的丈夫，所以你也不必是完美的妻子。我不是完美的小孩，所以你也不必是完美的母亲。"当许梦安意识到自己的"不完美",意味着女性为打破名为"完美"的束缚,打响了女性寻求主体自由而斗争的第一枪。女性的主体自由得到解放代表着女性作为"人"的欲望觉醒。故事围绕着许梦安展开了多条支线,包括不同年龄段,不同的家庭,或多或少存在矛盾点,譬如李云阶的青春期、兰香遭受的家暴和何璐奶奶的重男轻女思想。历经生活的各种拷打之后,李云阶成长为善良正义的积极少年,兰香终于意识到丈夫的错误,努力摆脱他的控制,而婉真也勇敢地走出家庭"煮"妇的身份,成长为独立女性,许梦心一夜之间从任性的富太太成长为懂事的女主人。以许梦安为中心,女性角色都经历了一段成长的过渡期,有的人迈出了成年的第一步,有的人迈出了"外出"的第一步,有的人迈出了精神觉醒的第一步。作者通过描写不同女性面对不同困难时的成长体验,展现出其对女性主体作为一个"人"所应有的人性成长历程。

另一方面,《老妈有喜》的成长史意义还包括了男性角色在内的成长经验。李临从最初的袖手旁观,到最后的理解与帮助,其对待家庭的态度呈现积极的转向;贾浩文的公司从顺风顺水,到破产又到东山再起,从反对许梦心创办公司到同意,其间他的思想心境也在不断发生变化;在众人的劝导和帮助下,兰香丈夫终于改过自新,丢弃了重男轻女的落后思想,为自己长期家暴的不正当行为忏悔赎罪;于海不满婉真的逆来顺受,婚内出轨还振振有词,以初恋情人做借口,失去婉真之后才追悔莫及。作者以女性主体为创作视角,同时照顾到男性成长意识的叙事描写。李临与老贾的成长经历,意味着男性性别意识的提升,弥补了男性精神世界中对女性尊重的意识匮乏;兰香丈夫与于海的例子则涉及人性的善恶转变,向读者呈现了全人类语境下的人性成长历程,具有普世的价值意义。

来自遥远历史的残留凝视与当代社会的现时凝视构成了当代女性的生存困境,《老妈有喜》中的新时代知识女性依然身不由己地承受着性别身份带来的"他者"凝视。但作者不仅写困境,也写挣扎。"女强男弱"的话语体系是作者意识的最好表达,尤其体现在婚姻关系的性别秩序中。与被凝视者被动的身份特征相反，许梦安、许梦心、婉真等人都呈现了主动性的一面。许梦安掌握着家里的"财政大权"，包括二胎姓氏事件，李临也是选择听她的意见，许梦安是家庭大事的重要决策者；老贾对许梦心更是千依百顺，纵容宠溺许梦心的无理取闹；婉真摆脱家庭"煮"妇身份后，与于海的地位也发生了置换，于海成了死缠烂打穷追不舍的一方。这种女性主导话语权的写作方式与依利格瑞主张的"妇女写作"殊途同归，即"妇女在有意识地重读和复述父权制的核心文本时，可以变被动为主动，她可以游戏文本，在这种游戏式的模仿中，她可以保持区别于男性范畴的某种独立性"[①]。男性形象体现出娇柔、扭捏等特征，继承了传统对于女性柔软心理的特征描写，女性群体则扮演了"男性"以往的统治角色，呈现一种昂扬的生存状态。作者通过实现女性在文字中的自主，向读者灌输在"他者"化的现实困境中依然不断挣扎向上的自强意识，为当代身处改革与留守浪潮中的女性建立身份自信。

网络女性文学是在90年代"自传式"的女性写作基础上发展而来的，在不断发展的网络女性文学谱系中，"欲望写作"作为创作主线贯穿其中。在网络文学时代，"网络已经拆卸了编辑、印刷成本、发行商、权威批评家、有关权力部门等几乎所有的文学传播壁垒，这意味着所有的网民都可以尽情地写作、发表和欣赏文学作品"[②]，众多女性作家得以在网络上释放长期压抑的女性情感，通过现实事件的题材聚焦女性内心情感与欲望的表达，例如安妮宝贝、黑可可等第一代女性网络作家的崛起。她们的创作是出于对文学的热爱，致力于向读者传达自我真实的情感体验。女性文学创作逐步进入网络时代，创作焦点随之向女性叙事转移，对女性形象的强调意识逐渐清晰，发展到百合纯爱小说，甚至男性形象已然被边缘化。一些标榜"大女主"的网络小说，围绕女主人公的成长经历、情感经验展开叙事，强调女性

---

① 张京媛：《前言：阅读与写作》，见张京媛主编《当代女性主义文学批评》，北京大学出版社1992年版，第8页。

② 欧阳友权等：《网络文学论纲》，人民文学出版社2003年版，第154页。

角色的独立能力，在一定程度上有意识地拔高了女性的作品地位，例如《欢乐颂》《都挺好》里安迪、苏明玉一类精英人设的出现。但叙事重点大多围绕男女情感展开，即使是安迪和苏明玉，最终的归宿也是爱情与婚姻，"女性主动向往弱势角色，重建依附关系，对男性力量有潜在崇拜和认可"①，视点集中于小人物的个体情感体验上，缺少启发女性群体的主体反思。

相较之下，《老妈有喜》同样也讲个体情感，作者用一整部小说讲述了许梦安的心路历程，生动细腻地呈现了她的纠结、苦闷与解脱等情感变化，但作者跳脱出传统的"欲望写作"，抛弃爱情欲望与身体欲望，对许梦安以及李临、于海等人的感情过往一笔带过，阉割了文本中的成年男女故事，着重于描写没有风花雪月的残酷现实。在传统的男性主导的爱情文学中，"爱情是痛苦的源泉，在男人的爱中受苦是女性不可避免的命运"②，类似安迪、苏明玉等精英女性的形象，由于在处理情感问题时表现出明显的弱势倾向，只是证明女性身体自由的独立，而在精神领域还未摆脱传统的男性依附思想。在女性弱势的基础上构成的情感投入，本身带有同情性和单向强制性，是女性身份不自信的体现。李临与许梦安的婚姻不是轰轰烈烈的爱情驱使，而是彼此的"适合"。在于海与李临的追求中，许梦安认为李临更适合自己，于是选择了李临。女性在情感关系中不再是脆弱的一方，不再需要男性拯救，相反，女性拥有选择另一半的权利，与男性平起平坐，女性的主体力量在此时得到充分认证。《老妈有喜》通过描写女性挣脱浪漫空想的爱情之后努力向外挣扎、寻求自我的过程，表现女性纯粹的主体独立与空虚的身体独立之间的对抗，最终"女性彻底摆脱了对男性理想化的依恋依赖，从而面对男性世界无论在身体上还是精神上都能做到充分自立"③，女性抗争呈现出坚决的自我觉醒意识，打破

---

① 邢晨：《精英女性的救赎之路——以阿耐〈都挺好〉为例的女性叙事分析》，《名作欣赏》2019年第30期。
② 于东晔：《女性主义文学理论在中国》，博士学位论文，苏州大学，2003年，第76页。
③ 于东晔：《女性主义文学理论在中国》，博士学位论文，苏州大学，2003年，第78页。

"另一种被精英身份与资本符号包装过的失落的女性命运"的女性文学现状，在网络女性困境的抒写中树立先锋。

结 论

作为一部现实主义题材的网络小说，《老妈有喜》在叙事中说尽人间烟火，以细腻的笔触呈现当代女性群像，深入剖析人物形象的心理历程，使读者能更直接感受到人物的情绪起伏与经验成长，从而引发读者对现实的深入反思。在承接传统女性文学的现实基础上，《老妈有喜》自觉观照当代女性"他者"化的生存困境，为当代女性的生活方式和思想情感提出问题和建议，塑造纯粹的女性主义者的形象，使网络女性文学的创作回归"人"的审美艺术，延伸了网络女性文学的价值领域，建构了未来网络女性文学的创作框架。

第十六章　盗墓小说的文学文化传统
——评《鬼吹灯》

盗墓文学是 21 世纪网络文学从玄幻文学中发展出来的一种类型，主要以盗墓故事为书写对象，描述盗墓过程的奇门遁甲、巫蛊风水、魑魅魍魉等异物奇闻、奇妙历险，其代表作有天下霸唱的《鬼吹灯》、南派三叔的《盗墓笔记》等。作为盗墓小说"开山之作"的《鬼吹灯》共计八册，《精绝古城》《龙岭迷窟》《云南虫谷》《昆仑神宫》为上部，《黄皮子坟》《南海归墟》《怒晴湘西》《巫峡棺山》为下部。[①]《鬼吹灯》的题材、内容、描写奇崛瑰怪，不仅具有网络文学典型的一波三折、通俗易懂的叙述特色，更是在挖掘中国传统文学文化的基础上，对中国古典神话典籍、民间传奇故事、道学方术等进行加工与再创造，采用大胆的想象、"奇幻化"写作手法，将文学虚构与传统文学文化进行完美融合，对中国墓葬文化与巫文化进行平民化再现，形成了别具一格的文学特色。

一　盗墓文学对于传统文学文化的继承发展

1. 题材内容

在题材内容上，盗墓小说继承了民间志怪小说中神魔传说、巫风道教的神秘色彩。正如鲁迅《中国小说史略》写道："中国本信巫，

[①] 搜狗百科，《鬼吹灯》词条，https://baike.sogou.com/v69083.htm? fromTitle=鬼吹灯。

秦汉以来，神仙之说盛行，汉末又大畅巫风，而鬼道愈炽；会小乘佛教亦入中土，渐见流传。凡此皆张皇鬼神，称道灵异，故自晋迄隋，特多鬼神志怪之书。"中国自古以来对于神怪故事的记载众多，盗墓小说不仅大量化用传统文学中的神话故事、民间传奇、野史传说，更是继承了魏晋以来神魔志怪小说中魑魅魍魉、奇闻逸事的新鲜题材，其中不乏民间风水八卦、道教方术、巫术思想的内容，体现了对于传统巫文化与道教玄学思想的继承。

追溯网络盗墓小说的根源可知，早在魏晋南北朝时期，就已经出现了"掘墓""盗墓"题材的志怪小说。此类小说最初是以"掘墓"为主，重点在于与鬼魂神仙有关的奇闻，"掘墓"并非自发的行为，只是展现"奇"的途径。例如，在《太平广记·鬼十七》就曾记载过这样的故事：

> 兰陵萧颖士，为扬州功曹，秩满南游，济瓜洲渡。船中有二少年，熟视颖，相顾曰："此人甚似鄱阳忠烈王也。"颖士即鄱阳曾孙。乃自款陈。二子曰："吾识尔祖久矣。"颖士以广众中，未敢询访。俟及岸，方将问之，二子忽遽负担而去。颖士必谓非神即仙，虔心向嘱而已。明年，颖士比归。至于盱，方与邑长下帘昼坐。吏白云："擒获发冢盗六人。"登令召入。束缚甚固，旅之于庭，二人者亦在其中。颖士大惊，因具述曩事。邑长即令先穷二子。须臾款伏，左验明著，皆云发墓有年。尝开鄱阳公冢，大获金玉。当门有贵人，颜色如生，年方五十许，须鬓斑白，僵卧于石塌，姿状正与颖士相类，无少差异。昔舟中相遇，又知萧氏，固是鄱阳裔也，岂有他术哉？

随后又出现了以"盗墓"为题材的志怪小说，其盗墓者往往不得善终，描写盗墓的目的往往是警示世人不可侵犯坟墓，但是其对墓穴以及墓主人神奇诡谲的描写，本身就已经开始吸引读者。例如《夷坚乙志·李婆墓》写到的：

下邳境内有古丘，相传为李婆墓。莫知其何时，又言多藏珍宝，卒为亡赖恶子所睥睨。绍兴丁巳岁，伪齐之末，群盗肆行，焚庐发冢，略无虚日。遂从事于李墓，呼聚三百人，畚锸备集，自晨至午，及于埏中，棺椁皆露。众疲困，憩卧，或餐干糒。俄有一媪，长七尺余，发白貌黑，形极丑，素练宽衣，端坐椁上。弹指长啸，响振林壑。溪谷涓流，一切沸涌。众怖而散走。须臾烟霭四合，神鬼出没。或闻阗阗车马声，或隐隐如雷。移时开晴，一盗有胆者复往视，已失棺椁所在，但存空穴，嗟悔而归。五旬中多暴死及无故颠陨者。里民悉为之掩圹，且致祭焉。

除此之外，《搜神记》《列异传》《醒世恒言》《华阳国志》《酉阳杂俎》《聊斋志异》等诸多古代书籍中都有关于盗墓故事的记载，在《搜神记》卷十五中共出现了十七则与盗墓有关的故事。但是，虽然网络盗墓小说继承了魏晋南北朝志怪掘墓小说的盗墓题材和诡异奇妙的写作风格，但也有本质上的区别，掘墓小说对盗墓持批评态度，其书写盗墓的目的是警醒世人不可盗墓，而网络盗墓小说重点在于书写传奇冒险，盗墓只是探险的线索与情节。

网络盗墓小说除了盗墓题材可追溯到魏晋志怪文学，其盗墓过程中涉及了诸多具体内容也与中国传统文学文化密切相关，具体可分为神话与历史故事、风水八卦学说和巫术道教思想三种类型。

（1）神话与历史故事

网络盗墓小说中涉及了大量的神话传说、野史故事、民间传奇，并以此为原型进行创造性想象与改编。例如《鬼吹灯》中出现的怪物"红犼"，原文中这样描述道：

以前曾听说僵尸会长白毛黑毛，称为白凶黑凶，还听传说里带有毒的尸妖是绿毛的，这长红毛的却是什么？这难道才是传说中的"红犼"？这是生活在外蒙古草原上的一种猛兽，身硬如铁，喜欢在地下挖洞，当代并不多见，只是听过一些传闻，难道这古墓下面是它的老窝?

事实上,犼这种妖怪并不是作者所独创,《集韵》解释:"犼,兽名,似犬,食人。"袁枚曾在《续子不语》中写道:"常州蒋明府言:佛所骑之狮、象,人所知也;佛所骑之犼,人所不知,犼乃僵尸所变。""尸初变旱魃,再变即为犼。"清朝同治年间《续修永定县志》记载:"邑南有异兽,大如牛,尾似团扇,口阔,径直如盆,周身红毛,长数尺,噬人及诸恶兽,或以为犼云。"无论是周身红毛、凶悍噬人的外部特征还是僵尸异化而成的形成原因,都与古书记载有相似之处,并非空穴来风。

再如《鬼吹灯》中多次出现的墓室中的"万年灯",作者认为"万年灯"是用黑鳞鲛人的油脂而制:

> 黑鳞鲛人,即传说中的"美人鱼",世界上已经有很多人发现人鱼的尸骨了,美国海军还曾捉到过一条活的。据说海中鲛人的油膏,不仅燃点很低,而且只要一滴便可以燃烧数月不灭,古时贵族墓中常有以其油脂作为万年灯。

中国传统文学中一直有对于鲛人的记载,《山海经·海内南经》有对"鲛人国"的记录:"氐人国在建木西,其为人人面而鱼身,无足。"司马迁也曾在《史记卷六·秦始皇本纪第六》中提到用鲛人油脂制作的长明灯:"始皇初即位,穿治郦山,及并天下,天下徒送诣七十余万人,穿三泉,下铜而致椁,宫观百官奇器珍怪徙臧满之。令匠作机弩矢,有所穿近者辄射之。以水银为百川江河大海,机相灌输,上具天文,下具地理。以人鱼膏为烛,度不灭者久之。"裴骃的《集解》中也引述道:"'秦始皇冢中以人鱼膏为烛,即此鱼也。出东海中,今台州有之。'按:今帝王用漆灯冢中,则火不灭。"可见,《鬼吹灯》中对于献王墓人鱼油脂制作的"万年灯"的描写,或多或少对于古书中记载的长明灯有所参考。

《鬼吹灯》除了许多如"犰""鲛人"一般奇珍异兽的记载对传统志怪文学有所参考，更是化用了大量的古典神话与历史记载。如《鬼吹灯·精绝古城》中的精绝国并非完全架空，在《汉书·西域传》中确有记载："王治精绝城，去长安八千八百二十里。户四百八十，口三千三百六十，胜兵五百人。"历史上确实存在精绝国，作者是在此基础上对精绝古墓做出了一定的想象。而《鬼吹灯·怒晴湘西》更是取材于湘西的巫文化，正如《九歌》中所描述的那样："昔楚国南郢之邑沅湘之间，其俗信鬼而好祠。其祠必作歌乐鼓舞以乐诸神。"《鬼吹灯·昆仑神宫》中故事的重要线索涉及藏族的民族史诗——《格萨尔王传说》，《鬼吹灯·云南虫谷》中提到了野史中记载的痋术。《鬼吹灯·巫峡棺山》对后羿射日、空中楼阁、神笔马良、天河鹊桥相会等神话传说进行加工运用改造，"棺材峡"也是取材于巫峡附近的"悬棺"的墓葬方式，当地就有民间歌谣唱道："三峡大宁河，岩上有棺材，金银千千万，舍命难得来。"就连"鬼吹灯"这一篇名，都来自一句在东北流传了几百年的民间俚语："人点烛，鬼吹灯。"同时受到杜甫的诗"山鬼吹灯灭，厨人语夜阑"启发而成。从总体上来说，盗墓小说对于传统神话与民间故事、历史传说的取材与继承呈现出吸收范围广、取材丰富多样的特点，同时将大量碎片化的猎奇故事加以想象性改变，作为主人公冒险过程中诡异奇崛的背景内容。

（2）风水八卦学说

网络盗墓小说中涉及大量的风水知识和《周易》八卦学说。《鬼吹灯》中直接根据中国传统风水学说，虚构出一本风水密书《十六字阴阳风水秘术》，分为"天""地""人""鬼""神""佛""魔""畜""慑""镇""遁""物""化""阴""阳""空"十六章，其中涉及天地气运、万物之化、星相风水，除此之外，正如书中所写的："发丘印，摸金符，搬山卸岭寻龙诀；人点烛，鬼吹灯，堪舆倒斗觅星峰。"《鬼吹灯》中还有作为摸金校尉必须掌握的"寻龙诀"。"寻龙分金看缠山，一重缠是一重关，关门如有八重险，不出阴阳八卦形"，这句话取材并改编自唐代风水学家杨筠松的《撼龙经》中的："寻龙千万看缠山,一重缠是一重关,关门若有千重锁,定有王侯居此间",缠山即缠护之山,守护墓园的机关越多,越可能是显贵之墓,但最终所有的机关位置,都可以在阴阳八卦中找到规律。这里涉及了风水学的重要概念——"龙脉",《阳二宅全书·龙说》云:"地脉之行止起伏曰龙",风水学的集大成之作——郭璞的《葬书》中也说龙脉"委蛇东西,忽为南北",阴宅选址要求倚靠山势宏伟、清晰绵长之龙脉,方可保留生气,庇佑后人。而《鬼吹灯》中的大墓,多半依名山大川而建,主角也多据"分金定穴之术"寻龙脉而来。龙脉的布局结构和分级,类似一棵大树有根龙、干龙、支龙、叶龙,而昆仑山则是"万山之祖、龙脉之源",是龙脉之祖先——根龙。① 在《鬼吹灯》第一卷《精绝古城》中就直接提到了昆仑山之龙脉:

  我在行军的路上想起了祖父传下来的那本书,那书上曾说昆仑群峰五千乃是天下龙脉之祖,这些山脉中从太古时代直到现在,里面不知埋藏了多少秘密,相传西藏神话传说中的英雄格萨尔王的陵塔和通往魔国的大门都隐藏在这起伏的群山之中。

  在而后的续集《鬼吹灯·昆仑神宫》中,更是对昆仑山的大墓进行了想象。除了寻找陵墓依据风水学中的"龙脉",《鬼吹灯》中更是有多处涉及改变风水格局的方法,《鬼吹灯》中的奇书《十六字阴阳风水秘术》中的"化"字卷,便是讲述改风换水之术,献王墓边的山神庙与"断虫道"便是用建筑物改变龙脉的"穴眼星位"以改风换水。
  (3) 巫术道教思想
  网络盗墓小说的内容含有一定的民间道教方术,玄学思想有所继承。《鬼吹灯》描写墓穴时多次涉及道教转世成仙的墓葬习俗,例如献王墓外的"三重水棺":

---

① 百度百科,龙脉词条,https://baike.baidu.com/item/龙脉/3398724?fr=aladdin。

三套不同时期的异形棺中，封着三位被处极刑的大贵人，他们虽然被处死，却仍被恩赐享受与生产地位相同的葬制，他们都被认定是献王的前世，表示他历经三狱，是他成仙前留在冥世的影骨。自古"孔子有仁，老子有道"，道教专门炼养气，以求证道成仙，脱离凡人的生老病死之苦，但是长生不死自然不是等闲就能得到地，若想脱胎换骨，不是扒层皮那么简单的，必须经历几次重大的劫难，而这些劫难也不是强求得来的，所以有些在道门的人，就找自己前三世地尸骨做代，埋进阴穴之内当做影骨，以便向天地表明，自己已经历经三狱，足能脱胎换骨了，这样一来，此生化仙便有指望了。①

道教的世界观分为"天界""人间""鬼界"三个体系，认为人有三生三世，"三重水棺"则用三具尸骨加以代替，"道生一，一生二，二生三，三生万物"。"三"在道教中也代表着世间万物、生死轮回，"三重水棺"不仅代表着前三世的罪孽，更是墓主人渴望来世脱胎换骨、求仙得道的表达，这与道教追求长生不死的基本宗旨不谋而合。正如卿希泰先生所说："修道成仙思想乃是道教思想的核心。道教其他的教理教义和各种修炼方术，都是围绕这个核心展开的。"除了追求得道求仙、长生不死的墓葬文化，《鬼吹灯》中更是大量体现了道教文化中的阴阳五行、驱鬼辟邪、修身养气、奇门遁甲等内容。小说中驱鬼必备的糯米、黑驴蹄子、摸金符，还有"去道观开过光的神像护身符"都含有浓郁的驱鬼辟邪的道教色彩。在《十六字阴阳风水秘术》中亦是"阴阳"与"风水"各占一半，最后一篇"空"则写道："大象无形，大音稀声，风水秘术的最高境界，没有任何一个字的一篇，循序渐进研习到最后，大道已证，自然能领悟'空'之卷'造化之内、天人合一'的究极奥妙所在。"更是体现了道教强调万物和谐、人与自然相互转化的思想。

---

① 天下霸唱：《鬼吹灯·云南虫谷》第四十五章。

正如天下霸唱自己所说的："离开中国玄学和传统文化，《鬼吹灯》也就没有灵魂了。"

2. 叙述方式

在叙述方式上，网络盗墓小说继承和发展了民间章回体小说和传奇小说叙述模式以及其故事性与传奇色彩。正如李修生先生等所言："故事的完整性，是我国话本、拟话本小说所具有的民族形式，是适应我国广大人民群众的欣赏习惯与心理要求而形成的。"[1] 作为民间俗文学的一种，传统章回体小说与传奇小说需要通过跌宕起伏的故事吸引读者眼球。中国传统民间小说叙事大多按照时间发展的"线性叙事"模式，即存在一个核心的情节线索，同时通过诸多小矛盾的爆发与解决以及之前埋下的伏笔和悬念，层层催化主要矛盾的爆发，从而推进主线情节发展。例如《西游记》中师徒四人西游的根本目的和主要任务是西天取经，一路遭遇九九八十一难，每当战胜一个妖怪都是一次小矛盾的解决，而这一次次的胜利又本身构成和推动了取经的进程。网络盗墓小说对这种叙述模式进行了继承和进一步发展，在单部书继承"线性叙事"模式的同时，又形成了"多卷同系列小说"，以多维化的地域空间将多部小说进行平行叙事。以《鬼吹灯·云南虫谷》为例，胡八一一行人进入云南的目的一开篇就十分明确，即"跟寻人皮地图，进入献王墓，得到雮尘珠"，达到这一目的的过程中，三人渡过"地下暗河"，遭遇"林间血棺"，进入"水下宫殿"，最后彻底到达献王墓，这符合传统章回体小说的线性叙事，通过紧凑的故事情节，达到"一波未平，一波又起"的效果，前面走的每一步都是在为后来的献王墓设下悬念，随着主角的前进，献王墓的神秘面纱也一层层揭开，大量的悬念和前后呼应使故事情节连贯，极具故事性和可读性，能够更多地吸引读者，从而达到在网络平台上商业化写作的目的。正如天下霸唱本人认为盗墓小说吸引人的秘诀"叫'无奇不成

---

[1] 李修生、赵义山主编：《中国分体文学史：小说卷》，上海古籍出版社2001年版，第181页。

书',意思就是故事得有悬念,内容就像'钩子'能吊住观众的胃口,让人看了第一章就想看第二章,这也是一个很难掌握但非常重要的技巧"。但同时,《鬼吹灯》系列小说又将多条主线平行发展,从大漠古城到昆仑神宫,再到南海废墟,高原、虫谷、沙漠、海底、高山……盗墓行为本身具有反复性,从而带来了文章叙事极大的开放性。每条主线的进展指向不同的地域,主角的奇幻冒险穿梭在各地截然不同的风土人情、墓葬习俗之中,同时又贯穿寻宝盗墓的相同线索,这种创新使盗墓小说叙事在富有故事性和吸引力的同时,又有多样的色彩和丰富的内容,每一部展现出不同风格的同时又相互统一,构成整体。

除了叙事模式,传奇色彩更是中国传统小说的典型特征,金圣叹曾评价小说的写作:"每每看书,要图奇肆之篇,以为快意。"而盗墓小说对传统小说传奇性的激活主要体现在对于奇异事物的描写上,盗墓小说一方面继承了传统小说中富有吸引力和神秘感的魑魅魍魉、风水八卦、墓葬习俗,但另一方面,盗墓小说并不局限于此,并在其基础上增加了"尸香魔芋""霸王蝶螈"等现代生物学上的奇珍异物,对小说中的传奇性元素进行补充和扩展,使其在继承传统的同时,带有现代社会好莱坞动作大片的科幻色彩。

在语言上,盗墓小说更是在继承了民间小说的通俗叙述的基础上,融合专业术语、行业黑话、民间口语、时代标志语,展现出一幅丰富多样又极富特色的语言绘卷。一方面,《鬼吹灯》中大量使用口语、歇后语、俗语等大众化语言,富有"说书艺术"的色彩,是对于传统通俗文学的继承。不仅如此,还有大量盗墓术语和行业黑话:"倒斗""尸煞""粽子""明器""龙楼宝殿",但同时在介绍奇珍异兽和地形地貌时,又不乏专业化的科学术语,例如对"喀斯特地貌""海市蜃楼""水龙晕"等现象的科学原理解释。更特别的是,《鬼吹灯》中戏谑地使用了大量"文化大革命"时期的革命语言,胡八一对 Shirley 杨的称呼为"杨参谋长",胖子则叫胡八一"胡司令",小说中还多次出现代表"文化大革命"一代的诗歌《献给第三次世界大战的勇士们》,在贴近胡八一人物生长环境进行形象塑造的同时,也使文章富有浓浓的时代气息和轻松愉快的氛围。

3. 人物塑造

在《鬼吹灯》中，三位主角更是性格鲜明，各有特点。"胡司令"胡八一是整支队伍的主心骨，身上具有领导者的气质，作为一名退伍军人，他有士兵强健的体魄和过人的胆识，但同时作为摸金校尉的后代，他又通读《十六字阴阳风水秘术》，深谙"分金定穴"之道，有着对于传统风水八卦之术的了解，他成熟稳重，善于与人交往，但同时又有着严重的战争创伤，对生活没什么追求。"胖爷"胖子的性格类似于传统小说中"草莽英雄"，他力气过人，勇敢仗义，性格耿直，大大咧咧而不拘小节，但同时他又是"粗人一个"，没接受过太多文化教育，身上有着小市民贪于金钱，占小便宜的缺点，但总体来说是一个正直可靠的人。"杨参谋长"Shirley杨更像是团队中的"智多星"或"军师"，她出身于考古之家，毕业于美国海军学院，受过良好的教育，对中国传统文化地理学、生物学等多方面知识都有着广泛的涉猎，她有着冷静果断、机智敏锐的头脑和敏捷的身手，因为从小在美国长大，有时又过于执拗，不善于听取别人的意见。胡八一和胖子是旧相识、老战友，两人相互开的玩笑往往能给紧张可怕的盗墓过程带来轻松感，Shirley杨和胡八一、胖子的思维方式和价值观不同，虽然常常会和二人观点相左，却又往往能给三人组的行动提供新思路，她的冷静和严谨也一定程度上弥补了两人的冲动。胡八一、胖子、Shirley杨性格互补互存，构成"盗墓三人组"，但同时三人都拥有自己显著的性格特征，各有优缺点，都是立体而多面的人物，小说通过三人的冒险展现了他们平凡又不平凡的身世、正直仁义的品质，他们身上有着民间英雄的民族正气和英雄气概，这也是盗墓小说对于传统文学中的"传奇英雄式"人物塑造的继承。

二 盗墓文学：在继承传统中创新特色

盗墓小说将想象与现实相结合，在传统的基础上进行大胆的想象与再创造，形成"奇幻化"写作的特点。

首先，鬼吹灯中的奇闻逸事往往以中国传统文学文化为原型，盗墓小说又不局限于这些已有的记载，而是通过想象将其进一步体系化、传奇化，并通过主角的冒险串联在一起。比如《鬼吹灯》中关于盗墓者"摸金校尉"的称呼，"摸金校尉"并不是作者的杜撰，而是历史上存在过的官职，最初设置于东汉末年的三国时期，鲁迅曾言："曹操设了'摸金校尉'之类的职员，专门盗墓"。而在陈琳的《为袁绍檄豫州》中也提到："又梁孝王，先帝母昆，坟陵尊显；桑梓松柏，犹宜肃恭。而操帅将吏士，亲临发掘，破棺裸尸，掠取金宝。至令圣朝流涕，士民伤怀！操又特置发丘中郎将、摸金校尉，所过隳突，无骸不露。"《鬼吹灯》的作者取材于历史上曹操所设专司盗墓的"摸金校尉"官职，并将其加以演绎，想象为盗墓者的一大门派，有"佩戴摸金符""在墓室东南角点蜡烛""不拿完明器"的规定，除了"摸金校尉"，盗墓界还有"发丘中郎将"、"搬山道人"和"卸岭力士"三大门派，《鬼吹灯》取材于一个历史官职并加以演绎，想象盗墓界四大门派和各自特点规定，从而达到"以实为基，虚实结合，虚中含实，以假乱真"[①]的效果。

其次，盗墓小说中的这些通过大胆想象或历史改编虚构而成奇闻异物最终又通过现实生活中的科学理论得以解释，神秘现象不再是传说，而与真实生活进行了对接，从而使读者产生真假莫辨的强烈真实感。例如诡异的"悬魂梯"实则来源于"彭罗斯阶梯"，通过光影和感官错位给人造成幻觉；神乎其神的"开天眼"与人脑中的"松果腺体"的发育有关；插在树棺间幽灵般的失事飞机其实是受到陨石特殊磁场的影响。《鬼吹灯》并不是单纯将所有诡异的现象归结于超自然的魑魅魍魉身上，而是从现代科技理论中寻求部分解释，这更容易引起读者的心理共鸣，也使小说不至于荒诞不经，反而显得奇崛诡丽。

最后，盗墓小说中的虚实结合更体现在想象世界与现实世界"二

[①] 朱婉莹：《论〈鬼吹灯〉的艺术特色及其贡献》，《东南大学学报》（哲学社会科学版）2021年第S1期。

元空间"的碰撞。主角在"现实世界"与"亡灵世界"中来回穿梭。"现实世界"真实而生活化,有大金牙、孙教授等性格多样的人物,有充满熙熙攘攘的潘家园古玩市场,富有现实生活的人情味,而"亡灵世界"则幽昧神秘,精巧奇绝的暗器机关、随时出没的僵尸鬼魅、诡异神秘的现象,充满了想象与奇幻色彩,胡八一等人的每一次盗墓都是从"现实世界"穿越到"亡灵世界"再回归"现实世界"的过程,读者将自己代入其中,既感受着来自贴近现实生活的人物与语言,又能观赏到想象世界的奇观逸闻,在虚与实的结合中享受一场视觉盛宴。

三 对盗墓文学的思考与评价

在高速发展的商业社会下,现代人往往将网络小说作为排遣压力、消遣娱乐的工具。人对于新奇神秘之物有着天然的渴望,对于传说志异故事、冷门知识有好奇心,而网络盗墓小说则正是通过描述普通人现实生活中难以接触到的,却又富有神秘感的巫蛊奇术、魑魅魍魉、奇事怪谈,揭露黑暗中鲜为人知的秘密,利用人追求紧张刺激的猎奇心理来吸引读者。同时,盗墓小说大量取材于《山海经》等中国传统文学书籍,改编和融合神话故事、民间志异故事以及《周易》中的阴阳风水、少数民族的巫术蛊毒、墓葬礼仪等丰富多样的各学科知识,形成包罗万象、诡丽奇绝的独特风格。

但是也必须承认,网络盗墓小说还存在着诸多突出问题。第一,盗墓小说缺乏人文精神与现实意义,其对古今奇观大量而丰富的展现虽然瑰丽多姿,涉及知识范围广,并继承了中国传统文学文化的部分内容,但其本质是为"奇观化写作"服务,即为增添小说的神秘色彩,更好地吸引读者服务。在通俗而富有吸引力的背后,是贫乏的精神世界与思维后劲,并没有为人生现实提供帮助。正如陶东风先生所说:"好的鬼故事必须通过鬼来写人,必须通过鬼怪的世界来折射人的世界。"第二,盗墓小说出现情节单一化、趋同化的问题,仍然无法摆脱网络商业化、快餐化写作的桎梏。盗墓题材虽独特,却难以做出太大创新，在情节上大抵是盗墓遇鬼，解开谜题。《鬼吹灯》虽为开山之作，但在此之后涌现出的大量盗墓小说大同小异，消磨完读者的新鲜感后，便后续乏力。第三，盗墓小说作者知识水平良莠不齐，存在作者对传统知识文化一知半解的情况，盗墓小说中涉及《周易》《山海经》等诸多中国经典内容，以及风水阴阳、墓葬礼仪、历史考古、民族文化等专业知识，如果作者知识不够、考据不当，容易引起读者反感。

但从总体来说，相对于玄幻、架空等其他网络小说类型而言，盗墓小说对于中国传统文学文化有着继承和发展，是《山海经》《搜神记》《述异记》《聊斋志异》等之类中国传统奇谈类小说的延续，延续了通俗文学和民间文学的脉络。网络盗墓小说延续神话与民间文学的脉络，讲述民间故事，记载民间风俗，可上溯源流，具有文化的"根"，古老中国的某些文化传统与想象，在21世纪网络盗墓小说中得到部分延续。

下编

对话网络作家

第十七章 "每一部作品都是对自我的治愈"
——蒋离子访谈录

一 "没有了写作这件事情，我可能更不知道自己是谁"

周志雄：我先介绍一下蒋老师，我们今天请到的是蒋离子。蒋离子是非常著名的网络作家，她是中国作协的会员，也是编剧，还是浙江省作协委员会委员、浙江省网络作协的理事、丽水作家协会的副主席，她的主要代表性的作品有《半城》《糖婚》《老妈有喜》等，获得很多重要的网络文学奖项。比如茅盾文学新人奖、金键盘文学奖、网络文学双年奖。有多部作品进入中国作协重点作品扶持名单，获得了国家新闻出版署的优秀网络文学原创作品推优，蒋老师作品的题材领域主要是写当代人的情感婚恋生活。在我们现当代文学领域，像张爱玲、苏青、张洁都在写这样一个领域，确实是20世纪女性解放和性别意识的觉醒，这些作家在这个领域留下了很多优秀的作品。我们可以说蒋老师是一位当代的苏青，也是受到苏青影响的，创作态度非常严谨，追求作品内涵，是一个富有现实关怀的网络作家。今天分享会首先是由蒋老师来给大家讲一讲，然后由三位研究生同学魏晓杰、戴婷婷、闫敏来主持今天的这个活动。我们先请蒋老师开讲，后面再由我们的同学来提问。我就介绍到这儿，下面请蒋老师开讲。

蒋离子：好的，我觉得我们轻松一点，这样聊聊天的这种感觉。之前志雄老师跟我说这个事情的时候，我也觉得很高兴。为什么？因为我最近在写一本新书的时候，遇到了瓶颈，也很需要听一听别人的声音，就跟大家聊一聊有关创作的东西。然后我跟志雄老师也讲，我说今天来聊，肯定是毫无保留地跟大家说一说，我觉得主要是作品，到时候我们互动的时候可以聊，我这里主要是讲一讲我的创作经历，不知道大家感不感兴趣。

周志雄：我们很感兴趣。

蒋离子：我是从19岁开始写小说的。是什么原因促使我写小说呢？因为19岁那年大一的暑假我被查出来得了挺严重的抑郁症，然后那个时候我就休学了，休学去接受治疗，吃很多药。就在那个情况之下，我开始写小说。我不知道你们身边有没有得抑郁症的朋友，其实抑郁症不是说每天很伤心、很难过。得了抑郁症的感觉就是你什么都不想做，比如说在正常情况下，我要去洗脸，我要去洗个头，我会马上就站起来去做这些事情了，可是对抑郁症患者来说，她去洗脸、去爬起来喝一杯水，都是需要莫大的勇气和力量去做这件事情的。那个时候我什么都不想做，对任何事情都没有兴趣。但是突然我就发现我特别想写东西，特别想写作。

那个时候刚好休学在家里，然后我就拼命地在电脑上码字，就写一些有的没的各种东西，然后去各种网站发表。那个时候网络文学网站还不像现在这样这么多，那个时候主要就是红袖添香这些网站。这些可能你们不了解，因为你们不是那个时代的人，志雄老师知道，比如说红袖添香、91文学网、天涯论坛，还有榕树下这些网站。就写一写那种小短文什么的，后面慢慢地才开始去写我的长篇小说。

第一本长篇小说，是2005年出版。从2005年到现在刚好是15年。就这15年里面我得抑郁症这个事情，也陪伴了我15年写作。现在我能够说出来是因为我觉得如果说没有抑郁症的话，可能我也不会去选择写作这条路，我觉得（抑郁症）好像也不是什么很严重的事情，最起码我现在能够坦然地去接受。就是说这两件事情已经成为我生活当中的一部分，我不会去觉得我和别人不一样，我不会去这么想。

我写的第一本书就是《俯仰之间》，那个时候我是19周岁，2005

年的时候写的,这里面还有我那个时候的照片,比较年轻,可能看不清楚。可能大家都很难找到这本书了。对那个阶段的我来讲,写作主要是抒发个人情感的一种渠道,就是我需要一个东西去承载我的情绪,我没有想太多,比如说我需要用写作去完成我的一个使命,或者是这会成为我未来的工作,我从来没想过这件事情,只不过在写的过程当中,我突然觉得这是一件很开心、很快乐的一个事情。

然后到了 2006 年的时候我写了这本《走开,我有情流感》,写这本的时候我还换了一个笔名叫邓芷莘。这两本书都属于那种青春文学的风格,非常轻松。我运气也是挺好的,(作品)在网络上连载的时候,就有编辑来找我了。他问我有没有兴趣出版这两本书。因为当时作为网络文学的话,它出版的渠道是以台湾那边为主,在国内出版,好像还不是很常见,但当时编辑找到我的时候我还挺开心的。本来是自己写着玩玩的这样一个事情,突然变成我真的要出一本书了。这种东西带给了我一些成就感,就让我觉得我好像应该继续坚持下去。然后到 2008 年的时候,我就出版了一本书,叫《婚迷不醒》,也是先在网络上连载的,这本书写的是"80 后"婚姻,市面上可能还没有这种题材。这本书的话,影视版权什么的卖得比较早。这本书是 2008 年出来的,那个时候还没有 IP 热或者是 IP 这样的说法,只是说这本书可能我们要买去,可能要拍电视剧或者什么的,当时价格对方跟我说了一下,然后我就觉得原来写书还能挣到钱吗?我当时心里咯噔一下,(我就)觉得很惊讶,后面在想翻拍成影视剧的时候,男主是想请余文乐来演,女主想请李小璐来演,但最终这个影视公司后面因为运营的一些关系,自己本身还垮掉了,这个项目就没有继续下去。

去年还是前年版权又续了一次,也是打算拍。大家可以发现我这两本书完全是比较情绪化的一个写作,到这本《婚迷不醒》,写"80后"婚姻,这是我第一次在作品里去写群像,就是里面人物很多,有好几组不一样的人物,男男女女一对一对的,包括写他们的家庭,这都是我第一次尝试的人物创作。

我觉得从前两本书过渡到这一本书,对我来说是一个成长。因为当时我那个年纪也刚好是20来岁，要面临爱情、婚姻、工作、生活，这些东西交织在一块儿，我看问题的角度和写这两本书时的感觉完全不一样了。这是现实题材对作者来说一个非常有魅力的特点。在你成长和生活的过程当中，你就会吸取到各种各样的营养，收集到各种各样的素材，你可以把身边的生活中包罗万象的东西都写到你的书里面去，这个是非常有意义的东西。玄幻小说的创作讲究脑洞、想象力，但是作为现实题材来说，更要讲究的就是你的观察能力和对事物的理解能力。这本书用的笔名也是邓芷莘，网络上应该也有电子版，这本书电子版的收益也是可以的，当时刚好大家开始普及看电子书。当时有一个移动网上书城，编辑跟我说这本书这个月收益的时候，我都不敢相信，因为我觉得太不可思议了，那个金额是我之前完全没有想到的。因为比起很长的那种网络文学来说，这类书数量挺少的，所以在网络上得到了关注点击，甚至有人会去买它的电子版本来看，而且创造了不错的收益。

当时我完全没有想到，但我写完这三本书后，大家会发现再次出书的时候是2018年了，从2008年到2018年差不多有十年的时间，我都没有再出过书了。我很少再有作品了，大家都以为我是不写了。为什么？我后面分析过，二十几岁的时候，灵感这个东西是随取随用的，我想什么时候写，我什么时候坐下来就能写，写得很有感觉的时候，一天写两三万字都是很轻松的事情。

可是到了一定年纪，你就会发现灵感喷薄而出的时刻很少。生活给我的养分不是很多，我的经历阅历这些相对来说都是很少的。说起我的写作技巧，我不是科班出身，写作技巧这种东西，几乎是没有的。那个时候我就"黔驴技穷"了，不知道该写什么。所以我中间10年时间做过很多的事情，我自己创业过，我做过各种企划以及和文字打交道的工作，中间也当过编剧。这10年中，我经历了生活中种种事情，是很有意思的，有的时候很艰难，有的时候又很开心，就是这样的一系列过程。

后来到了2016年的时候，我当时在写剧本，那个时候我就想能不能再试着回去写一下我的小说。《糖婚》是从2016年的时候开始写的，2015年的时候在构思，当时还没有完全想好我到底要写一个什么样的故事。到2016年的时候，我突然就想到我就写一个婚姻的故事，还是写离婚的故事，不行的话是写结婚的故事，就《糖婚》而言，我就想写一个离婚的故事，因为离婚率当时挺高的。当时我看到一组数据显示离婚率非常之高，我觉得怎么就那么多人就选择了洒脱地走出婚姻。不管是主动还是被动，他们都走出了自己的婚姻。我就想研究一下这一群人他们是怎么样的生活状态。当时写的时候真的没想太多，没想说我这本书一定要怎么样，一定要卖出版权之类的。我觉得那个时候我内心有一个声音说：应该回去写小说了。所以说我就完整地把这本书写出来了。出版时大概30万字，电子版的话有七十几万字，然后出版的时候我把它缩减了一下，稍作修改，有了这样一本书。

这本书给我带来了很多的东西，像刚才志雄老师讲的一些评奖，还得过一个什么数字阅读十大作品，包括它的版权、运营也挺不错的。所以我感觉这十年的时间对我来说也没有白费。我经历了人生、经历了生活，就我自己的感受来讲的话，我觉得要创作现实题材是离不开生活的。你肯定是先要去融入生活当中，去了解身边各种各样的人，用心地去感受，这是我作为作者对于自己处于各种各样人生阶段的感受。

关于《半城》，其实是一本比较偏向于纯文学创作的书籍。因为它是属于浙江省作家协会的青年作家文丛。浙江省作家协会每年都会选一些青年作家的作品，然后出版，做一个丛书。这本书我还从来没有在网络上发过，直接出版纸质书，因为我觉得它并不适合在网络上阅读。有的章节我自己觉得是比较偏向于那种纯文学的东西的，里面的一些内容也是我自己很喜欢的。再到后来的作品就是《老妈有喜》，它有三册，总共60万字，当时我觉得《老妈有喜》对我来说是一个比《糖婚》更有突破性的一个作品，因为《糖婚》只是写婚姻，没有写到更多的东西，哪怕它会写到对生活的各个方面，包括亲情、爱情、友情、育儿以及一些校园生活，还有里面写一些人生的各个阶段所展现出来的不同的人生状态。这本书，我感觉是我目前为止比较大的一个突破。那么《老妈有喜》之后，我又写了一本关于反校园暴力的书，叫《听见你沉默》。这本书目前还处于出版稿的修改阶段，我想把它改得尽量让我自己觉得满意一些，然后再去出版。因为校园暴力也是一个值得我们关注的事情。这本书里面的故事，我自己觉得我的设置还行，但是里面的细节还是要加深一点。

《听见你沉默》之后，我又写了一本"90后"婚恋题材的叫《小伉俪》，这本书写的是"90后"的婚恋观。我想"90后"对婚姻和爱情的感受肯定是和"80后""70后"又不一样。所以我又想写这样的一个东西。我现在手上写的书是《糖婚》系列的书。《糖婚》的话，我打算写三部曲，我现在手上写的是第二部，第二部叫《糖婚：人间慢步》，慢是快慢的慢。大家谈女性成长、女性独立这个话题已经谈了很多年了。作为女性来说，我想能不能不要成长得那么快，我的步子能不能不要迈得那么大，就在涌入冲突繁忙的生活当中，能不能在这里面找寻到自己内心，找到真正的自己。

这本书里面的一些内容也是我自己成长的时候遇到的，包括我的一些事情，包括身边这个年龄段的女性成长中遇到的东西。我们从二十几岁开始就不断地有人跟你讲，说你要独立、要有成就，要么就是有幸福美满的家庭，要么就是有自己一番事业，最好是两者兼得。如果说我各方面做得都并不是很好，或者说，我不可能做到面面俱到，这样的时候我能不能停下来喘一口气等这些问题。我们这个社会到底是如何去定义女性的成功，是不是非得做一番大事业才叫成功，是不是非得生两个小孩才叫成功，如果这些我都不想做了，我就想停下来看看沿途的风景，我就想安静下来，去找一找真正的自己，这样行不行？带着这样的思考，我写了这本书。这本书已经快写好了，整个书是30万字，现在已经到了收尾的阶段。不好意思，我讲话可能语速有一点快。这就是我从2005年到现在（2020年）的这15年来，我创作的整个阶段，因为我们时间有限，差不多就讲这些吧！

二 "自由就是有选择，有选择才是自由"

魏晓杰：我想请问您，您之前给自己的定位是通俗小说，但是您也提到之前有创作过传统文学，纯文学跟网络文学有一些区别之处，纯文学表现的更多是人物的一种内心的世界，而网络文学就直接体现人与人之间的直接碰撞，纯文学更多是为了理想、自我而写作，而网络文学一出生就有明确的读者群，我想请问您是如何实现从传统文学到网络文学的转变的呢？

蒋离子：我是这样的一个过程，一开始我写第一行字的时候就是在网络上写的，后面是因为当时出版写书的时候，别人定义我是青春文学作家。现在也有一些青春文学作家，比如说我们同期的有一些作家本来是在纯文学界，有一些是在畅销书行列，也就是通俗文学，有一些也在网络文学界，所以说好像大家本来是在同一个起点出发的，但是后来这些人走上了不一样的路。中间我也写过纯文学，那是因为当时我在一家传统文学的杂志社工作。有一段时间我也编辑一些纯文学，也写一些纯文学，但是我感觉对我来说，我觉得我不是从传统文学转到了网络文学，而是我又回归到了网络文学。因为当时（在我们那个时候）还并没有那么重视网络文学，也没有比如说像志雄老师这样的专家去研究网络文学或怎么样的。在其他的传统作家眼里，他就觉得你是不务正业的——因为那个时候大家对网络文学的认识还不像现在那么全面——他就会把你拉过来，说你必须得写传统文学，你得跟我们走一样的路，你去杂志上发。

那个时候我是做了一些尝试，比如说《半城》就是在那个阶段的一个点子。写了这样的东西，写出来之后我自己感觉还行，但是读起来总觉得欠缺点什么，比如说我给这本书打分的话，如果是10分满分，我可能只能打6分，就是这个样子。因为我觉得我两者都没有做好，我既想在这本书里面写纯文学的东西，但其实我并没有展现好，里面也会有网络文学的东西，但是并没有体现好。

魏晓杰：好的，谢谢老师解答。

您说您在开始创作的时候，当时在红袖添香网站、91文学网以及天涯板块书写，但是当时写作还没有收入，您当时有没有过放弃写作的念头呢？是什么支撑您继续写下去呢？

蒋离子：因为当时真的是很有意思了。在网站上我们是作者，线下我们还要客串编辑。整个过程下来是特别有成就感的。每天写完之后，网站的负责人就会因为编辑人手不够，问你要不要来当编辑，但是这是没有钱的。然后我们还可以登录网站的后台，负责审稿。我们还有那种读者群、文友群大家聚到一块儿，小圈子的氛围就会给你带来很多的喜悦和快乐。就从来没有想过说有一天我不写了会是什么样子，当然中间也有很多朋友因为种种原因，选择了离开这个圈子，或者是他不写作了，而后去做一些别的事情。

每个人都有自己的追求。当时我的想法是：如果说没有了写作这件事情，我觉得我可能更不知道自己是谁。从我的角度来讲，每写完一本书，我觉得对我自己的每一个人生阶段，是一种治愈的过程。当每一次写完一本书后，我好像就能找到在生活当中我一直在问的一些答案，一直在追寻的答案。我不需要再去问那些问题，我把这本书写完，我的问题好像都解决了的那种感觉。这种过程是我自己特别享受的。

魏晓杰：好的，谢谢老师。下面请戴婷婷同学来提问。

戴婷婷：蒋老师，您好！我想请问您，您现在的小说《糖婚》也正在进行影视化的改编，您自身也会投入相应的剧本创作之中，那么请问您觉得作为作家和编剧，对待同一部作品会有什么样的不同之处？您是如何去完成这种身份转换的？

蒋离子：作为作者的话，我觉得是非常个人化的身份，我可以只考虑把自己的书写好就行了。但是一旦投入剧本创作，和写小说是完全不一样的，剧本你要考虑各种各样的东西。就举一个例子，比如说在小说里面我可以写一些比较大的场面，可能到剧本里面去就要考虑到拍摄成本，各种各样的拍摄技术，各种各样的问题。编辑会觉得这个场面是写不了的。有一些在书里面能体现的东西，在影视化后可能较难体现出来。除了这些差别之外，还有一个很大的差别是你没有办法百分百地去呈现你小说里的东西。但是剧本和小说不一样的是：剧本可以把你的人物、故事情节更好地呈现在这个屏幕上，让人物更加生动。有的东西你是写不出来的，比如人物非常微妙的那种表情，那种状态是很难写出来的。

这本书现在目前还在运作当中，前期我也去开过好多会。开剧本会的时候，坐在那里的一些人，好像似乎每一个人都比你了解你的书，然后在那里一直说你这个书有什么问题，接下来要怎么弄，接下来要怎么改，如果你说按照你的方式来写，他们会说过不了审什么的，总之，它就是一个集体创作的过程。需要不断地去妥协，去做一些让步，但是也要有自己的坚守，比如说我对于人物的定调定性，我设定的人生就是这样子的，我就不希望改这样的东西。

闫敏：您的作品中有很多关于家庭和事业的描写，所以我想问一下，您认为当代的年轻人应该如何平衡家庭和事业之间的关系？

蒋离子：我觉得你这个问题好大（笑）。我在写书时也有涉及这些问题，还有人建议我去开个抖音号，就谈情感婚姻之类的话题。但其实如果你们看过我的书就应该知道，其实我很少在书里面教人家说你应该怎么样去生活，因为我觉得每一个人都有自己的不一样的点。但是昨天我写书的时候，我刚好写到一个话题：什么是真正的自由？自由就是有选择，有选择才是自由。作为当代女性来说，不要随波逐流，人家怎么样我就怎么样，我就选择最适合自己的。比如说你喜欢居家一点的生活，我就觉得你在家里也蛮好的，我想把更多的时间精力放到家庭里面去，那也挺好的，那也挺开心的，但如果说我要出去，我想把重心放在工作上、事业上多一点，那也未尝不可，主要是看个人选择。但其实在小城市可能很难有这种感觉，但是如果是在大城市（特别是一线城市）的话，一般阶层的家庭很难说让妻子在家里做家庭主妇，这种可能性是非常小的。因为要承担房贷车贷，女性必须也要和丈夫一样，一起上班。而且她要做的事情更多。可能老公下班了，出去应酬一下。作为妻子可能要回来辅导小孩写作业，甚至有的妈妈教得心肌梗塞。这种类似的事情新闻上都很多。女性天然地就要去承担这样的事情，特别是在一线城市这种现象更普遍。可能小城市的话生活压力会小一点。

但是平常看到那种快乐的主妇还是多一点。在大城市的工薪家庭里面，很少会看到全职太太，除非是家里条件很好。这要看情况去分析，而不是说应该是怎么样去平衡。因为任何一种平衡，它不断地变化，都会失衡，关键是你在失衡的时候怎么调整回来。这件事其实是特别重要的，如果不打算这辈子一个人过的话，在身边的这个人，当你们的生活失衡的时候，总要有一个人把生活的平衡感给找回来。两个人一起把它找回来，这个非常重要。我们这一代，是看琼瑶的小说长大的，就是那种很浪漫的言情小说。在我们的感觉里，所有爱情故事的大结局都是一个很盛大的婚礼，然后就是男女主人公结婚了，他们过着很幸福的生活。但我们自己到二十几岁的时候，我这一代很多人都认为结婚了就好了，因为身边很多家长也好，长辈也好，都给你灌输这个观念，只要结婚就好。但其实当我们脱下婚纱的那一刻，当我们从进入婚姻生活的第一天开始，我们就发现结了婚之后，人生才刚刚开始，各种各样的问题需要去面对。你会有好多事情，每天每个阶段都需要去平衡。有一个统计数据显示，夫妻关系最危险的有两个时间段，一个是结婚的第一年，另外一个是生了小孩之后的第一年，就这两个时间点的话特别的难，影响家庭婚姻爱情的稳定性和平衡性的因素实在是太多了。现在也有身边的朋友经常会有各种各样的婚姻生活、爱情以及伴随而来的各种各样的烦恼。有时我们大家也会一起探讨，觉得幸福它绝对不会是婚姻和爱情生活的主旋律，幸福它只是穿插在其中的，让你能够喘一口气，让你会觉得说原来我的生活还好，我还能感受到幸福。我是这样理解的。我觉得我们能够在失衡的时候把自己拉回来，身边这个人也能够和我一起去平衡我们的生活，我们能够找到这样一个人，我们能够做到这一点，就没有什么好担心的了。

戴婷婷：老师您好，我之前看了您的小说《半城》。那么这本小说的结局并没有像一以贯之的言情小说的那种 happy ending 的大结局、大团圆模式，然后让主角在爱情事业上双丰收。那么您在写结局的时候，有没有考虑过读者的一些阅读期待？

蒋离子：没有。这本书就是我自己怎么舒服怎么写，我完全没有考虑过我真实的想法，我完全没有考虑过读者的一些想法，我不去管这个东西。这本书没有作为网络文学来发表，而是作为一本纸质丛书出版，对我来说是一个纪念。这本书对我的意义是什么呢？可能我写《俯仰之间》的时候，我觉得爱情是至上的，即便是爱情有悲剧，但是悲剧也是无悔的；我写《走开，我有情流感》的时候，我觉得爱情是让人成长的；当我写这本《半城》的时候，爱情在我看来是伤人的亲密关系，它是带刺的，就是这种感觉。

我写完这本书之后，我当时的感觉是：还并不是非常地执着于要一份完美的爱情，或者说我必须得去找到我心中完美的、非常契合灵魂的伴侣。反而觉得好像突然自己也解脱了，因为我觉得这是不可能的，所以我为什么没有让他们大团圆，因为我觉得这是不可能的。像刚才闫敏问我如何平衡爱情和事业这个问题一样，因为我觉得每个人生阶段其实你想要的伴侣——不管是生活上的伴侣也好，灵魂的伴侣也好，或者是两者结合的这种伴侣也好——想要达到一种非常完美的状态是很难的。

这本书里面其实我就看到那句话"爱欲于人犹如执炬"，意思就是你很容易伤到自己。这样一本书的话，对我人生刚好是有些意义的，就是我自己想清楚的一些东西，我把它记录下来。当时没有去考虑太多，比如说读者看了这个东西，会怎么去想，他们内心的想法是什么，没有想过这个问题。

戴婷婷：好的，谢谢蒋老师。我还有一个问题，在《半城》中经常会在一个章节之中，出现叙事视角的转换。比如说前面是李陌在叙述，然后紧接着就变成了上官芝桃在进行他的内心独白。然后有网友评论说叙事视角不够统一，您怎么看这个问题？

蒋离子：因为我在写《半城》的时候，其实它也是一本群像小说。然后我就想说，人物用不同的视角，他去看同样一件东西或同样一件事情，肯定是会不一样的。所以说里面可能会有一些显得凌乱，但是我可能还沉醉在那种自我感觉良好中。因为写这本书的时候，我没有什么太大的压力，没有说我要用这本书去让自己得到多少收益或者怎么样。没有这种压力之后，突然我整个人就放开了，我就感觉我想怎么写就怎么写。这个小说就是在那个状态下写出来的。

戴婷婷： 好的，谢谢老师。小说《半城》中也有女性形象的描写，有一些女性像抹茶、田皑皑、邱莘在追求自己的爱情时充当了他人婚姻中的第三者，这种追求爱情的方式是否有悖于伦理道德？

蒋离子： 那肯定是的，因为这本书写的爱情是伤害，那我肯定在设置角色的时候，必须得在一段关系当中出现一个毁灭性的伤害的东西，然后才能够把张力给写出来。所以说，我觉得你这个问题让我想起来一件事情，经常有一些作者，比如说他想写这个现实题材，他就会来问我，他说现实题材是不是这个也不能写，那个也不能写，是不是有很多的约束。但是我感觉我是没有，因为我觉得现实生活当中的一些东西是可以写的。就通俗文学来讲的话，我们写的是人民内部矛盾，比如说我们是写两口子之间的矛盾或者是写什么矛盾，因为这个事情即便你不写到书上去，就是比如说我不写摩擦，难道这个人物生活当中就没有摩擦吗？当然不会的。生活当中它还是存在这个人物的，它并不代表什么，而是说我刚好写这样一段关系的时候，它是有张力的，它是能够给这个人物关系带来一些毁灭性的东西的，所以我才设置了这个人物。

就是说我们需要尽量地去展现一些真实的东西，不能够说我要去写婚姻多美满，每天两口子恩恩爱爱的，没有什么任何的波折。毕竟这个现实生活就摆在这里，我们每个人不管是已婚的未婚的，处于各种关系阶段的人，都可能会面临各种各样的诱惑。我们现实生活太便利了，我们有各种各样的社交软件，只要我们有时间，有精力，有这个想法，我们就可以去认识各种各样不同的人。反而说如果我们把这些东西都写出来了，都展现出来了，让读到这些东西的读者去思考，去想。包括我谈话里面也是一样，在婚姻里面，在感情里面你会觉得这个路很长，你会遇到一些诱惑，你会遇到一些来自外在的，包括物质上的很多诱惑，有的来自精神上，但我不觉得是说这些诱惑有什么不一样的区别，而只是说我们对待这些诱惑的时候，我们的态度是怎么样的。我不想写出来东西去教说读者，说你不要去干嘛，我不想写这样的东西。我只是说把现实生活当中存在的这种现象写出来，让他们自己去思考。如果你真的选择了去接受诱惑，走向诱惑，你可能会面临很多问题，比如你能不能承担这样的责任，这就是我想展现的东西。

戴婷婷：好的，谢谢老师。我之后还看了您的另一部小说《听见你沉默》。这部小说我个人感觉是非常真实地反映了当下的校园霸凌的现状，小说中主人公贡珍也就是陈然，为了揭露校园暴力而寻找真相，既是为了遭受校园暴力的小女孩白蕾，也是为14年前的自己发声，那么想请问您为什么会给这部小说起名叫《听见你沉默》呢？

蒋离子：因为写这个书的时候我查了很多资料，包括我了解了遭受过校园霸凌的一些小孩、成年人。有的人可能就是在十几岁的时候在学校里面，有过这样的遭遇。然后就去问他为什么不跟爸爸妈妈讲，为什么不去跟老师讲，他们回答说，跟爸爸妈妈讲了之后，很多的父母都会这样回答：为什么别人只欺负你不欺负其他的同学呢？他得不到回应和支持，他只能沉默，因为他知道他即使说了也没有人会去帮他。就好像每一个集体里面都得有这么一个人，好像是标配一样。你们可以去想一下，你们现在是研究生，可能不太会存在这样的事情。青少年时期就特别多，十几岁的时候，在每一个集体里，包括我自己上学的时候，也有这样的小孩。就我们自己而言，我们虽然没有去欺负别人，可是我们也不知道怎么帮他，我们应该怎么做。所以在书里面有各种各样不一样的群体，有一些比较有正义感的会去伸出援手，但有一些其实就在边上看一看：我知道一切的事情，但是我不说我不做，反正这些事情和我无关。比较典型的一个人物就是里面写的李遇，他们的班长。这样的一个人物就是典型的学霸，我只要学习好就行了，我的父母也跟我讲学习好就行了，其他事情都和我没关系，我不管，我不闻不问，谁去负责这个事情和我没关系。他甚至不知道被欺负的白蔷长什么样子，他都没什么印象。就是存在这样各种各样的群体。

戴婷婷：那是什么样的契机让您想要创作一部这种类型的小说呢？

蒋离子：这个很难讲，因为你知道我是怎么找素材的吗？我可以跟大家分享一下。我不知道你们平时写不写小说，我比较常去关注社会新闻版块，比如各个App的一些社会新闻或微博上的一些社会新闻之类的，一些我感兴趣的，比如说校园霸凌，我看了某些人有这样的新闻之后我会去看，然后把同系列的新闻都找出来，找出来之后我要去找到相关的资料。因为现在网络它给我们的便利真的是很大，我基本上能够找到我想要的资料，找到之后把这些资料分门别类。然后我就想，我只看纸上这些东西还是不行的，我要去问。比如说我写校园霸凌的时候，刚好我有一个朋友，他是做学生心理咨询的心理老师，然后我就去问他，把我写的一些片段、一些想法和他说。他会给我提一些东西，有一些他说确实是写得挺真的、挺像的，也有一些他会说这个还不行，不是这个样子的，他会给我指出一些东西。包括后期的话，我会去找这样的一些人，会去问你有没有经历过这样的事情或者怎么样。一些我认识的不同年龄段的人，我都会想办法去问一下，把新闻上的东西，通过新闻线索去寻找资料，然后找到资料之后我要去验证。我不可能去做一个很大的调查，但最起码我可以从我认识的或者我自己能够找到的渠道，去验证这样的东西。比如资料里面讲的东西是不是真的，是不是真的有那么多这样的孩子在学校里遭受了这些，学校也意识到这个问题了，但还是束手无策，不知道怎么办，就有这么一个过程。

写《老妈有喜》的时候其实也是一样。二胎，然后两个小孩子年龄差距很大，这样的家庭怎么相处，怎么样去做。然后我又去找这种东西，基本上是这样。因为我自己的生活当中也不可能发生那么多精彩的事情，有很多还是要去观察。

闫敏：老师好，您《糖婚》这部小说，最开始的题目是《80年代的离婚潮》，请问您为什么把题目改成了《糖婚》呢？

蒋离子：编辑说这名字不好，因为要送去评新闻出版总署和中国作协的推优，然后他说你这名字不行，不吉利。但是我心里其实不是很开心，为什么呢？因为我觉得离婚是正常的一个事情，因为婚姻法规定我们可以结婚就可以离婚，怎么离婚就变成一个不吉利的事情了呢？但编辑又觉得这个名字还不够一点或者怎么样。后来我想来想去，就把它改成了《糖婚》，刚好男女主也是结婚6周年。"糖"这个字也特别有它的意义和深意，因为当我们觉得我们怀着要去感受甜蜜的心情，进入婚姻当中去的时候，你会发现有的时候它会甜得发苦，是吧？有的时候它又会甜得发酸，会有各种各样的人生百味，但都是从甜开始的，所以说我就又起了这样一个名字。

闫敏：好的，谢谢老师。您在《糖婚》中将故事背景设置到一个叫作"宥城"的地方，请问这是有什么特殊的含义吗？

蒋离子：因为我是想说虚虚实实地写，首先我不想写某一个具体的城市，其实在这个上面我感觉我是偷懒了，为什么？因为如果我写一个具体的城市，比如说我写北京、上海、杭州，那肯定会有很多地标性的东西，会有很多城市特质的东西要去展现，但其实我没有在北京、上海生活过，我怎么能够去描写它，我没有办法去描写它，所以我只能自己设置，把背景放到这样的一个城市，这是一个原因。另外一个原因的话，我总希望这书里发生的悲剧的东西都是假的。但其实在现实生活当中就是有这样的事情，但是我内心来讲的话，觉得他们不应该是这样的，他们应该是很幸福地生活在一起，这是种美好的想象，但现实生活当中又是这样子的。所以我自己感觉写到后面的时候，我就感觉我真的希望这个故事是假的，但这个故事其实真的是假的，可能我自己太投入了。其实完稿的时候，我感觉特别难受，然后我还哭了。当时就觉得说我怎么就把他们两个写成这样了，但其实你在创作的过程当中，你就会发现你写的人物已经不是你想让他怎么样就怎么样了。他的性格，他的一系列的东西，一系列的事情推着他往前走的时候，你想说我给他设置一个幸福的结局，你已经设置不了了，因为没有办法了，就有这样的一个过程。

闫敏：好的，谢谢老师。我注意到您在《糖婚》和《糖婚：人间慢步》这两部小说的开头，都是以人物的死亡为开端的，《糖婚》徐子文的猝死，还有《糖婚：人间慢步》中于新的自杀，请问您为什么要这样设置呢？

蒋离子：因为我一直觉得死亡是一种新的开始，其实看过《老妈有喜》的人也知道，许梦安的老公李临，是做殡葬学研究的，是殡葬学的教授，为什么他会去研究这么冷门的一个学问，因为我觉得生和死是相连的。我写第一部的时候，包括徐子文他猝死了，猝死了之后带出来的一系列的事情，我觉得这个是从怎么说，那是一个终点，他的死亡是一个终点，之后就有无数的事情，无数的新生的东西出来了。包括于新的死也是这样，于新的死是有悲剧性的，和徐子文的死又不一样一些，于新的死我是想展现什么呢？我看了很多那种某某企业的创始人，三十几岁突然就自杀了，或者突然怎么样，这样的例子很多。但其实这种创业的人，当他的生命当中承受了太多东西、太多的压力、责任和负担的时候，它就像一个气球一样爆开了。所以我写于新的死的时候，我也是希望能够关注到这一点，然后看了这本书的人也能够关注到这一点，就是他们光鲜亮丽的背后，付出的东西是什么？我一直在追问，包括书里后面其实好多的内容都是一直反复地在追问："是不是值得，是不是值得去付出我的一切，包括我的生命，去做这样的一件事情，去创立一个企业，去创立一个公司，这样的事情值不值得？"书里就在反复追问这件事。

闫敏：好的，谢谢您。我看到有网友评论说《糖婚》这部作品现实性比较强，很有代入感，但是后半部分的情节设置有些戏剧化，结局不够精彩，对于这样的评价您怎么看呢？

蒋离子：可能写到后半部分的时候，就像我刚才说的，虽然说已经由不得我去改变什么，但是我还是会想让他们稍微地美好一点，包括海莉，我也是想让海莉和明杭在一起，非常想写他们已经结婚了，他们已经怎么样了，但是我只能用一个比较开放性的结尾去写，不是说想让每个人物都找到自己的幸福，最起码我想在最后的时候，他们都是朝着追寻幸福的那条路，在那条路上走着了。我是这么想的，还是有一些美好的东西。

闫敏：好的，谢谢老师。还有您早期的一本小说《走开，我有情流感》。

蒋离子：你也看了吗？连这本书都看了吗？

闫敏：是的。这篇小说，充满了青春的伤痛，因为主要是通过橙子的回忆进行展开的，所以好多人认为其中会有您自己的影子，请问您的写作和您的现实生活是有什么样的关系吗？

蒋离子：怎么说，其实我觉得橙子不是我一个人的影子，肯定是因为我当时也到北京去生活了一段时间，里面有一些描写北京的和自己内心的一些感受，包括写北京干燥的天气什么的，这样奇奇怪怪的东西肯定都有。当时有一群文学女青年，非常狂热的那种，当时青春文学这一块儿很多，大家都去北京追寻梦想。我觉得橙子身上有一些性格，有一些东西代表了那一群人，我们去追求所谓的文学梦想也好，去追求美好的生活、去追求爱情也好，我们去追求这样东西的时候，可能我当时写这个书的时候，我还没有去考虑这种追寻值不值得。我只是在写这种追寻是一种必然，在那个年龄段，你会对这个世界有无数的好奇，你苦苦追求的文学的梦想到底是什么？你苦苦追求的那种爱情到底是什么？你会去想这个东西，而且大家也都知道爱情和文学又是能够非常融洽地混到一起的这样一个东西。所以说才有了这样的一本书。其实我在书里面很少写自己，我可能会把我看到的、我身边发生的一些事情写出来，但是我自己的人生经历比较少。可能周宁静的职业什么的，和我自己的人生经历有关系，因为我有一段时间是在商场企划部里面做过企划，做过活动策划，所以我对商场的整个流程、整个运作比较了解。

写到这些的时候，我会把我自己的人生经历和阅历用上去，比如说我对哪个行业是比较了解的或者怎么样，但是我现在的新书写的是民办教育行业，写在线教育这一块儿，我对这一块儿内容是一点都不了解。我桌子边上还摆了好多书，买了一些这样的书。在线教育是我不知道的一个行业，我就把这个书翻开，反正这一类的书买了好几本，我就去经常看。但如果说我了解的行业或者我了解的人生经历的这一块儿，肯定就不花这个时间了，肯定就是现成的拿来用了。

闫敏：还有您这篇小说当中提到下半身写作，然后子夜就是在子牙的引导下开始进行下半身写作的。请问您是怎样看待下半身写作的呢？

蒋离子：当时有很多这样的作者，我不知道他们现在还写不写了。卫慧、棉棉她们写的东西我都是看过的，我很喜欢他们写的东西，我觉得他们写出了我想写但我写不出来又不敢写的东西。我觉得我们要去直面自己的一些东西，包括《半城》"抹茶"那个事情，人物的道德或者伦理之类的。当我们把这些东西都剥离开来，当我们是一个纯粹的人的时候，我们去正视自己的欲望，去正视自己的一些想法的时候，我觉得这是一种很美的东西，但是前提是你不伤害别人，这其实是一种很美的东西。所以说像卫慧、棉棉她们的书，里面透露出来的一些东西，我自己感觉是很有魅力的、非常好看的。当时我为什么要在书里面写这样一些东西，因为确实当时有一批女作者去做这样的尝试，非常大胆、非常出位。其中有一半或者说其中 10 个里面可能有 8 个都已经被一棍子给打死了，但是还能够坚持做这样的创作，我觉得非常勇敢，这是我做不到的事情。

三 "用现实手法去记录当代女性的生活"

魏晓杰：老师您好，我阅读了《老妈有喜》这部小说，它反映了女性在当下社会的一个生存问题，是一部现实主义题材的小说，也以女性视角写出了女性的个人独立价值，体现了一个人只有找到自己喜欢并且愿意为之付出的事情时，才能够体现自己的价值。比如小说中的许梦心，她从一开始的精神空虚的阔太太变成一个精明干练的职场女强人，在网购行业找到了自己的热爱。还有另一个女性婉真，她在面对丈夫情感不忠的时候，选择强大自我，然后重新获得了美满的婚姻。这些都体现了女性依靠个人的力量，在社会更好地去生存。我想请问您，这是不是也体现了您对于当代女性的生存态度呢？

蒋离子：怎么说呢？我自己感觉我的书里面一个非常大的缺陷，就是我的男性角色都挺不完美、挺不好的。我也是一直想改这个问题，但其实包括《老妈有喜》里面，包括李临，包括婉真的丈夫，这几个人物，后期也是有成长和转变的。但为什么我好像把所有的光亮都照到女性身上了，所有的闪光灯都在女性身上，好像男性给了他们很少的这种"亮"，好像很少把高光时刻留给他们，为什么呢？因为真的是特别多的女性，我身边女性朋友也很多，大家一开始，特别是我们一直说我们这个岁数，我们这代人感觉从小接受的教育和我们自己读的那些小说，告诉我们男人就是伟岸的，是吧？他可以保护我们，这种期盼的东西太多了，当你真的和一个异性建立关系，恋爱也好，走进婚姻也好，你真正和对方建立关系之后，你就会发现其实你所想象的那种伟岸也好，所想象的那种完美也好，它是不存在的。有的女性在这个过程当中，就会变成怨妇了。我举个例子，比如说你结婚之前都是怎么对我的，你现在变成这样了。没有和我谈恋爱之前，你追我的时候都对我很好的，当我答应你了，你就变成这样了。有的女性她会朝这个方向走了，还有一部分女性她就会觉得你不够完美，你不够伟岸，我就自己变得完美，是吧！就是说我想要的生活，你没有办法带给我，我就自己去创造。我觉得像婉真、梦心她们都是这一类人，甚至梦心这个人物，我还把她拔高了一下。最后她和丈夫一起承担整个家庭了，不仅仅是说她自己去追寻一些东西就可以了，她甚至把整个家庭都承担起来了。

我特别喜欢许梦心这个人物，我觉得她比她姐姐还要出彩，是一个特别有意思的人物。她真的是没读多少书，为什么我会说她没读多少书？如果说一个真正比较有文化、有涵养，思想境界比较高的这样的一个女性，她即便是做全职太太，她的内心也是不空虚的。但是你发现没有，我写许梦心的时候，她的一天是很空虚的，因为她内心没有什么东西，她没思想，烫烫头发是一天，做做指甲又是一天，每天都活在这样的东西当中。所以说当命运给了她一个巨大的转折的时候，她想要的东西,她的丈夫给不了她的时候,她必须逼着自己去创造的时候,她突然把她的能量给激发出来了。身边就是有这样的女性,一部分变成了怨妇,有一部分变成了自己挽起袖子,去创造美好的生活。

魏晓杰:好的,谢谢老师。从《糖婚》中反映的"80后"闪婚、闪离的一系列情感问题,到《老妈有喜》中反映的二胎政策开放后带来的一系列家庭问题,就从这些可以看出,您的创作是紧跟时代潮流热点的,反映了当下的社会问题。但是如果说到社会问题,我们可以看更切实的一些社会新闻,或者是一些综艺节目,这种动态化的叙述可能要比小说更精彩。所以我想请问您小说创作如何在这些现实题材中脱颖而出呢?

蒋离子:我有一次因为《糖婚》这个作品开过一个作品讨论会,当时在人民大学开的一个作品讨论会,有一个老师也问了我一模一样的问题。既然我们也同样是写现实生活、展现现实生活的,我们有各种各样的东西,甚至我们身边有好多比文学创作要精彩得多的东西,但是我觉得任何一种形式都不能完全替代文字所表达出来的东西。比如说像我写到《糖婚》里面的一些他们婚姻当中遇到的一些争执也好,有一些很细节很微妙的心理描写也好,我觉得这个东西你在社会新闻上也看不到,是吧?你所带来的感受也是不一样的,社会新闻我们并没有那么多的代入感,说你一定要怎么样去感受。而且像综艺节目,我觉得更多的是一种放松也好或者怎么样也好。你看我们大家今天下午都坐在这里讨论文学的东西,你们也是研究文学的,文学有它非常独特的魅力。当我翻开这本书,或者当我点开网页,我打开手机,我看到那一行字的时候,我情不自禁地把自己投入进去了,然后我还想往下看,这是对网络文学而言。对纯文学而言,我把这本书拿出来,发现一些非常微妙的心理描写,一些妙语连珠的语句,我觉得带来的享受和你的听觉上或者是你看综艺节目,包括刷抖音带来的东西是不一样的。

闫敏:老师,您好。您《糖婚》这部小说被誉为当代婚姻生活指南,小说中的心理描写也很细腻,表达很成熟。请问您在创作这部作品的时候,有没有受到过其他作家作品的影响?

蒋离子：我上大学的时候，看得最多的就是两个作者的书，一个是李碧华，《胭脂扣》的作者，然后还有严歌苓，我特别喜欢看她们两个的书。但是现在回忆起来我看了她们两个那么多的书，她们两个是作品呈现在屏幕上、改编的非常多的女作家。像李碧华，几乎她的每一部作品都拍成了电影，严歌苓也是。我喜欢看她们两个的书，我觉得她们两个对我的创作的影响是有的，但是《糖婚》这本书并没有说我看了某某书或者是怎么样。《糖婚》这本书受到的最大影响可能源于我之前从事过几年的编剧，然后我把写剧本当中用到的那种人物的转场、叙事角度的变化，包括一些很自然的衔接，运用到我的小说里面了。

戴婷婷：老师您好，我曾经在微博上看到您说在现在这个时代，每个作者都得到尊重，每一种文学形式都得到尊重，您觉得在当下这个时代对网络文学的支持体现在哪些方面？

蒋离子：我记得我当时出第一本书的时候，被邀请去参加一个类似于这种作家的会议，基本上都是传统作家和"80后"作家的一个座谈会，面对面特别尴尬的那样的一个会。当时大都年轻气盛，我们出了书，但有一些传统作家其实他是并没有这种实体书的作品的，然后他会觉得说你们年轻人就在网上写几个字，这本书虽然印出来了，有什么了不起的。他们会是那样子的，甚至有一个传统作家，他桌子一拍就走了，会也不开了。这是我14年前还是13年前遇到的事情了，但是当时这样的事情、这样的争论特别多，所以在那个阶段我内心是非常犹豫和犹疑的。因为20岁出头的女孩子，她还是属于那种不知道我是谁，我在干什么的，看到那么德高望重的人，他都是不喜欢这个东西，他觉得这个东西是糟粕，他觉得你们是瞎写的，你们写东西都是什么？都是垃圾。当有一个德高望重的人，这样子说，而且他在会议上把桌子一拍就走的时候，我对自己内心是非常不确定的，我说我在干些什么，原来我写的都是垃圾，会有这样的念头，对自己的质疑，导致我后来会选择去传统杂志做编辑，然后去接触一些传统作家，跟他们学习。我发现他们身上确实有可学习的东西，但是我内心最热爱的还是我自己这种写法。所以读过《半城》的同学应该知道，其实这本书写得很别扭，就什么都不是，但是我真的是写《糖婚》、写《老妈有喜》的时候，我整个写下来都是舒畅、流畅的那种感觉，我还是更适合这样的一条路。虽然说可能我的作品和那种比如说玄幻小说、小甜文或者其他的小说又有差别，但网络文学正是因为这种不一样的差异性，它允许各种文本的存在，所以它才会特别地有意思。

我觉得近七八年你感受不到那种氛围了，就是一个非常德高望重的人，他拍桌子走人的那种事情了。感受到的都是大家都好像很关心网络文学，包括各种评奖，各种扶持，加入各级的作协。我们当地的网络作协成立的时候我也参与了，然后我也在其中发现，你们现在看到的可能都是已经写出来的作者，但是其实还有很多很年轻，比如说刚入行的作者，现在他们的整个的创作环境和氛围是非常好的，整个的文学评论体系慢慢地成熟，然后整个的环境也好，对他们的成长非常有利。所以他们现在的环境是比我们当时好太多了。当时别人一听说我们在网络上写小说，就有一些想法。而且我非常不喜欢一点，几年前我们也是开一个会，介绍那些传统作家都是某某老师，其实别人叫不叫我老师，我真的不在乎这个东西，你不想叫我老师，你说这是离子或者蒋离子就可以了，他非得说这是我们网络美女作家，把你摘出来的那种感觉。其实我觉得我们都是一样的，我们都是写书的，为什么非得给我在前面加各种各样的标签，或者是其他的。但是这样的事情我觉得这五六年来是越来越少了。我们更多的是会被问到"你们想得到什么样的支持、你们在创作当中遇到什么困难"，更多的是这样的一些东西，创造的机会也更多了。

魏晓杰：老师，您好。在微博上看到你发文说高度专注加适度自律才是安全感的主要来源，然后在现代社会中自立的生活确实能够引领美好的人生，但是对于大部分年轻人来说还是有些困难的，并且在信息爆炸的社会想保持高度专注也很难做到。我想请问您在平时工作中是如何保持高度专注和适度自律的呢？

蒋离子：你这句话挺让我有感而发的，因为当时我在微博上写这句话的时候，我还做不到，但是现在我做到了，我居然做到了，你知道吗？当时我就想有一天如果我能做到这样就好了。但现在我感觉我真的做到了，为什么？因为身体状况不好了之后，你就会发现生活方式是不对的。我现在基本上每天早上差不多5点起来，然后稍微吃一点点东西，如果觉得今天不是很累的话，就早上运动一至两个小时，最起码一个小时，运动一个小时之后吃早饭，然后就工作，尽量不熬夜，基本没有熬过夜。如果说有一天就自己感觉真的很累，想休息一下或者怎么样，我就会选择比如说礼拜六礼拜天，我爱人他也休息的时候，我可以稍微晚一点起来，也尽量别影响他的休息或者怎么样，可能会是这样。然后我因为身体不好，很多东西都不能吃了。以前我特别爱吃重口味的东西，麻辣香锅、火锅、烧烤、可乐。维他柠檬水你们喝不喝？其实维他柠檬水里面糖分很高，然后我在这里码字，这个时候我就不自觉地拿起来喝，一瓶一瓶，我可以喝一排，就一排的话好像是有5个还是6个，那一排喝下去其实热量是爆炸了。但现在我不喝这些东西之后，我觉得其实也还好，就是一个习惯的过程，现在这样生活我觉得负担很轻，觉得我状态各方面都挺不错的。当然我觉得你们这个年纪可能像这样生活不大可能，因为你们还是要吃要喝是吧？像"肥宅水"，还是会想吃烧烤火锅什么的，因为这毕竟也是人生当中非常美好的东西。

魏晓杰： 从一些资料中也得知，您从很小的时候就受到了文学的启蒙，9岁就读完了《西游记》，小学没毕业就读完了"四大名著"、《金庸全集》等许多书籍，了解到您有深厚的阅读基础，您认为目前为止对您影响最大的一本书是什么呢？

蒋离子： 目前为止对我影响最大的一本书，其实不是这些名著，是当时在榕树下有一个作者，叫陆幼青，他写过一本书叫《生命的留言》，那个时候还是BBS时代，他在上面写东西。当时他生命要走到尽头了，他就写了这么一本书，里面很多都是关于对人生的思考、对生命的思考，包括留给他老婆孩子的一些只言片语。因为那本书是先在论坛上发的，BBS上发，发了之后再变成书。我当时读高中，是在一个书摊上买的那本书,但我其实还没有接触过网络文学。就是因为看了他那本书之后,我知道原来可以在网络上写出来,发这样的文字,然后发这样的文字还能变成一本书。那个时候我觉得这本书带给我最大的影响不仅仅是它关于生命的思考,更多的是这种形式。快走到生命尽头的一个人,他在网络上把自己的只言片语全部都记录下来,记录下来之后被印成了书,这样的一种形式,我觉得对我的影响也是非常大。

魏晓杰:好的,谢谢老师。您刚刚提到说您的每一部作品都是对自己每个阶段的治愈,然后我觉得您的每一部作品也可以看作对于您不同的阶段的一个总结。我想请问您对于以后的创作有什么规划吗?

蒋离子:因为我接下来《糖婚:人间慢步》写完之后,我的新书也是《糖婚》系列的第三部,我想写重组家庭,因为现在重组家庭太多了。重组家庭会遇到各种各样的问题,像小孩的问题、前任的问题,这个和谈恋爱的前任又不一样了,因为已经过去的那段婚姻,就是离掉的那段婚姻,如果说两个人有孩子的话,其实是一辈子都分不开的,为了孩子你们总得联系,就是这样的一群人。因为我写《糖婚》第一部的时候,我只是写他们的离婚,我并没有写重组家庭这样的故事。身边很多有这样经历的朋友都跟我讲,说离婚了,我就一个人过,我为什么还要去结婚,这也是一个想法,还有的就是说我就随随便便找一个人,就是搭伙过日子了,什么爱不爱都无所谓了,也有这样的想法,还有一部分人她仍然想要爱情的,虽然说上一段婚姻失败了,可就是因为上一段婚姻失败了,所以说这一次才应该去找到真正适合她的人,我还有权利去追求我的爱情,是吧?也有这样的人。所以每个走出婚姻的人、走出围城的人,她的想法和她接下来的一些东西都是不一样的,我想写这样一群人他们之间的碰撞,是这样的故事。明年的想法,明年的创作的计划。

魏晓杰:好的,谢谢老师。我们的问题就到此结束了。

许青青:老师您好,因为最近我正好在写关于网络现实题材小说创作的一些论文,我想请问一下老师,您怎么看待近几年的热门的网络现实题材小说创作这个现象?

蒋离子：因为当时我写《婚迷不醒》的时候，它就是一部现实题材小说，但是那个时候在网络文学这一块儿，没有提出来这样的一个概念。有时候我会处于一种很尴尬的局面，比如说有时候一起出去活动或开会，别人站起来说我是写什么类型的，我不知道自己是什么类型的，后面提出大力倡导现实题材创作，我才知道原来我这个东西是这个类别的。我一直觉得任何一个作者他就写自己擅长的题材就好了，不要看玄幻小说卖得好，或者是这种竞技类的小说卖得好，或者是各种二次元的小说卖得好，就去写那些东西，但这种东西如果根本不擅长，你写起来一个是你自己在创作的过程当中很痛苦，另外一个是读者读你的这样的东西的时候，也是很痛苦。现实题材我看过很多，比如说有些人的稿子也会发给我看，"你看我写的这个，这一次我决定写现实题材了"，但我一看那个不还是"小甜文"吗？是吧？那个女主还是玛丽苏，现实生活当中不可能有这样的人，现实生活当中不可能有一个女孩走到哪儿人人都喜欢，她不可能存在的，如果说写这种就不是现实了，还是要找到适合自己的。当然说的主旋律一点就是我们美好的生活，它是值得我们去记录的，确实也是这样子的。对我自己来讲的话，我是感觉我希望尽可能地去呈现一些无限接近于真实的东西，可能我的东西它并不能完全地体现当代女性的一些生活、一些特质，但是我以小见大，希望记录下来她们在这个时代遇到的一些困境，她们是如何解决这些问题，如果说我的作品真的有意义的话，我希望它的意义点是在这里。她们遇到困境的时候，是如何走出困境的，是怎么样处理和解决的。可能很多年之后，有人想起来说，当时的那些女性，她们是怎么生活的？她们的婚姻爱情状态是怎么样的？除了冷冰冰的数据和调查报告之外，还有一些文学作品是写她们的，那翻到我这本书，一看，原来这个作者她也曾记录过，用以无限接近真实的笔触，用现实的手法去记录过当代女性的这么一点点的生活，这个可能是我追求的意义。

周志雄：好的，蒋老师我来问一个问题。您的小说在网上连载，也出实体书，有没有拍影视剧，这个资料我还没有去细查，您的作品影视化的状况。

蒋离子：是这样子，现在我有4部作品，项目都在运作当中，因为这是作为作者来说没有办法控制的东西，前段时间我还跟我的编辑在聊，我说一本书，可能在影视化之后，会让书也好，作者也好，更加出圈，它可能会带来更多的一些连锁反应，比如说整个作品的知名度也好，包括作者也好，但其实最终的开发，并不是作者可以决定的，作者自己也控制不了这个东西。就像我什么时候想要推一下进度，但这本身是一件很被动的东西，只能说让他们慢慢操作吧，我能做的只是不断地出新作品，只能是这样了。

周志雄：对，我听您讲的就是那几部，影视版权已经卖出去了，然后影视公司他们在运作。那么在您的写作收入里面，应该是网络收入是一块儿，还有实体书是一块儿，再就是影视版权是一块儿。那么在您的收入构成里面，应该是哪一部分会要多一些，整体是一个什么情况？

蒋离子：整体的话，影视版权这一块儿是占大头的。

周志雄：实体书和网上的收益是怎么样的？

蒋离子：相比影视版权来说的话，我觉得怎么说，因为你知道现实题材，其实在网上的点击你根本拼不过别人，因为可以选择的太多了。她为什么要看这个，如果我是上了一天班很累的人，我喜欢看一些轻松的东西，就不大愿意去看和现实生活当中差不多的这样的故事，因为我就是这样的，我为什么要看这样的，挺累了，但是也有一批读者她就特别爱看这种的。但我觉得现实题材的话，它是一个小众的阅读题材，所以说它的整个收益还有其他东西都没有办法与其他类型的小说比。现在对我来说最大的一块儿收益就是来自影视版权。

周志雄：您这么一说，我也就理解了，其实您写的书，包括您送给我的这几本，《老妈有喜》有三卷本要长一些，然后像《半城》《糖婚》都是单行本，网上可能要长一些，实体书它是非常精练的，这里面它其实就有一个写法的问题，我听了您今天讲的还有读您的书的感受，您是一个对写作非常严谨的，就是说您要去表现这个时代，您要去记录这个时代，去写这个时代，而且是非常忠于自己的这种感受去写。因为在网上写作，还有另外一面就是说你必须去面对读者，您写的时候，您会不得不考虑读者的阅读趣味，然后您写的这个故事如果不好看，有的人他就不读，或者是粉丝就会流失，就会遇到这样的问题。实际上我想问的问题是什么？就是说您是怎么去考虑这样的一个写法的问题，我既要把我所观察到的现象的这种真实的内心的感受，这种深度的东西把它写出来，同时我又要考虑到在网上写作的特殊性，要为读者写作，要写得轻松好看。这中间写法上怎么写的问题，在怎么写小说，在怎么进行艺术处理上，您有些什么经验？是怎么处理的？

蒋离子：我是觉得可能网络小说这一块儿，读者他更注重的是即时的感受，就是我当下就要感受到他的痛快。像我从小到大就看过很多书，一般传统文学的小说，在读完的那一刻，是你感触最大的时刻，在读书的过程当中，你所有累积下来的东西到结局的时候，合上这本书的时候，那一刻你得到了最大的满足。但网络小说最好是 1000 字就有一个点，2000 字就有一个点，比如说 1 万字有一个他的一个点，就是让读者感受到即时的满足这样的一个东西。其实我不是很追求这样的，原因就在于我很害怕被读者牵着鼻子走。这是我很害怕的一个东西，那样我就会处于被动的状态了，之后我真正想写的东西我反而写不出来了，因为作为我来说，从一开始选题，到后面搭建整个框架，其实我已经有自己的想法和思路了，只要我知道自己的想法和思路，我这个作品的完成度会很高。但如果中间我考虑过多的读者的东西，可能我会偏了，之后，整个就扭不过来了。当然也有读者，我的那些读者他们也会给我一些反馈，比如说你这里怎么样，那里怎么样，但我觉得不影响我整个大框架的前提之下的东西，我可能也会接受一些，但如果说他的建议和意见让我觉得我被他们牵着鼻子走了，我就不是很愿意了，因为不想把自己处于那种被动的状态之下。就是好不容易对我来说，你看我中间从 2008 年到 2018 年中间，我都没有什么拿得出手的作品的时候，当我终于有自己作品的时候，我又已经是这个年纪，可能我的那种创作的原则也好，我的一些想法也好，还会相对比年轻的时候更偏执一些，因为年轻的时候你不知道自己写出来的是什么，你二十几岁的时候你不知道自己写出来最终是一个什么样的东西，但是我现在知道最终它会是这样一个东西，可能读者在阅读时他不像读别的网络小说一样，就马上一个一个点，就让他带着爽感的这样的心情去读下去，但是如果说他把这个书读完，他能够找到让他感到满足和享受的点，这是我追求的一个东西，可能现在也有很多作者也会像我这样一个想法，我觉得作者应该为读者有一些考虑，这肯定是有必要的，但是你创作的整个的框架和整体，你的走向是不能被影响的。

周志雄：好，实际上就是我在读《老妈有喜》的过程当中，我还是感受到了这种很强烈的网文风格。比如说这个人物的成长，他在慢慢地进步，然后小说里面它也有那种很欢脱和喜悦的氛围和感觉，当然这个东西它也是和人物的一些痛感联系到一起。在读小说的时候，当时我记得读的过程当中，我还是很能够被您小说的情节故事吸引，然后您写的人物命运相互之间这种关系，也能紧紧地抓住我。我觉得这也是一个很有网感的一个小说，我就想问问您，其实您在写的时候，您刚才没有讲，在写的时候还是有考虑网络写法的吗？

蒋离子：对，因为如果说我想把它写的每一章节都有爽点的话，我的情节必须得非常狗血，现实生活只能是这样，是吧？我必须得非常狗血、非常抓人眼球，里面写的内容才能够带来那种极致的，也就是说大起大落的那种感觉。但《老妈有喜》相对来说，在情节上她是克制的，可能我在情节上克制，但是我把人物的情感比较细腻地呈现出来了。我有时候写一写，我自己带入感也非常强，就像在《老妈有喜》里面，每个人都在做选择，就又会出现新的选择。

周志雄：您刚才讲的每个人物都在做选择的，这其实是现在很多网络小说里面非常可贵的一个东西。他不是说这个人一定要这样，也不是说一定要那样，他既不是一个正面人物，也不是一个反面人物，而是说他处在一种多层的这种关系当中，多种不同的因素作用之下，他做出这种选择，小说写出了这种对人物的影响。我觉得这其实是网络小说作家对于生活把握的一个很重要的观察力。他的这种写作跟传统小说真的是很不一样。以前的一些婚恋小说和现在有些作家的婚恋小说，他有的人物会很无力。你读苏青的《结婚十年》，她也是写婚恋的，但是她那个东西真的是很无力，结婚了，然后离婚了。这个人物离婚了之后，就是一些支离破碎的一些生活，但是在您的小说里面，在这种很复杂的就是好几组关系当中，这个人物转到最后他都能找到一条适合自己的路，或者是起码像您刚才说的就是沿着幸福的方向去努力，我觉得这是一个很重要的。它既有这种时代感，同时它又是您对现实生活的一种写照，它又具有这种很好的网感，读者读起来还是能够沉浸到其中去的，这样一种写作，我觉得这其实应该是值得肯定的一个东西，不知道您怎么想？

蒋离子：我突然觉得很开心，我当时写《老妈有喜》的时候，因为我自己没生过小孩，所以我真的不知道生小孩是个什么样的体验，何况女主角她还有两个小孩，我不知道应该怎么办了。然后我就去问了很多已经当妈妈的这些朋友，问她们的感受，包括已经生二胎的那种，她们的生活整个状态呈现给我的是，她们没有一天是平静的。像我们经常看到的那种海报和画面，包括现在有一些视频出来温馨的一家四口，那种画面感觉很美，但是那种画面在他们生活当中出现的概率是很低的。但是偏偏在现实生活当中能够维持着我们继续走下去的，正是这种偶然出现的很短暂的幸福和温馨的感觉，所以我在书里面我就写他们会做选择，他们生活会很乱，会经常的不平静，但他们总有那种温馨的时刻。家里人也好，或者是夫妻也好，包括兄弟姐妹之间也好，他们经历了很多的混乱的时候，但是过了一会就会出现一个温馨的这种片段。让他们觉得说我在遇到难处的时候，身边还有一个人在支持着我，我可能比较想展现这样的一个东西，幸福这个词在我们婚姻和家庭生活里面，其实只是一个片段，一个很短暂的东西，但偏偏就是这样的东西，在支撑着我们去维系我们的婚姻，去维系我们的家庭，支撑着我们继续往下走。

周志雄：还有一个东西，刚才我们有位同学问到现实主义的问题，您刚才说得很有意思，说现在来谈论现实主义的时候，才发现自己写的原来是属于这一类的作品。实际上就是我们现在国家提倡的主旋律的现实主义。今年在内蒙古的会上，陕西作协的秘书长说到现实主义，你们这么多人，这不是很明白的吗？为什么不直接说国家就是要求我们网络作家歌功颂德、写主旋律、写改革开放的伟大成就吗？然后网络作家去写这些他就会有局限性，因为本身网络文学就会有深度不够的问题，就会有比较按照读者趣味去走的问题。你现在要求网络作家去写这种主旋律的重大题材，他怎么去写出深度？这里面他是有矛盾的。这个问题其实就是说我们看到在一些很宏大的题材里面，像大国重工、大国航空，像这样的一些大题材，最后他们必须要采用这种网文的方式，这个人他穿越到20年前，30年、40年前，怎么样用一个很轻松的故事去把改革开放的40多年呈现出来？但是您的小说它不是这样的，您这个是不需要的，因为您本来就是在写青春，在写婚恋，在写情感，您一直是在这个领域，这个其实是另外一个话题，就是我们有很多作家在写的时候，就是要找到一个自己的写作，像开矿一样找到一个自己擅长的领域，其实这就是你的开矿，这就是您的矿山，您就是在写这个东西的。

我觉得您找到了矿山，就是对于当代人的这种情感和婚恋，就是在这个领域你思考得比较多，您也非常擅长观察，也去做一些功课，对一些新的东西也很擅长去学习和接受。所以我觉得如果讲现实主义的话，您的小说在这一点，我觉得是非常好、很可贵的一些地方。您实际上是有非常强的这种时代感的，同时又是很用心地去捕捉人物的内心世界，其实是有自我很投入地去写这些东西，您有一些自我经验，更多的和这个时代所写的同类人物现实的这种交流和调查，然后很用心地去写。所以我觉得您这样的写作，用您刚才总结的一句话，它是一个小众文的写法，它不可能有一个很大的读者群。小众就是因为您的作品相对来说比那些小白文和简单的爽文——但是您的小说里面也有爽的成分，如果不爽这就不是网络文学——更有内涵一些，同时也更留得住。我想这也是为什么你这10年没有写，近几年来这几部作品能够获得这么多的荣誉、推广和评奖。您正好是处在这样一个时代的风口上，离子一直是在关注现实的，现在国家提倡网络直接关注现实，然后您抓的这些现象也很好。《老妈有喜》您一看这个题目，现在二胎政策一放开，在这样一个情况下，这种阶层的人该怎么办？然后这个小说里面你就很好地把您的擅长的东西和我们这个时代国家的整个的时代风向融合得非常好，是一种文学和形式的融合，我觉得这个方面是非常好的。

蒋离子： 谢谢志雄老师。因为我写不了那种非常宏大的东西，我只能是写时代背景下的一些普通的人物，她们没有这种金手指，她们也没有人物光环，几乎每一个女性，她在困境里面的时候，必须自己很用力，她才能走出来，也没有开挂的东西。所以这就是我们普通女性的生活。像刚才您说的改革开放之后怎么样，我觉得从我的作品里面，可以写到我们女性其实已经很独立了。独立之后我已经开始思考，就是说我们女性也可不可以不那么独立，我已经在思考这个问题了，就可见我们的生活是发生了翻天覆地的变化。你想，比如说像我奶奶那辈人，她们绝对想不到现在的女人可以这么生活。这也是改革开放的一个很小的缩影，但是我觉得这是能够在我的作品里面找到的一个东西，不是说非要写非常宏大的叙事，才能够反映我们的改革开放以来的一些变化，反而从一些小人物的身上也能够反映这一点。我一直写离婚之类的，你说很多年前，几十年前，20年前，如果说谁离婚了，真的是非常不光彩的一件事情，但现在的话，你听说谁离婚了，比如说我们哪个朋友跟我们说他离婚了，我们都会祝贺他。因为我们认为作为一个成年人，已经想清楚了为什么要走出婚姻，是吧？作为他来说是一种全新的生活的开始，是一件值得祝贺的事情，不会觉得说他跟我们有什么不一样或者是怎么样，丝毫没有这样的想法，这也是改革开放带来的巨变。就像是文化，我们的传统文化和新文化，它的冲击，包括我们现在观念的改变，这样的一些东西。

周志雄： 您的作品里面还有一些很好的东西，比如说刚才有个同学问到您最喜欢的一本小说，您竟然是讲到陆幼青的《生命的留言》，陆幼青当时在榕树下连载那本日记，榕树下还给了他一等奖还是一个特等奖，就是奖金10万元，他自己不能去领，还是他的家人去领的奖。我从您的作品叙述当中感受到的是您对生命本身的理解和尊重，这可能是跟您自身的人生经历相关。您会特别重视这个人物的内心感受，然后去追问一些问题，说我这样做是不是值得？这样做是不是可以？我该怎么办？在这种情况下我的内心是什么样子的？我觉得这也是很重要的，女性小说在这些方面高于男性小说的地方，就是它会很细腻，能够对人物内心的逻辑进行细腻的描绘，然后您会感觉到这才是生活，这才是文学。像王安忆讲过，什么叫小说？小说就是往小处说，我觉得这些东西是非常好的。

蒋离子：谢谢周老师。

周志雄：还有一个地方是，有个同学问到，您说冇城，您说虚虚实实，您说这是您有点偷懒的行为，不是写一个具体的城市。这个绝对不是偷懒，这个恰恰是一个有作为的、很好的设计。您看鲁迅写小说他叫未庄，未庄是哪个村庄？它为什么叫未庄呢？这个未庄就是天下的村庄，他通过一个村庄，其实写出的是所有的村庄，所有的农民，他要写出他国民的精神层面的这种东西。您这个"冇城"，其实它更大的意义，在某种程度上，它反映的不是你偷懒，反映的是您写作很高的一个雄心，就是您要通过这样一个冇城，写出中国的这个城市或者那个城市，其实它代表的就是中国当下的所有的城市。在这样的一个历史化的进程当中，这里面生活的男男女女们，他们就是这样的生活，他们就是有这样的种种烦恼、种种问题，他们是怎么去处理的？这个不是偷懒。

蒋离子：对，因为"冇"这个字，是没有的意思。我想说没有的话就是到处都有，既然这个东西没有，他就可以到处都有。真的，我觉得你刚才就把我内心的那种很真实的想法给说出来，因为如果我自己说的话，我就感觉我好像有一点……

周志雄：所以您比较谦虚。

蒋离子：没有没有。因为我《糖婚》的三部曲全部都是发生在这一个城市里面，都发生在冇城里面，它是中国的那种发展中的城市，它不是最发达的地方，因为只有在发展中城市，只有城市不断地在发展，生活在这座城市里的人，才会不断地去改变，他才会有各种各样的选择。包括我新书里面的女主角，她到这座城市创业十几年，突然这一切都失去了意义的时候，她面临新的选择的时候，这个城市包括她所从事的行业都发生了巨大的变化。这只有在城市变迁的过程当中，一个大的城市变迁，整个时代的发展，当这些力量打到一个小人物的身上的时候，她的命运会发生什么改变？她对自己接下来的人生又有什么样的思考？我可能写的比较多的是这样的东西。

周志雄：还有一个地方，就是有个同学问您《半城》的叙述视角，有一个多视角的转换，我不知道您是不是有意识地去看过这种多视角的小说，像帕慕克的一部小说，就是这种多视角的转换，像莫言的《檀香刑》，这些小说不止一个叙述人，他是这个人来叙述，然后跳到下一步是下一个人再叙述，然后再跳到下一步下一个人再叙述。他们讲的其实可能都是同一件事情，但是因为不同的人在讲这样的一个事，所以呈现出不同的效果，这其实就是说你讲现实、写现实，这才是深度写实的一种写法。

蒋离子：我当时写《半城》的时候，因为我已经开始写剧本了，可能我的脑子里面画面感的东西会比较多，我会想这是一个电影，像《老妈有喜》和《糖婚》，我会想象成一部电视剧。《半城》我会把它转换成电影的感觉，就是那种镜头的老化什么，我也觉得这样转会比较好看，可能当时下意识想法是这样。

周志雄：还有一个是故事的结局，刚才我们有同学也问到您，好像没有那种大团圆的结局，不是这种团圆式的，您讲到在爱情里面，它不光是甜蜜的，它有伤人的、带刺的、让你不舒服的这些东西，这个也恰恰是现实主义所要求的，就是要求你要写出生活的真相，要写出生活残酷的一面。如果仅仅是讲光明面，那是童话故事，那是讲给小孩子听的。只有把生活残酷的一面您也揭示出来。同时网络小说它又不像批判现实主义，揭示生活的残酷的一面，残酷到什么程度，就直接把人搞到绝望，像骆驼祥子，最后残酷到这个人就毁掉了。方方写了《涂自强的个人悲伤》，也是写到大学生毕业之后怎么办？找不到工作，然后家庭压力，种种情况下最后年轻大学生就被压垮了，最后怎么办？最后就只能去死掉。这是一种现实，但是这个是一种普遍的现实吗？而且这种现实它是一种积极的更有普遍性的、符合我们这个时代趋向的、让我们直面现实的一种写法吗？有的时候我觉得网络小说或者像您的作品里面，在这个方面的考虑其实是很得当的。既写出这里面的甜的东西，同时写出这里面伤人的、残酷的东西，但是核心的东西就是这个人物他是有成长的，是有变化的。我们是要积极去应对的，最后虽然没有大光明的结局，但是这个人物他是努力地去向好的、幸福的那个方向走的。这样一种东西，我觉得其实是非常好的，它既有深度，同时在价值导向上，能给人积极和温暖的力量。

我也感觉到现在的网络小说，像您写的这样的一些作品，它的现实意义和现实价值，这些方面我在读的时候觉得是挺好的，我看到您的作品在这些方面，无论推广也好，评奖也好，能够被大家都接受和认可。还有您说的写作是一种治愈。抑郁症，这仿佛是一个只有天才的人物才能得的，是这种身体才可能出现的状况。

蒋离子：我真的是头一次在那么多陌生人面前讲起这个事情来，因为我和同学们都还不认识，和志雄老师我们是认识的。今天之前，我一直在想，包括我上线之前，我还在想我到底要不要讲这个事情，因为我觉得今天都是同学，我讲一下这个事情可能会对他们有一些新的启发或者怎么样，其实真的没有必要把这个事情看得就是好像很严重，我得了这个或者是怎么样。对我来说，我已经把它当成生活的一部分之后，我很坦然。因为如果说当我处于生活当中的低潮期的时候，我真的是感觉我这几天不对劲了，我也能够接受它，因为情绪总是有好有坏，当我能意识到这一点的时候，其实这些都不成问题。我今天主要说这个事情，就是想说我的创作其实就是从这个病开始的，就是从抑郁症开始的。

周志雄：在文学创作界，像这种抑郁的，还有更严重的，您这根本还算是轻的，那种精神癫狂的天才有很多了，这是一个很正常的一个情况。那么总的来讲，我觉得我们这样的一个交流，包括我们同学的发问，其实更多的是倾听，我也要求同学们今天来参加这个活动，这都是我们的研究生，人不多，但是他们都是精华，都是您的粉丝读者。我们首先是不做评判，倾听您的讲述，在倾听之前，他们都阅读了您的作品，然后针对您的作品提出这些问题。通过这样一个交流，我觉得也是很重要的，我们现在的网络作家很多，作品也很多。相应的评论工作，中国作协一开会就是在不断地讲这个事情。就在前两天杭州开一个全国网络文学理论会议，这也是个小范围的，人不是很多。还是在讲我们评论怎么样去跟上创作，评论永远是滞后于创作的，他提出了一些很高的要求，评论要怎么去引领创作和指导创作。这个要求很高，我认为我们现在能做的工作就是首先要去读这些作家的作品，去理解他为什么这么写的这样一个逻辑。作家在作品的创作过程中，它包含着哪些有效的、很好的一些创作经验，我们怎么样去把它总结出来？这是需要时间的，也是对研究者的一个很高的要求。像您的作品读起来，文字量还不是特别大，像三少和血红这样的作家，你要去研究他的话，阅读量真的是一个挑战，5000万字是个什么概念？一天读30万字要读大半年，而且仅仅是读第一遍，研究者起码都要读三遍以上，读三遍你才能开始写文章。

那么通过今天这样一个交流，不知道同学们是什么样的感受，我觉得收获还是非常大的，我们今天访谈的东西，最后会整理成一个文字出来，看看是不是找一个刊物发一下，最后我们要编书和出书。此外，您的作品同学们已经初步了解并且写了篇文章，评论文章当时写的理解不是说不正确，而是说我们对一个作家的理解还需要不断地去用力，才能够更深地理解他。像老一辈的有一些作家，有一个很有名的现代文学的研究学者叫范伯群，他和江苏的作家陆文夫是好朋友，他和陆文夫采用这种通信的方式进行交流。有很多做批评的人、做研究的人，他和作家进行通信，他和陆文夫本来也经常见面，但是他用书信的方式有什么好处呢？用书信的方式就是能把对他作品的这些理解，用文字的方式更深入地进行探讨和交流，进行了多次通信之后，他写了论陆文夫的小说，然后过了一段时间，过了一两年又写了一篇，到第三次写的时候，他就三论陆文夫。他和陆文夫的书信有很多封，所以我觉得我们今天这样一种交流的方式，也是同学们来了解作家、了解网络文学的一个非常重要的方式，这也是做网络文学研究的一个基本的功课，就是你要去和作家交流，你才能更深入地理解他，这也是一个基本的工作，就是做资料，作家他会怎么想？您今天的讲述这就是一手的资料，我们把它整理出来。等以后蒋老师成为更大的、更著名的作家的时候，你看我们当年对蒋老师的访谈，这个就成为很多人——假如以后会有越来越多的人来研究你的小说的时候——的一个参考。有人会认为，这是她当年跟安徽大学的这些老师同学们的一个交流，她当时是怎么想的，她是怎么理解这些东西的，经过多少年之后，它现在又有一些新的变化，有一些新的理解。

蒋离子：因为我是去年（2019年）初的时候去人民大学杨庆祥老师一个课堂，因为我之前没有正儿八经地开过我一个人的作品的讨论会，当时去之前，他们老师就跟我讲说："我们可能会提一些比较激烈的批评的东西，你能不能承受？"我说我是很愿意去倾听别人对我的一些肯定的也好，一些不肯定或者批评建议也好，我非常愿意倾听。刚才同学们对我的提问也好，包括志雄老师您讲的一些话，包括您上次给我发的同学们写的评论文章，其实我都一字一句地读了，我觉得这样的反馈和读者的反馈对我来说价值是一样的，就是我很愿意去接纳这样的东西。因为我不可能就是停留在这样的创作层面上，我个人觉得我还是有很大的成长空间，我可以写得更好，所以我很愿意去倾听。今天我真的挺开心的，就特别开心。

周志雄：您肯定会写得更好。您这个心态它是一个开放的，对未来是有期待的，本身有这么好的写作的基础，现在也获得了这么高的认可。您还这么年轻，我们说作家的黄金创作期的话，写出这种传世之作的人，很多人都是四五十岁这个年龄写出来的。所以我们对您的未来的创作也充满期待。

蒋离子：谢谢，谢谢大家。

第十八章　网络文学需要降速、减量、提质
——管平潮访谈录

一　"我从小读古典文学"

周志雄：您本科毕业于中国科技大学的电子工程和信息科学系，硕士是科大的通信与信息系统专业，博士是在日本读信息学。作为一个理工科的学生，您是怎么走上网络文学创作这条道路的？

管平潮：应该有两方面的原因。一个方面是我从小就特别爱看书，我虽然一直是理工科里的高才生，但是我从小就爱看书，所以文科方面也一直不错。我1996年在江苏参加高考，那个时候是采用文理同卷，就是文科生和理科生用同一套试卷考语文，我当时拿到了江苏省的文科最高分，当时我的总分虽然是市第二名，但是我的语文单科是江苏省第一名。所以我不是凭空突然转到文学的，我一直有这样的基础，有这样的积累在，也说明我有这方面的天赋。另外一个方面是，写作是个水到渠成的事情，它需要一个契机。这个契机就是2004年我去日本留学读博士，当时拿到了日本文部省奖学金，中文翻译成日本政府奖学金。当时刚去日本举目无亲，在异国他乡，刚开始科研任务、学习任务也不是特别重，所以业余的时候并没有什么娱乐活动来打发时间，于是兴趣转到文学上。我从小读古典文学、中外名著，也包括网络文学，我其实一直是个网络文学的深度爱好者。我本科学的是电子工程和信息科学，我具体进的实验室是信息网络实验室，就是与网络安全相关的专业，所以我是最早接触网络的一批人，《第一次的亲

密接触》《悟空传》刚出来时我就读过。到了2004年,有了这个契机,水到渠成,有了大量的时间,于是就开始网络小说创作了。

周志雄: 您有很好的文学功底,而大学选择了电子工程和信息科学,在专业的选择上有没有遗憾?

管平潮: 如今回头想想,坦率地说是有一些遗憾的,但是这也是跟咱们现在的教育体制或者说是报考志愿指导方面有一些不足有关,可以说社会、家庭对孩子的未来职业规划没有一个系统的、明晰的指导,并没有人问你的天赋是什么、你的特长是什么、你的爱好是什么,因为特长或者天赋是很具体的一件事情,说明你对什么事情更加敏感,花同样的时间能够更有效率地完成一件事,而且做得更出彩。而咱们现在普遍缺少这样一个规划和指导,如果真的能完善的话,我可能也不需要走这么多年的弯路了。其实从我现在从事的事情来讲,也是一条弯路,因为我读了那么多书,而且读得很不错,还是名校最热门的专业,对我自己而言有些浪费时间,也浪费了别人的名额,也许有些人更需要得到我那理工科高学历的荣誉,但他就被我的分数挤下去了。现在回头看看,其实我也并不是很需要这个学历。我认为这个是很值得关注的一个现象,当然我觉得现在社会在进步,尤其是信息时代到来,各种信息渠道都畅通了,现在高中生的条件肯定比我们那个时代要好多了。

周志雄: 假如您进入文科专业,或者学中文专业,情况会完全不一样吗?

管平潮: 可能是会完全不一样。拿高考来讲,我的文科其实是非常好的,我的地理、政治都很好,坦白讲,当时我如果选文科的话很可能是江苏省前几名,进北大是非常可能的。当然,话又说回来了,未必科班出身就能培养出一个作家,强大的理工科背景对我写作也很有帮助的,逻辑条理、对这个世界更多的认识,可能不是文科背景可以提供的。我的理工科背景也体现在我的写作中,比如数字逻辑电路、八位二进制等计算机方面的科学,一些用科学来认知这个世界的原理,我都可以转化到我的小说里面去。比如,在我们中国传统志怪小说中,狐狸怎么能修炼成狐狸精呢,就是因为她吸取日精月华,但是古往今来在中国文学史上没有一个作家来阐述这个吸取日精月华的原理,我就用我了解的"负熵"的理论来解释,"熵"就是混乱,麦克斯韦有一个关于人类的理论:人为什么能成为人?人为什么能成长呢?是因为人一直在吸收"负熵"的能量,吸取"负"的混乱能量来对抗自然界自发地走向混乱的态势,我们最终还是没能抵抗得了,人死了其实就归于混沌了。我借用这个理论来解释我作品中的妖怪吸取日精月华到底是什么,那就是"负熵",在作品中我用"混沌"来指代"熵",用"阴阳"来指代正负,那就是阳之混沌和阴之混沌,这使我的文学创作更加有深度和广度,这和纯用文学语言来讲故事是不太一样的。

周志雄:现在有个普遍现象就是写网络小说的作家大多不是文科出身的。

管平潮:对,由于现在网络小说篇幅比较长,世界观也庞大,这对于写作者的逻辑思维、大局观有更高的要求。

周志雄:您在读博士期间,文学创作和学业之间有冲突吗?

管平潮:其实不矛盾。我在读博士期间写作是消遣,因为在异国他乡,一个非母语的环境中,外国人是很难融入当地的生活的,业余生活很难和日本人打成一片,也不会像在国内一样有正常的业余生活。还有一个方面是,我当时读博的研究所是日本国立情报学研究所,它在东京的市中心,在天皇皇宫平川门旁边,我租房处距这个寸土寸金的地方很远,每天坐地铁往返就要两个小时。在这两个小时里,要么是看书,要么是构思小说的大纲,这样原本很模糊的故事构想开始浮出水面,回到宿舍晚上再开始写,这样的创作过程对我反而是一种休闲。

周志雄:您在日本留学深造,有没有受到日本文学的影响?

管平潮:毫不讳言地讲,受影响是很大的。我读日本《万叶集》《古今和歌选》这样的文学典籍,今年六月份我在冲绳度假的时候还在书店里买了一本像中国《古文观止》类型的书,书中把古今日文典籍里的精彩字句摘出来赏析、点评。日本是个岛国,它虽然也吸收外来西方文化，比如荷兰、美国的文化，但它受影响最大的还是中华文化，尤其是汉唐宋文化。日本近代社会相比中国而言，在政治上比较安定，没有经过大的颠覆，所以传统文化保存得比较好，日常的一些小细节也很有韵味和文学美。日本文学对我影响还是很大的。有一些评论家朋友也特意评论我的语言文字好，为什么我的文字好，因为我当时还在日本，语言环境比较纯净，不像在国内会受一些口头禅、网络热词的影响，比如"给力""哇塞"之类，也不会被一些俚语俗语扰乱。对于一个喜欢古典意蕴的写作者来说，太嘈杂的语言环境不是一件好事。其实我的小说是非典型网络小说，我当年成名作的小说章节标题是四六骈文体，带一些古白话文言文的感觉。

周志雄：除了语言方面，日本对您的创作还有别的影响吗？

管平潮：客观来说，日本是很讲究古典情怀的，一到樱花盛开的时候，日本人都呼朋引伴到樱花树下饮酒，妇人就会穿着传统的和服在花下歌舞助兴，这是我亲身经历的，很有中华古代汉唐宋的文人雅趣。不仅是语言，有些也映衬到中国的文化。归结来说，不是日本对我影响如何，对我而言，日本相当于一个窥视中华古汉语最强盛时期的媒介。

周志雄：我了解到您博士毕业之后在网易工作，先从事网络游戏系统开发，后来调到网易云部门做网络编辑，指导网络写手们如何写网络小说，能谈一下您工作的情况吗？

管平潮：前三年我是做网络游戏的主策划，大概一年的时间行政上隶属于总裁办公室，后来就开始做网络文学原创平台，我们的丁总比较了解我的情况，他骨子里也是文艺青年，所以我也帮他召集过几次作家雅集，后来就调到网易原创文学平台。我特别认同"网易出品必属精品"的理念，这和我的写作理念是完全一致的，这些经历对我也是很有帮助的。比如现在的全IP、全版权运营，一个大的改编就是游戏改编。我有网游主策划的工作经历，使我在写书之初就知道该怎么写，写出什么样的效果更容易让游戏公司看中。后来的网络文学平台，一方面我在指导别人，另一方面我也得到反馈，这对我是很有帮助的，三人行必有我师，哪怕他写的东西和我完全不一样，也必有可取之处，甚至他失败的地方也能给我启发。

周志雄：能描述一下您平常的工作情况吗？

管平潮：我的工作时间比较自由，不需要坐班，一般集中效率完成事情。通常是工作和写作穿插进行，基本上工作和写作都在白天进行，劳逸结合，作息还是很正常的。作家生活的采风、活动我都是作为一种休闲，这个月我会去日本采风，八月份我去了新疆，写了沙漠、山川、林海那么多奇幻美丽的景象，如果我不亲身经历一下，只是凭空想象的话，有些奇特的细节是写不出来的。我真的是把写作当成事业。

周志雄：您读日本文学是读日文版吗？

管平潮：日文版会作为参考，我也读中国出的日本古典文学的书，互相印证。因为学以致用，我还是会选择最有效的方法、最利于阅读的方法。

江秀廷：我是您的一个粉丝，读过您的《仙路烟尘》《九州牧云录》。您具备常人所不具备的写诗填词的文学功底，甚至我们中文系的学生也自愧不如，您是工科博士，著有《局域网组建与维护实例》，并且喜好音律，擅长乐器，创建中国科大民族乐团并担任首任团长，又素性爱好自然，尤擅摄影，遍游美日诸国。一般人做一件事都要专注来做，您怎样来平衡工作、学习、创作、爱好这么多事情呢？

管平潮：首先是要统筹规划好。我始终坚持写作是条主线，虽然平时很多有趣的事情容易吸引人的注意，但是平常大量的时间还是来做我的主业。在写作的时候我是非常用功而且勤奋的。下午有事，我上午还在坚持写作，最近我拔智齿，早上打麻药，利用药效还在、牙齿不痛的时候，还在抓紧时间写作。一定要勤奋，看起来好像是在做各种事情，但不要忘记主要职责、主要任务，来不得半点花招的。在写作方面踏实勤奋和坚持，我自己有两句座右铭："家无楼台平地起，案余灯火有天知""明知十年难换帅，不可一日不拱卒"。成功不是一蹴而就的，我写作坚持了十二年，是从小人物从零开始，每天坚持去做，总会慢慢由量变积累到质变。有次我去吃烧烤，烧烤店的老板在教育学徒，我也深有感触，他是这样说的：做一件事情，一年可以入门，三年可以精通，如果真的做十年的话就可以成为大师。写作也是如此，虽然现在谈勤奋有些不讨喜，人人都希望像小说里的主角一样，突然之间就拥有了本领，但这个几乎是不可能的。

周志雄：我们现在访谈过的网络作家有30多人，印象最深刻的一点就是，凡是网络文学大神，没有不勤奋的，他们都相当勤奋。

管平潮：对，是的。

江秀廷：据说您创建了二十多个数百人或者上千人的QQ群，平时有时间会与您的读者朋友交流，以您的了解，哪些身份的读者居多？

管平潮：青少年、学生居多，还有一些刚踏上社会的年轻人，简而言之就是年轻人。据统计，我的作品读者群基数最大的是20—30岁的读者，现在年轻人使用网络最多，这也是天然的条件。

江秀廷：现在很多的网络文学的读者年纪都很小，您怎么看？

管平潮：是的，年龄小的有，年龄大的也有。曾经有读者朋友说："爸爸生病了，让我带《仙路烟尘》的实体书给他看。"他爸爸就是中年阶层了。有个读者朋友是个小伙子，他说："我的岳父喜欢读你的作品。"我注重作品的情节、语言精品化，加之我的年龄、阅历也在不断增长，一些人情世故其实是"功夫在诗外"的。有些时候我会特意注重留白，作品中的情商非常高，这可能也是吸引年纪较大读者的原因。金庸是我写作的榜样。

江秀廷：这段时间，我浏览了一遍您的新浪微博，发现您近来很少更新。

管平潮：我更新的频率很低，其实还是有更新的。有时候网络也是个是非之地，我渐渐要适应自己是个公众人物，要注意自己的言行，有些嬉笑怒骂的言论在私人的环境交流是可以的，但是放到网上公共的平台可能就会被别人进行另一种解读。我自认我个人在现实生活中不是一个特别保守、端重、刻板的人，喜欢开开玩笑，但是博客、微博上还是低调一点好。

江秀廷：您的母亲是教师吗？

管平潮：我母亲是语文老师，我的父亲是初中教师。

江秀廷：您的家庭教育对您的文学创作有影响吗？

管平潮：你的这个问题非常好，答案是肯定的。从小的家教对我特别有帮助，我是1977年生人，农村人，在当时小孩是要给家里干活的。但我家里有些奇怪，当时的环境之下，只要我在看书，父母就认为我在学习，就不用干活。我小时候，我爸妈知道读书的价值，他们对于看什么没有任何的规定，我当时看大量的武侠小说，我爸妈一点也不禁止，我非常感激他们。我读书一点都不吃力，读着玩上来的。我高中读的是省重点中学，我是第一届奥赛班前几名的，化学奥林匹克竞赛还拿了江苏省二等奖，大学读中国科技大学最热的专业，我进学校是第二名，后来还拿到日本文部省奖学金留学读博。现在回想起我小时候在桃树下读书，觉得特别神奇，很有历史轮回感，这是宿命啊，当时桃树下读书的小娃娃哪里想得到，这居然决定了我几十年后做什么，这一辈子的事业是什么，我的人生是什么样的。其实我妈妈也是一个才女，她当时是七几年考入了我当时就读的那个重点高中，在那个年代这就相当于一只脚迈进了大学，但是由于是老三届取消了高考，在放下了那么多年的学业之后，她以总分第一名的成绩考到了我们当地的师范大学，很了不起。总结来说，有两件事对我影响特别大，一件事是在我小时候家里只要看我在看书就不让我干活，那时农村经常停电，我还记得有一次我在看金庸的《碧血剑》，停电了点着煤油灯，我妈妈一边纳鞋底一边陪我在昏黄的煤油灯下看书。另一件事是当年条件不好，买书买不起，都是从图书馆借，当时我妈妈用一个小本子把全套的《红楼梦》手抄下来，爱读书爱到这个程度，看到这个手抄的本子其实我是很震撼的，对我潜移默化的教育影响很大，就是看书是值得尊敬的，写作是高尚的，伟大的作品是值得膜拜的。

江秀廷：听您一席话，我是非常有感慨的，我家也是农村的，在山上放羊，也爱读金庸、古龙的武侠小说。我知道，除了这些书，您还喜欢一些经典作品，比如《聊斋志异》、"三言"、"二拍"之类。

管平潮：对，我是真的很喜欢读，反复地读，包括现在我还在读，读了不是两三遍，而是十几遍，不得不感慨，《聊斋志异》的故事写得很精妙，故事特别吸引人。

江秀廷：您在读这些作品的时候，会有意吸收这些作品的优点吗？写作时，会有意模仿吗？

管平潮：对，拿诗词来讲，我最喜欢《红楼梦》的诗词。客观而言，《红楼梦》的诗未必好过唐朝，词未必比宋词好，但我们为什么觉得明清诗词好，毛主席的诗词好，大概是因为他们的时代离我们近，他们的语言审美更接近我们现代人。随着时代、语言的变化，人的审美也是会变的，我写作偏爱写诗词，有很多读者喜欢我作品里的诗词。我不是要写唐宋那种高深而显晦涩的诗词，我要写的是明清时代、民国时代乃至毛泽东时代那种浅白畅快、既雅致又好懂的诗词，让我们现代人觉得很美很酷的诗词。我有一个对古诗词很有研究的朋友对我的理论不以为然，他强调作诗词一定要严格按照唐宋格律，以唐宋为上品，我也没有和他争论，一笑而过。我不是没有认识到他所说的，而是我又进了一步。《聊斋志异》对我来说最大的意义是让我意识到：那些用来考试的文言文，用来写故事是那么优美。那些让我怦然心动的才子佳人、仙妖鬼怪的故事，激起了我对文学更大的兴趣。为什么不可以用古典味的文字写小说呢？后来我用这种文字写《仙路烟尘》等小说，既立足传统又与时俱进。《聊斋志异》里的故事对我的小说内容也有影响，《仙路烟尘》里写到在鄱阳湖船遇到大风的情节，就借鉴了《聊斋志异》故事里的片段，也借鉴了《西游记》、"三言""二拍"等古典小说中的人物形象。

江秀廷：您读了这么多书，应该有不少藏书吧？

管平潮：藏了很多，我在杭州有几处房产，其中一套的主卧我就把它布置成书房。可见，在我家文学的地位有多崇高。书房一面墙都是书架，人的生活反倒处于其次了。

周志雄：都是藏一些什么书？

管平潮：以古典文学类书籍居多。我也看那些中外名著，例如

《复活》《包法利夫人》《茶花女》等，还有《三个火枪手》《基督山伯爵》。我现在已经在写这类书了，它们就像参考书一样。《三个火枪手》对我的新书《血歌行》有启发：主角和他的伙伴们，都各有秘密。为什么以古典书籍居多呢？它们是以文言文写成的，文言文讲究言简意赅，这些文字以前都是刻在竹简上的。我看了这么多年书以后，阅读速度特别快，只有文言文的信息密度才能匹配我的阅读速度，通俗的大白话对我来说所含的信息量很少，我在文言文里能获得更多的信息量。我也看一些国外的奇幻经典，比如"克苏鲁神话"、《魔戒》、《魔兽世界》的官方小说等，我的阅读速度特别快，如果藏这样的书很不划算，它们所占的物理体积太大，我会选择高端一点的，如《夜航船》之类的书。

周志雄：当代作家像王安忆、贾平凹、陈忠实，他们的书您有没有读过？

管平潮：像《白鹿原》《废都》这些处于风口浪尖的书都看过，坦率说看得不多。我和这些作家所走的路不一样，我沉溺于"三言"、"二拍"、《聊斋志异》，我正在接续它们的文脉。像我这样的网络作家，写用四六骈文作章节名的古典仙侠小说，在传续唐传奇、宋话本、元杂剧、明清章回小说、民国的新鸳鸯蝴蝶派写作，平易近人又是精英写作，我是想接续中国大众文学的文脉。

周志雄：像"三言""二拍"，它们当时时代感还是很强的，有很多现实的反映。您的作品却是以幻想类的作品为主，现实生活感不是很强。

管平潮：以四大名著作为标杆，我是在写现代的《西游记》。换句话说，我是在写东方的《冰与火之歌》。不应该要求作家一定要写现实类的文学作品。从另一个方面说，幻想类题材的作品其实是在映射当下，我在写一群人、一些事、一个大时代里小人物的悲欢离合，小人物的成长，小人物与恶势力的斗争。《血歌行》里东方大陆被龙族入侵，中国古代帝国被压缩到西域一带，这可以理解成幻想世界里的"抗日战争"，或者幻想世界的东西方对抗。小说里人、妖、魔等诸族又有三国演义的感觉，或者世界大战里的纵横联盟之术，古典仙侠所反映的完全是现代社会的内容，我是站在世界史的角度反映社会现实。例如，《血歌行》里的龙族是按照纳粹的思维去写的，他们把雅利安人视为最高人种，把犹太族人视为猪狗。因此我的小说虽然披着玄幻的外衣，但还是来自我们真实的世界。

周志雄：您在写作的时候有写大纲的习惯吗？

管平潮：我的小说产量并不是很高，我是走精品化路线的。《仙路烟尘》和《九州牧云录》都没有大纲。《仙路烟尘》当时两三天才更新一次，《九州牧云录》是一星期更新一次。《血歌行》认真做过大纲，几易其稿，我给自己的核心读者看过。后来的版本与最初的版本相差特别大。当时是想做西方奇幻，后来就不是原来的样子了，但是还是保留了一些人物，比如亚飒这个人，还有魔族这个设定我也保留下来了。后来找到大的创意，龙族入侵，人族成为少数派，开始反攻。具体来讲，因为我做过网络游戏的主策划，所以这次做大纲时，也写了很多的excel表，法器兵器一张表，怪兽、动植物、法术还有世系法术各有一张表，还在法术前加入前缀，如火系前分成烈焰、火焰、金焰等。到时候我要用某一个系的怪兽，通过查阅它的前缀就可以了，然后加以组合，例如烈焰狞猫。再比如地理、人物设定、人物关系、说话口气等，都做成excel表。像我这样筹备写作的网络作家应该很少：不仅有人物情节的大纲，还有各种设定的excel表。当然，这也是为了以后改编游戏做准备的。

周志雄：您平时创作的灵感主要来自哪些方面呢？

管平潮：首先是阅读，比如"三言""二拍"、《聊斋志异》《世说新语》《搜神记》等，还有就是影视和游戏，我写的小说是幻想类的，没有哪个地方教你去飞行，但游戏可以让你体验这种感觉。《仙剑奇侠传》《魔兽世界》是我最喜欢玩的游戏，给了我很大灵感。我以前做游戏主策划的时候，还会让下属玩游戏练级，比如下个月前至少玩到65级以上，否则扣奖金之类。优秀的、精品的游戏我都会去玩，他们的游戏做得非常真实，骑马、山峦、下雨，都非常真实。这给我这个幻想类题材作家提供了很好的体验机会。影视剧也给我启发，不仅是《魔戒》《霍比特人》这种直接的启示来源，其他一些喜剧甚至现实类的作品也能给我创作灵感，因为我创作的作品是与人情世故相关的。只有一些好作品才能给我启示或者灵感，反过来这也是我判断一部作品优劣的标准。

江秀廷： 您的《血歌行》为什么在咪咕阅读上连载呢？

管平潮： 咪咕现在的状态更符合我现在的创作理念和创作阶段，我现在已经不是处于拼字数、拼更新的创作阶段了。咪咕相对更宽容一些，我每天写 2000 字就可以，现在我已经写到这个月 27 号了。咪咕背后靠的是中国移动，它也比较有实力。同时咪咕也比较认同我的写作理念，他们的负责人比较有人格魅力。同时公司在杭州，对我来说比较方便。《血歌行》每部作品都有八幅插画，也是请名家画的，我、插画作者、咪咕负责人三方就在一家咖啡馆讨论插画问题。如果天南海北，就没法及时见面沟通。

江秀廷： 上个月有个活动叫"纸电联动，创新阅读"，能简单介绍一下吗？

管平潮： 这是和京东联合办的一个活动，之所以选择京东，是因为我们的创作理念一样，就像刚才我说的和网易的理念相同一样。咪咕会在京东上开一个旗舰店，卖咪咕出品的一些书，比如我的《血歌行》。"电"好理解，就是指的电商。中国移动培养起订购包月的套餐，包月的产品。《血歌行》推出后，手机上可以直接阅读，也能得到实体书。在当下实体书出版处于萎靡状态下，这是一种有益的探索，用户可以根据你的推荐去购买。另外，咪咕是线上的，但他们也在做线下的产品。中国移动线下的营业厅网点特别多，他们计划在营业厅开辟出一角，叫咪咕驿站，会提供咪咕的产品，包括我出的书啊什么的。这可以和业务办理结合起来，你办理业务的时候给你一个优惠券，你就可以去兑换比如《血歌行》等相关商品。这就把移动网点这么大的一个平台充分利用起来了，这潜力是非常大的。我曾经去一些热门的营业厅，办理业务的时候，发现人其实是挺多的，在你等待的时候，可以去咪咕驿站，看看它们的视频或者书籍消磨时间，如果看对眼了还有优惠券，说不定就会买下来。现在都是互联互通，用融合的眼光看待问题。

周志雄：您的小说《血歌行》移动阅读量是挺大的，有三亿多的点击量。

管平潮：是，移动的访问量挺大的。我自己的某部手机里就预装了一个和阅读在上面。

二 "我的仙侠是有情怀的"

范传兴：现在在网上有各种消息，包括您自己发的一些消息，感觉《仙路烟尘》对您很重要。后来它出了实体书，改名为《仙剑问情》，但是您在称呼它的时候，仍然叫《仙路烟尘》，为什么改编的时候叫《仙剑问情》呢？

管平潮：是的，这本书对我非常重要，犹如我的初恋。《仙剑问情》与一个游戏有关，叫《仙剑奇侠传三外传·问情篇》，这个名字有一定的知名度，萧人凤有首歌就叫《仙剑问情》。这个名字是出版社改的，我也比较理解，《仙剑问情》从商业角度可能更好一些，虽然我的有些读者表示不理解。我个人比较喜欢《仙路烟尘》，这本小说是以魏晋为历史背景的，虽然作品里没有明说。魏晋就带有这种飘逸的、洒脱不羁的感觉，《仙路烟尘》就比《仙剑问情》更有这种游侠气息的感觉。

周志雄：您这部小说有两部分的内容，一部分是烟尘的，一部分是仙路的。

管平潮：的确是这个样子的。仙路固然重要，烟尘更重要。我希望未来有一天，这套书仍然以《仙路烟尘》的名字再出版，应该会的。

范传兴：今天这个访谈提纲，是我们一百多个同学读了您的作品后共同做的。崔霖云同学提问，市面上大多仙侠、玄幻小说都力求读者看得高兴、看得"爽"，总是让主角光环大放，寻宝晋级，热血斗法，到最后红颜知己数位，抱得美人归，无往而不利，但《九州牧云录》中碧奴化龙失去生命，冰飘为救牧云形神俱灭，东方振白战死，幽萝从此不见，似乎是主角真爱的月婵最后也只是留下了一个缥缈的五年之期，为什么要让《九州牧云录》中呈现出如此多的悲剧色彩呢？

管平潮：这与个人的人生成长有很大的关系，《仙路烟尘》写于我在日本四年读博期间，那时我还是一个无忧无虑的学生，《仙路烟尘》很幽默，多是一种喜剧。《九州牧云录》写于2008年到2011年，这正好是我回国后前三年在网易从事游戏主策划的时候。游戏行业很辛苦，加班是很平常的事情。有一次我晚上十点多回家，骑一个小电动车，因为当时还没有钱买车，一看手表已经十点多了，我感慨道：今天我回去挺早的啊。

为什么《九州牧云录》每周更新一次，不是因为我懒，而是平时太辛苦了，当时我是主策划，承担的任务很多。我进入社会后，我的写作理念也在变，从创作者角度来看，如果一部作品总是那么欢快，其实没有太多的力量。现实生活中，"人生不如意者十之八九"，没有那么多完美的事情。在大结局的时候，我想在绝望中体现希望。比如"冰飘为救牧云形神俱灭"，后来变成了扇子，她原本就是扇子，也有可能再变成人，我留下了很多可能性。"一千个读者有一千个哈姆雷特"，如果你看到了悲剧，那它就是悲剧性的；如果你乐观一点，就能看到小说里留有的希望。最近写的《血歌行》会走得更远，会更加开放一些。

江秀廷：能介绍一下您作品的版权收入情况和《仙剑问情》游戏改编的现状吗？

管平潮：《仙剑奇侠传》是一本官方小说，先略去不提。我自己完全原创的几本小说《九州牧云录》《仙路烟尘》《血歌行》的影视、游戏改编版权总量在一千五百万元左右，再加上其他的出版、电子版权一百万元左右，一共一千六百万元左右。我更关心影视的改编，《九州牧云录》今年4月份已经在紧锣密鼓地筹备启动当中，跟横店影视的老总已经达成共识，会巨资投入将这部作品打造成精品，影视游戏中大约投入 15 亿元，新西兰籍的理查德·泰勒将可能作为特效艺术总监，他是唯一一个拿过 5 个奥斯卡小金人的人，他曾担任《阿凡达》《魔戒》《霍比特人》的特效总监。一个作品给了横店影视，另两个给了杨洋的公司，非常有可能由最近很火的杨洋做男主角。

我也感到很幸运，我的作品都能以精品的待遇来打造，其实究其根本：东西好才能流传久远。我提出一个"反碎片"的理论，写作的时候要以"反碎片"的思维来写作，或许碎片化特征的"爽文""快餐文"可以带来短期的经济效益，但是我的选择是"反碎片"式写作，你在碎片化的时间来读我的一些作品就不合适，我在人物、情节上下了很大的功夫，外在表现为作品的文笔优美，我认为"言之无文，行而不远"，如果没有文采，语言不优美的话，即使作品一时风行，流传也不会久远。时间会检验一切好作品，我在努力成为那种十年之后作品依然不会被淘汰的作家。现在电子阅读这么方便，成本也低，出版面临更大的难度，对作品的要求也更高，比如作品精不精美、语言值不值得玩味，读起来非常愉悦才有买回家的价值，如果只有情节而没有其他，书读一遍就没有了存在的价值。我的作品某种角度也证明了这一点，2006 年《仙路烟尘》第一次出版的时候就非常畅销，2013 年精装再版卖得依然不错，这也印证了我当初的写作理念。四大经典名著没有一个语言不优美的，寥寥几笔就意蕴十足。一个新事物来到之时不要害怕，多多学习，即使有些时刻"乱花渐欲迷人眼"，但是尘埃落定的时刻就会发现"后之视今，亦如今之视昔"。

范传兴：崔霖云同学提问，《九州牧云录》在开始时构建出一个非常庞大的视角设置，前段有许多铺垫和营造，但为何最后有许多东西只展开了一小部分就匆匆收尾了呢？

管平潮：这个问题我从两个方面来回答。第一个方面，是因为我从我的《仙路烟尘》的处女作中吸取了教训。当时在中后篇中有一个南海大战，就是去讨伐龙族恶势力，但战争写得有点长，有读者反映了这个问题，因为读者不是冲这个来的，他们更喜欢前面那些仙侠类的轻快的或斩妖除怪的内容。《仙路烟尘》中我写了很多宏观战争，其中也夹杂了个人角度的剧情，但有读者还是觉得太长了，可能事实也是那样，正因为我非战争写得太精彩，以至于读者更希望你写更精彩的内容。反过来，如果我写战争，写冲锋陷阵、运筹帷幄，怎么推进怎么反间，这些我都可以写得很高明，但如果真写那么多，读者会喜欢吗？得到了读者的反馈后该详该略就有数了。第二个方面是一个很现实的原因，当时出版社要求写80万字，后来写了60多万字就搁了下来，那也就剩18万到20万字的余量了，正好当时写到了流落日本那段，感觉写得也非常好，于是后来的战争就略写了，这是一个篇幅上的原因。这也是我的一个写作态度，该写的我还是不惜笔力，对于这点我得辩护一下，我本身是乐于接受意见的。

范传兴：马燕飞同学这个问题正好与您说的流落到日本那段相关，很多网友评价流落日本那段与前文不符，将整篇文章水平拉低了很多，对此您有何看法？

管平潮：我自己也有这个感觉，说俗一点的话，这是为了满足我自己的一个情结。我的青春岁月在日本度过四年，日本那种保留我们汉唐古典精华的现状对我影响很大，2008年我回国之后才动笔写《九州牧云录》，但构思在2008年上半年，在日本时就已经规划写点在东瀛的内容，我是以一种中华天朝上国的态度让主角去了那边，那边人也很膜拜他，以他为老师，也在隐喻我们当年的辉煌。这就等于开了一个副本，他去了日本，写的内容跟在大陆显得不是一回事了，觉得有点脱离，不是前面写的那个故事，但不同的内容很难比较高下。我承认这是我自己的小小私心，但说拉低了水平我觉得不对。这也可以归结到出版的规划上去，因为本来的规划是140万或150万字，这样的话就会详细写去日本的那段冲破封印什么的，但后来又变为80万字，一下砍去这么多字，又要使经历显现，所以写得比例上就有些失调了，就显得有点突兀了。

范传兴：刚才您提到了一点成书的灵感想法，徐大川同学的问题比较具体：我们都知道仙侠小说中总会出现各种各样的仙术法术，像《九州牧云录》中开篇定国公主碰到暗礁落入水中用了一连串的法术，比如"冰华乱舞"将身边飞速旋转的水涡凝结变慢，原本旋转自如的水流瞬间多出许多雪白的冰晶，很快降低江漩的速度。还有"火凤燎原""月落洞庭"等景象的描写，想象神奇生动，请问这种灵感和想法从何而来？

管平潮：游戏里面的那些特效不都有法术吗，《魔戒》《魔兽世界》这种题材的电影里也会有特效，这些都会对我有启发。这其中当然想象也比较多，想象跟灵感相结合，视觉与素材相结合。这里重点说一下作家必须要有丰富的想象力，要能够脑洞大开，脑洞大开到什么程度呢？就是稍微看一点点的东西，你就可以想象出鸿篇巨制。我举一个在《仙路烟尘》里面的具体例子，有一个法术是"琼彤变身"，就是变成女神之后打出一个特别华丽辉煌的法术，但谁又能知道它的灵感来源于什么呢？这其实是一个很不高大上的场景，有一次从日本回来，回乡途中坐中巴车，我靠在窗子上看风物，窗子玻璃上粘了一个小型激光防伪标签，它上面是有图案的，什么网格状、射线状，不同的角度看，有色彩有变换，不同的圆在一起转动，其实是很常见一个东西，但我从里面得到启发，小说中写西王母的女儿发出一个惊天动地的辉煌的法术，就描写到她突然散发出千百只金色火焰组成的金色的蝴蝶，当法术发生杀伤力的那一瞬间，金色火焰一同旋转，特别令人震撼，而灵感就是从这里来的。

江秀廷：您会随时把灵感记下来吗？

管平潮：会，因为我把创作当作事业，发呆时也会有启发，以前是记在脑子里，现在用网易的有道笔记记下来，有时因为一些原因无法记长篇大论，我就把灵感浓缩成一个字，往往是好几个灵感好几个字连起来组成一个词组、一个句子，这些浓缩的句子，得了空闲就大篇幅地写下来。举一个最近的例子，我记下的是"杀、百、贞"三个字："杀"是一个剧情，就是小姑娘要保护证人，受到阻挠便要血战一场，这个开始时忘了便记下来补上；"百"是百里英这个角色设置，他被主角说动了要站在宰相对立面，但是证人没来，百里英便后悔蹚这浑水，准备再次跳反，这里便是想要更加立体地塑造人物；"贞"

是女主被一个爱恋她的人调戏了，但她为了男主守了贞洁，后来那男的借酒劲要调戏女主时戛然而止，转到另一场景，女主出现在男主面前，在这里她要交代一下具体发生了什么，也要对读者有一个交代，其实我在文中写了但不是很明显，这就是"贞"所代表的意思。

周志雄：就是说，做有心人，处处留心、处处留意对写作是很有帮助的。

管平潮：是的，尤其是写《仙路烟尘》时就是一种疯魔的状态，看到什么样的东西都想能不能用到我书里面，联想到情节里。书中写到一个小女孩，是有现实来源的，有一次我在日本的公交车上看到一个小姑娘一颦一笑时嘴角的弧度感觉特别可爱，就把她写到了我的故事里。

周志雄：你讲的状态跟写学术论文很相似，不管看什么书都会想到自己的论文，睡觉时在床头放个笔记本，有点想法赶快记下来。

管平潮：对，包括手机看个新闻或是在咖啡馆时不时会有新的想法，会想对自己的写作是否有用。

范传兴：武冕同学的问题是，萧鼎说您的这本书将"管氏仙侠"表现得淋漓尽致，您认为您创造的仙侠有何特点？

管平潮：我的仙侠是有情怀的，有古典意境，也有山水仙侠，注重环境描写，以此烘托气氛，《九州牧云录》中有一章花了两三千字写在幕阜山山间行走时看到的风景。

范传兴：您能谈谈《仙剑奇侠传》这个作品吗？

管平潮：我本身就是仙剑的游戏玩家，非常热爱这个游戏，我也是个有情怀的人，我写《仙剑奇侠传》不是要写成游戏攻略，我是六分游戏四分原创，尤其是第三册基本没有游戏原型，《仙剑奇侠传》有很多代，每一代的世界观、剧情是不连贯的，没有统一起来。在第三册我基本原创了一个仙剑的世界观，包括有哪些人哪些事，我是立足于写一个文学作品。很多东西是需要动脑子的，比如说怎么样取到法术兵器，游戏主要是一些对话和简单的画面展示，基本上看不到对话之外的东西，比如心理、大环境、战斗过程等，这些都要从文学角度去写，也花了很多心血。

范传兴：马鑫娜同学提问，《仙剑奇侠传》是先有游戏，后来您根据游戏创作小说，这跟您之前的《仙路烟尘》不同，您是怎样处理已有的内容和自己想写的内容之间的关系的？

管平潮：游戏是那些游戏开发者的心血作品，我认为应该尊重原著。在我们现实生活中，有很多作品被改编，我个人感觉是改得面目全非，或者说这些编剧是有私心的，可能会想如果改得不多显示不出我的功劳和水平，但原著之所以被改编说明它的故事好、人物好，有取法高明的内容。当然也有改编很好的，像电视剧《潜伏》改编自不到一万字的小说作品，编剧发挥好，有创意，这是编剧的功劳。姜文的《一步之遥》失败了，而他的《让子弹飞》为什么成功了呢？从作家的角度看，《一步之遥》没有成熟的小说原著，而《让子弹飞》是有小说原著的，有小说在前，讲故事不会出大问题，《一步之遥》的故事则有些失控，所以要承认作家的专业性，懂得互相尊重，小说《仙剑奇侠传》是从一个写作者的角度补充升华了游戏的内容。

江秀廷：刚才您提到《仙剑奇侠传》是一本官方小说，您还记得您玩这款游戏时的体验吗？

管平潮：这个游戏对我来说是很重要的，哪怕是对我的文学创作来说也是非常重要的。2004年，我开始写网络文学，当时玩过网络游戏，因为我写的是幻想文学，没法像写现实题材的人那样，像柳青写《创业史》那样，去下基层体验生活。由于网络文学的特殊性，同类题材的游戏、电影、影视剧就成了我采风、体验生活的好办法。比如《仙剑奇侠传1》《仙剑奇侠传3》对我的影响就非常大，在那种仙侠风格之中，我代入游戏人物一起经历那些奇幻的故事，体验了一遍新的世界，对我的创作启发非常大。

范传兴：网游改编成小说的过程中应该注意哪些问题？

管平潮：网游跟小说的形式不同，所以要根据小说的规律来改编演绎，不注意这一点很可能会写成游戏攻略。

范传兴：孙毅同学提问，网友粉丝认为您的《仙剑奇侠传》的世界观、剧情改编过大，对此有些微词，您怎么看？

管平潮：我觉得这个问题要辩证来看，因为我与这部分粉丝的出发点是不同的，我是想从文学角度来改编奇幻文学著作，是想通过小说构建世界观，而粉丝想得更多的是原汁原味，这是立足点的不同。再者说，有部分热爱游戏《仙剑奇侠传》的粉丝，不能容忍哪怕一丝一毫的更改，或者说容忍度不大。

范传兴：陈飞燕同学提问，有网友拿您的《仙剑奇侠传》与金庸的武侠小说对比，金庸的作品更侧重对人性的表达，您更倾向于主人公的传奇性，问题是如何看待将侠塑造成有血有肉、有着七情六欲的人，或是塑造成理想化的人，这种身份上的冲突，您是怎么看的？

管平潮：我作品中的主角在大是大非上是理想主义的，但在个人方面是不拘小节的、有血有肉的，比如《仙剑奇侠传》的主角张醒言是贫苦出身，所以对钱特别计较，这里是想对角色留点破绽，使他看起来更像一个真实的人，这也是我的一个创作理念。

周志雄：刘濛同学提问，文学是对现实生活的反映，仙侠小说是在虚构想象的基础上写成的，也同样不可避免地带有现实生活的痕迹。在《血歌行》中种族、腐败、权力斗争等问题都得到了展现。现实元素和仙侠元素如何寻找到最佳的契合点呢？

管平潮：在我看来，将来没有什么传统文学、网络文学、主流文学之分，这只是一个特定历史时期区分出来的。现在网络时代到来了，人们都在网络上写作，无论是诗歌、散文还是小说。以后没法区分网络作家、传统作家，都是作家协会的。"太阳底下无新事"，两者会越来越趋同。现在的传统文学会有一些精品的通俗文学，网络文学也有像我这样坚持精品写作的。我在慢慢融合两者，或者说是在探索，写小说的立意是高端的，完全不是简单的打打杀杀。

刚才谈到的猫腻，他也在探索。他的《庆余年》曾经被怀疑刷榜，我还去声援他。我这样做是因为我知道他的实力，他不需要刷榜就能冲上来，我看过他之前那本并不出名的《映秀十年事》。因此，网络作家这个群体有一些精英人士在介入，我和猫腻都算是精英吧。

在精英的介入过程中，总体格调不高、语言呈口水的现象会得以改观，这是毋庸讳言的。如何结合幻想和现实，我的《血歌行》就在做这样的尝试，通过讲述故事，打黑、反腐等社会现实都得到很好的展现。此外，还有一个典型的例子，《西游记》是一个经典的神魔小说，它就映射了唐朝甚至明朝时期的社会现实。吴承恩是苏北人，运用了很多当地俚语写作，书里有一句话叫"不当人子"，我们现在仍然在使用。我的小说里有个女孩子嫌贫爱富，叫李碧茗，如果五十年后有人研究我这本书的话，就会认为"碧茗"来自"当年"互联网时代的"绿茶婊"这个流行语。

周志雄：《血歌行》我只读了第一卷，小说中是不是也像《三国演义》一样写谋略？

管平潮：是的。我写了八大人类王国相互之间都有钩心斗角。小说中的天雪国我把它对照为北方的俄罗斯，华夏族就是我们中国。当年中国和苏联翻脸，就是因为中国作为地区大国争取话语权的时候苏联不答应，说到底，是国家利益引起的矛盾冲突。小说里龙族最强，魔族和人族就天然地成为盟友，龙族想利用人族消灭魔族。魔族被镇压着，只好联合人族，它们各方各怀鬼胎。

周志雄：确实是这样，在猫腻的小说里也有这样的对历史境遇的隐喻。

管平潮：其实有很多误解，认为幻想小说不能与时政联系起来，我用实际行动告诉他们这是可以的。比如，我可以把"一带一路"的政策同小说相呼应。《血歌行》其实以唐朝为背景的，小说里的天马城、拓折城、白水城就分别对应着今天塔吉克斯坦的杜尚别、乌兹别克斯坦的塔什干、哈萨克斯坦的齐姆肯特，这些都是从中国历史版图中学到的。小说里写到华夏族如何与这些中亚国家相互合作，互助互利以及如何复国，这就是对当下"一带一路"政策的呼应，只要你有心就可以写进去。

范传兴：有网友评您的《血歌行》是"无脑爽文"，您接受这种评价吗？在您的《龙的天空》中读者说您想改变下自己的写作风格，不重复自己，您的《血歌行》是在哪方面做出调整的？

管平潮：我不接受"无脑"这个评价，我觉得这些粉丝应该看看那些无脑爽文是什么样的，看看我的是不是真的无脑，我不接受标签式的、一刀切的评价，因为标签化的东西本身是不科学的，是简单粗暴的。但"爽"我接受，这就跟后面的问题结合起来了，《仙路烟尘》《九州牧云录》骨子里是很爽的，只是表现得有点含蓄，古典味多一点。《血歌行》更注重戏剧性、技巧性，我写了大纲策划表，也就是说我的态度从没改变，只是理念在这本书中有所改变。不要以为爽不好，爽也可以表现得很精彩，像我们的《西游记》九九八十一难读起来就特别爽，是在爽和通俗的前提下写得精美、精妙和精彩。

周志雄：在《血歌行》里，萧鼎所说的"管氏仙侠"中那种特别独特的文笔都没有了。

管平潮：确实想要改变一下自己的风格，想尝试写一些别的好的东西，比如说矛盾冲突集中、戏剧性强这些更加引人入胜，那些清新的仙侠虽然很好，但感觉不够紧凑，这次是想转换一下叙述方式，从创作者角度来说，把重点移向了剧情和人物刻画，而不再特别重视文笔，我的方法论是特别强的地方不必太在意，因为不会太差，以前没那么好的东西要加强。作家要做到真正自省，要甄别读者的评价，适当做一些改变，比如说现在手机阅读都已经开始了，我要懂得与时俱进。我接下来的创作计划就是降速、减量、提质，像明年本来一年可以写80万字，我只写20万字，省出四分之三的时间用在构思和写作的实现上，古典诗词可以写了，要往经典化的方向前进。

周志雄：嗯，《九州牧云录》《仙路烟尘》有您自己的创作个性，《血歌行》给人的感觉是那种您独特的写作风格没有了。

管平潮：这对我是一个提醒，写这本书我有自己的战略目标，所以必须舍弃一些东西。但在筹划这一部的剧情时，富有自己特色的东西也没忘记。比如苏渐与洛雪穹月下在湖边泛舟说心事，萤火点点，后面还有仗剑起舞等剧情，这些我都掺杂进去了，只是笔墨变少了。因为很多人看了《仙路烟尘》《九州牧云录》会觉得个人特征特别明显，期望《血歌行》也是这种风格，我并非不知道《血歌行》没有那么古雅，我是故意为之，因为我的战略目标是有更多读者爱看，功底和精致是应该有的，有时也要接地气。写作过程中，我会故意把文言词改掉，不要以为不带有文言的文笔就不好。我觉得江南的《龙族》的文笔就特别好，是深入浅出的结果，精致和简洁，我觉得没有高下之分。

周志雄：我们访谈很多网络作家都遇到这样的问题，按我们传统的文学理念，人物不能太类型化，在故事上不能一开篇金手指就来了，这些是反文学理念的，但读者就是喜欢。

管平潮：对，文学理论也是有时代性的，有国别性、地域性，比如说《西游记》，你所说的"金手指"在《西游记》里孙悟空的七十二变很快就搞定了，要以开放的姿态来看，不应拘泥于教科书，我个人认为我和猫腻这些网络作家正在把我们的文学传统文脉给重新拾起，我们正因为没有接受过那么多的科班学习，反而能写出更符合我们中国人审美特性的作品，科学文化我们可能不及西方，但中国文学绝对不比外国差。

周志雄：在我们的传统小说里面，小说是供人娱乐的、讲故事的，故事"非奇人不传"，要写奇人奇事。

管平潮：对，中国文学有自己的规律，用《战争与和平》套《仙路烟尘》肯定套不上，用我们的作品规律也套不上国外的作品。

江秀廷：您平时也练习写诗吗？

管平潮：不练，平时就是积累。像《古诗源》《玉台新咏》《词宗》《蜀词集》这些我都看，这些古典诗词集里面觉得精彩的就摘录下来，也算是站在巨人的肩膀上了，《仙路烟尘》中的原创诗词比较多，有时改改已有的诗词，有时时间有限，就用上了，都是实打实地去准备。

周志雄：段凯丽同学的问题有点意思，她说，《血歌行》中的苏渐和《仙剑奇侠传》中的景天这两个人物形象，都是典型的"流氓英雄"形象。您是怎么看待这两个人物形象的？

管平潮：对，不是像高大上的郭靖式的人物。这也是我与时俱进的结果。现在的社会价值观多元，如果再塑造像郭靖那样的人物形象已经有点不合时宜了。当然了，从这个问题引申出去我们还可以说点别的东西，就是下一本书，我大构思已经有了，主角的身份非常有意思，性格啊、形象啊，我会有一个较大的改变。《血歌行》为什么会和《仙剑奇侠传》《九州牧云录》还有相似之处，当然也有不同之处，比如身份，以前的主角都是一张白纸似的少年，现在这个还是有身份的，但是为什么还是有点像，我也是考虑过的，就是为了保险。我最擅长的就是写那种人物，至少我之前已经证明了我擅长写那种人物，我的这本书要做一个爆款的效果，还是要从稳健的角度出发，但是我下一本书会有所改变。

周志雄：其实金庸的小说中也不只有郭靖这样的人物，还有杨过、令狐冲等这样的人物，现在的《亮剑》《余罪》等也刻画"流氓英雄"。

管平潮：对，都是多元的，所以作家也要尝试写多元的内容。

周志雄：于敏同学的这个问题也有点意思。《血歌行》中开篇写到，龙魔战争结束后，没过多久，龙圣皇率龙族大军横扫了东方神州大陆，将华夏族等人族王国赶往西部蛮荒之地，"鹊占鸠巢"之后，龙族在神州大地建立了龙之帝国。作品中应该是龙族入侵人族，既然是这样，为什么是"鹊占鸠巢"呢？为什么把人族比作"鸠"呢？粗浅地认为似乎与光复华夏人族的意图不符。

管平潮：这个地方应该是我成语顺序用错了，应该是"鸠占鹊巢"。这对我是一个提醒，出版社那里我要去改一下，感谢这个同学指出错误。

三 "我要写经典化的作品"

周志雄：您写的都是仙剑小说，是什么原因让您对仙侠小说有这么高的热情呢？

管平潮：首先我特别喜欢这一类题材，我特别喜欢看《搜神记》《聊斋志异》《西游记》等小说，四大名著中我最喜欢的是《西游记》。因为喜欢，所以才会写，因为是发自内心的热爱，所以我在这方面的积累也很多。其次，我选择幻想类题材，是因为我觉得，这一类题材能穿越时空，能跨越种族，能跨越地域，能跨越国界，它和具体的社会，具体的城市、地理、人文，或者当时的政权，没有太多关联，这样容易传播广、流传久。比如最近刚刚上映的《奇异博士》，是漫威的一个漫画改编的，它差不多是20世纪五六十年代的一个漫画，在半个世纪以后，照样拍电影，不但不过时，票房还大卖。

反过来想，如果《奇异博士》是反映当时的匹兹堡，写一个汽车工人在工厂里面的爱恨情仇、职场上怎样奋斗，现在还会有人把它再改编拍成电影吗？漫威的幻想类题材半个世纪之后被拍出来一点都不过时，这就是幻想类题材小说具备的天然的、内在的优势，我选择了它。

周志雄：您觉得您的作品的阅读价值主要体现在哪些方面？

管平潮：在一个好看的故事的前提下，塑造了一群形象鲜明、性格独特又栩栩如生的人物形象，让一些有血有肉的人物去体验在现实生活中难以体验的奇幻世界。与此同时，在娱乐性的前提下，我还通过剧情和人物传递我想要表达的一些理念和对世界的看法，提倡一些价值观，比如做人要坚持，要有爱，保护家庭，邪不胜正，为了大义甚至可以奉献自己的生命。

小说首先要让大家能看进去，我会把我觉得很好的一些理念，在寓教于乐的前提下传递给大家，达到潜移默化的效果。

另外，我想传承中国的古典传统文化。到了新时代，尤其是互联网浪潮下，传统文化应该怎么走呢？我觉得，光靠一些国学课堂是走不远的，我想用这种已经被《西游记》证明了可行的喜闻乐见的大众小说来传递我们的传统文化。

在我的书里面体现了很多传统文化，那些军政、府兵制等历史、军事方面的文化，以及服饰、礼仪、天文、地理、饮食等，甚至窗子的制式都会有所体现，潜移默化地传达给读者。在这方面我是有情怀的，我没有去写其他的题材，这是一个很大的原因。我为什么不写现代都市呢？我不是说现代都市类的小说不好，而是它无法承托我的理想。如果我像安妮宝贝那样写爱情故事，我不能整天在里面写国学、写之乎者也或者中国诗词吧，那人家就要说你格格不入了。我是一个很狂热的中国传统文化爱好者，我的书要承担我的这个理想，我想为此做点什么。

周志雄：我觉得中国文化也体现在人物性格，做人的格局、境界等方面，我觉得您处理得都非常好。

管平潮：对，我写的人物带有中国文化的特点，还带有中国农民式的狡黠和幽默，这也是取法于《西游记》。有些幽默其实是我们中国农耕社会的幽默，最集中的一个形象体现就是猪八戒，我一直在向这些学习。《红楼梦》也是我学习的作品，我会不惜笔墨去描写一些场景，如宴会场景、器物细节，写一些有意象的诗词，这是效仿《红楼梦》。

周志雄：我注意到您作品中的一些用词，比如："食言而肥""屐越""蠔首""夤夜"等，一般的网络小说作者很少用这些词。有网友评价说："管兄高才，在起点的作家中，窃以为以文风文笔而论，无人可出其右！"请您谈谈您对好的文笔的看法。

管平潮：首先，文笔要讲究。当然，这个讲究不等于说是卖弄晦涩的、古典的词汇。好的文笔要以能最到位地表达你想讲的事情为前提，在此前提下，还能体现一定的文字之美，这是我心中好的文笔。这两个方面是相依相辅的。我觉得呢，如果你稍微有点文学梦想，想让作品流传的话，你要讲究文字之美，文字之美不是说用一些看起来很美的词汇，而是真的要融入整个行文当中，要几句话配合着把一个东西说清楚。比如说女子的美貌，要用很巧妙的语言把它描写出来，而不是简单堆砌好美、沉鱼落雁、闭月羞花等词语就可以的。因此文笔本身也是要用心的，描写一个女子的美貌不是一个剧情，但是你应该像构思剧情那样去构思它。

为什么我的作品中还会有"蠔首"这样的词呢？我的《血歌行》中大量减少这样的词，但是偶尔还是会用，为什么呢？我有一个小的私心，当这本书流传出来是不是会有很多青少年看？这个时候语言其实可以熏陶他们,语言是需要传承的,有些语言比如说"蟒首",如果好几代人都不用它的话,这个词就渐渐消亡了,就不存在了,我的作品夹杂这样的词语也是对我们传统的好的词汇的传承和推广。

周志雄:如何才能像您一样把文章写得这么美呢?

管平潮:我大量阅读古往今来的中国诗词集,大量摘抄里面的词句,比如《词宗》《玉台新咏》等全部看过,在精华中选取精华来运用,我等于说是站在巨人的肩膀上。说到文笔,中国诗词是中国好的文笔最凝练、最集中、最精华的体现。我摘抄这些东西并不单纯是为了写诗写词,而是它对我的创作是有帮助的。简单地说,你把诗词、文言或者白话稀释开来,看起来就很有文采。

我很喜欢梁实秋、林语堂那个年代的作家,虽然现在每年也有一些优秀散文选,但是像林语堂、胡适那样的散文家已经没有了,他们是古今融合、承古传今的一代。他们的文笔为什么好?就是因为他们结合了文言的功底,有文言的优美。所以我又回到这个观点,我们真正的精华还是在我们古典文学里。

周志雄:现在其实教育部也注意到了这个问题,中小学生的语文课本增加了文言文的比重,中考、高考文言文是必考的,加强了学生的课外文言文阅读。

管平潮:我觉得这样很好。我曾经有一个愤青的观点,很多人表示自己爱国,说"我是中国人",我就在想,什么是中国人?难道你的身份证上写着户籍在中国你就是中国人吗?我觉得中国人是受我们中国古典文化熏陶的,对中国古典文化认同和有认知的人。你是不是认同老子、白居易?一个中国人,如果你一点传统文化都不懂,提到老子、庄子、李白、白居易你一点反应都没有,甚至提到外国的东西你还更熟悉一点,你只是身份证上显示是在中国,我觉得你不是真正的中国人。

周志雄:我看您的小说句子、行文都很流畅,您是不是写完之后反复修改,改好之后再上传?

管平潮:是的。我有这样一个习惯,在作品最终呈现之前,我会再改一遍。因为写的时候是从零到一百，是身在此山中，改的时候抱有一个大局观，从更大的宏观角度来看一个东西，感觉会不一样。实际具体操作的时候，我会把它统一在一起，然后缩小一点，从一个局外人的角度来看这本书，再看具体的局部的词句，你的感觉会不一样，会发现哪个地方冗长了，没有留白，等等。

当然，这只是文字方面。还有一些方面是更深层次的，比如有些地方太啰唆了，其实很多心理活动只要一个动作就可以了，不用解释。

另外就是，有时候人物的举动不符合他的人物设定，比如一个冰山美人，你给她弄得动不动就哭，就小女儿态，口气不对。写的时候未必能注意到，就有修改的必要性，这不是简单的词句调整。当然，最基本的修改目的就是使语言更流畅，当我觉得有些句子太长了，要把它切短一点。

周志雄：您在写作中的最大的困境是什么？

管平潮：坦率说，我没有遇到过困境，文科的东西对我来说没有难度。

周志雄：在您的作品中，比如在《仙路烟尘》和《九州牧云录》中也有些"种马文"的感觉，都是一个男人身边围绕着很多仙女，您有没有考虑到女性读者的感受？对于这样的人物关系您是怎么看的？

管平潮：这个问题非常好，有这种感觉是对的，虽然对于"种马"这个词我不太赞成，真正的"种马"是那种只要有女的出现就无条件喜欢男主角。为什么会有这种感觉呢？是因为一开始我的经验不够丰富、不够有大局观，特别是《仙路烟尘》，我不是说它不对，我想说的是，我当时写《仙路烟尘》是从男性的角度写的一个男性向的小说，而且我要传承传统文化嘛，传统文化中就是三妻四妾嘛，我用很保守的态度来写这篇文章——当然，这是开玩笑了。为什么作品中会有那么多女的出现？因为小说是源于生活高于生活的，如果写一群平庸的纱厂女工啊什么的，就没有看点了，文学是高于生活的，要讲究戏剧性，你必须用最少的笔墨让读者代入角色，引起共鸣，那么你的人物自然要有身份，所以如果你要说我写的人物不平凡的话，我要辩护一下，我以后的写作中也会有很多不平凡的人物。其实这个问题现在对我来说已经不存在了，随着我写作的进展你就会发现，以前《仙路烟尘》中有好几个女的都明确喜欢男主角，我的《九州牧云录》中几个女人明确喜欢一个男人的模式已经没有了，甚至到最后我都没有写男主角到底和谁谈婚论嫁了，《血歌行》就更没有这方面内容了。这个问题我已经反思过了，解决了。是的，女性读者未必喜欢这种模式，所以我的小说越来越趋向一夫一妻制了。我的作品中呈现了很多可爱的女性，但是帅气的男性也有很多，我也写了很多有意思的男性，就是为了照顾女性读者。

周志雄：您的小说基本上也都是遵照网络小说通常的写法、模式，如人物一般都是一点一点地成长，有奇遇、开挂，最后成长为很强大甚至可以逆天的人物。您认为应该如何突破当下武侠小说、仙侠小说、玄幻小说的这种叙事模式呢？

管平潮：这一点我也很有感想。《血歌行》中这样的表现其实是比较明显了。《血歌行》一方面是我前面说的技巧性和戏剧性，就是一个阶段应对一个小敌人，最后面对一个终极大敌人。我一点不觉得我的《血歌行》看起来是模式化的，因为千人千面嘛。《血歌行》怎么解决这个问题的呢，同样的一些桥段，你不要去反桥段，比如说正义战胜邪恶，这是个桥段，你不能说这个是老套吧，在这个前提下，"各有巧妙不同"，有些套路是一样的，但是要用自己的聪明才智实现创新。在一些影视剧里特别明显，坏人总是会被杀死，编剧就会削尖了脑袋想，怎么样杀死这个坏人。在我的书里，很多地方都是既在情理之中又在意料之外，我的解决方式就是用自己的聪明才智，让它既在情理之中又在意料之外。

我随便举个例子，《血歌行》一书中有一个纨绔子弟，他的家里是富商，这个纨绔子弟在学院里横行霸道，在街上调戏自己的师妹，被男主角碰到了。你听到这儿是不是很熟悉，这不就是一个恶霸调戏民女、主角挺身而出的一个桥段吗？最后，我们的主角是怎么惩罚他的呢？不是简单地打一顿，我给他创新了，这个恶霸是一个富商之子，对于一个商人而讲，打他一顿还不如让他损失一笔钱来得更痛。所以男主角散布了很多假藏宝图，每一幅图上都有一首极度简单的藏头诗，藏宝地点特别明显地指向富商家里的酒楼。不落俗套的是，大家也许会觉得这个藏宝图也不一定是真的，但是人总是有贪欲的，总要试一试。于是各路人马，京城中很多有权势的人，都去他的酒楼里挖宝，最后，我用一个侧面描写，写他的邻居外出归来，看到这个酒楼已经面目全非了，就像是刚打完仗的战场一样，这邻居还以为自己走错了路。这就是我让主角惩罚恶霸的一个手法，而且看起来还很有意思。坦率说这就是高水平与低水平的区别。有时候基本的模式很难突破，要微创新。那么多的爱情电影不就是爱来爱去不在一起吗，但是为什么有那么多经典呢，就是具体的细节不一样。

周志雄：这和现在理论研究的观点其实是一致的，小说的模式就那么些，高手和低手的区别就在于在同样的模式下高手能够写出有新意的内容来。

管平潮：有些新手经常来找我看他们写的小说，他们经常犯的一个错误是，经常会写出一些文笔很好的流水账。环境、语言描写都很美，也不偷懒，也有浓墨重彩描写的地方，但是在我看来却是另外一种意义上的流水账，因为它没有灵气，没有应有的起承转合，没有可以串起来的"珠子"，毫无新意。我们这一行很公平，看作品的质量。

周志雄：一般的网络小说注重讲故事，景物描写、人物描写都是闲笔，占的篇幅很小，但是您的小说很注重景物描写和人物描写，你的《仙路烟尘》和《九州牧云录》就是这样，《血歌行》中的闲笔就很少了，实际上在读者阅读的时候，这些闲笔他是不看的。我之前采访慕容雪村，他说在传统的现实主义小说中，如巴尔扎克的小说里，有大量的景物描写，但是他的小说中几乎没有，一开始就直接是故事场面，信息量特别大。您是怎么考虑这个问题的？

管平潮：我可以说一下我变化的原因。《仙路烟尘》我是冲着出版去的，人捧着实体书的话，只要你写得好，他是有耐心看你的景物描写的。但是，《血歌行》是很综合的一部小说，它的阅读媒介有手机、有网络、有电脑，也有出版，几者兼顾，真的不能有那么多的景物描写。某种程度上和游戏玩家一样，人是利益向的，他其实更希望看到的是"干货"，这个"干货"就是剧情的推进、人物的行动。相对于静态的，他更喜欢看动态的，所以我相应地调整了比例。《血歌行》里的环境描写还是挺多的，一开始故事发生在一个林子里。我认为在我写了这么多作品以后，个人总结出来一个适当的比例。前些年很火的一个修仙小说，我只看了前八十回，但就是这八十回里，全部都是写事和对话，一句环境描写都没有，更别说景物描写了；我觉得这又过了，这样流传不下来的。要均衡，要注意比例，只是比例多少的问题。

周志雄：像周立波的《山乡巨变》，读了他的环境描写，是可以通过文字感知到那个时代的，他的环境描写非常细致。

管平潮：对，还是很重要的。还有，刚刚说到巴尔扎克时代的现实主义题材，时代确实变了，想想他们那个年代，谁在读小说？很可能是贵妇人。午后，在葡萄花架下，穿着泡泡裙，喝着印度来的红茶，很悠闲的，所以说不仅是环境描写，很多东西她都能接受，而且会觉得这样很适合，如果小说节奏太快反而不好。

一个很明晰的例子，我们现在的一些传统作家，他们写出来的东西，有一个表象，就是每一段都非常长，哪怕散文都有这个现象。有一次我点评一篇文章，印象很深刻，他写的总共就四段左右，一三四段都很短，第二段特别长。很多传统的书，甚至是金庸的书，一页上面常只有两段。我觉得，这和时代有关系。早前是纸质化的阅读时代，一大段话，因为还是有空隙，读者还是有耐心读下去。现在都是手机阅读，一大段一大段的话，读者会很烦。现在我们看一篇文章，不要说小说了，哪怕是微信公众号里的一些文章，太长的话都不愿意看。

真的是时代变化了，很多传统的作家现在还没有意识到这个问题。我其实没有门户之见，我并不是不喜欢传统文学，那我为什么选择网络文学写作方式呢？是因为时代的变化。我是读传统文学长大的，不要说现代、当代的文学作品，明朝的、先秦的古典典籍我都读，我完全是一个传统意义上的文人。我为什么选择网络文学创作方式呢？不是因为我对传统文学有偏见，而是因为时代变了。

周志雄：胡讷同学提问，中国的"梦"文化源远流长，不论是"南柯一梦"还是"红楼大梦"都极有味道。我看到您的作品中也经常有梦境推动着情节发展，能简要谈谈您对"梦"文化的理解吗？

管平潮：我觉得梦是对现实的反映。梦对于我个人而言，意义也很重大。我这个人比较爱幻想，日有所思夜有所梦嘛，我有时候会梦到一些很奇异的景象。有一次我梦到自己能飞，在奇幻的世界里沿着海岸线飞，看到海边有人脸的花在绽放。梦对我来说是另外一种生活，是我的幻想世界。

对于我这种写幻想文学的人来说，梦很有意义。一方面是白天的意识导致晚上的幻想，另一方面，梦本来就是怪诞的，有时候又能反馈到白天的一些创作中去。

谈到梦文化，我觉得，梦文化是一个很正常的事情，我们应该正视，弗洛伊德在解梦，周公也在解梦，因为人本来三分之一的时间就是在床上，做梦是不可避免的。我也不会把梦神秘化，因为我本身就是学理工科出身的，我觉得它就是白天所输入的信息的一个映像。虽然感觉很奇妙，但是它都有其来源。

在《血歌行》中，我拿梦来做一个创意。男主角失忆了，虽然这个桥段很狗血，但是失忆在我的书里是一个必要的手段，我的大框架就来自失忆，在男主角失忆之前是一个无间道的身份，后来慢慢地一步一步揭开当年的秘密，通过梦这样的方式来揭开。在这里我把这个梦当作当年的过往，以一个视频的回放来推动情节的发展。用虚与实的结合，用梦把他以前的生活呈现出来，成为我小说里的一条暗线。看我的剧情大纲就可以知道，在每一卷的大纲之后我都会有备注，就是这时候该做什么梦了，结局的时候梦就开始被点明了，开始揭秘了。

周志雄：刘爽同学想知道您所塑造的人物中您最满意哪一个？

管平潮：我觉得《仙路烟尘》中的琼彤，那个萌萌的憨态可掬的小女娃，用小女孩的观点看大人，有着很可笑的语言，我觉得是写得最成功的。我最满意的人物形象还是几本书的主角，因为主角从某种程度上来讲就是我自己的一个投影，我的笔墨都是围绕着这几个主角。如果一个人对主角都不熟悉，我觉得是在否定这本书，而我并不否定我的书，我觉得客观上这几本书都挺成功的。

周志雄：我们在访谈中有一个网络作家也谈到这个观点，他说一部书其实是在写主角，读者喜欢看其实就是因为喜欢看这个主角带来的感觉。

管平潮：对。网络文学连载收费的模式，其实根就在这里。因为读者移情了，把自己代入主角身上，他才有兴趣有动力花钱看主角后面干了些什么。

周志雄：赵璐同学认为，《仙路烟尘》有一种出世的仙气，书中的几个女主角雪宜、居盈、琼肜、灵漪儿，读起来感觉性格有点相似，对于这些形象您是怎么看的？

管平潮：这个我不太认同，特别是把琼肜加进去，琼肜是不一样的。雪宜和灵漪儿也不一样。为什么会觉得一样呢？可能是读得太局限了，把女主身上的某些品质，比如说她善良、对主角好、积极向上、很美好，这可能是一样的，但具体是不一样的。这几个角色都有不同之处，雪宜是那种全心全意为主角好的同时自卑的女子，因为她是妖的身份，套用动漫里的角色，是女仆型的。灵漪儿是大富型以及御姐型的，因为她是高贵的龙公主。居盈世俗一点，但是这个人物特别好，又有琼肜的天真可爱，又有雪宜的纯情和付出，又有高贵的身份，她是很综合的一个人物。琼肜就是一个萝莉。这样的不同类型的人物，就是按照日漫的模式来设置的，是与时俱进的。在中国的古典小说中，没有一部小说写萝莉的，我们的青少年已经受到了那种二次元文化的熏陶，琼肜就是我在地铁里观察那些小女娃的结果，写其一颦一笑，还有各种细节。

周志雄：赵前同学想知道，《仙路烟尘》里的四句诗，"一卷仙尘半世缘，满腹幽情对君宣。浮沉几度烟霞梦，水在天心月在船"，是您原创的还是引用的？如果是原创，是在什么心境下创作这首诗？

管平潮：可以说是我原创的。当时沉浸在写作的状态当中。有一天，在日本东京平和台的寓所里，我躺在床上，觉得应该写一首能够总结整本书的诗词，就在脑海中写了。

仔细品读这首诗，你会发现，这不仅是在概括这本书，更重要的是，它反映我写这本书的心态。虽然只是一本书，却有我很多的人生经历在里面。这本书让我和你们这些读者结半世缘。就像我今天朋友圈里面发的一个十二年一直追随的读者，这不就是半世之缘吗？"满腹幽情对君宣"，其实我是在寓教于乐嘛，我有一些想法，正能量的，一些美好的东西想传达给大家。"浮沉几度烟霞梦，水在天心月在船"，这是写这本书的飘逸之气的。就是说还是很有情怀来写这本书的。

周志雄：巩子轩同学认为，您的小说在一些环境描写等地方很有特色，但也有一些情节粗糙的现象，譬如在人物刻画上不太细腻，太过典型化，从而使人物没有了真实独特的个性，为了码字而码字。您的作品是没有现实支撑的，这并不是说您作品的架空、仙侠主题，而是在写作中没有考虑它的艺术性、真实性以及没有能达到给读者深层共鸣的感觉，只是停留在快感阅读这个层面。您是否满足于自己所创作的文本的层次以及读者的层次？

管平潮：首先，我本来就是想写《西游记》的，不是想写一个拿诺贝尔奖的文学作品，不能求全责备，就像我们不能要求每一部拿诺贝尔文学奖的作品都像金庸的小说一样那么流行。上帝的归上帝，撒旦的归撒旦，不要把它强求在一起。当然了，我很感谢这个问题，它对我提出了更大的期许。我要写经典化的作品，我以后的作品会往经典化方向发展，人物要更加深刻，要更加有内涵。反过来说，我一定要保证我小说的通俗性、娱乐性、精彩性和生活性，因为"皮之不存，毛将焉附"，我也有我的大原则。

周志雄：刘媛同学的问题是，中国传统文化一直将飞龙视为神圣、正义的代表，但是《血歌行》这部作品的邪恶势力却是恶龙帝国，其中对龙族的描写也与西方的恶龙形象十分相似，请问您为什么会选择龙族作为小说的反面形象呢？

管平潮：对的，它是一个最大的对立面。我要说一下我为什么要这样写。书里最大的敌对势力，我开始想写成魔族，甚至鬼族，但是广电总局有一些不成文的政策，就是要避免魔啊、鬼啊这些东西，甚至都不让出版。我的揣测是，因为我们的政府非常爱护我们，觉得我们的老百姓都如同纯真的小孩子，你稍微说点魔啊、鬼啊，他们就全都相信啦，害怕我们被这些不好的东西给污染，他们希望我们活在童话世界里面。我特别拥护党的政策，所以我就变通了一下，我用了一个不引起注意的，还没被禁的一个东西——龙。现在的屏蔽词将来一定会看起来很可笑的。我用的这个龙族还有几个方面的考虑，兽龙，这不就是典型的西方那个龙嘛，江南的《龙族》现在很火，他里面的龙就是西方的龙，我觉得他已经把读者给教育了一遍。我的书里面也特地提到东方神龙了，和西方化的这些恶龙区分开来，读者已经能够接受这个概念。我的一个大创意，是东西方的对抗。西方的龙还有好多种族，正适合我用来做这个大设定。而且，我是按照西周的分封制以及满洲的八旗制来分封各个龙国，其实都是历史的投影。

江秀廷：现在有很多网络作家，都在强调写网络小说要注重开头，说开篇一万字决定了整部小说，我看您的小说，特别是《仙路烟尘》，感觉故事上进展稍微有点缓慢，您是怎么看待一部小说的开头决定整部小说的命运的观点的？在您的创作中，您是怎么处理小说叙事的速度的？

管平潮：这个问题需要辩证地来看，是什么意思呢，比如我的这两部小说，《仙路烟尘》和《九州牧云录》的开头都比较慢对不对？但是呢，我在心里对这部书已经有了宏观的规划，我觉得这个剧情一定是出彩的，我是打中后场的，所以我有这样的信心。《仙路烟尘》那时写到第一卷五六万字时，有起点中文网的编辑发私信恳切地劝我，说你不要再写了，这样写不好，不要再浪费自己的文笔，你应该换其他的题材。我没有听他的，因为他不知道我后面写什么，我是胸中有丘壑，写的是一个宏伟的长卷，你不懂得我后面的东西，我自己最清楚，我感谢他的宝贵意见，但是我坚持写下来。

那么，辩证地看呢，一方面，你真的对你后面有信心，你可以这么做，前面稍微缓慢一点也没问题；从另外一个角度，你最好前面要吸引人一点，因为这是常理，是有道理的，没必要跟大家较着劲。《血歌行》其实已经很注意了，一开始就给出一个血与火的冲突，一个很宏大的场景。《九州牧云录》中，开篇一个高贵刁蛮的公主，突然落水了，这很有意思的。《仙路烟尘》是我最早的作品，也是最慢的一本书，一开始的对话也很有意思，还文绉绉的，后来越来越嬉皮笑脸、越来越好玩。最近我的那个12年的女读者来找我，吃饭时正好谈论到这个事儿。她说，当初为什么被我的《仙路烟尘》吸引了，就觉得一开始的对话好有爱、好有趣，就看进去了。所以我说，这个是个辩证的东西，看起来我的《仙路烟尘》故事很缓慢，一方面是因为我胸中有丘壑，我有总体的规划，另一方面，我并非就不重视开头，开头用各种巧妙的方法还是写得很有意思的。更不用说《血歌行》了，我开始起稿是没有现在的第一部分的，那是后来加上的。原本一开篇是苏浙在密林里执行任务，原来还是有很多说明性的内容的，后来一想不对，《别说你懂写网文》还有我的推荐语呢，我自己推荐那本书中的写法，自己还违反这个规律，我后来真是彻底重写了这个开头。最后这么重大的事儿，就写了几句话，包括密林里的描写一开始是有好几段的环境描写，我大刀阔斧重写了，简约化了，没办法。

第二个问题是怎么注意叙述速度？这个问题提得非常好，就是我特别讲的叙述节奏，上次广东论坛上我说过，小说应张弛有度，情节不能老是绷着，也不能老是松弛，这点我就不解释了。还有一个节奏是什么呢？在读者期望的地方，你要写出读者期望的事情，并且以它们意想不到的方式。后面这一点我已经提了，我从来不反桥段，别傻了，你想创造一个骨子里的新桥段不大可能。我举个例子，比如一些做得不好的书是一种什么情况呢，你被一个恶霸欺负了，很正常的，你就学武艺了，或者有奇遇，哪怕老老实实，或者怎么着吃个灵丹妙药，这时候练完武能扬眉吐气了，要主持正义报仇了对不对？不好的节奏是什么呢，这时候你的主角突然发现远处有个夺宝大会，或者比武大会，或者一个什么绣球招亲，然后主角就去比武大会争夺头名……这就是不好的节奏，因为你被恶霸欺压了，好不容易练好功夫，按照读者的常规逻辑就要去复仇的，主角竟然去度假去了，更有甚者去海外求仙丹去了，读者会很生气。很多新手会犯这个错误，他们写着写着散掉了，就是这样散掉的，看着都生气。

周志雄：小说要环环相扣，这个地方没有扣好。

管平潮：对，这就是写作规律。

周志雄：钟馨同学想知道您是怎么构思打斗描写的？每一个人物的名字是否有什么深意呢？

管平潮：我主张打斗本身就有戏剧性，也要有一些起承转合的变化，甚至就是对比冲突，有的是顺着来，顺理成章就打赢了，还有的就是看起来怎么样，结果没怎么样，出乎读者的预料。打斗上，我是有构思的，不是简单的拳来脚往。关于名字的问题，怎么说呢？到什么山头唱什么歌吧。我写古典仙侠，就不要起名字叫玛利亚、约翰逊什么的，要起有古典味道的名字，甚至包括我的笔名，写仙侠就不要起个奔跑的蜗牛了，就要起个切合的名字，就叫了管平潮，即便他有别的来历。

四 "网络文学领域将来会出现一些精品"

周志雄：您比较欣赏的网络作家、作品是哪些？您觉得那些好的作品好在哪里？

管平潮：这是给我的好友打广告的时间，喜欢猫腻、月关的，其他的，我也看过很多小说，甚至官场小说，当然官场小说被打压了。还有架空历史的，你要我说具体的名字，也没太多了，因为我就看排行榜前面的，看了甚至书名都不记得了。比较有印象的就是猫腻和月关，所以我不轻易打广告。好在哪里，月关他功底很深，又与时俱进写出很"爽"的作品来，但是还保留了一定的水准。有水准又YY得恰到好处，看起来很爽。至于猫腻，他的精品化与我是相投的，而且现在就是做这个事情，纵然我们写的东西千差万别，骨子里却是同样的理念，也算是惺惺相惜。

周志雄：你觉得制约网络文学发展的因素有哪些？

管平潮：我觉得有外部和内部两种因素。外部的就是，有些"一刀切"政策的打压，就是无差别地打压的一些政策，因为网络文学本来就是百花齐放的产物，就不说题材的百花齐放了，哪怕是同样的题材里面也是有好的有坏的，不能说一道律令下来，这个类型就不允许写了，这是简单粗暴的，说到哪里去都不是合理的。还有内部的，就是一部分从业人员素质太差，主观上不用心，满足于写赚钱就可以的"流水账"，客观上有些从业人员缺乏一些学习和培训，他们本身水平就有问题。

周志雄：就您的观察来看，可否谈谈中国网络文学的发展脉络。

管平潮：我真是个老兵啊，中国网络文学一出现我就在看。关于网络文学的脉络，首先是出现那些篇幅短的、带有网络特征的、很活泼的、完全不同于传统的文学，比如《第一次的亲密接触》《悟空传》这样的，但它们篇幅短，不是后来典型的网络文学。这两部小说，也有不同的特点，《第一次的亲密接触》胜在特别解放思想，没想到这样一个相亲的、恋爱的小说能写得这么跳脱，还用了网络语言。我现在还记得当初阅读时的冲击感，小说中有"卖糕的"，我一时没反应过来，"卖糕的"是什么意思啊？后来才反应过来，原来是"MY GOD"（我的天呐），这种语言就非常活泼。《第一次的亲密接触》在呈现形式上来了一次网络化的启蒙，作为第一个，未必说水平有多好，但是第一个的确不容易。

《悟空传》，是思想上的解放，是后来一些思想观念的源头，反叛主流思想。它是一本高级的同人，让人知道，原来《西游记》还可以反过来解读，还可以完全不同地演绎，原来悟空是被压迫、被欺压的。现在看不一定有多好，但是在当时是思想上的一次解放。2001年到2004年前后那一段时间，还不像后来一窝蜂似的全民写网文了，那时候还是一些有闲阶级、有财阶级在写，那时候互联网并不普及，能够接触网络的是那些大学或者研究所，在2001年前后，那时候发文还是

BBS 呢，当时上网的一批人肯定是精英，所以他们写出的一些文字是不错的，至少不会有后来那种泛滥的差文出现。这个时期还有一个特点，题材几乎全是西方玄幻，当时的网络文学甚至可以被称为奇幻文学，因为主流的职业全都是法师、骑士什么的，为什么呢？启蒙者是西方的《龙枪编年史》《龙与地下城》等。大概在 2004 年，《诛仙》出来了，我其实受它的启发。我一直都在看网络文学，我最后看的一篇西方玄幻小说是《亵渎》，《诛仙》出来后我再也没读西方背景的网络文学了。我也是个样本，从我也可以看出，对中国人来说，还是中国传统的作品生命力更强，我当时看了那么多年的西方文学，突然一转就转回来了。那时候是大神和新手共存的时期，现在的阶段是泥沙俱下，全民写作，但在某种程度上出现了一种阶级固化的现象，大神还是那几个大神。一个事物到达巅峰的时候，就剩下两种可能，要么平稳前进，要么下坠，所以我认为原来那种快餐化的网络文学就这样了，我并不是说它变得更差，而是保持这个样子。在将来产生变化，可能就是猫腻这样的，或者我这样的，能给网络文学来点变数，但又不同于那种传统文学上网，我是不承认那种文学叫网络文学的。我是说网络文学领域将来会出现一些精品、一些经典化的趋势，可能也会有大家出现。现在谁敢说金庸不是大家？他当年也是被看得很低下的，人人喊打，从通俗文学堆里出来的；《西游记》也是一样的，《金瓶梅》更夸张了，是诲淫诲盗一类的。我相信时间，也相信人民，因为这里面是有逻辑的，一个作品成为经典，是因为他的流行度够大，意味着接受它的人特别多，接受的人多就不一定是《大学》《尚书》等高雅的文学。目前的这种狭义的文学观念，完全是中国历史长河中拐弯的东西，我们从宏观上看，就会发现这段历史是弯的。我觉得西方的先锋派、野兽派什么的，也是这个历史长河拐了一个小弯，中国文学最终还是会回到我们的四大名著上面。

周志雄：请您谈一谈对现在火热的网络文学 IP 的看法。

管平潮：这个我在讲座的时候专门提到过，它"现在很热"隐含的一个意思就是之前不热，这是事实，那另外一个隐含的意思就是也许以后就不热了。我对此有不同的看法，我觉得我们的 IP 热是个迟来的东西，就像我说"太阳底下无新事儿"嘛，你看人家西方的很多东西都在我们前面几十年，他们多少年来的好莱坞大片其实都有 IP 的概念，哪怕那个赛车的《速度与激情》都是从游戏来的，都是有一定的群众基础，漫威的十三部漫画，十三部电影，全球票房 100 亿美元，六七百亿人民币是什么概念，尤其之前的美元购买力更强，人家早就这么干了。好莱坞的大片总能找到一点 IP 的影子，哪怕是原来电影的续集，也是有原来 IP 的影子，所以说我们的 IP 热又和我们大陆很多其他领域一样，是迟来的，到现在才与国际接轨。它还能热几年，总体上 IP 时代已经到来了，不可能再逆转了，以后只是程度上的问题。在此，我对我们从业者提出的一个建议是什么呢？要顶住，要做精品，要浮出水面，你要立住品牌，你抗击打、抗风波的能力才强。

周志雄：您怎么看待国内的网络文学富豪榜？

管平潮：任何事情都有正反面，网络文学富豪榜的正面是什么呢？它为我们网络文学张目，让我们走到主流的视野内。但也不是人人想上的，包括我自己为什么不上富豪榜，当然也是人家不找我，这是有机制的，是可以主动往上报的，我为什么不报呢，我觉得还是应该潜心创作，就像讲座时我的 PPT 标题叫：我们的征途，是星辰大海，不要局限于一城一池，也不要局限于眼前的名利，不要太在意，它有时候给你带来的不一定全是好的东西。我担心被富豪榜拉到了聚光灯下。我觉得写作（尤其是长篇写作）是需要笨功夫的，不能被过多地打扰，当知道你们要来访问我，我并没有表现得那么积极，这点你们要体谅，这是一种什么状态呢？一个人小有名气之后，就会不断有人找，可能从找我的人的角度来说，我只是偶尔找了你一下，找了你还拒绝，这个人不近人情，但是你换位思考一下，从我的角度，像个星形结构一样，我在中心，每一个人都觉得是唯一的一次找我，结果会聚到我这里，就不得了了，我每个月会有好多应酬。就现在这样，我还有这么多应酬，如果在聚光灯下，我不是说我这个人淡泊名利，要获大利，获长远的利益，或者说我想做这个时代的精英，不在乎现在一时的东西。

周志雄：衣晓萌同学想知道，您写了这么多仙侠小说，在对待生活中的一些事情时，您是否会用一些仙侠的思维来考虑呢？

管平潮：这个提问很有意思，但是我还是觉得要把一些事情分清楚，生活会给我很多创作素材，写出来的作品与生活是两码事。一个反面的例子，南派三叔得抑郁症，这或许就是分不清自己的现实生活和作品世界而导致的情况，因为他写的题材是灵异的盗墓，也许那时有点走火入魔。那么仙侠对我生活有没有影响呢？有的，起码我做事具有侠风，我是很宽容的，我还帮助了很多人。

江秀廷：在微博看到您的《九州牧云录》准备拍电视剧，正在招募群众演员，现在是什么情况了？

管平潮：对，这个也是前所未有的，在读者中招募群众演员。现在这部剧怎么样了呢？它的投资很大，真的是要做精品，是高举高打的一件事情，我很幸运，横店影视公司和我的理念相同，都是做精品，预计电视剧要出五季，电影要出三部曲。

江秀廷：您在日本待过，肯定会看过日本的一些推理侦探类的小说，中国现在的推理小说市场基本上被日本的小说占了，特别是东野圭吾等作家，您怎么看待中国的推理小说很弱的现状呢？

管平潮：存在即合理。现象既然存在，我们就给他找原因，我听你的叙述过程中有几点不成熟的看法，一个就是我们中国还是缺乏这种社会环境，没有这种传统，我们中国人可能还是比较感性，它遭遇的境况比较像科幻，科幻虽然说现在有《三体》，但你现在想想也就只有《三体》了，对一般人来说，除了《三体》还能想到什么科幻小说呢？所以推理也是一样的，它更惨，它连一个《三体》这样的作品都没有，可以说我们中国人没有创作推理小说的这种基因。科幻也是，你如果想要它呈现出仙侠、玄幻这样的写作热潮，最起码要有一些高手写出好作品来才能繁荣。在推理小说里，如果能随口举出二三十部中国的《白夜行》这样能见度较高的流行小说，你能说它不繁荣吗？

周志雄：您曾接受记者访谈的时候讲过，目前网络文学的"日更模式"影响创作质量,那么您是怎么克服这种模式的困扰呢?

管平潮:对,首先我要说一句,目前我仍旧是这种模式创作,那么接下来我想用的模式就能避免这种困扰了,刚才说的"降速、减量、提质",当然这前提是你已经有一定基础、有名气了,敢这么做了。目前的做法是会攒稿,你看起来是日更一万,上架的时候更两万,其实作者已经花了半年或者一年的时间存了上百万的稿了。如果一个人真是每天赶着稿子时时写时时发,那他当然会累得吐血,凡是你觉得匪夷所思的事情,一定有它的隐情。

第十九章 网络小说的文化传承

——阿菩访谈录

一 "网络小说价值观、创作方法、创作心态的传承"

周志雄：今天我们非常荣幸请到阿菩老师在线和我们交流，阿菩老师是历史学硕士、文艺学博士，是网络作家中的学者作家，是真正的科班出身。阿菩老师经历很丰富，他做过记者、做过编辑、做过执行策划，也当过大学老师。现在是广东省作协副主席、中国作协第九届全国委员会的委员、广东省政协委员。他的作品主要有《边戎》《东海屠》《陆海巨宦》《唐骑》《山海经密码》《大清首富》等，去年获得了第二届"茅盾网络文学新人奖·网络文学新人奖"，《大清首富》入选中国网络小说排行榜。在我的阅读印象当中，阿菩老师是网络作家中非常有文化底蕴的，今天晚上先请阿菩老师给我们讲网络小说的文化传承。

阿菩：网络小说的文化传承，我分三个方面来讲，第一讲价值观的传承，第二讲创作方法的传承，第三讲创作心态的传承。

第一个，网络小说的价值观的传承。第一点，网络小说的价值观不是凭空而来的，它是有一定的传承性的，就是对前人小说的传承。如果我们把网络小说跟现代小说、当代小说作比较的话，我们会发现网络小说里的价值观有一个比较显著的特点，是什么呢？它没有那种嫁接式的传承。为什么这么说呢？现代小说，也就是西方文化进来之后，近代鸦片战争之后的现代的文学，还有当代文学特别是80年代以后的文学中的一些价值观，它是存在一种直接嫁接的，就是什么呢？有一些价值观在当时的社会环境下，在没有任何土壤的情况下，由比较早接触到西方思想的一帮学者或者作家，直接把这套东西就移过来了。这种价值观现在我们看上去没有什么，因为我们现在的这个社会群体的价值观其实是经过改造的，已经很多年了，但是在当时来讲它就显得很突兀。这两个阶段，一个阶段现代文学，就是鲁迅胡适他们那帮人刚刚来的时候，他们的文学有这样的问题，然后另一个阶段当代文学，特别是改革开放后的第一批文学，他们在价值观的传承上，就存在着"天降神兵"这样的嫁接式的问题。但网络文学一开始它的价值观就不是这样的，它的价值观有一条非常明显的传承线，这个是我们第三点要讲的。它的价值观不是移植来的，它是一开始就跟社会的主流的价值观匹配的，这种主流价值观不是指媒体上比如《人民日报》或者是中央电视台宣扬的那种价值观，跟大家伙说得直白一点，就是这种价值观和人民群众的价值观基本上是匹配的，它不是一种嫁接式的，网络小说传递的价值观基本上跟人民群众是同步的。这就是我的第一点：网络小说的价值观是一个非直接嫁接性的价值观。

　　第二点是什么？网络小说体现出来的这种价值观又不是完全复古的，它不是一种腐朽的，比如说是一种封建的，恢复到以前忠君爱民那种封建时代的价值观，也不是复古到五六十年代的那种社会氛围的价值观，也不是当时那种西方变异式的嫁接，总之它不是完全复古的。它是什么？它是有一条传承变化的线的，这条线是什么？我打个比方吧，老是不举例子的话，大家听着可能就觉得太枯燥了。我们现当代文学的书里面，"孝顺"，就是对父母的孝的东西已经较少体现了，不能说没有，但是我们看很多比较主流的或者说影响比较大的文学（特别是现代的文学），要么打倒孔家店的时候把孝文化放在一个批判性的位置，比如说《家》《春》《秋》里面，他是要把愚孝作为一个批判性的东西，或者说到了当代文学的话，它通常来讲也不见得会在这一块儿比较浓墨重彩地去描写。但是到了网络小说里面，"孝顺"就是一个不能够抵触的东西了。至今我没有看到一部大火的网络小说的主人公是不孝的。通常来讲，现在的阅文、起点的作品中除非主角父母都死了，只要他是有父母的，无论他是修真或者成仙，他一定会想着对父母怎么好，拿到仙茶就想这个茶要跟父母分享，成仙的时候也要拉父母一把，他都会顾及父母。或者说都市小说中主角一年过完赚到钱了，一定要想办法把钱打给父母，供养他的父母。这样的情节在很多小说里都会写到，大家看了之后如果你没有刻意去想，你会觉得没有什么问题，这是很正常的社会大众都会有的反应，你如果处在那个环境里，当然也会这样，这就是对这种孝文化的一部分传承。甚至对于"忠"，当然不是忠君了，"忠"是忠于祖国，对国家的这种忠诚，对于义气、信誉，网络小说都有体现，这些都是对中国传统文化的继承。在这一点上当代文学通常来讲没有很明显地书写，但是我们可以看到网络小说在这一块儿是比较有传承的。

但是它传承又不是完全没有变化的，它是有一条传承的线的。比如说有一些明朝或清朝的习以为常的价值观，比如说当时的那种"愚忠"的东西，现在就没有了，它这条传承的线是经过改造的。近现代史上，1949年以前的民国时期改了一波，到了中华人民共和国成立之后在港台金庸、古龙那边又改造了一遍，比如以前的公案小说如《三侠五义》中的侠义的精神得到了金庸的改造，如《射雕英雄传》《神雕侠侣》里面的"侠之大者，为国为民"的侠义精神是有所变化的，然后金庸之后到古龙、温瑞安这里又有一个现代化的转变。网络小说对金庸所坚持和体现的传统价值观既有传承也有改变，就是它有一条传承的线，这条线通常也有一定的改变。

这个就是我们网络小说的价值观的传承，它是有条线的。我们可以用一句老话来说：它既是传统的，又是现当代的，它既是民族的，同时也是国际的。因为我们有些价值观其实已经非常国际化了，我们很多网络小说的读者也好，作者也好，都是留过洋的，很多人都喝过洋墨水，所以我们的价值观很多东西不是局限在中国范围之内的，我们这一代人无论是作者还是读者都是开眼看世界的，包括我们在座的各位朋友基本上都是这样。

同时还有一点就是网络小说的价值观基本上是与大众共鸣的，网络小说的价值观不会离我们的普罗大众，离我们的读者很远，不会的，它通常是非常接地气的，这个是我们网络小说价值观在传承上的一个特点。

接下来我要讲的第二个方面是网络小说创作方法上的传承，它也有三个特点。第一个特点是网络小说诞生以后暂时没有那种纯粹的先锋主义、先锋实验，比如说像拉美、马克思那些欧美的一套文学理论，觉得先锋实验文学那套东西很好，直接就移植过来，但是这个东西不一定有大众的基础。这种脱离群众的完全实验性的小说有可能有，但是我暂时没有见到产生了比较大的影响的这种网络小说。我们的网络小说不是建立在这种跳跃性的直接就有一个先锋实验的这样一种创作方法上，我们的创作方法是什么？这是我讲的第二点：网络小说的创作方法的传承是一个集大成者的传承。

集大成者我是有信心这样说的，就是网络小说从中国文学史到现在为止在创作方法上是一种集大成的模式，这种特点现在已经很明显了，只不过有一些网络文学的研究者或者是网络文学的阅读者，他自己会有一些偏重，他有时候看不到一些东西。比如说男作者他可能不喜欢女频的小说，或者女作者她不一定看男频小说，还有一些比较喜欢大众类型的，他可能对一些小众类型的小说不是很关注，所以都没有注意到。但是现在基本上来说，自古以来的很多创作方法在网络小说这里几乎是包罗万有了，当然要扣除掉那些我们觉得对我们的书写不利的，当然不是说我们不会，是不用。然后像这种创作方法，它的几大程序有很多特点是非常明显的，比如说我们从里面可以找到唐朝变文的特征，就和尚讲经时候的变文的一些特征，我在看变文的时候，看到网络小说里面有这样的影子。此外，有一部分小说说书的特征也非常明显，说书人的那种创作方法被传承下来了。明清章回体小说的那种传承就更明显了，网络小说到现在为止，其实在框架上是有一种明显的章回体小说的创作方法。另外还有直接或者间接地对西方小说的传承，西方小说尤其是西方的类型小说，比如说对侦探小说、悬疑小说的传承也很明显。有一些小说做得非常好，像《默读》这样的，你一看就知道，除了西方现实主义文学的文本之外，它还有对西方推理悬疑的借鉴。此外对于西方现代小说，我们有些也继承了下来。

第三点是它的这种继承是一种有脉络的传承，这个就呼应到了刚才讲的第一点，它不是那种跳跃性的、实验性的传承。我们很难在网络小说里看到这样一种现象，就是突然之间就出现了一种以前听都没听过的写作方法，让大家觉得很突兀，通常来讲它是渐变式的。有一段时间大家突然盯住了某种写法，比如说一些言情小说或者古代的小说会故意去模仿《红楼梦》的腔调，而最典型的就是《琅琊榜》或者《甄嬛传》里面的那些人物说话的腔调，我们会很明显地看到对《红楼梦》的一些模仿。此外，我们可以看到一些悬疑推理小说对日本小说创作方法或者是美剧中的那种讲故事的方式的借鉴，这些是对古今中外的创作方法一种变革的传承，而且这种变革每过几年都会有。并不是说我们恪守章回体小说中那种现在看来很腐朽的东西，网络作者是把他们好的、能够吸引读者的那一部分方法给拿来用了。同时我们也不拒绝任何现代化的各种各样的写法。这种变革是一种有脉络的变革。

如果有持续关注和阅读网络小说的话，大家就会发现一个问题，就是网络小说隔个几年，或者不用隔几年，这两年还放缓了，几乎每一年都会有好几个流派，比如说盗墓流、洪荒流等各种各样的流，当然这些流派跟我们以前的文学的流派不大一样，但是为什么会形成这些流呢？是因为它已经形成了模式：或者是聚焦某种平台，或者是聚焦某种写法。比如说我们最近所说的打脸流、赘婿流，我们不管它好不好，他们都会把它形成某种题材或者是写法上的集聚与传承。然后这个东西跟现当代小说作者的流派不太一样，每次这样的一小步变革，踏出来之后，网络小说都要看一下对读者的影响是怎么样的，读者反响是怎么样的？然后通常来讲它必须是反响好的，才能够慢慢地影响开来，就是影响到别人也来这样写。比如说很明显的修真派的小说，从消遣慢慢把修真的练气、注气、金丹、缘因等道教的那套系统引入之后，逐渐就形成了大家的共识，虽然是一个想象的东西，但它慢慢形成了共识。每一个作者对它的定义不一定完全一样，但是基本上这几个步骤是一定会有的，它慢慢就形成了这样一套有脉络的传承，在写法上也有传承，在传承中又产生变化。

我们网络小说的更新换代是非常快的，比如说像当年的流潋紫，她第一个用《红楼梦》的那种腔调来写我们现代的穿越言情小说，把几种元素揉起来，读者会觉得非常新鲜，当时会造成一个很大的反响，但是慢慢地大家看得多了，对这个东西就不再感兴趣，赢取兴趣的力量薄弱之后，作者就不得不去对自己的作品进行变更。所以到现在为止，古今中外各种能够传承的技法，无论是日本的动漫、美国的美剧、好莱坞的电影或者是韩国的韩剧，还是我们以前的变文、说书、章回体小说甚至相声的所有技法，能用到的我们基本上都用了，然后在用的时候把这些东西融合起来，之后再进行变通。但是因为这两年用流浪的军刀的说法就是能用的基本上用得差不多了，所以这两年推陈出新的流派的出现会变得缓慢一点了。

以前最早的时候，能看网络小说的通常来讲经济条件在全国都是比较好的人，因为要看网络小说至少要有网络、有电脑。90年代末的时候，也就是1998年、1999年的时候，有电脑的人有多少？去网吧还看网络小说的那批人也不多，所以那个时候的阶层相对来讲知识水平、收入水平或者是受教育水平有可能是比现在的平均水平要高的。现在市场下沉到二三线城市、三四线城市、十八线城市，下沉之后它的创作方法也变了。最近的创作方法，如果光是从文学性来讲，它不一定是好事，如果有同学经常看抖音的话，最近会看到"龙王赘婿"，就是有一个本身很厉害的人做了赘婿，女方并不知道他是个很厉害的人，但是他最后就会翻盘打脸的那种写作流。这种其实有点庸俗了，但作为一个网络文学的现象，我们还是要去关注它。这个是读者下沉之后，一部分作者去顺应这一部分下沉读者而进行的创作方法上的改变，这是我们要注意的。我们看看以后能不能在这一块儿做出一些改变，因为完全这样是特别庸俗的，但是它又能够产生大的影响，说明它是有吸引力的，我们能不能把它变得不是很庸俗，但是又能够造成类似的影响，这是包括我在内的很多网络作者都在想的事情。这个是我们在网络小说创作方法上的传承。

再回顾一下刚才的三点，第一点就是网络小说的创作方法不是跳跃性的、先锋实验的、完全脱离群众的一种创作方法；第二点是网络小说的传承是一种集大成的传承；第三点是网络小说在传承中会进行有脉络的变革。就是你去看这些传承、看这些变革，会发现网络小说的每一次变革，都可以非常明显地分析出他的写作方法是从哪里继承过来的，我们是可以看到它的一个个变化和传承的。它从哪里来传承？它产生了哪些变化？我们是可以看到它的步骤性的变革的，这是网络小说在创作方法上的传承。

第三个方面我要讲的是网络小说的创作心态的传承，网络小说创作心态上的传承，更多是传承了我们的传统方面。首先是传承了我们这种谦下的写作态度，谦就是谦虚的谦，下就是上下的下。我就随便打个比方，我们现在都说网络小说这十几年卖得最火的、可能赚的钱最多的、最大的神——唐家三少，他在网文圈算是大咖中的大咖了，但是在小说的后续或者章推里面，他自称的时候或者他要跟读者交流的时候，他是怎么自称的？他永远都自称小唐，把自己放在一个很低的位置上。

好，大家听起来这个好像没什么，但是我们来做一个比较。现代文学它不是这样的，现代文学或者是殿堂文学（就是古代的殿堂文学），那些官员们写文章的那种态度不是这样的，甚至延续到当代文学（我讲纯文学），他们的写作态度也不是这样的。他们写作的基本态度是什么？是启蒙，启蒙主义，文化启蒙。启蒙意味着什么呢？启蒙意味着我是比你高的，如果我是比你低的，怎么启你的蒙？什么叫启蒙？你是蒙昧的，我来启发你，这个叫启蒙。对，这个是创作态度的不同。

这是两种创作态度，第二种是说我是你的老师，我能够当你的老师，我来告诉你一些东西，我说的是对的，你要按照我说的来，这个就叫启蒙。网络小说不存在启蒙这种东西，如果任何一个人以启蒙的心态来写网络小说的话，他就只能失去读者。所以我刚才讲谦下的时候，大家可能觉得一直以来我们整个民族、整个文化、整个教育都会讲谦虚，我们会觉得这是一个很正常的事情。但是如果我们把现代文学的特点拉进来，我们就会发现不对。现代文学、当代文学的主流我们不是说他们没有谦虚的态度，这不是说作家的人品怎么样（就算是作家在面对面交流的时候他仍显得很谦虚），而是他的作品不是谦虚的，他的作品永远带有一种启蒙的心态、揭发的心态、批判的心态。批判可能是批判社会、批判政府、批判人性，通常他不是批判自己，他是批判别人的哲学，他就是要带着一种启蒙的心态，认为老百姓的智力是低下的、人民群众是蒙昧的或者说受到某些蒙骗的，这个时候他们要把真相给揭发出来，这就是批判，然后他们要启迪人民的智慧，这就叫启蒙。他不一定在书里这么说，但是他的小说的姿态就是这样的。

　　但是我们看到现在的网络小说没有这种姿态，网络小说的姿态是怎么样的？这是我要讲的创作心态的第二点，它是平等式的这种创作心态。写小说就是讲故事，讲故事的话就是我跟谁讲故事，就是作者跟读者讲故事。这其实是用小说的形式进行对话，网络作者与读者对话的姿态是平等的，就是我跟你都是一样的人，甚至是什么呢？低的。低的也不是说低下，就是我站在一个比较低的位置上对你说话，所以这种传承的是我们中国古代的这种对话姿态。比如你会看到中国古代书中跟读者说话的时候，有时候会讲"各位看官"是吧？"各位看官"这种说法就是他在对话的时候是一种比较低的、比较谦下的或者说是比较平等的态度。不要小看这一点，这一点是很重要的。作者承认读者是站在跟我一样的位置上的，作者是认为读者是不需要我去启蒙的，读者是不比我差的，这就是历史的经济社会整个变化之后产生的一个大的潮流，为什么呢？因为我们中华人民共和国成立后到现在，首先第一个中华人民共和国成立之后扫盲了，第二个到现在来讲，我们的文化、我们的教育、我们的基础教育基本普及了，还有很重要的网络时代到来之后，我们对知识的获取廉价了，或者说我们对知识的获取平等了。过去可能有很多的知识需要像周志雄老师这样的大学教授才能拿到，现在我们打开百度、打开 Google 一搜，基本上你要什么资料都能找得到。所以我们的知识不再垄断了，我们不再存在像民国时期那样几乎是垄断了知识权利的一个阶层。同时我们所有的读者，只要是读过 9 年义务教育，懂得上网，学了怎么上网之后，他基本上就能够搜索到他所需要的大部分的知识。所以知识普及和教育这一块儿在学校那里已经完成了，不需要我们文学小说再来给我们启蒙，或者说也不再需要他们把他们的价值观塞给我们。通常来讲网络小说进不了中小学，他们的基础价值观已经形成了。

所以我们网络作者其实刚好是顺应了这个时代，我们进行平等对话的创作心态，就是我们的创作心态，我们在写作的时候是平等对话，那么有没有不平等对话呢？有，并不是说我们网络小说作者是故意这样的，而是什么呢？在一开始进行网络写作的时候，是有各种各样的创作心态的，也有人是进行启蒙的。只是说历史的选择，或者整个潮流的选择，或者说读者的选择，或者再用一句比较政治化的表述叫人民群众的选择，把这帮人给塞没了。那些还带着启蒙心态写作的人的文章没人看了，而现在越来越多人看其作品，而且其作品产生更大影响力的是什么人？是带着这种谦下的写作心态或者是平等的写作心态的这样一群人，他的创作心态是平等的，他才能够得到读者，而且能走到现在。基本上我所看到的是这样的。

好，那么创作心态传承的第三点是这种永远面向大众和面向读者的创作心态。文学一直以来是要分成几个点的，它有风雅颂。文学最高端的是殿堂文学，它是对国家说话或者是代替国家说话，或者是对神说话，或者是对祖宗说话。祖宗和神在文化意义上其实可以说是一样的，就是对祖宗说话或者是对神仙说话的文学是一个忌讳。风雅颂里面的"颂"对先王说话，或者是代替先王说话，这个"颂"的地位是最高的，就相当于你写的文章能够替皇上拟稿子或者是什么，你作为一个大学士写的稿子是"颂"的领域。此外还有一种是什么？就是极少数的精英阶层的内部的那种文化，内部的语系的交流，在教育普及之前，这种对精英说话的一派文学是主流，而且成就也是最高的。这个没办法，哪怕延续到现在，从文学成就来讲，风雅颂偏"雅"的这一派，它的文学成就还是非常高的。

那么接下来就是我们所说的通俗文学，我们这里都是学文学的，我们都知道通俗文学在文学史的地位是最低的，除了已经被推上殿堂的诗三百的"风"之外，我们近五百年的通俗文学，我不说近五百年，近一百五十年的通俗文学的地位是最低的。当然，近五百年的话，我们的四大奇书已经上去了，《三国演义》《水浒传》《西游记》《金瓶梅》，《金瓶梅》不说，前面三部，通俗文学它的地位已经上去了。这一派是继承了"风"的，四大奇书的前三部比较复杂，跟我们网络小说是有直接的继承关系的，而我们的创作心态也是一样的。同时前三部它有一个特点跟我刚才讲的创作心态的第三点是一致的，就是网络小说是永远面向大众、面向读者的，它不是写给一小撮人看的，它不是写给特定的人，比如说大学教授看的，它不一定。当然因为市场的细分它有可能适合某一类的人群，但是它不是以社会地位划分，也不是以知识的高效划分，它不是这么划分的，它只是说每个人感兴趣的地方不同，但是基本上我们写作的时候，我们的口吻、我们的心态是面向大众、面向读者的，所有能够产生影响力的网络小说基本上都是这样的。所以如果不是这样的网络小说的话，说实在的作者会写不下去，在网络上写不下去，看起来就不像网络小说，所以网络小说基本上就是这样，它是永远面向大众、面向读者的。如果不这样的话，网络小说就很难存活下去，更不要说发展下去成为大神。那就基本这样，这三点就是我对网络小说的创作心态的传承的解读。

回顾一下我刚才讲的网络小说的价值观的传承、网络小说的创作方法的传承、网络小说这种创作心态的传承，这三点基本上就构成了网络小说对我们中国的中华文化，甚至是对整个世界文化的这种传承，所以可以说我们网络小说的传统性还是蛮厚重的，它有很多现在的研究者还没有完全深入的东西，它没有完全覆盖到，因为体量非常大。

像周老师您一年也看不了几亿个文字，像我的话一年应该要看上亿的，因为我自己喜欢，但是就算是这样，我们也漏掉了很多东西，每一年新增的网络小说，我也不可能全部都读（我喜欢的那几个领域我一定都会读），但是其他的我就按照一个必须性去读它。我们在进行一个总结之后，就发现我们网络小说的文化的传承性还是做得非常好的，大概就是这样，下面看看有时间再跟大家交流一下，谢谢！

二 "钱当然重要"

周志雄： 阿菩老师讲得非常好！今天这个时间非常有限，我们今天来参加活动的这些同学都读了您的作品，他们准备了好多问题，我们请汪晶晶同学来主持下面的提问。

汪晶晶： 阿菩老师您好，您是文学专业出身的，您当初为什么不尝试去写一写纯文学作品，而是走上了网络小说的创作道路呢？

阿菩： 我从来没想过要写小说，或者说是写纯文学小说，通俗的我也没有想写，当时是一个误入。其实我当时是想做研究，刚好我的导师傅教授说最近（也就17年前的事情了）网络小说方兴未艾，以后是个趋势，傅教授真的很有眼光啊，17年前他就觉得网络小说将来会很火爆，当时网络小说在中国大陆并没有现在这么大的影响力，而我去关注了，之后一不小心看着自己就写了。在当时来讲，我是有点像今天我们在论坛上灌水一样，我一开始的写作心态就是这样，没有一种很高大上的东西，其实我在跟很多网络作者沟通的时候，发现大家都是有类似的这种经验的。就是我们一开始写的时候有可能是什么情况呢？比如有些小伙伴当时看了黄易的《大唐双龙传》，但是那边更新特别慢，受不了就自己写；有一些小伙伴是看了一些外国的小说，然后突然就觉得要自己写。我也是类似的吧，我是因为看了当时的一些网文，看了之后就（感觉）自己懂一些，其实是很偶然的一个事情，只不过写着写着很喜欢，这么多年就坚持下来了，大概是这样。

汪晶晶： 好的，您刚刚说到网络小说的创作方法的传承，就是对传统小说、西方小说写法的传承，可以结合您的作品具体谈一谈吗？

阿菩：我的作品？早期的话我受影响最大的人是金庸，金庸是最直接的影响，因为当时我们那个年代的少年时代看得最多的就是金庸的小说，跟现在的小孩子看得最多是网络小说一个道理，所以受他的最直接的影响。金庸的小说还有古龙的小说，它本身就受西方的侦探小说、悬疑小说的影响，所以我也受了这方面的间接的影响，这个里面会有一些推理的东西。此外就是人物塑造方面，这方面可能会受到一些《史记》的影响，我特别喜欢看司马迁的《史记》。还有受到日本动漫的很多影响，比如人物的一些对话等。此外还有结构的影响，我受到比较多的是《水浒传》的影响。我会梳理自己的脉络，有些作者他会写但他不一定会说，他理不清楚，但是我们还是可以从他的某本小说里看到一些传承性或其他的东西。像这种说起来就比较枯燥，而且比较细腻，如果有时间交流的话，最好是面对面拿出一本小说来，翻几页，大概看到哪里再说这是受哪里的影响，这就可以更清楚地看出来。

杨春燕：阿菩老师您好，您刚才提到您看了几亿的文字，然后我想问一下您主要看了哪些网络作家的作品，您认为现在写得比较好的网络小说有哪些？您可以给我们推荐一下吗？

阿菩：每年好的都不一样，从早期、中期到近期，每一个时间段都不一样，有一些作者是"二进宫"，第二次火起来，因为作者的创作也是有生命期的，他有可能前一段时间写得很好，后来作品就变得固化了。关于近期的作品，你们女生的话我会推荐《默读》，男性向的话，香蕉的文写得挺好的，如果你们不计较他"开后宫"的话，愤怒的香蕉写的《赘婿》还挺好的，此外像乌贼的小说，也都还不错。

汪晶晶：老师您好，我看了您的《山海经密码》，特别喜欢这部作品。然后我看网上一些网友给了很高的评价，认为这部作品是以艺术的形式再现中华民族的文化源头和夏商先民的文化内涵，有为中华文化历史正本清源的意义，但同时也有一些负面评价，有些网友认为这部小说是"挂羊头卖狗肉"，披着《山海经》的外衣，讲的故事和《山海经》关系不大，您如何看待这两种评价？

阿菩：我觉得第二个评价比较准确一点，第一个评价太高了。评价太高的那种，像第一个什么正本清源的这种东西，这种话语体系一说出来都可以去拿奖的。我不去想那种东西，它其实就是一部讲述几个少年的故事的小说，只不过我这个人的考据癖会重一点，写的时候会让他们的背景跟《山海经》或者是屈原的《天问》比较吻合，会对那个神话世界进行一个比较认真的考据。我觉得基本上不需要上升到很高的高度，像刚才讲的对中华文化的正本清源，我觉得没有必要上升到那么高，它就是一个故事，刚好当时卖得还不错，至少我个人没有想过要去取得那么高的成就。其实我觉得现在大家去看这本小说不一定还会喜欢，因为那个时代过去了，我也不奢求能怎么样，对我个人来说最重要的就是写出来的东西还有人愿意读，我就很高兴了。像文学意义这个东西，我个人其实不大放在心上，因为我觉得这个东西没什么意义，把它讲得很有意义的事情没有什么意义，最重要的是有人读。

汪晶晶：关于《山海经密码》的结局，网上有人就说烂尾，也有人说是升华，褒贬不一。我想听您从作家的角度来为我们解读一下《山海经密码》的结局，可以吗？

阿菩：还好，我觉得不算烂尾。因为我这个人是不喜欢"BE"的，所有的故事我都不想悲剧，但是当时那个故事推演到那里又不得不悲剧，怎么办？只能够用那种时空的方法，使得最后结局有点玄。如果以现在的网络小说的阅读习惯去看，可能会不大习惯那种表述的方法，但是当时来讲还可以，我自己也觉得还ok。我倒是觉得《山海经密码》是我作品里面完成度最高的小说了，放在现在来看，网络读者可能会觉得太短了，因为就几十万字的小说，要把那么复杂的事情讲清楚，现在大家习惯了几百万字的小说，所以他会觉得有些仓促了，会有一部分读者认为是烂尾，我也觉得这种评价是正常的。现在的小说不能够像以前那样很快地把一个事情讲清楚，而是要铺开来讲，把它讲明白了、讲仔细了，把读者伺候好了。这个在结尾是比较难的，网络小说没有几部是不烂尾的。

汪晶晶：关于您的《山海经密码》，它里面设置有四大宗派，我觉得很有意思，体现了您一定的哲学思考，您能简单谈一谈吗？

阿菩：下面的同学能不能多讲一些创作方法方面的东西，为什么呢？因为其实我除了去外面卖书的时候会讲我的小说之外，我其实不大会去讲我的小说，因为小说写出来就是让人看的，小说出来之后跟我已经没什么关系了，除非我去修改它。大家可以骂它，可以喜欢它，都没问题。关于哲学思考，这其实应该是一个设定，我个人是对这个设定还是挺满意的。哲学思考算不上，因为现在男性向的比较优秀的网络小说，基本上它的体系设定都是非常庞大、复杂的，有时候会借用了一些各家各派的设定，比如说道教的一些设定、佛教的一些设定。有一些是自己的设定，设定完之后还能够让人家承认就已经很厉害了。至于说到哲学的话，其实都有的，基本上能够进行一个大体系的设定，而且能够得到别人的承认的作者，他们通常来讲都是博览群书的，所以他们都会有自己的哲学思想。我当年能够想出这样的一个东西，我觉得还是ok的，挺好的。我下一本书可能还会延续这个设定，因为我觉得没必要改。谢谢。

张心如：老师您好。我想问一下您说过网络文学其实是一种集大成的传承之下的变革，那么现代文学有一些弊端，比如说一些官员写的文字涉及政治话题是不可以提及的，这也就注定它的内容在某方面是不可以过于真实的。您认为在这种形势下，现代文学的弊端有没有可能避免？还有现代文学就真的一定是以这种方向这种大趋势发展下去吗？

阿菩：首先现当代文学它不是官方的，它不是说官员的，它只是说现在我们所说的传统文学，现代的传统文学，它们有一部分是有点官方，这是一个。你刚才问的第二个问题是什么？

张心如：相对于网络文学它们的传播方式，以及用一个通俗来讲的词就是阅读量或者说是流量，现当代文学是低很多的，那么它们有没有一种类似于谋求生路的途径，而不是说逐渐消减在大众生活里，一直以一种小众的形式存在，他们有没有这个方法？

阿菩：其实是这样的，我刚才讲网络小说是一个集大成者，我不是说现代文学当代文学没有集大成，或者说没有传承，它们也是有传承的。传统文学不是没有传承，它是站在这个位置上（高），网络文学是站在这个位置上（低），人对传承的那种吸收是从上面往下面这样去吸收的。所以现代文学以来，它吸收时眼界比较高，眼界比较高的时候，它往上面望的时候，会把在它之下的一些东西给漏掉。比如说像现代文学，它会把说书人说书的传统、变文的传统，甚至是章回体小说的这样一些传统丢掉。

此外像推理小说这样的一些东西，我不知道现在的文学系怎么样，我读本科的时候的文学系对推理小说也是不放在眼里的，绝对不是文学，所以他会把这种东西过滤掉，过滤掉之后，它其实就在创作方法上形成某些缺失。那么网络文学它是在这个位置（低），这个位置全吃，它就通吃，所以它没端着，我们现在的话叫作端着，传统文学有一些东西看不上，它不是不知道，它看不上，看不上之后它肯定就不吸收了。网络小说不端着，所以只要你是好东西，我就能拿来用，所以它是在这一方面存在的一个区别。

至于说现在纯文学或者是传统文学，它们发表的渠道这个问题太复杂了，但是说到现在它的式微，就是说它失去读者，这也是一个非常复杂的问题。能不能解决呢？首先分成两部分，其实现在还是有一部分的传统文学，它是解决了这个事情，它的销量还是不错的，比如说像去年葛亮的《北鸢》卖得比我的好多了。然后有一些纯文学有它特定的销量，余华的书一直是卖得非常好的，销量有可能比大部分的类型小说、网络小说的出版量都要大的。这是一个方面。此外其实纯文学有在自救的，他们的自救是什么呢？至少他们画一个圈子，把原本不是我这个圈子的人吸收过来，所以扩大这个圈子之后，就相当于我承认你，那么你的读者就变成我的读者了，它是有这样的一个套路的。所以可能过几年来讲，我们就不怎么讲传统文学和网络文学了，我们就讲文学。就是说如果有一天它把网络文学的这一块儿吸纳进来，那么它这块儿自然而然就通了。

至于说小说卖得不好的问题，这又分为两个问题了。第一是老作者，比如说像余华、贾平凹这些大神，这些古早的大神，贾平凹不知道，但余华的书一直卖得很好，然后近一点的像麦家，其实应该算是类型文学的作者，现在被拉到那个圈子里去，麦家的书卖得很好，他的书没有这个问题。这个是以前的，那么有没有新的作者写纯文学的，我们讲纯文学的作者，他的书可能真的卖不出去了呢？那卖不出去，就卖不出去了呗。既然没人看，如果它是真的没有价值，那么就让它慢慢地消亡在历史的长河就可以了，它有价值的话，它还是一定会冒头的。其实我们的心态是放得很宽的，我们并没有门户之见，说你这个东西是纯文学，我们就排斥你什么的，不是的，只要那个东西写得好，我们就喜欢。我们的心态是这样，只要那个东西写得好，我们就愿意去读。甚至有一部分网络作者以前是有纯文学的那种情结的，比如说像写《唐砖》的孑与2一直是往纯文学这边靠，然后像月关写了大火的《回到明朝当王爷》，然后第二本你们都不知道叫《一路彩虹》，那就是纯文学的，文青得一塌糊涂，然后就枯竭了，被毒打了一顿之后，就是被生活、被社会、被网络读者抛弃，人家没看他的书，他就老老实实继续写他的历史穿越。大概就是这样的一个情况，所以我们的心态是放得很宽的，而且文学还是会继续走下去。它到时候该发展成什么样子，它就发展成什么样子，我们不需要去强求它。有价值的东西，它自然而然就能够传播。言之不文行之不远嘛，这是孔子说的。它有价值的东西就能够传播出去，并且能够流传下来。这个是我们一直坚信的事情。

张心如：谢谢老师，我刚才觉得您的回答真的很精彩。您前面提到您的写作态度，当写出了一部作品之后，读者的评价与你无关了，那么您是从一开始就有这种态度，还是说经历了一些比较坎坷的经历，或者说一些不太一样的经历之后，才慢慢磨炼出来的这种心态呢？

阿菩：这个是磨出来的。因为到了我这个"写龄"的作者基本上在网上都收了一车又一车的砖头，收的砖头我在老家可以盖几栋房子了。大家砸砖头，该砸就砸呗，被骂是应该的，一开始会紧张的。刚开始写作的时候，被人评价两句肯定会去想，人家夸两句我就很高兴，人家骂两句我就很生气，大概是这样。生活中我们被别人说两句不好听的话我们都会生气，何况是你自己辛辛苦苦写的东西。一开始会这样，但后来慢慢就坦然了，这里是有一个过程的，只要你不是当面指着我鼻子骂，给我留点面子就行了。此外，作品出来之后它跟作者就不一定有关系是我一直以来的观点，不是说我针对我自己的作品是这样，针对别人的作品我也是这么想的，比如说我一直是拒绝去看金庸的新修版的，因为我觉得三联版已经ok了，三联版有很多瑕疵，但我觉得新修版更差，所以我不觉得在金庸的作品上，金庸就是权威。他的作品跟他是有联系的，但不是一个绝对的关系，它几个版本里面作者认为最好的版本也不一定是最好的。最后慢慢经过大众或者是历史选择出来的那个最好的版本，才是最好的。对，这个是我一直以来的一个观点，就是真正优秀的作品，它成型出来之后，其实是有自己相对独立的这样一个生命力的，不是受到作者完全的主宰。我觉得能够当得起这句话的作者，他们都应该很高兴，因为他们能够写出有生命的作品。就大概这样，谢谢。

张心如：谢谢，还有一个问题。在我很肤浅的了解下，网络文学是可以带来很大的经济利益的，那么您会怎么去平衡经济与初心之间的关系？当面对一些经济诱惑的时候，会不会因为那些外在的因素，来改变自己写作的初心呢？

阿菩：会。钱当然重要。我们一开始的时候什么叫初心？一开始写作的时候可能有各种各样的动机，然后写到中前期，赚钱不是我们唯一的追求，但是它是一个非常重要的追求，它在现阶段是一个必要的追求。我们这么累，我们这个年龄还有老婆孩子，上有老下有小，每天花这么大的精力，是吧？我们是要有一个经济利益的追求的，除非他很有钱了，他实现了财务自由，否则把自己说得那么高尚的话，大家都要怀疑一下。第一个，经济需求对大部分作者来讲，它是必要的。此外它也是非常重要，不管你有多少钱，如果写网络小说不能够带来经济利益，或者是其他利益，我写它来干什么，完全是一种初心吗？所以经济利益是非常重要的。第二个，你刚才讲到一个词叫平衡，我写这个东西，其实对于文学文化我不愿意去想得那么高尚，但是我希望能够构建出好的故事，写出好的故事，这个是我很喜欢的一个事情。那我很喜欢的事情跟赚钱之间它有一个平衡，这个平衡对于每个人来说是不同的。对我来讲，第一个它要能保障我的生活，第二个它最好能让我的生活过得好一点，但是我差不多到这里就可以了，能不能发财随缘吧。在这个基础上，我希望把自己的作品写得好一点，大概是这样的。

至于赚钱的问题嘛？除了赚钱之外，咱们说句实在话，唐诗是怎么兴旺起来的？因为当时唐朝考试的时候，科举还不是非常完善，所以学子要通过那些达官贵人的引荐，而写诗是其中的一个敲门砖。此外写诗是一个社会交流，当时大家交流的时候，写诗对一个人的仕途是很有帮助的，所以它会引起一个风潮。然后到了中唐时候，因为用诗歌去做敲门砖的人多了，所以那些达官贵人看着看着就不想看了，就像我们今天看盗墓小说，你还想看吗？我看了那么多盗墓小说后，轮到《盗墓笔记》就不想看了，看得太多了，我就不想看了，他们读诗读得也烦了。所以这个时候有人改了一个东西，就是写唐传奇，就是唐朝的传奇，就是小说，古代的小说。达官贵人看这个东西好，就开始接见他们了，所以中唐以后唐传奇就兴盛起来，这是一个外在的原因。同样的，像我们现代文学，鲁迅的书里直接就说，我为什么要写这个东西，我为什么要把它印出来？因为能卖钱。鲁迅他就说因为能卖钱，所以比较诚实的作家会承认这一点。

八九十年代那个时候的作家利益牵扯更多，那个时候跟现在不一样，那个时候出路不多，但是一个人如果能够写出一部好的作品，如果能够登上好的刊物，他有可能就一飞冲天了，如果他是一个农民或者工作在一个很偏僻的地方，他就可以有一个单位调动。没有工作的人可以领公粮，工作偏僻的人可以升职，或者调到一个比较好的单位，解决户口问题，解决很多的问题。那个时候有很多的文学青年，难道真的是完全爱好文学吗？当然文学也是要的，他们也是真的爱好文学，但是同时里面也是有一些现实利益的东西,所以现实利益这一块儿一直以来是在文学写作的动机里面的,我相信它是古往今来的大多数作家不能回避的一个创作动机里的问题,然后比较诚实的作家像鲁迅,他会直接告诉你,我印这个东西我能卖钱,卖钱我开心。大概就这样,基本上我们网络作者也不讳言这一块儿,不会讳言说我写这个是为了文学,网络作者都不这么讲,我们会比较诚实地去面对这个东西。

但你要说我们网络作者完全是为了钱吗?那也不见得。特别是早期的网络作者,我们当年是没钱的,我们当年没钱到什么程度呢,2003年的时候,第一个网络作者VIP订阅第一个月拿了1000块钱,全网欢呼,我们拿到1000块钱,我们就高兴得不得了。那么在2003年以前,从1997年到2003年,我数学不大好,大概七八年的时间,也就是说在此之前是没有一个作家通过网络的订阅拿到过1000块钱以上的稿费的。那么我们这段时间为什么还在写呢?你说为什么?我们喜欢这个东西啊。所以我们网络作者不讳言自己是要赚钱的,但是实际上在我们能赚钱之前,我们就已经在写了。这个东西一方面能赚钱,我们当然很高兴,另一方面其实我们是真的很喜欢写,写完之后大家很喜欢这种感觉,所以我们写。大概就这样,谢谢。

张心如:还有一个问题,像我们在某些文学作品中,就是传统的文学作品纯文学作品中读到的,过去那些作家,他们的生活大部分是比较辛苦的,每天都会固定坐在某个桌子边,然后写作很久。那么您了解到的包括您在内的现代作家、网络作家的朋友,他们是如何生活的呢?

阿菩:我们比他们辛苦多了。很多我们所说的传统作者,他们是有工资的,他们饿不死的,我们大部分的网络作者是没有工资的。我就这么说,我所知道的很多的作者,你刚才讲他们很辛苦是吧?我所知的一些作者,他一年写不了20万字,有时候一年写不了10万字,三年写不了20万字,什么概念呢?也就是说平均下来一个月写不到1万字,然后一年形不成一本书稿,出不出得了书是另外一回事。我觉得这不是什么精雕细琢的问题,像福楼拜、村上春树他们的写作量都很大，但是你说一年写不到 10 万字，一个月写不到 1 万字，就是说你工作一天还写不到 300 个字，就算是用毛笔写你也写得出来。

所以其实网络小说的作者是更辛苦的。你看我前段时间颈椎病犯了，我们是每天伏案，我们以前叫伏案，现在是对着电脑敲键盘，这个时间非常长。写了之后，有一些作者手快，会写很多，有一些作者像香蕉或者我的话，写完之后那个稿子会存在电脑里不发出来，因为要看看效果好不好。对自己作品要求比较高的话，他是这样子的。我们每天对着电脑的时间基本上都非常长，所以网络作者的辛苦程度是要比上一个时代的作者要高得多的。

杨春燕：老师您好，我想问一个关于《大清首富》的问题，有网友就评论说《大清首富》主角塑造得不是很好，他说纨绔其实不纨绔，说潇洒其实不潇洒，说穿越其实又不像穿越，说土著又加了设定，就有点四不像。这个主角在小说前面都没有说他是穿越者，但是我看的过程中就一直觉得他像是个穿越者，您在小说结尾通过他和和珅的对话，又暗示了他是一个穿越者，我想问一下为什么要这样安排？还有您对刚才评论有什么看法？

阿菩：我觉得这个评论挺对的。我们有一部分 2017—2018 年的网络作者，因为他写的小说受到了一些限制，就是说你的小说的出路是什么？有一部分小说是奔着影视去的，所以它奔这事去的话他是要按照影视的需求来，所以有一些东西它就不好太明显。或者就这么说吧，像酒徒和月关，其实他们的穿越是写得非常好的，但是他们后来都不穿越了，因为他们穿越的东西被国家给禁了，我们没办法解决。

最近流行这样一个说法，认为穿越小说其实是在搞历史虚无主义，这个跟历史虚无主义没什么关系。实际上我们历史穿越的小说，它对历史的考据要远远超过以前的历史演义小说，历史演义小说有很多是胡说八道的，历史穿越小说虽然他讲的故事是假的，但他考证的那些历史细节要丰富翔实得多。但在实际写作过程中，可能会遇到多种多样的问题，导致所写和所想是两回事。这些问题有一些是外在的原因，其实内在的有一些是阶段性的原因，什么叫阶段性？我在从这一块儿转到那一块儿的时候,在转的过程当中出现了一些不自然的问题,所以读者就会觉得别扭。为什么说我们要去面对读者,因为实际上你的很多问题,读者他是可以发现的。哪怕他说不出来,但他读着别扭,出现这样的情况就说明你的作品出现问题了,你要继续调整,你要把它写得更好。非常感谢那位读者。

赵艳: 老师您好。我非常喜欢您的作品《唐骑》,这是一部很有力量的小说,它也带给我很多精神力量。我发现这部小说对女性形象的刻画比较少,但是从您对郭汾、杨青等女子的刻画中可以看出,您是比较欣赏这种英姿飒爽的女性的,我有个设想,是不是可以设置几位女将?然后想问一下您对这种大唐女子的看法。

阿菩: 非常感谢,实际上《唐骑》这部作品因为特别长,所以很多东西我写得忘了,特别是《唐骑》,《唐骑》写了380万字,我从没写过这么长的小说,然后中间有很多的情节,其实我现在不去翻的话,有时候我会记不住。然后我很诧异您是一位女读者,居然会喜欢《唐骑》。当时写《唐骑》的时候我是带着一点情绪的,因为当时新疆发生了一点事情,所以当时我是带着一种情绪在写作的,那本小说是有点发泄性的。我写的时候是要发泄那种闷气,要把这个东西喷出来。所以我当时确实是很爽,好像有一部分读者也挺喜欢的,实际上纯网络读者的话会比较喜欢我的《唐骑》,谢谢。

至于你说的问题,第一个,其实我对女性的刻画会比较差一点,我这一块儿写得可能不是非常好。然后第二个,我个人相对来讲是比较合理党的,什么叫合理党,就是有些我觉得不合理的东西写不下手,大唐女将你可以英姿飒爽,像郭汾那样其实已经有一点了,但你不能让她上阵,叫她上阵的话,女性的外貌就没法看了。为什么呢?因为古代的战将一旦要上阵,他首先是膀大腰圆,就是说女性的肩膀、手臂要比我这个还要大。此外还要有个大肚子,你看古代的武将一定要有个大肚子叫作"将军肚",没有将军肚的话他力量不够,所以他的腿最好粗短一点。然后你想想膀大腰圆、腿粗短的这样的一个女性,当年如果真有花木兰这个人的话,可能就是这个样子,就失去了那种想象，所以我尽量不让这样的语境出现。我觉得还是好看一点的女性会好一点，男女分工，像打仗这种事情让男人去做好了，女性可以处理一些后勤上的问题、政治上的问题，当然她也可以做辅助。但是想想那种上阵挥磨刀的这种女性，除非我是要完全抛弃合理党的需求，否则没办法写。正常的像你们全班的女性，我相信没有一个是舞得起"陌刀"的。人的力量不是说训练就行，训练完之后体形会变，正常身形的女性都是挥不起"陌刀"的。最后会变成一个武侠小说，就是金庸古龙的那种武侠小说，那种武侠小说的话，女性像王重阳的老婆、像黄蓉她们就可以打得赢男人，正常情况下这是不现实的。大概是这样。

赵艳：好的，谢谢阿菩老师。我感觉您的小说逻辑结构都是比较严谨的，当然这也是我们的一个女读者的一个幻想。还有一个问题就是有知乎网友评论说，《唐骑》将大量的笔墨运用在了知识介绍、夹带私货和军事大略上，这些笔墨甚至有些琢磨过多了，人物塑造和其他许许多多的方面则太浅了。您怎么看待这种评论？

阿菩：有这方面的原因吧。《唐骑》里面会涉及西北边疆，所以它里面会有介绍，我觉得情节推进还好。我倒是觉得里面有很多战争的描写，有一些类似的战争重复了，但是对于这些读者反而认为没什么问题。我个人来讲，如果读者没有去到那个地方，又不进行一些介绍的话，我觉得读者读起来可能会不大理解问题，当然这个应该也是我笔力不到的问题。至于说人物刻画得深刻不深刻，这个仁者见仁，智者见智了。我觉得一本小说能够刻画出几个人，立得住就很 ok 了。然后说到笔墨的集中，当时写这本小说还是想把一股气发作出来，有些东西就没有。这本小说比较粗，没那么精细，所以他说的问题可能有，但我不计较，我当时就是想把一口气发作出来。

三 "我没有那么崇高，没有那么复杂"

许潇菲：我在阅读您的小说时发现，您的小说经常架构在一些真实的历史背景以及历史人物身上，比如说《十三行》的主角吴承鉴，其实他的原型就是真正的大清首富伍秉鉴。他们两个人的经历也非常相似，所以这部小说整体上是一种现实主义写作风格。但是除此之外，您其实还在里面加入了一种带有个人色彩的文学性改造，比如吴承鉴的身世之谜，他在处理危机时的那种勇气和智慧，包括他最后拒绝鸦片贸易时的一种果断的经验，等等，显示出一种跌宕起伏的故事性和戏剧性。所以我想问一下您是怎样处理这种历史史实和文学写作之间的关系，最后达到一种兼具现实主义与理想色彩的精彩效果？

阿菩：我觉得罗贯中的七分实三分虚已经算是历史演绎小说里面一个非常好的比例了。我们的历史穿越小说是对半分，就是一半真一半假，人物故事都是虚构的，然后历史环境尽量考证真实，这是我们基本上要做到的一点。所以我当初写这部小说的时候，一开始有考虑到要不要按照伍秉鉴的生平来写，但是后来想着这样就写成人物传记了，我觉得我没有必要去为伍秉鉴这个人立传。因为说实在的，我不是非常喜欢他这个人，所以我还是按照他的外在特征而不是内在精神为原型，塑造了另外一个我认为是属于广东人性格的一个人物，让他在里面活动。我并不是完全地再现一个清朝的十三行商人，在这个人身上会有一些我们对于一个现代中国有影响力的商人，或者说我们对中国首富的期许的精神特征存在。这大概就是现在的吴承鉴这样的一个人物形象的来源。

许潇菲：吴承鉴可以说是一种带有穿越元素的主角。除此之外，您的小说里还有《唐骑》中的张迈、《陆海巨宦》里的李尤溪，他们其实都是带有穿越性质的主角，但是在您具体的写作过程中，这种穿越元素其实不是那么明显，因为他们与时代的隔离感似乎被您降到了最低，非常完美地融入您所撰述的历史背景中。但是他们那种先进的思维方式以及果敢的行为模式，其实带有比较浓烈的现代色彩。现在穿越文其实很多，但是大多数都很套路，内容也比较浅显，那您这种写法是不是您对穿越小说的一种尝试性突破？

阿菩：其实是无奈。现在网文中的历史文有一个很麻烦的一点，你写的东西只要不是穿越的就没有人看了。但是在出版和影视这一块儿，你只要写穿越了，他们就不出不拍。所以这是一条历史文创作的夹缝。穿越有两种写法，一种就是这种把穿越带来的作用减少，或者把我们叫作金手指的这种东西降低，但这其实会带来一种不爽感。如果我把这种东西提高的话，我的订阅是可以翻好几番的，但是我还是不喜欢这么做，这个是我个人的原因。这不一定是哪里好哪里坏的问题。孑与2他们就会在各种重要的情节里去显现一个人穿越者的身份，显示这个人是一个现代人，这样的话读者的阅读快感会高很多，但是这不是我喜欢的一种模式。如果我这样写的话，可能订阅会高10倍都说不定，但这不是我喜欢的模式，这个也没有所谓的哪个好哪个坏的问题，只是个人的倾向不同。现在你在网络上要有订阅的话，还是要穿越的，还是要把穿越者的一些东西表现出来。我自己现在看一些穿越小说，看人家怎么造肥皂、怎么偷诗，就是把后面的诗歌拿到前面去卖，那种超时的东西，我已经不想看了，以前也有一段时间挺喜欢的。这种东西是必然的，按游戏来讲它就是一种金手指，它跟阅文的阅读环境是有关系的。所以我觉得我还算不上突破，以后看看能不能找到一条路，大概就这样，谢谢。

许潇菲：好的，按照您刚刚所说，穿越文现在是处于一种很无奈的夹缝之中，请问您觉得在这种夹缝里穿越文是否有走向精品化的可能？

阿菩：这个很难说。这是大家都在努力的一个事情。穿越文走向精品化不需要一堆人，最后可能一两个人就够了。一两个人最后如果能出来的话，那就成了。一个时代会有若干位几十位，甚至是上百位优秀的作者，最后立于巅峰的可能就那么一两个，所谓的经典化的书大家能读到多少？一个时代能留下十几本就挺不错了，网文再过十年二十年，最后能够留下个十几本登上巅峰就不错了。然后这几本里面有没有一本是历史穿越的呢？就到时候看吧，现在还不到盖棺论定的时候。至于说有没有这个可能，这个文学的东西，有时候是有很多偶然性的。那个经典作家什么时候出来，他是怎么做的？在他出现之前我们都是无法预估的，因为如果我能预估的话，我就去做了。其实我在做了，但我并不能够肯定我现在走的这条路一定是对的，因为这要看最后出来的成品的效果，所以这个是未来的事情。现在我觉得没有必要讲这些东西，我们先写着就行了。

许潇菲：好，其实我在读您的小说的过程中有一种感觉，就是小说里面包含着很浓烈的家国情怀，比如《唐骑》中的张迈是有着踏平西域的豪情的，《十三行》里的吴承鉴在广州虎门与英军摆阵对战，《陆海巨宦》里的李尤溪东征倭寇西降蛮夷，还有《东海屠》中的大明海商。我在读的过程中油然升起一种民族的自豪感，在小说里这种民族自豪感可以说是一种比较强大的责任意识，还有使命担当，这种非常强大的信念，您是将它寄托在小人物或者是这种杜撰架空的人物身上，所以我想问这样的选择是不是融合了您个人的历史观？因为您刚刚说不是很想做人物传记，那您是不是努力想要凸显小人物在历史风云里的身影？

阿菩：其实不是凸显小人物，不是凸显我林俊敏，凸显的是读者。这是一个代入感的问题，不是小人物的问题了。韦小宝那种是把一个小人物放到一个大时代，那叫凸显小人物。网络穿越小说让"我"回到历史中，去改变那段历史，并弥补那段历史的遗憾，这是最大的穿越。"我"是每一个作者，也是每一个读者，读者读的时候是带入性地进入那个时代。所以早期的穿越通常是穿越在末世乱世，那个时代开始走下坡路了，比如说唐朝灭亡之后，我们要去唐朝实现华夏复兴，或者宋朝走到了下坡路的时候，要通过变法让宋朝重新振奋起来。早期的穿越小说通常是这样。我们读历史的话，会有各种各样的遗憾，比如说当年要是那一仗我们打赢了多好，比如说满清入关的时候，李自成要打赢了多好，但是李自成又不行，他治国不行，他就算能够打败满清，也不能够把中华民族带到一个更高的高度，这个时候怎么办？我要是穿越到那个时代就好了，我可以做得比李自成好，就是会造成这样的心理。姚雪垠写《李自成》，用的是写实的写法，这是传统文学的一个东西，高阳写《胡雪岩》也用的是这种传统的写法，就把他那个人物是怎么发财的、怎么堕落的写出来了。但网络小说不是这样的，网络小说是什么样子的呢？晚清八国联军的时候，本来我们是有机会的，1840年之后我们打败了，打败了之后，我们本来可以振兴中华的，引进洋务，传承国粹，如果在某个位置上，我们可以避免后来甲午战争八国联军的出现，我们可以早100年实现民族的伟大复兴，我们当时觉得那个时候历史有几条路，如果那个时候中国不那么样，中国不走那条歪路，走一条正路，那我们不就好了吗？从历史学来讲，历史是没有假设的，探讨历史的假设问题没有意义，但是文学不是这样。所以历史穿越小说就建立在一个假如历史可以重来的基础上的，假如历史可以重来，那个时候我又在那里，那么我怎么去改变那段历史。

所以早期的历史穿越小说都是这样的，包括我的小说，我的小说是一直延续着这样一个写作的套路的。但是到了中晚期的时候，历史穿越小说有了一个很大的变化，因为之前的那种套路大家看得多了，有疲倦感了，于是他的主人公穿越过去，不一定是要去弥补历史的遗憾，有时候他会穿越到盛世，穿越到唐朝，然后去实现他的人生价值，或者是去享福，去享受一些在现代生活中他想不到的服务，顺带把这个时代带到更高峰，大概是这样。所以孑与2的《唐砖》的主人公就穿越到李世民那个时代，其实在早期，我们觉得李世民的那个时代是不需要穿越的，因为你不穿越，他也会把突厥打得满地走，在李世民之后，唐高宗就完成了中华民族史上最大的历史版图。在早期的历史穿越小说中，我们觉得没有必要穿越到那段历史，因为唐朝那个时候就很强了，你去穿越了也不见得能够缔造出一个比它更辉煌的时代。所以我们这帮人早期的穿越小说，都有这样一条线索，但是现在就不完全是这样。因为网络小说各方面发展到现在已经不一样了，小说有可能是要拍成电视剧，或者是奔着版权去的，现在的读者喜欢的是什么？作者要看着读者的口味办。作者会有一部分的妥协，妥协之后会形成他的作品的线网。

许潇菲：谢谢阿菩老师。我还有最后一个问题，在阅读您的小说时，可以感觉到您在某些方面对传统文学会有意地靠拢。我在读《十三行》的时候，就感觉里面的人物设定有红楼梦的缩影，《唐骑》的行文里也是可以看出您有那种比较老练的军武谋略，笔触更是延展到中亚文化圈。《山海经密码》虽然题材是玄幻的，但是还是能感受到比较悠远的历史文化底蕴。您在另外一个访谈里说过自己是"反穿袜子"式的写作，不仅要"悦人"更要"悦己"，我想问一下您在日后的写作道路上，会不会加入更多的这种传统文学的色彩？或者说您目前有没有向传统文学转型的意向？

阿菩：没有。我知道的网络作者，有一两个自觉地要向传统文学转型，我从来没有这个想法，都是该怎么写就怎么写。能够解决经济问题之后，我可能会按照自己的想法来写，在那之前可能要照顾到一些市场上的需求。我没有那么崇高，没有那么复杂，还有一点，你并不是知道怎么写会有市场，你就能写出来的。我除了写作之外，还是一个研究者，所以我知道我们以前叫小白文的那种套路很好卖，我不是说我端着不想去写，我写过的，我试着写出来之后，我自己觉得不好看，我没有吃这碗饭的能力，所以算了，我还是写自己能写的东西。自己喜欢写的，刚好能写的，然后能卖点钱的，差不多这三个的交叉点就是我的写作路数了。所以将来能走多远，看老天爷的呗，因为写作第一个讲究天赋，第二个讲究气运。同样的人，比如苏东坡，如果他30岁就去世了，他没有后半生的际遇和运势，有一些作品就出不来。有一些作家很好的作品怎么出来的呢？他要写一个东西的时候，刚好当时他的精神状态很适合，他的阅历到那里了，然后又刚好有一些反馈也很合适，又有恰当的传播机制，很多东西恰好凑在了一起，他那个作品就出来了。所以写作也是讲运气的，包括主观方面的运气，就是你的脑子刚好活动到那个位置上，刚好能够蹦出一些非常好的东西。比如金庸他写一辈子纯文学，也不见得能有多高的高度，但当时那个时候香港出了一个事件，大家对武侠小说有一种追捧感，他刚好在那个时候切入进去，他有天赋，又有机遇，他就把那些东西写出来了。所以写作从某个角度来讲是非常偶然的，要看老天爷，可能说到最后有点玄学了。

四 "网络历史写作的艺术自律者"

江秀廷：阿菩老师您很谦虚，您的水平是很高的。我读小说读得挺多的，有点挑剔。网络历史小说我比较喜欢两个作家，一个是您，一个是贼道三痴。本来我对您不是很了解，前期周老师给我推荐了您的一本书，就是《十三行》，看完之后我感觉写得很好，很有触动，然后我写了一个500字左右的评论。写完评论之后，我想扩展一下，想写一篇七八千字的论文，本来是想投给网络文学评论的，但是这个刊物没有了。然后因为开学，我这篇论文没有写完。

阿菩：网络文学评论现在改成大湾区评论了，您还可以继续投稿。

江秀廷：您刚才回答这么多问题，我感觉您应该有点累了，稍微听我读一下。我抽出了一小部分，然后对着自己的偶像读一读，感觉挺好。我这边差不多1000字，题目叫《网络历史写作的艺术自律者——论阿菩》，内容是：在中国几千年文明的历史长河中，史书是记录历史事件、保存政治制度和文化传统等意识形态的最重要载体。从《史记》到《清史稿》，中华文明的博大精深、兴衰荣辱都被镌刻在一片片竹简、一页页稿纸上。除了包括二十四史在内的官方修史，一些流传民间的稗官野史，通过口述或文字的形式流传至今。明清以降小说作为一种艺术题材，展现出蓬勃的活力。史书里的帝王将相、世家列传成为绝好的叙事资源。从《三国志》到《三国演义》，从《宋史》到《水浒传》，历史小说以其特有的曲折精彩吸引着普罗大众，无意间完成了一次次民族国家的历史启蒙。历史小说不同于武侠、侦探等通俗小说类型，它极其考验写作者的知识素养和思维格局。每一个宫廷政变军事冲突的细节，都不能是简单的凭空想象，所以我们很难把姚雪垠的《李自成》和唐明浩的《曾国藩》简单地归结为通俗故事，网络文学的兴起为历史叙事提供了一种新的可能，它为严肃的历史记忆增添了一抹活泼自由、清新娱乐的亮色。历史既可以被重塑，也可以被解构，甚至在一些网络作家笔下，他成为一个任人打扮的小姑娘。文史专业出身的阿菩，就掌握着历史真实与文学想象两者之间微妙的文字配方，这帮助他在久远的时空里，纵横捭阖开疆拓土。从夏末商初的《桐宫之囚》，到盛世唐朝的《唐骑》，阿菩这次将他奇妙的触角伸向了清朝中期和珅倒台前后的广州十三行。《大清首富》以从容不迫的文字自信跨越商场、官场、商道、家族、江湖，绵延粤海内外，围绕着赈灾事件、红货事件、倒和事件，讲述了十三行中的宜和行如何冲破危机实现辉煌。故事跌宕起伏，斗争云谲波诡，设局、入局、破局大开大合。作者塑造了上至嘉庆和珅、下至娼妓奴仆等一系列饱满丰富、个性鲜明的人物群像，而小说的主人公吴承鉴尤为出彩，他身上有着纨绔流痞油滑的一面，但又讲情义重道义，他有着翻云覆雨的手段，却又时常感到妥协的无奈。《大清首富》不满足单纯的历史叙事，更具有独特的文化品格和认知理念。一方面小说营造了浓厚的粤汕文化氛围，如妈祖崇拜的信仰追求、富贵险中求的冒险精神、尚武中立的世俗人情，极大丰富了小说的人文精神和气度神韵。另一方面，《大清首富》重视忠孝的伦理剖析，提出了商人不仅应该坚守买卖公平的商道，还需胸怀天下，以立德业，从而成为修齐治平的儒家圣行。这种立足故事品质探求思想意蕴的主体选择，在网络小说写作中显得难能可贵。这就是我写的很小的评论，这是很喜欢您的课题。

阿菩：写得太好了，还是希望您能发表出去，我太高兴了。

周志雄：这个文章肯定会发的！

阿菩：是这样，有些东西他确实写到我心坎里了。怎么在历史和虚构之中取得平衡，这一点是我一直在做的事情。其实这还只是文学的一块儿，它还有更麻烦的是现实的一块儿，我们要兼顾一个市场。因为它发表的时候是在网络，所以如果网络上它没有一个比较好的正面反响的话，我们的写作者很难坚持下去。写作是一个持续的过程，这本小说一百万字左右，对我来讲差不多要写一年半，所以这一年半的话，如果老是被人骂，个个都说你写得不好或者没人看，你就写不下去。所以开篇就很麻烦，就是说你怎么样让一部分人来看，但是我刚才也讲过了，你只要不是穿越人家就不来看，所以这里面就产生一个很为难的问题。但是这本小说的出路，你如果是完全去耍，比如说我最容易的写法也是最起点流的一个写法，就是那个人穿越直接变成了十三行的少东，然后他就开始开辟现代化的这种制度，在家族里面建立一个新的商行，最后用金融控制了整个大清帝国，之后又控制了东印度公司，控制了全世界的金融，然后在18世纪就完成了中华的称霸，这个是网络小说的写法，我很理解，我知道读者喜欢看什么，我那样写的话，这本小说我放到起点，我都能够收到一万个订阅。但是我不想这样写，因为这样写的话它不是我想要的东西，这本小说最后我不想去重复这些东西了。所以从好一点说我是有一点文学的追求的，从不好听来讲，我觉得这个叫文青，网络作者把我这种想法叫文学青年。所以你怎么样让网络上的读者能够读下去，以及最后出来的这本书是你想要的那个东西，中间的平衡就非常麻烦，所以我最难的点倒不是在书里，不是在写作的这一块儿，而是在书外。我到现在都很难把握好这一点，像踩钢丝一样非常痛苦非常难，有时候都会搞得我不大想写了，觉得太难了。我应该谢谢你，写得特别好！一定要发出去！

江秀廷：我觉得您是网络历史写作的艺术自律者，您是有自律在里边的，包括这个长度。我还有一点比较感动，就是您刚才说您写女性写得不好，其实我觉得您是过谦了。我这篇论文框架中有一个部分叫作"三个时代女性"，刚才师妹也提到了，这本小说受到《红楼梦》故事一定的影响，包括主人公，包括主人公他身边的那些女性。不一样的是，您塑造了三个女性。一个是嫂子巧珠，蔡巧珠是传统的女性，她的能力有点像王熙凤，但又不完全一样，她的性格里是有温厚、有担当的。然后是吴承鉴的妻子叶有鱼，她是完全的现代女性。现代女性为了追求自己想要的东西，为了让母亲过个好生活，为了追求爱情可以放弃一切去奋斗，这是一种现代女性。最让我吃惊的是您塑造的第三个女性暨三娘，三娘是那种花魁式的人物，她叫三娘，但我们从她身上可以看出杜十娘（的影子），杜十娘最后是怒沉百宝箱。三娘跟她不一样，三娘是一个未来的女性，很多的行为让人很瞠目结舌，让人很感动很吃惊。你比如说她做慈善，她为未来可能没有出路的年老色衰的一些人做一些慈善事业，为了她们以后的生活考虑，所以说您这部小说让我很感动。对于这三个时代女性的塑造，前段时间也在讨论网络女权或者说女权主义，咱们不去讨论这个东西，但是我觉得您这部小说其实给了我们一点启示：什么是女权主义。我在这上面写了几句话，我觉得是因为当时比较感动，所以就写出来了，女权不是简单的男性超越，而是生命的自主。女权不是单一的曾经的铁姑娘和当下的女尊，而是一种多元主义的丰富。玛丽苏白莲花的圣母光环和霸道总裁爱上我不是女权，他们可能是数字化生存时代里的意识形态符号，倔强但幼稚，生硬而虚伪，而嫂子巧珠、妻子有鱼、知己三娘的自我坚守，才带有女性温暖的体温。所以我觉得您写女性还是写得不错的。

阿菩：谢谢你！这样一说，我觉得也写得不错。

江秀廷：我想提问一个问题，您写这三个女性的时候是怎么考量的？

阿菩：其实我个人一直是比较喜欢独立的那种女性，包括我太太也是一个比较现代的、独立的这种女性，甚至是在内涵上面比较强的这种女性，我是比较喜欢这种女性的。包括我的第一本书《桐宫之囚》，就是《山海经密码》里面的女性，都是有很高的独立性的，她不是依附男人存在的女性，这就导致我在男性向的小说里面并不讨好。因为男性向小说里很多比较畅销的作品中的女性形象通常是依附型的，虽然他们可能写得很精彩，就是女性的类型写得很精彩，但是很多是依附型的，我个人不是非常喜欢。我心目中比较喜欢的女性，她在历史范围内都是比较独立的，所以疍三娘这样的一个形象是独立的。她其实是一个很卑贱的人，是一个妓女，虽然是花魁，但再怎么厉害这种歧视到现在都是存在的。另外一个是她是疍家人，疍家人在广州这一带是被歧视的，陆地上的人跟水上人家（就是疍家人）是不能通婚的，她是被歧视的存在，所以她有三层卑微，第一个是她的职业，第二个她是穷人，第三个她受到的可以说是族系压迫，就是最底层、最卑贱的存在。但是偏偏是这样一个最卑贱的存在，她心里包含了自卑，因为她面对吴承鉴的时候，她不想去影响他的前程，这是她自卑的一种体现，是她的经历、她的人生的一种印记，但同时她又极其自尊，最后她没有要依附吴承鉴，包括吴承鉴给她钱的时候，她其实是不大想要。她做慈善就是要去救她姐妹们，她最后是希望通过自己的力量来救助。因为她认为我靠你的钱，这个钱来得快，去得也快，我依附你太多了，你吴家将来倒了，这个庄园也倒了，我的慈善机构也跟着倒。但是如果我能够通过自己造血，虽然很辛苦，但是一分一厘都是可持续的东西，所以一个女性会强大到这种程度，这种女性我是极其欣赏的。而且我觉得一定是要有这样的一些女性的存在，女性的地位才能真正提高，这是我自己的一个想法，当时这个人的塑造大概是这样的。叶有鱼是另外一个形象了，比疍三娘来讲叶有鱼算是比较简单的了。另外两个都比较简单，一个就是反叛，一个就是温和一点，大概这样，疍三娘还是最复杂的。

江秀廷：好的，谢谢老师，我就这个问题。

周志雄：刚才贺予飞老师留言说要问一个问题，我把这问题念一下。他问网络小说在人物形象塑造机制上有何传承与创新？比如说近年来流行的赘婿流等为何会流行起来，他们的文化根源如何追踪？就是这个问题。

阿菩：最近一年多才流行的赘婿流。它的起点是愤怒的香蕉写的一本网络小说叫《赘婿》，但是现在所流行的小说跟愤怒的香蕉的小说已经完全不一样了。相较于《赘婿》，只是说刚好那个人的身份是一个赘婿，这个赘婿在家族里出现之后，虽然在外界是被人看不起的，但是他能够保住他的一个尊严，他在网络小说里是一个偏雅的存在。我们现在虽然是把愤怒的香蕉的这本《赘婿》当成一个鼻祖，但是我觉得这两年流行的赘婿流跟《赘婿》这本小说关系不是很大，因为它的基本套路不是这样的，它的基本套路叫龙王赘婿。龙王赘婿的套路是什么？就是一个实际上强大的人因为某种理由隐藏了自己的强大，去做别人的赘婿，别人还百般羞辱他，而且要羞辱好几次。羞辱完之后，在别人遇到困难的时候，才突然发现赘婿好厉害，就很打脸。其实这种赘婿就是一个扮猪吃老虎打脸流，它是市场下沉导致的一个东西，跟近两年抖音所流行的那种"阿姨我不想努力了"的段子相似。青年人经过一段时间的奋斗，奋斗到某个临界点之后，发现自己上不去，在这种失望甚至绝望的情况下，他需要某种抚慰。这种所谓的"阿姨我不想努力了"，其实就是赘婿。现实生活中那些再落魄的人，他也不一定真的去做赘婿，但是有时候他心里会有这种机遇的共鸣。但是网络小说或者说网络文艺，你不能只是把悲惨的共鸣那一块儿写出来，你还要把悲惨完之后爽的那一点写出来，所以它基本上是把爽的那一点给写出来了，就是打脸。它是一个自然形成的东西，但是说实在的这个东西有点不登大雅之堂，我们很难把它拿到台面上来说，它只是会变成一种现象。但是这种创作的笔触，它能够大面积引起人家的共鸣，这种东西究竟是完全下三路的，还是说它里面有没有什么可以提取出来，然后变成一个雅俗共赏的东西，这是我们下一步要努力的事情。它有可能是提取不出来的，万一可以提取出来，它可能会催生不是一本是一批比较好看的又能上台面的一个作品。大概就是这样，谢谢。

吴长青：从研究文学的角度、研究网络文学的角度，您有什么建议？

阿菩：您是指哪一方面呢？

吴长青：就是网文目前遇到的这样一个新的境况。周老师现在带领的这样一个团队，有这么多人在里面，阵容还是强大的，这一支队伍怎么带？您在人才培养这一块儿有什么好的建议给我们，给大家稍微提示提示。今天的这么多问题提出来了，您也可以反过来对这些问题做一个评估，对吧？

阿菩：建议不敢当，我们交流一下。其实周老师做的工作对我们网络作者来讲是一个福音，我们太高兴了。因为我自己的学力不够，所以我是由衷地希望周老师还有周老师的团队未来能够建立一个新的评论体系。为什么呢？因为现在旧的这种评论体系，不大适应。有一些老师年龄比较大，他的根底特别深厚，人到了一定年纪之后，他是否还能够推陈出新是另外一回事。所以我很希望周老师和周老师的团队未来能够建构起一个新的批评体系，什么样的网文才是好的，然后对网络文学有一个比较中肯的评价。现在网络评论跟我们的网络作者有点脱节，实际上我们的网络评论出来之后，对读者是没有影响的，就是网文大神的小圈子里，甚至文学评论的圈子里都不一定有多大的影响，只在网络评论的小圈子里会有一些影响。我觉得影响力就太小了，有没有可能扩大？要扩大的话，最重要的是我们要建立一套新的文学标准，这是一个挺难的事情。但是我觉得周老师是有机会的，将来我们这个团队能够做出一个体系式的东西，这是我们最期望的一个事情，谢谢。

吴长青：感谢阿菩。

周志雄：长青这个问题问得非常好。今天到现在也两个多小时了，阿菩老师也很辛苦，这一次活动我们同学都做了很认真的准备，都读了阿菩老师的小说。

我本人也读了您的小说，我今天又重新读了一遍《十三行》。我原来也看过，我读到第一部分吴家吴承鉴翻盘的时候，读着读着不知道怎么的，我就有种热泪盈眶的感觉，特别地感动，我感觉到我积压了一个情绪。前面我看吴家一直是那么艰难，线索是一点一点地铺垫，一直到最后的翻盘。这个给我一个感受，这本小说写得非常的耐心、非常的细腻，这就跟读明清世情小说的感觉特别相似，甚至比明清世情小说里人情世故的深层把握还要细一些，因为这里面有很多的现代思想。今天我们同学提问的时候，其实涉及了这个问题，关于历史题材的小说精品化创作的问题，还有同学问您对历史创作有没有更高的追求的问题。今天秀廷写的那些我也特别地认同。

当时评排行榜的时候，那个时候我看《十三行》，我就觉得这是一本非常好的小说。中国作协排行榜要出一套书，要在上榜的小说里选一部分，然后每一部小说写一个评论，我布置许潇菲写《十三行》的评论，她的评论文章也写得非常好。我们这个团队现在有博士生，有硕士生，常年在学校的就有十几个人。我这些年一直在做网络文学的研究，现在手头也有这方面的课题，还有一个大的项目就是您今天晚上讲到的建立一个评论体系，这个大课题的名字就是"中国网络小说评价体系建构"。我们怎么去建构这个东西呢？我想带着这些学生从阅读作品出发，我们给硕士生开课，今天来参加这个活动的主体是我们的硕士生，是这一届的硕士生，有十几个，还有一些其他的同学也参与了这个活动。我们在上课的时候，把作品布置给同学们看，读了之后他们要写梗概，要写评论，要把网上对应的评论找出来，然后我们再一起探讨如何对这个作品进行比较深入准确的把握和分析。我觉得这是一个很基础的工作，做好了之后，我们会把今天活动的全程录音并进行整理，这是一个基础的资料。在这个基础上，我们同学还会再分头写一些评论文章，包括已经写的一些文章，可能会写篇幅比较长的，比如说用一两万字的篇幅来阐述阿菩老师您的整体的创作，这个工作其实是需要大量的投入的。您的《十三行》就接近一百万字，《唐骑》三百多万字，把这些作品大体读一遍，就需要很多的时间，然后我们还需要从里面整理出一些可供阐释的点来，同时要把您的写历史的小说和别人的小说相比，这里面有什么不同，我们凭什么就认为您的小说里面有这种文化含量、有这种文化传承，然后您的小说在艺术技法上比起点的小白文就要高出许多，这些东西需要一个更宽阔的视野去阅读去比较，我们才能得出这样的结论。所以这个工作，我觉得就是带这些学生一点一点慢慢地做，因为网络小说的阅读量确实是非常大。您今天讲的这一点，我觉得确实是非常值得学习的，一年要读几亿的文字，然后您写小说的时候，会有一个很高的眼界，才能够写出自己的东西。

今天晚上我觉得收获是非常大的，其实以前我在山东的时候就开始做网络作家交流活动，我现在起码跟几十个作家做过这种活动。以前我们的形式是多样的，有的时候带一两个学生去访谈作家，像今天这种集体性的以前也做过，对您今天来参加我们这个活动我是充满期待的。请您来跟同学们交流，我相信同学们也会有很大的收获。有很多作家他写得很好，但是不一定能讲出来，您是既写得很好，又能够把它总结得很好，能够讲出来的人。这个得益于您的学术背景，您是做学术论文、做文学论文的。其实您讲的题目，我觉得您这个小说里面确实是有历史文化，然后我就想到网络小说的文化传播。

阿菩：其实我们是有内在的共鸣了的。

周志雄：对。其实您讲的不单是文化传承，更多的是文学传承，而这种文学传承是很多作家讲不出来的。您今天给我们勾勒的框架，里面其实有很多可供探讨的细小的东西，这是需要去总结的。我记得几年前我看过一个台湾人写的中国古代小说的理论书，我看到那本书之后，就推荐给了我的一个硕士生，看了之后他就用这本书的理论写了一篇论文，然后答辩的时候获得了很高的评价。他把中国古典小说里面的那些手法，总结了大概几十条，叫什么草蛇灰线、隔山打牛、曲折再三，主要就是这种传统的手法在网络小说中的运用，他做了一些功课。我觉得现在我们对网络小说的评价，确确实实需要您今天的讲座，它既有中国古典小说的，也有西方现代类型小说的，其实还有中国当代的纯文学的这种影响，也包括国外大众文化的影响。在这样的一个文学体系当中，是需要大量阅读、大量涉猎，你才能够把这个东西做好。欧阳老师在中南大学，他原来是带着老师做，邵老师在北大是带着学生做，这也是网络文学的一个特点，因为作品太多了，一个人读一个作品有一个印象，我们很多人同时读一个作家的作品，我们在一块儿讨论交流，那么对于作家的认知肯定在不断地叠加，然后把作家的内涵挖出来。我们现在采取的就是这样方式，这个作品量很多，我们分工阅读，大家尽可能地有一些交叉。在这样一个过程当中，我们大家都把自己读出来的东西拿出来交流，然后再合在一起，每个人也会写一些小文章，然后合在一起写一些大文章，目前还是一个基础性的工作。对于您小说里的这种特色的内涵，其实同学们提这个问题，就说明他对您小说里面有的可供阐释的点已经感受到了，已经抓住了。我做这个活动的一个很重要的理由，就是作家当时是怎么想的，作家在写作的时候，他是不是有这样的艺术匠心在里面？我觉得您今天给我们的分享，其实更明确了同学们对作品的感受和理解。通过今天的交流，我觉得应该会促进同学们进一步完善、深化他们所写的东西。

今天给我的感受还有一点是我觉得您是一个特别能讲实话的作家，谈到网络小说赚多少钱的问题上，有人也会讲，但是您今天说要写一个自己喜欢的、自己能写的、能卖点钱的，我觉得这就是个大实话。

您也讲到在写的过程中，有些事情确实很难，您也分享了一些思考，一些处理的方式，这些真的非常好。它实际上让我们更深刻地理解了作家在创作的时候遇到的、考虑到的一些实际问题。很多时候读者站在纯文学的研究立场上，说作家写这个东西可不可以写得更细一点、结局可不可以不要大团圆、批判的力度是不是可以有一点呢？这都是站着说话不腰疼的，你讲这些话，其实并没有深刻地去理解网络小说，你用纯文学理念来套这个东西，对网络作家是不公平的。有一篇鲁迅文学奖的获奖论文，这个作家是安徽籍的一个很年轻的、有影响的批评家。他说要保卫历史，就是这样的一篇论文在《文艺报》上发表，获得了鲁迅文学奖理论奖。去年在一次会上我碰到他，我说你这个论文观点是偏颇的，起码你写的那些内容对网络作家是非常不公平的。他是官方地很正统地认为穿越对历史好像带有恶搞性质，觉得是这帮作家用游戏的态度把历史给毁了，然后让年轻人觉得这就是历史。我觉得这是很荒唐的，其实他没有理解网络小说的这种轻松愉悦，他没有看到网络小说对历史细节的考证和这种小说本身所具有的历史价值，他看到的只是用这种荒诞的方式、搞笑的方式来写历史，怎么可以穿越，怎么可以现代人去古代，他觉得这样把历史毁坏了。文学它本来就没有禁区、没有边界。从文学写法来说，它应该是无限丰富的、延展的、打开的，读者喜欢这个东西，它就有存在的合理性。

在其他的一些细小的点上，我也是很受启发的。我们全程都有录像，都有录屏和录音，我们后面会把它整理出来。我觉得还没有消化得很好，后面再认真消化。总之今天晚上的分享活动，您这个报告内容很充实，您讲得很有深度，确实是讲得非常好。非常感谢，谢谢您！

阿菩： 谢谢，我今天也获益良多。

周志雄： 谢谢您，谢谢大家，今天我们这个活动就到此结束。

吴长青： 好，谢谢阿菩，阿菩养好身体。

第二十章 "网络文学现实题材创作的必要性和必然性"

——何常在访谈录

一 网络文学中的 "轻现实"、"重现实" 和 "伪现实"

周志雄：欢迎何老师来给我们讲学，今天参加活动的主要是我们的硕士研究生。今天我们非常荣幸地请到了著名作家、中国作家协会会员、阿里文学签约作家、河北省网络作家协会副主席、邯郸市网络作家村名誉村长何常在。何老师曾经写文写诗，他的作品散见于国内的各大报刊，曾经还是《读者》杂志的首批签约作家，文笔是相当了得的。中间做过记者，现在主要是网络作家，代表作《官神》《问鼎》《运途》《交手》《高手对决》《前途》《胜算》《浩荡》等。何老师的作品第一影响非常大，第二非常有内涵。何老师也获得了很多奖项，是第二届网文之王百强大神，获得第三届"橙瓜网络文学奖"百强大神称号。《浩荡》入选中国小说网络排行榜，是第四届橙瓜网络文学奖年度百强作品。是2019年优秀网络文学原创作品，是今年（2020年）"天马文学奖"的获奖作品。何老师的作品非常地好看，同时人情练达、洞察世事，有很强的文学性。我先介绍到这里，我们有请何老师开讲。今天这个活动首先由何老师讲一下他的创作理念，他对网络文学的一些理解。后面何老师再回答同学的提问。下面我们欢迎何老师开讲。

何常在：首先感谢安徽大学文学院，感谢周志雄教授，感谢各位老师。能和同学们交流的话，既是我的荣耀也是我期待已久的幸事。

本来今天的想法是和同学们面对面地交流，跟大学生朋友交流还是第一次，我觉得还是非常有意义的一件事情。结果因为疫情原因，我们就不得不采取线上的交流。我以前有过很多次和各界朋友面对面的交流，听众大多数是政商各界的人士或者是各行各业的书友，还有也是给我印象非常深刻的一场非常大型的交流，是在一个监狱里边，对监狱里边的犯人做了一次别开生面的讲座。监狱里面的讲座当时给我留下的印象非常深刻，当时是为什么要到监狱里边和他们交流呢？而现在的监狱又是什么样的情况呢？这里咱们先不讲，先留一个伏笔。现在回到我们的正题，我今天跟大家交流的题目是"网络文学现实主义题材的必要性和必然性"。

第一方面先说网络文学的现状和展望。其实对我本人而言，我其实并不能算是最早的一批进入网络文学的人士，像我的同行，他们有的最早在2000年网络文学刚刚起步的时候就开始进入网络文学了，我大概在2002年的时候才正式进入网络文学创作。在2008年之前，我其实一直在杂志部门进行创作，就是说如果从最早的源头开始，我算是半个纯文学作家。因为我对诗歌有爱好，也因此发表过上百首诗，在全国各大诗刊发过，又加入了我们省的作家协会。但是后来可能是因为现实方面的原因，这就是我为什么要写现实题材的一个最根本的原因，我觉得我写诗歌养活不了自己，纯文学我感觉收入也太少，所以当时我接触到了很多在当年发行量非常庞大的杂志，比如说《知音》《家庭》，包括《读者》。

我们现在的同学们知道这些杂志的并不多，但是在当年他们的影响远在网络的最兴盛的时候是那样的状态，几乎就是每一个大街小巷，每一个书摊上都有大量这样的杂志存在。当年还创造了很多奇迹，比如说我们的《读者》《知音》《家庭》就曾经达到过七八百万的发行量，这是非常庞大的一个收入。当时给这些杂志社写稿子，也足以让自己生活得很舒服。我记得我最早从月收入三四百块钱的时候，岗位慢慢地上升到了是三四千元，甚至一度能达到三四万元，而三四万元的时候，大概我们的房价是三千元一平方米，所以说出于最根本的很现实的需求，我个人和现实题材结下了不解之缘。而且当时杂志社主要的用稿诉求也是现实的，不管是《知音》《家庭》还是《深圳青年》《青年文摘》，包括我们的《中国青年》杂志社要求都是一些所谓的爱情小说或者是小品文，这也是基于现实的。而所谓的纪实题材，它是基于现实的一种文本，最早从这个事的基础上，我觉得奠定了我现实创作的基础。但是我还是更愿意做一些长篇小说，杂志无法完成我这样的表达。

其实当年我最早进入起点中文网写作的时候，也是一种朦胧的状态。当时我并不知道网络小说的整个性质属性，包括它的收费方式等完全不同，完全凭着一些爱好，我加入了起点中文网，就开始上传了我的第一部长篇小说《人间仙路》，写了仙侠题材，按照更细的划分叫作古典仙侠。写了一个少年的励志、成长，其实不管是怎样的一个幻想小说，它都是我们现实的折射和投射。所以我记得很清楚，当年有一句话，我一直有很深刻的印象即"莫欺年少青衫薄"，其实换作现在的话就是"莫欺少年穷"。包括后来所写的都市小说也好，包括我们现在所写的小人物的逆袭、小人物的成长小说也好，都是这样。所以说网络文学基本上在做一种最接地气的、成本最低的一种常见的白日梦。网络文学释放了天性，它后来的属性给它以天马行空的思路，在这20年里创造了很多经典，并且涌现无数的名家。我记得大概是2009年、2010年，一直到2013年、2014年这段时间，整个网络文学的论坛就涌现出来不少群星一般的人员。在各个不同的体裁上就创造了很多奇迹般的这种纪录。如果按照我们人类年龄划分的话，网络文学出走了20多年，到现在实际上仍然是一个少年，但是现在的少年也比较早熟，所以说网络文学也应该承担一定的社会责任，所以到今天对现实主义题材研究开始兴起。最主要是作为依托于科技而存在的网络文学，其实首先是我们国家发展的需求带来的科技的普及，然后带来了网络的先进，以此为依托，我们才出现了网络文学。

所以说网络文学本身还是和现实结合得最密切，并且是我们改革开放最大的受益者之一，也是我们和现实最贴近的题材。所以我认为我们网络文学的现实主义题材，未来会有更多的手法和力度。但现在还是在探索阶段，其实我们回归到目前网络文学的主流，必然还是以幻想题材为主，而现实题材所占的比重还是相当少。现实题材这个模式，首先，它的操作难度层面比较高；其次，现实主义题材缺少一些目前来说我们大家所认可的网络文学的爽点，包括作弊器、外挂等。所以说我觉得现实题材，可以大概划分为三种。

第一种是重现实。比如说我刚刚结束的作品叫《浩荡》，它完全没有任何的重生、穿越，也不存在着作弊器，主人公没有特别强大的技能，就是一路上所向披靡，当然主人公光环是必然要存在的。

第二种就是轻现实。一般就是比如说一些爱情题材，它也可以划分到现实题材里面，但是它在现实的折射并没有那么明显。比如我们看过的电视剧《大江大河》《都挺好》《欢乐颂》也是一种现实题材，但包括前段时间更火的叫《三十而已》，它并不会明确地折射我们的时代，并不把时代和个人命运紧密地结合在一起，所以我称之为轻现实。

第三种我叫它伪现实，这个"伪现实"的称呼并不是贬义，它是挂在现实的名义上，比如说在都市的一些异人、重生等，表面还是现实，它实体还是描绘的另外一个时空的事情。所以说就我个人认为有三种现实之分，哪个可以概括一下目前网络文学的现实题材、作品的流派，那么更主要的是如何更好地让网络文学好看，故事精彩，并且不能说完全地开挂，但至少有主人公光环这样的所向披靡的手法来表现我们的个人的命运和时代的结合，来歌颂我们这个伟大的时代，就是怎样在这种摸索的过程中，找那种更贴合时代的一种表达方式，我觉得这还是需要很多网络作家来努力探索的一个过程。

二　"网络文学应该承载历史使命"

接下来我再聊一下，为什么说网络文学是最适合现实主义题材创作的土壤。首先，从我们创作的队伍来讲，网络作家是目前最年轻的作家群体。我有一个不能算太系统、太正式的调查或者观察，目前我们各省的作协里边的主流作家大概都是"50后""60后""70后"，也就是说"70后"各省的作协里边很少再涌现出一些有全国影响力的作家，以及主流创作都认可的一些作家。还有一个主要的原因是我们所谓传统作家他们的阵地，他们的媒体，他们所能发表的地方已经失去了应有的影响力。所以说，新一届的不管是读者也好，作者也好，他们成长起来完全依托于网络，这方面网络可以更方便、更自我地表达。包括目前我们国家在大力提倡的现实主义题材创作，传统作家很少能够真的写出来歌颂时代和表达个人命运的作品。原因可能是他们的年龄、阅历和对我们这个时代的感悟有关。很多传统作家可能年纪偏大，他们可能无法准确地感受时代的变化，或者是无法熟练地应用新科技，这对他们来说也可能是一种触及他们内心的一些东西。而我们网络作家从年龄上占有明显的优势，同时越来越多世界上的作家们都在加入我们网络的队伍之中。

网络文学从年龄阶段上来说，它是必然要接过我们传统作家的接力棒。而从目前的创作数量上来说，我认为中国文学作品每年百分之八九十以上的增长应该是网络文学所创造的。但是从整个这么多年的存量来说，可能网络文学占的比重还不够。虽说还没那么多，但随着时间的推移，比例会逐渐地上升。网络文学最关键的一点是借助我们互联网崛起的文学表达形式，是植根于科技和时代进步的现实土壤。换句话说，它必然结出现实主义题材的果子。就是说有很多网络小说不管是仙侠题材、玄幻（包括西方玄幻、东方玄幻）、竞技小说，不管怎么归纳或者划分，我们都会发现其实所有的表现形式，都是基于我们现实的折射或者是投射。所有的人物的手段，所谓出发点也好，他们的经历也好，都是基于人性的。人性的所有东西都是建立在现实的基础上，我们所有的争斗也好，也不可能脱离我们的现实，就是说如果一个人物没有了我们人类的悲欢离合、没有了爱恨情仇，那么他就无法激起我们的共情。既然不能共情的话，那么这部小说对我们任何一个读者来说都是失败的。丹纳的《艺术哲学》中提过一个论点，"任何流行艺术都是对当代社会风貌的一种表达"。同样，任何文学作品都是对现代、现实的一种描绘和折射。

回到我说的第三个方面，就是说我们网络文学应该承载着历史使命。文学作为一种可以潜移默化影响人生三观的艺术形式，必然有其所背负的使命。我并不赞成一些网络作家认为网络文学不应该有使命感的说法，他们认为小说只要好看、只要有市场就可以不要立场和初心。且不说他们会不会让自己的孩子去读他们的作品，就是说在对孩子的教育上，没有人会无条件地满足孩子的需求或没有原则地迎合他们的需要。所以从这一点上来说，这是我们网络文学作家应具备的一些初心。教育讲寓教于乐，而文学讲的是文以载道。在少年阶段的网络文学也就是开始野蛮生长阶段的网络文学，可以放肆地想象，也可以肆意地释放，但在成年之后，它就应该承担应有的历史使命。就好像我们每个人一样，我们在少年的时候可以任性可以玩耍，但我们长大之后，我们就应该做自己该做的事情，比如说该恋爱的时候恋爱、该成家的时候成家、该立业的时候立业，我觉得这是我们人生每个阶段必然要面对的问题。

现在再跟大家聊一下开头说到的监狱问题，为什么我要提监狱的问题？因为我在监狱里的讲座让我感触非常深。大家可能很少接触过犯人，我当时去的监狱是一个没有重刑犯的监狱，大多是心理犯罪，他们很多还是高智商犯罪，刑期大多是在15年以下。我跟他们聊了之后感觉到一个问题，如果没有道德的约束或者法律意识，一个人智商越高，能力越高，他对社会的危害其实是越大的。在这些犯人中间有很多是高级知识分子，他们当年在大学期间也是非常优秀的，学习也非常好，曾经有过自己的人生辉煌。但是走向社会之后，因为没有道德的约束，没有很明确的三观，他们逐渐就走向了犯罪道路。当时的那个监狱有一点做得很好，他们的监狱里边有新华书店，犯人可以用自己的补贴来买书。我的书在他们的监狱里边卖得最好，人手一本，因为我写的是现实题材的一些官场类的东西，后来商战类的完全写人性，在我们政商这种强烈的名利场里面怎样做到既有原则不忘初心又能成功。所以这一点对他们来说是非常需要的，是直接学以致用的。我给他们座谈了两三个小时，中间有些人就非常后悔，他们就跟我说如果早先看到我的书，也不至于走向犯罪的道路。我觉得一个作家能写出这样的书，能影响到一个走向犯罪道路的人，让他能有感触、有所反悔的话，我觉得也是一个作家的荣幸。

实际上在接触犯人的过程中，我还发现另外一个问题，就是女性犯罪呈逐年上升的趋势。也许我们大家都不知道，并没有完全接触到这一点。但这从另一个方面也说明了一个问题，女性确实是在逐渐地崛起，现在的女学生她们就比同龄人更成熟，更有自己的理念，也更有责任感。同样，越来越多的女性精英在社会中占据了更重要的地位。正是因为她们参与社会的程度高了，拥有的权利越大，犯罪的概率和可能性也就越大，所以说我一直想写一部女性犯罪题材的小说，但可能现在时机还不太成熟。因为这样的题材现在还是稍微敏感了一些，但女性犯罪的最主要问题就是其实每一个女性她所折射的是整个家庭和社会方方面面的问题，而男性犯罪就并没有太多可挖掘的地方，他们有的激情犯罪、过失犯罪，而女性犯罪大多数是蓄谋已久的犯罪，很少有激情犯罪。所以说任何一个女性犯人的背后，折射的都是一个深刻的方方面面的社会现实问题。比如说我去采访的一个监狱里，一个房间里边有六七个女性犯人，从16岁到60来岁都有。16岁的是暴力犯罪，是留守儿童。在学校里她们几个女学生欺负另外一个女生，她们居然不知道把人打成重伤是犯罪的，被判刑了还没有任何意识，背着书包高高兴兴就来到监狱里开始服刑了，另外未成年人服刑还要继续上学。

还有一个是高智商犯罪，她当年也是名牌大学毕业的，后来利用高智商诈骗、经济犯罪。再一个她是个高官，利用职务犯罪。所以说女性犯罪的背后，在我们社会里男人给她们带来的不公平的待遇也好，带来了整个社会的压迫也好，导致了她们一步步走向了犯罪道路。所以这是一个非常值得深刻挖掘的题材，也是我们现实题材的魅力所在。每一种不同的现实题材，它都能让我们更深刻地了解社会。而网络文学作为受众最大的文学影响了几亿人，读者的范围很广，从小学生到社会精英。作品所承载的价值观，通过故事无形地传递给读者，也会慢慢地影响很多人为人处事的准则。所以说现实题材的网络文学应该承担一些历史使命。

我们很多人没有去过美国，所以我们自然地认为美国是一个伟大美丽自由的国家，这是从哪里得到这种结论的？我们每个人都生活在自己的信息茧房里，我们认为的所构成的世界观，任何一个我们所形成的三观，认为我们都很公正，其实是无数的人、无数的信息经过我们自己的判断和挑选之后，形成了我们的思维。这种挑选来自什么？来自影视作品、来自文学作品、来自身边人的影响、来自方方面面，再加上我们自己的一个筛选和判断。现实让我们成长，现实也让我们清醒，现实也教会我们找到社会的立足点，就像2020年发生的新冠疫情，如果我们没有一个强大的国家，我们也只能采取群体免疫的做法，说白了其实就是听天由命。

所以认清现实、热爱现实、记录现实并且歌颂现实，这就是网络文学所要承担的历史使命。而改革开放40多年来，无数平凡英雄的事迹可歌可泣，我们每个人都是时代大潮上的一朵浪花，折射了太阳的光辉，汇集成了一场澎湃激昂的交响乐，我们只有在现实生活中过得美好，才能拥有更多的想象空间，才能释放更有激情的创作力。所以我希望同学们更多地关注现实主义题材，有能力或者有余力的话，也可以书写一些现实题材，因为在我们的生活中或者身边有很多的现实问题，很多现实中的平凡的英雄也值得我们歌颂。改革开放和我们伟大的历史进程也需要一些记录者，所以我相信网络文学必然会生长出来当代最优秀的现实主义作品，我就先说这么多，谢谢大家。

周志雄：下面我们请王菡洁、袁梦晴、潘亚婷、宋涵几位同学来主持下面的提问，由我们同学向何老师提出问题，何老师来回答。

潘亚婷：何常在老师您好，我是潘亚婷。我想问您的问题是，听您刚才的一个介绍，关注到您自身的个人经历也是非常丰富的。您当过报社记者，做过公务员，然后也做过诗人、美文作家，现在您成了一个网络文学的作家。我想问一下您，这样的一个身份转变对于您的创作方面产生了哪些影响呢，以及您是如何看待自己这样的一种身份转变的呢？

何常在：其实我觉得我这种转变的话，倒是有一种自然而然的感觉，因为我最早写诗的那个时候，可能是真正的出于对文学热爱，就是一种纯粹的文学上的表达。但是后来我发现我更喜欢写小说，写诗它只是一种情绪表达或者说是一种语言的艺术。而文字上的东西，比如说最早的我写过一些3000多字的那样的短篇爱情故事，其实是虚构的。说它是小说但又不具备小说的一些完善的要素，但是它是一个比较好看的故事，这样的故事在当年的杂志上还是比较流行的。曾经我一度在杂志上发表过几十篇类似于这样的小爱情故事，而且当年我们的《青年文摘》杂志非常喜欢我的文风，我只要发一篇这样的爱情故事，他们必然会转载。当时写这个的时候说我是文青吧，但是又觉得自己并不是特别文青的一种，后来我就尝试写纪实题材的。

可能大家都没有看过《知音》《家庭》上的文章。如果说我写诗歌或者写美文，或者写青春美文这种，我觉得文学的表达是一种可以传递我内心的思想的形式，那么我写纪实稿，那就是纯粹的可以说是一种商业化的写作，因为纪实稿子的稿费非常高，当年是一千元到一千五百元的样子，要知道那会是2000年到2008年，那个时候大家整体的工资水平还是不太高的。然而写了几年青春类的美文、纪实稿之后，后来之所以写小说，还是因为我觉得一部小说本身才能真正地展现一个人物的命运起伏，它能折射时代的光芒。

而且从篇幅来说，从承载的容量和本身的使命来说，我觉得其他的体裁不足以承担这么多，所以后来转向了小说写作。从某种意义上来讲的话，也可能是我一直在一步步追随着现实而走。我最早在写诗的时候，那个时候诗歌还算有一定的市场吧，后来我就去写了青春美文那样的文章。那个时候是我们通俗杂志的高光时刻，通俗杂志那些年确实是影响力极其庞大。后来通俗杂志从2000年到2005年慢慢地下滑，然后随着网络的兴起，网络小说起步，我就及时转到网络上。所以我觉得我可能是一个比较现实、比较脚踏实地的人，生活这样一步步地转化。可能还可以说我是被时代裹挟着前进，或者说正好和时代同步而行吧。好，谢谢！

袁梦晴： 何常在老师您好，大家都知道您一开始写了很多有名的官场小说，如《官神》《问鼎》等，当大家快要定义您为官场小说作家时，您开始转写商战职场小说。想问一下，是什么促使您发生了这个转变呢？

何常在： 这个问题稍微敏感了一点，因为官场小说在以前还是可以写的，但是后来某种方面的原因，官场小说就开始有些政策上的限制，所以就在题材上开始转型了，其实官场和商战还有共同点。我们整个时代的记录者，我们对整个时代的感受，对时代有敏感感受的一帮人，他们都在政商两界。我们整个改革开放其实是政商两界精英，他们站在风口浪尖带领着很多人前进，他们才是真正的时代的背影，有切身感受的。所以从这两个本质上来讲，并没有太多的不同，都是现实题材。好的，谢谢！

潘亚婷： 读了您的《浩荡》，也让我觉得非常地热血沸腾，因为您的视野是非常宏大的。您是以改革开放40周年为背景，从房地产、金融、互联网这些行业切入，描写了一群志同道合的朋友，看准时代的一种机会，冲破重重的阻碍，最终是创业成功了。当然里面有很多关于人性还有爱情、友情的考验，这个作品也是获得了很多荣誉。刚才周老师也说，它入选了国家新闻出版署和中国作协联合推介的"庆祝新中国成立70周年"暨2019年度优秀网络文学原创作品名单，得到了很多的认可。我看过您的一些采访，以及您之前特别强调"历史感""责任感"，那您觉得作家的责任感体现在哪些方面呢？您在自己的创作过程当中又是怎么传达出这样的一种责任感以及历史感的呢？

何常在：《浩荡》创作的初衷，我之前的访谈里也有提到，也涉及很多朋友对深圳切实的感受，在时代大潮之上的冲击。我还有很多政商两界的朋友，他们的整个人生经历如果你和他们接触下来，你会发现一个特别有趣的现象，有一种共性。他们把握时代的鼓点，也就是说他们如果一步走不对的话，就不会有今天的成就。就像我们前段时间评论一个著名的事件一样，我们一个官方媒体说："没有马云的时代只有时代中的马云。"确实是，放在任何一个人身上都是这样，我们所有的人都是在时代中前进。

我写《浩荡》的初衷就是说深圳这么多年来，以深圳为缩影，它会折射时代。在这个状态之中，每一个人如果和时代背道而驰的话，那么他必然会失败。很有意思的一件事就是说，我曾经听"50后""60后""70后""80后"好多这样的人，他们都会抱怨，会说你看我们50年代的人错过了很多机会，我们"60后"错过了很多机会，我们"70后"没有赶上好时代，我们"80后"的也没有赶上，等等。其实每一个时代的人都有他们的高光时刻，都有他们的机遇，只是他们没有抓住而已。所以不要说你看我们"50后"，没有你们"70后"生长的时代好，但是如果回头看看的话，"50后"的人们，他们那些人创业只需要胆大。在他们最早的时候，改革开放初期只要他们胆子够大，基本上都能发财。在"60后"的时候稍微好一点，就需要一定的学历见识，到最后创业的时候需要的就不仅仅是胆大了，真正的是说看着时代怎样发展，我们的互联网大佬大多数是这个时候起来的。

那么再到"80后""90后"时代，很多人会说你看现在的"90后"，他们的房价高，互联网巨头也形成了。但其实谁也不知道在哪一个风口浪尖，又会涌现出一大批这样优秀的成功人士。我们每个人不要抱怨我们所处的时代也好，所处的潮流也好，不管任何一个时代都有很多机遇涌现，但也总有很多人抓不住或者看不到我们的机遇。这是我在《浩荡》里一直想表现的一点，里面主人公的成长，最主要的是认定了他所从事的行业和未来的经济发展紧密相连，它是一个一直会上升的行业。而那些失败的人，在于他们观念的陈旧也好，包括他们的部署，他们的不再学习、不尽力，所以说学习和进步一直是作为一个在现实中生活的人、作为一个真实感受我们时代的人所必备的一个潜质。

三 现实主义题材的困境与突破

王菡洁：何常在老师您好，有不少的网友会觉得网络小说还是玄幻、修仙、盗墓这样类型的作品更能吸引他们的阅读兴趣，就像您之前也写过仙侠题材的作品《人间仙路》。十六岁的少年张翼轸解开了身世之谜，成功修仙，故事内容非常精彩。但后来您则是转向了现实主义题材的小说创作，就像您的小说《浩荡》。是什么样的原因让您想写这样一部反映改革开放时代主题的作品呢？再就是玄幻、言情一类的文章更容易打造全方位IP，那么您在写作过程中，是如何处理这样现实主义题材作品的IP化的呢？

何常在：你这个问题也是我一直在思索的一个问题，因为幻想题材网络小说整体的受众年龄是偏小的。前段时间有个网络小说的读者，联系我想当我的运营官，以前叫盘古，现在叫运营官，跟他聊得也不多，后来他才告诉我他是个初三的学生，我觉得有点震惊。后来我发现一个很明显的问题，我之前写的最早的一部书《人间仙路》是2008年、2009年，曾经有一个读者他说过，他看了我的《人间仙路》，也看了我后来的几乎所有作品。他说《人间仙路》还是作为一个文学青年最后倔强的一种表达。但是《人间仙路》写得可能过于追求文笔，过于追求优美，过于追求那种意境。它其实并不是特别适合于网络最后的商业化，所以说我的《人间仙路》当时的成绩并不太好。

在这种情况下，在写第二本书的时候，我就反思我到底适合创作什么样的作品？然后我就回想起我这么多年的创作经历，我大多数写的还是现实题材，所以我就回到了现实题材，那时叫都市小说，就写在这个切入点上面。虽然说从那个年代还没有完全的所谓IP的打造，后来慢慢IP兴起，目前来说IP在我们市场比较受欢迎的当然还是一些玄幻题材或者是古装的题材，现实题材它的受欢迎度还是比不上。原因就在于受众的问题，因为网络小说的受众大多数是比较小的一些读者。影视作品的受众大多数是女性，我们影视作品大多以女主为主，现在的网络剧也是女主比较多。现实题材它的出发点，尤其是包括我们现在创作的比较火的这些男性网络作家的作品，他们的IP转化率，远不如女作者的IP转化率高，就是因为女作者擅长情感描写或者是体裁上的优势，这可能跟我们的现状有关。

我相信随着时间推移沉淀，受众群体逐渐成熟，逐渐地会喜欢一些现实题材或者是男性的作品。比如说爱奇艺推出的"迷雾剧场"中《沉默的真相》和《隐秘的角落》，它大受欢迎的一个原因是男性观众有，男性市场也有。几年前《人民的名义》就证明了这一点，它极高的收视率就说明男性之所以不爱看电视，并不是真的不爱看而是题材的原因。受众市场需要培养，我相信还是有一个时间上的问题，我接触过两位读者，最早的时候我的《官神》出版出了点问题，出版后叫《问鼎》，这是同一本书。但如果这个读者来自网络，他过来告诉我说是《官神》的读者，那么这个读者总体的年龄层绝对要比较小一些，但是如果一个读者说他是《问鼎》的读者，那么他年龄可能会偏大一些。就是说它明显有一个界限，同样一本书如果出版的话，那就是另外一种受众方式，在网上的话是一部，出版的话是另外的一部，这两部之间交集的点并不是很多。随着《大江大河》这样的现实题材兴起，包括以前的《激荡》或者《创业时代》也好，虽然说并没有特别火，但《三十而已》也属于一个现实题材的作品。所以慢慢地现实题材作品的 IP 也会逐渐地被更多的人接受。好的，谢谢！

王菡洁：好的，谢谢老师，还想问一下，现实主义题材作品主要的特点是对现实生活如实刻画的再现性和逼真性，我们知道情节可以虚构，但是细节必须真实，才能给读者更为真切的阅读感受。但在小说写作中不免要对现实中的元素进行一些改动，就比如说《问鼎》写的是您在河北当记者时的故事，那么在小说中您让主人公最后把握住了机遇，但现实中却是截然相反的，您为什么要这样处理？有的读者说此举过于理想化了，是受到网络小说写作中爽文机制的影响，对此您有什么看法呢？

何常在：这个问题很犀利，但是其实网络文学最早兴起，就是"爽"，其实"爽"我觉得是它天然的属性，所以有一次我跟影视行业的一些从业者来聊的话，就是为什么我们现在很多男性向的网络小说很难改编成一部优秀的影视作品，就在于它两个机制是相反的。男性向的小说，网络小说本质上是追求爽感，有一路爽、外挂，然后升级打怪，当然不允许出现任何受虐的倾向，但是影视作品不是这样的，影视作品讲的是人物之间的对立、人物性格的极致，包括人物关系不断地变化、不断地拧巴，它不会存在一个男主一呼百应，然后带领一群人征战天下、所向披靡这样的情况。

所以这就是说影视作品的出发点和网络小说的出发点，它本质上是两条线，在相向而行，相对来说，就是说它很难很好地改编，包括《庆余年》之所以改编得好，是因为《庆余年》的编剧熟读网络小说，而且是对网络小说比较热爱、认可的。在这种情况下没有做大的变动，保留了网络小说原有的爽感。你看《庆余年》里边，男主一路上，遭遇了无数美女，以前的很多影片里面，它就不可能存在的。包括我的《官神》之所以是这样操作的，也是为了满足我们的读者，他有一个在现实中无法企及的理想的人生。

因为那个故事从主人公接到那个改变命运的电话开始，而当年这个电话确实是我接到的，电话的内容也是一样的，就是劝我们报社的领导去从政，结果他拒绝了。后来我就想如果当时他没有拒绝，或者说当时的我如果劝说他答应的话，那么这个人的人生会是另外的一番景象。其实网络小说之所以要穿越、要重生，就是为了弥补当年我们的遗憾。这种爽感会流失一些真实，会流失一些对现实的深刻的一个记录，但是作为网络小说这样的属性，它最早的出发点，这小程度的历史改变是不可避免的，这是网络小说不可避免的一个特点，我们也可以称之为特点，也可以称之为制约他们的东西。所以你看后来我写的不管是《浩荡》也好或者《交手》也好，包括后来的一些现实题材作品，就是现实主义的，不再有穿越和重生，但是同时它们也失去了一部分网络读者，这也是一个就如我前面所说的，怎样摸索出来，或者说看不出来一条更好的一种路线。就是首先我是真正的是现实的，真正的是切入现实，认清、立足现实的重现实作品。但你也有足够的爽点，这个问题我还一直没有完全把它解决掉，这也是创作的一个困惑。

潘亚婷：老师您好，我注意到您有过我们传统意义上的纯文学的创作的，我想问您作为一个创作者，从您自己创作的切身体验上面来说，您觉得纯文学创作和网络文学创作有什么不同以及您是怎么样在创作过程当中克服这样的不同的？

何常在：在我创作纯文学的时候，我只写过诗，然后散文也写得很少，纯文学类的小说基本上没写过，因为我感觉当时小说写起来很难发表，我做事的话是一个比较现实、比较实用或者目的性稍强一点的人。如果我写出来的东西不发表的话，那么我写它的意义就并不大，就没有表达、没有交流的需求，没有交流的阵地。而纯文学，当然我看过很多纯文学作品，当年的《小说月报》《小说选刊》，包括《人民文学》，我看过相当长一段时间，很多小说写得也非常好。我记得应该是更喜欢《小说月报》多一点，我选择这些更合适我的口味的文字。

纯文学作品中，一两万字的中篇小说更关注个人感受，而忽略环境、时代、背景对个人人生的影响，更多的是一种艺术上、审美上的表达。

其实我们网络小说的兴起大多数是借鉴了我们以前的尤其是明清小说章回体，那就是更好地吸引人，更好地讲好故事。反而我是认为网络小说更好地继承了我们的传统小说，与传统小说是一脉相承的，而目前传统作家从事的创作，受国外的一些文体的影响会更多一些。当然这个只是我个人的看法，并不完全正确，因为就我个人而言，我对传统小说的创作并没有那么深入，自己本人创作的也不多，谢谢！

王菡洁：何常在老师您好！就对于纯文学的阅读而言，以往的学者强调阅读是严肃的，作家会说谎，会滥用他们的常识和逻辑，所以读者要有自己的智慧，但网络小说的写作是比较自由的，但有明显的爽点。比如说您小说《浩荡》的主人公何潮在创业的整个过程中，虽然遇到了各种各样的困难和危机，但是每次都通过自己的智慧和他人的鼎力相助，化险为夷走向了成功。网络小说的写作由于读者有超强的这种互动性，甚至有的读者评论会影响作者后续的写作走向。那么对网络文学的写作方面，您觉得应该如何处理作家的爽点写作模式与读者智慧的关系呢？在写作的过程中，有没有思考过读者接受的问题，您是怎么平衡二者的？

何常在：你这个问题还是很专业的。因为作为一个网络作家来说，他最早开始写作的时候，会非常明显地受到读者的影响。比如说读者说这段处理得不好，主人公或这些人不好，或者是这个人物不应该被折磨，或者说女性角色主人公应该把她拿下。这个时候作为一个新人作者的话，难免会受到真正的心理上的一种冲击，比如说我到底要不要改动，或者我要怎样改动，我相信每一个成功的或者成熟的网络作家都遇到过相似的问题，在成长的道路之上，这是不可避免的。

但是如何对待这个问题，就看一个作家的内心，以及他对自己的人物有所定位了。因为有的时候我们这个人物会采取先抑后扬的写法，你在压抑的过程中必须让网络读者要有耐心去读，主人公稍微受一点挫折的情况下，读者迫不及待觉得对主人公不够公平，因为他们太代入了，他们往往会把这种主人公的经历代入自己的人生的经历，对他们来说，需要的是主人公一路的所向披靡。但是要完全的所向披靡、完全的快感或者完全的高潮，就等于没有快感和高潮。

人生他必然会有对立的，我们生活在二元对立的世界。所以在这种情况下，作家他必然会采取一些写作技巧上的尝试，就是说我会让主人公稍微有点挫折、稍微有点不一样、稍微有一些改变，这个时候往往读者就会迫不及待地跳出来。

我当年记得很清楚，我写《官神》的时候，因为里边女性角色稍多了一点，其中有一个女性角色叫梅晓琳，对于这个女性角色我当时的写作初衷，她只是主人公人生道路上一个擦肩而过的人，但是可能写得悲情了一点，不少读者就反映我对这个女主太冷漠太无情了，不应该这样对待她。在这种情况下，我被迫多加了不少的情节，同时也把这个人物居然给树立起来了。就按照我最早的想法，这个人应该是几章就过去了，但后来她又不断地出现，甚至贯穿到了最后，这也是我在读者的半逼迫之下所做出的一个改变。但是后来我发现其实它并没有坏处，因为这个人物对后来的整个情节的推动就起到了很大的作用。甚至有一个读者特别喜欢这个人物，觉得我对这个人物非常不公平，在这种情况下激发了他的创作灵感，他自己也写了一篇小说，竟然还比较成功。所以跟读者的互动，如果我们能找到一个平衡点，它是一种良性的。

一个作家，在构筑一个长篇巨著的时候，他说一个人不可能考虑得面面俱到。我也看过很多小说，有些作者前面会写到一个人物已经死亡了，结果后来又出来了，他已经忘掉了。这种错误我还没有犯过，但是差点犯。主要的原因是我在每次写之前我想起一个人，我会再翻到前面去，把这个人物有关的情节再捋一遍，这样的话不会出现明显的差错。当然写得比较成熟之后的话，这些读者的意见就是，尤其是在技巧上或者构思上非常丰富的作家，可以把读者的意见作为一种参考，包括情节上的调整。因为后来整个人物的发展或者走向我很清楚，阶段性的东西我不去解释，而且慢慢的更大的原因就在于实际上在网上骂你的人，或者是表扬你的人只是极少的一部分，真正的默默无闻看书的才是永远的大多数。

四　塑造角色　"需要打造一种新的平衡"

宋涵： 何常在老师您好！对于您书中的女性角色，网上的声音是贬多于褒的，就像《浩荡》中的江阔、卫力丹、邹晨晨等人对于何潮，《商神》中的范卫卫、崔涵薇、卫辛等人对于商深那样，有网友认为这有物化女性的嫌疑，并且她们都是簇拥在主角的周围，对主角有痴痴的迷恋，不断付出，甚至是不求回报的。网友认为这是满足自我欲望的大男主描写的写作手法。那么您在写作时对女性角色的定位是什么？写作时想利用她们达到一个什么样的目的？最终她们有没有按照您的既定路线去走？然后对网友的评价，您是如何看待的呢？

何常在： 谢谢！你提的问题很犀利也很有意思，因为我这篇作品大部分的读者是男性，而我本身也是男性，这个出发点肯定也是要为男性写书，这样的话可能就会更好地跟男性沟通。其实男性和女性在文学作品的创作上本质上的创作点是一样的，也就是说其实男性追求的是江山、美人，他是这样的，或者说是一个岁月与爱情，女性追求的是爱情与事业，只是个顺序的颠倒而已。

我们可以看到男性向的小说里，确实是一路上自然而然地就会不断地涌现出美女的助力也好，合作伙伴也好，甚至是一些好感或是暧昧关系的女性朋友也好，那么这是男性的一种对超出现实之外的一种唤醒或者想象。同样如果换成女性题材的话，它也有类似的问题。比如我们以前看过的《花千骨》，一些大女主戏，结果你会发现同样一个女主她拥有无数的财富、拥有地位，同时她还会拥有三个以上深爱她的男人，而且这个男人为了她不要江山、不要地位，可以为了爱抛弃一切，就像我们以前看过的《花千骨》等，它整个的出发点基本上都是为了人性方面的一些渴望和不足上的一些弥补。

当然我在女性的描写上，在《问鼎》中，对女性的描写可能还是下过一些功夫，但在后来的时候在女性的描写上可能更多地为了避免给主人公带来太多的情感上的纠葛，反而变得更疏离了一点，这样会导致感觉女性描写得不好。男性作品的优点对咱们来说是大订单，就是说商业上的程度，但是不足之处就是男性作者对女性描写比较优秀的并不多，而女性作者对男性或者女性描写得比较贴切的还是比较多的。谢谢！

宋涵：谢谢老师！您的《浩荡》相比于《交手》，看得出是一部更加成熟完整的作品，里面的人物塑造更加形象丰满，人物的性格也不再是一成不变的，主人公也不是完美无缺，而是会犯错的，相信您在这背后也是付出了一定的努力，您是如何做到这样的转变的？

何常在：相比《交手》来说，好像《浩荡》确实是完成度更高一些。因为《交手》当时的出发点是我只是截取一段时间，然后显示这个人物的成长，它可能整个时间跨度也不够，一两年、两三年这样，所以这个是显示不出来人物成长的更大的改变。有时候我也发现我个人在创作方面有问题，比如说有的作品，我在开始的时候，我会写得时间跨度长一点，然后随着人物的年龄的增长，那么这个人物必然有一个青涩走向成熟到成功的过程，这个时候的话对人物的塑造比如性格上的准备相对来说要下的功夫深一点。当时《浩荡》从有出发点、有想法，到动笔大概经历了三四年的时间，最早的时候和深圳的朋友聊天的时候也有过这样的想法，然后后来很多故事、很多人物一直沉淀，一直在碰撞，最终机缘巧合之下，我在阿里文学发表了《浩荡》。

当然《交手》它也是我个人的一些经历，当年的起点、盛大分裂事件我也是亲身参与其中，只是它相对来说，整个事件背景不如《浩荡》宏大，整个人物的出现比不了《浩荡》的人物多，而且对人物的接触或者深入的挖掘，也不如《浩荡》当时接触得这么深入，所以说你对《浩荡》的认可还是很中肯的，显然就是说发现《浩荡》背后所下的功夫。谢谢！

潘亚婷：老师您好，您刚才也说您的写作是为男性写作，因为您的作品当中的男性角色描写确实都是非常厉害，以及非常成功，年轻有为，长得也很帅气，智商情商都非常高，然后也特别地吸引女性的这种青睐，特别是他们在这种商战当中、在官场当中、在政界当中，在很多复杂的关系当中都是可以很游刃有余地去应对自如的。我就很好奇您在塑造这样的男性角色的时候，是否您身边有这样的一个人物原型，还是说您是按照您心目当中的非常完美的男性形象去塑造的？

何常在：很多人物他都是有原型存在的，因为我政商两界的朋友很多，政商两界集中了我们男性里边大多数的精英，他们当然并不是说是完全都在政商两界，这两界它更彰显人性，就是在竞争最激烈的时候才更显示智慧。很多人物其实都可以有相对很大艺术加工的成分，这些是不可避免的，艺术毕竟是来源于生活，又高于生活的。

因为这样的原因，我后来也尝试着写了一部分女性为主角的题材，其中一部叫《荣光》，在前段时间刚出版，现在也正在做影视改编。接下来我还要再写一部女性为主角的小说。之所以这样尝试，就是想对现在这种女权主义的一种回应，我并不是说是贬义的，而是说我觉得现在女性的崛起对我们这世界各种秩序形成一种新的挑战，需要打造一种新的平衡。现在的女性受教育程度，包括智商情商，都比同龄的男性不但不低而且要高，所以现在女性的社会参与度高了很多。同时，她的收入、社会地位、见识，甚至会超过同龄的男性。在这种情况下，她们怎么样才能更好地在社会立足，更好地竞争，更好地为社会带来一些贡献。所以我从这样的出发点来写，正在写一部女性励志的作品，当然我个人作为男性，我写女性作品必然会折射男性的影子。所以我觉得这应该是比纯女性写作有不同的新意，就是很多时候女性对男性的理解和男性对女性理解，他们两个之间存在偏差。就女性而言，因为女性本身比较重感情，所以她会认为男性会在感情上有威胁，但是男性实际上理性一些。所以说男性可能是更有社会属性，更愿意得到社会的认可，这两个的偏差也是导致男女之间有些误解的根源。我觉得在塑造了这么多男性角色之后，稍微算是中立的，努力做到中立的前提之下，写一些女性为主的作品。希望到时候给你们看的时候多提些意见。

五　网络小说需要语言艺术提升质感

潘亚婷：好的，谢谢老师。我还想问一个问题，在看您小说《问鼎》以及《浩荡》当中就发现有很多古典文学的这样的一些运用，比如说一些《诗经》《楚辞》《孟子》"唐诗""宋词"这样子，您刚才也说您觉得网络文学其实更多地继承了传统小说创作的一些影响，我想问这是不是您的一个创作的特点，您在创作过程当中是有意地去运用了这些古典文学的知识吗？您觉得您的创作动机是什么？

何常在：其实我说的网络小说大多继承传统小说，比如我们明清章回体小说的一些特征。但其实大多数网络小说，尤其是你可以看一些比较火的，因为最火的网络小说就目前来讲，大多数它们并不太注重诗词，语言反而是越白越好。因为现在看书的读者群，由于是短视频时代，由于我们网络、手机就是大多数追求一种快速的浏览，很少有深度的阅读，我觉得这也是个问题的所在。

我后来就发现这个问题，我写的时候其实我确实是有意地运用传统的东西，在我们这里可以更好地提升整个作品的质感，所以这样也导致我的书出版之后的销量比较好。曾经在网上有很多小说，比我同期的小说火，然后出版社出版之后的销量远不如我，后来就被砍掉、腰斩了，也没再出版。我的书出版之后一直畅销不断的原因，是我觉得整个在文笔上的运用，在我们文化的传承上面有所注重。我觉得这个网络在未来还是需要更好地加深一些语言艺术文化，文学确实也需要语言艺术的来沉淀，也需要传承。我们不能通篇用很白的、很简洁的语言来做，这样的小说它虽然读起来有爽感，但它很难再研究，很难让人家读第二遍时有收获，或者是没有美感，我是这样认为的。

袁梦晴：老师您好！我非常喜欢您的小说《契机》，您的小说《契机》中讲了一个在职场中逆袭的男性，对很多男性读者有很大的激励作用，观察现实生活中的职场，职场中的女性生存条件仍然异常严峻，您觉得女性在职场中如果想要逆袭，应该怎样应对职场中各种不公平待遇，以及如何保持合理的心态呢？

何常在：你这个想法已经是为走向社会做铺垫。女性在社会上的话，确实是有一定的不公平的待遇，这个是客观存在的，不能说是女性的起点和男性一样，我也接触过很多这样的，当时很多满怀着热血壮志步入社会的女孩子们，几年之后她们会发现，她们想做事情确实要比男性更艰难一些。比如说男人和男人之间的友谊，可能不需要密切的联系，然后遇到事情或者遇到项目的时候，他们可以一起更多地达成共识。但是女性稍微要情绪化一些，她可能需要有好感或者情绪上认可一个人，她才会和一个人合作，但是男性可能更理智一些，他需要做的是比如说他可能不喜欢一个人，但跟这个人有商业上的合作，或者是有共同的意见，可以把这个不喜欢掩盖掉，这对他来说无关紧要，我只要跟他合作项目就行。这可能是男女差异的一个关键点之一，当然现在的女孩子们比以前要更成熟一点，也更能应对一些在职场里面默认的潜规则，其他的话，还是需要有一定的技巧，就是有一定的自保，包括应付手段也好。当然还要看你个人对自己的定位是什么，有些人她可能适合做一些抛头露面的工作，但有些人可能适合于做一些行政，不同的人不同定位的话有不同的特点和手法，最关键的一点就是你一定要有自己的这种核心竞争力。你不管去哪家公司，你不是这个行业，你要把自己最擅长或者是最与众不同的那一点把它表现出来。这家公司也好，这个人也好，项目也好，你在这个里边具有不可替代性，这个时候你所有面临的困扰都会迎刃而解。因为只要你不可替代了，你的作用就会彰显。

我有一个朋友是做投资的，他是投资人，这个关系一直很好，他有一次在一个饭局上有几个创业者找上来了，这个创业者还是从很出名的一个音乐团队里面跳出来的，想要去拉投资，找我投资，找我的朋友给他投资。我这个朋友就直接问了他几句话：你向我证明你具有哪些不可替代性。只有你具有不可替代的方面我再投。如果你团队也好，你的能力也好，可以复制或者可以替代，我肯定不会投。所以说每个人要抓住自己最擅长的最不可替代的一面，这样才能立于不败之地。谢谢！

六　发掘自己最擅长的一面

袁梦晴： 好，谢谢老师！您在《契机》中塑造的拜金女罗亦、《浩荡》中有依附者辛有风，都让我印象深刻。现在社会无论是女性还是男性，仍然有很多"罗亦""辛有风"的存在，他们很多人并不是没有能力，但仍然想依靠他人、不努力便获得巨大的财富，您能谈一下您对这种现象的看法吗？或者是对当代年轻人"金钱观"的看法？

何常在： 其实我无意站在道德的制高点来鞭挞或者批判这样的人，每个人都有自己所选择的生活方式，包括现在群里边也好，网络也好，都在调侃，"阿姨我不想努力了"，什么"我要找个富婆"，这也是现在男性的一个观点。但是其实在我看来，男的也好，女的也好，你想找到一个远超于你自己目前身份定位的一个异性，从这个方面来借助其实现阶层的跨越也好，实现人生的小目标也好，这种难度比你个人奋斗还要高上很多。

因为什么？包括我接触的富二代朋友也好，官二代朋友也好，就他们而言，他们本身不会去找一个不匹配他们身份地位的人，不会找这样的人真的度过婚姻。因为他们很清楚，清楚自己要什么，包括从小父母整个家族教育，他们有的时候其实是比我们普通人更讲究门当户对，所以他们非常讲究匹配。

我北京有一个同行也是个美女作家，她母亲是国企的高管，我们关系也挺好的，她母亲经常说，何老师，多跟她说说别让她和现在这个男朋友结婚。为什么呢，因为这个姑娘她本身是个官二代，然后家里也很富，她本身长得也挺漂亮，也有才华，但是在恋爱上，可能感情上有点太恋爱脑了。这个也可以理解，一个生活无忧的人，往往在感情上比较简单一些，她觉得世界是非常美好，刚从一段恋爱的失败中走出来，就谈了一个歌手。

我和她的母亲聊天的时候就说，她母亲的意思是之前刚失败的，现在又谈了这个，她母亲没有办法，或者说不太愿意再去强迫他们分开，但是她觉得那个男的匹配不了她的女儿。我也是这么认为的，我就说她还小，你不能太过多地强迫她，让她自己去尝试一下，她就会慢慢地发现就是说婚姻与爱情（不同）。恋爱的话可能只需要喜欢一个人某一方面就行，比如说第一个男朋友，是那种官场中就可以给她表面上编织很多虚幻的地位、虚幻的关系或者什么，后来才发现这个东西都是假的，然后现在的男朋友是一个歌手，我也见过，人还是挺老实的，可以在生活方面对她照顾得无微不至。我说这可以恋爱，但是对于婚姻，婚姻不仅仅是一方面，婚姻是全方面地匹配，比如说这个男的没有办法匹配这个女孩子的身后的家庭，成就其他的社会资源。所以说他们两个在过了最佳恋爱期的时候，这种冷静期的时候，他们两个必然会有分歧，因为社会成长环境不一样，所追求的诉求不一样。

所以那天去吃饭的女孩子还问我，她说何老师以前那个人在群里面聊他这几个朋友，说怎么怎么的、迷茫啊什么的，但是我不知道他们聊的是什么，我没法插话。然后我说了一句话，我说每个人的起点不一样，有的人的起点就在别人的终点，所以说他们在北京漂泊那种无依无靠感、那种努力的挣扎感，你体会不到，所以他们聊的东西对你来说没有意义，因为你什么都不缺，大家都笑了，确实是匹配这个东西，我们古人讲门当户对，表面上是很封建的，实际上它是需要匹配两个人三观、两个人的格局和高度，当这个达不到的时候，那必然就会产生强烈的出入。所以说你看王思聪身边的女孩子换了一茬又一茬，就是他最终结婚的不敢说一定是当中匹配的，当然绝对不会是网红之类的什么，因为他们恋爱可以，结婚的时候要承担更多的责任的时候，男人的选择就谨慎了。所以你说现在的这种女孩的依附性的话，也许有极少数的，她可以借助这个男人的势力，从人家的东西上跳出来，达到自己的高度，当然现实中也有这样的人，但是还是极少数人，就踏踏实实地做好自己，有的时候你得到的可能是不同的代价，你回头看可能会发现得不偿失，就是说命运馈赠的礼物早在暗中标好了价格。谢谢！

袁梦晴：好，谢谢老师！您在《契机》中还提到了一个就是工作能力和交际能力，在当今社会中人们对于工作能力和交际能力哪一个比较重要一直有很大的争论。您在《契机》这本书中多次强调了交际能力的重要性，那么该如何处理好这两者之间的关系呢？

何常在：我觉得主要是看你个人所做的工作是什么。比如说你从事的是研究工作，不需要你与太多的人打交道，那么显然你的工作能力一定要大于交际能力，否则的话你天天想着去交际，肯定也研究不出来成果。但是如果你从事的就是需要维护人际关系的这种工作，必然交际能力就很关键了。

交际能力其实就是一种人脉维系的能力。人脉这种东西说虚幻也虚幻的，说实在也实在，就很多事情的话，你认识一个人，也许关键的一个电话或者是微信里可以解决，但如果你不认识的话，你可能就很难找到解决的门路。当然这两个综合起来还是最好的，实际上也很难达到平衡，像我们网络作家这块儿大部分都很宅，时常也有人说，这个作家怎么是这样的。我说大多数网络作家就是不善言谈的，像我政商两界这么多朋友，像网络作家里边，我这样的是少数。我在海南有很多朋友，我每次去海南都要见一些朋友，从事建筑、从事混凝土搅拌的方方面面的朋友，大家都去聊过，都很不错，然后我那个朋友他也认识另外一个网友，跟我关系也挺好的。每次吃饭的时候，完全不一样，吃饭的时候一句话都没有。人类性格差距很大，所以说你要发现自己性格中擅长的地方，然后给自己定位，我觉得这个是最关键的，一定要做自己最擅长的事情，越擅长越感兴趣的，越有可能做得好，所以我其实这些年包括从诗歌到通俗文学到网络小说，其实一直是在寻找和摸索自己最擅长的一面，可能最后发现还是最擅长现实题材，谢谢！

王菌洁： 何常在老师您好，您的小说《中道》用了44天的时间写了70章，仅22万字，相比之前的作品精练得多，网友评论觉得您小说的结尾非常仓促，小说最后写到主人公郑道拥有了幸福的后半生，但在他醒来之后，何小羽告诉他，郑伯离家出走了，郑道就怀疑之前发生的一切是真实还是梦境，这给人一种古典小说或者说古典戏剧结尾中黄粱一梦的感觉，请问您这样安排结尾有没有什么特别的用意呢？

何常在： 其实《中道》这部小说在网上发的只是一部分，原文比网上要多40多万字，因为出版方面的原因，所以我网上只是仓促地给了个结尾，真正的结尾会在实体书中呈现出来。这也是目前网络和出版现状冲突下一种无奈的安排。我现在写的小说大多数不会太长了，七八十万字，出个3本到4本的小说，也就结束了，所以说后来出版商就建议我少写一些庄周梦蝶这样的结尾。

七 用心程度处处体现

王菌洁：《中道》这本小说讲述了医科大学毕业的中医传人为人处事的故事。不仅是从小说的标题，还是从字里行间都能感受到很浓厚的中医气息或者说是中庸之道的思想，表达了要客观看待中医和西医。但也有网友表示，小说总体风格偏向实体，觉得您是脱离了网文有点久，没有适应当下的市场风格，其中关于医术养生的长篇大论，包括章节标题取名都有浓厚的传统味，并不怎么吸引读者，那对此您有什么样的看法呢？

何常在：其实现在这种市场它有一种割裂的情况，比如说如果完全地考虑网文读者的话，那么它会脱离两个，一个是影视改编，一个是出版。所以我现在大多数比较偏向于出版和影视改编这两个方向。对于网络订阅，不太那么看重或者侧重了。因为网络订阅小说必然要长，就是说如果一部小说达不到200万字的话，它的网络订阅再好，也不会有太好的收益，而我不可能再写那么长的东西，所以必然而然的，我只能侧重于一个方面。比如说我写个八九十万字的话，再侧重于网络化，也很难有好的成绩出现。实际上《浩荡》写的时候也并没有太多地考虑到网络订阅的市场，因为鱼和熊掌不能兼得。所以在这样一种割裂的状态下，只能是不得已而为之。

王菡洁：在您小说中可以感觉到人物的取名和小说的名字有一定的联系，比如《浩荡》中的何潮、江阔、周安涌、何流、海之心等都与水有关，呼应小说"浩荡"二字，《中道》中的主角叫郑道，有一个道字，《商神》中的主角叫商深与"商神"谐音。请问您这样的设定是不是有意而为之呢？您有没有什么具体的寓意在其中？

何常在：是的，这个就是我觉得有些人名的取名是要和主题切题的，有的是暗含理想的想法的。比如说我作品《官神》的主角叫夏想，其实你可以说他是瞎想，也可以说是遐想，还有人引申为华夏的理想国的简称。总而言之，我觉得在起名上也好，或者是在情节设置上也好，包括《中道》的标题也好，我从一开始的时候就是要弘扬我们的传统文化和中医，所以确实还是在取名和标题方面下了一番功夫的。

当然如果是更加了解中医的人，他会看出来我人物的名字其实很多是中药名。你比如说杜天冬的天冬，还有杜若，其实就是一种很不错的中药。所以名字我觉得起好的话，会有很多的寓意在里面。如果最后发现的话会会心一笑的。比如我最早的小说《人间仙路》里边主人公叫张翼轸，它其实是我们二十八星宿里面最后三个星宿的名字集合。开始很多人不知道，包括后面有读者说是你看你这个主角也姓张，其他的网络作家的仙侠小说主角也姓张，你连姓也抄袭人家的，他们其实并不知道我真正的用意，而我觉得这也是用心程度的一种表现吧。

袁梦晴：我观察到您两本书都有一个特点，就是在反面角色的描写上，一是《契机》中以木恩为代表的反面角色，一是《中道》中以杜若为代表的反面角色。不知是主角人物塑造得强大的原因，还是您有意刻画的原因，这两本书中整体让我感觉到反面人物是不是有过于弱化的缺点，想听一下老师您在创作中是如何塑造反面角色的呢？

何常在：因为网络小说有些特点，反面人物如果过于强大的话，压制主人公相当长一段时间，而没有办法解决反面人物，那么就会让读者感觉到憋屈。这就是我之前也说过的，就是网络小说和我们影视作品的一个最大的区别，就在于他们的出发点，从本质上来讲有很大的区别。它是两条路，我们影视作品就需要人物之间的强烈的冲突、强烈的拧巴，但是网络小说需要的是足够的爽感、足够的外挂。如果你看现在目前正流行的最新的网络小说，你会发现那里边主人公自带系统，就是说主人公一出场脑子就自带系统，系统会自动地给他增加技能，而且技能的获得是很轻松的，基本上不需要什么磨炼。这个系统怎么来的不用解释，他就是带个系统，你可以变化，可以成长，可以获取经验值，等等，所以说这就是迎合了读者阅读网络小说时获得短暂极度满足感的心态。所以说我的一些书里边还是不可避免地带着早期网络文学创作的影子。就像我觉得聊天嘛，就是要聊一些愉快的话题，那么写小说也要写让别人觉得开心的故事。同时我觉得在开心的同时，要蕴含一些自己的想法，这才是写小说的初衷。

宋涵：看得出您作品中的主角就有您的影子，比如说《浩荡》中的何潮、《交手》中的何方远。您是一位有野心并且有过人眼力的人，您相信时势造英雄。那么对于当下网络文学的发展形势，您有什么样的看法？未来您在网络文学方面，除了写您提到的关于女性犯罪的作品，还有什么样的规划呢？

何常在：我认为网络文学发展到今天，已经形成了一股浩浩荡荡、大江大河一样的态势。必然由量变产生质变，就会出现一些可以流传的、可以沉淀下来的经典作品。对我个人而言，我未来主要还是从事现实题材方面的创作，可能会写一系列青年类的作品。你比如说以每个城市为代表，比如北京青年或者上海青年、深圳青年，以他们的精神面貌来展现我们国家目前最真实的这种蓬勃向上的状态。青年代表的是未来，以他们来折射我们的未来。

周志雄：刚才是我们几个研究生对您进行的提问，他们这几个同学对您的作品比较用心，读得比较细。实际上今天来参与讲座的其他同学，我也布置了他们阅读作品，他们也准备了一些问题，那么下面是一个自由发问的阶段。大家就随意问，这个机会非常的难得，我觉得何老师他既能写又能讲，这个能讲就意味着他对于很多问题都有很清晰的这种理论认知。有很多网络作家他是能写的，但是他是不能讲的，他能写出来，但是你要叫他说出所以然，他说不出来。

吴长青：我和老何是同龄人，我们俩的成长经历很相似，我们那个时候就是受出版的影响，我们那时候算是小镇青年或者小城青年，我还记得当年的乔叶，她现在成长得也非常好。当时她就是在《青年文摘》上写文章，慢慢的因为每个人生活境遇的问题，走上了一条不同的道路分岔，常在他一直在这个行业上坚持。这里面有一个东西一直没有提到，那就是常在的小说受到出版的压抑、压制，是在不同的时期里，不断在迂回曲折。他刚才这一番谈话其实说了很多，他写作的转型，其实和社会的整个意识形态，包括我们的出版政策都有关联。因为我们的同学年龄小，不知道中国出版业的几十年来的政策的变化，所以何老师的创作充满了一种抗争。何老师的创作也是我们这一代人的或者叫作中下层写作者的一段奋斗史。何老师本身的这种写作史就是中国写作史中作家成长史的一部分，但这一部分被遮蔽了。我们很多的光环都瞄准了大作家，像毕飞宇、王安忆，他们的家庭背景和成长历程与我们有很多不同。所以何老师刚才讲的女孩子谈对象的事情，其实就像一个父亲对下一代人的忠告，每一句话都是满含着中国知识分子成长过程中的血泪。我在文章里写到过，对何常在这个作家的研究，其实就是对中国基层写作者的一个研究。

我觉得对何常在的研究不光光是研究他小说写作的状态，更重要的是他的这种成长。就把它放在中国出版业，以及中国的县城或者说小城市作家的成长史这样一个宏大的背景之下。常在现在遇到了一个非常好的契机，就是国家现在对网络文学、对现实主义题材的观照。其实你知道20年前如果有这样的一个境况，你的成长或者说你的积累，会比现在好很多。

何常在：是的，很多事情的话，可能没有办法和同学们深入地交流。但是我一直强调的是我们在适应这个时代、适应这个环境，然后我们再做出自己的改变和转折。我们重新换一种语境来说话，换一种方式来表达，还是要一直对话下去，对话还是最关键的。

八 专业和故事之间达到平衡

刘家玲：老师，您好。我想问您一个问题就是前段时间周老师他们做了一个关于作家的调研，很多作家们在讲到自己创作困境的时候，表示说涉及知识性和专业性比较强的内容时，在收集素材或者是如何介入生活中，进而反映到自己的创作中时感觉到比较困难。我看了您的《中道》，里面有很多涉及中医文化、传统文化，还有很多在文章中也引用了很多《皇帝内经》这些古典书籍的内容。我想问您在写这部书的时候，是否也遇到这样的写作困难，然后在准备写这部小说的时候，您又是如何收集整理素材的呢？

何常在：其实涉及写作中任何专业性的或者知识性的问题，是我们每个人都会遇到，毕竟我们不是这方面的专业人士，但是我一直爱好比较广泛，中医、哲学、宗教等，并且不断地完成了大量的阅读。以前的话每天都会看很多这样的东西，包括现在我每天也会最少花两个小时来阅读这些，所以本身也有一定的积累。当然更专业的、更深入的东西也是很难达到，因为毕竟不是专业人士。如果从小说的角度来出发，就是我们也并不需要特别专业特别深入的东西，因为读者他对这些非常专业的知识，缺少足够的兴趣去了解。

当然我们要做到在专业和故事之间达到一个平衡，把它作为一个桥梁，把读者的兴趣点也引入进去。这个就需要一定的技巧或者说一个作家如何整理自己所知道的知识，并且用故事的方式把它讲出来，这个过程还是比较艰辛的。比如我在写这些中医题材的小说的时候，有很多想要表达的东西，你比如说我要表达一个理念，就是如何养生？如何爱惜身体？但是你又不能做得过于直白，也不能完全从理论的角度来讲，那样的话就特别容易失去小说的意义。

但是又如何更好地用故事来讲出来，如何设定人物、设定情节，难度就大于那种纯粹的爽感的小说。但是总会有人来从事一些艰难的或者开拓性的工作，我也一直希望有更多的同行者，还有我们的同学们也能够有机会加入这个行业中。

刘家玲：您之前谈到您最新的作品是偏向实际风，像您的前一部作品，《男人都是孩子》，关注的是中年人的婚姻家庭问题，而《中道》，是关于中医中庸之道这些思想。可能有些读者并不买账，但是我们也知道在网络文学领域，就是读者为王的时代，读者对您偏向实际风的作品并不买账这件事对于您以后的创作是否会有一些影响？

何常在：我2014年之前一直在起点中文网，后来我从起点中文网出来之后一直走的是实体创作的路线，就对我本人来说直接走出版的路线也可以，就是说我可以不再考虑网络市场。比如说我一本书20万字，我可以出一本书，它也会作为一个IP存在，但是如果20万字的小说放在网络上，还没到收费的环节，一般网络上30万字以后才会收费。所以说从长度上来考虑的话，可能就没有办法更多地照顾到网络市场。在这种情况下，我可能会更多地去考虑一些我想要表达的东西，想要命中的一些读者群，我觉得也不可能兼顾。也许有一天我想写一部轻松活泼的，什么都不考虑，只想跟网络读者互动的一部网络小说，这个时候我可能会抛掉所有的束缚，这个看实际了。

周志雄：我们这些同学还是有点羞涩的，有些同学把他的问题发给我了，他们都不讲，我就把他们的问题来念一下，这是关欣同学问的一个问题。她说《浩荡》写的是青年人在深圳创业打拼的故事。她想问您就是说用网文这种方式来写改革开放这一严肃的题材，有没有什么特别需要注意的地方？

何常在：《浩荡》虽然是放在网络上，但是本质上我写的时候，并没有完全按照网络上爽文、穿越文来写。所以说我尽量也是用了一种稍微偏向于实体出版的风格来写《浩荡》。而且《浩荡》这部小说，我其实之前也酝酿了好几年。但是现在网络上也有一些，比如说《大国重工》《朝阳警事》这样的一些同行作家写的现实题材作品，也是非常好看、非常耐看的。它们也有网文的特性，但是它们也有描述我们改革开放或者历史进程的一些真实事件，我觉得这也是一种尝试和一种摸索。我觉得这种表现它需要我们更多地摸索。面对传统作家缺席我们现实题材创作的这种状况，网络作家更应该担起重任，来探索一种更好的表现形式，我觉得需要一个探索期。

周志雄：好的，戴婷婷同学有个问题想问您，她说《中道》小说的结尾仿佛所有的故事都是郑道的一场梦，然后小说中的许多伏笔和问题都没有解决，她想问您下面是不是要写第二部？

何常在：《中道》已经签了出版协议了，应该明年会出版，大概有两册，40万字这样。会把网上没有放出来的部分补上，会有个比较完美的结尾。

九 "人生没有白走的路，每一步都算数"

周志雄：这是丁昊同学的一个问题，她说您的创作领域很广，古风、现代题材都有，就是这两种风格差异还是很大的，她想问您是怎么平衡这两种风格的？

何常在：我感觉有时候我的创作风格可能会与当时那一段时间的情绪还有生活状态有关，比如说有一段时间的话可能生活状态比较平稳、事情少，然后情绪上来的时候，可能我就写了一部《朝堂》这样的历史小说，但是这段时间可能就是接触的人比较多一些，了解的商战的东西多一些，然后沉淀下来写一部商战小说。所以我觉得每一个人的经历，都是有用的。借用一下歌词来说就是"人生没有白走的路，每一步都算数"。我当年在报社工作的时候，我觉得我差不多耗费了两年的时间,一事无成,也是很焦虑的。但是正是那段时间的经历,奠定了我后来写《官神》也就是《问鼎》的基础。所以说从这件事情上我就发现了,人生中有段时光,你觉得很迷茫、很虚度或者上下求索的时候,不要着急,沉淀下来回头再看的时候,这都是财富。

周志雄:这是杨春燕同学的一个问题,她说她在网上看到《浩荡》在阿里文学的运作下,已有影视改编的计划,她想问您,您觉得《浩荡》具备一个爆款 IP 的潜质吗?

何常在:《浩荡》现在有阿里影业在做自制剧,也就是阿里影业全部控股过去。我和阿里影业的制片人也接触过几次,他们对《浩荡》还是寄予厚望的,因为阿里的老总和深圳市政府都非常喜欢这部作品,所以前期改编也下了很大的功夫。光编剧就前后接触了有几十个,我现在刚定下来编剧。因为他们非常慎重,他们明显是要打造一部能拿得出手的、能沉淀下来的大时代剧。至于能不能形成爆款,我觉得取决于很多因素,比如说中间的剧本阶段。我一直认为 IP 只是一个原材料,那么最终的爆款需要有剧本的阶段来加分,还有制作团队的加分、导演的加分、演员的加分,就是每一个环节都不可缺少。如果有某一个环节减分的话,它就会影响一个爆款的诞生。但这个环节相对于原著作者来说,有时候是不可控的。所以说我们只能是寄希望于《浩荡》能最终成为爆款。

周志雄:我们预祝《浩荡》能成为爆款。下面有没有同学还有问题要问?没有的话我来提一个问题。我读了您的小说,我们也有过多次不太充分的交流。我觉得今天听了您报告之后,我对您的了解越多,敬意又增加了很多。在您的小说里面,写到其实有很多东西有点了解,但其实并不是特别熟悉的,这个时候您是需要去做一些案头功夫的。还有您谈到生活中就有很多政商两界的朋友,网络作家里面,我可以这么来描述您,您是一个追求作品的含量和厚度的一个作家。那么在这样一个过程当中,一方面是面向现实去做一些调研,再就是从自己身边的这种朋友关系网里面也可以获得很多的东西。今天您的讲座里面有一个方面您没有讲到,同学们没有问出来,实际上一个好的作家肯定也是一个好的读者，我相信这肯定是一个非常重要的方面。您在写作的过程当中，这些年读了哪些书，是怎么样去读书的，然后阅读是怎么样提升您的写作、影响您的写作，就这个方面能不能给我们介绍一下？

何常在：说到读书的话，我还是读得比较杂的。当然现在的话，读书大多数的出发点是学以致用，可能我想要写个什么东西，我会找一些相关的专业的书来读。但是在最早之前读书是出于纯粹兴趣，其实我们这一代人的成长，相对来说武侠小说对我们的影响还是比较大的，像金庸、古龙、梁羽生。如果是现实题材作家的话，就是路遥，还有当代作家陈忠实、贾平凹，他们的小说我读得也都不少。

相对来说其实我读国外的一些名家作品并不是很多，只有一部分，我可能更喜欢一些我们中国传统的传承的东西，同时古书读得也比较多一些。像宗教类的、哲学类的这些书一直也是比较感兴趣。现在对于一些现代科学类的，像量子领域的，包括宇宙方面的东西，这方面书籍我也看了很多。其实我个人最喜欢的是两种题材，一种是现实题材，一种是科幻题材。也就是说立足于现实，展望未来。

所以目前来说大多数看一些我可以直接拿来学习、有用的书，也包括我写《中道》的时候，我会读《黄帝内经》，了解中医。其实你越读中国的古书，你越会发现我们古人的这些博大精深的理念，很多东西到现在依然不过时。包括我们为人处事的道理，包括我们在国际上的定位，其实一直也是走的一个中道。中道，它是被无数人称为正道的一条道路。

周志雄：其实我们也有同学对您日常的生活也挺感兴趣的。我想问问您的日常生活是怎么安排的？成为网络作家之后过着一种什么样的生活，时间是怎么安排，每天都是怎么度过的？

何常在：其实我基本上就是两种生活状态，一种就是在家创作的状态，在家创作的时候基本上一天可能下一次楼，然后早上6点多起床，看上两个多小时的新闻，看各种感兴趣的话题，还看一些财经文章。然后大概9点开始写作，会写到12点，中午会午休一下，大概下午3点开始写作，大概写到五点半，然后晚上基本上就不太写作，晚上看电视剧。因为我现在往影视方面转换，我也有一家影视公司，所以说现在基本上目前比较流行、比较火的中国的电视剧、韩剧和美剧我都在看。

我晚上不写作的，因为我一直是坚持白天写作，我的作息还是比较正常的。在外面的状态，比如说在北京或者是出差，这个时候基本上不写东西，基本上是见朋友谈项目聊合作，或者是深入生活。其实和他们接触起来，聊起来，谈项目，哪怕最终不成功，也是素材的一种。当然有的时候也参加作协的这些会议。我的日常生活基本上就是这两种状态，其实说起来还是比较简单的。

周志雄： 前一段时间，也是我们的学生和安徽大学毕业的一个作家叫六六，这个人很有名，她现在是个很有名的编剧，她早期也是在网上写作，我们也问到这个问题，她描述她自己的生活状态，她说她觉得现在每一天都是好日子。她当时通过这种在线交流给我们展示出来的那种精气神儿特别地饱满、特别地舒展，让人也特别愉悦，你就感觉到她是一个实现了财富自由，然后进入了一种精神自由。您也是中国网络作家富豪榜的上榜作家了，都是收入千万元以上才能进入富豪榜的。也可以这么讲，您也是实现了财富自由。通过写作确实是改变了您的人生命运，然后也使自己有更高的起点。那么在实现这种自由之后，您对自己未来整个的写作有没有一个更大的规划？

何常在： 说到财富自由，我觉得还为时尚早。因为现在就我财务方面来说的话，温饱肯定是没问题的，但是说真正地实现随心所欲的自由还是需要努力的。我未来有可能的话，一部分精力会转移到影视方面去，另一方面我们会更多地深入社会做一些其他方面的事情，然后对于写作方面，大概是会更注重厚度、深度以及树立一些精品意识，大概每年可能写二三十万字或者四十万字以内，就是出版一本到两本的样子，不会再真正地做那种长篇的连载这样的工作，因为现在时间上精力上都不太允许。而且我想要去涉足一些我感兴趣的点，比如我想写有关中医的，或者写年轻人的三部曲，或者写有关哲学的、科幻类的这些东西。就是说陆续地会有这样的规划，根据实际情况一步步地来实现。也许到退休之后会想写一些自己真正感兴趣的，就不再考虑任何市场了，然后只是为了表达自己这样的作品。对每个阶段我觉得需要不同的规划。

周志雄：我问最后一个问题，今天确实时间有点长，机会也确实很难得。我想听听您对网络文学研究有什么建议，有什么看法？

何常在：我觉得网络文学研究现在也已经步入了正轨，也逐渐地形成气候了，但是没有完全形成一个规范的体系。我的看法是梳理一下我们这么多年来目前的网络名家们，他们在每一个行业、每一个领域的行业地位，拿出他们的代表作品，然后做一些系列的理论上的指导，用一两个指定的评论家或者导师来跟踪，深入地了解他的成长轨迹，然后将他在整个作品中的思想变化梳理出来。

网络文学发展到现在，好多在各个行业各个细分领域的这些作家们，他们已经拥有了他们巅峰的时期或有代表他们思想内涵或者未来方向的一个作品，所以我觉得把这个细分一下，然后每个分类里边拿出一两个人来，这样更好地为我们未来的网络文学做一个典范，树立典型，就能更好地引导网络文学的发展。

十　保持热爱，不忘初心

何常在：在最早的时候，其实我们那一批最早的网络作家，谁也不会想到网络会发展到今天的规模，所以当初进入网络文学的时候，真的不是为了赚钱，赚钱的话，当时是真的看不到多少希望。我在写《人间仙路》的时候，当时每个月的稿费是我大概每天更新 6000 字，一个月是 18 万字的样子，大概稿费是 1000 多元不到 2000 元。而我之前给杂志写稿子，我写一篇 3000 字的稿子，也能拿到 3000 块钱，所以它差别是极大的。但是我之所以用了一年的时间，写完这部 160 万字的《人间仙路》，我坚持下来了，绝对是出于兴趣爱好，出于表达欲望。我觉得我这本书写出来，有 1 个人看，有 10 个人看就是一种认可、一种满足，正是因为这种出发点，所以到现在我们还在继续写作。

靠这种兴趣、靠这种动力，它是会比用金钱写作的动力更持久，而且更能产生有思想的作品。

而现在对网络文学这种过度的宣传，导致了现在很多新人进来，都想一书成名，都想赚大钱。我接触的人比较多，政商两界的人也很多，网络文学市场其实并不是一个大市场，我们网络文学最顶尖的一些人与外边的一些商业上的人士或者一些其他的人来相比，算起来还是很贫穷的，跟他们相比差得很多。所以说我们网络文学认清自己很重要。要传达更多的社会价值，要多出经典多出精品，我觉得这个才是网络文学，这才是文学的本质，是文学之所以流传或者存在的本质。

周志雄：好，何老师讲得非常好。听了您这个讲座，我觉得非常受启发。卢梭讲："人生而自由，却无处不在枷锁之中。"我觉得我们这些同学可能不一定能听出这里面的这种限制，对于一个作家来说，我们听何老师讲他个人的这种成长道路，讲他对网络文学的一些理解的时候，我不知道大家能不能听出来其中的这种限制。因为我们知道何老师一开始是写诗，写报刊上那种稿费非常高、语言非常优美的文章。后来做记者时写新闻稿，再后来转向写网络小说。何老师写网络小说时，官场小说在当时还是比较火的，那个时候也出了很多官场小说。在当时的纯文学界，王跃文、闫真等作家的官场小说受到了读者热烈的欢迎。例如，李佩甫的《羊的门》，像这一类型的小说在当时是很热门的题材。这些官场小说，的确能把中国社会比较深层的东西揭示出来，给读者以震惊之感。因为对于书里所描写的一些事情，我们好像听说过，但背后是如何运作的却不知道。读完这些小说后，让人感觉对于我们这个社会好像更了解了。网络文学的风向也一直在发生改变，几年后，官场小说的发展受到了约束，甚至是直接砍掉了官场小说这一板块。面对这种现实，您的创作需要再次发生转变，于是您开始由官场小说转到商战小说，您开始写青年人的创业问题，我觉得您在写作中所作的每一步转变都是非常好的。

也正如您刚刚所讲，互联网的确给我们这个时代的很多人带来了机遇。互联网发展20多年以来，出现了很多新型作家，像您这样有这么多丰富的经历，然后通过不断的创作，最后找到了一个适合自己写作的题材和方式。这种方式即是您刚才描述的在时代的裹挟当中进行创作。这个时代把我们带到了这样的一个环境当中，作为一个写作的人，既要养活自己，又要有一些现实考虑，同时又要有自己的兴趣、有自己的文学追求，还要有更高的社会责任感，这些东西如何有效地去统一，我觉得您做得非常好，您在摸爬滚打中找到了这样的一种方式。

您在前期写的那些小说也都很优秀，当然您后面应该会有更好的作品。从目前来看《浩荡》应该是您代表性的作品，《浩荡》能写得这么好，和您前期的积累密不可分，更重要的是正如您所说，《浩荡》是您很用心用力地做了几年准备的成果。所以《浩荡》一经发表能获得这么多的荣誉，产生这么好的反响，这是理所当然的。我们国家现在也正在大力倡导网络文学写现实题材，《浩荡》这本书是符合我们国家时代发展要求的。我相信您在写的时候，并不是说因为国家倡导您去写这个，而是因为这是您生活当中所熟悉的题材，您是从自己熟悉的生活出发，然后把自己这些年来写网络小说的经验融入其中。这部作品完美地演示了爽文模式如何较深层地介入现实，同时又不失文学的品质。我觉得今天您在讲座中提到这一点是非常好的。

同时，我观察到您在今天的讲座中提到，在如何处理爽文模式与现实主义题材相结合的问题上，您采用的是"重现实"的写法。在这个问题的处理上，您已经有了一个比较成熟的经验。就像有评论家总结，您的小说里面会有比较成熟的经验、有复杂的矛盾，和一般的爽文不同，一般的爽文总是一条线爽下来。有的作家的小说中仅仅只有几个人物，一条线索，这样写作的难度便会大大降低。但是您的小说里面有多条线索，有很多人物，这些人物的命运、性格，在多个角色关系中被塑造、被改变，而不是一成不变的，实际上这种写法对写作来说是有一个更高的要求的。我认为能够写出那么多条线索、那么多复杂的人物关系，可见您的文学功底是非常深厚的。我认为"重现实"确确实实是一个很好的写作方向，您也说了，在这条"重现实"

的写作道路上如何再去坚持，如何去突破，如何把其他方面结合得更好，您还需要努力、需要探索。我相信在这方面您一定会取得突破性成果的。

我感觉您的创作已经进入了一个新的阶段，用我们时下的话来讲就是追求精品化、追求文学品质的一个创作阶段。这也是很多的网络作家写到一定程度上会发生的一个必然转向。很多作家写作初期需要日更，有的一天写上万字，有的写几万字，我认为这是处于二三十岁的年轻作家可以做到的。当有的作家开始有了一定的名气，积累了很多经验的时候，他不需要写那么多的文字来证明自己，他由追求文字的数量到追求作品的质量，对作品的品质有了更高的追求。这时写的30万字所产生的社会效益相当于以前写的300万字，有一种以一当十的效果，我认为这是一个作家非常成熟的表现。

在今天的问答环节，您讲到了很多内容。涉及了网络小说在线上连载和出版、影视改编之间的差异，还有关于性别角色的问题、性别意识的问题、男性形象和女性形象不同的问题，然后您还提到了您现在开始有意识地去写以女性题材为主的小说，我觉得这是非常好的，从中可以看出您是一个有宽广视野的作家，敢于去尝试不同的写作。很多网络作家，他只写某一种类型，并没有很多的变化，他不敢去变化，因为他觉得变了之后，他的读者粉丝就会丢掉，我觉得在这个方面您也是做得非常好的。还有我觉得您有很好的继承传统的意识，同时有历史的使命感，您一开始就讲您到监狱里面去和犯人交流，讲到文学作品应有规范道德意识，文学作品中价值观对读者的影响，我觉得在这一方面是很多纯文学作家的作品中所没有体现的，因为在纯文学领域里面，作家是不为道德负责的，作家他只是去呈现、去揭示，他不是要去教化某个人，但是我觉得网络作家在这个方面和纯文学作家是不一样的，追求是不一样的。

网络文学受到国家提倡，也受到读者欢迎，同时对我们的青少年成长也是非常有用，因此在这个时代网络文学必然是受到重视的。所以我们说网络文学在未来的发展道路上，是非常可期的。但这在实际上也对网络作家提出了一个更高的要求，即如何提高网络文学的质量，承担社会责任。我们可以观察到在今天这个时代，网络文学作品很多，写作的人很多，但是这个时代它会进入一个网络作家500强的时代，可能不需要那么多的网络文学作家，有500个人就够了。我们发现现在真正有影响力的网络文学作家也就只有100多人。有很多人实际上写作只是跟风的，他的作品不具备研究的价值，网络文学时代有大量的这种文学泡沫。我们今天通过这样的一种方式——这其实也是我们在高校里面做研究一个很重要的方式——让同学们和作家进行交流，通过读作品，要能够辨别哪些作家是好作家，然后通过这样一个交流的过程去了解网络小说写作的规律。

网络小说目前受到人们很大的质疑。我认为很多人看不到网络作家他的不得已，很多时候人们的批评是简单化的。比如有的人在读了网络小说之后，说他思想含量比较低，然后说他这里面有"种马文"的嫌疑，然后说这个小说的艺术手法也很简单，然后语言也很一般。当人们做出这样的一些批评的时候，其实并不了解网络小说到底是干吗的，网络小说本来就是一种大众的、娱乐化的东西。当我们看到这些小说的时候，我们要找的是什么？我们要找的就是您刚才所提到的那些内容，即如何将现实和网络小说相结合等。网络小说既要让读者喜欢看，同时又要有作家自身的这种文学性的追求，怎么样去兼顾，我觉得是值得深思的一个问题。

网络小说里面其实蕴含着这个时代的一些新的创作经验，这些创作经验是需要我们去挖掘的。比如说在对现实主义继承方面，它从巴尔扎克时代那种批判现实主义主潮中吸收了那种直面现实去写不同人物类型的一面。但是我们的作家和巴尔扎克不一样，我们的作家他更多要写欢愉的东西、写欢脱的东西，那种丑陋的、肮脏的东西在小说里面可不可以写？它是可以写的，但是成分不能太多，太多的话就不能在网络上生存下去。因此我们说作家有时候是不得已的。

您今天也讲到目前网络小说现实题材的三种形式：重现实、轻现实和伪现实。这也和我自己想提出的一个概念相关，即是网络现实主义。我认为从文学的角度来说，所有的写法都是可以的。文无定法，不能说一种写法比另外一种写法高，而是说作家如何在同类型里面、同样一种写法里面做到最好。我觉得您今天的报告、您的作品，实际上向我们展示了网络现实主义是有很大的发展前景的，也坚定了我们对网络作家的信心。未来中国的网络文学是应当与现实相结合的。

我对您刚才提到的一个话题也非常感兴趣，您说您将写城市青年三部曲，写我们这个时代不同城市的青年，描写他们的精神面貌，把这种带有地域性色彩的东西呈现出来。就像巴尔扎克在谈到他写《人间喜剧》的时候，他说他的写作理念就是要通过他的小说把这个时代记录下来。若干年之后，人们看他的小说能够获得非常丰富的对这个时代的观感和体验。其实这就是对经典现实主义的另外一种传承。

然后您刚才讲到有关您的生活，您在生活中会去看电视剧，您会去关注一些热门的东西，这其实也是网络作家应当具有的优秀品质。因为我们把网络文学定位成一种大众文学，是一种大众文化。那么作家其实应当要去积极地吸取这种媒介传播的东西，因为我们的网络文学不单是文学，它必然要产生更大的影响，它需要影视化。影视化其实是对作家写作提出的更高要求，在写作的时候，作家要思考如何具备影视编剧的素质，具备这种大众文化的视野和思维。我在跟很多作家交流的时候发现，他们都有意识地去思考如何将作品影视化。比如说山东作家高楼大厦，他说他每周都会到电影院去看电影，所有热门的电影他都会去看，这也是作家积极地从影视剧中去吸取有效经验的表现，然后写到网络小说里面。

那么我们这个时代的网络小说它到底是什么？我认为它既有纯文学的东西，也有传统文学的东西，还有我们当今的这种大众文化的东西，同时也包括了主流所要求的这种责任感以及担当意识。那么在融合了这么多要求中，哪一个作家能够达到更高的高度，能够创造我们这个时代的这种精品和典范？我觉得何老师您的作品已经显示出了这样的气象。因此我对您未来的写作是充满期待的。以上就是我今天听您讲座的印象和感觉。

我们今天这个讲座进行到现在已经有两个半小时了，何老师您今天这个报告非常好，信息量非常大，我相信我们同学和我一样都是非常有收获的。那么今天报告，我们会把它录音，录音之后会有文字整理，然后通过这样的交流，我相信我们的同学对您的作品以及对网络文学应该有更深的理解。

　　正如您刚刚所说，我也认为在网络文学作家研究方面，是需要对作家进行跟踪的。现在一个作家的创作风格可能是这样的，过一年两年他可能又是另外一个样子，作家创作是有不同的写作周期的。您刚刚谈到您将退休之后的写作计划都规划好了，我相信您是一个有宏大事业宏图、有很高目标的作家。我们今天交流是一个开始，我们期待以后与您有更多的交流，也期待看到您更多的作品。我们今天这个讲座到这里就结束了。非常感谢何老师，也很感谢各位同学。谢谢大家的参与。

　　何常在：感谢周老师和各位同学，再见！

第二十一章 "你的思想有独一无二的人格魅力"

——六六访谈录

一 "我是一个独立创作的人"

周志雄：今天我们非常荣幸地邀请到著名的网络作家、编剧六六老师来跟我们分享她的创作经验，我们先掌声欢迎。

六六：很高兴啊，人生第一次和学弟、学妹们在网上交流，非常荣幸。

周志雄：关于六六老师，网上的介绍很多，我今天早晨用百度搜了一下，有6800多个网页。我想简单地讲几点：六六老师是我们安徽大学的校友，是个很红的作家、编剧，是中国作家富豪榜的上榜作家，已经红了十几年了，由她的小说改编的电视剧《蜗居》《双面胶》《心术》《女不强大天不容》《安家》等每每播出之后都会引起强烈的关注、讨论，几乎是家喻户晓。在2005年的时候，小说《双面胶》在全国近20家网络媒体连载，当时在网上有很高的点击率和转载率，引发婆媳关系的大讨论，仅新浪读书论坛留言就有近三万条。今天我在中国知网上查了一下，六六老师的作品已经进入学术研究的视野了，能够查到的研究论文超过了五十篇，其中有几篇是硕士学位论文。我们同学都读了六六老师的作品，今天的分享会由我们安徽大学文学院的陶春悦、彭伟、鲍嘉琪三位同学轮流来主持。分享的形式就是由我们同学来提问，由六六老师来答问。下面有请我们的同学来主持今天的分享会，大家掌声欢迎。

陶春悦：六六老师您好，我了解到您从安徽大学国际经贸系毕业后，开始几年一直从事外贸工作，1999年赴新加坡定居，从事幼儿教育工作。同年您开始以六六这个笔名在网上撰文，您的初始工作和文学并没有关系，是什么原因让您开始从事文学创作呢？

六六：这两天我正好在上吕世浩老师的国学课，大家在网上可以搜索一下吕世浩。人到一定阶段后，就会回归人命与天命的话题。我为什么要谈人命与天命呢？就是为了回答刚才这位女同学的问题。人生在你们这个年龄阶段最迷惘的就是我想干什么和我能干什么之间能不能统一，是不是这样？很多孩子有他自己的梦想，比方说我儿子这两天一直在跟我讨论，他说他想学的一个专业叫插画专业，我不知道有多少人知道这个专业，这个专业里面比较厉害的是罗德岛设计学院插画系。作为一个母亲，我非常清楚地知道这个专业能够养活自己的可能性几乎没有。但是我又得正视这个现实，他选了这样一个非常冷僻的专业，我几乎翻遍了所有的名人典录，都找不到一个名人是以插画见长的。但是我知道有个女孩子也是这个学校毕业的，她画《人民日报》的插画页，画很多很多的漫画，还给迪士尼画画。我要不要支持他？什么原因要支持他呢？因为这是他的天命，他在十四岁的时候，发现自己很喜欢这个专业，但是这个专业跟他未来的生活会有极大的落差，怎么办？我当年学国际贸易，说句实话，我父亲是安徽大学外语系教授，当然他之后调到上海去了，在上海工作到退休，我的母亲也是。他们是不能够接受我的梦想的，我小时候的梦想是当一名幼儿教师，因为我喜欢唱歌跳舞。我父母都是高知，所以他们希望我受到好的教育，有好的工作。在我那个时代，父母认为最好的专业就是国际贸易系，改革开放的时候中国需要大批的人才，与进出口对接，与国际贸易对接，所以当时这个专业很火。因为我经常说，不要以你有限的职业障碍，去影响孩子的前途。我父母不同意，所以我就按照他们的要求去读了国际贸易系。

我用差不多一到两年的时间证明我最不适合干的一个专业就是这个。后来我就出国了，中间有段时间作为无业游民在中国晃荡了两三年，出国到了海外以后，我觉得我的生命重新开始了。因为离开了父母，我就考了教师资格证，接着到幼儿园应聘，最后成为一名幼儿教师。在网上发表的大家看到的小说作品是后期了。我最早在网上出名是因为我在网上发表我的教育笔记：我对孩子的观察。这个时候，我到二十四五岁才发觉我的文笔比正常人要好，我去叙述一件事情的时候，我的叙述方式会非常引人入胜，即使我写教学笔记，写我的工作总结，对别人来讲都是很有吸引力的。

我是典型的市场化的作家，是网络让我知道我有这个优点，网络告诉我，我写作比别的人要强。我从写教育笔记开始，两三百字，三四百字，到慢慢地开始写两千字的小小说，到后来写长篇连载。《王贵与安娜》是我第一部长篇作品，总共加在一起三四万字。当时我觉得写到三四万字就是我叙述的顶点状态了，因为我觉得写三四万字太累了。但是到今天，我从事影视创作这个行业已经有十几年了，现在我基本上写一部影视作品的剧本都是百万字的量，因为你要反复地修改，反复地把这个人物线像画素描一样地修清楚，我的剧本打印出来，我们单位都是拿小推车给我送来的。

你就知道人的能力是无限增长的，只要你不停地学习。我没想到有一天我能写出这么多的故事来。人是有特长的，你一定要遵从你的内心，问你自己喜欢什么。我其实不太同意中国的一句古话"学海无涯苦作舟"，在我人生的前十八年，我真的感觉到是"苦作舟"。你会发现，人生的前十八年叫"取长补短"，就是你会把很多的时间花在你最不擅长的事情上。比方说我在人生的前十八年，我的数学不好，逻辑思维能力没有那么强，我花了很多时间在数学上以应付高考。但是我喜欢的是文学，这个天赋被掩盖了。十八年以后，等你走向社会以后，这是另一个过程——"扬长避短"。我以前很恨学习的那个阶段，它让我很不自信，因为你在这个领域就是不好。但是我现在到了四十多岁，我特别珍惜这个"取长补短"的人生阶段，因为这是你人生中去补漏补缺补差的时间。有一个理论叫"短板理论"，就是那个木桶，能装多少水是由最短的那块板决定的。我后来写的大部头的作品，其实需要的是非常宏大的架构能力，需要逻辑思维。

在文学史上有两类人，真正在文学界地位非常高的这些人，比如莎士比亚、曹禺、曹雪芹等，他们作品的特点就是非常大型的叙述类的宏观作品。但是你看马克·吐温的作品非常好，他写的是短篇小说，在短篇小说这个区间内他走到了顶点。短篇小说家的逻辑思维能力没有剧作家强。我认为我这一部分的训练，跟前十八年有关，它是慢慢在我生活中体现出来的。前十八年我数学虽然学得不怎么好，但至少从来没有放弃过。我说这么长一段，其实就是解释为什么我会从一个学国际贸易的人，走向了文学写作的道路。实际上我最终在二十七八岁那年，把我的天命归到了这上面。

陶春悦：您在创作纸质小说的同时，也在创作影视剧剧本，但是把自己的小说改编成剧本好像又不是件简单的事情。请问您在小说改编成剧本的过程中遇到过哪些困难呢，在创作这两种类型的作品时，带给您的感受有哪些不同？

六六：你问的这个问题涉及非常专业的领域了，所以我要考虑我从哪个角度切入合适。如果是专业的人，我就会用专业的方法回答，如果是作为一门研修课，只是想知道它的区别的话，我就给你大概地说一下它的区别。我现在也在带徒弟，就类似于大家讲的"师带徒"的形式。我发现我的徒弟葛玲非常厉害，她是南京大学中文系、戏文系的本科和硕士。从她考试成绩就可以看出来，她比我强太多了，她的理科比文科好。她已经二十七八岁了，有一天我儿子拿出奥数题来问她，她想想就把它给做出来了，你要知道她脱离学习的环境已经很久了，还能够迅速地做出来，而这种能力，我在我儿子一年级的时候就已经放弃了。

我发现在我和她工作的过程中，也都遇到了你刚才提的这个问题，就是小说和剧本的转换问题。很多人会认为这是两件事情，我下面说的这段话非常重要，因为有些孩子未来可能会体悟到，而有些孩子可能终生都不会体悟到，这段话是：其实无论是写作还是搞金融、搞医学、搞绘画、搞政治、搞管理，它完全是一件事情。我说这句话的时候,你们可能会很诧异,说如果是一件事情,我们大学为什么还要分文学院、理学院、艺术学院、法学院啊?为什么你说这是一件事情,我们还要这么细分呢?实际上我们要回归到一句话:"道生一,一生二,二生三,三生万物。"我想和大家说,我认为这个世界上最了不起的建筑是金字塔。金字塔的特点大家都知道,就是下面是个方口,但是它最终的结点是在那个顶上,那个顶就是"道生一"的"一"。或者我们说得更清晰一点,叫"宇宙大爆炸的那个原点"。我为什么这样说?因为你从事的行业,就是你入门的门道,门道和道之间差很远。比方说你是搞IT的,你是从金字塔下面的方口进去。你是搞哲学的、你是搞科学的、你是造车的,你都是从那个方口进去。除非你没有向上走的意愿,如果你一直不停地精进,一直不停地往上走,你会发现你所在的区域就像金字塔的模型一样。它的那个口在不断地收窄。不断地收窄的原因是,我们最终会回到一个哲学命题,"我是谁,我从哪来,我要到哪去",能到中年的时候才提出这个命题的人太了不起了。这是所有行业的人在不停地精进的过程中会提出的这个问题。也就是说等你问到这个问题的时候,你发现能够跟你想到同样问题的人跟你在同一个水平。

我最近在网上发了一篇文章,微信公众号发的。发的是刘力红老师的文章,谈的是"道"和"术",就是本和末,本和末翻译过来就是"道"和"术"。你问我写小说和写剧本之间的差异,在我看,它没有任何差异。但是在我徒弟葛玲来看,它的区别太大。为什么?因为剧本要分场,要分集,要有画面感,要把文学语言转换成镜头语言。但是在我来看,它之所以是一件事情的原因是,我最重要的写作目的就是这个故事我要表达什么?我只有找到这个内在的核心以后,我才能去展开,围绕它把不同的人物树起来。故事讲到最终,无论是十个人物、上百个人物,包括像《红楼梦》这样的大型巨著,它的核心是不变的。你一定要清晰你内心里想表达的那个核心是什么?我呢,我觉得之所以现在看起来比那么多写剧本的人在这个行业里面红一点的原因是,我跟他们是不一样的,我是倒推法。比方说影视公司给你一个题目，给你一个"办公室职场爱情"，很多创作的人从办公室职场爱情开始推，推人物的合理性，推故事的发展情节线，最终把整个故事写出来。我是倒过来的，我有一个特点是，我从来不接任何影视公司的活，我是一个独立创作的人。我首先想我为什么起心动念要写一个故事。比方说《王贵与安娜》是我的第一篇网络大作文，我写的原因是我要解决一个当时我面临的一个最大的问题，我当时和我前夫在一起，为什么我们两个从十五岁开始自由恋爱，在一起好得不得了，但是走入婚姻以后的一段时间里，我一直对婚姻这个制度存有怀疑，让两个相爱的人最后越行越远的原因是什么？为了解决这个问题，我开始反观我父母辈的爱情。比如说我爸爸妈妈那一辈，基本上都是媒婆恋、工会主席介绍恋，他们两个完全不相干的人，家庭背景也不同，我的公公是安徽大学数学系的教授，他是一个非常有名的教授，就是我们两家完全不存在社会上讲的那种凤凰男女或者是这种阶级差异，我们两个是非常门当户对的婚姻，而像我父母这一辈完全不匹配的、拉郎配的婚姻，为什么他们能走一生？虽然也吵吵闹闹的，他们居然就可以把婚姻这个事走到底，为什么？我就会产生疑惑，我是为了解决问题才去观察生活，才去找主角，最后让这个故事成立下来。这个实际上就是我刚才说的金字塔的"道生一"的过程。这是我创作的初衷与核心，而很多人的创作是从金字塔的下面开始，这就是区别。

从写小说到写剧本有什么样的不同，在我看来都是一件事情，都是完成我的主旨内核核心。比方说我写《心术》的时候，我观察到的问题是解决整个社会的信仰。医生和病患之间的关系应该是相辅相成的，病人把性命交给一个陌生人，医生在为病人的性命负责。如果建立不起信任，这个关系是没有维系起来的。包括今天我们网络交易，如果没有支付宝这个平台的存在，你怎么可能把那么多钱交给对方。支付宝是个中介，医生这个职业的 title 就是他的中介，要把两个陌生的人联系在同一个地点、同一个限定的社会环境下。我是为了解决这个问题开始创作，这时我就会遇到一个非常大的问题，这是我第一次做创作采访笔记，我到医院去找我的护士原型。我是按照我的中心思想去找的，那么因为我有我的创作内核和主旨，我采访的每一个过程，我的筛选，或者是跟某一个采访人物聊的这个过程，是不离这个本质核心的。我不是学医的，我刚去采访的时候，医院的医生很排斥我，他们觉得我连氯化钠、氯化钾都不清楚的人，怎么写好医学方面的故事。在他们的眼里世界上写得好的医学作品，比方说《急症室的故事》，都是医生创作的，他们以常识来推断我是写不好这本书的。但实际上我很清晰地知道我看到的内涵是什么？内核是什么？对我来讲，这个困难是不大的，一直到《女不强大天不容》，到《安家》，包括现在我写的中医的戏。很多人都问我为什么在现代社会要写中医？其实这个跟"医"一点关系都没有，我要讨论的是为什么在历史长河中中国文明是唯一一支存留的。这是我创作的内核，有了这个本源以后，我可以围绕它走很远的路，这我都不担心，因为最终我的目的就是找到本源所在的精神。

为了写这部戏，我跟师了将近六年，然后读了硕士研究生，拿到了硕士文凭。可能很多人会觉得，创作一部戏会需要这么长时间？那么我跟你说，其实我们又回到了核心问题。我有很多朋友，是一些行业顶尖的人。比方说，汉庭、全季集团的老大是我的朋友，海底捞火锅的张勇也是我的朋友，包括马云，我们都很熟。我们有个共同的感受就是，在任何领域里，你想做到这个领域里全中国最优秀，你没有耐下心来沉潜地做十年八年以上那是不可能的。现在的孩子都想要速成，干什么都要快，很多孩子两年三年就跳槽，要升级，我告诉你这个就像九层塔一样，塔基不做好，上面的土是要倒塌的。因此在做所有的产品时，我们做核心，其实个人就是它的核心。你在做这个核心的时候，你不把它夯得特别地扎实，就想去做到这个领域内独一无二，绝无可能。

每个人对自己的要求不一样，很多人可能在现在这个阶段就是找个工作，然后结婚生孩子过正常的生活，如果你有这样的诉求的话，说句实话中国人就叫"求中得低"。你要知道中国是求高才能得到中，求中就得低。你没有立远志，是没有办法在未来这个世界里走得远的，你在不到中年的时候就会遇到危机。我今天花差不多两个小时的时间跟你们交流，我希望你们很认真地听这堂课。这是我第一次走进大学校园去跟同学们讲课，如果你这个时候还在上网浏览别的内容，还在打游戏，因为反正现在学习是自主自愿的，能看见不能看见老师不知道，如果是这样的话，说句实话，你亏的可能是未来你好几亿的身家。当然你讲我根本没有几个亿呀，我无所谓亏这个事儿，但是你要听进去了，你未来身家肯定不止几个亿。或者说，你人生的财富在未来世界的精神存款是很丰厚的。因为这是我花了几十年的时间领悟到的。

我以前特别讨厌别人跟我说我的经验是啥，我到中年发现他说的竟然是对的，我醒悟得有点迟，还好我还是个比较听话的人，还是按照他们的方法去走。所以实际上你们在写作的时候不要流于套路，不要在这个层面纠结。小说怎么转化成剧本，或者小说的内容怎么变成画面，这个问题在你领悟了道理以后很容易解决。但是你没有得到感受，没有用生命用你的心去感受作品和人物，你的文字不能打动人。这就是我对你的解答，就是说小说文字怎么样变成电视剧本，说句实话，只要内容好，形式不重要。

我跟大家说一个秘密，这个秘密行业内的人知道，行业外的人不知道。我不会写剧本，准确来讲我连小说是什么样子我都不知道，因为我没有上过专业课。葛玲跟着我写的很大原因是她帮助我把这个"场"打好，把框架打好，然后我把我要写的东西填在这个内容里，它的格式是什么样子的我并不知道。后来我发现你在一个领域里做得非常厉害的时候，"术"的事儿有无数人帮你解决，但是"道"的事没有办法解决。所以你就知道你一定要找到"术"的本源，你在任何一个单位里做一个可被替代的工作的时候，说句实话，你未来可能会被机器人替代，但是你的思想有独一无二的人格魅力，这个东西是不可替代的。

二 "我大部分的时间在做山顶积雪的工作"

彭伟：我看到您从 2004 年发表《王贵与安娜》开始，每年都有作品产出，这个过程一直都没有停过，但是我们在写作的过程中经常会遇到灵感枯竭不得下笔的情况。请问您是怎么保持这种灵感充沛的状态的？

六六：说句实话，这个问题有很多人问过我。很多人都很奇怪，很多作家最后死于上吊、枪杀、自杀、跳楼，因为他觉得他手上的神笔走不动了，马良又回归到普通的马良，他们都不能接受这个现实。我的八部影视作品部部爆红，行业内的人经常跟我讲这些专业词我都不知道，什么叫"非黄"，什么叫"黄金"。他们跟我说："六六老师，您不用了解，您一直都在黄金时段上。"我后来才知道影视行业原来是分了"黄金"时段和"非黄"时段的。因为我从第一部戏开始就是在"黄金"时段播出的，就是八点到十点这一段，十点以后才是"非黄"时段。他们说您不知道的原因是您一直在创作的巅峰上。所以很多人都讲，你们行业很多人为了写出好的作品去喝酒或者是通过不同的方法去刺激，我看您每天活得非常平稳，早上起床以后就开始写毛笔字，写完以后就开始写作，要不是做采访，完成一天的工作以后出去走一圈，您几乎是一成不变的生活方式，怎么会写出那么多的激情，激情从哪里来？您连酒吧都没有去过，没有蹦过迪，也没有婚外恋的经验。

戏里要是写杀人的话，应该杀人练手吗？不然都没有这样的感受。其实不是这样子的。创作的灵感，我们还是以大自然来比喻，创作就好像是一口井，或者是一条溪流、一条泉，这个井水的出水量、溪流的出水量不在井和溪本身，而在它的源头，山顶的源头，雪水的融化。所以雪的蕴藏量是最重要的，雪的厚度是最重要的，还有天上的降雨量。我想跟你说的是什么，雪的厚度就是指你的阅读量，你的思维的开阔的程度。很多人跟我讲，我周围的朋友都跟我推荐哪一部戏比较好，最近刚看的一个电视剧叫《隐秘的角落》，看完了我觉得演得特别好，但是剧本创作是有瑕疵的。像这样的戏我看得非常少，因为我大部分的时间在做山顶积雪的工作，像读人文类的书，包括像《时间简史》《枪炮、钢铁与细菌》这些社会学类的书，还有投资类，这是我的山顶积雪。那么天上的下雨是指什么，天上的雨水是指我的采访过程。我写一部书的时间非常短，三个月、五个月就能完成，但是我采访的时间非常长。比方说我写中医的戏，我采访近六年了。那么这六年里点点滴滴的积累，这个主人公已经融化到我的血液里，我往桌子面前一坐，我一个人就可以变化成十几、二十个相关的人，故事的场景栩栩如生、历历在目，为什么？这就是你天上下的雨，这就是你积累的每一个洪水暴发的点。有些故事它已经在你的血液里，你写的时候不需要生编硬造，它是活着的呀，那些人到今天为止，和你生活得都很熟悉，他每一个场景下每一个反应，都是自然而然地，你哪里需要思维枯竭地去编造呢？人家为什么说厚积而薄发，你的故事库里面跟这个相关的故事有一千个，但是你创作的过程中可能只精选十个。从一千个里拼出十个图画来是很容易的，如果你脑子里的故事存货只有五六个，却要编出十个故事来，你说你得多累啊。人前显贵，人后受罪，积累创作的过程、采访的过程，是非常辛苦的，是要用心去体验的。

我很幸运，一般的人一生只能过一种生活，但对我来讲，我这一生可以过我想过的所有生活，我想过的生活我都能够去体验一遍，这就是我人生的财富，我选择这个职业的快乐。所以，对我来讲，当你把它当成一件快乐的事情去做，而不是像喝中药，什么良药苦口利于病、学海无涯苦作舟，不是的，因为你很喜欢这件事，你干的时候乐此不疲，你是真心真意地去干。我的中医水平可以说在上海还是比较有名的，无论是把脉、扎针、做手法，我现在差一点的是开药。教我的老师，他明明知道我这一生不会从事中医的职业，只是为了写一本书，但是他们从来没有因为这个而有所保留、不认真地教我，他们倾尽自己的全部心力在教我。这就是行业顶尖的表现。他这样教我的目的，不是对我认真，而是对他们自己的人生认真，我觉得有这样一群人在跟你合作，引领你，这才是你人生最大的财富。

彭伟：您之前提到了《心术》这部作品，这是您的一部代表作，我想请问的是，我在查找资料的时候发现，您当时有去现实的医院进行实地取材，在取材的过程中，有没有什么令您难忘的事情？还有就是这部作品，对有关医患关系的种种问题有没有美化的倾向呢？

六六： 我是这样认为的，写《心术》做采访是2007年、2008年的事，我收获了很多医生的朋友，而且证明我看人很准。当时的大师兄，就是戏里面张嘉译演的那个角色，现在已经是上海医科大学的副院长了（编者注：现在已经是华山医院院长），当时还只是神经外科的一个主任医师；当时那个二师兄，霍思邈那个角色的原型，吴劲松教授，现在已经是中国神经外科学响当当的扛把子了；书中的三师兄现在是华山医院西院的院长。随着时间的推移渐渐发现，当年选取的人物在各自的领域里面都很精进，且进步非常显著，这就是写戏的意义，不仅写戏，还可以用时间去验证自己的观察是否正确，我相信大家观察自己的生活，也会发现有一些人的生活十年来一成不变，不是说一个工作做了十年有十年的经验，是说一个工作只有一年的经验复制了十年。

在我采访中，最难忘的就是结交的这些朋友，我最宝贵的财产就是朋友。写作《女不强大天不容》，我采访了朱晓凯教授，他是安徽大学历史系博士，现在是安徽师范大学的教授，也是我终身的朋友，包括我的中医老师，他们都会与我终身相伴，这也是我采访中最大的收获，这些人与我们共同进步、共同成长。2009年我的名气肯定没有现在这么大，而且我的作品也没有这么成熟，但是可以看见大家都在一起进步，没有掉队，这才是我觉得人生最快乐的事情，很多朋友你会发现走着走着就丢了，因为步调不一致，有些人走得快一些，有些人走得慢一些，走得慢的跟不上走得快的人的脚步，就很难再在同一个时间上相遇。

至于你说的美化，我觉得创作没有好坏的区别，有一个很有名的作家，他的创作都是黑色幽默，但是完全不影响他在创作上的历史地位。实际上你选择什么样的创作方式和你内心是什么样的人是密切相关的，我天然是个乐观的人，我看人都是看他的优点、正面，对生活中那些曾经伤害过我的或者是曾经有负面影响的人，我会慢慢随着我的成长而忽略他。大家有没有注意过一棵树的成长过程，小的时候在树的身上砍一刀，有可能就把它砍断了，它就会死掉，如果以后有机会，我推荐你们到美国去看看红杉树林，一棵树十个人环抱都围不住，像这样的树拿个电锯锯十分钟都不会有影响，所以人生最重要的就是成长，你要是成长了以后，那些曾经伤害你的语言和事都不计较。这些也会融入我的作品里，比如最近的作品《安家》，房似锦原生家庭对她的伤害在她没有感受到爱的时候，会认为这是她人生过不去的坎，但是在她有了徐姑姑，这个全心全意爱她的人和她那个团队，他们一起创业一起工作，原生家庭对她的伤害就慢慢在减轻，也就是说人在成长的过程中，那些不好的痕迹就会慢慢减淡，所以在我创作的过程中你问我有没有美化，那不是美化，而是把现实生活中的美好和希望留给你们，我觉得这是我们这一类作家创作的特点。

有一部作品叫《无人区》，我当时看完心里就哆嗦，因为作品里没有一个是好人。比如《隐秘的角落》这部作品观众的观感是不同的，在我看来，孩子是镜子，它反映的是我眼中的成人世界，因此我们说成人家长是孩子的楷模，家长的一言一行会被孩子记录在心里，你的每一个对事情的反应决定了他未来的视野和胸襟，这就是为什么跳出一个阶层是一件很难的事情，如果父母的眼光和见识没有增长，对孩子的影响是明显的，这不是说父母的知识文化而是品格对孩子的影响很大。因此我觉得作者内心在成长的过程中可能有什么阴影挥之不去，造成他笔下的人物色调就比较灰暗，如果我创作的话我可能不会做这个类型的选择，这个作品很好，但它对我的人生没有激励作用，那么我就尽量把我自己的感受和进步在我的作品中向大家汇报、展现出来，比方说我看完像《圣雄甘地》这样的书以后我是很感佩的。大家都知道人分两类的，一类叫圣贤，一类叫英雄，圣贤品德高尚，英雄成就事业，圣雄甘地是能把这两件事情合二为一的人。在这个世界上不要总是为了鸡毛蒜皮的小事争斗、纠葛，绕在圈子里走不出来，你一定要相信这个世界上有很多伟大的人物，比如苏格拉底，你一定要把自己的生活和圣贤、英雄关联起来，你要知道这些人能够写进历史都是很了不起的。我创作的时候立定了自己的方向，就是在有生之年会把我感受到的世界的美好、人的灵性、人对世界的改变，还有人类可能会带来的地球的危机，展现在作品中。如果问我创作的特点是什么，我只能说我看别人做的坏事都有存在的理由，比如对《蜗居》中的宋思明，很多人恨不起来，他其实是一个坏人，他在职位上做了很多贪污和利用职权的不法事情，恨不起来的原因是他的行为逻辑是成立的。我在创作的时候因为没有对一个人物的恨，或者说是没有对人的怨念，在创作的时候会表现出人际交往的光明性与善良可爱的地方。

彭伟：我们通常把反映政治、道德、婚姻、恋爱等人生问题的小说称为"问题小说"。在您的笔下，婚姻、恋爱、教育、民生等题材，也是您所感兴趣和着力表现的。特别在散文集《妄谈与疯话》中，您讲到了在上海、合肥等地买房的经历和所见所闻，您对上海父母对孩子教育的焦虑发表了见解。作为一名作家，您已经提出了问题，那请问您有思考过关于教育、婚姻、住房这些问题的解决办法吗？

六六：作家白描社会，作家不负责解决问题，作家只提出问题，解决问题的是人大代表。我们表现、记录历史的方式一种叫作史官，写《史记》的司马迁是史官，但是公开的所有可见的历史，它不是全面的历史，因为历史是由胜利者书写的（这是不带任何观点的评判，仅仅是叙述事实），胜利者书写的历史是有利于胜利者的，因此它不是一个公平的历史，那么我们对这方面史料的补充来自其他艺术形式。比方说我们想知道一个历史时代，我们去看《清明上河图》或者是当代的书法作品和文人的词，就可以知道当时的社会面貌，所以文学作品是历史的补足性描绘。对我而言，我的目的就是把当代社会尽量清晰地记录下来，记录下来的问题靠我的智慧、现在人的智慧不够的话，会有未来的人将它补足。这也是邓小平伟大的地方，他说有一些问题我们现代人的智慧不够，不能解决问题就让未来一百年后的人去解决。所以我的写作不承载解决问题的特点。我的作品成为社会议题化，大家会把每个细节搬出来讨论，进而影响到社会生活，比方说《蜗居》之后国家出了好几套房屋的限价令，就说明管理阶层也看到了问题所在，也提出了相应的解决办法。《蜗居》播出了已经有十一年了，在房价问题上还没有取得正解，但实际上你能看得出来一个文艺作品对社会的改变还是有的。

关于《心术》，它对社会的影响力在哪呢？直到今天都会有医生给我留言，高考时因为看了《心术》，忽然间就改变了志愿，立志要当一名医生，它对社会的影响力是深远的，因为培养一个医生要十年甚至十五年的时间。还有卫生部的官员对我说，在《心术》这本书之前，幼儿的器官捐献率几乎为零，因为中国有给孩子留全尸的传统，但是《心术》改变了人们的观点，人们会认为孩子的器官拯救了其他的孩子，那么孩子就以另一种形式存在在这个世界上。所以有时候一部好的文艺作品是对人、对社会的救赎。

彭伟：我在读《浮世绘》这本书的时候，发现您创作的女性有很多是职场女性，能不能请您谈谈您心目中的职场女性呢？

六六：我没有想过这个事。我经历过两段婚姻，第一段婚姻是门当户对的，但是我们没能相守一生。我现在回头来看这段回忆，留给我很多美好的印记，比方说最大的成就是我儿子，没有前夫就没有我儿子；感谢他全心全意地爱我，青春的时候有爱情是很美好的，就像新衣服大家都爱穿，穿到最后百孔千疮，有些人恋旧会不舍得扔掉，有些人会慢慢觉得不合体而换了一件新衣服。婚姻有三个一起，吃到一起、玩到一起、睡到一起，这三个"一起"是很了不起的，实际上我现在对一起生活最大的感觉就是合适，鞋子合不合适只有脚知道，在你的生活中遇到非常重要的人，让你觉得离开他这个社会就不顺当了。所以我觉得一个人择偶一定要在激情退去以后，看你和他之间还有没有相濡以沫、惺惺相惜的感觉，有这样的感觉你们的婚姻就会比较稳定。三个"一起"里面如果有一个或者两个合适，第三个不合适的话都会有问题。

我自己一直都是有职业的，所以我很难写出家庭妇女的心态，而且其实我也不鼓励女性一直在家里待着，因为我眼见之处女性出现问题的很多。我觉得现在社会对女性的要求有点像基督教徒对上帝的要求，集圣父圣子圣明于一体，社会对女性是有三个要求的。第一个是圣母，努力做母亲，绝大部分女性会选择有家庭有孩子，不代表单身不好，我其实特别赞成像杨丽萍老师这样单身且精彩地活着；第二是圣女；第三是圣灵，这才是最重要的，灵是你自己，很多女性活着活着就把自己弄丢了，只记得我是孩子的妈，我要给他做饭、准备作业，我是女儿，我要照顾父母，我是老婆我要照顾好老公的生活、为他辅佐事业。错了，我是我自己。把自己丢掉的女性到中年就很难找回来了，因为这个社会给你找回"灵"的空间性是很小的。

我经常说孩子是最无情的一个物种，他对你索取的时候就像魔鬼一样吸取你，怀孕的时候他吸取你所有养分，他就像你的一个肿瘤，不管你活得怎么样，他一定要活下来，这就是繁衍，生生不息，在他幼年的时候，你需要每天和他在一起，如果你被这个物种打动心软，就放弃自己的话，那他抛弃你的时候毫不留恋，等到青春期的时候突然就不和你说话，也不和你玩。因为这个时候他脱离了母体，他不需要你了，这是每个人的必经历程，这个时候你的存在价值在哪里？很多母亲和孩子的关系紧张，就因为她从被完整地需要到被完整地不需要，这个过程太残酷了，不能够接受。所以我认为保持自己的独立性是非常重要的，你有独立的人格、独立的精神世界、独立的经济能力，我妈常说，"爹有娘有不如自己有，丈夫有还得伸伸手"。你有独立的人格、被社会需要，他人对你是尊重的。

彭伟：《仙蒂瑞拉的主妇生涯》这本书中，《幸福就在正前方》这一节里您有讲到姑姑的故事，她在每一次失去之后又能满怀期待地迎接更为丰厚的幸福，您坦言害怕失去，会忍不住惊慌和心痛，但倘若别无选择地必须接受，您会如何宽慰自己呢？如何温柔地看待人生的得失呢？

六六：我刚刚拿第一个月工资的时候，我带了400元装在包里，后来出差就丢了，那时的400元于我简直是巨资，我感觉痛不欲生，现在回头看，我最大的收获是让我在公开场合特别谨慎，从那以后我几乎没丢过什么东西，社会经验的积累就是在一次次挫败中得到的。孔子说："不迁怒，不贰过。"也就是说在每一次犯错的时候就要吸取教训，争取下次不再犯，这就是错误带给你的人生意义。

　　同学们，在你们这个年纪，犯的错误都是可以被原谅的，不要担心你人生犯的每个错误，失去和得到是人生的常态，我们总说这个世界是阴阳的世界，其实所有的一切都可以用阴阳来解释，比如女性为阴，男性为阳，那吃进去和拉出来哪个是阴哪个是阳？很多人说吃进去是阳，错。吃进去的是阴，拉出来的是阳，光吃不拉不能够完成循环的，拉出来的才是对整个社会有影响的。那舍和得哪个是阴哪个是阳？得是阴，舍是阳。这就是中国造字的特点，我们都说舍得，如果先想"得"，后面要跟一个字"失"，一个人总想得到，其实是失去，先想着"舍"，最终会"得"，你要明白它运转的原理，你就自然而然地明白几乎所有的宗教都在告诉你要向善、施舍、做好人，这是自然界运行的规律。每个人印象最深的是失去了什么，得到了什么都觉得是应该的，比如你现在升迁了，得到了更高的职位，你会觉得得到的是应得的，错，得到是因为你的运气，因为努力的人很多。

　　到我这个年纪很多人会和我说，六六老师您好厉害，写这么多书，每本书都红了，我都会说这是我运气好，我不是谦虚，因为我在行业做久了，知道有很多人比我更努力，只是没有机会脱颖而出，一旦脱颖而出，后面的路就很容易走了。那什么样的人会脱颖而出，为什么会脱颖而出？就比如你单位让你加班，你觉得不公平，为什么是自己而不是别人，这样的话，你基本就没有升迁的机会了，历练就是老板拿自己的口碑、信誉让你来练手，在你这个年纪你做的事情是不需要承担后果的，是你的老板在承担你做错事的后果，他把他的信任与后背交给你，你如果意识不到阴阳的问题，你会觉得老板在利用你的廉价劳动力，因为你看不到"阳"的那一面，阴阳是一体的，一面是黑夜，一面是阳光，你如果只看到黑夜的那一面，你就会错过阳光，做事情时不带有怨的情绪，高高兴兴去做，乐观向上的精神被领导看见了之后，接下来发生不是升职加薪而是老板交给你更多事情，不要认为任劳任怨就会被认可，应该得到职位，错！你要用很长的时间把翅膀练硬了，才能得到职位。青年人通常付出十才能得到一，如果天下真的是公平的、机会均等的，为什么有人生在美国落地的那一刻起平均年薪就是两万美元，而有人生在非洲落地的一刻起连水都喝不上，上帝造人的时候没有公平一说，有的人的起点就已经是你的终点了，所以所谓的公平只是你的视野范围内可见的公平。

有很多人是厚积薄发的，你觉得如果让一个富二代一毕业就坐到了 CEO 的职位上，这个公司还有发展前景吗？上天反复地磨炼你，就为了让你有一天坐到那个位置上时游刃有余，你不会紧张、彷徨，你会得心应手，这时候你的上级领导又在为你的错误买单。所以你要感谢你的老板，感谢你的领导。人生最大的福利是有选择，如果说人生没有选择，就已经把人生过到了一个悲惨的境地，说明你的能力还没有做到让你可以自由选择人、自由选择职业的程度。

三　"我觉得人生天天都是好日子"

鲍嘉琪：《仙蒂瑞拉的主妇生涯》随笔集是 2008 年出版的，那时您也才三十岁出头，书里面有提到说关于年龄段的看法，您说三十岁面对着很多棘手的人生课题，比如该做妈妈了、该对社会尽责诸如此类，那么您觉得三十岁对一个女人来说意味着什么呢？

六六：我觉得人生天天都是好日子，没有一天不快活。我记得我有一次参加一个采访节目，当时台上有三个人，主持人问了个问题，说如果可以穿越时空回到十八岁你想做哪些事情？我们三个异口同声地说，千万不要穿越回去，我们现在过得很好。如果你到四十岁的时候你觉得你的每一天过得都很满意，我的老公很爱我，我的孩子成绩好、人品好，我的同事也很优秀，这么好的日子不是别人给你的，是要靠努力才能得到的。

万一下一辈子哪个节点没有选择好怎么办？所以我想跟你说的是什么呢？其实对我而言，人生过得最糟糕的时候是三十岁，因为那个时候开始在社会上立起来了，三十而立，为什么孔子能总结得这么到位，四十不惑，五十而知天命。三十岁之前的那段日子对我来说是最苦恼的，不知道大家了不了解我的背景，我的父亲是安大的老师，我对安大特别熟悉，像新校区我不熟悉了，老校区的一草一木我都认识。对我来说的话，我最大的困难就是在我十几岁考大学的那一年，我没有考上好大学，当然我认为这是非常正常的，因为本身也很公平，我考大学之前没有完整地做过一套试卷，我的意思就是说数学、英语、地理、历史等，所有科目完整的一套试卷，我都没有做过。所以我要是考得好，对那些努力的人来讲那就不公平了，我当时考的是国际贸易的大专。

你要知道，当你人生前面没有付出相应努力的时候，你想过上好生活，除非你是一个富二代、官二代，否则是很难的。我记得我在二十四五岁以前，有段时间我很迷茫，我经常在合肥跟我的同学打麻将，打通宵，第二天早上迎着清晨的曙光回去睡觉，一睡睡到下午。你知道那个时候人生的困境在哪里吗？我经常想我这一辈子难道就这样过去了吗？庸庸碌碌无所作为。过那样的日子的时候，根本没有感受到喜悦在哪里。输和赢，今天输明天赢这种快乐是极其短暂而且悲伤的，回想起来我那时候打麻将的一年到两年的时间里，我都没有记得哪一次在我的人生中留下了印记。

什么叫一个人的历史？一个人的历史，就是在你闭眼的那一刻，在不多的时间里面，你回想起来能够记住的人与事，我相信能写进我人生历史的事件并不多，最后可能是初恋的那个人，是我生的孩子，是最终的那个伴侣和我结交的良师益友，这些人会留在我的生命里。我买过的包、我买过的房子，现在看起来它们都不会留下来。

所以你每次做事情的时候都要想明白，这件事情它会不会写进我人生的历史，如果写不进，就不要去做它。因为它在耗费你最宝贵的时间轴上的时间。如果是积累，那就可以去做。比方说，很多人说，我现在写的这些文稿，一点意义都没有，但是你有可能基于这个路径，走到未来特别优秀的层面上去。这个叫积累，不叫浪费时间，最怕的就是浪费时间。我后来想明白这个道理之后，我觉得我人生里面浪费的时间会越来越少，全部都是有效利用，都是拿来学习。

我应该给大家看一下我的时间表，我有 14 天完整的时间在学习，不是我给别人上课，是我在学习，有三次是我给别人讲课，今天是其中一次，还有两次是关于青少年心理健康和脊柱健康的。还有什么呢？还有做一些公益的活动，还有写一些文章，我的主业还在写剧本。我的时间表还包括孩子们，有一个学生论坛，我要带孩子在学生论坛分析最近全球发生的一些大事件以及它们对人类的影响，我和他们谈过苟晶事件、美国疫情选举等这些话题。那么这些时间都是有效利用时间，你人生有效利用的时间越多，回顾起来，你的岁月就越充实，它没有让你觉得后悔，不会觉得我今天什么事情都没有干。你回顾一下，查一下时间表，你每天都在干什么。如果每一天都在进步，那就是好的。

人生进步的空间可以有多大？我告诉你，我认识一个朋友，两个老人加在一起都快两百岁了。这个年纪了，他们还在不断地学习。人生真的可以做到活到老学到老，而且你的认知会有无限的拓展。以生命的有涯来看，你能学到的边际是很少的，更何况你不学呢？所以实际上我认为你问我30岁是坎还是黄金岁月，对我来讲每一天都一样，每一天都是黄金期，你抓住了就是黄金，你没有抓住，就是狗屎。所以你现在要把过去的岁月梳理一下，看看是狗屎多还是黄金多。

鲍嘉琪：我想问的问题有关您编剧的《宝贝》这个作品，它之所以贴近现实，是因为它将人际关系作为一个小切口，映射出当代中国的人情社会。通过对亲子、情人、夫妻、婆媳、上下属等种种关系的概述，描绘出一幅一地鸡毛而又充满着人间烟火的生活图景。以主角静波为例，您对静波本身的业务能力水平描绘较少，而在她与同事、老板之间如何圆滑交往的方面不吝笔墨。与之形成强烈对比的是，孙哲则空有清华大学文凭，却因为与老板相处不快屡屡辞职，处处碰壁。因此请问您是如何看待能力与人际的问题？

六六：未来社会我认为需要的是复合型人才，什么叫复合型人才呢？确切地讲，第一就是在学识上复合。我正好前两天参加过一个教育部召开的、复旦大学牵头的一个人才交流平台的会议，我是代表上海引进的人才发言的。会议上有好几个人力资源方面的专家，我觉得可以和大家分享一下。像现在的银行，招工的时候他们不再限于是金融管理或者是管理学的人才，他们往往希望你有两个以上的专业能力。比方说你是学哲学的、学IT的，或者学艺术、学医学，同时你又有管理或金融文凭，这就是他们所需要的人才，这叫知识复合。那么第二个呢，什么叫才能复合呢？也就是说你初入职场时，首先你在专业领域里面能完成领导交给你的专业技能，比如让你写文案、让你做PPT，或是让你提出独立的思想规划。另外，你还要有社交的能力。社交能力包括与不同层级的人打交道，你的上下应对的表现。所以未来的人才一定是复合型人才。你可能会说，对我的要求怎么会这么高呀？我才二十几岁好不好？你不要让我觉得我是千年老妖。我告诉你，同学们，社会发展就是这样的一个状况。你没有这个能力，不代表跟你同龄的其他人没有。

我们现在工作中有一个现象，跟刚刚提问的状况非常相似，就是女强。我不是说男弱，是女强已经确立了。我来分析一下，你就知道什么原因。因为女性社会地位的提升和同工同酬的提出，才不到100年的时间。我们要感谢毛主席，把女性极大地解放，中国女性的地位可能是全球最高的。在过去的几千年的历史里面，不是女性不强，而是女性没有机会。受教育的是男性，当官的是男性，做生意的是男性。男主外女主内，主内这一条已经把很多女性学习和展露自己的机会给剥夺了。现在社会不一样了，女性接受了和男性同等的教育，女性接受了和男性同样的社会招聘机会。我们在企业用工的时候发现，女孩子特别好用，是什么原因？我觉得这可能是几千年来女性基因里被压抑的大爆发，女性更加努力，女性成绩更好，女性更任劳任怨。有些单位不得不提出一个硬指标，就是今年招聘的员工里面，女性不得超过70%。为什么？因为单位里面男生会越来越少，女性的婚恋会出问题。你们大家可能也注意到这个现象，就是优秀的女性未来单身的越来越多。因为她们不凑合，过去女性是嫁汉嫁汉穿衣吃饭。因为女性离开男性，就没有吃饭的地方。现在的女性可以独立工作，不依附于男性，不需要为了生存而解决婚姻问题。那就变成了到底是不是真爱，一旦回到真爱的问题上，就会发现可选择的范围变窄。越是优秀的女性，她可选择的范围越小。因为女性的基因里面就是慕强型，现在社会就面临着女性择偶难的问题。所以男孩子一定要努力，其实男孩子择偶不成问题，上下选择的面很广阔。因为二十几岁的时候，男性特别地专一、特别地忠诚。因为十几岁的男孩子喜欢二十岁的女生，二十几岁的男孩子喜欢二十岁的女生，四十几岁的男性喜欢二十岁的女生，哪怕到了八十岁也可能喜欢二十岁的女生。所以说男性在这方面非常专一。

女性随着阅历的提高和能力的增强，她的眼界越开阔，择偶的标准就会越苛刻。社会出现一个新现象，是什么呢？就是男性能接受比自己强的女性，女性也能接受比自己弱的男性。因为这是社会繁衍的需要，女性的择偶标准如果不往下降，人类将慢慢地进入绝种状况。所以我想跟你说的就是，一个男性在真真正正地成长的时候，因为我之前的话是针对女孩子的，现在我针对男孩子来说，男性的机会还是比女性多，因为女性还要经历家庭、生育几道关，女性可能还不止生一个孩子，所以在这个事情上，男性在时间上就占了先机，在这个时候你要做哪些事情呢？非常重要的一点就是你要齐头并进。不要小看你的社交能力，但是也不要放大社交能力。我说句实话，我其实比较自信的一点就是没有花过多的时间在社交上。你如果看跟我相关的消息，我不走红地毯，不参加任何 party，名流的聚会等我也不参加，因为我大部分的时间都在跟着老师学习。男性在这方面的要求其实比女性要高，可能要更多地了解你的同伴，你所在的行业里面优秀的人在做什么，所以你要提高你的社交能力。

那么第二点呢，就是你还要提高自己的专业业务素养，光有社交能力没有用，就像狗皮膏药一样，别人提到组个局就会想到你，但是干事业的时候选择伙伴，跟组队打怪是一样的，干事业的时候都选择打怪能力强的人，不会选一个在门口吆喝让你快乐的人或者跟你聊天的人组队打怪，因为你对团队的贡献几乎为零。你未来前进道路上的左膀右臂一条胳膊也不能缺，这又回到这个点上，就是你花的时间的有效性，决定了你未来的高度。

鲍嘉琪：您在散文《我的语文老师刘小平》里提到，在初二之前您的作文因为语言优美常常被当作范文朗诵，到初二时却不受新语文老师的待见，原因是老师评价您之前的那些写作是宣传的颂歌，是没有真情的现代八股文，这样的评价也给了您很大的启发，那就是写作要笔随心走。语文写作也算是当下的热点问题了，您是怎么看待现在的教育背景下的应试作文呢？您觉得应试作文算是写作吗？

六六：我恰恰觉得应试作文是写作。如果应试作文的水平不高，是因为作者没有独立思考的能力。很多孩子把"术"作为"道"在执行，有的时候可能是自身的问题，有的时候可能是老师和教育的问题。在中国并不鼓励你有强大的独立思考的能力，独立思考的能力从哪里来？独立思考的能力是通过广泛的阅读。古圣先贤，你们不要搞错了，以为他们都是七老八十的人。很多先贤都是年龄极小的年轻人，比如桑弘羊，他做了宰相的年纪才13岁。很多厉害的人，都是少年成名。包括我成名的年纪差不多是二十五六岁，二十五六岁在网上红，二十七八岁就正式出道了。

当然不仅仅是写作，你经营一个酒店，管理一个资金，都要靠独立思考来做好。你思考的深度有多深，你基金的规模、盈利的程度就有多大。就是说如果你不是一个深思考的人，未来想要达到很高的高度是很难的。如何养成生活中深思考的能力？不要人云亦云，网络最大的特点就是带节奏。什么叫带节奏？就是你读完一篇文章后，你觉得它说得对。下面我想就一个具体的案例，去分析深思考的点应该在哪里。我如果不举案例的话，所有的表达都是空洞的，但是如果我把案例说清楚了，你就明白什么叫深思考的路径。

我就说最近的这个高考替考事件，陈春秀事件爆发了以后又出现了苟晶事件。苟晶事件出来之后，国家出了一个调查报告。调查报告出来了以后，网上对苟晶的骂声一片。我老公不让我评论这件事情，但是我纯粹作为写作思考和回答你所说的写八股文这个问题，纯粹是就事论事，不对事件本身做评判，仅仅来说明我们要把深思考立在什么角度上。

你写文的立意是什么？如果是宣泄，我奉劝你不要写。因为情绪的宣泄，网络上永远不缺，家庭也不缺。你骂孩子、打孩子，就是对生活中不满情绪的宣泄。你和老公吵架，和父母、领导发脾气等也是情绪的宣泄。但是情绪不解决任何问题，你面临的问题是面对问题怎么去解决它。首先控制好情绪，是你深思考的第一要务。一旦你情绪被带跑了以后，思考的方式就不理性了。苟晶事件为什么有网友去骂她，是因为她撒谎了。明明知道自己只考了500多分，只够考一个中专，却把自己描述得很可怜，她不知道她被老师的孩子顶替了？所以大家觉得苟晶在这个事件中很不要脸，她就是在带节奏。你们的节奏被带跑了，事件中苟晶的撒谎，苟晶博取他人的同情，是不是故意的？她一定是故意的，她为什么故意做这件事情？我们在做每一个思考的评判之前，要回到当事人的立场和角度。苟晶知道她被代考，人生被偷走的这件事，不是现在，可能是20年前。那时刚生完孩子，20多岁刚生完孩子的时候，老师告诉他，她的人生被他的女儿给偷走了。延续到现在，她之前有没有申诉过？她申诉过。有没有回应？没有。好，我们下面回到这个深思考的第一点。老百姓在生活中遭遇到不公平，申诉的渠道是否畅通？从苟晶和很多的上访事件来看，是完全没有渠道。她遭受了不公平，这件事在社会上没有得到公平的解决。这是常态，而且这不是中国的问题，是世界的问题。也就是说一个普通的没有话语权的老百姓说一件事情遭到了不公平的待遇，不会有任何人理睬。你记住这是常态，这不是变态，这是全球的事情，在美国也会有。而且，用有色眼镜去看别人，是很常见的。草菅人命，也是正常的。死了活了的人民，他一生的命运的改变，也是正常的。这个事件在中国会反复地发生，在世界也会反复发生，不是第一次也不是最后一次。出了这个事情以后，这个事情的焦点在哪里，是苟晶借了陈春秀这个事情把焦点转移了。陈春秀没有做错任何事情，她考上了大学，她真的被顶替了，但是这个事情你看一下处理结果，是非常轻描淡写的，所有涉事人员没有一个受到刑法的责罚，他们只是受到党内的警告处分或者是退休待遇的降低。但这对一个孩子来说，这无异于是谋财害命。平常一个人如果在街上抢劫别人的钱财是要判十年的，可是有人抢走了一个人的命运，却不用判刑，这是问题所在。如果你被现在的社会热点问题掩盖了，去攻击苟晶，实际上你就知道它不会解决。这个问题不会解决的原因是事不关己。中国人民族性的特点是什么？当然这不是中国人，这是亚洲人，这是这个肤色的特性。就是你要是在美国得罪了一个黑人，就是得罪了一群人，但是你在美国得罪了一个亚洲人，你就是得罪了一个亚洲人。这就是中国的文化特点，用一种国术可以表达，就是麻将，叫看住上家守住下家，自己不和也不能让别人和。所以这个文化性的特点表达在这里以后，当一个人遭受了命运不公的待遇的时候，从文学探讨上来说，你写一个民族的命运的时候，你一定要把这个特点讲清楚。经常在一些法案的推进当中，因为我们吃了瓜看了热闹以后，没有进行实际的推进，就造成了这个事件作为热点，它不了了之就过去了。那么你如果在这个事件中也没有深入地思考它背后的成因，你的作品就一定是潦草的，它就很难在历史中留下印记。你在生活中养成深思考的习惯，去看每一个故事背后的成因，它凸显的问题在哪里，你在写作的时候才会是有思想的，否则的话为什么一万个人写的剧本只有少数人脱颖而出呢？你要下功夫啊，要解读这个社会现象，你写的故事选材要有意义。看到有人在评论区问我会不会写苟晶事件这个题材，我不会写这个题材，因为它不是大众感兴趣的题材。你要相信一点，像苟晶和陈春秀这样的人，命运被替代了，但它不是社会的广普现象。写电视剧要写社会的广普现象，是每个人都能够切合题材的，你想一年的高考生有多少，但是真正被替代的人在中间的比例占多少？这样的故事，如果你不是写广普题材的话，也很难引起大家的共鸣，因为这个经历大家没有，大家怎么去感同身受。

　　我想讲的是你自己日常的工作也好、写作也好、观点的表达也好，一定要保持你是一个独立思想的人。言之有物，你写出来的文章才会被人看到和重视。你写的文章如果一个人这样写，十个人这样写，一百个人这样写，那人家为什么能注意到你的呢？你跟别人不同在哪？生命的个体就是在寻找共性下的不同。哪怕你是写一个汇报，只要言之有理，实际工作中能够贯彻落实，能够注意到这些问题，这就是你写这篇报告的价值所在。就说明你没有白写，没有浪费时光，你在日常工作中做的每一件事情是有意义的，不是应付他人的，你不能把这个时间通过应付的方式打发过去。

鲍嘉琪：您创作了很多关注时下热点话题的现实题材小说，以及您编剧的很多影视作品，都反映了一些普遍的社会问题，非常能够引发读者的共鸣和大众的热议，那么您能谈谈创作这些现实题材作品的初衷和心路历程吗？

六六：很多编剧在一起开讨论会的时候，第一点就是说老百姓感兴趣什么，我认为如果是按照这个标准去创作，基本上会是失败的，因为你写作一定要问清楚我感兴趣的是什么。第二点就是在我感兴趣的这个话题下，是不是大众依旧感兴趣，这个才是重点。就是你要在其中找交集，你们交集的部分越大，你的这个成功率就会越高，所以你找话题的时候不能太偏。以前很多人建议我写商学院的人，我认为这个话题最终都没有写的原因是能上商学院的人绝对是社会上凤毛麟角的。虽然他是精英，但是他不能够代表老百姓的大众生活，他离老百姓太远了。我花那么长时间讲一个老百姓不懂的话题，他们这些精英的思考对老百姓的影响不大，意义也不大，所以我写的很多的问题可能是老百姓所关心的。

你看我写的《安家》讲的是买房。无论是穷人还是富人，人生都要实现一套房的梦想。所以买房这个话题一定是个好话题。我总结一下我创作过程中的得和失。去年我写了一部戏也火了，叫《少年派》，写的是高三的家庭，中年的家庭面临的危机：婚姻的危机、事业的危机，以及孩子青春期面临人生最重要的节点，几大危机在同时爆发。这是生活很常见的状态，写这样的戏，一定会有共情。再往上推，《女不强大天不容》，这部戏我确切地讲写作是失败的，虽然播出的效果是很好的，但是我从市场验证来看，我认为它是失败的，为什么呢？

我写的是传媒这个角度，我当时认为这个切入点是成功的。现在是自媒体时代，每个人都可以说自己是一个记者，每个人都是个观察者的角度，而且我最主要想写的是变化，我想写的是传统到现代经历网络这个事件的变化，能够使人的思路发生改变，这个情况它会长期存在。我们每一次思想界的变化和生产方式的变化经历的时间，你们不要以为三年五年就完成了，它是好几百年。你们看一下中国思想史，春秋时期战国时期到完成思想的变革，诸子百家以后到最后独尊儒家，花了几百年的时间。那么我们就推断我们这次的变化，实现工业化、现代化和网络化，整个的大型的变革的历程有多久呢？我们清朝末年开始到今天都还没有停止过，现在还在现代化的道路上走。在大的变革中，我选的那个题材角度是有问题的，因为我选择的这个角度它不是一个经典的变化角度。它是点，它不是一个面，我如果下次再选的话，很有可能写互联网的一个故事，比方说淘宝，就是成或者败，一个成局或者是败局。互联网，比方说淘宝的成或者是某一个消失了的互联网的败，这样的一个过程。我看滴滴可能未来是岌岌可危的。这样的一个成和败的思考过程，可能它就是更有广普的效应。我每次写完以后，都要去探讨一下我的选材的点在哪里，因为每一次选材花的时间都在一年到两年甚至两年以上。如果没有选准，时间就浪费了。当然我的运气比较好，每次创作起来都是有一定的社会反响，对我个人来讲，我还是会在那里评判它的价值高和低、它对我的意义。不断地总结，不断地进步。

工作也是这样，你做完一个工作，最重要的不是做工作的过程，还有最后的总结，每个人都要养成做了一个项目以后最终总结的习惯。其实未来一个项目一个项目地滚动，你并没有进入，你就要保证日日精进，日日都在进步的状态的时候，你的工作才是有效率的，有意义的。

周志雄：六六老师今天的讲座整整两个多小时，内容很丰富，非常感谢！我觉得今天听这个讲座的同学是幸福的，收获一定会非常大，六六老师不只是在谈文学，她其实是在谈人生，谈我们如何去实现自己的理想和做事做人，将写作读书和我们将来个人的发展放到一起来谈，视野非常开阔，站位和境界非常高，这是一个成功的人向我们同学介绍自己成功的经验，里面都是满满的干货。

我听了也非常受启发，这里面要总结的东西真的是很多。刚才六六老师讲到希望我们同学能够日日精进，养成深思考的习惯，要广泛地阅读。我们中文系的同学，往往有一个问题就是阅读的多是文学方面的书，这个没有问题，但是真正要做一个好的作家，不光是要读文学的书，还应该要读人文社科类的，其中还需要学习一些理工科、管理类或金融类的书籍。六六老师告诉我们要做一个复合型的人才，要有多方面的素养，同时更重要的，我觉得这里面有很深刻的东西，就是做好塔基的事情。就是说我们怎么样做一个好作家，怎样写好作品，这看起来是一个写作艺术的问题，其实不是，更重要的是我们如何对待写作的问题。六六老师为了写中医方面的故事，用了六年的时间，她花三年的时间去读一个硕士学位，我觉得这样的做法真的是太值得学习了。我们做事情，包括我们写文章、做研究，这个道理都是相通的。我喜欢跟同学们讲一句话，你要写一篇好的论文，只有一个办法，就是要用90%的时间来阅读，用10%的时间来写作。这个道理，今天从六六老师的这个分享当中，我觉得又再一次得到了验证。花大量的时间去做前期准备，写的时候你就可以行云流水，从1000个故事里面挑出10个，你的选择会非常从容。你知道你要干什么，然后你把你最想做的那一部分把它做出来，这个作品就带着你精神情感的体温，这个作品就是有价值，没有人可以取代你，这是属于你的原创。在创作上是这样，在我们同学做研究论文的时候也是这样，我们一定要从自己的阅读感觉出发，然后再去提升，通过大量的阅读，把问题研透了然后再写出来的一些东西，才可能有点味道。

有一些同学要写文章，匆匆忙忙从网上去搜些资料拼凑一下，这样的东西是没有价值的。我觉得今天讲座的很多内容还没有办法用很短的时间把它总结出来，我今天也是第一次和六六老师通过网络的方式见面，期待有机会等到疫情结束后在安徽大学的老校区校园里，六六老师能在课堂上再给同学们讲课，今天的分享会到此结束，非常感谢六六老师的精彩分享！

后　记

在学术期刊上，虽然不时能看到一些精彩的网络作家作品评论文章，但与那些理论性的文章数量相比，网络作家作品评论文章依然还是偏少。这其中的原因很多，其主要问题是：网络小说注重娱乐性，与五四以来注重思想性和艺术性的纯文学有很大不同，网络作家作品是否需要专业评论？网络作家作品评论与传统文学评论有何不同？传统文学批评的理论方法是否适用于网络作家作品？要解答这些问题，必须从网络文学创作实践出发，从阅读出发，与网络作家对话，与时代对话，倾听网络读者的声音，关注网络文学产业化的多样形态，在更广阔的文学文化视域中探讨中国网络文学的评价体系。

感谢欧阳友权老师的信任，很荣幸受邀参与国家社科基金重大项目"我国网络文学评价体系的理论与实践研究"的研究，受益良多。本书是子课题"网络作家作品评价实践"成果，是我和同事及学生们一起完成的，访谈部分由我们的提问和网络作家的答问构成，是我在网络文学批评实践上的一些尝试。具体分工如下：导论，周志雄；第一章，周佳微；第二章，王婉波；第三章，江秀廷；第四章，许潇菲；第五章，王婉波；第六章，徐晨；第七章，吴长青；第八章，马婧；第九章，蔡玉；第十章，杨春燕；第十一章，王菡洁；第十二章，许潇菲；第十三章，江秀廷；第十四章，徐亮红；第十五章，林媛媛；第十六章，代涵鲜于；第十七章，蒋离子、周志雄、魏晓杰、许青青、戴婷婷、闫敏；第十八章，管平潮、周志雄、江秀廷、范传兴；第十九章，阿菩、周志雄、吴长青、江秀廷、许潇菲、赵艳、杨春燕、张心如、汪晶晶；第二十章，何常在、周志雄、吴长青、刘家玲、宋涵、袁梦晴、王菡洁、潘亚婷；第二十一章，六六、周志雄、陶春悦、彭伟、鲍嘉琪。感谢同学们所付出的努力，感谢几位优秀网络作家分享他们的创作经验。

  网络文学作品数量多、类型广、阅读量大，评论写作不易。我们尽可能根据网络文学自身的特点去理解网络文学；在评论对象选取上，兼顾玄幻、武侠、历史、都市、盗墓等类型，选取一些有广泛影响的作家作品；尽可能地扩大阅读视野，建立世界文学眼光，评价一部作品要熟悉该作家的全部作品，评论一个作家要熟悉一群作家；在文学史意义上，尽力挖掘该作家在小说类型上的贡献；遵从阅读的内心感受，选取恰当的理论视角对作品展开评价；在网络文学与纯文学之间找到可通约的阐释。

  本书在写作过程中几易其稿，但因本人能力所限，在写作上还有很多不尽如人意之处，恳请方家读者批评指正。

周志雄

2023 年 1 月于合肥